二見文庫

あなたを守れるなら

K・A・タッカー／寺尾まち子＝訳

Keep Her Safe
by
K.A.Tucker

Published by arrangement with Atria Books,
a Division of Simon & Schuster Inc.
through Tuttle-Mori Agency, Inc., Tokyo

きょうも命を懸けている、すべてのエイブラハム・ウィルクスたちへ

あなたを守れるなら

登　場　人　物　紹　介

ノア・マーシャル	地区検事事務所の捜査分析官
グレース・リチャーズ	エイブの娘
ジャッキー・マーシャル	ノアの母親。オースティン警察署署長
サイラス	ジャッキーの兄。地区検事
エイブラハム（エイブ）・ウィルクス	グレースの父親。ジャッキーの元相棒。故人
ダイナ・リチャーズ	エイブの妻
ベッツィー	ダイナの異父妹
ジョージ・キャニング	元オースティン警察署長
ドウェイン・マンティス	麻薬捜査班の刑事
ショーン・スタップリー	麻薬捜査班の刑事
クライン	FBIの捜査官

プロローグ

ジャッキー・マーシャル巡査長
一九九七年六月

「ひと袋、五百グラムってところか」エイブがマリファナの入ったプラスチック・バッグをペンの先で突っついた。キッチンのテーブルはマリファナの袋と札束で埋め尽くされている。おそらく、このアパートメントには、まだたくさんのマリファナが隠されているのだろうと、わたしは当たりをつけた。

いましがた逮捕されて腹ばいで手錠をかけられ、ほかの巡査の監視下で調書を取るための移送を待っている男をじっと見つめた。痩せた十九歳の癇癪《かんしゃく》持ちだ。「あんたはどうだか知らないけど、わたしなら家にこれだけのマリファナがあるときに、恋人を殴ったりしないわね」ガラスが割れる音と殺すぞと脅す男の声を聞きつけた隣人が911に電話したのだ。男は黒人を差別する言葉を発し、それを口実にわたしたちがドアを蹴破ると、エイブの顔に唾を吐きかけた。そして血だらけのブロンドの娘と、これが発見されたというわけだ。

いまは救急救命士が男の恋人の顔の傷を手当てし、わたしたちは麻薬取締班が手柄をさらいにくるのを待っている。

エイブが黒い手で頬をなでた。「で、いくらになると思う？」

「質にもよるけど、一万ドルくらい？　もしかしたら、二万ドルかも」

エイブは小さく口笛を吹いた。「商売を間違えたな」

「あなたもわたしもね。先月、住宅ローンが支払えなかったの」ブレアは自分たちにはあの家は買えないと言っていた。夫の言うことに耳を貸すべきだったのだろう。でも、家を買ったとき、まさかすぐに妊娠するとは思っていなかったのだ。といっても、ノアを産んだことを後悔しているわけじゃない。ただ、オムツとミルクの世話に明け暮れるまえに、もう少し昇格していたかった。

「心配するなって。すぐに高給取りになれるさ、マーシャル巡査部長」エイブがえくぼを浮かべてからかった。数カ月まえにわたしが試験に合格して昇進リストに載ってからというもの、エイブはそう呼ぶようになった。「ただし、衿《えり》に星が付くようになっても、おれたち警邏《けいら》警官のことを忘れないでくれよ」

「馬鹿なことを言わないで」わたしは目を剝《む》いた。

「馬鹿なこと？　ジャッキー、あんたは野心にあふれている。ここにいるやつらも含めて、大半の男より、あんたが出世するほうに賭けるよ」エイブはため息をついた。「まあ、おれには無理なことだ」

「エイブ、あなたの相棒でいられなくなるのは寂しいわ」相棒となってから七年、オースティン市警でも――人生でも――エイブ・ウィルクス以上に信頼できる相手はいない。

エイブは馬鹿にするように鼻を鳴らした。「心配しなくても、いくらでも会えるさ。ノアはあんたの家にいるより、うちにいるほうが多くなるだろうから」

「自分の子どもがいるのに、ダイナはだいじょうぶなの？　ノアを押しつけたくないのよ」

エイブは手をふり、わたしの心配を一蹴した。「目を離したら、ダイナにあの子をさらわれるぞ。ダイナが面倒を見たいと言っているんだ」

ブレアとわたしが働いているあいだ、ノアの面倒を見ると言いだしたのがダイナなのかエイブなのかはわからない。エイブがノアをかわいがってくれるほど、小さな男の子をかわいがる男を見たことがない。ブレアでさえ、ノアにそこまでの関心は払わない。自分の息子なのに。「あの美人の奥さんは天の恵みよ。もう何年か早く妊娠させて結婚してくれればよかったのに。そうすれば、保育料をうんと節約できたわ」

　エイブは大声で笑いそうになるのを何とかこらえている——この状況ではふさわしくないから。「これでも、かなり急いだほうだと思うけど」

付きあいはじめて三カ月後に妊娠がわかって、その一週間後に市庁舎で結婚したんだっけ？　確かに、かなり急いだとは思う。「お母さんの機嫌は直った？」エイブの母親のように敬虔《けいけん》なクリスチャンの女性なら、二十八歳の息子が十八歳の少女を妊娠させたと知って決して喜ばないだろう。十八歳の白人の少女であれば、なおさらだ。エイブの母、キャメル・ウィルクスには会ったことがある。キャメルがダイナ本人を嫌っているとは思えない。それより、ほかの人々がダイナとエイブの結婚に反対し、そのせいで問題が持ちあがることを心配しているのだろう。オースティンは進歩的な土地だけれど、それでも肌の色についてはまだ嫌悪感を抱くひとが多い。

　エイブは肩をすくめた。「ゆっくりだけど、確実にね」

「きっと、かわいいグレーシーが仲を取り持ってくれるわ」

　誰かが娘の名前を口にした瞬間に、エイブの顔は必ずほころぶ。エイブが何か話しだそうとしたところで——おそらく、娘がどれほどかわいいか、また新たな話を披露しようとしたのだろう——無線機からひび割れた声が聞こえてきた。

「麻薬取締班の到着よ」わたしはお腹《なか》を叩いた。「よかった。お腹がぺこぺこなの。さっさとこの卑劣な男の調書を取って、食べ物を買いにいきましょう」

「なあ……」エイブが声をひそめた。「麻薬取締班のやつらは真っ当だと思うか？」

「真っ当でしょ。どうして？」

エイブはチョコレート色の目で札束を見た。「あそこからひとつなくなるなんて、簡単だと思わないか？」

それは投げかけるべき質問ではなかった。とりわけ警察の制服を着て、山と積まれたマリファナのまえに立っているときには。「すごく簡単でしょうね」

1

ノア・マーシャル
二〇一七年四月
テキサス州オースティン

「ただいま」

暗い廊下の向こうから、意味のわからない警察無線の符号が聞こえてきた。

気持ちが沈みこむ。

汚れたスニーカーを蹴って脱ぎ、身体を引きずるようにして家の奥まで行く。「ただいま、母さん」できるだけさりげなく声をかけ、キッチンのテーブルに突っ伏している母の横を通りすぎた。夕食の皿の縁で煙草《たばこ》がくすぶり、すぐ手が届く場所に置かれた安物のウイスキーは半分に減り、その隣にはガンベルトが無造作に放ってある。

どうして、今夜はちがうと期待したのだろう。ここ数週間、家に帰るとまったく同じ状況が待っているというのに。

「いったい、どこに行っていたの」母は酔うとテキサスなまりが強くなる。

ぼくは冷蔵庫を開けた。「きょうは水曜日だよ」

母は顔をあげずに横に傾け、ぼくが片腕で抱えているバスケットボールをこっそり見た。「ああ、そうね。あなたが何をしているのか忘れていたわ」

覚えていなきゃいけないことなんて、ほとんどないだろうと言ってやることもできた。ぼくは習慣を守るタイプだ。仕事をしていないときは友人たちと一緒で、ジムにいるか、プールで泳いでいるか、バスケットボールをしている。七年まえにテキサス大学に通うためにここへ戻ってきてからは、毎週水曜日の夜はいつも同じ間に合わせのコートに行っているのだから。

でも、そんなことは言わずに、紙パックのオレンジジュースのキャップをはずして口をつけた。グラスを使いなさいと叱ってくれればいいのにと思いながら。仕事から帰ってきてまっすぐウイスキーの瓶が並ぶ戸棚に向かうようになるまで、母はよくそう文句を言っていたのだ。家でドリブルをするなとか、びっしょり汗をかいた服を勢いよくまわっている洗濯機にすぐに放りこめば、ぼくの部屋がジムのロッカーのように臭くならなくてすむだろうとか。

でも、そんな母がいまは二回に一回は制服から着がえることさえしない。

自分を納得させるかのように、ぼくはボールを床に一回……二回……三回とついてから腰のわきで抱えた。革がタイルにあたる音が虚《むな》しく響く。

反応をじっと待つ。

期待をこめて。

何もない。ひと言の文句も言わずにじっとすわっている。目は半ば閉じ、短いブロンドの髪は乱れ、頭はじっと見つめているオーク材のテーブルの木目の向こうにある何かで占められている。母はもう基本的な行儀作法について何も言わない。ここ数週間、母はキッチンのテーブルにすわり、強盗や家庭内暴力の通報や、オースティン市警の管轄で夜ごと起こる十数件の事件について入る無線に耳を傾けているだけ。

母の警察署だ。母が本部長をつとめているのだから。アメリカでも有数の大都市にある警察署の女本部長なのだ。見事な大出世だ。母はその地位を二年間守っている。

そして、最近まではうまくこなしているように見えた。

しつこい〈マールボロ〉の臭いに咳《せき》が出て、流し台のうえの窓を開けた。清々《すがすが》しい春の空気が入ってくる。まさかこんなことを言うとは思わなかったが、家具用ワックスのレモンの香りと漂白剤のにおいが恋しくてたまらない。

「ちゃんと閉めてから寝てよ。強盗に入られたら困るから」母がぶつぶつ言った。

「強盗なんて入らないよ」ここは一般的に安全で清潔だと考えられている街でもとりわけ住みやすく、歴史のある街クラークスヴィルなのだから。でも、警戒するのはわからないでもない。何といっても、母は三十年以上警察官としてつとめているのだから。社会の暗部を見てきたのだ。近くを通りかかっても目をそらしたくなるような現状を知っているのだろう。それでもオースティンで最悪の地域さえ、典型的な都会の貧民街に比べたら、遊び場にしか見えないはずだ。

汚れた流し台を見て、顔をしかめた。ステンレスのところどころが黒くなっている。

「ここで何か燃やしたの？」

「ただの……ごみよ」

ぼくは片側に切り取り線が付いている紙切れをつまみあげた。ノートから一ページ切り取ったように見える。〝二〇〇三年四月十六日〟と記されているが、母の筆跡ではない。

「人生最大の過ちよ」煙草をふかしながら、母が不明瞭な小声で言った。「ベッツィーだけじゃなかったって気づくべきだった……」

「ベッツィーって？」

「もう誰でもないわ」母はそうつぶやき、何か付け加えたが、聞き取れなかった。

ぼくは背丈のあるグラスに水を注《つ》ぎ、母のまえに置いて注意を引いてから、ウイスキーの瓶を手の届かない場所に遠ざけた。

母はのろのろとぎこちなく身体を動かして、何とかウイスキーを取り戻そうとする。

「ノア、返しなさい。いますぐに。聞いているの？」

ぼくはテーブルの反対側にまわりこんで瓶のふたをきつく締めたが、母はきっと開けてしまうだろう。この体格——身長百六十二センチ、体重五十九キロ——の女性にしては力が強いのだ。少なくとも、以前は強かった。でも、毎日の飲酒のせいで、しなやかだった身体は衰えはじめている。「今夜はもう充分飲んだろう」

「充分ってどのくらいよ？　わたしがやったことを考えれば、世界じゅうのウイスキーを飲んだって足りないわ」母はいまにもはずしてしまいそうな勢いで、制服の衿に留めてある四つ星のバッジをいじった。

また、いつもの夜になるということか。なんて、いまさらか。こんなふうに訳のわからないことや、自分は本部長にふさわしくないなんてことをぶつぶつ言いはじめる夜が、最近では当たりまえになっているのだから。くだらない法律やオースティン市警の予算の少なさについてだけ文句を言っていた頃が懐かしい。

ぼくはため息をついた。「さあ、手を貸すから二階へ行こう」

「行かない」母は額に深いしわを刻んで、唸《うな》るように言った。もう十一時半だ。いつもなら母は九時には寝ているのに、今夜は珍しく遅くまで起きている。それでも二、三杯水を飲んでベッドに入れば、朝にはほんの少し疲れが残るだけで、仕事に行けるかもしれない。

ぼくは百八十八センチの身体を折りたたんで、母の正面の椅子に押しこんだ。「母さん？」

「平気よ」母は煙草の包みをいじりながら、いら立たしげに眉を吊《つ》りあげた。

母に対して怒れればいいのに。でも、ぼくは悲しく、もどかしかった。助けが必要なのはわかっているけれど、誰に頼ればいいのかわからない。ぼくが十一歳だったときにも、母はこんなふうに酒に溺れたことがあった。あのときはまだ離婚していなかったから、父が対処した。でも、父は母と縁を切ってしまった。新しい妻と家庭をつくり、シアトルでごく普通の生活を送っている。もともと警察官の夫になんか、それも母のように野心家の警察官の夫になんか、なるつもりはなかったのだ。

もしオースティン市警の知りあいに母の飲酒について相談しようものなら、母に叱り飛ばされるだろう。女本部長を排除する理由を探している人間はいくらでもいる。この件は充分な理由になるはずだ。

伯父のサイラスに相談するという方法もある。伯父は地区主席検事だ。警察本部長である妹が飲酒問題を抱えているなんて有権者に知られたくないにちがいない。もっと早く相談すべきだったのだろうが、まだ母が自力で解決できる状況だという希望を抱いていたのだ。

ぼくたちがほんの少し応援すれば、また酒を断てるかもしれない。まえに一度、成功しているのだから。あのときは、ぴたりと酒をやめられた。本来は意志の強い人間なのだ。今回だってまた断酒できるはずだ。

もし、母にその気さえあれば。

ぼくは警察無線の音量を下げた。「母さん？」

母の目が開いた。しばらく焦点があわなかったものの、やっとぼくを見た。「バスケットボールはどうだった？」

「ぼろ負けさ」

「誰とやったの？」

「ジェンソンとクレイグ。いつものメンバーだよ」

「ジェンソンとクレイグ……」母はもごもごと言って、何時間もバーベルをあげたり泳いだりしたおかげでたくましくなったぼくの長い腕に視線を走らせてほほ笑んだ。

だらしのない笑い方だが、酔っぱらいの仮面の向こうに切なさが感じられる。「ノア、あなたはとても強くなったし、もう大人ね。それに賢い。とてもね。わたしがあなたをものすごく愛しているのはわかっているわよね？」

ぼくは水の入ったグラスをまえに押しだした。「母さん、飲んで。頼むから」

母はぼくに調子をあわせて水を半分飲んだが、すぐにウイスキーの入ったグラスを手に取って飲みほした。

「明日の仕事は何時から？」朝、しらふになってもまだ今夜の辛さを抱えながらコーヒーを飲んでいるときだったら、まじめな話ができるかもしれない。

母にわかってもらえるかもしれない。

「あなたはまじめで正直な男に育ったわ」母は答えずにぽつりと言った。「きっと、真っ当な人間になる」

「ほら。もっと水を飲んで」ぼくは三つのグラスに水を注いで、母のまえのテーブルに並べた。「飲んでよ。頼むから」

母は渋々ひとつ目のグラスに手を伸ばした。

「シャワーを浴びてくるよ」これ以上ウイスキーを飲めなくなれば、母はよろよろと二階にあがり、ぼくがシャワーから出る頃には制服を着たままうつ伏せで寝入っているだろう。ぼくは椅子の下からウイスキーの瓶を取った。

「彼もまじめで正直な男だった」母が小声で言った。

「また、誰か見つかるよ。母さんだって、まだ若いんだから」これも酔ったときのお決まりだった――父の話をして、離婚したのは自分のせいだと言う。そして、そのあとに何年もまえの話をして、息子を捨てて父親と一緒にシアトルに行かせるなんて、自分はひどい母親だという話が続く。男の子には父親が必要だと、母は信じていたのだ。

「ちがう、あなたのお父さんじゃなくて……エイブよ」

ぼくは思わず立ちすくんだ。

もう何年も母が口にしていない名前だ。

ぼくは慎重に尋ねた。「エイブって、エイブラハムのこと？」

「ええ」母はうなずき、また悲しそうな笑みを口もとに浮かべた。「覚えているわよね？」

「もちろん」背が高くて、肌が黒くて、にっこり笑う、ぼくにドリブルを教えてくれた男だ。警察で数年間母の相棒をつとめ、その後も母の親友のひとりだった。

コカインの売人に殺され、その後、腐敗した警察官というレッテルを貼られるまでは。エイブが殺されたとき、ぼくは十一歳だった。そのレッテルの意味はわからなかったが、エイブラハム・ウィルクスが悪いことをしたということだけは理解した。そのニュースはテキサス州全体に伝わり、もともとかなり広がっていた人種間の溝を大きくした。そして母は酒を飲みはじめ、それが家族を引き裂いたのは間違いない。

「エイブはまじめなひとだった」母の声は視線とともに途切れた。目には涙が浮かんでいる。「彼はまじめで、正直なひとだった」

ぼくはテーブルに戻った。「ドラッグを盗んだり取引をしたりしていたんでしょ」

母は煙草を吸いこみ、ひとり笑った。悲しく虚《うつ》ろな声だった。「みんな、そう思っている。あのひとたちがそう思わせようとしたから。でも、あなたには……」母は空中を指で突っついた。いつもはきちんと整えられている爪が、深爪になるほど嚙《か》まれている。「あなたには真実を知ってもらいたい。正しかったのはエイブで、悪いことをしたのは、悪かったのはわたしたちだったってことを、知ってもらいたいのよ」

「誰が悪かったって?」ぼくは勢いこんで椅子を引き、もう一度まえにすわって、母が伝えようとしていることを聞こうとした。だが、その一方で、母がきちんと理解したうえで何かを言おうとしているのだとは思っていなかった。そして、話すことをためらって黙りこむ隙を与えたくなかった。

　母は煙草の箱をテーブルに放り、数本の煙草が転がりでると、そのうちの一本に火をつけた。「エイブのせいでダイナの人生はめちゃくちゃになってしまった。ダイナとあのかわいい娘は街を追いだされてしまったの。エイブが死んだとき、あの子はまだ幼かった。グレーシーよ。グレーシーの名前を口にするとき、エイブはいつもほほ笑んでいた」思い出を語る母の顔にも笑みが浮かんでいる。「母親ゆずりのグリーンの目に、エイブラハムによく似たふっくらとした唇と縮れた髪。それに、あの肌。カラメルのようなきれいな色で――」

「母さん！」母の注意を引き戻したくて、鋭い声で呼んだ。エイブの娘のことはぼんやりと覚えている――目が大きくて、爆発したような髪をしたかわいい女の子だった――でも、いま聞きたいのはその子の話じゃない。「いったい、何の話？　誰が、何をしたって？」

「最初はあんなつもりじゃなかったの。いいえ……そういうつもりだったのかも。でも、彼が正しいことのように言ったのよ」

「彼って？　エイブのこと？」

　母はのろのろと頭をふった。「わたしは本部長の器なんかじゃないのに、とんでもないご褒美だったのよね。脅されるよりましだった。でも、エイブは……脅された。

買収できなかったから。不都合なときに、不都合な場所に居合わせただけなのに。わたしのせいで」

「意味がわからないよ」

母は口もとを引き締め、ぼくの頭のうしろを見すえた。「わたしのせい……わたしが引き金を引いたようなものなのよ」まだきちんと火がついていない煙草を灰のなかで揉《も》み消した。「わたしは魂を売ってしまって、もう返ってこない」

「いったい――」

「もちろん、彼がずる賢いキツネのように藪《やぶ》に潜んでいて、わたしの不利になるよう悪用することを予測しておくべきだった」

「彼って――」

「でも、わたしはよかれと思ってやったんだってことは忘れないで。それに、あの子の年を知らなかったんだって、彼は誓ったのよ。もう二度としないともね」母は鼻を鳴らした。「あなたには、エイブはいいひとだったってわかってほしい」ぼくの目をじっと見つめる母の目から涙がこぼれ落ちて頬を伝った。「きちんと正そうとしたのよ。でも、彼女と顔をあわせられなかった。これだけ時間がたってしまったあとで、自分が彼女にした仕打ちに向きあえなかった。母さんは臆病者なのよ。本部長なんかじゃない。(臆病者なの」

背筋に震えが走った。「母さん、彼女って誰？」

母は首をふった。「あの子は父親を憎んでいるにちがいないわ。何も知らないから。だから、知ってほしいの。彼はいいひとだったって、グレーシーに伝えて。伝えてくれるわね？」

ぼくは答えられず、母のでたらめな言葉の奥にある意味を読み解こうとした。「母さん……いったい、何を言っているの？」まるで懺悔《ざんげ》のようだ。でも、いったい何をしたのだろう？

母は口を開けて何か言おうとしたが、言葉が出てこないまま、辛そうな青い目で——ぼくと同じ、ヤグルマソウのような紫に近い青い目で——ぼくをじっと見つめていた。ぼくは母が説明してくれるのを待った。

母はやっとライターをつけ、一瞬だけ小さな火が燃えあがると、すぐに親指で消した。「ベッドに行って。眠っている犬は起こすな。そのほうが嚙まれる心配がない」くすくすと笑って続けた。「あのひとはいつもそう言っていたわ。わたしがせっついて、あいつらがよからぬことを企《たくら》んでいると言うたびに」

こんな話を聞かされて、眠れるわけがない。「母さん……」

「ハル・ファルチャーを覚えている？」

「弁護士の？」

「ハルを訪ねて。近いうちに。あまり時間がないから」

訪ねて、どうするの？　いったい、なぜ？

「シャワーを浴びてきなさい」母は一杯目の水を飲みほすと、二杯目も一気に飲んだ。今夜は筋の通った答えは返ってこないだろう。話の続きは明日になるだろうが、どこからはじめるべきなのかわからない。

ぼくが額にキスをすると、母は愛情をこめて、ひげの生えはじめたあごを片手で包んできた。「愛しているわ。それだけはいつも忘れないで」

「ぼくだって。でも、シャワーから出たときにまだベッドに入ってなかったら、母さんを投げ飛ばすから」それが脅しではないことは、母にもわかっていた。まえにやったことがあるのだ。

母は虚ろな声で笑うと、警察無線のダイヤルをまわしたが、その目は閉じはじめていた。あと五分もしたら、このテーブルで寝入ってしまうだろう。

無線から聞こえる司令係の声は母の大きなため息を隠さなかった。「あなたなら、きっとだいじょうぶ」

ぼくは服を脱いで、部屋の隅に放った。あとで片づけよう。あごの無精ひげも、朝でいい。いや、ひげはいいいか。明日の夜はレイニー通りに飲みにいき、ジェンソンの彼女が友だちのデイナを連れてくることになっていた。ぼくが先週寝た子だ。あのときもひげを剃《そ》るのを忘れていたが、デイナは気に入っているみたいだった。

ぼくはシャワーの下でしばらく立ち、肌を流れる湯が肩のこわばりをほぐしてくれることを期待した。今夜の母はいつもとちがう。何だか……正気ではなかった。エイブのことはびっくりした。母はエイブの死を深刻に受け止めていた。最初にひどく飲みはじめたのは、あのときだったのだから。

あの魂を売ったとかいう話は何なんだ？

ぼくは頭を洗いながら、シャンプーの清涼感のあるにおいを吸いこんだ。芝居がかった酔っぱらいの戯言《たわごと》に決まっている。母が罪を犯したと思っているなんて信じられない。母は高位の記章をつけた警察本部長だ。街でも尊敬されている。賢いし、楽しい人間だ。飲んでいなければ。

ぼくの母さんなのだから。

そのとき、銃声が響いた。

2

ノア・マーシャル

伯父のサイラスは足を引きずって歩く。

五歳のとき、ぼくは初めて伯父の歩き方がみんなとちがうことに気づき、おじさんの歩き方は変だと言った。すると、サイラスはぼくを膝にのせ、ニンジャを知っているかと尋ねた。ぼくは笑って、『ティーンエイジ・ミュータント・ニンジャ・タートルズ』のラファエロの人形を掲げた。すると、サイラスは本物のニンジャと戦ったことがあると話しだした。勝ったが、最後の最後に剣で脚を切られてしまったと。そしてズボンをめくりあげて、十センチほどの傷痕を証拠として見せたのだ。

サイラスを訪ねるたびに、ぼくはその話をねだり、伯父もまた話すたびにどんどん詳しく、こじつけが多くなっていく話をしてくれた。とても説得力のある話し方なので、ぼくはすっかり信じこみ、まぬけな笑みを浮かべて、非常に細かい描写に聞き入ったものだ。

まもなく、ぼくは膝にのれないほど大きくなり、ほら話を信じないくらいには賢くなった。それでも知ったふうな口を利き、思春期に入った少年特有の疑り深《うたぐ》いまなざしで、話をねだっていた。すると、伯父はニンジャの剣で切られた話をして、最後にウインクをするのだ。

そして九歳になったとき、母がついに真実を告げた――サイラスは十二歳のときに木から落ちそうになった妹を助けようとして自分が落ちてひどく骨折し、きちんと治らなかったのだと。医師たちはもう一度骨を折って治療しようとしたが、祖母が許さず、サイラスは軽く足を引きずるようになったのだ。

ニンジャの話は嘘だととっくに気づいてはいたものの、それでもとても幻滅したことを覚えている。荒唐無稽な話に期待する幼心が胸の奥のどこかで、小さな残り火のように消えずにいたのだろう。

そして、いまは足を引きずりながら、ぼくがすわっている正面のポーチに近づいてくるシルエットだけが見えている。顔は夜の闇と、袋小路を照らす無数の回転灯の明かりで見えず、いまぼくが伯父にしてほしいと思うのは、別の話をしてくれることだけだった。

母がまだ生きていた頃の話を。

サイラスは五十七歳で決して老人ではないが、階段をのぼってくる姿からは老いを感じた。ゆっくりとしたぎこちない動作で、背中を丸め、錬鉄の手すりにつかまってポーチまでのぼってくる。ぼくと同じように、とても現実とは思えずにすっかり混乱しているのだろう。

ポーチに着いたときには、サイラスは息を切らしていた。「電話が鳴らなかったんだ。きょう掃除をしたときに、ジュディが呼び出し音を消してしまったらしい」

「だいじょうぶだよ」警察の車がサイラスの家へ急行するまえに連絡しようと、三回電話したのだ。

サイラスは玄関のまえで立ち止まった。

「なかには入れてくれないかも」ぼくは虚ろな声で言った。サイラスはトラヴィス郡の主席検事だが、死亡した人物の兄でもあるのだ。こういう場合の決まりはどうなっているんだろう？

「あまり、入りたくないな」サイラスはカーディガンのポケットに入れた鍵の束をぼんやりといじっている。カーディガンの下には肌着として着るような白いVネックのTシャツしか着ていない。午前一時に警察官に起こされ、妹が自分の頭を銃で撃ちぬいたと知らされて、かごから引っぱりだしたようなTシャツだ。

覚えているかぎり、こんなだらしのない格好をしたサイラスは見たことがないが、ひとのことは言えない。一時間まえまで、ぼくは血で染まったタオルを腰に巻いただけだったのだから。髪にはまだシャンプーの泡がついている。

サイラスは大きく息を吸って小声で言った。「少しだけ、時間をくれ」それから家のなかへ入っていくと、ぼくはひとり残されて、混乱した現場を見つめた。ここにはこられるだけの警察官が残らず集まっているにちがいない。袋小路は何台ものパトカーであふれ返っている。近所の人々は思い思いの格好でポーチに立ち、静かに状況を見つめている。といっても、ここは奥まった場所なので、現場を見られるところには家が六軒しか建っていない。角に張った境界線が野次馬を安全な位置まで遠ざけてくれているのだ。どうやら、大勢が押しかけてきているらしい。

サイラスは二分後に出てきた。いや、もしかしたら二十分後だったかもしれない。その顔は引きつり、青ざめていた。サイラスはポーチのブランコにすわるぼくの隣に腰を下ろすと、ぼくの手についた乾いた血を見て、一瞬動きを止めた。触れてはいけないことは知っていたが、脈を取るという虚しい試みをして、首と手首に触れたのだ。

「ノア、いったい何があったんだ?」

ぼくには首を横にふることしかできなかった。警察官からはこの場から動かず、電話をするのも誰かと話すのもいけないと言われたが、サイラスがここにいても咎《とが》められないところを見ると、伯父は例外なのだろう。

「ノア……」サイラスが促した。

「キッチンの窓が開いていた。誰かが入ってきたのかもしれない」

「可能性はある」伯父はぼくの気持ちをやわらげようとして、そう言ったのだろう。

銃声を聞いてすぐに階段を駆けおりていったのだから、ぼくに見られずに、誰かが窓によじのぼって網戸をもとに戻す時間なんてなかったはずだ。だいたい、どうしてドアから入ってこなかったんだ？　といっても、ドアには鍵がかかっていたし、警報装置も作動していたのだが。

「詳しく話してくれ」

「〝あなたなら、きっとだいじょうぶ〟だってさ」

母がぼくに最後に言った言葉だ。ああ……あれが最後の言葉だったのに、ぼくは母をひとりきりにしてしまった。

サイラスの手が膝にのり、罪悪感にあふれた思いから引き戻された。

ぼくは911の司令係と警察官に説明したことを話した。ぼくが二階にいたのは二十分たらずで、シャワーを浴びていたら銃声が聞こえて一階へ下りると、キッチンのテーブルの血だまりで、母が片手に銃を握ってうつ伏せで倒れていたのだと。

「そのまえは？」

そのまえ……。「母さんはウイスキーを飲んでいた」

「今夜だけか？」

ぼくはためらったが、首をふった。

サイラスは大きく息を吸いこんだ。「いつ頃から？」

「二、三週間まえ」ぼくは声をひそめた。「サイラスおじさん、母さんは今夜おかしなことばかり言っていたんだ」

「ほう？」サイラスは顔をぼくに近づけた。「おかしいって、どんなことだ？」

「自分はいまの仕事にふさわしくないとか、自分の力でつかんだわけじゃないとか」

サイラスはしばらく考えこんでから言った。「女に本部長はつとまらないなんて言うわからず屋が多かったからな。それで、とうとうこんなことになってしまったのかもしれない」

「そうじゃないと思う」ぼくはさらに声をひそめ、ささやくように言った。「今夜はエイブのことを話していたんだ。エイブがはめられたみたいなことを言っていた。自分も罠《わな》にはめた側のひとりだ、みたいなことを」

「ジャッキーがそう言ったのか？　はっきりと」

「はっきりではないけど、でも――」

「おまえの母さんは、あの件とは何も関係なかった」サイラスは決然と首をふった。

「何もだ」

「でも、母さんはそうは考えていないみたいだ。いや、考えていないみたいだった」

ぼくは小声で言い直した。

「ノア、これだけは信じてくれ。あの件については、捜査は抜かりなく行われた。あの男はぜったいに有罪だった」サイラスは探るようにしてぼくの目を見た。「ジャッキーはどうしてそうじゃないと思うのか、理由を説明したのか？」

「詳しいことは何も話さなかった。でも、あの話し方だと、母さんも手を貸したみたいに聞こえた」

「ああ、ジャッキー」サイラスは警察官が行き来している人混みのほうに目をやった。警察官のなかにはぼくが知っている顔もいくつかあるが、ほとんどは知らないひとだった。「オースティン市警には話したのか？」

「まだ」

「わたしから言えば、おまえの事情聴取は明日にしてもらえるかもしれない」

「今夜じゅうにしたいと言っていたよ。とりあえず、初動としての聴取だけはすませたいって」

サイラスは同意して言った。「無理もないな。ジャッキーは本部長だったわけだから」指で膝を叩いた。「だが、それなら急いでもらわないと」

「すぐにやってくれるさ」母の遺体はまだ家のなかで冷たくなっているのだから。

「ジャッキーはほかに何か言っていたか？」

「確か……」母との会話を必死に思い出そうとしたが、こんなに混乱している頭では難しかった。「最初は正しいことをしたつもりだったとか何とか言っていたと思う。あと、ずる賢いキツネが母さんを困らせるために何かを利用したとか何とか。母さんは脅されていたんだと思う？」

「何も聞いていない。もし脅されていたなら、わたしに相談すると思わないか？」

ぼくは肩をすくめた。だって、さっきしたことを思えば、母が何をするかなんてわかるはずがない。

サイラスはためらいがちに言った。「よし、おまえはこうしろ」伯父の顔が近づいてきたことで、考えがまとまったのだとわかった。これがサイラスなのだ——サイラスに問題を伝えれば、数分で解決策ができあがる。「ジャッキーが話したことを警察に残らず伝える必要はない」ぼくでも聞きづらいほど小さな声で言った。「わたしとおまえだけが知っていればいい。おまえの母さんは優秀な警察官であり本部長だった。そうじゃなかったと言わせる材料を与えることはない。そうじゃなくても、今回の件はオースティン市にとって、苦い薬になるだろうから」

「それじゃあ、警察には何と言えばいいの？　嘘はつけないよ、サイラスおじさん」

「おまえがきょう何をしていたか、ジャッキーは訊《き》いたか？」

「訊いたよ」

「だったら、それを話せばいい。おまえは家に帰ってきて、母親と少し話してから二階へあがった。母さんは少し酒を飲んでいたが、別に深くは考えなかった。すべて、事実だろう？」

「事実だね」母が銃で自分を撃つかもしれないなんてことが頭をかすめていたら、決してそばを離れたりはしなかった。

伯父が言わんとしているのは、それだけではなかった。ぼくは母のおかしな言葉を自分の胸だけに収めておいていいと地区主席検事に許可されたのだ。正しかろうが間違っていようが、ぼくにはその許可が必要だった。ぼくはうなずいた。すると、心を捕えていたとてつもない喪失感の奥深くで、かすかに安堵《あんど》がきらめいた。

そのあとサイラスとぼくは黙りこみ、こちらにほとんど目を向けないまま家を出入りするひとたちを見ていた。

「……いや、わからない。いつがいい？」ボイドが無線機を片手に持って、家から出てきた。ボイドとは幼稚園からの知りあいで、決して親友ではないけれど、二十一年の付きあいだから、いつでも互いに連絡しあえる仲だ。たとえば、オースティン市警への就職を希望したとき、母に推薦状を書いてもらえないかとボイドが電話をかけてきたときみたいに。

ボイドは今夜最初に駆けつけてきた警察官のひとりだった。

すぐうしろから男がもうひとり出てきて、ポーチの床がきしんだ。彼は私服だが、警察官にちがいない。そうでなければ、家に入れなかっただろうから。「水曜日でどうだい？　おれたちの試合が終わったあとで」

「くそっ。来週からシーズンがはじまるのか。それなら――」

「きみは本部長が死んだ事件を捜査しているのか、それとも個人的な予定を立てているのか？　地区主席検事のサイラス・レイドがいますぐ甥《おい》をここから連れだしたいと言っているとタウルに伝えてくるんだ」サイラスはいら立たしげな大声で、ボイドの話をさえぎった。

ボイドはいかめしい顔でぼくを見た。脳みそが半分しかない警察官だって地区主席検事を敵にまわしたくないだろうし、ボイドは馬鹿じゃない。「はい、了解しました。わたしたちはいま……」ボイドがサイラスにどんな言い訳をしているにしろ、ぼくは暗い目でこちらを見ているもうひとりの男に注意を向けた。顔は無表情だが、威圧的だ。深くくぼんだ目と、出ている額のせいかもしれない。こんな飛びだした額は初めて見た。この目と額のせいで、ひどく意地悪そうに見える。

「ノア?」

サイラスの声で、物思いから引き戻された。ボイドがメモ帳とペンを持ち、気遣わしげな顔で、真正面に立っていた。「彼が基本的な事情聴取をしたら、あとは明日にしてくれるそうだ」サイラスはぼくを安心させるようにほほ笑んだ。「用意はできているかい?」

〝事実の半分だけを伝える用意?〟「はい」

もちろん、母さんはエイブが死んだことと何も関係ない。

関係あるなんて言ったことは、誰も知らなくていい。

3

グレース
アリゾナ州トゥーソン

あたしはベビーキャロットを砂地に放った。「これまでだって、ちゃんと分けてやったじゃないのよ」

サイクロプスはベビーキャロットに飛びつき、砂だらけでもまったく気にせず、一気にむさぼった。驚くことじゃない。騒々しく吠える口に入るものなら何でも食べるのだ。ネズミの尻尾をあごのまえに垂らしながら歩いていく姿を見かけたことも一度や二度じゃない。

「さあ、もう行って」そんなことを言っても無駄なのはわかっている。このみすぼらしい犬は、あたしがハンドバッグにしまったチキンのタキートのにおいを嗅ぎつけているのだから。すぐには離れていかないだろう。しつこいからこそ、こんなにも長く生き長らえてきたわけだから。サイクロプスには餌をくれる飼い主がいない。それで誰かが憐《あわ》れんで残飯を与えてくれることを期待して、トレーラーパークの住人たちのあとをついてまわるのだ。そして、その誰かというのはたいていあたしだ。

あたしは傷口が化膿《かのう》してうしろ足を引きずり、耳の一部がちぎれ、かなり以前に左目を失った姿でサイクロプスが現れた日のことを覚えている。苦労してサイクロプスを押さえつけて体を洗い、足に包帯を巻いてやったのだ。あれから三年、サイクロプスはここへ戻ってくるようになった。

スリーピーホローにたどり着いた人々の多くと同じように。

あたしはサイクロプスを無視して路地を歩いた。いまは午後二時で、スリーピーホロー・トレーラーパークはいつもどおりまるでゴーストタウンのようだった。住人のほとんどは夜勤明けで寝ているか、このトレーラーパークに帰ってこられるように、安賃金のために長時間働いているかのどちらかだ。

コルテスのトレーラーハウスのまえを通りすぎた。このトレーラーハウスには六人が暮らしている。窓は板で覆われているが、これは先月ミスター・コルテスが怒りにまかせて拳で割り、ガラスを入れるお金がないからだ。管理会社は何も言わない。このあたりではひと月五百ドルの家賃では、モンスーンの季節のあいだずっと屋根から雨漏りする部屋くらいしか借りられない。このトレーラーパークは週に三度は水不足になるし、下水の臭いがする日のほうが多い。

いまコルテスの家には誰もいないようで、あたしはすばやく感謝の祈りを捧《ささ》げた。コルテスの家族が家にいたら、誰も眠れないからだ。あたしはコンビニエンス・ストア〈クイックトリップ〉で働くために午前五時に起きたので、今夜〈アーント・チラーダズ〉でウエートレスとして働くまえに昼寝をしたい。

コルテスの隣はシムズのトレーラーハウスで、ケンドリック・シムズ、その妹と恋人、七歳のふたりの子どもが住んでいる。妹と恋人は真っ当な職業だが、ケンドリックは数えきれないほど何度も刑務所を出入りしている。最近は敷地内をぶらぶら歩き、大勢と握手しては角の向こうに消える。ドラッグの取引をしていることは、周知の事実だ。

いまケンドリックは金網フェンスの近くに立って、こっちを見ている。でも、ここでは決して言いよってこない。八年まえとはちがって。ある夜、路地であたしを待ち伏せ、自分は黒人だし、見たところおまえの父親も黒人のようだから、自分と付きあうべきで、おまえが受け継いだものについて知ったほうがいいことを教えてやると、話しはじめたのだ。ケンドリックが十九歳のときだ。

あたしは十二歳だった。

あたしは口下手だと言われたことがない。でも、あのときは死ぬほど怖かったので何も言えず、走って家まで帰り、マットレスの下から母の飛びだしナイフを取りだした。そして、きょうまでずっと持ち歩いている。

シムズの隣はアルブズだ。ドアの外にいつも置いてある、真紅のベルベットのひじ掛け椅子から、ビルマ・アルブズが手をふってきた。数年まえに息子が道ばたから発掘してきた宝物だ。晴れでも雨でも、いつも同じ場所に置いてある。トゥーソンはたいてい晴れているけれど。

「こんにちは！《ブエナス・タルデス》」ビルマがかん高い声で呼びかけてきた。

「こんにちは《オラ》」いつものようににっこり笑って答えた。ビルマは九十歳で、あたしが辛い思いをしていることに気づくと、よく手作りのエンチラーダとモーレを持ってきてくれる。

ビルマはサイクロプスをにらみつけ、「やだ《ラビア》！」と言いながら手をふって追い払った。

あたしは野良犬を見おろし——テリアとチワワの雑種で、とてもやかましい　にやりとした。「まだ口から泡を吹いてないから病気じゃないわ」

ビルマは渋々肩をすくめた。あたしのスペイン語とビルマの英語は、どちらがましなのかわからない。でも、あたしたちはいつも何とか言葉の壁を乗り越えている。

「じゃあ、またね《アスタ・ルエゴ》」あたしはのろのろと手をふって歩きだした。

「あんたの母さんのところに男がきてたよ《ウン・オンブレ・ビジト・ア・トゥ・ママ》」

あたしがどんなにスペイン語がへたでも、意味はわかる。さらにもっと肝心なのが、あたしが仕事に行っているあいだに男が母を訪ねてきたことが何を意味するのか、わかるということだ。

胃が引きつった。「どのくらいまえ？　何時頃？」時計をしていない腕を指で叩いた。

「ア・ラス・ディエス」

十時。四時間まえだ。

あたしはまえにある長方形の箱に目をやった。母の子ども時代の家であり、数年まえに死んだ祖母が母に遺《のこ》した一九六〇年代製の寝室がふたつしかないトレーラーハウスだ。驚くことじゃない。母の空《から》約束を信じ、裏切られるたびに怒りと不安で母に怒鳴っていたのは、もう何年もまえ。まだ十代で希望を抱いた頃のあたし。

愚かだった頃のあたしだ。

あたしは警告してくれたビルマにまじめな顔でうなずき、小さな声で「ありがと《グラシア》

《ス》う」と言った。そして、トレーラーハウスのドアまでの二十歩を急ぐような引き延ばすような相反する気持ちを抱いて進んだ。いつか近いうちに、ドアを開けたら、母が死んでいたという場面に遭遇するだろうとわかっていたからだ。ただし、この胸のつかえがそれを恐れているからなのか、あるいはすでにその結果を受け入れているからなのかはわからなかった。

たぶん、両方だろう。

サイクロプスが耳をつんざくような声で吠《ほ》え、一瞬だけ気持ちがそれた。サイクロプスはこれが最後の機会だと知っており、あの訴えかけてくるような目であたしを見あげている。

「こってりした食べ物はおまえには毒なのよ」あたしはベビーキャロットをもうひとつサイクロプスのほうへ放った。サイクロプスはベビーキャロットをがつがつ食べると、ミセス・ハバードが飼っているぶち猫を追って、アルブズのトレーラーハウスの下へすばやくもぐっていった。

「お礼はけっこうよ」あたしはぶつぶつ言いながらベビーキャロットをつまんだが、食欲はすっかり消え失《う》せていた。傷だらけのドアをしばらく見つめ、頭のなかでひとつひとつの傷やへこみを残らず挙げていく。サイズ十二の特大ブーツのへこみは、ミスター・コルテスが酔っぱらって、奥さんに鍵を変えられたと思いこんで蹴った跡。ドアの縁に付いている傷は泥棒がこじ開けようとした跡だ。そして、黒いスプレーの線は近所の少年が改装と称して描いたもの。

あたしは息をつめ、コンクリートの階段をのぼって鍵を挿しこんだ。ドアを開ける。

煙草の煙に包まれ、うんざりしてたじろいだけれど、同時にほっとした。煙草を吸っているなら、生きているということだ。ただし、たちこめた煙で窒息しそうだけれど。「どうしてエアコンをつけないの?」あたしは母を叱り、むっとする暗い室内に入った。春の熱波のせいで、気温は三十五度だ。

「壊れてるのよ」物憂げな答えが返ってくる。

「嘘でしょ! 買ったばかりなのよ」窓まで歩き、ダイヤルを調整してプラグが挿しこまれているかどうか確認すると、エアコンを思いきり叩いた。でも、母の言うとおりだった。動いていない。中古のエアコンを売ってくれた〈アーント・チラーダズ〉の配達人は新品同様だと保証したのに。「まったくもう!」あたしはトレーラーハウスのドアを蹴り開けた。

太陽の光に、母が目を細める。今朝あたしが出ていったときとまったく変わらず、カウチのうえにいる。ただし、今朝は小さくいびきをかいていたけれど、いまはぼんやりとした赤い目で、針とスプーンを隠したクッションの下から手を出した。あたしから隠せるはずがないのに。

母が隠しているのがウォッカやマリファナや鎮痛剤だった頃は、よく探したものだった。そういったものを母が使うのをやめさせられると信じていた頃は。この八十平方メートル余りのブリキの缶に、驚くほどたくさんの隠し場所がある。あたしは必ず見つけて排水管やトイレに流した。だって、買い直すお金がなければ、もう使えないはず。そうでしょう?

でも、母はドラッグなしではいられないのだと、あたしはやっと学んだ。お金がなければ、ほかの方法で支払うのだ。

だから、あたしはキッチンの引きだしにお金を置いておくことにした。多くはないけど、充分な額を。そのことについては、母と話さない。お金を置いていって帰ってくると、お金はなくなり、母はハイになっている。でも、今週はこの動かないポンコツのエアコンを買ったので、置いていく余分なお金がなかったのだ。

きょうの分のドラッグを手に入れるために母がしたことを想像すると、胃が締めつけられた。

「あのみすぼらしい犬がきたら……」母はまったく動かないまま、ぶつぶつ言った。「サイクロプスはこんなところにきたがらないわよ」あたしだっていたくない。でも、あたしは逃げだせない。このトレーラーハウスからも、このトレーラーパークからも。この人生からも。

このドアを出てふり返らずに歩いていかないのは、あたしに捨てられたりしたら、母は一週間で街角に立つか、遺体安置所で眠ることになるだろうから。

あたしは何とか憤りを抑え、ダイニングテーブルにバッグを置いて、タキートの包みを開けた。「はい、食べて。チキンよ」〈クイックトリップ〉の店長のアーニーは保温機に入れすぎて売れなくなったタキートを従業員に持たせてくれるのだ。

「もう食べたわ」母は手をふってタキートを遠ざけた。目は隅にある古いブラウン管のテレビでやっている連続ドラマに向いたままだ。でも、きっと何というドラマなのかも、母は知らない。それに、もう食べたというのは嘘だ。母はとろけるチーズをはさんだサンドイッチを食べて生きており、食べるのを忘れていないときは、あたしが帰ってくると、調理台にパンくずと薄く切ったパンが散らばり、オーブントースターには焼いたプロセスチーズの残りがこびりついている。でも、きょうの調理台は昨夜きれいにしたままだ。

母は昔から細かったけれど、いまは痩せこけている。強いドラッグの影響で、脂肪と筋肉が奪われて、黄ばんだ肌と骨と艶のない土色の髪しかなく、かつて人目を引くほど美しかった顔はすっかり頬がこけてしまった。

とはいえ、食事について母と争うつもりはない。だって、ヘロイン中毒者を説き伏せることなんてできないし、母はまさしくヘロイン中毒なのだから。

「少し寝るわ。火事を起こさないでよ」あたしはタキートを食べながら言い、寝室へ向かった。とりあえず、寝室には扇風機があるし、ドアの下にタオルをはさめば、煙草のいやな臭いから逃げられる。

「ジャッキー・マーシャルが死んだわ」

あたしは足を止めた。「ええっ?」母が続けて何か話すと思ったのだ。

母は手を銃の形にして、ひとさし指をこめかみにあてた。「頭に弾を撃ちこんだの。とりあえず、そう言ってたわ」

ジャッキー・マーシャル。警察官だった父の相棒で親友だったひと。そばにいてほしかったときに、あたしたちに背を向けた女性。約十四年まえ、父が罠にはめられた件に関係していたはずだと、母が確信している女性だ。

オースティンで杭垣《くいがき》に囲まれた快適な家に住んでいた頃、あたしはジャッキー・

マーシャルを知っていたらしい。過去の暮らしの話だ。あたしが六歳のときに終わりを迎えた暮らしの話で、ほとんど覚えていない。おぼろげな人々の顔に、かすかに覚えているほほ笑み。男のひとに高く放り投げられて笑う子どもの声も覚えているけれど、その男のひとは家に帰ってこなくなった。

昔の人生のせいでいまの人生がはじまった。辛さと涙に満ちた人生が。オースティン市警とジャッキー・マーシャルという女性に対する憎しみに満ちた人生が。

「どこで聞いたの?」あたしたちはオースティンからふたつ離れた州にあるトゥーソンに住んでいるし、オースティンを出るときに周囲の人々とは縁を切り、名字さえ母の旧姓であるリチャーズに変えたのだ。

「ニュースになってそこらじゅうに広まってるわよ」母はよろよろと携帯電話を差しだした。

母はとっくに現実と縁を切っているのに、テキサスは残酷にも母をまだ解放してくれないらしい。アリゾナ州知事の名前すら言えないくせに、陰謀説を唱える人間のように、意識がはっきりしているときはテキサスのニュースを読んで、あらゆる動きを追っている。そして二年まえにジャッキー・マーシャルがオースティン市警の本部長に任命されたという記事を読んで以来、あの邪悪な強迫観念がひどくなっている。

薬物依存症も。

こんなにひどい状態になっているのに、最近もまだ情報を追っていたことに驚いた。〝オースティン市警トップが自殺〟あたしは朝刊の記事を読み、ぞっとする内容にたじろいだ。母はまともな新聞よりタブロイド紙を好む。政治に関するでたらめが少なく、際どい事実が多く載っているから。それに、プライバシーにあまり配慮しない。

「息子が発見したのね」ノア・マーシャル。母によれば、あたしは彼のことも知っているらしい。男の子がいたことはおぼろげに覚えているけれど、何人か青年が並んでいるなかから選べと言われても選べない。

「自分の子どもに発見させるなんて、いったいどういう母親よ」母が言った。

「病んだ母親ね」ドラッグの過剰摂取で二度、自分の母親を病院に運びこむはめになった身とすれば、自分のことを棚にあげているとぴしゃりと言うこともできたけれど、いまはやめておいたほうがいいだろう。「仕事の重圧に耐えられなかったって書いてあるわ」

「あのひとが耐えられなかったのは……」母は顔をこちらに向けるというより、ぐらりと揺らすようにして、恐ろしく血走った目であたしを見た。「罪悪感よ。誰かを裏切ったあと、罪悪感がどんどん募ってきて、内側から食い尽くされたのね」

たとえば、父のような誰かを裏切って。

「言ったでしょ。ずっと嘘をついてたのよ。ずっと知らないふりをしていた……。これが……証拠よ」母の目はまたテレビに貼りついた。「マーシャル本部長……とうとう、罰せられたのね」

「証拠？」こんなのは証拠にならない。それが問題なのだ——ジャッキーにしろ、ほかの誰にしろ、父を罠にはめたというちっぽけな証拠でさえ、母が示してくれたことは一度もない。ただ、心の底から信じているだけなのだ。父を愛していたから、罠にはめられたとしか受け入れられないから。

事件が起きた当時、父は事故にあい、もう家には帰ってこないと、母から聞かされていた。そう信じていたのだ。十歳になって、学校の課題を図書館で調べるまでは。あたしは父について知りたくて、コンピュータに父の名前を入力した。それで新聞記事を目にしたのだ。

見出しを。

真実を。

あたしは泣きながら走って家に帰り、母に事実を突きつけた。すると母は、そんなくだらない記事は読むな、すべて嘘であり、父は無実だと言ったのだ。

そのときもまた、あたしは母の言葉を信じた。だって、母にそう言われて、十歳の女の子にほかにどうしろと？　父親は犯罪者と関わりあい、ドラッグの取引に手を染めていた腐敗した警察官なんかじゃないと信じたかったのだ。

その後、あたしは成長して、利口になってくると、母が答えられない質問をした。母が父の不正を心から否定しているせいで、精神的に不健康になっていくのをこの目で見てきた。そして、自分が信じたいことなんて、たいした問題ではないのだと納得した。ほかの人々はみな人生を生きつづけているけれど、母は過去にとどまったままなのだから。出口が見つからないかぎり、この地獄のようなトレーラーハウスで、あたしと一緒に。

あたしはもうずっとまえから現実を受け入れていた。証拠は腐敗した警察官が報いを受けたことを示している。父親は母が言うような善人ではなかった。あたしのことも、この三人家族のことも気にしてくれなかったのだから、あたしたちへの仕打ちを考えれば、父の欲望のために母がこうなったことを考えれば、憎まれても当然なのだと。

そして、いまジャッキー・マーシャルは自殺までするはめになった。これは母の妄想の格好の餌食になるだろう。オースティン市警の本部長は十四年まえの罪悪感に襲われ、とうとう耐えられなくなったという妄想だ。

ジャッキーの死があたしたちと何らかの関係があるだなんて信じたら、とんだ大馬鹿者だ。

あたしはたんなる好奇心で、新聞記事を最後まで読んだ。ジャッキーが副本部長、そして本部長へとあっという間に出世したことについて、詳しく記されていた。記事によれば、ジャッキー・マーシャルは〝とても意欲のある〟警察官だったらしい。信念が強く、目標が明確で、出世することを願っていた。ぜったいに成功すると決めていたのだ。

記事に書かれているような女性が出世の階段を駆けのぼり、やっとてっぺんにたどり着いたというのに、どうして自信をなくしてしまったのだろう？

記事の最後に、腐敗した元相棒、エイブラハム・ウィルクスについて触れられていた。父の名前を目にすると、いまでもまだ胸が締めつけられる――怒りと、恥ずかしさと、辛さで。ついには本部長にまでなった女性でも、あのスキャンダルからは完全に逃れられなかったのだろう。

「遺書については何も書いてない」あたしは言った。

「警察が遺書の内容を発表すると思ってるの？」母は鼻を鳴らした。「あきれちゃうわね、グレース。もっと利口に育てたつもりだったのに」煙草を取りだして、火をつけた。「遺書で何を認めたかなんて、誰も知ることはない。公的な報告書には書かずに闇に葬るだろうからね。あなたのパパを葬ったのと同じように。くだらない口実を使って、抜け道を見つけるわけ。何が、情報公開法よ。世の中、そんなものよ。黙ってろと言われたから、あたしは黙った。でも、彼女が何をしたのか、あたしは知ってるんだから」

「誰に黙ってろと言われたの？」そう尋ねたけれど、答えが返ってこないのはわかっている。返ってきたことがないから。

「いつか、報いを受けるんだから」母はネックレスにぶら下がったハートの先端を親指でなぞった――正確に言えば、ハートの半分だ。

母がドラッグをやっているとき、あたしがそばで耐えられるのはわずかな時間だけで、いまはもう限界に達していた。それに、煙草の臭いで胃がむかむかする。あたしは母の携帯電話を置いて、静かに寝室へ向かった。そしてショートパンツと制服のシャツを脱ぎ、マットレスが古くて波打っているツインベッドに飛び乗った。扇風機の風力を最大にして、あおむけでじっとしていれば、暑さは耐えられる。もしかしたら、眠れるかもしれない。

そうか……昨夜、ジャッキー・マーシャルは自殺したのか。

それが問題？　考えてみる必要がある？

それでも、父はドラッグの取引をしている最中に射殺された、腐敗した警察官のままだ。

母も墓場に片足を突っこんだヘロイン中毒者のままだし、あたしもこの惨めな人生から抜けだせない、ふたりの子どものまま。

ジャッキー・マーシャルが死んだからって、あたしの人生はちっとも変わらない。

4

オースティン市警
ジャッキー・マーシャル警視長
二〇〇三年四月十六日

「出世すればのんびりできるなんて言ったやつは、これっぽっちもわかっていないんだわ」わたしはぶつぶつ言いながら、すっかり消え失せた元気をカフェインで取り戻せることを期待して、焦げたようなコーヒーを飲んだ。朝の七時からずっと立ちっぱなしで、くだらない事件を片づけている。もう夜の十一時近い。

「家に帰って、男にまかせればいいじゃないか」マンティスが嘲笑った。額が出ていて、小さくて丸い目をした、風変わりな顔つきの男だ。女が外見だけで恋に落ちるような男ではない。だが、どこか勇み肌なところがあり、そこを気に入る女もいるだろう。

わたしはぜったいにお断りだけど。それでも、あまり選択肢がないので、部下としては大目に見ている。

そして、わたしに――はるかに階級がうえである警視のわたしに――こんな無礼な態度で話しかけてくるのは、マンティスも選択肢がないことをわかっているからだ。

「キャニングに現場へ出て確認してほしいと頼まれたのよ」コーヒーをもうひと口飲みながら、いろいろな角度で道路の反対側に停《と》まり、眩《まばゆ》い光を放っている数台のパトカーをじっと見つめた。一台のパトカーの後部座席には、分厚い眼鏡をかけ、ぼさぼさのブロンドの髪をした屈強な白人の男がすわっている。「あいつを放りこめるだけの証拠はあるの？」

「あいつの家には覚醒剤の製造室があったんだぜ、マーシャル。どう思う？」

「とにかく、慎重にやって。弁護士に抜け穴を見つけられて釈放したくないから」

「釈放することになったりしたら、そいつは地区主席検事のせいだな」マンティスは、まるで、わたしが地区主席検事かのように、地区主席検事という言葉を強調する。こんなふうに皮肉を言われるのは初めてではないし、兄はまだ当選してもいない。けれど、サイラスが待望の地位を得ようとして、次の選挙のために走りまわっているだけで、マンティスには充分なのだ。

「マンティス、へまをしないよう気をつけて。キャニングからの直々のお達しなんだから」

「そう緊張すんなって。もう逮捕したも同然だ」マンティスが含み笑いをした。低くしゃがれた声のせいで、陰険に聞こえる。「あいつは自分を守るためなら、カナリヤみたいに鳴くタイプだ。いくつか名前を聞きだせるさ。でかい手柄になるぞ」

「今週の写真撮影用にポーズの練習をするんでしょうね」最近になって、マンティスは顔を見るのもいやになるほど何度も新聞に載っている。だが、キャニングはオースティン市警はドラッグと戦っていると市民に訴えたがっており、そのためにはメディアで報道されるのがいちばんなのだ。

「家に帰って寝てこいよ。ひどい顔をしているぜ、マーシャル」

　いつものように、マンティスはわたしをいら立たせようとしている。「あなたこそ、家へ帰ってシャワーを浴びたら。臭うから。勤務のあと、相手をする娼婦《しょうふ》がかわいそうよ」知りあってからずっと、マンティスはスーパーで売っている安物のオーデコロンを使いつづけている。

　そのとき携帯電話が鳴り、どんな言葉にしろ、マンティスが投げつけようとしていた卑猥《ひわい》な言葉は聞こえなかった。

5

ノア・マーシャル
二〇一七年四月

すわり心地のいい場所を探して、ウイングチェアのうえでもう一度身体をもぞもぞと動かした。すわり心地のいいところなんてない。こういう椅子はひとを早く立たせるために設計されているのだから。弁護士事務所がこの手の椅子を選ぶのは、感覚として理解できない。弁護士は報酬を得られる時間を増やせるように、依頼人に少しでも長くいてほしいと考えるものではないのか。

「きみがすべて受け取るわけだから、とても明快だ」ハル・ファルチャーが机の向かい側で母の資産の一覧表を見ながら説明しているあいだ、ぼくは彼のはげ頭にあるピンクの痣《あざ》を見つめていた。「クレジットカードの負債が……車のローンだけど……少しあるが、それだけだ。今年の分の税金を取られるだろうが、驚くほどの金額にはならないと思う。それから、確定拠出年金がある。こいつはかなりの金額だ。それに、生命保険金も支払われるだろう。それで葬儀代がまかなえるはずだから、いい知らせだな。生命保険金は支払われないことも多いんだ。もしも……」一瞬、額にしわが寄った。「その、死に方によっては」

ぼくは胸の痛みをふり払って言った。「葬儀場の件は、伯父がすべて話をつけてくれました」サイラスが手を貸してくれて本当に助かった。今回の件を自分ひとりで仕切れたかどうかはわからない。サイラスは自分の望んだとおりに相手を動かすのが得意だから。検事ではあるけれど、政治家でもあるのだ。「これは銀行で通用するんですか？」ぼくを母の遺言執行者に定めている書類をふった。遺言執行者が何をすればいいかなんて、これっぽっちもわからない。

「文句は言われないだろう。銀行の取引明細書によれば、お母さんの口座には約二万ドルある。これだけあれば、数カ月は暮らしていけるだろう。家はどうするのか決めたかい？」

「たぶん、売ると思います」二十六年まえ、ぼくが生まれる一年まえに、両親が全財産を注ぎこんで買った家だ。

「あまり急がないほうがいいかもしれない。オースティン周辺の不動産の価値は急騰しているから」

「伯父もそう言っていました」川まで歩いて数分で、裏に公園がある静かな通りに建つ、趣のある古い家なら、百万ドル近くで売れるだろうと言ったのだ。それが一年先になったら？　さらに高くなるはずだと。それに、あの家の壁は血で汚れてしまった。慎重な購入者が気にしなくなるには時間がかかるだろう。いま家を売りに出せば、こちらの不幸に付けこんで金儲《かねもう》けを企み、不当に安い値段を付けてくる輩《やから》と渡りあうことになる。そんな事態も野郎たちもお断りだ。

「おじさんの言うとおりにすべきかもしれない。いまは、家にいるのかい？」

ぼくは首をふった。

「友だちの家に泊めてもらっています」ジェンソンはクレイグと一緒に、オースティンの中心的な繁華街であるシックスストリートから二ブロックのところで、寝室ふたつの小さな家を借りている。シックスストリートまで歩いてすぐなので、水曜日から日曜日まで、ふたりの家は友人たちがシックスストリートへ行く前後に必ず寄るたまり場になっていた。

母が死んで数日は友人たちも静かにしてくれていたが、もういつもの状態に戻った――表面がでこぼこしたソファで寝ているぼくのまわりで、みんなはビールを飲んだりテレビゲームをしたりしながら互いをからかっている。でも、文句は言えない。ひとりでいるよりましだし、何より家にいるよりはずっといい。

もう二度とあの家で暮らせるとは思えない。もう二度と。

「家へは定期的に帰ったほうがいい。空き家だと思われないように。空き家だと思われると、盗みに入られるから」

「わかりました。警報装置も付けています」

「お母さんの銃は家にあるのかい？」

「はい《イエス・サー》」生まれ育った南部の作法が、ぼくの日常に戻っていた。シアトルに住んでいた頃はすっかり忘れていた。シアトルでは〝サー〟とか〝マム〟とかは言わないのだ。

「金庫のなかかい？」

「はい」探すのに二日かかったが、サイラスが母のファイルのなかにあった暗証番号をとうとう見つけたのだ。

「きみの名義にするなら手伝うよ。きみのコレクションに加えたほうがいい。売りたくないだろう」

「そうですね」ぼくはハルのうしろの壁をじっくり見た。狩りの成果である動物たちがずらりと並び、ガラスの目で静かに見おろしている。じつは銃のコレクションなどないなんてことは、ハルの頭には浮かびもしないのだろう。感受性が豊かな十代の頃に父と一緒にシアトルで暮らしていなければ、銃をいくつも持っていたかもしれない。四年まえに強盗が頻発したとき、銃を持つべきだと母に強く勧められたので、車に乗るときは必ず助手席の下の携帯保管庫にグロックを入れている。だが、それ以上は必要ないし、欲しくもない。

でも、コルト・パイソンは手元に置いておくべきだろう。何よりも、思い出があるから。あれは八歳のときに、母に撃ち方を教えてもらった銃だから。

「家をどうするか決めたら知らせてくれ。このまま売却することもできるし、名義をきみに変更して、あとできみの好きなようにすることもできる」ハルはペンを置いた。「家のことを除けば、すべて迅速に処理できる状態だ。二、三年は暮らしていけるだろう」

「これで終わりですか？」ぼくは立ちあがった。この事務所にすわり、母が自殺したせいで転がりこんできた遺産について話すなんて、いやでたまらなかった。

ハルがひとさし指を立てた。「あと、もうひとつ」咳ばらいをして引きだしを開け、白い封筒を取りだした。「お母さんからきみに渡すよう頼まれた」

事務所の空気がとつぜん重苦しくなった。

ぼくは封筒を見つめた。あらゆる疑問が次々と頭に浮かんできて、鼓動が激しくなる。最大の疑問をやっと口にした。「中身は何ですか？」

「わからない。お母さんが亡くなった日の午後、ここに持ってきたんだ」

〝母が死んだ日の午後〟

そう知って、封筒を見つめた。母の几帳面《きちょうめん》な文字でぼくの名前が記されているのを見て、膝ががくがくと震えた。

だから、母は自殺した夜に、ハル・ファルチャーの名前を出したのだ。問題を片づけるためではなく。

この手紙が何なのか、ハルがわからないはずがない。少なくとも、推測はついているだろう。そして彼の真剣な面持ちからは、その推測に自信があることが伝わってくる。

ハルは封筒を差しだしたが、ぼくは手を出せなかった。封筒に入っているのはひとつしかない。

答えだ。

「受け取りたくない」ぼくはそうつぶやいたが、本当は欲しかった。必要だった。ただ、うまく対処できるかどうかがわからなかった。「何が書いてあるんですか？」

「開封していいとは言われなかったんだ。きみに直接渡すことと、必ずきみがひとりのときに渡すことを頼まれた」ハルは伸ばしていた腕を机に置いた。「いいかい？　わたしは遺言状でないかぎり、依頼人の手紙を預かったりしない。これはわたし個人が好意でしたことだ」

「どうして、そんなことをしたんですか？」

「きみのお母さんは警察本部長だった」ハルは淡々と答えたあと、やわらかな口調で付け加えた。「それに、友だちでもあったからね」

母がこの封筒をハル・ファルチャーに預けたのは意外でも何でもない。ハルはこの世でたったひとりの誠実な弁護士だと確信していたのだ——もちろん、サイラス以外ではということだが。それに部下や同僚はもちろん、ほかの誰が見るともかぎらない証拠として、私的な手紙を扱われたくなかったのだろう。「警察に報告しないといけませんか？」

「わたしは刑事弁護はしないから、その点については助言できない。だが……これがわたしの問題で、母が警察本部長で、封筒の中身がわたしの想像どおりのものだとしたら、自分以外の人間が見る必要はないと考えるだろうね。これは法律に関する助言ではないが」

オースティン市警と保険会社は自殺だと確信している。地区検事事務所は警察の報告書を検討し、捜査結果に納得している。メディアもだ。まともな新聞は貧弱な内容だが厳粛な記事を書き、タブロイド紙《テキサス・インクワイラー》は勝手につくりあげた露骨で野蛮とさえ言える記事を載せている。《テキサス・インクワイラー》は警察が隠そうとしていた詳細な内容を発表しているところを見ると、オースティン市警の幹部のなかに情報提供者がいるにちがいない。記事には〝頭を吹き飛ばした〟という記述があった。エイブに関することも。

新聞の一面に書かれるのを終わりにするために、この手紙を警察に提出すべきだろうか？　ぜったいに、だめだ。

別に犯罪の証拠を隠すわけではない。

封筒に目をやると、ぼくの名前と〝親展〟という言葉が書いてあった。〝ひとりのときに開けて〟と走り書きされている。「これを預けたとき、母は正確には何と言ったんですか？」

「近いうちにきみが取りにくるということと、きみに直接渡すことが重要だと言っていた。きみが開封することが重要なんだと」ハルはぼくが本当に訊きたいことが読み取れるかのように、ぼくをしばらく見つめていた。「ノア、わたしが見たかぎり、兆候はなかった。ジャッキーはいつもと変わらなかった。まさか、こんなことになるとは思わなかった」

〝まさか、こんなことになるとは思わなかった〟〝本当に驚いたよ〟みんな、そればかりだ……。当然だ。夜、閉ざされた家のなかで、ジャッキー・マーシャルが酔っぱらって、訳のわからない話をしている姿を見たことがないのだから。見ていたのは、ぼくだけだ。

それなのに、ぼくもこんなことになるとは思ってもいなかった。

ぼくは震える手でやっと封筒を受け取って、帰ろうとして背を向けた。

「ノア?」ぼくが顔をあげると、ハルはただうなずいた。

ぼくは黙ったまま、ハルの事務所をあとにした。もう言うことなどなかった。お悔みの言葉なら、何度でも言える。母の場合、大半の人々には三度というのが必要な回数だったようだ――一度目は母の死後に初めてぼくと会ったとき、二度目は棺《ひつぎ》を閉じたまま行われた葬儀で挨拶をしたとき、三度目は墓地で別れの言葉を述べて、このあとも続く人生に戻っていくときだ。

ただし、ぼくにとっては何度聞いてもどうでもいい言葉だったけれど。

銃声を聞き、髪にシャンプーをつけたまま、あわてて腰にタオルを巻きつけて階段を駆けおり、母の遺体を見つけてから八日がたった。

母の手の届く場所に銃を置いていたこと、シャワーを浴びるまえに母を二階に連れていって寝かせなかったことを恥じた八日間だった。母の飲酒について、もっと早く手を打たなかった自分を責めた八日間だった。〝あなたなら、きっとだいじょうぶ〟と言った母の真意を理解しなかった自分に腹が立った八日間だった。

こめかみに銃をあて、引き金を引いたあとも〝だいじょうぶ〟だと言ったのだ。こうした罪悪感が湧いた八日間だった。いま、その罪悪感は胸にしっかり住みつき、〝お母さんを亡くして、本当に気の毒だ〟と何度言われたところで、その気持ちはふり払えなかった。

そして、その罪悪感は激しい怒りに繋《つな》がり、母はどうしてあんなことをしたのかという疑問で、頭がいっぱいになる。母はどうして、あんなことをしたのだろうか。母自身に対して。

ぼくに対して。

答えはいまぼくの手のなかにある。

……かもしれない。

ぼくはチェロキーに乗ると、封筒を見た。ファルチャー弁護士事務所の駐車場の花盛りのリンゴの木の陰で、自殺した母の手紙を読めるかどうか、十分は考えた。

そして封筒を開けずに助手席に置き、エンジンをかけた。

家のまえの私道に入って車から降りたぼくは、紺色のセダンが道に停まっていることに気がついた。

「ノア・マーシャルさんですか?」カーゴパンツにゆったりしたゴルフシャツを着た、三十代前半くらいのブロンドの男と、そのすぐうしろから黒髪の男が近づいてきた。

「はい、そうですが」金色のバッジを見なくても警察の人間だとわかったが、鷲《わし》を見た瞬間にうんざりした。どうしてFBIがくるんだよ。

「特別捜査官のクラインです。こちらは同僚のタリーン特別捜査官。いくつかうかがいたいことがありまして」

「どんなことで?」

「ジャッキー・マーシャルさんの件で」

困ったことになった。サイラスがいてくれればよかったのに。

クラインは家に目をやった。「入れていただいてもよろしいですか?」

母が自殺したところから数歩しか離れていない場所で、母についてFBIに質問されるなんて最悪だ。家に入れるつもりはないとはっきり伝わることを期待して、胸のまえで腕を組んだ。「何を訊きたいんですか？」

ふたりは黒いサングラスの下で目を見交わした。

「お母さんのことはお気の毒でした」もうひとりの捜査官、タリーンが冷ややかに言った。儀礼的な挨拶でしかない。

「お母さんが仕事について話したことはありますか？」

「どんなことについて？」

「たとえば、事件についてとか、捜査員との問題についてとか……どんなことでも」

クライン捜査官は片手に手帳を持ってペンを握り、メモを取る格好をしている。

「いいえ、ありません」

「内部の捜査について心配していたことは？」

「内部だろうが何だろうが、母は仕事の話はしませんでした」これなら、正直に答えられる。

「ドウェイン・マンティスという名前を口にしたことは？」

ぼくは顔をしかめた。聞き覚えがある気はしたが、どこで耳にしたのかわからない。

「いいえ。誰ですか？」

「お母さんが亡くなった夜、あなたは直前までお母さんと話していた。それは確かですか？」ぼくの質問を無視して、タリーンが訊いた。

ぼくは咳ばらいをした。「はい。少しだけですが。警察で調書を取られました」

「ええ、読みました」クラインが答えた。

不安になって背筋に震えが走った。読んでいるなら、どうして質問するんだ？　調書には何が書いてあるんだ？　ボイドはぼくが両手を動かすのをやめられなかったと書いたのか？　あの夜に関する説明が曖昧だとか、やけに言葉につまっていたとか書いたのか？

母は本当にほかに何も言わなかったのかと、ボイドは三度も訊いた。嘘をついているのは知っているんだぞと言わんばかりに。

ぼくは話していないことがあるせいで、隠したことや、口ごもった言葉について、いつか誰かに尋ねられる日がくるのではないかと恐れていたのだ。

口を固く閉じて、静かに待った。好ましくない状況に陥った場合に備え、母から教わったこつだ。人間は往々にして、気づまりな沈黙を口を開いて破ろうとする。結局、話しすぎて、隠しておくべきカードを見せてしまうのだ。

〝じっと黙ったまま、気まずくてもがまんするの。最後には、誰かが沈黙を破るから。

その誰かになったらだめ〟

残念ながら、このふたりはその勝負に強かった。

沈黙が続き、とうとうがまんできなくなった。「ほかに何もなければ……」玄関のほうへ歩きはじめた。

「お母さんはエイブラハム・ウィルクスについて話しましたか？」サングラスの奥からタリーンにじっくり観察されているのを感じた。

ぼくの失敗に気づいたなら、いまだろう。「エイブについて？」何気ないふうを装ったが、心のなかでは叫んでいた。エイブについて、何を知っているんだ？「いいえ」

「まったく、何も？　彼が亡くなったときのこととか……」

「いいえ」

「ウィルクスの家族と連絡を取ったことは？」

〝エイブのせいでダイナの人生はめちゃくちゃになってしまった。ダイナとあのかわいい娘は街を追いだされてしまったの〟

「エイブが亡くなってまもなく、ぼくは彼の家族と会うことも話すこともなくなりました」正確に言えば、エイブの葬儀が終わってからだ。葬儀でダイナたちを目にしたきり、一度も会っていない。

「お時間を取っていただき、ありがとうございました」タリーンはふいにそう言って背を向けた。

だが、クラインの話はまだ終わっていなかった。「お母さんはあなたに何か遺しましたか?」

うしろのポケットに入っている手紙以外に? 心臓が激しく鼓動しているのが見えなくてよかった。「何かって……たとえば、どんな?」

クラインは呑気《のんき》そうに肩をすくめたが、質問は決して呑気なものではなかった。

「どんな……ものでも」

手紙のことを話したら、見せないわけにはいかないだろうが、ひとりきりで読むのが先だ。「だめになった食品がたっぷり入った冷蔵庫くらいですかね」馬鹿みたいにつぶやいた。あの日の前日に、スーパー〈トレーダーズ・ジョー〉の空き袋がキッチンに積んであったのを思い出したのだ。自殺する前日に食品の買い出しをする人間がいるだろうか?

クラインの唇がゆがんだが、ほほ笑もうとしているのか、鼻で笑おうとしているのかわからなかった。クラインはどこからか名刺を取りだして、ぼくに差しだした。

「何か思いついたら、連絡してください」

家に着くまえから、なかに入るのがいやだった。鍵がすぐに開けられず、ドアを閉めたあともずっと、背中に注がれたＦＢＩ捜査官たちの視線を感じていた。


春、この裏庭は母にとって幸せな場所だった。

学校から帰ってくると、母が木陰で片手に甘いアイスティー、もう一方の手に本を持って、安楽椅子にすわっていたことがあった。とても穏やかに見えた。母はぼくに気づくとほほ笑み、本を開いたまま膝に伏せた。そして土から顔をのぞかせて咲いたばかりの花を指さし、植物について何も知らないぼくが目を剝いてみせると、小さく笑った。

いま、ぼくはよい香りのする紫色の花をつけた木の下で、母の椅子にすわり、花の名前を思い出そうとしている。母はこの木の下にすわって、手紙を書いたのだろうか？　しらふだったのだろうか？

封筒を持つ手が震える。母が強い罪悪感を覚える何かを告白していたら？　魂を売ったと話していたときに、頭にあったことを書いていたら？　誰かに伝えなければならないだろう。自殺願望を抱いて酒に酔った女がとりとめなく口にした謎めいた言葉を事情聴取で話さなかったのはともかく、手書きの告白文を警察に見せないのはさすがにまずいだろう？

闇に葬ることはできない。

それに、誰かが母の不利になるよう絶好の機会を狙っていたという母の言葉もふり払えない。脅されていたなら自分に相談したはずだとサイラスは言うが、伯父は地区主席検事であり、公明正大で、法律を必ず守る男だ。スピード違反さえ犯したことがない。脅迫されるようなことを――母が言っていたように、〝悪いこと〟をしていたなら――サイラスのもとに駆けこむとは思えない。そんな厄介な状況にサイラスを追いこみたくなかっただろうから。

封筒は薄く、母がどんな胸のつかえを抱えていたにせよ、要領を得ているにちがいない。それが、母なのだ。

ぼくは深呼吸をして、封筒のはしを破った。

「ノア？」

サイラスの声がして驚いた。ふり返ると、伯父がキッチンの窓のところに立っていた。あの夜、鍵を締めるのを忘れないようにと母に言われた窓だ。その窓からもどこからも何者かが侵入した証拠も、争った証拠もないと、警察の捜査は結論づけていた。

唯一発見された証拠は、母の手についていた火薬だけだ。

ぼくは封筒を尻ポケットに入れ、プールの横を通ってフレンチドアから家に入った。

「こんにちは」

サイラスは疲れきった様子でほほ笑むと、開封しないままカウンターに積んであった郵便をぱらぱらとめくった。陽光のせいで、目の下の隈《くま》がよけいに目立つ。数日まえに会ったときよりは、いくらかましだが。妹に先立たれたのが堪えているのだ。そのうえ、週に六十時間は働いている。二、三日眠りつづけてもいいくらいだ。

「ずいぶんと真剣な顔をしていたが。何をしていたんだ？」サイラスは何も持っていないぼくの手に目をやった。封筒を見られたのはわかっている。

遺書について話したら、いますぐここで読んだほうがいいと説き伏せられてしまうだろう。遺書については話すつもりだし、いずれ見せることにもなるだろう——でも、まずはひとりで読んでからだ。「別に……請求書の封を開けていただけだよ。いつの間にか考えごとをしていたんだと思う」

サイラスはうなずいた。「わたしも最近そういうことが多い」

あまり話したくはなかったが、サイラスに伝えた。「ＦＢＩがきたんだ」

ふりかけていた伯父の手が途中で止まった。「何の用で？」

「母さんがエイブの話をしていなかったかと訊かれた」

「何と答えたんだ？」サイラスが慎重に訊いた。

「何も話さなかったと言ったよ」

サイラスは安堵して息を吐きだした。

とりあえず、今回のことで、サイラスにも安堵できることがあったということだ。

でも、ぼくは？　すでに胸にのっていたコンクリートの塊が半日で五十キロも重くなったような気分だった。

「ＦＢＩはどうしてぼくにエイブのことなんて訊いたんだろう？　あの夜のことを誰かに話した？」

「いや。どうしてだろうな、わたしにもわからないよ、ノア」

話しているうちに、ますます不安になってくる。「母さんが言ったことはぜったいにあり得ないと思っているんだよね」

「これ以上ないくらいにな」サイラスの声はきっぱりとしていたが、眉間には不安げなしわが寄っていた。「ほかに何を訊かれた？」

「仕事でほかの捜査員と問題はなかったかって。特定のひとの名前を挙げていたよ」

「誰のことだ？」

「ドウェイン・マンティスだったかな」

眉が吊りあがるまで間があり、その名がそれほど意外でなかったのがわかった。

「知りあい？」

「名前は聞いたことがある。監察部のトップだ。おまえのお母さんが死んだ夜にここへもきていた。おまえに事情聴取した警察官に話しかけていた男だ」

ポーチに立っていた、額が飛びでた不機嫌そうな男をぼんやりと思い出し、ぼくは顔をしかめた。あれがドウェイン・マンティス？

「お母さんとマンティスはお互いをよく知っていた」

「〝よく〟というのは、どういう意味？　付きあっていたわけじゃないよね？」ぼくが知るかぎり、父と離婚して以来、母は誰とも付きあっていなかったはずだ。仕事に打ちこみすぎて、仕事以外で男と出会うのは難しいと話していた。一度、出会い系サイトの話を持ちだしたら、自分のような立場の人間がそんなものを利用するなんて考えることとさえできないと笑い飛ばされた。それに、母のような仕事をしていると、知らない相手とデートした結果、悲惨な結果になったひとたちを目にしているのだ。

「ああ」サイラスは小さく笑った。「覚えているかぎり、ジャッキーはマンティスがあまり好きではなかったはずだ。わからず屋で、ごまかすのがうまいと言っていた」

そして、いまＦＢＩはぼくにマンティスについて何か知っているかと尋ねている。エイブのことも。

「マンティスと母さんが揉めていた可能性はある？」ＦＢＩがおもしろ半分に名前を出して歩きまわることはない。捜査の一部なのだ。そして、サイラスは地区主席検事なのだから、何か耳にしているはずだ。

すぐに答えなかったということは、何か聞いているにちがいない。「おじさん？」

サイラスはため息をついた。「警察官の潔白を証明するために、監察部の捜査員が証拠を捏造《ねつぞう》しているという申し立てがあったんだ。マンティスも加担していると言われていた」

「それで？」

サイラスは肩をすくめた。「調べられたが、潔白が証明された」

「ＦＢＩはその件を調べているんだと思う？」

「可能性はある。きっとマンティスに関係することを調べているはずだ。詳しくは言えないが」

ぼくは少しためらってから言った。「でも、母さんは調べられていないんだよね？」

「はっきりしたことは知らないが、本部長という地位にいれば、自分の警察署内で起きていることを知っているかどうか、いつも見られているはずだ」そこで言葉を切ってから、ふたたび続けた。「FBIを家に入れたのか？」

「入れていない」

「それでいい。令状なしで入れるな。令状を持って現れたら、答えが出るだろうから」開封していない請求書の山を手にした。

厄介な考えが頭に浮かんだ。「でも、マンティスについて調べているなら、どうしてエイブのことを訊いたんだろう？　エイブの事件も調べ直しているの？」そもそも母が精神的に不安定になったのは、それが原因なのだろうか？

「調べ直す理由がない。証拠が残っていないからな」

ぼくは顔をしかめた。「どういう意味？」

サイラスはペンを取り、カウンターの向こうに放った。「オースティン市警は証拠保全のコンピュータシステムを変えたんだが、その途中でミスが起きた。一部の事件の証拠に誤って〝保存〟ではなく〝廃棄〟という印が付いてしまったんだ。そのなかにエイブの事件も含まれていた」

そんな馬鹿な。「それじゃあ、証拠が何も残されていないってこと？」

「使えるものは何も。現場の写真も、911への通報も、詳細な記録も……すべて廃棄されてしまった。ただし、報告書の下書きを追うことはできる。本部長に提出された最終的な監察報告書も。どこかに写しがあるはずだから……」

「それは、いつの話？」

「十二年まえかな」サイラスは眉を寄せた。「いや、十三年だ。わたしが地区主席検事になった年で、五人の犯罪者を釈放するはめになったから。猛烈に腹が立ったよ」

ぼくは崩れ落ちるように壁に寄りかかった。エイブが殺された一年後、事件の証拠が残らず消えた。どうしたら、そんなことが起こるのだろうか？　いや、どうしたら起こるのかはわかっている。証拠品が誤って処分されてしまったという話を聞くのは初めてではない。どこの警察署もなかなか認めないが、実際にあることだ。

ときには、そのせいで犯罪者が罪を逃れることもある。

でも、今回は無実の男が罪を負ったままになるのだろうか？

まだ、ほかにも筋が通らないところがある。「捜査を再開できないなら、ＦＢＩはどうしてエイブが死んだときのことについて訊いたんだろう」疑問が口をついた。

新しい証拠が見つかっていれば、話は別だが。

サイラスもぼくと同じようにとまどっているようだった。「あの晩、ジャッキーはＦＢＩについて何か言ってなかったのか？」

「いや、とりあえず、ぼくがわかるところでは何も」この一週間、母が話したとりとめのない言葉を、思い出せるかぎり書きとめた。母が口にしつづけた、正体のわからない〝彼〟が誰なのかわかることを期待して、何時間もかけてすべての言葉を検証したのだ。

〝彼〟がドウェイン・マンティスである可能性はあるだろうか？　マンティスが藪に隠れたずる賢いキツネなのだろうか？

サイラスにじっと見つめられた。「何を考えている？」

「何も。ただ……母さんはＦＢＩに監視されることほど、ひどい重圧はないとよく言っていた」

「ノア、おまえの母さんが自殺したのは病気のせいだ。ＦＢＩに尋問されたせいじゃない」

でも、その尋問がエイブのことだったら？　エイブの死に母が関与しているのではないかと問いただすものだったら？

〝わたしのせい……わたしが引き金を引いたようなものなのよ〟

母さんは何をしたのだろう？

サイラスもぼくも黙りこんだ。

しばらくして、サイラスが穏やかな声で言った。「一緒にファルチャーの事務所に行けなくて悪かったな。思っていたより、裁判が長引いてしまって。どうだった？」

「無事にすんだよ。明日、銀行へ行って、請求書を処理してくる」

「金は足りるのか？」

「だいじょうぶみたいだった」

「そうか、よかったな。もし足らなかったら、この家が売れるまで貸してやるから言いなさい。すべて、想定していたとおりだったのか？　知らない担保がついていたとか、何か想定外のことはなかったか？」

遺書について打ち明ける二度目の機会だ。

ぼくは歯を食いしばって、首をふった。

サイラスはうなずいた。「まだジェンソンの家のソファで寝かせてもらっているのか？」

そう訊かれて首の凝りを思い出し、手を伸ばして揉んだ。「うん。もうしばらくはあそこにいるかもしれない」

「ジュディはいつでもベッカの部屋を空けるつもりだぞ」

「ありがとう。もしかしたら、お願いするかも」いとこやその子どもたちが次々とやってきたり、葬儀のあと軽食を提供したりしたせいで、母の死後、サイラスの家は大勢のひとであふれていた。それがぼくには耐えられなかったのだ。

「最近、お父さんとは話したのか？」

「二日まえの夜に」

「それで？」

「シアトルに戻ってきて一緒に暮らそうと言われた。父さんの家の敷地内に建てたアパートメントが完成したから、二、三カ月貸してくれるって」

「おまえに貸すと言うのか？」サイラスは目を剥いた。「いや、驚くほうが間違っているな。ブレアはいつだって、出し惜しみする男だから」

サイラスが父のことをけちな男だと思っているのは秘密でも何でもなく、その点についてはぼくも異論はない。シアトルに住んでいたときも、母に会うためにオースティンにきたときの旅費はすべて母が払っていた。ぼくが多額の学生ローンを背負わずにすんだのも母のおかげだ。父は決して新車を買わなかった。買えないのではなく、新車に乗ることでかかる保険料を払いたくないからだ。そして、シアトルに移って以来、父は都会好きな妻に、安い費用で行けるキャンプを好きになるべきだと説得して、州外に出る旅行はしていない。

そこでまた、父には自分だけの稼ぎで育てなければならない継子——十二歳と十歳のぼくの義妹たち——がいることを思い出した。

「安くしてくれると言ってた」

サイラスはその点について考えているようだった。「わたしはおまえのためにポストをずっと取っておいてやることができない。いまでも、すでにぎりぎりだから」

「そんなことを頼むつもりなんてないよ」伯父が地区主席検事であるときに、地区検事事務所の捜査分析官でいるのは、とても有利だ。だが、母が死んで以来、ぼくは事務所に足を踏み入れておらず、上司からも復帰すべき時期について連絡をもらっていない。

サイラスの頭のなかで歯車が回転しているのが見えるようだった。「シアトルの地区検事事務所につてがある」

「つてがない場所なんてあるの？」

サイラスは含み笑いをした。「いくつか電話をして……どんな仕事があるか訊いてみようか。でも、この手の仕事に就くのは簡単じゃない。ワシントンで捜査分析官を雇っているのかどうかさえ知らないからな。雇っていない州が多いんだ。だが、本当にほかの場所で一から出直したいのか？」

「どうかな」ほかの州どころか、本当にほかの地区検事事務所で働きたいと思っているのだろうか？　この仕事に就いたのはサイラスに勧められたからだし、サイラスなら敬虔な修道女にだってめちゃくちゃなラスベガスの週末を売りこめる。ぼくは五年間の大学生活を終えたあと――経営学学士のあと、修士号を取ったのだ――どういう人生を送りたいのかまったくわからなかった。それが二年まえで、いまもたいして変わっていない。

ぼくの仕事は決してわくわくするようなものではない。電話の記録やソーシャルメディアのアカウントを調べ、裁判で使える事件の情報を見つけて整理する仕事だ。事件に関係のある事実を発見して心臓がどきどきするほど興奮するのは一瞬だけで、あとは気が遠くなるほど退屈な作業が続く。そして、地区検事事務所の検事たちに頼まれたことは何でもする。要するに、検事たちの奴隷だ。

「おまえはここで立派に評価されている。マクスウェルもローランズも、おまえがいないせいでてんてこまいだ。それに、コリーは昇給と昇進を口にしていた。すべてを放りだすのは、今回の件が落ち着いてからでも遅くない」

マクスウェルとローランズは、ぼくが補佐している地区検事事務所の検事たちだ。ふたりとも冗談好きだが、仕事はできる。それに、コリーについても文句はない。ただ、コリーがぼくを昇進させてちがうグループに移したがっているのは、主席検事の甥から報告を受けたくないからだろう。

サイラスはカウンターに両ひじをついた。「ロースクールに入ったっていいんだぞ。いくつか電話をかけて口添えしてやることもできるって言っただろう」

「そんなことをする必要なんてないって」

「そうだな。そんな必要はない。でも、おまえがその気になれば、すばらしく有能な弁護士になれるだろう。才能が無駄になるのがいやなんだ」数年まえからずっと、サイラスはぼくをロースクールに入れようとしているのだ。

ぼくはため息をついた。決断しなければならないことが多すぎる。「いつまでに事務所に戻ればいい？」

「休みは必要なだけ取ればいい。仕事のことは気にするな。おまえの心の健康のほうが大切だからな。つまり……」サイラスはバターのような黄色いペンキが塗られた木の椅子を身ぶりで示した──母が最期にすわっていた椅子だ。「これがいい例だ」

それがメディアが書いた非公式な見解だった。ジャッキー・マーシャルはオースティン市警のトップとしての重責に耐えられずに自殺した。裏付けとなる証拠はないが、多くのひとが同じ推測をささやけば、それがいずれ事実となる。

サイラスはカウンターにもたれて、キッチンのテーブルをじっと見た。「見ただけじゃわからないな」

「そうだね」オースティン市警の非番の刑事たちがやってきて、ぼくがやらなくてすむように、飛び散った母の脳みそを拭き取ってくれたのだ。でも、ぼくの頭から恐ろしい記憶をぬぐい去ることはできない。テーブルに視線を向けるたびに見えるのは、血だまりだけだ。

　そんなことを考えたせいで、胸につまっていた厄介な塊が急にこみあげてきた。サイラスは眉間に深いしわを刻んで、カウンターのウイスキー瓶に手を伸ばした。あの夜、母から取りあげたウイスキーだ。このあいだ着がえを取りにきたとき、自分の部屋で見つけた。そして流しにすべて捨ててしまうか、それとも飲んでしまうかで迷ったのだ。「もっと早く飲酒について相談してほしかった。知っていたら、きっと何か――」サイラスはふいに黙りこんで、口を堅く閉ざした。「悪いほうに転がってしまっただけだ。ノア、おまえのせいじゃない」

　そう言われても、ぼくにはすべて自分のせいであるように思えてならなかった。とにかく、いまはあの夜のことを忘れたい。母がエイブラハム・ウィルクスについて話したことすべてを。地下二メートルに埋めてしまえば、母の名は汚されず、安らかに眠れる。

そんな簡単な話ではないけれど。

母が言わなかったことがすべて記されているであろう手紙を隠しているのだから、なおさらだ。

「夕食を食べにきなさい。今夜はお客がくるんだ。おばさんがポットローストをつくるぞ」

「わかった。たぶん、行けると思う」

サイラスがぼくを見つめた。「今週はずっとそう言っているじゃないか」

「明日はどうかな？」ジュディと話すだけでも疲れそうなのに、ましてやサイラスの友人となんて耐えられない。

サイラスはカウンターに置いていた鍵をつかんで、ぼくの肩に腕をまわした。「今回ばかりは引き下がれない。ジュディが七時にテーブルの準備をしておくから。一緒にうまい料理を食べよう」

サイラスという人間は、欲しいものを手に入れるまであきらめない。それに、ぼくはこの一週間まともな食事をしていなかった。ジーンズがゆるくなりはじめている。

そして、伯母は料理が抜群にうまいのだ。

「おまえに会えたら、おばさんが喜ぶ」サイラスがぼくの背中をやさしく叩いた。

「おまえにとっても必要なことだ」

ぼくは無理してほほ笑んだ。

6

ノア・マーシャル

居間できょうのスポーツのハイライトを見ていると、肩にジュディの華奢《きやしや》な手が置かれた。「ノア、テーブルの用意を手伝ってもらえる？　準備がすっかり遅れてしまって」

「もちろん」ぼくはソファから立ちあがった。ほかの誰から頼まれても断らないが、ジュディの軽快な南部らしいアクセントと母親のようなほほ笑みで頼まれたら、なおさら抗《あらが》えない。ジュディはこの世でいちばんやさしい女性ではないだろうか。

覚えているかぎり、サイラスとジュディはずっとオースティン市外にある、この大きくて古いコロニアル様式の白い家に住んでいる。子どもの頃は週末になるとよく訪れて、三つある屋根付きポーチでのんびりしたり、スプリンクラーがまわる広い庭を走りまわったりしたものだ。ここにくると、まるでタイムスリップしたような気分になった——サイラスたちは古い家を現代風にリフォームするのではなく、歴史を感じさせる魅力を維持することにお金を注ぎこんだ。部屋には凝った柄の壁紙とモールディングをあしらい、古い板張りの床はピカピカになるまで磨き、天井にはアンティークのシャンデリアを吊るしたのだ。

知らないひとたちと話さなければいけないのは気が進まないものの、この家にいると気分が楽になった。慣れ親しんだ家だからだろう。それに、自分を知らないひとたちと夕食をともにすることこそ、まさに必要なことだったのかもしれない。「パーティーに呼んでくれて、ありがとう」ぼくはジュディに言った。

「あなたなら、いつだって大歓迎よ」ジュディはやさしくぼくの頰に触れた。「明日、サイラスは早朝会議の予定が入っているから、夕食はお客さまたちが着いたらすぐに出す予定なの。あなたの食欲があるといいんだけど」

ぼくは腹をさすった。「ぺこぺこだよ」食欲はなかったが、そんなことを言ったらジュディを心配させる。「ダイニングルームで食べるの？」

「ええ、もちろん。お皿はカウンターのうえ。全部で五人よ。サラダのフォークは外側ね」

「はい」伯母はあらゆることに几帳面で、客がくるときのテーブルセッティングも完壁だった。ぼくはTシャツにジーンズというひどくくだけた格好で、いつもの伯母ならやさしくたしなめただろうが、今夜は何も言われなかった。とりあえず、これでも許されたのだろう。

正しい置き方をしないとジュディに黙って直されることがわかっていたので、〈グーグル〉で〝ワイングラスの置き方〟を検索していると、玄関の呼び鈴が鳴った。しばらくして、サイラスの大きな声が廊下から聞こえてきた。「引退してよかったようだな」

男の笑い声がした。「文句はない」

「あら、退屈だって文句を言っているじゃないの、毎日」女性が言い、笑いが起きた。

「イタリアはどうだった？」

「すばらしかったわ！　また、すぐに行くつもりよ」

「きみひとりでね。この老体に列車と飛行機の旅は堪えた。わたしは静かに椅子を揺らしていたいよ」

男の声には聞き覚えがあったが、誰の声かはわからない。

「話は夕食のときに聞かせてくれ。ジュディはもう秋のトスカーナ行きの航空券の料金を調べているんだ」

「きみを二十四時間以上、事務所から引き離すのは無理だとわかっているのに？」

「今回はがんとしてゆずらないんだよ」廊下の床板がきしんだ。

「お招き、ありがとう」女性が言った。「今朝ジョージからお招きいただいたと聞いたとき、ちょうど夕食を何にしようか考えているところだったの。料理をしなくてすんだわ！」

ぼくは顔をしかめた。サイラスは今朝この夫婦を夕食に招待したのか？　伯父夫婦らしくない。いつもは二カ月先まで予定を入れているのに。

「さあ、入って。客間で何か飲もう」

思わず、笑ってしまった。いとこのエマが耳にしていたら、きっと目を剥いただろう。ジュディは十九世紀のイギリスの暮らしに強い憧れがあり、堅苦しい家具や磁器人形や皮革装丁の本が並んだ、床から天井まで届く書棚を置いて、客間を飾っている。客がきたときだけ使う、少しも居心地のよくない部屋のひとつだ。

テーブルの準備を終えて客間に入っていくと、サイラスがクリスタルのデキャンタで飲み物を注いでいた。サイラスにとって、夕食まえのカクテルとは、ケンタッキー・バーボンなのだ。「ああ、きたか！　ノア。ジョージを覚えているか？」

「こんばんは」ぼくは挨拶をして手を差しだしたが、白いあごひげを生やした恰幅《かっぷく》のいい男を見て、思わず眉を寄せた。どこかで見た覚えがあったからだ。でも、どこで会ったのかはわからない。

「おやおや、見ちがえたな！」男はぼくの手を取って強く握った。「最後に会ったのは、まだひょろ長い子どものときだったから」

「すぐに食べ物を詰めこまないと、またひょろ長い子に逆戻りしてしまいそうだ」サイラスはバーボンを男に渡しながらつぶやいた。

　ふたりの話し方を聞いているうちに、この男が誰だかわからないなんて、ひどくまぬけなような気がしてきた。「お久しぶりです」ぼくはさりげなく言った。

　男は丸い腹を揺すりながら笑った。「わたしが誰だか、さっぱりわからないくせに」

「ジョージ、やめて！」片手にアイスティーのグラスを持った、ブルネットの髪をした小柄で丸顔の妻が夫を叱った。

「気を悪くしないでくれよ。きみはわたしが制服を着ているところしか見ていないし、それもかなりまえだから。ジョージ・キャニングだ。しばらく市警本部長をつとめていた」

「二十年だ」サイラスが言い、キャニングとグラスをあわせた。「とても有能で、この六月に等身大の銅像が建つことになった」

「ああ、願わくば、もう少し細い姿にしてもらいたいがな」キャニングは腹を叩いて、その言葉を強調した。

サイラスが付け加えた。「おまえのお母さんはジョージをよく知っていた」

キャニングが咳ばらいをすると、おどけた様子が一瞬にして消えた。「ドロレスとわたしは結婚式に出席するためにイタリアへ向かっている途中で知らせを聞いたんだ。妻もわたしもひどく驚いた」

胸がつまり、きちんと声が出るかどうか不安だったので、ぼくは黙ったままうなずいた。ぼくのことを何も知らないひとたちとの心ない会話なんて、こんなものだ。

「ノア！」サイラスが書斎の入口をあごで指した。

「そろそろ帰るよ」女性たちがイタリアの食べ物と孫たちについてしゃべり、男たちが共和党員と民主党員について議論するのを二時間聞いたところで、限界がきた。ありがたいことに、夕食のあいだ、ジャッキー・マーシャルの話題はみんな避けてくれたけれど。

「馬鹿なことを言うな」サイラスはぼくの肩を抱き、褐色の革製品とマホガニーの家具と分厚いカーテンという昔ながらの男の部屋へ連れていった。すでにキャニングも大きく開いたフレンチドアのまえの椅子に腰かけ、口にくわえた葉巻にライターを近づけている。

ぼくが眉をひそめたのを見て、サイラスは笑った。「家を仕切っているのはおばさんかもしれないが、この小さな部屋ではわたしが決定権を握っているんだ」ぼくの手に琥珀《こはくいろ》色の液体を押しつけた。「おまえも飲みなさい」

ぼくは強い酒が――以前にも増して――嫌いだったが、サイラスに勧められたら断れない。「うん、ありがとう」

「ジャッキーはきみを立派に育てあげた。それがわかるよ」キャニングは足をあげて磨きあげられた靴の先で椅子をぼくのほうへ押しだした。「近頃の子どもたちときたら……うちの孫たちもそうだが、電子機器を放さないだけじゃなくて、礼儀も忘れているからな」

「母には厳しいところがあるので。いえ、ありました」最初は何も感じなかったが、そんな単純な言い直しにじわじわと打ちのめされた。

キャニングが部屋じゅうに響くほど大きなため息をついた。「まだ何と言っていいかわからない。こんなことはぜったいに起こらないと思っていた」

「誰だって、そうです」いつもの返事だ。眠っていても言えるようになっている。

「サイラスから、ジャッキーは少々問題を抱えていたと……」ジョージはグラスを掲げて傾けた。

「死ぬ直前は」仕方なく認めた。

「ひどかったのかい？」

「ええ、ひどかったです」

「そうか」キャニングが首をふった。「ジャッキーは酒に飲まれるようなタイプとはかけ離れていた。確かに、昔はジャッキーも同僚の男たちも酔っぱらったものだった。それでも……さっぱりわからんよ」キャニングが葉巻をふかすと、甘い香りが鼻を突いた。「ジャッキーはとても頭が切れて、出世したいという野心があった。忠実で……正直で……あれほど高潔な人間は見たことがない」

疑問が目に浮かんだのを見とがめられるのが不安で、視線を落とさずにはいられなかった。

「ほかの警察官や、〝沈黙を守る警察の青い壁〟にも同じことが言えればいいんだが」

サイラスがぽつりと言った。「一般市民が警察を信用しないのも無理はない」

「あんな戯言に一々腹を立てないほうがいい」キャニングはもう一度葉巻をふかしながら言った。

だが、サイラスはそんなことで引く男ではない。ふたりが警察内の政治について議論しているあいだ、ぼくはバーボンに喉を焼かれたふりをして、母の最後の言葉をひとつひとつ思い出した。おかしなものだ……〈マールボロ〉の鼻を突く臭いは覚えているし、警察無線の割れた音も聞こえれば、命が消えてテーブルに突っ伏していた母の姿も目に浮かぶのに、あの夜の最も重要な部分は——無意味なつぶやきに思えていた言葉は——記憶力を試すかのように、頭にふわふわと浮かんでくるだけだ。

あの夜、母が誠実さについて、エイブが誠実で善良な男だったことについて話していたことはわかるし、言外の意味をくみとれば、エイブは非難された問題に関して無実だったのだろう。それなら、事実はどうだったのだ？　この十四年間、ぼくが信じてきたことは？　あるいは、母の心の奥深くに隠されてきて、最期の瞬間についに表に出てきた秘密とは何なのか？

サイラスの携帯電話が鳴った。伯父は画面を見て、ため息をついた。「電話に出ないと。わたしが電話に出ているあいだに、オースティンにとどまるよう甥を説得してくれないか？　地区検事事務所はこいつを失うわけにはいかないんだ」

「嘘つきと悪党のなかにいろっていうのか？　わたしがそんな片棒を担ぐと思うなら、どうかしているぞ」ドアから出ていったサイラスに、キャニングが叫んだ。「きみを説得するとしたら、警察学校に入れということだ。お母さんの半分でも覚悟があれば、オースティン市警は喜んできみを迎えるぞ」

「はい」

キャニングは目を細めて、ぼくをじっくり見た。「でも、興味はないようだな?」

「はい」ぼくはいつか警察官になるものだと思って育った。もちろん、NBAの選手になって引退してからだ。だが、人生の大きな選択をする頃には、警察学校は決して選びたくないものになっていた。あまりにも悪い印象を抱くようになっていたからだ。

「そうか……きみにはこの先まだ人生が丸ごと残っている……」キャニングが残念そうに言う。「わたしは心臓の問題やら何やらで、引退せざるを得なかった。医師にも家内にも潮時だと言われてね。でも、ジャッキーは毎週のように電話をかけてきて、助言を求めてくれた。うれしかったよ。まだ価値のある人間なんだと感じられた。ジャッキーはきみのことをよく話していたよ。自慢だったんだ。いい男に育ったことがね」少し間を空けてから続けた。「きみたち親子は仲がよかったんだろう?」

「母がここに住んでいたから、テキサス大学に進んだんです」母のもとに帰りたかったのだ。

キャニングは顔をしかめ、額にしわを寄せた。「それなのに、ジャッキーはまったくそぶりを見せなかったのか？　とつぜん、あんな真似をしたのか？　まったく兆候もなしに？」

「いえ、母はいろいろ話していたんですけど、あのとき、ぼくは何も考えてなくて」母は毎晩酒を飲んでは、もっといい選択をすべきだったとひとりごとをつぶやいていたのだ……あの夜は普段より深刻だったなんて、どうしてわかる？「自分は本部長の器じゃないと言っていました」これくらいなら話しても差し支えないだろう。

　キャニングは鼻を鳴らした。「いままで聞いたなかで、いちばん馬鹿げた話だ。わたしは四十年以上も警察にいて、大勢の警察官を見てきたが、ジャッキーは指折りの優秀な警察官だった。わたしは自分の仕事を引き継げるようにジャッキーを育てていた。だから、わたしが退職せざるを得なくなったとき、ジャッキーが後任となるべきだったのに、あの優柔不断なコーツがプールを昇格させたんだ。ふたりを追いだして、きみのお母さんを就任させるまで、数年かかったよ。だが、そのおかげでジャッキーは本部長という仕事の裏も表もすべて充分にわかってから引き受けたはずだ」

　母への高い評価を額面どおりに受け取れれば、どんなに楽なことか。

「どうした？　何だか困ったような顔をしているな」

　ぼくは表情をやわらげた。「いいえ、別に。母をよく知っている方とお話しできてうれしいです」

キャニングは葉巻の煙を長々と吐いた。「わたしの長男のワイアットは警察官だった。ある日、家に帰ってきてこう言ったんだ。『父さん、女の相棒をつけられたんだよ。どうにかしてくれない?』って。わたしはこう答えた。『ああ、してやろう。女が相棒になることで、またそんなふうを言ったら、酔っぱらいを入れるトラ箱に異動させるからな』ってね。それから三回交代勤務をしたあと、ワイアットはお決まりの職務質問で車を止めて、銃を向けられた。相手の男はドラッグか何かをやっていて、後部座席に子どもをふたり乗せて、怒鳴ったりわめいたりしていた。警官相手に何かをするつもりなんてなかったのさ。結局、男の手を引き金から放させたのは、女の相棒――きみのお母さんだった。ジャッキーと、彼女の冷静な頭だ。ジャッキーは決して動揺しなかった。一度もだ。聞いたところによると、その相手と対峙《たいじ》していたときは、声さえ荒らげなかったらしい。非常に落ち着いていた。そのとき、いい人材がいると気がついた。それ以降、ジャッキーに目を向けるようになった。そして、指導もした」

「エイブが最初の相棒かと思っていました」ぼくが覚えているのはエイブだけだ。

「いや。ジャッキーとワイアットは三年コンビを組んでいた」キャニングはバーボンのグラスをのぞきこみ、急に重苦しい雰囲気になった。「ワイアットはギャングたちのドラッグの縄張り争いに巻き込まれた。街角の食料品店で用事をすませて出てきたところだった。喉を撃たれて、歩道で死んだ。それでジャッキーはエイブラハム・ウィルクスと組んだんだ。そのあと、どうなったかは誰もが知っている」

〝彼はまじめで、正直なひとだった〟

〝悪かったのはわたしたち〟

胃が締めつけられるのに何とか耐えていると、キャニングは首をふった。「あの名前を消すことになるなんて、これっぽっちも思っていなかった。何年ものあいだ、警察官が悪事を起こすたび、わたしはオースティン市警から汚い痕跡を消してきたんだ。息子を殺したドラッグ密売人のような輩をこの街から追いだすために、テキサス州のどこよりも多くの人員を投入してきた」

ぼくは少したためらってから言った。「エイブが死んだあと、母は彼の話をしませんでした。ぼくが尋ねても何も答えてくれなくて」あまり必死になっているようには思われたくなかったが、ジョージ・キャニングが知っていることをどうしても聞きだしたかった。母はぼくに告白したことを、キャニングにも告げていたのだろうか?

「あの頃、きみがかなり辛い思いをしているとジャッキーが話していた覚えがある。

どう話したらいいかわからないと」キャニングは長いことぼくを見ていた。「ウィルクスはきみの何だったかな。バスケットボールのコーチ？　それとも、アメリカンフットボールだったか？」

「バスケットボールです」

「そうか」キャニングは少し間を置いてから続けた。「まだ尋ねたいことがあるのかね？　もし、あるなら……」背中をもたれさせると、椅子がきしんだ。「訊いてくれ」

ないと答えたほうがいい。こんなに何年もたったあとでは、エイブラハム・ウィルクスがどんな人間だったとしても、どうでもいいというふりをすべきなのだ。母の告白は曖昧なままにしておいたほうが安全なのかもしれない。でも、あの夜に母が死ぬまえからずっと、真実はぼくにとって重要だった。

エイブはプロの選手のようにドリブルする方法を教えてくれただけの男ではなかった。五年間バスケットボールのコーチとして指導してくれたが、たんなるコーチではなかった。

試合でぼくが得点するたびに、誰よりも大きな声援を送ってくれた。

父はめったに試合の応援にこなかった。仕事のせいだと言っていたけれど、エイブは交代勤務のある警察官だったのに、ぼくのチームの指導ができるように予定を組んでくれた。

潔く負けること、すべての選手に敬意を抱いて接することを教えてくれた。年に二、三回はチームで貧困者のための無料食堂でボランティアをした。低所得者が住む地域の子どもたちとバスケットボールをすることもあった。すべて、エイブのチームでは参加が義務づけられていた。試合でプレーするより、守るべきルールが多かったのだ。

十一歳のとき、ぼくは初めて女の子とキスをした。ジェイミーという女の子で、エイブにだけ話した。すると、エイブは訳知り顔でぼくの背中を叩いた。

それから治安の悪い地域に車で連れていかれ、大勢の少女がベビーカーを押して歩いているコミュニティーセンターのまえをゆっくり走った。学校での雑談で基本的なことは知っていたけれど、〝その手の話〟をきちんとしてくれたのはエイブだった。あの射貫くようなチョコレート色の目でぼくをじっと見つめ、女の子を妊娠させておいて、その責任から逃れようなんて一瞬でも思ったら、おまえはもっとましな人間のはずだから、尻を思いきり叩いてやると言ったのだ。

エイブは父であり、兄であり、大人になったらなりたい男であり、その全部をひとつにあわせたような存在だった。

そう、エイブの死によって受けた衝撃はまだ残っている。

喪失感は埋められないままだ。

この父親の象徴であり、道徳の神のような存在に裏切られ、ぼくはひどい痛手を負った。最初、ぼくはニュースを信じなかった。信じられなかったのだ。あれほど正しい行いにこだわっていたひとに、あんな悪いことができるはずがない。

だが、母はエイブをかばわなかったし、ニュースが報じていることを疑わなかった。否定しなかった。酒を飲み、結婚生活と家庭を崩壊させただけだ。

まもなく、みんなを信じるほうが楽になった。どんなに信じたくなくても、エイブは罪を犯したのだと信じるほうが楽だったのだ。

母親が銃を手にしてキッチンで死んでいるのを発見する以上に、ひどいことはあまりない。けれども、子ども時代の憧れの存在の死に関係していたとほのめかした夜に死なれるのは……。

いま、エイブに不利な証拠をすべて目にした男が、答えをくれようとしている。

キャニングが身を乗りだした。「ロッキングチェアに長い尻尾を踏まれるんじゃないかと心配している猫みたいに、ひどく不安そうだな。いったい、何が不安なんだ？」

警察に四十年以上つとめたのだから、ぼくのことを見透かしたって、意外でも何でもない。「いまでも、エイブがあんなことをしたとは思えないんです」ぼくはついに認めた。

キャニングは口を固く閉じた。「きみが覚えていることは？」

「報道されたことだけです」母の言葉をふり払えず、ここ数日は記憶を呼び起こすために、何時間もかけて新聞のオンライン記事を読んでいたのだ。

エイブは安モーテルで、もうひとりの男とともに死んだ。ふたりのあいだに位置したベッドにはふたつのかばんがあった――ひとつにはドラッグが、もうひとつには金が入っていた。警察は当初、警察官と、警察が身元を把握している男の死体が発見され、捜査中であるとだけ発表するつもりだった。だが、マスコミはエイブの名前も、現場の詳細も、当時エイブがひとりで行動し、勤務中ではなかったという事実もすぐにつかんだ。〝警察が身元を把握している男〟が半年まえに出所したドラッグの売人、ルイス・ヘルナンデスだということも。こうしたひとつずつの事実が繋がっていき、まもなく人々はオースティン市警は腐敗した警察官について隠蔽していると騒ぎはじめたのだ。

キャニングはグラスをじっと見つめ、唇をゆがめて考えこんでいたが、しばらくしてからバーボンを口にした。「オースティンがいまやアメリカで十一番目に大きな都市で、ものすごい速さで成長しているのを知っているかい？」

「何かにそう書いてありました」あるいは、サイラスからまだ家を売らないほうがいいと言われたとき、そう教えられたのかもしれない。

「あの頃はいまの半分にも満たない街だったが、それでもいずれ大きくなるだろうと予測していた。こんなふうに人口が急増することをね。だが、まだ多くのひとが街の変化を受け入れられずにいる。我々に——市長とか、警察とか、きみのおじさんとか、我々みんなに——街を同じように保つことを期待しているんだ。

みんな、幸せな小さなシャボン玉のなかで暮らしつづけたいんだよ。しゃれたカフェラテを飲んで、音楽祭やレストランに行って、オースティンをちょっと不思議な街にしておきたいと思っている。確かに、オースティンはヒューストンやダラスやサンアントニオに接している、おどきの国のような街に見えるかもしれない。でも、間違えちゃいけない。ここでも犯罪は起きるし、卑劣な事件もある。つまり、この街は五百トン近いマリファナと、年間何トンになるかわからないコカインが入ってくるメキシコとの国境から三百七十キロの街だということなんだ！」キャニングの顔は怒りで赤くなり、何度か息をしてやっと落ち着いた。

「我々はオースティンに入ってくるドラッグがもたらす大問題にやっと気がつきはじ

めた。警邏隊がそこらじゅうで取引の現場に出くわすようになってね。もう、いままでどおりにはできなくなった。オースティンがラレドの二の舞にならないように、厄介な問題に思いきって取り組まなければならないとわかったのさ」

ラレドがメキシコとの国境にあることを思えば、いささか大げさだが、キャニングが言いたいことはわかる。彼が言ったように、オースティンは国境から三百七十キロしか離れていない――しかも、やがてもっと近く感じるようになるかもしれないのだ。

「わたしは四人の警察官を麻薬取締班として任命した。四人の任務は単純明快だった――街に出て、できるかぎり多くの売人を逮捕すること。規模の大小は関係ない。隠れ家や製造所を暴いて、残さず捕まえる。壊滅させるんだ。わたしの街でやつらにいい思いはさせない。

言わせてもらえば、麻薬取締班は有能だった。粘り強かったし、タレコミをすばやく分析して、情報提供者を守った。猟犬のように密売人を嗅ぎつけたんだ」キャニングは含み笑いをした。「わたしは四人をそう呼んでいたんだよ――猟犬とね。それなのに、わたしが心臓発作を起こして退職すると、あとを引き継いだプールが麻薬取締班をつぶした。予算を削減するためだと言って。

まあ、その話はともかく……麻薬取締班は日常の見まわりで会った密売人たちから金をまきあげたり、安値でドラッグを売らせたりしている警邏担当の巡査がいることを聞きつけた。でも、名前はわからなかった。わかっているのは、アフリカ系ということだけだ」キャニングはバーボンを見つめた。「まもなく、エイブラハム・ウィルクスがモーテルの部屋でヘルナンデスと一緒に死んでいるのが見つかった。点と点とを結びつけるのは難しくなかったというわけさ」

「エイブが死んだ夜、何があったんだと思いますか？」

「そんなこと、誰にわかる？　ヘルナンデスがもっと安く、もっと多く、ドラッグを欲しがったのかもしれない。あるいは、ヘルナンデスはウィルクスが警察官だと知らなくて、わかったとたんに動揺したのかもしれない。あるいは、ウィルクスがヘルナンデスを何らかの理由で脅していたのかも。ああいうやつらは……闇社会の犯罪者だ。本当に愚かなやつらもいる。合理的な説明なんてつかないのさ」キャニングはまた深く葉巻を吸った。「だが、モーテルで何が起こっていたのかは明白だった――スポーツバッグにはあれやこれやが一杯に入っていた……二十ドル札の束が入った茶色い紙袋だ。あの夜、ウィルクスがいかがわしいモーテルにいた真っ当な理由はなかった。それでも、わたしは自分のためにもオースティン市警のためにも、何か理由があることを願っていた。

だが、ウィルクスに不利な証拠は次々と見つかった。あの夜、ヘルナンデスがウィルクスにかけた電話を追った。そしてウィルクスの家から、家具のうしろにテープで貼りつけてあったり、通気口のなかやマットレスの下に隠してあった金とドラッグを発見した。そのドラッグは一カ月以上まえの逮捕で押収して証拠保管室で保管されていたものだったことがわかった」キャニングは首をふった。「ウィルクスがあんなふうに道を誤ったのは、本当に残念だ」

大型の古い振り子時計の規則正しい音だけがサイラスの書斎に響くなか、ぼくはキャニングが言ったことを残らず理解した。母が話していたことと照らしあわせてみると、辻褄《つじつま》があわない。だが、母は酔っていたし、精神的にまいっていたのだ。それでも、ぼくはまだとまどっていた。「それで、母はこの件にどういうふうに関わっていたのですか？」

キャニングは眉を寄せた。「ジャッキーが？　お母さんは何も関わっていなかったよ。わたしは最も有能な者たちでチームをつくって捜査にあたらせたが、ジャッキーはまったく関係なかった。ウィルクスと長年の親しい友人で――相棒であったとしても――事件とはまったく関係なかった。ジャッキーは信じたくなかっただろうが、証拠は無視できなかった。呑《の》みこむには辛い事実だったにちがいない」

母は浴びるほどの酒で呑みこんだのだ。「エイブの家族はどうなったんですか？」

キャニングは舌打ちした。「母親は、エイブ・ウィルクスは罠にはめられて殺されたという報告しか受け入れようとしなかった。嘘を求めていたんだ。結局、黒くて太い字で、正面に真実が記されていても、信じようとしなかった」頭をふって続けた。「そして、ウィルクスの奥さんは子どもを連れて、街を出ていった。いずれ、すべてが明らかになると考えたんじゃないか。おそらく、どういう結果になるか、わかっていたんだろう。何といっても、女房だったんだから。マットレスの下に余分な金があったら、シーツを換えるときに気づいたはずだからね。たぶん、見ないふりをしていたんだろう。女房の出身を考えれば、意外でも何でもない」

〝女房の出身？〟ぼくが覚えているダイナはきれいで、やさしくて、ほっそりしていた。やさしい話し方だった。花柄のワンピースを着て、チョコレートチップ・クッキーを焼いて、バーベキューのとき、夫にビールを渡しながらキスをしていた。母とは何から何までちがっていた。

「奥さんはどうなったんですか？」

「どこか別の場所で人生を再スタートさせたはずだ。彼女のことは責められない。ドラッグを売っていた警察官の女房じゃ、カウンティフェアで賞は取れない。そいつは確かだから。覚えているかぎりでは、我々が報告書を公表しても、見せてほしいとさえ言ってこなかった」眉をひそめて続けた。「おかしいと思わないかね？　気持ちに区切りをつけるためにも、見たいと思うものじゃないか？」

「エイブが犯罪に手を染めていたことをすでに知っていないかぎり」

「そのとおり」キャニングは真剣なまなざしでぼくを見た。「そして残念ながら、エイブラハム・ウィルクスは間違いなく罪を犯していた。もちろん、死人を裁判にかけることはできないが、どんな陪審員でも真実を見抜けただろう」

「何の真実を見抜けたって？」サイラスが書斎に戻ってきた。

「ジャッキーの昔の相棒、エイブラハム・ウィルクスさ」

すばやくぼくのほうに視線を走らせたサイラスの目には警告が浮かんでいた。お母さんから聞いたことをジョージに話したのか？

ぼくがかすかに首をふると、サイラスが息を吐きだした。サイラスはバーボンに手を伸ばした。「与えられた権力を悪用せずにはいられない人間がいるってことだ」

「ジャッキーはちがった。とても立派だった警察官に」キャニングがグラスを掲げた。「そして、わたしが知るかぎり、最もよく働いた人間のひとりに。仕事が終わってからやっと現れる、このいやなやつとはちがってね」サイラスのほうをあごで示し、穏やかにからかいながらほほ笑んだ。

サイラスはキャニングとグラスをあわせた。

この急遽決《きゅうきょ》まった夕食会はサイラスが糸を引いていたのだと、やっとわかった。サイラスの狙いが読めた——酔っぱらった母の曖昧な言葉の信用性を落とし、別のことを信じさせようとしたのだ。

そう、誘導だが、とてもありがたかった。折りたたまれて尻のポケットに入っているものに立ち向かう勇気が持てたのだから。それどころか、いまは母が言わずにいられなかったことを早く読みたくてたまらない。ぼくはほとんど口をつけていないグラスを机に置いた。

「上等なバーボンなんだぞ！」サイラスに叱られた。

「運転しないといけないから」

「そうか。仕方ないな。今週末には荷物をまとめるのか？　ジュディは土曜日までにおまえの部屋を用意しておくつもりだぞ」

「うん、ありがとう」ジョージ・キャニング夫妻がやってくるまえに、サイラスはとても断れない条件を出してきた。家賃などいらないから、サイラスの家に引っ越してくればいいと言うのだ——そうすれば、伯母の手料理が食べられるし、毎日サイラスと一緒に通勤できる。家を担保にして金を借り、キッチンを改築すればいいと。これまでとちがう雰囲気にすれば、キッチンに入るたびに鳥肌が立ちはしないだろうと。

そして改築がすんだら、家に戻って空いている二部屋を友人に貸してもいいし、家ごと貸せば、その収入で経費や新しく購入した家のローンを充分にまかなえる。そう、サイラスはこの先数年間のぼくの暮らしを楽にしてくれたのだ。その提案を受け入れるかどうかはわからない——シアトルか、まったく知らない土地で、一からはじめるべきなのかもしれない——でも、知っていることをすべて放りだすのも気が進まない。

それに、起きてしまったことからは逃げられない。どこに住もうと、母は自殺したのだ。

「キャニング本部長、お会いできてうれしかったです」ぼくは手を差しだした。

キャニングは立ちあがり、含み笑いをしながら手を取った。「もう、ただのジョージさ。何かできることがあったら、連絡しなさい。うちを訪ねてきてくれ。いつでもいいから。大歓迎だ。マクデイドの近くで、電話帳にキャニングは一軒しか載っていないから」

ぼくは礼儀正しくうなずいて、書斎から出た。

車のエンジンをかけるとすぐに、ぼくはポケットの封筒に手を伸ばした。

なかに紙が一枚だけ入っているのを見て、ほっとしたような落胆したような妙な気分になる。

つまるところ、遺書ではなかった。

食品貯蔵室の図が描いてあり、どうやら棚の下の床板が取りはずせるようだ。それに、乱れた字で走り書きがしてあった。

〝ひとりきりで、開けて〟

細長い食品貯蔵室に視線を走らせると、トマトの缶詰やジャガイモが並ぶ棚に隠れた隅に、五百キロ近くありそうな緑色の金属の〈ブローニング〉製保管庫が床に固定されていた。

保管庫には二十九挺《ちょう》の銃を収納できるが、母は自分の名前で登録された個人使用の四挺の銃しか持っていなかった。グロック一挺、コルト・パイソン一挺、それに男たちの仲良しクラブで政治力を発揮するために狩りに行かざるを得ないときだけに使う、レミントンの猟銃、そして先祖から伝わるホーケンのライフルだ。すべてそろっており、弾丸も充分にあるが、まだ保管庫には余裕がある。

それなのに、どうして棚の下に隠れた場所が必要なんだ？

缶詰をほかの棚へ移して金属の棚を空《から》にすると、ようやく壁から動かすことができた。棚は重くないが、食品貯蔵室は狭く、動かすのは容易ではない。

母が描いた図を見て、床へと視線を移す。ひと目見たときには、明らかにパネルだとわかるものはなかった。そこでしゃがみこんで懐中電灯ですり減った床板を照らすと、やっと合わせ目が見えた。

それから数分かけてバターナイフでパネルをこじ開けると、縦三十センチ、横六十センチほどの収納庫が現れ、なかに黒いナイロンのスポーツバッグが入っていた。

この秘密の隠し金庫はいつからここにあったのだろう？

その疑問はひとまず置いておいて、スポーツバッグを取りだしてファスナーを開けた。

心臓が激しく打ちはじめる。

「ちくしょう」

どのくらいの金額になるのか推測することさえできないが、見たことがないほどの大金が入っていた。このあいだハルに説明された母の資産リストには含まれていなかったものだ。

札束をひとつ手に取って広げてみる。二十ドル札が多いが、五ドルから百ドルまですべての紙幣が含まれている。手にしているのは千ドルほどで、その束がもっとある。いったい母さんはこんな大金で何をするつもりだったんだ？　それにどうして床下に隠したのだろう？

だが、見つかったのは金だけではなかった。

スポーツバッグには、現金と一緒に褐色の革の拳銃ホルスターが入っていた。ぼくは眉をひそめてホルスターを取りだし、継ぎ目に沿った黒い縫い目を指でなぞった。このホルスターは見たことがあるが、いつ、どこで見たのか思い出せない。だが、ホルスターをひっくり返すと、反対側に文字が刺繍《ししゆう》されていた。

〝A・W〟

口にすっぱいものがこみあげてきた。

このホルスターの持ち主は、エイブラハム・ウィルクスだ。

母はなぜエイブのホルスターを金と一緒に床下に隠していたのだろうか？

そのとき、札束のあいだに紙がはさまっていることに気がついた。紙を引っぱりだして広げると、胃が急に重くなった。

〝グレーシーにはこのお金が必要なはず。できるかぎり早く渡して。ノア、何も訊かないで。きっと、あなたが知りたくない答えだから〟

その下にはアリゾナ州トゥーソンの住所が書いてあった。

説明はない。

詫《わ》びる言葉も。

区切りや安堵を感じられる言葉は何も書いていなかった。それどころか、正反対だ。怒りと恨みの入り混じった感情が腹の底で煮えたぎった。〝愛している〟と最期に言えば、ほかに何も書かなくても、今回のことを乗り切れると思ったのだろうか？

母さんは自分のことを説明するつもりも、自分のなかに巣くっていた悪魔を見せるつもりもなかったのだ。

〝母さんは臆病者なのよ〟

母はそう言っていた。彼女と顔をあわせられず、きちんと正したかったのにできなかったと。この金はそのためのものなのだろうか？　きちんと正すための？

母さん、この金はどこから持ってきたの？　どうしてエイブのホルスターを持っていたの？

それはそうと、いくらくらいあるのだろうか？

ぼくは脚を伸ばしてすわり、身体のまえの床に札束を広げ、束をはずして数えはじめた。千ドルごとに小さな山をつくった。そのあとは、五千ドルごとに。まわりに札束の山がいくつもでき、合計で九万八千ドルになった。

ぼくは壁に寄りかかり、頭を回転させた。母はぼくにどうしろというのだろうか？　こんな大金は元相棒の娘にこの札束が入ったスポーツバッグを手渡せというのか？　こんな大金は直接手渡すしかグレーシーに渡す方法がない。それに、母はぼくがすることを誰にも、サイラスにも知られたくないのだ。だからこそ、隠し金庫に入れておいたのだから。母は自分の兄をよく知っている。サイラスがあらゆることの中心にいて、すぐに気づいてしまうことを。

母がサイラスに——地区主席検事に——金のことを知られたくないと思っていたことに、胃が締めつけられた。母は警察本部長として、かなりの高給を——年俸二十万ドル以上を——稼いでいたし、そのまえに副本部長をつとめていたあいだも、それなりの報酬は得ていた。とはいえ、住宅ローンとぼくの教育費の大半を支払ったうえで、こんな大金が残るだろうか？　女ひとりの稼ぎではあり得ない。

それなら、この金の出所は？　なぜ、エイブのホルスターが一緒にしまってあったのだろうか？

それに、どうしてグレーシー・ウィルクスに渡したいのか？

エイブの妻のダイナではなくて。

頭を絞り、あの夜、母が死ぬまえにエイブの家族について話したことを残らず思い出そうとした。でも、くり返し浮かんでくるのは、母がグレーシーに父親はいいひとだったと知ってほしがっていたことだけだった。

そのとき、ふと思いついた。もしＦＢＩが母について調べていて、家宅捜索令状を持ってうちにやってきたら、ぜったいにこの金は発見されたくない。

「くそっ」ぼくは携帯電話を出して、〈グーグル〉で距離を調べた。トゥーソンへは車で十二時間かかるが、選択の余地はない。車じゃないと。こんな大金を持っていたら、空港の保安検査場は通れない。

十二時間。

往復で二十四時間。

いまは木曜日の夜だ。すぐに出発して寄り道しないで走れば、明日の午後早くに着き、少し仮眠を取っても、土曜日の夜には帰ってこられる。

ぼくは何だか興奮してきて、足で床を鳴らしはじめた。もしかしたら、そんなに悪くないかもしれない。ここから逃げるチャンスだ。だいたい、いまほかにすることがあるか？

でも、エイブの娘にはどう説明しよう。怪しまないだろうか？　あの夜、母が言ったことをそのまま伝えるつもりはない。サイラスが言ったように――きっと事実ではないし、母に咎めが及ぶことだから。母はもうこの世にはなく、弁解できない。それに、キャニングから聞いた話ではエイブが罪を犯したのは間違いないようだから。

エイブは世間の噂《うわさ》どおり、罪を犯したのだ。

母さんは、あのひとたちがそう思わせようとしたと言っていたけれど。

くそっ。

ＦＢＩはエイブとドウェイン・マンティスについて質問するために、うちの外で待っていた。そしていま、ざっくり言えば、罠にはめられたと母が言っていた元相棒の娘のために、母が隠していたらしい金が入った大きなスポーツバッグが見つかった。

エイブのホルスターと一緒に。

サイラスは間違っている――ぜったいに何かある。母が関わらざるを得なかった何かが。

7

オースティン市警
ジャッキー・マーシャル警視長
二〇〇三年四月十六日

三台うしろから古いモデルの黒のベンツを尾行しながら、運転している男がセダンの覆面パトカーに気づかずにいてくれることをわたしは祈った。

あの少女が彼にどう話したのかなんて、誰にもわからない。もしも、彼女が本当に話したのだとしても。あの手の少女たちは、たいてい何も話さない。客といざこざを起こせば、どちらが悪くても、ポン引きに殴られたり脅されたりするだけだと、痛い思いをして学んでいるからだ。そして、今回の件は彼女が悪いわけじゃない。匿名で電話をかけてきた人物が悪いわけでもない。その人物はあのホテルの部屋で不健全なことが行われていないかどうか調べてほしいと言って、正しいことをしただけなのだから。

では、わたしは正しいことをしたのだろうか？　夜の空気は冷たいというのに、わたしは額の汗をぬぐった。胃がひどくむかつく。不安と、怒りと、後悔が入り混じった気分だった。

前方で、ベンツがフリーウェイの立体交差の下の道に入ったあと、右にまがった。わたしは少しスピードを落としてついていき、みすぼらしいモーテルの駐車場に車を入れた。頭上の緑色のネオンサインの電球が断続的に明滅している。このモーテルにきたことはないけれど、似たようなモーテルには何度も行ったことがある——街のはずれにある荒れた場所で、近くのハイウェイを走る車の音以外は静まりかえり、看板にはいろいろな追加サービスが表示されているが、利用者のいちばんの関心事は記されていない。一時間の室料だ。

わたしは数台停まっている車のあいだに——ほかの車に隠れるが、ベンツがよく見える位置に——バックで車を入れ、日よけを下ろして顔を隠した。静かにベンツを見ていると、まもなくギャングの一員であることを示す、十八というタトゥーが首のうしろに入っている男が運転席から降りてきた。

そのあと助手席のドアが開き、彼女が降りてきた。背中を丸め、赤いハイヒールをコツコツいわせて舗装された通路を歩き、男にモーテルのなかへ連れられていく。男は彼女の細い腕をしっかりつかんでいた。

部屋に消える直前、彼女が急にふり返り、ブロンドの長い髪がふわりと揺れた。顔は絶望しきっている。

そして間違いなく、わたしを見た。

胸を殴られた気がした。

わたしは日よけにはさんでいるノアの写真に目を走らせた。あの子は本当にかわいくて、賢い。それに、思いやりもある。あの子がどうしてあんなよい子に育ったのか、とても不思議だ。父親のおかげでないことは確かだ。ブレアは濡れたブーツのように窮屈で、マッシュポテトのサンドイッチのようにありきたりなひとなのだから。母が結婚に反対したとき、どうして耳を貸さなかったのだろう……。

エイブ。ノアがあんなふうに育ってくれたのは、彼のおかげだ。

本当に善良な、エイブラハム・ウィルクス。頼りになるひと。エイブが導いてくれたから、ノアはあんなよい子に育ったのだ。

胸が締めつけられ、日よけをあげて、息子の笑顔と問いたげな目を隠した。

もし、ノアが今夜のことを知ったら、わたしがなぜそんなことをしたのか、わかってくれるだろうか？

たぶん、わかってくれないだろう。たいていのひとにはわからない。

きっと、エイブも。

わたしは大きくため息をついて車から降りると、モーテルの部屋へ歩いていった。

8

ノア・マーシャル
アリゾナ州トゥーソン

〝モクテキチマデ、アト一キロデス〟
「サリー、きみのおかげでここまでこられたよ」コーヒーを最後の一滴まで飲みほすと、発泡スチロールのカップがいくつも転がる助手席の床に、空になったカップを放った。カフェインはエルパソあたりで効かなくなり、〈ワッフル・ハウス〉の駐車場で二、三時間眠った。この一週間の睡眠不足のツケがとうとうまわってきたのだろう。

ぼくがここまでこられたのは、純粋にアドレナリンのおかげだ。九万八千ドルの現金が入ったスポーツバッグが後部座席に乗っていても何でもないふりをして、これからほとんど知らない少女に、何の説明もなく、その金を渡すのだ。説明できることなど、何もないのだから。

グレーシー・ウィルクスは母とぼくを覚えているだろうか？　まず、無理だろう。エイブが死んだとき、グレーシーがいくつだったのか、新聞には書かれておらず、ただ幼い子どもとだけ記されていた。五歳か六歳だったろうか？　ぼくにとって五歳の頃の記憶といえば、休憩時間のときにパンツをはいたままもらしてしまったことだけだ。

あれから十四年たったということは、グレーシーは十九か二十歳になる。見ず知らずの男が家にやってきて大金を渡したら、どうするだろうか？　いったい、どれだけの質問をすることやら。

〝アト百メートルデ、モクテキチニ、トウチャクシマス〟サリーがかん高い声で言った。

いま、ぼくはトゥーソンのはずれにいる。左側にはひょろ長いサボテンが生えている砂地が広がり、遠くには山が連なっている。想像していたより緑が多いが、それでもテキサスやシアトルとも、ぼくがこれまで行ったことのある場所のどこともまったくちがった。

右側の手前にある看板がそよ風で揺れている——一本の鎖でいい加減にぶら下げられた金属板で、はしが錆《さ》びている。スリーピーホロー・トレーラーパーク。建っている通りの名前から取ったのが明らかだ。

グレーシー・ウィルクスはトレーラーパークに住んでいるのか。

ぼくが行ったことのあるトレーラーパークといえば、友人が家族で毎夏訪れている、シアトル郊外のシェラン湖畔にあるトレーラーパークだ。二週間ほど滞在して、テニスをしたり、泳いだり、親たちが寝たあと、たき火のそばで女の子たちと楽しく過ごしたりしたものだ。

〝モクテキチニ、トウチャクシマシタ〟

トレーラーパークはどこも同じわけではないだろう。

ぼくは正面の入口から入った。道の両側に、トレーラーハウスが何列も並んでいる。それぞれ色や大きさは少しずつ異なるものの、へこみ、汚れ、がらくたで囲まれているのは同じだった。金網フェンスで囲んで庭があるように見せかけているところもあるが、その〝庭〟も古い家具や、金属のスクラップや、錆びた車で埋め尽くされている。入口まえの階段の外に便器が置いてあるトレーラーハウスまであった。

午後二時近く、ひと気はないが、多くの視線を感じながら黒のジープ・グランドチェロキーを——三カ月まえに買ったばかりの新車だ——時速十キロで走らせて、二一二号室を探した。まるで、ゲームのようだった。何ひとつ、同じ表示がないのだ。

真鍮《しんちゅう》に部屋番号が書いてあるトレーラーハウスもあれば、板に黒いマジックで走り書きしてフェンスにぶら下げているところもある。ボール紙の標札を街灯にテープで貼りつけているトレーラーハウスさえ。

ここのひとたちがとても貧しいことは、間違いない。つまり、エイブの娘もひどく貧しいということだ。それがぼくの問題を解決してくれるだろう——娘は金を受け取って、一目散に逃げていくにちがいない。

それにしても、グレーシーはどうしてこんな場所に住むことになったのだろうか？ダイナは生きていないにちがいない。

もし、生きているなら……。

ぼくが覚えているダイナ・ウィルクスは死んでもこんなところには住まないし、ましてや娘をこんなところで暮らさせたりしない。

モーセのように年老いたおばあさんが正面のポーチでおんぼろの椅子にすわり、こっちをじっと見つめている。窓を開けると、熱く乾いた空気と砂埃《すなぼこり》がエアコンの効いた涼しい車内に入ってきた。「こんにちは《ベテ・ア・ラ・チンガーダ》。二二二号はどのあたりでしょうか？」

老女は目を細めた。「とっとと失せな」

スペイン語か。まいったな。スペイン語は苦手なんだ。

「えっと……すみません《ロ・シエント》……二一二番は？」

「くそったれ《コモ・ミエルダ》！」老女はかがみこんで、横の地面に唾を吐いた。

ああ……どうやら教えてもらえそうにない。ぼくはまた車を走らせた。すると、まえのフェンスの支柱に、きれいな字で二一二と書かれた白い小さな札が下がっているのが目に入った。老女をふり返ると――もうグレーシーの隣人だとわかった――ぼくをにらみつけている。あのおばあさんはここに入ってくる者全員を怪しむのだろうか？　それともいい車に乗った、トウモロコシで育ったテキサスの若者だけを怪しむのだろうか？

　エンジンを切り、スポーツバッグに手を伸ばした。

　そして、考え直した。

　大金を持って車を降りても安全だろうか？　バックミラーを見ると、ひょろ長い身体つきの男がフェンスに寄りかかり、いかにも胡散《うさん》臭そうな様子でこちらを見ている。ぼくのほうが二十キロ近く重そうだから、いざとなったら太刀打ちできるだろうが、このあたりで生きている人々は身を守るのに体力に頼りはしないだろう。

　その場合は……。

　携帯保管庫に暗証番号を打ちこんで、グロックを取りだした。

銃を持っているほうが安心できるが、銃を持ってグレーシーのトレーラーハウスに現れることが、どちらにとっても安心できることなのかどうかはわからない。それに、ホルスターは持ってきていないし——エイブのホルスターは発見したときのまま、床下に置いてきた——急いで出かけてきたので、アリゾナ州の銃携帯法まで確認しなかった。

それでも、急に必要になったときのために、すぐに手の届く場所に置いておきたい。金の入っているスポーツバッグに一緒に入れ、後部座席に置いた。そして車を降りて鍵をかけた。

すると、汚い犬がそばを通りすぎ、ぼくは足を止めた。こんな不快な犬を見たのは初めてだった。片目はなくなり、だらりと垂れた片方の耳は一部が欠けている。そして泥だらけの冴《さ》えない茶色の毛皮は、一九七〇年代に流行《はや》った毛足の長い汚れたラグのようだった。それでも、犬は軽い足取りでわきを通りすぎるときに、あごからぶら下がってピクピク引きつっているネズミを横取りしないよう警告するかのように、ひとつだけの目を細めてにらみつけてきた。ぼくは思わず顔をしかめた。

ぼくはすばやくあたりを見まわした——男はまだフェンスに張りつき、老女はまだ椅子を揺らしながらこちらを見ているが、とりあえず唾は吐いていない——ぼくは古いトレーラーハウスの階段をのぼり、深呼吸をしてからドアをノックした。

そして、待った。

応答がない。足音も聞こえないが、ひびの入った窓からテレビの音がもれてくる。留守ではないと思わせるために、わざとテレビをつけたまま出かけたのだろうか？いや、こういう場所の住民がわざわざそんな用心をするとは思えない。

それに、焼いたチーズ・サンドイッチのにおいがかすかにする。ぜったいに、誰かいる。

ぼくはもう一度ノックをした。

返事はない。

「グレーシー？」呼んでみた。

やはり、返事はない。

さて、どうするか？　背中に穴が開きそうなほど老女に見つめられながら、ここにじっとすわって待ってはいられない。数時間のんびりできるようにホテルを見つけよう。少し眠って、シャワーを浴びる。そして、グレーシーが返事をする気になりそうな時間を見計らって、戻ってくる。ちゃんと出てきてくれよ。この金を渡して、先に進みたいのだから。

「ふたりに何の用だ？」

フェンスに寄りかかっていた男だ。この世のことなど何も気にしていないかのように、ゆっくり歩いてくる。身体に貼りついた白いTシャツには泥の筋がつき、腋《わき》の下は黄色くなっている。もう何週間も洗っていないのだろう。いや、洗ったことなどないのかもしれない。

ふたり。ということは、グレーシーはひとりじゃない。恋人と住んでいるのか？　友だちか？　もう子どもがいるとか？　どんなふうに育ったのだろう？　昨夜、運転しているあいだに暇な時間が山ほどあったので、グレーシーの顔がわかるだろうかと考えた。

ぼくは男に正面から顔を向け、気楽な姿勢とくつろいだ声のまま言った。「ぼくはふたりの友だちだ」

値踏みする視線がぼくの頭から爪先まで、そして車へと走った。「この辺では見ない顔だな」

ぼくはこの男が気に入らなかったが、それはこのゴミために住んでいるからじゃない。男は身体じゅうから危険な臭いがしていた。ぼくが排水溝に倒れていたら、この男はポケットを探ったときにどのくらい反撃されるかを確かめるために、ひどく痛むかと訊いてくるにちがいない。ズボンに銃を突っこんでくればよかった。とりあえず、見たかぎりでは、男は銃を持っていないようだが。

とりあえず、冷静なふりを続けることにした。「ここにきたのは初めてだからね。いま、留守かどうかわかるかな」

男は訊かれたことについて考えているかのように、しばらく歯をなめながら唇をゆがめていた。「ダイナならいる」

ダイナは生きているのか。この男に背中を向ける気になれず、顔をあわせたまま、もう一度ノックした。十秒たっても返事はなかった。「きっと、寝てるんだ」

「ああ、かもな」何がおかしいのか、男はにやりとした。

これで決まりだ。出直してこなければならない。

車に戻りかけたところで、女の怒鳴り声がした。「ちょっと！　うちで何をしてんのよ！」突進してくるのが見えるまえから、怒っているのはわかった。

きれいな顔が怒りで引きつっている。

決して忘れることのできない、淡いグリーンの目がぼくを見すえた。

手には広げた飛びだしナイフが握られていた。

9

グレース

角をまがり、うちのトレーラーハウスのまえにピカピカのSUV車が停まっているのを見た瞬間に、あたしはハンドバッグからナイフを出した。

母をヘロイン中毒にしている最低野郎をこの手で捕まえられるのだ。やっと。

「大学の学費を払うためにやってるわけ？」黒のジープ・チェロキーの横を歩き、車体をすばやく踵《かかと》で蹴った。「で、あんたは何でここにいるのよ」馬鹿にするようにシムズに問いかけたが、答える暇を与えずに、階段まで歩いた。でかい男。隣に立つと、男はとても背が高く、体格もがっしりしている。でも、きっと映画の『ステップフォード・ワイフ』に出てくるようなきれいな町の、正面にバスケットボールのゴールがあるような家で、雑草を親の仇《かたき》のようにして抜いている両親のもとで育ち、ナイフを持ったいかれた女が突進してきたら、どうすればいいかわからないにちがいない。

男は目を見開いてこっちを見ている。当たりだ。「どうしたの？　かわいそうなお金持ちのお坊ちゃまは、楽に稼ぐ方法を教えてもらえなかったから、それでヤクを売ることにしたわけ？」

「ちょっと待ってくれ」男は両手をあげて、あたしとナイフのあいだで視線を行ったりきたりさせている。「いったい、何を考えているのか知らないけど――」

「今度、母に近づいたら、魚みたいに腸《はらわた》をえぐりだしてやるから」あたしはそうささやき、迫力を出すために男の腹のすぐそばまでナイフを近づけた。「この階段からすぐに下りて！」

「わかった。もう行くよ。通り道を空けてくれないか」男はゆっくり、冷静に話した。あたしが数歩下がると、指にキーリングをぶら下げて、横をそろそろと歩いていく。舞いあげた土埃をこのトレーラーパークに残して、かっこいい車で走り去るために。

ちょっと待って……。「そのまま帰らせると思う？」一歩近づいて顔のまえでナイフをふると、男はボンネットまで後ずさった。「警察を呼ぶべきよね」

明るいブルーの目に動揺が走った。「きみだって、そんなことはしたくないだろう」

「あら、するわよ。母にヘロインをやらせる売人をひとり減らせるなら。警察は喜んで、あんたを刑務所に放りこんでくれるでしょうね」あたしはショートパンツのうしろのポケットから携帯電話を取りだした。「あんたのお母さんが、お尻に塗るワセリンをたくさん差し入れてくれるといいけど」

「ぼくはヘロインの売人なんかじゃない！」男はいら立たしげな声で叫んだ。あたしが世間知らずだったら、信じていただろう。でも、もう最近ではうちにくるのは売人しかいない。以前は児童保護局の職員がときおり訪ねてきたけれど、あたしが十八になって公的には何もできなくなると、それもなくなった。

「あんたはどう思う？」シムズなら、自分と同じ売人を嗅ぎ分けられるかもしれない。

「おれには、おまえの友人だって言ったぜ」シムズは脅すように足を踏みだし、男の目のまえまで近づいた。

「こんなひと、会ったことないわ」会っていたら、覚えているはずだ。身長は百九十近くあり、しっかりしたあごに、理想的な形に乱れている薄茶色の髪。それに、色あせた黒のTシャツに濃いブルーのジーンズをはいていても、〝金持ち〟の雰囲気がにじみでている。母にヘロインを売る男がこんな感じだとは思っていなかった。それに正直に言えば、ドラッグに溺れてやつれた三十九歳の女を求めるのがこんな男だとも思っていなかった。金の代わりに口で支払ってくれる相手を探しているなら、かわいいコカイン中毒の女子学生が大学で簡単に見つかるだろうに。

「ねえ、騒ぎは起こしたくないんだ」男はいつでも飛びかかれるように体重を右足から左足へと移動させているシムズを必死に無視している。「渡したいものがあってきただけだ。でも、誰も出てこなかったから、いったん帰って、またこようと思っていたところだった」少しなまりがあるが、どこのなまりなのかはわからない。

「何を渡すつもりなんだ?」シムズは〝渡したいもの〟を探して、視線を男のポケットに向けた。

このヤクの売人である隣人は、それをあたしにくれるのと同じくらいたやすく盗むだろう。だから、もうここでは不要だ。それどころか、あたしはひどく腹が立っている。「もう帰ってよ、シムズ。そろそろ、ヤクを買うお客がくるわよ」

シムズが二歩近づいてきて、鼻の孔《あな》を広げ、脅かすような視線をあたしに向けた。

「助けがいる娘にしちゃ、ずいぶんえらそうな口を利くじゃねえか」

「助けがいる?」あたしはナイフをシムズのまえでふった。「あたしは馬鹿じゃないわよ。あんたはあたしを助けるために、ここにいるわけじゃない。隙を狙ってるんでしょ。で、あたしをどうしようっていうのよ?」

「この尻軽が」シムズがぶつぶつ言い、薄っぺらな胸をふくらませて、また一歩近づいた。

男がいつでもシムズにつかみかかり、地面に投げ飛ばせるよう構えた。

「落ち着いてよ、お金持ちのお坊ちゃま。ここにいるシムズは口だけなの。それに、いまは保護観察中だから、あたしに手を出したら、長いこと刑務所に入ることになる。そうよね？」もうシムズを煽《あお》るのをやめなければ。そろそろここを離れたほうがいいと判断できるくらいの頭はあるだろうけど、シムズが馬鹿なことも知っている。

シムズがどのくらい途方もない馬鹿かわかるまえに、ビルマが叫んだ。「家が燃《ラ・カサ・セ・》えてるよ《エスタ・ケマンド》！」ビルマが指しているほうを見ると、台所の窓から煙が出ていた。

最悪！　ママがとうとうやらかした。

あたしはまえに立っているシムズを押しのけ、片手で飛びだしナイフを閉じてバッグに放りこみ、もう一方の手で鍵を探した。「ママ！」鍵を開け、覚悟を決めて、思いきりドアを開けた。真っ黒い煙が押しよせてきて、頭上に立ちのぼっていく。

台所が燃えていた。火元はやはりオーブントースターで激しい炎が噴きだし、窓に下がっているすり切れたカーテンに燃え移っている。火はまたたく間に大きくなり、食器棚や壁に燃え移る頃には二倍の大きさになっていた。

あたしは消火器に飛びついた。耳の奥が激しく脈打っている。「これ、どうやって使うのよ！」訳がわからなくなって叫んだ。

力強い手があたしの手から消火器を奪った。さっきまでナイフを向けていた男がピンをはずし、噴射口をオーブントースターに向ける。白い泡が炎に向かって噴きだした。男は消火器の使い方を知っているらしいが、あたしにはどうして彼が助けてくれるのか考えている暇はなかった。あたしは母に目を向けた。ソファのはしから片手と片脚をだらりと垂らして寝そべっている。

　死んでいるみたいに、まったく動かない。

　じゃまなコーヒーテーブルをどけて、母のそばに急いだ。うしろの騒ぎを何とか無視して、口に耳を近づけて息をしているかどうか確かめる。

　何も感じない。

　その瞬間に立ちあがって自分の部屋へ走り、中身をくりぬいて麻薬拮抗剤《きっこうざい》を隠した本と、人工呼吸用マスクを取りにいった。母がまえにドラッグを過剰摂取したとき、医師が使い方をひと通り教えてくれ、必要になったときのために持たせてくれたのだ。

　あわてて必要なものを集めるあいだもずっと、心臓がばくばくいっていた。

　離れていたのは三十秒ほどだったのに、戻ってみると、状況はすっかり変わっていた。台所の壁と天井まで炎が広がり、床に転がっている使いきった消火器をまたぐとき、炎の熱さに思わず怯《ひる》んだ。

男はぐったりとした母の身体を抱えていた。「もう手遅れだ。早く!」

ああ、もう! ここまできたら消防車、それに警察もくるかもしれない……あたしは使用済みの注射器を取りに走って、針をはずした。そして注射器を火のなかへ放った。

「そんなのはいいから!」男があたしの腕をつかんで引きずるようにしてドアから出て階段を下りた。ビルマが携帯電話を手にして立ち、あたしにもわかるスペイン語、消防車《アンブランシア》と火事《フエゴ》を叫んでいる。911に電話したにちがいない。

「母を下ろして!」男の腕をつかむと、肌は熱く、母の重みで筋肉が張りつめていた。

あたしは男の顔のまえで麻薬拮抗剤をふった。「すぐにスプレーしないと」

男はやっと緊張を解き、舗装されていない路地に仕方なく母を下ろした。

あたしはスプレー式点鼻薬のアプリケーターとチューブのふたをはずした。やり方は頭に入っているけれど、実際にやってみたことはない。震える手で、ガラスのカートリッジをアプリケーターに挿しこんでひねった。

「いくわよ……」力の抜けた母の頭を抱え、片方の鼻の孔に薬を半分スプレーし、反対側に残りの半分をスプレーした。片方に入れすぎ、片方が足りないということがないよう祈りながら。それから母の口に人工呼吸用マスクをかぶせ、そこから息を吹きこんだ。

「速すぎる」

あたしはゆっくりやってみた。

「ぼくにやらせて」力強い手があたしの腕をつかみ、わきに引っぱった。いつもなら殴り返すところだけれど——乱暴にされたときの自然な反応だ——いまは助けてくれるのがありがたかった。手を貸してくれるのは、彼しかいないから。

彼は膝をつき、チューブをくわえて息を吹きこんだ。そしていったん休み、もう一度息を吹きこんでから、母のぺったんこの胸を見た。それから小さく首をふり、またチューブをくわえ、規則的なペースで同じ動作をくり返す。

「もし、三分から五分くらいで自力で呼吸をしなかったら、もう一度薬を与えるの」あたしは彼を見つめ、両手を握りしめながら、サイレンの音がしないかと耳を澄ました。角をまがったところに消防署があるのだ。

でも、それほど近くなかった。うしろをふり返り、トレーラーハウスのなかで炎が激しく踊り、わずかな家財を黒焦げにしているのを目にして、そう思った。

男は滑らかな動作で腕時計をはずして寄こした。「だいたい一分たった」

あたしは何も言わずに時計を受け取った。

男はもう一度母の胸を見ていったん休み、冷静に言った。「薬を用意したほうがいいかもしれない」

あたしはポケットから薬を取りだし、拳を強く握って、彼の隣に膝をついた。

「きみの家の場所はわかりにくい。道路の向こうに行って、消防車を案内したほうがいい」

「煙が出てればわかるでしょ。それに、あたしたちがどこに住んでいるか、消防隊はもう知ってるから」

彼はアリゾナの朝の空の色をした目であたしを見たけれど、すぐにまた自分の役割に戻った。その目には哀れみが浮かんでいた。だが、彼は何も言わずに人工呼吸を続け、あたしは秒針を見つめながら、母の意識が戻るのを待った。

紫色になった母の唇と爪を見て、あふれそうになる涙を必死にこらえる。「がんばってよ、ママ――すぐに助けがくるから」でも、くるのは助けじゃない。次までの一時しのぎだ。

最初に到着したのは消防車で、続いて救急救命士がやってきた。

そのあとの数分は現実とは思えないほど慌ただしく、消防士たちはあたしたちの家を何とか救おうとし、救急救命士たちは母にもう一回麻薬拮抗剤を与え、まるでデジャヴのように思えて不安になるほど標準的な質問をした。あたしはまえにも同じことを経験しているからだ。

「お母さんは何を摂取しましたか？」

「わかりません」

「でも、麻薬拮抗剤を与えていたでしょう」

「ヘロインかも」

「ほかには？」

「わかりません」

「いつ？」

「わかりません」

「量は？」

「明らかに、多すぎたみたい」

物見高い野次馬たちが近くでこの見世物を見ていたけれど、誰ひとり手を貸してくれなかったし、〝病院に連れていってやるよ〟とも言ってくれず、救急車が走り去ると、それまで残っていた力がすっかり抜けてしまった。

これが最後なのだろうか？

あと何回、ママは持ちこたえるの？

あと何回、あたしは持ちこたえるの？

もう疲れた。

「お母さんをどこへ運ぶか、訊いた？」

低い声で話しかけられ、不意を突かれた。一瞬、彼がここにいることを忘れていたのだ。「セントバーツ病院」いつも運ばれる病院だ。

「じゃあ、ぼくたちも追いかけたほうがいい」

「ぼくたち？」ふり返って、彼を見た。男はそわそわと足を踏みかえ、すでにキーリングを手にぶら下げ、いまにも飛びだしていきそうに見えた。でも、責めたりはできない。「ひとりで行かれるから」きっと、この言葉を待っているのだろう。

「行こう。ぼくの車で」

「どうして？」いろんな意味が重なった質問だった。どうして乗せていってくれるの？　どうして、ここにいるの？　どうして助けてくれたの？「いったい、何が目的？」目的がない人間なんていない。

彼はため息をついた。「とにかく……行こう。お願いだから」彼がその言葉を強調するように、あたしの腰に手を近づけると、触られてもいないのに熱くなった。そして、思わず身体がこわばった。

彼はまったく知らないひとだけど、もう何年も知っているひとがまわりにいるのに、消火器に手を伸ばし、母を運びだし、母を蘇生《そせい》させようとしたあたしを助けてくれたのは、このひとだけだった。だから、五キロ離れた病院まで歩くのではなく、チェロキーの助手席に乗った。

彼はダッシュボードにのっていた罫線《けいせん》入りの紙をあわててつかみ、折りたたんで尻ポケットに突っこんだけれど、そのまえに〝トゥーソン〟という地名と、あたしの家の郵便番号が書かれているのが目に入った。そのとき、彼が何も言わずに助手席に乗りだしてきて、長くてたくましい腕で、足もとにあった空のコーヒーカップをひろいだした。「ごめん。長いこと運転してきたから」もごもごと謝った。

あたしはケチャップ色の〈クイックトリップ〉の制服のシャツを抱くようにして腕を組み、彼の腕が素足にこすれるのを敏感に感じていた。彼が礼儀正しく、ごみを片づけていることはわかった。この機会を利用して、触ろうとしているのではないことも。そのとき、彼にお礼を言っていないことを思い出した。

「あんなこと、してくれなくてもよかったのに」小声で言った。きちんとしたお礼にはなっていないけど、あたしはまだこの男を信用していない。

「いや、当然のことさ」彼が身体をひねって後部座席のビニール袋にコーヒーカップを入れると、焼けた木と溶けたビニールの臭いが鼻を突いた。彼の服に染みついたのだろう。あたしの服も臭うにちがいない。

ボタンを押すとエンジンがかかり――そんな車に乗ったのは初めてだ――土煙を巻き起こしながら走りだすと、シムズが「ちくしょう」と怒鳴った。

緊急事態にもかかわらず、思わずにやりとした。

「右？　左？」

「左」やっと、彼がさっき発した言葉の意味に気がついた。「長時間、運転してきたと言ったわね。どこからきたの？」

「オースティン」

胸がどきっとした。「テキサスの？」

「そう」

妙な懐かしさがこみあげてきた。声がかすれそうな気がして、咳ばらいをする。

「あんたの名前、聞いてなかったわ」

一瞬ためらったあと、彼は言った。「ノア・マーシャルだ」

10

ノア・マーシャル

「この自販機は起こしてやらないとだめなんだ」病院でよく見かける緑色の手術着を着た男が通りがかりに言い、てのひらで自動販売機を叩いた。歯が浮くような金属と金属がこすれる音がして、数秒後にどろどろした茶色い液体が規則的に落ちはじめた。

「ありがとうございます」

「礼はいらないよ。ひと口飲んだら、すぐに駐車場から出ていって、いちばん近くの〈ワッフル・ハウス〉に行きたくなるだろうから」彼は小さな声で笑うと、薄暗い廊下を歩いていき、ぼくは紙コップいっぱいにコーヒーが落ちるのを待った。

コーヒーがこの病院にふさわしいものなら、彼の助言に従うべきだろう。

この救急救命室の何が気になるのか、はっきりとはわからない。缶詰の豆の色をしていて、厚板のようにすわり心地が悪い、歓迎されているとは思えない待合室の椅子だろうか？　経費を削減したことがわかる薄暗い明かりだろうか？　それとも、うっすらと積もった埃を隠せない、紫がかった床のタイルだろうか？

あるいは病院の冴えない内装とはまったく関係なくて、エイブ・ウィルクスの娘と一緒にここにいて、ヘロイン中毒の母親が今回はとうとう死んだかどうかを耳にするために待っているからかもしれない。結局、母娘の家を焼くことになった台所の火事と戦ったあとで。

きょうがどんな日になるのか、自分がどう予測していたのかはわからないが、まさかこんな日になるとは思っていなかったはずだ。

自動販売機がひどくのろのろとコーヒーを抽出しているあいだ、ぼくは待合室の隅に隠れるようにすわっているグレーシーを遠くから観察した。すべすべとしたカラメル色の脚は足首で交差され、ほんの二、三時間まえにぼくの腹にナイフを突きつけていた手は膝のうえで行儀よく組まれ、窓の外を見つめる横顔はまるで石の仮面をかぶっているようだった。

車に乗っていたときからほとんど話さず、口を利いたのは道案内したときと、コーヒーを飲まないかと言ったときに、ぼんやりと返事をしたときだけ。きょう起きたことを慮《おもんぱか》り、グレーシーが沈黙を続けていることを尊重して、ぼくも黙ったままあとについて病院まで入ってきた。

でも、ぼくには知らなければならないことがある。具体的に言えば、エイブの家族がどうしてこんな暮らしをするはめになったのかということだ——母はこの状況を知っていたのだろうか？

知っていたにちがいない。遺された手紙には、グレーシーにはこのお金が必要だと書いてあったのだから。

ぼくは生ぬるいコールタールのような液体が入った紙コップをふたつ持って、待合室のはしまで歩いた。

グレーシーは電話中だった。「今夜は仕事に出られなくて……いえ……母が病院に運びこまれて……結果はまだ……」

グレーシーは〈クイックトリップ〉というロゴが付いた赤いポロシャツを着ていて、救急救命士に午前中はずっと仕事に出ていたと話していた。ということは、きょう二度目の交代勤務に就くつもりだったか、ふたつの仕事をかけ持ちしているということだ。

グレーシーが電話を切ると、ぼくはコーヒーを差しだした。「好みを訊くのを忘れていた」

グレーシーはしばらくぼんやりとコーヒーを見つめていた。「何でもいい」

彼女とのあいだにある小さなテーブルに紙コップを置いて、自動販売機から持ってきたクリームと砂糖をポケットから出した。「とりあえず、砂糖は入れたほうがいい」ぼくがここまで何とかやってこられたアドレナリンはもう切れかけていた。ぼくはグレーシーのはす向かいにすわり、くたびれきった長い脚を伸ばした。

グレーシーはぼくの脚をにらんだ。「パーソナルスペースって考えに反対？」

「いいや」ぼくは身体をずらし、脚をまげてグレーシーから離した。そして、帰宅したら母親がドラッグを過剰摂取していたうえ、トレーラーハウスが燃えていたのだから、彼女の機嫌が悪くても仕方ないと、自分に言い聞かせた。

気づまりな沈黙が流れた。

「人工呼吸はどこで習ったの？」とうとうグレーシーがさっきより穏やかで、こちらをなだめるような声で尋ねてきた。

「心肺蘇生訓練で。高校のとき、水難救助員の資格を取ったんだ」無意識のうちに腕をさすり、母が死んでからプールに行っていないことを思い出した。バスケットボールのコートにも、ジムにも行っていない。

グレーシーの目がぼくの手の動きを追う。「当ててみせましょうか——夏のあいだずっと海岸で椅子にすわって、ビキニの女の子たちを眺めていたんでしょ。さぞかし、たいへんだったでしょうね」

母親にヘロインを売っていたのではないとわかっても、好意的でない印象はあまり変わらないらしい。グレーシーはぼくを〝お金持ちのお坊ちゃま〟と呼んだ。確かに、それほど金に困ったことはないが、決して〝お金持ち〟ではない。

ぼくは何とか笑みを浮かべた。「というより、四歳の子どもたちが確実におしっこをしているプールで水泳を教えていたんだけどね」

冗談が通じなかったらしく、彼女はにこりともしなかった。グレーシーは何か言いたげな様子だったが、口には出さずにコーヒーを飲んだ。「まずい……」顔をゆがめて紙コップをテーブルに戻し、ヒ素でも入っているかのようににらみつけた。「このまえきたとき、あの自販機にお金を入れないでよかったわ」

「いつのこと?」できるだけ、さりげなく訊いた。グレーシーは消防隊は自分たちの住まいを知っていると話していた。母親は薬物依存症だ。ヘロインを過剰摂取したのは初めてじゃないはずだ。

「二カ月まえ。それから、五カ月まえにも」グレーシーはしばらく指の爪を見ていた。たぶん、見ず知らずのぼくに、どのくらい本当のことを明かすべきか考えているのだろう。「あたしが仕事へ行くと、ママはいくつか電話をかけるの。どの売人が近くにいるか、確かめるためにね。自分から出向くこともあれば、売人がトレーラーにくることもある。実際に顔をあわせたことはないわ。ヘロインをやったあとを目にするだけ。ママは毎回少しずつやりすぎて、結局、過剰摂取になっちゃう」

グレーシーは冷静に話しているが、ドアのまえの階段に立っていたぼくを見て、どうしてあれほど興奮したのか、やっとわかった。「たいへんだったね。あんな状態のお母さんを発見するなんて、並大抵のことじゃない」といっても、ぼくが母を発見したときよりはましだろうが。胸が痛くなり、膝に腕をついて、床についた砂だらけの足跡を見つめた。「それで、このあとはどうなるんだい？」きっと、彼女ならうまく乗りきるのだろう。救急救命士は到着すると、滑り落ちかけていた崖っぷちからダイナを救うために、麻薬拮抗剤をさらに摂取させていた。

「息を吹き返したら、病院はヘロインが抜けるよう援助してくれる。でも、ママは無料の矯正プログラムに参加するからって約束して、さっさと退院しちゃうの。それで一、二回は参加するけど、プログラムは自分にあわないし、これなら自分ひとりでもできるって決めつけてやめてしまう。二、三日は何もしないでいるわね。でも、そのあと出かけてウォッカをひと瓶買ってきて、一気に飲んでしまうの。それでも物足りなくなると、またヘロインを打ちはじめる。そして、家に帰ってきたあたしが、意識を失ったママを見つけるわけ。あるいは、死んでいるママを」グレーシーは鼻を鳴らしたが、目から涙があふれているのを隠すことはできなかった。「でも、もうその家もない……」

グレーシーはまもなく母親が死ぬことをすでに受け入れているようだった。それがいつになるかが問題なだけで。

「こんなことをすべて背負うなんて、本当に辛いね」ほかにも尋ねたいことはいくらでもあった。たとえば、こんな状態になったのはいつからかとか、原因は何かとか。だが、原因はわかっている。エイブの娘を抱いて揺すっていた、美しくて愛情にあふれた女性が人生をめちゃくちゃにされてしまったからだ。きょう、ぼくがあのトレーラーハウスから運びだした女性が、あのひとなのだろうか？　あの弱々しく衰え、腕じゅうに注射針の跡がある、脂ぎった髪の女が？　ぜったいに、同じ人物じゃない。

グレーシーは鋭い視線でぼくを貫き、黙ったまま見ていたが、やがて静かに言った。

「あなたのこと、知ってるわ」

胃がすっと落ちた気がした。「どんなふうに？」

「ママが……オースティンや父のことを話してくれた。あなたのお母さんのことも。

お母さんは――」ふいに口をつぐんで、歯を食いしばった。

ぼくは不安になった。

「きみのお母さんは、母について何と言っていた？」きつい口調になるのを抑えられなかった。ダイナはどんなことを知っているのだろう？

グレーシーが唾を飲みこみ、喉が動いた。「あたしも、あなたを知っていた。昔ね」

本当はちがうことを言おうとしていたのだろうが、ぼくは指摘しなかった。いまのところは。「そう、知っていた」

「覚えてないけど」グレーシーはぼくに対してというより、自分に対して、ぽつりと言った。

「きみは小さかったから」髪にリボンを付けた、幼い女の子だった。

でも、グレーシーはもう幼い女の子ではない。

憎しみのこもった目で、ぼくに向かって道路を猛然と走ってきたグレーシーを目にしてから初めて、やっと彼女のことを間近で、じっくり見ることができた。顔を囲んでいる荒々しいたてがみのような金色がかった茶色い髪は、あらゆる方向に飛びでているやわらかなバネのように縮れている。理想的で、品のいい鼻。エメラルドグリーンの縁取りが涼しげなミントグリーンの虹彩《こうさい》をさらに強調している目。カラメル色の肌、ふっくらとやわらかそうなピンク色の唇。

こんな女性は初めてだ。

長く見つめすぎたらしく、グレーシーがそわそわしはじめ、シャツの裾を引っぱり、胸のまえで腕組みをした。「それは、何が入ってるの？」あごをしゃくって、スポーツバッグを指す。

ぼくは反射的にスポーツバッグを引きよせた。グロックは携帯保管庫に戻してある。銃を持って病院に入るのは愚かな真似《まね》だと思ったので、保管庫に入れられるようグレーシーを先に行かせたのだ。でも、この金を目の届かない場所に置いておくことはできなかった。「身のまわりのものだよ」

グレーシーは怪しむような目でスポーツバッグを見た。「あたしに渡したいものがあるんでしょ。それでうちにきたのよね」

ぼくは少しためらってから答えた。「ああ。でも、まだ渡せない」

「どうして？」

「いまここで渡せるようなものじゃないから」

グレーシーがにらみつけるように目を細め、ぼくは彼女に手を貸したことで得た、わずかな信用をすでに失いつつあることを悟った。

　だが、そこで「グレース・リチャーズさん」と呼ぶ男の声がして、気づまりな質問をされずにすんだ。いまはウィルクスではなく、リチャーズなのか。グレーシーが立ちあがり、サーモンピンクのシャツを着て首に聴診器を下げた男が待つ机のほうへ歩いていった。ぼくもすぐにあとを追った。グレーシーは一度だけふり返り、何とも言えない表情で見たが、追い払いはしなかった。

　ダイナは何とか持ちこたえた。麻薬拮抗剤が効き、ダイナが注射したヘロインの有害な効果が打ち消されたおかげだ。医師たちはいま、さらに検査を行い、内臓に害を与えたり、ほかの合併症を起こしたりする危険性のある薬剤がヘロインに混ざっていなかったかどうか調べているところだった。

　グレーシーの唇から大きなため息がもれた。「それで、このあとは？　いつもと同じですか？」

　医師は同情のこもった笑みを浮かべた。「きょうは矯正プログラムのベッドの空きがないんだ。ヘロインの解毒をする通常の患者としてなら受け入れられる。最初はサブテックスを投与して、症状が落ち着いたらサボキソンに変えていこう。お母さんの使用歴を考えると、これが最善の策だと思う」

「わかりました。ありがとうございます」

「でも、それだけじゃ充分じゃない」医師はやさしく続けた。「まえに話したプログラムのことは考えてみた？」どうやら、ダイナを治療するのは初めてではないようだ。グレーシーはそっけなく答えた。「あたしたちはトレーラーパークで暮らしているんですよ」

「費用を援助してくれる親戚がいないのは確かかい？」

「確かよ」冷ややかな口調はそれ以上の質問を許さなかった。

「わかったよ、グレース。何とか助けられるようがんばってみるから」医師は少しためらってから続けた。「収監中は必要な治療を受けられることは知っているね」

グレーシーはうつむき、答えなかった。トレーラーハウスが燃えているときでさえ、母親が使っていた注射器を燃やすのを忘れなかったということは、刑務所に入れることを選択肢のひとつとして考えるとは思えない。

「お母さんに会いたい？」

グレーシーは首をふった。

彼女に答える医師の表情には、やはり同情がこめられていた。「それなら、きょうは帰って、明日の面会時間にまたおいで。ほんの数分でもきみに会えれば、お母さんが最悪の時間を乗り越える手助けになるから」

「きょう、母のせいでトレーラーハウスが焼けてしまったの」

「何ということだ」医師は打ちのめされてため息をついた。「二、三日はそのことをお母さんには言わないほうがいい」医師が視線を寄こし、ぼくはすぐに問いかけられていることに気づいた。

〝ぼくが面倒を見ます〟声には出さずに答えた。声に出したりしたら、とんでもない言葉でグレーシーにこき下ろされそうな気がしたからだ。

医師は小さくうなずくと、グレーシーの肩を叩いてまた言った。「できるだけ身体を休めて」

グレーシーは医師がドアの向こうに消えるのを見送ると、急に向きを変えて待合室へよろよろと歩いていき、呆然とした目でさっきと同じ椅子に腰を下ろした。「注射器を残しておけばよかった。かばったりしなきゃよかった」ぽつりと言った。

「そうすれば、警察が見つけたと思う？」

「たぶん、無理ね。あたしが警察に直接渡さないかぎり。でも、医者の言うとおり。刑務所のほうがまだまし」

死ぬよりは。確かにそうだ。

「この土地に親戚がいないのは確かかい？」

「いないわ」

「お父さんの家族は、お母さんのことを知っているの？」会ったことはないが、エイブの家族は人並みの暮らしをしているにちがいない。

グレーシーは何も塗っていない短い爪をしばらく見つめていた。「父の両親は死んだわ。ほかには誰もいない」

この金を見つけて初めて、心の底から喜べた。いまこそ、金を渡すべきときだ。ただ、どうやって渡すかは考えないとならず、病院の待合室はふさわしくない。

グレーシーの腹の虫が鳴ったおかげで、よい考えを思いついた。

「ハンバーガーを食べたいと思っていたんだ。一緒にどう？」

「お腹なんて空《す》いてない」ちらりと横を見たときも、まだぼんやりとした顔をしていた。

「ぼくは空いている。それに、くたびれた。身体も汚れている」煙の臭いを落としたくてたまらない。

グレーシーは背中をうしろに倒し、頭を壁につけた。そして腕組みをして目をつぶった。

簡単にはいきそうもないが、グレーシーは道理に従う賢い娘のようだった。「医師

で言った。

「だから、そうしようとしてるの。あなたが黙ってくれれば……」グレーシーは小声で言った。

ハンドバッグに飛びだしナイフを入れていた女の子が、他人に囲まれた待合室で眠れるはずがない。「この通りを一キロほど行った場所にモーテルがある。そこに泊まるつもりなんだ。きみも一緒にどうかな」

グレーシーの目がぱっと開いて、鋭い目でぼくを見た。「あなたのお母さんとパパが十四年まえに知りあいだったからって、あたしがモーテルの部屋についていくと思ってるの？」聞いたことがないほど、馬鹿げた話だというように鼻を鳴らした。普通の状況だったら、確かにそのとおりだ。

「別に……そういうことじゃなくて……」ぼくはため息をついた。グレーシーがほのめかしていることなんて、思いつきもしなかった。思わず笑い声がもれた。いま、この状況でベッドをともにすることを考えるなんて信じられない。「きみを助けようとしているだけさ。寝ているあいだに刺されないともかぎらないから、きみには別の部屋を用意する」

「助けてくれるだけのひとなんていない。目的を言って。さもなければ放っておいてちょうだい」

ぼくは頭が痛くなってきて、眉間を揉んだ。この件については、言い逃れをしても通じないようだ。「先週、母が死んで、きみにあるものを遺した」

グレーシーは警戒するような顔をした。「あるものって？」

「きみの……状況を変えるものだ」

「だから、何？」グレーシーは答えを迫った。

「ここでは言えない」彼女の目をじっと見つめた。

「パパと関係あること？」

ぼくは少しためらってから答えた。「そうかもしれない」母がわざわざ隠しておいて、グレーシーに渡すようにと言い残した九万八千ドルだぞ？　エイブに関係しているに決まっている。

長い年月がたっても、グレーシーにとって父親の問題は話しにくいことのようだった。

「落ち着いて何か食べられる場所に行こう。そうしたら、話すから」

グレーシーは身体を起こし、ぼくのあとからついてきそうに見えた。だが、すぐに気持ちを変えた。肩を落として椅子に背中をつけたのだ。ずっとくすぶっていた火が消えたみたいに。「わかる？　もう、その件はうんざりなの。だから、いらない……あなたが持っているものが、父があたしたちの人生をめちゃくちゃにした売人のくず野郎じゃなかったことを証明しないなら欲しくない。それ以外で、あたしの人生は変わらないから」華奢でしなやかな身体がとつぜん小さく……打ちのめされたように見えた。肉体的には若く、活気にあふれているのに。

　それに、美しい。

　けれども、グレーシーの目には苦悩が浮かんでいた。何度も何度も人生に失望し、苦しみを経験したときに浮かぶ苦悩だ。

〝彼はいいひとだった〟

〝グレーシーに知らせて〟

　母の声が頭で響き、エイブの娘に渡したがったものがお金だけではないことを思い出して、胸が締めつけられた。母はあの件を正したかったのだ。グレーシーの心を安らかにしたかったのだ。汚された父親の思い出をきれいにしてやりたかったのだ。

　まったく異なる真実を知る機会を与えたかったのだ。

　でも、ぼくが知っていることを——母の名誉を守るために秘密にしておくようサイラスに誓わされたことを——すべて伝えずに、どうやってグレーシーに話す？

そんなこと、できるはずがない。

だが、もっと人目のない場所に行ければ、九万八千ドルは渡せる。グレーシーが騒ぎを起こさず、警察を呼ばない場所に行ければ。

「なあ、ぼくは十二時間かけて、ふたつの州を越えて、きみに会いにきた。きみに頼まれたわけじゃないのはわかっているけど、それでもぼくはここにきた。きみに悪いやつだと思われるようなことは何もしていないはずだ。それとも、きみを傷つけるようなことをした？」

「してないけど――」

「きみだって疲れた身体で腹を空かせて、こんなひどい病院にひと晩じゅういたくないだろう。頼むよ、グレーシー。信用してくれ。一度だけでいいから」ぼくが頼みごとをすると、断りにくいとよく言われる。この得意技はいつも使うわけではないが――ぼくにだって自尊心はある――全力で頼むべきことがあるとしたら、いまこそがそのときだ。

グレーシーは警戒している目でスポーツバッグを見て、それからぼくに視線を戻した。

そしてとうとう立ちあがり、ショートパンツの裾を伸ばした。「グレーシーなんて誰も呼ばないわ」その声には痛々しくも警告するような響きがあった。その理由は想像がついた。

そう呼んでいたのはエイブだったから。

「ごめんよ……グレース」

グレーシーはハンドバッグをつかみ、ドアへ向かって歩きながら言った。「ピザのほうがいい」

ぼくはほっとして息を吐いた。「ピザにしよう」

グレーシーはぼくと同じくらい汚れている服をすばやく見た。「途中で、お店に寄れる？」

「どこでも寄るよ」

「誰にでも言いなりなわけ？」

「ああ。できるだけ、そう心がけている」

グレーシーは小さく息を吐き、口をぴたりと閉じた。かすかな期待が目に浮かんだことも、望みが出てきて背中が少し伸びたのも間違いない。

彼女は母が遺したものを求めているし、見るからに怪しみながらも、それが人生を変えてくれることを期待している。

このスポーツバッグに入っている金なら人生を変えられるだろう。だが、それがグレーシーが求めているものかどうかはわからない。とりわけ、そもそもなぜこの金が自分に遺されたのかという疑問について、グレーシーが結論を出すとすればなおさらだ。

冗談じゃない。

この子はぼくを殺すだろう。

11

エイブラハム・ウィルクス巡査
二〇〇三年四月十七日

ドアを開けたのはノアだった。無邪気なブルーの目を見たとたん、昨夜から腹のなかでくすぶっていた怒りがやわらいだ。

おれは腕時計を見た。

「どうして学校に行ってないんだ？」ノアが学校に行く時間までわざわざ待っていたのに。

「三十分後に矯正歯科の予約が入っているんだ」むくれた顔から、あまりよい知らせでないことがわかる。「矯正器具を着けなくちゃいけないんだって」

「別に、意外でも何でもないだろう？」ジャッキーは歯並びが悪いノアの前歯を矯正するにはとんでもない金がかかるのだと何年もまえから文句を言っていた。保険では全額が補償されないのだ。

「そうだけど、でも――」これから思春期を迎える声はかすれており、ノアは咳ばらいをした。「うっとうしいよ、きっと」

おれはノアの髪をくしゃくしゃに乱した。背がおれの膝までしかなかった頃と変わらず、薄茶色の髪はやわらかだ。「一生、こんなふうでもいいのか?」おれの二本の前歯の隙間を指さした。

ノアはにっこり笑った。「そんなに悪くない」

「冗談だろ」この隙間を気にして、口を大きく開けて笑わないように唇を固く閉じていた十代の頃を思い出し、小さく笑った。「心配するな。女の子たちからこぞって追いかけられるようになったら、きっと自分の幸運に感謝するぞ」ノアは大きくなったら、とんでもなくハンサムな男になるだろう。おれはできるだけ普段と変わらない声で尋ねた。「お母さんは?」

「奥にいるよ」

「しばらく外でジャンプシュートの練習でもしていてくれないか。お母さんとふたりきりで話したいから。仕事のことだ」話が聞こえる場所にいてほしくない。まだ、これ以上大人にならなくていい。

「わかった」ノアは腰をかがめ、いつものように、すぐに手が伸ばせるドアの隣の床に置いてあったバスケットボールをつかんだ。

「いい子だ」もう一度ノアの髪をくしゃくしゃっと乱し、横を通りすぎた。

ジャッキーは裏庭で、冬が残していった枯れ枝を切っていた。こういう姿を見ると、いつもの警察でのジャッキーとはちがうと感じる。出世の階段をのぼるのに忙しくて、女性らしく美しいものに騒ぐタイプではない気がするから。ジャッキー・マーシャルについて、みんなが一致する印象があるとすれば、警察という組織で高い目標を掲げているということだ。

おれに気づくと、ジャッキーはこちらに歩いてきて、疲れた顔で切った枝を放り投げた。下の皮膚がたるんでいる目で、おれのうしろにあるドアを見た。ノアがいないかどうか確かめているのだ。間違いない。

ノアのおかげで穏やかになっていた気持ちはすぐに消え、昨夜の激しい思いが甦《よみがえ》ってきた。

「わたしに何て言わせたいの？　残念だって？　残念に思っているわよ。あなたはあそこにいるべきじゃなかった。すべて、起こるべきじゃなかった」ジャッキーは慎重に言葉を選び、苦いものでも口にしているかのように唇をゆがめている。

「でも、起きたんだ！」この静かな地域で、とりわけ朝のこんな時間では声が遠くまで響くことはわかっており、声をひそめた。「彼女はどこへ行った？」できるだけ冷静に一語一語を発した。

ジャッキーは口ごもった。「彼女は見つかりたくないのよ、エイブ」

「馬鹿なことを。おれは彼女の顔に現れた気持ちを見ている」

「わたしとはどこへも行かないと言ったのは、彼女よ」ジャッキーはおれの鋭い視線を避け、かがみこんで落ちた枝をひろっている。

つまり、この件にはまだ何か隠れているか、ジャッキーの話がまるっきり嘘だということだ。何かを説明するとき、ジャッキー・マーシャルはペンキが壁から剝《は》がれ落ちるまで目をそらさずにいられるからだ。

「とにかく、あんたはあそこから彼女を連れだすべきだった。いや、そもそもおれが、あんたの言うことを聞いたのが間違いだった！　あんたにごまかされたんだ！」階級がうえだからって、ジャッキーに命令を押しつけられるなんて信じられない。ジャッキーを信じてしまったなんて。

ダイナが知ったら、どう思うだろう！

「それじゃあ、どうすればよかったというの、エイブ？　あなたがわたしの立場だったら、どうした？」

「正しいことをしたさ！」

ジャッキーは固く握りしめていた枝切りばさみを地面に投げつけた。鋭い刃が土に突き刺さる。

「エイブ、あなたが誰よりも善人だってことはみんなが認めている。生まれてきただけで、勲章をもらってもいいくらい」

「勲章なんて欲しくない。おれの望みはベッツィーを見つけることなのに、あんたが難しくしちまった」これまで女に乱暴したことはないし、これからもぜったいにしないが、いまだけは、この一瞬だけはジャッキーの首に手をまわしたら、きっと満足することだろう。

「ごめんなさい、エイブ。わたしも辛い立場だったのよ。ほかに選択肢はなかった」

「あんたの得になる選択肢ってことだろう」おれは頭をふった。「おれとあんたの関係？　もう終わりだ。わかったな？」おれはジャッキーに背中を向けた。本気で我を忘れないうちに、とっとここから出ていかなければ。

「〈ラッキー・ナイン〉を探してみて」仕方なく折れたような声で、ジャッキーが呼びかけてきた。

「何だって？」

「〈ラッキーナイン〉よ、ハイウェイ沿いにあるから。彼女のあとを追うって言ったでしょ。本当に追ったの。彼女はそこに入っていった」

「彼女をそこに置いてきたってわけか。十五歳の女の子を」

とりあえず、ジャッキーにはそれを恥じるだけの良識は備わっていた。

12

グレース

「二四〇号室と二四一号室です。なかに行き来できるコネクティングドアがありますから」陽気なフロント係がにっこり笑って言った。彼女はどの客にも笑いかけるのだろうけど、こんな笑顔は見せないはずだ。いまにもカウンターを飛びこえて、くすくす笑いながらノアに飛びつきたそうな笑顔は。

　意外でも何でもない。彼は背が高くてがっしりしていて、母にヘロインをたっぷり打つ胸糞《むなくそ》悪いやつでないと知ったいま、男らしいあごとふっくらした唇はなかなかのものだし、どこもかしこも見つめずにはいられない。あたしが責めたような私立学校に通うお金持ちのお坊ちゃま風ではないけれど、とてもきちんとした雰囲気がある。

　それに、この子――バサバサの付けまつ毛に、先の白いフレンチネイル、磁器人形のようなすべすべとしたクリームのような肌をしたフロント係の女の子――は、ノアの好みにぴったりにちがいない。

フロント係の好意に気づいていないのか、それとも慣れていないのか、ノアは「ありがとう」と言っただけでクレジットカードを財布にしまった。本当にあたしの部屋を用意してくれるとは思っていなかったけれど、とにかくもらうものさえもらったら、すぐにホテルを出ていくつもりだ。

「ほかに何かご用はございますか？」フロント係がシルクのようなブロンドの髪を耳にかけながら訊いた。

あたしの腹の虫はひと気のないロビーに響き渡るほど鳴く絶好の機会だと判断したらしい。

ノアがにやりとした。「近くにおいしいピザの店はありますか？」

まるで食事に誘われたかのように、フロント係が長いまつ毛に縁取られた目を輝かせた。「〈エンゾーズ〉がお勧めです。現金払いの持ち帰りだけですけど、食べる価値はありますよ。ここに詳しく書いてありますので」そう言ってチラシをくれた。

「ありがとう」

ノアはふり返って、あたしを見た。

「何よ」

「ずっと、きみは笑い方を知らないんじゃないかと思っていたんだ」ノアはあたしの唇に目を向けた。「どうやら、知っているみたいだね」

あたしはほほ笑んでいた。そして、ノアに見つめられて真っ赤になった。「テキサスっぽいところが出てたからよ」ノアは病院でも、救急救命士に対しても、何度も〝はい《イエス・サー》〟、〝いいえ《ノー・マム》〟をくり返していた。どうやら、父も年じゅうそんなふうに言っていたらしい。それが父に恋した理由のひとつだったと母は言っていた。いま、その理由がわかった。すてきなのだ。とりわけ、ノアの口から出てくると。

ノアはにっこり笑ったまま、手を伸ばして荷物を集めた。「テキサスっぽさを隠せるようにがんばるよ」

あたしは〝隠さなくていい〟という言葉が滑りでないように口を閉ざし、ノアのあとからドアを出て、彼が決して目を離さないスポーツバッグを見つめた。ジャッキー・マーシャルが何を渡したがっていたにせよ、ぜったいにこのバッグに入っているにちがいない。

あたしは中庭の中央にあるプールと、そのうえにある二階と三階の客室のまえを通りすぎながら、水着があればいいのにと思った。最後に泳いだのはいつだったか思い出せない。安物のショートパンツとTシャツ、それに下着と洗剤を買えるお金を持っていてよかった。できることなら明日の勤務のまえに、制服のシャツについた煙の臭いを落としたい。あと、着られる服があるかどうか探しに、トレーラーハウスに寄らなければ。それから……。

明日からは行き場所がないのだという現実に、胃がきりきりと痛んだ。

「部屋は豪華じゃないけど、安全で清潔なはずだから。はい、これがきみの分」ノアがカードキーをくれた。「荷物を置いたら、急いでピザを買ってくるよ。何をのせてほしい？」

「欲しいのは、あなたがあたしに渡しにきたもの」

ノアはほほ笑んだが、ロビーで笑ったときのような気安い感じではなかった。「味気ない返事だな」

「本気よ」

ノアは口もとを引き締めた。「何か、食べたほうがいい」

「時間稼ぎをしているのね。どうして？」

ノアはカードキーを機械に通した。「とにかく……何がいい？　マッシュルーム？　グリーンペパー？　ベーコン？」

あたしはノアをにらみつけたが、しつこく言っても折れそうにない。

「なあ、グレーシー。いや、グ、レ、ー、ス、」ノアはやさしく訴える。低い声でこんなふうにやさしく名前を呼ばれたり、ブルーの目で見つめられたりしたら……。

この男は病院でもこうして、あたしの気持ちを揺さぶったのだ。

あたしはため息をついた。二十分くらい待ってもいいだろう。「カリカリのベーコン」仕方なく言った。

「ペパロニは？」

「ピザにペパロニをの、せ、な、い、ひとなんているわけ？」

ノアは肩をすくめた。「おかしなひとたち？」

「そのとおり。あたしはおかしくなんかない。あなたはおかしいの？」

ノアは首をふり、またおもしろがっているような顔をした。「戻ったら、ノックするから」彼はそう言って、自分の部屋へ入っていった。

あたしはドアを開けて部屋に入り、ひんやりとしたきれいな空気に触れて、ため息をもらした。まだ新しいモーテルで、やわらかな白とグレーで装飾され、深みのあるチャコールグレーのパッド入りヘッドボードと白黒柄のベッドカバーが、糊《のり》の効いた白いシーツを引き立てている。バスルームは明るく、シャワー室には白いサブウェイ・タイルが使われ、レモンイエローのカーテンが下がっている。

すべてが快適であるにもかかわらず、あたしは眩暈《めまい》に襲われた。ノアの基準からすれば〝豪華ではない〟かもしれないが、ここはあたしが泊まったなかで最上級の部屋だ。もちろん、あたしにだって普通の家に住む普通の家庭の友だちはいるし、泊まりにいったこともある。でも今夜、ここはあたしだけの部屋で、きょうの出来事に対処するために何よりも必要なのが、静かな場所だった。

ハンドバッグをドレッサーに放ると、あたしはシャワー室へ向かった。

コネクティングドアを小さくノックする音がした。あたしは濡れた髪にタオルを巻きつけて頭のうえに重ねると、かんぬきをはずしてドアを開けた。ベーコンとチーズのおいしそうなにおいが漂ってくる。

「嘘じゃなかった。すごくうまい」ノアは口を動かしながら言い、親指についたトマトソースをなめながら、うしろに下がってあたしを部屋に入れた。ノアの部屋は向きが逆になっただけで、あたしの部屋とまったく同じ造りだった。ノアはバックパックから着がえを取りだした。「五分で戻ってくる。好きなだけ食べていいから」

あたしはノアがバスルームに入り、引き戸を閉めるのを見ていた。それから、すばやく部屋を見まわした。ざっと見たところ、スポーツバッグはない。つまり、隠したということだ。モーテルの部屋にはスポーツバッグを隠せる場所はそれほどない。

ドレッサー？

手がドレッサーの取っ手にかかる寸前に、バスルームのドアが開いて、ノアが顔を出した。あたしはさりげなくピザのほうに手を向けて、ひと切れちぎった。

「言うのを忘れていたけど、冷蔵庫にコーラとビールがあるから」

「わかった。ありがとう」あたしのことを二十一歳だと思っているにちがいない。もしくは、こっちのほうがありそうだけど、年なんて気にしていないのか。それに、彼が十メートル離れたシャワー室にいるあいだに、あたしが部屋を漁《あさ》るとは思っていないのか、あるいは隠し場所を見つけられないほど、あたしをまぬけだと思っているのか。

トレーラーハウスで母親が隠したドラッグをしょっちゅう探して育てば、探しものがうまくなる。ノアはがっかりするだろうけど。

シャワーの水音が聞こえはじめた。またノアがふいに顔を出して、部屋を漁っているところを見つかりたくないので、空腹で喉も渇いていることを認めて、両手にピザと缶ビールを持った。お酒はほとんど飲まないけど——ドラッグとアルコールに依存している母親を見れば、いい印象は抱かない——いまは気持ちを落ち着かせるものが必要だった。

一分後、ずっと待っていた合図が聞こえた——シャワーカーテンの輪が引っぱられて金棒にこすれる音だ。

あたしはドレッサーまでまっすぐ歩いていき、四つの引きだしをすべて開けた。空《から》だ。次にクローゼットの扉を開けた。予備の枕と、開いたままの小さな金庫しか入っていない。次にナイトテーブルの引きだしを開けたが、小さくて聖書しか入らないのはわかっていた。

ベッドの下にも何もない。

カーテンのうしろにも。

「ちぇっ……」もう一度、部屋を見まわす。もっと簡単に見つかるはずなのに。もしかしたら、ノアは思っているより賢く、車にスポーツバッグを置いてきたのかもしれない。あたしをひとりきりで部屋に置いておくほど信用していると思う？　彼は——。

マットレスだ。

ほんの少しだけ動いていて、スプリングとずれている。

アドレナリンが全身を駆けめぐり、ヘッドボードに向かって飛びこみ、未知の場所に手を突っこんだ。指先がナイロンをかすめ、わくわくする満足感に頬がゆるむ。

マットレスはとても重かったが、全身を使って動かし、必死にスポーツバッグの持ち手をたぐりよせた。

やっとスポーツバッグが取れた。

ファスナーを開ける。

どんなものを予想していたにしろ、とにかく驚いた。「何、これ」

スポーツバッグには札束が詰まっていた。

相当の大金だ。

ノアはこんな大金で何をするつもりなの？

あたしはベッドのはしにすわりこんだ。これがジャッキー・マーシャルが渡したがっていたものなの？　スポーツバッグいっぱいのお金？　あたしは震える手で札束を広げた。

母親の死後、ノアが今週になってここに現れ、この金についてはぐらかしていた理由がひとつだけ考えられる。

これはドラッグの取引で得た金なのだ。

ジャッキー・マーシャルと父が何をしていたにしろ、これは父の取り分なのだろうか？　ジャッキーはこれをあたしに渡さなければならないという、ゆがんだ義務感を抱いていたのだろうか？　十四年も過ぎ、ジャッキーが死んだあとでは、もう疑問に対する答えは出てこない。

ノアは父の件について、何か知っているにちがいない。あたしに渡さなければならないものなら、父と関係あるはずだ。

ノアはどの程度のことを知っているのだろう？

目をきつく閉じて、何度か深呼吸をした。きょう、ひどく腹が立ったのはこれで二度目で、決してよいことではなかった。こんなに怒っていたら、まともに考えられない。初対面の相手に向かってナイフをふりまわしたり、薄汚いドラッグの売人たちを敵にまわしたりしている。落ち着かないと。

それでも、目を開けて手にしている金を見ると、怒りがますます燃えあがってくる。痛みと落胆と混じりあって。

心のどこかで、母は妄想を抱いているのではなく、父のことでは警察がすべて間違っていたのだと、かすかな期待を持っていた。

ドアの向こうにいるノアを想像して、バスルームをにらみつけた。

弱虫。だから、時間を稼いでいたのね。

あたしがどんな反応をするか、怖かったのだ。

13

ノア・マーシャル

煙の臭いが強くなり、息を止めた。熱い湯とシャンプーで消えるだろう。

とりあえず、グレーシーはだいぶ愛想がよくなってきた。シャワーと食べ物のおかげだろう。このふたつがあれば、ぼくはいつも気分がよくなる。

あるいは、やっとぼくのことを悪党だと思いこんでいたのが勘ちがいだったと納得してくれたのかもしれない。とにかく、ぼくは金のことでとても疲れている。グレーシーは家を失い、おそらくは経済的にも破綻している。あの金があれば、彼女の問題は解決できる。まともなアパートメントを借りられるし、母親に矯正プログラムを受けさせれば、ドラッグをやめる手助けになるかもしれない。

あの美しいグレーシーの顔に、抑えることのできない心からの笑みが浮かぶのを見られるかもしれない。

ふいにシャワーカーテンが開き、顔を向けると、グレーシーが震える手でファスナーの開いたスポーツバッグを持って立っていた。

美しい顔が驚きと怒りで満ちている。

「これがあたしに渡したかったもの？」水が流れる音で、グレーシーの声はほとんど聞き取れなかった。

くそっ。「すべて説明するよ」グレーシーが部屋を探しまわるのはわかっていたはずだ。骨の髄から疑り深いのだから。スポーツバッグはうまく隠せたと思っていたが、グレーシーが相手ではそれほど賢明な隠し場所ではなかったらしい。箱ごとピザを渡して、彼女の部屋へ帰せばよかった。それに、バスルームのドアの鍵もかけるべきだった。シャワーを浴びているところへ女の子が押しかけてくるときは、たいていは怒鳴りつけるためではないのだが。

「こんなお金、これっぽっちも欲しくない！」思いきり歯を食いしばっているせいで、グレーシーのあごは震えていた。とりあえず、今回はナイフをふりまわしていないが。

ぼくは髪にシャンプーを揉みこんでいた手を下ろして、降参のポーズを取った。

「決めつけるまえに、説明をさせてほしい」

「嘘つき！」

何だって？「どうやって嘘をつくんだい？　何も話していないのに！」

グレーシーはスポーツバッグを床に叩きつけ、腕組みをして、ぶっきらぼうな声で言った。「いいわ。説明して」

「少しだけ待ってくれないか」身体を隠す余裕などまったくなかったので、いまは馬鹿みたいに突っ立っているだけだった。

視線がぼくの顔から下に行った瞬間に、グレーシーの目で燃えていた怒りが弱くなった。カラメル色の肌でも、真っ赤になったのがわかる。いまになって初めて、ぼくが裸でいることに気づいたらしい。グレーシーは棚にあったタオルをつかんで、ぼくに投げつけた。「早くしてよ！」そう鋭く言うと、踵《きびす》を返し、スポーツバッグを置いたままバスルームから出ていった。

「ちくしょう」額をタイルにつけてつぶやいた。

グレーシーはもうぼくを決して信じないだろう。


「まだ、たくさん残っている」ぼくはコネクティングドアを通りながら、仲直りの贈り物を弱々しく差しだした。とりあえず、グレーシーはドアを開けておいてくれた。

「けっこうよ」グレーシーはベッドのはしに腰かけ、指をすばやく動かして、髪を三つ編みにしていた。濡れているとき、乾いているときの倍の長さがある。

少なくとも、いまはもうぼくがエイブに向けた銃の引き金を引いたかのように、にらんではいない。ぼくを見ることさえなく、まえの壁を見つめているからだ。

ぼくは自分の分としてピザをふた切れちぎると、箱をドレッサーに放った。一週間、食欲がまったくなかったというのに、急に食べても食べても満腹にならなくなったみたいだ。もしかしたら、ぼくの身体はやっともう食べてもいいと考えはじめたのかもしれない。グレーシーの問題が出てきたことで、自分の問題から目をそらせるようになって。

ぼくはビールを取り、ナイトテーブルにも缶ビールがあることに気づいて、それも手にした。まだ年齢は知らないが、彼女がこれまで経験してきたことを考えれば、酒を飲むには早すぎると言うのは馬鹿みたいだ。

わきのテーブルに缶ビールを一本置き、ベッドではなく、グレーシーの正面の椅子にすわった。

そして肩にかけていたスポーツバッグを音をたてて落とした。

それから、グレーシーが口を開くのを待った。何をどう話したらいいかわからなかったし、彼女の考えが読めなかったからだ。

「さっきは悪かったわ」グレーシーはやっと口を開くと、こちらを見てぼくの身体にすばやく目を走らせ、また視線を壁に戻した。首筋がじわじわと赤く染まっていく。「腹が立つのを抑えられなくて」

「いいさ」

「物事をじっくり考えられないの。すぐに結論に飛びついて動いちゃう」

「気にしなくていい」

「あなたに腹が立っていたから、それで……本気なんかじゃ……」グレーシーは口ごもった。

こんな反応は予想外で、思わず頬がゆるむのを、唇を噛んで隠すことしかできなかった。こんなふうにやさしく素直に接してもらえるなら、いくらでもシャワーの最中に飛びこんできて怒鳴りつけてもらいたい。「うん、怒りの問題を抱えていることには気づいていたから」

ふたたび部屋に垂れこめた気まずい沈黙が、ぼくが缶ビールを開けた音で一瞬だけ破られた。

今度はぼくの番だ。「悪かった。あのことについて、何て話せばいいかわからなくて」身ぶりでスポーツバッグのことだと示した。「ゆうべ、きみに渡してほしいというメモと一緒に見つけたんだ。これだよ」ポケットからメモを出して、読むようにグレーシーに渡した。

グレーシーは口もとをこわばらせていたが、しばらくすると、小さくうなずいた。

「あなたのお母さんのことは知ってた」ビールを口にして、射貫くような目でぼくを見つめながら静かに話した。「亡くなったってこと。どんなふうに死んだのかも」

グレーシーの言葉が胸の痛みをかき立てた。「どうして？」そう尋ねて、咳ばらいをした。母の自殺が話題になると、決まって急に声がかすれるのだ。

「ニュースで見て」

「でも、きみはトゥーソンに住んでいるのに」どうして、母の死がこんなところでニュースになるのだろう？

「ママは病的なくらいテキサスの出来事を気にしているから。とくにオースティン市警で起きたことは」グレーシーはベッドのヘッドボードに寄りかかり、長くて形のいい脚を伸ばし、足首で交差させている。今夜は腰を据えて話すつもりのようだ。「父はオースティン市警の誰かにはめられたと言っているの。ぜったいにドラッグを売ったりしていなかったと断言してる」

母もそうほのめかしていた。

いだろうか？

ダイナは何か知っているにちがいない。でも、それならグレーシーに話すのではな

ぼくは必死に何も知らないふりをして、手足に走った緊張にグレーシーが気づかないことを祈った。「愛して信頼していたひとだと、そういうことは納得するのが難しいかもしれない」少しためらってから続けた。「お母さんはどうしてエイブがはめられたと思っているのかな？」

「頭がおかしいヤク中だからじゃない？　知らないわ」グレーシーは缶ビールのプルタブをはずして、隅のごみ箱のほうへでたらめに投げた。「でも、それでママの人生はめちゃくちゃになった。あたしの人生も」

グレーシーがすばらしい女優か、ダイナから何も聞いていないかだ。「きみはエイブがやったと思っているの？」

「思ってなかった。でも、そのあと思うようになった」グレーシーは金の入ったスポーツバッグに目をやり、唾をごくりと飲みこんだ。「そして、いまあなたがそれを持って現れたのに、何の説明もない。だから、父は何らかの罪を犯したんだろうって思っている」時間をかけて次の言葉を探し、口を開いた。「ママはジャッキーのことをよく話しているわ」

「そうなのか？」ビールをたっぷり口にして、冷静に尋ねた。「何て言ってるの？」

うれしくない内容なのはわかっている。

グレーシーはベッドカバーに落ちていた糸くずをひろいあげた。「パパをはめたやつらのひとりだって」

〝悪かったのはわたしたち〟

母の声を頭から追い払った。「証拠があるの？」

グレーシーが頭をふると、やけにほっとした。

「どうしてテキサスから引っ越したんだい？」

「近所のひとたちが急に冷たくなったからよ。少なくとも、ママはそう話してた。あたしは覚えてないけど、近所のひとたちから一々監視されて、そばを通るとにらまれたってママは言ってた。夕食に呼んでくれていたひとたちが、挨拶もしてくれなくなったって。ママを怒鳴りつけるひともいた。あたしも一、二度怒鳴られたのは覚えてる」グレーシーはかわいらしい顔をかすかにしかめた。「パパは仕事中に事故にあっただけなのに、どうしてみんなに意地悪をされるのか、わからなかった。ママにそう聞いていたから。パパは〝事故〟にあって、もう家には帰ってこないって。

ある晩、窓から煉瓦《れんが》が投げこまれたの。それでママは荷物をまとめて、あたしを連れてアリゾナへ逃げた」悲しげだった声が急に苦々しく変わった。

近所の人々に冷たくされたら、すぐにでも引っ越したくなるだろう。もしかしたら、たったひと晩でも。もしかしたら。だが、キャニングによれば、ダイナが戻ってくることはなく、警察の報告書さえ読もうとしなかった。なぜだろうか？

「どうして、ぼくの母も罠にはめたひとりだと考えたのかな？」ダイナはたんに傷心の未亡人がヘロイン中毒になっただけなのだろうか？　それとも、この件にはまだ何か隠されているのか？　きっと何か隠されているにちがいない。そうでなければ、母がエイブのホルスターを床下に隠す理由がない。

ダイナは何を知っているのだろう？

グレーシーは肩をすくめたが、無頓着な様子ではなかった。まだ怪しみ、探るような目でぼくを見ている。「パパとあなたのお母さんは長年の親友で相棒だった。あなたのお母さんが出世したあとも。でも、そのあとパパは死んで、あなたのお母さんはあたしたちを見捨てた。ママの電話に出なくなった」

「母がそんなことをするはずがない」

「どうしてママがそんな嘘をつかなきゃいけないの？」グレーシーが鋭い目でぼくを見すえた。「おかしいと思わない？　ふたりは長いあいだ友だちだったのに、あなたのお母さんはあたしたちを切り捨てた。十四年間も。それなのに、いまになって、あなたがこれを持って現れた」スポーツバッグを身ぶりで示した。「どういうこと？」

確かに、どういうことなんだ？　ぼくは持っている缶ビールを見つめて、エイブが死んだ直後の数週間、数カ月を思い出そうとした。ぼくたちは葬儀に参列した。それは覚えている。ダイナは抜け殻のようになって立っていた。目は腫れていたが、涙は流していなかった――まるで、もう涙が枯れてしまったかのように。そして、隣にはダイナに引きよせられ、拗《す》ねた顔をした幼いグレーシーが立ち、目を大きく開けて周囲の人々の顔をきょろきょろと見まわしていた。

葬儀のあとは、すぐに帰った。食事会に出席した記憶はない。覚えているのはサイラスが母と一緒に裏庭に腰を下ろし、静かに話しながら、何度も母が持つグラスに酒を注ぎたしていたことだけだ。母は……プールの水をじっと見つめ、何度もグラスを空にしていた。

数日後、母は仕事に戻った。そして、それ以来ぼくはひとりで留守番をするようになった。もう大きくなったのだから、放課後にダイナとエイブの家に行く必要はないと母に言われたのだ。そのときは、何よりありがたかった。そして当時はぼくが毎日エイブの家に行って彼が死んだことを思い出さなくてすむように、母がそうしたのだろうと考えていた。

でも、もしグレーシーの言っていることが本当だとしたら……。

エイブは善人だったと母が信じていたなら、どうしてダイナと幼い娘を見捨てるような真似をしたのだろうか？

グレーシーに対しても――自分に対しても――答えはなく、ぼくは話題を変えた。

「エイブが亡くなったことを、ぼくたちも決してたやすく受け止めたわけじゃなかった。母が酒を飲みはじめ、両親は離婚した。ぼくは父と暮らすためにシアトルへ引っ越した」

「ああ、シアトルって治安が悪いらしいわね。あなたが住んでいたトレーラーパークはスリーピーホローみたいな感じ？」グレーシーは嘲笑を隠そうとはしなかった。

「そう言われても仕方ない。悪かった」ぼくは大馬鹿者だ。

グレーシーは肩をすくめた。「あなたは何も関係ないから」

それでも、責任を感じずにはいられない。

グレーシーはためらいがちに訊いた。「あなたはどう思う？　あなたはあたしより年上でしょ。パパを覚えているんじゃない？　パパは罪を犯したと思う？」

〝彼はいいひとだった〟

〝グレーシーに知らせて〟

母の言葉がくり返し聞こえてくる。それなのに、どうして声に出せないんだ？「わからない」考えをまとめられるように、缶ビールを半分まで一気に飲んだ。キャニングとサイラスの話では、あの事件の証拠は決定的で、捜査は完全に打ち切られている。母が――酔っぱらい、自ら命を絶つことを決断する直前に――つぶやいたことを知るのが、グレーシーとダイナを救うことになるだろうか？　ぼく自身が母の言葉に確信がないのに、それを伝えるのは間違っている気がする。ふたりをよけいに傷つけるかもしれない。母の思い出を徹底的に傷つけるかもしれないのだ。

〝眠っている犬は起こすな〟

この罪悪感が胸からもたげるまえに、何度この言葉を自分に言い聞かせなければならないのだろう？

彼女のグリーンの目から放たれる視線が重く、息苦しい。話題を変えよう。「スリーピーホローか。ホラー映画みたいな名前だ」

少し間はあったが、グレーシーはやっとにやりとした。「警察官までそう呼んでるわ。ぴったりな名前でしょ？」

よりにもよって、そんな場所に逃げこむなんて……。「それはともかく、どうしてあそこに住むことになったんだい？」

「ママが育った場所だからよ」

「まさか」

グレーシーはぼくがテーブルに置いた二本目の缶ビールに手を伸ばして、音をたてて開けた。「ママが子どもの頃は、そんなにひどい場所じゃなかったらしいわ。でも、そのあと所有者が家賃しか興味がないひとたちに売っちゃって。それから最悪の場所になったってわけ」

「つまり、ダイナはトゥーソンからオースティンへ行って……またトゥーソンへ戻ったということか」トレーラーパークで育った娘がテキサスでおしゃれな妻となり、ヘロイン中毒になった。エイブの奥さんだったダイナの記憶と、きょう燃えるトレーラーハウスから運びだしたダイナを重ねあわせるのは、ひどく難しかった。

「同じトレーラーハウスにね」グレーシーの口もとがこわばった。「とろけるチーズのサンドイッチをつくろうとして燃やしてしまったトレーラーハウスよ」

「でも、とりあえず、もうその暮らしには戻らなくてすむ。どこか新たな場所でもう一度やり直せる。まともなひとたちが住む場所で」

「ノア、ママはヘロイン中毒なのよ。〝まともなひとたち〟がママみたいなひとを受け入れるわけがない」

「それなら、お母さんに必要な治療を受けさせればいい。いまなら、できる」

グレーシーはゆっくりうなずいた。「どうして？」

「どうして、お母さんに治療を受けさせるのかってこと？」

「ううん。どうしてジャッキーはあのお金をあたしに遺したの？」

いい質問だ。「どうしてかはわからないし、金の出所もわからない。きみに渡してほしいと母に頼まれたから、言われたとおりにしただけだ」

「お母さんが死んだあとに」グレーシーは唇をすぼめた。「〝何も訊かないで。きっと、あなたが知りたくない答えだから〟そう書いてあったのよね？」

「金が役に立つなら、受け取ればいい」ここにすわって、オースティン市警が十四年間エイブを不当に扱ったとんでもない方法をひねりだすつもりはない。母も仲間だったかもしれないからだ。早くこの話を終わらせて、グレーシーと金の入ったスポーツバッグに別れを告げて、先に進まなければ。

グレーシーが天井を向いて深呼吸をすると、胸の丸みを包んだ黒のタンクトップが引っぱられる様子に目を引きつけられた。ぼくはあわてて視線を下げた。

もう小さな女の子なんかじゃない。もし彼女がグレーシーじゃなかったら、ジムかバーで目を留めた女の子だったら……百ドル賭けてもいいが、一瞬たりとも目が離せなかったにちがいない。でも、彼女はエイブの娘であり、その現実がぼくの思いに冷や水を浴びせた。

「ジャッキーはどうやって、あたしを見つけたの？」

ぼくは肩をすくめた。

「そんなに難しくなかったはずね」グレーシーは自ら答えを出した。

「きみのお母さんの履歴にこの住所が記録されていたなら、難しくなかったと思う」それよりも疑問なのは、母は十四年間ずっとエイブの家族の動きを追っていたのかということだ。ダイナが身を崩していくのをずっと見ていたのだろうか？　それとも、最近になって調べたのか？　グレーシーがきょうのようなはめに陥ることを予測していたのだろうか？　おそらく、そうだろう。

だとすれば、ダイナではなくグレーシーに金を渡したがったのも理解できる。ヘロイン中毒者にスポーツバッグいっぱいの大金なんて渡せない。

そうだ。母はふたりが身を落としたことを間違いなく知っていた。

あのとき、ぼくがあの場所にいなかったら。どんなことになっていたのか、考えたくもない。グレーシーは病院の待合室で丸くなって寝ていただろう。住む場所もなくして。

その一方で、入口に立つぼくを見つけなかったら、グレーシーはもっと早くトレーラーハウスに入って、火が噴きだすまえにオーブントースターを消していたかもしれない。

どちらにしても、ダイナがヘロインを過剰摂取していたのは変わらないが。

ぼくはスポーツバッグを足で突いて、グレーシーのほうへ数センチ押しやった。

「この金はこれ以上ないときに届いたというわけだ」

「いくら入ってるの?」

一万ドル。いや、二万ドルがいいか。妥当な金額はどのくらいだろう? グレーシーが受け取りやすく、とりあえずぼくがここから遠くに離れるまで持っていてもらうには、いくらと言えばいい? 嘘をついて数えていないと答えてもいいが、まともな人間なら金を数えもせずに、車を運転して州をふたつも越えてこない。

「九万八千ドルだ」

「嘘でしょ……」グレーシーは小声で言い、喘《あえ》ぐような声をもらし、片手で口を押さえた。そして十秒はたってから、怪しむように顔をゆがめた。「どうして、横取りしなかったのよ」

「きみに渡してほしいと、母に頼まれたから」

グレーシーは目を剝いた。「それでも、たいていのひとは盗むわ」

「盗まないひともいる」横取りすることはできた。匿名で寄付することだってできた。警察に届けることだって。

ここまでくる車のなかで、自分は正しいことをしているのだろうかと悩みながら、その手のシナリオがまったく頭に浮かばなかったと言うつもりはない。だが、広々とした暗いハイウェイのどこかで、単純な真実に行き着いた。「母はぼくに手紙を書いたわけじゃない。説明もしなければ、謝ってもくれなかった。死ぬつもりだったのに、理由を話したくなかったんだ」胸にこみあげてきた痛みを呑みこんだ。「母が唯一したのが、札束の山とメモを遺すことだった。だから、きみに金を渡すことが母にとって重要だったんだと考えた」

息子に悪かったと伝えることよりも重要だったのだ。

グレーシーを見ると、同情のこもった目でこちらを真剣に見つめていた。やっと、ぼくを厭《いと》わしく思わなくなったのかもしれない。

「見ず知らずのひとがお金の入ったバッグを持って家にやってきて、〝何も訊かないで〟としか言わなかったら、あなたはどうする？　受け取る？」

「いまのきみの状況だったら、つまり家がなくて、薬の投与がもう少し遅ければ意識が戻らなかったかもしれない母親を抱えていたら、その金を受け取って、二度とふり返らない」

グレーシーが顔をしかめた。「何か悪いことをして稼いだお金でも？　犯罪とか」

彼女は住むところもない一文なしの娘にしては、道義を重んじすぎだ。でも、ぼくはそんなところが気に入った。ヘロイン中毒の母と堕落した警察官の亡霊のもとで成長したというのに、高潔さを身に着けたということだから。

だが、いまは目のまえに差しだされたものを受け取り、何も尋ねてはいけない場面だ。グレーシーは賢い娘であり、そのことも承知している。ただ、許しが必要なだけかもしれない。「このお金を警察に届けたら、どうなると思う？」彼女をその気にさせる質問以外は答えたくない。「自分たちの組織のために使うだろうな。新しい車を買うかもしれないし、警察の設備に使うかもしれない。諸経費として使えば、何の問題もない。それなら、きみが使えばいい。きみにはやり直す権利がある」

しばらくして、グレーシーはかすかにうなずいた。金を受け取るつもりだ。彼女は馬鹿じゃない。

「だいじょうぶ？」

グレーシーはぼくの心配を一蹴したが、何とも心許《こころもと》なかった。「ええ、もちろん」

「よし。明日になったら車を運転して帰らなければならないから、ぼくは少し寝るよ」ぼくは疲れた身体を椅子から引きあげ、紙ナプキンと空き缶を小さなテーブルのわきにあるごみ箱に放った。もう、きょうの仕事はおしまいだ。

コネクティングドアまで歩き、ノブに手をかけた。あと少しで任務終了だ。

そのとき、訊かれたくなかった質問をされた。

「あなたのお母さんはパパに何があったのか、話した？」

ぼくは肩を落とした。グレーシーに借りがあるわけではないが、この件については嘘をつきたくない。

「何か、話したのね？」

金を持って逃げるんだ、グレーシー。過去は忘れて。

うしろでベッドがきしんだ。背中にナイフを突き立てられることを半ば覚悟したが、思いがけないほどやさしく、腕をつかまれた。「お母さんはパパについて何と言ったの？」

また長い沈黙が続き、グレーシーの手が離れた。「パパは悪いことをしたのね？」

その声はかすれており、ぼくが勇気を奮い起こしてふり向くと、彼女は涙をこらえていた。「平気よ。もうわかっていたことだから。これまでと何も変わらない」

どんな女の子に泣かれても、ぼくは弱い。でも、どういうわけか、グレーシーに泣かれるのはよけいにたまらなかった。気がつくと、頬を伝う涙に手を伸ばし、親指でぬぐっていた。

グレーシーはかすかにたじろいで顔をそむけ、ぼくは手を下ろした。彼女にはそういう癖があると、もう気づいていた——誰かが近づくたびに、怯むのだ。唯一怯まなかったのは、ろくでもないシムズという男にナイフをふりまわしたときだけ。

「きみの言うとおり、何も変わらない。金を受け取って、きみの人生を歩むべきだ」

「でも……」グレーシーは口もとを引き締めた。「パパが死ぬまえは、ママはヘロインなんかやらなかった。お酒さえ飲まなかったのよ。パパは何をしたの？　そのせいで、ママはこんなふうになってしまった。あたしたちの生活をめちゃくちゃにしたのはパパなのに、ママはきっと息を引き取るまで、パパは無実だって言いつづける。そんなの、もう耐えられない——」ふっくらした唇を固く結んだ。「ママをそんなふうにしたパパが憎い」

くそっ。グレーシーにそんなふうに思わせたらだめだ。「グレーシー、母はエイブが罪を犯したとは言わなかった」

グレーシーが濃いまつ毛の下からぼくを見あげた。身長が二十センチほど低いグレーシーがぼくと目をあわせるには、頭を傾ける必要があった。「それじゃあ、何と言ってたの？」

「エイブが死んだあとは、あまり話さなかった。最近になって、母は深酒をするようになった」ぼくはため息をついた。「でも、きみのお父さんはいいひとだったと言っていた」

「確かにね。でも、ドラッグの売人でもあった？」グレーシーは疑うように眉をひそめた。

「ぼくが知っているのはそれだけだ」ぼくは自分の部屋へ歩きだし、グレーシーが追ってこないことを願った。グレーシーはぴくりとも動かず、ぼんやりとした顔をしていた。「グレーシー、この金はきみのものだ。勲章を授与された警察官で、オースティン市警本部長で、エイブの家族の古い友人が、きみが辛い時期を乗り越える手助けとなるよう、きみに遺したものだ。きみはそれだけ知っていればいい」サイラスがぼくに言いそうな言葉だ。「このドアは閉めておく。何か用があったら、ノックして」グレーシーが腹を立てたらどうなるか、もうわかっている。グレーシーがベッドで三時間悶々《もんもん》と考えたあげく、ぼくが話したことでは充分じゃないと結論づけ、ぼくが目を覚ましたときには股間にナイフの刃をあてられていたなんてことにはなってほしくない。

かんぬきが音をたてて締まると、ほっとして身体から力が抜けた。どうか、グレーシーがノックをしませんように。手がかりを得るために、母が死んだ夜のことをくり返し話させませんように。お金をくれる理由と、母の遺した言葉だ。

ぼくは服を脱ぎ、糊の効いた上掛けの下に滑りこみ、安堵と達成感に包まれるのを待った。ぼくは母に頼まれたことをやった。グレーシーは金を受け取り、エイブはいいひとだったことも伝えた。これで、グレーシーもだいじょうぶだろう。

それでもまだ、押し潰されそうな重さが胸に残っていた。

14

グレース

死んだような深い眠りから、電話で起こされた。

「は……い？」挨拶というより、ため息のような声で出た。

「グレース・リチャーズさんですか？」女の声だ。うしろでもがやがやと小さな声がしている。

「そうですけど？」

「ドクター・コッパから、今朝になって薬物依存矯正施設のベッドに空きが出たのでお母さんを移したとお知らせするように言われましたので。お母さんの回復は順調で、あなたに会いたがっています。まもなく面会時間がはじまりますから」

こんなふうに病院から携帯電話に電話がかかってくる人間はあまりいないだろうけど、こうして医師に何度も力を尽くしてもらう人間もいないだろう。あたしはドクター・コッパに情けをかけてもらっているのだ。「わかりました。ありがとうございます。行きます……」時計を見て、もう十時半なのだと知った。「……すぐに」

　今朝の仕事は病欠すると電話をしておいてよかった。いまは何とか生活を立て直し、ノアがとつぜん訪ねてきたことについて整理しようとしているところで、ガソリンスタンドで客の応対なんてしたくない。

　ノアの部屋と隔てる壁の向こうから、テレビのスポーツキャスターの声が小さく聞こえてくる。きっと、オースティンへの長旅を思って少しでも早く出発したくて、荷物をまとめているのだろう。

　ノアが着がえている姿を想像し、思わず枕に顔をうずめて唸った。昨夜、シャワーを浴びているところに押しかけていった自分が恥ずかしい。確かに、ノアだって鍵をかけておくべきだったが、そんなことは言い訳にはならない。それに、ノアは毒づいたり出ていけと怒鳴ったりするのではなく、あたしをなだめようとしたのだ。

　記憶にしっかり刻みこまれた、あの気まずい瞬間を思い出すと、頰がかっと熱くなった。

　裸の男を見たのは、昨夜が初めてじゃない。高校のときには付きあっているひともいた。それに、酔っぱらいの大騒ぎもあれば公然猥褻《わいせつ》もあるスリーピーホローに住んでいれば、真っ昼間に裸で外を歩きまわって快感を覚える変態に会ったのも一度や二度じゃない。でも、そういう男たちはいつも汗臭く、強い酒の飲みすぎで腹はふくらんでいるし、毛が伸びる場所じゃないところから毛が伸びている。

それに英語の試験が一時間早く終わって家に帰ると、パンツを足首まで下ろし、錠剤が入ったプラスチック・バッグを餌のように手からぶら下げた痩せぎすの男のまえで、母が膝をついていたこともあった。

これまで裸の男はかなり見てきたけれど、ノアのようなひとはいなかった。黄金色の筋肉に覆われた全身はどこも彫刻のようで、腰のかなり下に日焼けの線があったということは、いつもあの広い胸を晒《さら》しているということだ。

そして身体は石鹼の泡で覆われ、水がしたたり落ちていて……。

部屋どうしを繋ぐドアが小さくノックされ、物思いから引き戻された。ベッドから起きあがって鏡ですばやく身なりを確かめると、髪がぼさぼさだった。母はいつも自分からはすべすべとしたやわらかな肌を、父からは天然パーマの髪を受け継いだのはとても幸せだと言う。でも、たいていの日は幸運ではなくて悪夢だと思っており、母の言葉に賛成できる日はいつになったら訪れるのだろう。髪が濡れたまま寝るととんでもない有様になるけれど、当然ながら、このホテルのドライヤーには温風を拡散させるディフューザーは付いていない。だから、三つ編みに結って、あとは祈ることしかできなかった。

　でも、顔のまわりには縮れ髪が広がっており、三つ編みは最善の策ではなかったようだ。

　髪をできるかぎりなでつけて、とうとうあきらめると、きのう買った服をはおり、ドアを開けた。

　ノアはこちらに背中を向けていたので、やわらかなグレーのTシャツがたくましい腕や肩に貼りついている様子や、濃い色のジーンズをかなり下げてはいている姿を少しだけ眺めることができた。ノアは忙しそうにバックパックに洗面道具を詰めている。

「ちゃんと眠れた?」

「ええ」ノアがふり向くと、目の下に隈ができていた。「見たところ、あなたよりは眠れたみたい」

　ノアはくすくす笑った。「そうだね。ここのところずっと眠れなかったから、睡眠時間が追いつくには一週間はかかりそうだ」

　あたしは心のなかで自分を蹴り飛ばした。母親が自殺したばかりだというのに、ノアはここで、あたしの問題に手を貸してくれているのだ。「お母さんのことは、ご愁傷までした」ママがジャッキーが何をしたと思っていても、ノアには関係ない。

ノアは悲しそうにほほ笑んでうなずいたけれど、目に浮かんだ新たな痛みは隠せなかった。

「ところで、お金を置いておく安全な場所を確保したほうがいい。たとえば、銀行とか」

「そうね」でも、あたしの銀行口座はだめ。カウンターに九万八千ドルを置いたとたん、この頭に危険信号をつけられるだろう。

「ここのチェックアウトは十一時だけど、きみがもう何日か泊まりたいなら、現金で支払えるから。つまり、住む場所が見つかるまでということだけど。面倒なことを言われないように、ぼくのクレジットカードの記録を残していくよ」

「ルームサービスをいっぱい取って、支払いをクレジットカードに付けちゃうかもしれないわよ」

「このモーテルにルームサービスはない」

あたしは必死に冷静な顔を保って言った。「そうね。じゃあ、ポルノ番組にする」

彼の頬にくっきりとしたえくぼが浮かんだ。ノアは引き締まったお腹を見せながら、ベルトを締めた。「それなら、あるな。でも、ぼくは自分のものにすることもできた十万ドル近い金を渡すために、十二時間も車を運転してやってきたんだ。きみも少しは悪かったと思ってくれているんじゃないかという気がするよ」

そのとおり。あたしはそう思っている。

バックパックを持つと、彼の腕の筋肉が浮きあがった。ノアは空いているほうの手でモーテルのメモ帳に何か書きつけて切り取った。そして、あたしに差しだした。

「これ、ぼくの電話番号」

「どうして？」

ノアはため息をついた。「どうしてか、ぼくにもわからないよ、グレーシー。でも、教えたっていいだろう？」

あたしは呼び名を直したくなるのをこらえた。ノアから呼ばれるのは、それほどいやじゃない。それに、彼の言うとおりだ――ノアはあの金を奪うことだってできた。でも、そんなことはしないで、あたしたちの問題を解決するのに充分すぎるお金をくれただけじゃなく、車を運転してふたつの州を越え、ママを助け、あたしの家を救おうとがんばり、泊まる場所を与えてくれた。それなのに、あたしはナイフを突きつけ、ヘロインの売人だと責め、ノアが無防備な裸でいるときに怒鳴りつけ、高慢ちきな真似をしただけだ。

それでも、あたしはノアに帰ってほしくなかった。何もかもひとりで対処しなくていいのは、とてもうれしい。

ノアはメモ用紙をドレッサーに置いて、ドアを見た。「本当に、そろそろ……」

そろそろ、いい加減にあたしとトゥーソンに別れを告げたいというのが、ノアの本音だろう。

「そうね。あたしも病院へ行かないといけないし」

ノアの表情がやわらいだ。「乗せていこうか?」

「ううん。まず、この部屋を片づけたいから」

「そのあとは?」

「さあ。そのとき、考えるわ。いつもそうだから」

「わかった」ノアはアビエーター型のサングラスをかけた。ミラーレンズの向こうからあの人懐こいブルーの目で見られている気がして、反射的に胸のまえで腕を組んだけれど、ノアがヘロイン中毒の母親を抱えた、家もない貧しい娘に色目を使うとは思えない。

「それじゃあ、これで?」ハグでもしたほうがいいのだろうか。

ノアの顔がこわばった。「気をつけて。このお金があれば、お母さんをきちんとした矯正施設に入れてあげられる。必ず、行かせて」

あたしはいい加減な態度で小さく笑った。「そんなに簡単じゃない」

「そうだろうけど、いまがチャンスなんだ。逃さないうちに、チャンスをつかまないと。ぼくと同じ過ちを犯さないでほしい」

滑らかなゆっくりとした足取りでドアまで歩いていくノアの背中を見送っているあいだ、あたしはずっと胃がおかしくなりそうだった。

ノアの手がドアにかかり、二秒……三秒……四秒たった。

「あのさ……」ノアはバックパックを床に放った。「まだ十二時間も運転する気にならないんだ」

ほっとして思いがけず、ため息がもれた。

「もう少し、一緒にいてもいいかな。そうすれば、いろんなことを片づけるのを手伝えるし」手伝いは必要ないと言おうとして口を開けると、ノアは降参というように両手をあげた。「きみがひとりで対処できるのはわかっている。でも……」

「でも、何?」

ノアはサングラスをはずして真剣な目であたしを見た。「急いで帰らなくてもいいんだ」

あたしは唇を固く閉じて、急に痛々しいほど浮きたってきた気持ちを悟られないように祈った。「どのくらいいるつもり？」

ノアは肩をすくめた。「数日？　きみが新しい家に落ち着くまで」

つまり、週末はジャッキー・マーシャルの息子と過ごすということだ。「ママはあなたがきていることは知らないの。あなたのことを知ったら、きっとパパを思い出す」

ノアは顔をしかめた。「だめなのかい？」

「ママは弱いひとなの」

「いろいろなことをくぐりぬけてきた」

「強いひとは窓から煉瓦を投げこまれたって、荷物をまとめて逃げたりしない。ヘロインをやって、子どもを放ったらかして、自分で面倒を見させたりしない。ママは弱いのよ。あんな過去とは向きあえない」すでに弱くなっている心がどれほどの打撃を受けるかなんて、誰にもわからない。

ノアはふっくらとした唇をゆがめて考えこんだ。「それなら、当分はぼくのことをノアだと伝えなければいい。ちがう名前で――」

「そのブルーの目を見たら、ひと目で誰だかわかるわ。その、つまり――」頬が熱くなって、言葉を途中で切った。これじゃあ、彼の目に惹《ひ》かれていると認めているようなものだ。

　ノアが口もとを引き締めて、あたしをじっと見ている。「ぼくにとって、ダイナはふたり目の母親のような存在だった。もう一度、話がしたい」

　ぜんぜん、わかってない。

「ダイナ・ウィルクスは死んだの。ここに、いる、ダイナには……ママには耐えられない」

　ノアは片手を髪に入れて、くしゃくしゃに乱した。「わかった。病院の外で待つよ」あたしをちらりと見た。「きみが支度をしているあいだにフロント係と話してくるから、そのあと病院へ行く途中で、朝食をとろう」あたしがうなずくのを見てノアがドアから出ていくと、あたしはどうして彼は残ってくれたのだろうと考えた。

　ノアは確かにいいひとだけど、きっとまだ隠していることがあるはずだ。

「そんなにたくさんやるつもりはなかったのよ。どうして、こんなことばかりしちゃうのかしら」涙が母の頬を転がり落ちた。

「ヘロイン中毒だからよ、ママ」現実にふたをする時期はとうに過ぎている。それでも、あたしに遠慮なく言われてたじろぐママを見るのは辛い。乾いたゲロがこびりついて、よれよれになった髪のまま、病院のベッドで寝ている母を見るほどではないけれど。看護師がスポンジで身体を拭いてくれるけど、シャワーを浴びられるほどに回復するまでは、このままだ。

でも、シャワーを浴びるだけでは解決できないこともある。かつて、母はクリームのようなきれいな肌をしていた。だが、いまは頬がこけ、肌は黄色くなって、しみもできている。写真のなかで輝いているあの美しい笑顔は、いまや手入れもせず腫れている歯茎のせいでゆがんでいる。歯が腐りはじめるのも時間の問題だ。それに、腕じゅうにある注射針の跡は……いつか消えるのだろうか?

だから、ママのために現実にふたはしない。

「もう、これっきりよ。ぜったいに。もう、やめるから」苦しみに耐えているかのように、母はきつく目を閉じた。たぶん、苦しいのだろう。最後にヘロインを打ってから約二十四時間たっており、薬で禁断症状をやわらげていても、まったく苦しくないわけではない。母の場合は、とくに吐き気がきつかった。

初めてこの病院に入ったときは、冷や汗や吐き気や感情の起伏と戦っている母に、許されるかぎり付き添った。あんな苦しみを体験すれば、二度とヘロインには手を出さないだろうと思っていた。

でも、あたしが間違っていたのは明らかだ。

「帰るわ。ママはゆっくり休んで」

母は弱々しくほほ笑んだ。「家に帰ったら、いろいろ片づけておいて。二、三日すれば退院できるから、それでおしまい。ヘロインはやめる。仕事を見つけるわ。もうだいじょうぶ。何もかもうまくいくから」

本当は何も言わないつもりだった——ヘロインを断つのはたいへんなことだから——でも、母の口からこぼれた悪気のない嘘が、あたしの怒りに火をつけた。気づいたときにはもう言っていた。「ママ、もう家はないのよ。ママが燃やしてしまったから」

「何ですって？　いったい、何を言ってるの？」母は眉を寄せて、必死に記憶をたぐりよせている。

「チーズ・サンドをオーブントースターに入れたあと、ヘロインを打ったんでしょ」

「覚えてない……」

「でしょうね」ヘロインをやりつづけたことで、母の脳の神経はどのくらいだめになったのだろう？　覚えていることなんて、あるのだろうか？

「そんなこと、するはずない」

でも、したのよ。「トレーラーハウスはあっという間に燃えあがったわ。あたしたちが消火器で消そうとしたけど」

「ママもなかにいたの？」あたしの言葉がやっと届いたようだ。

「ちょうど仕事から帰ってきたおかげで、何とか外に連れだせたのよ」誰が運びだしてくれたのかは、ぜったいに言えないけど。

「どのくらい焼けたの？」

「残らず焼けたでしょうね」

母がその事実を何とか理解しようとしているのを黙って立ったまま見つめていると、じわじわと心が打ちのめされていった。しばらくすると、母がひどく動揺した様子で目を見開き、両手で喉もとを押さえた。「残らず？」絞りだしたような声で尋ね、顔はますます血の気が失せている。「クローゼットは？」

「さあ」ゆっくり答えた。しまった。クローゼットのことをすっかり忘れていた——オースティンから逃げてくるときに、母が何とか持ちだしたものが入っていたのだ。ひいおばあちゃんが縫ったキルト、あたしが初めてはいた小さなピンクのカウボーイ・ブーツ、両親が初めて一緒に過ごした夜のディナーのメニュー、写真がたくさん入っている靴箱だ。

まだ完全にヘロイン中毒になっていなかった頃、母は毎晩父の写真を枕もとに置いて寝たものだった。

母が急に上掛けを押しのけた。必死にベッドから下りようとする。

「何をしているの！」

「行かなきゃ。確かめないと――」

「ママ！」母の両腕を押さえつけた。「ヘロインを抜いているのよ。病院にいなきゃ！」

「あの箱を取ってこないと！」

「い、い、あたしが行くから」

母は首を小さく前後に動かし、身をくねらせてあたしの手をふりほどこうとする。

「あなたじゃ、だめ。わからないから……」

「ママはここにいないと。ほら、立つことさえできないじゃない！」

母の目に涙が浮かんだ。「あれしか残ってないのよ」

「いまから、スリーピーホローへ行ってくるから。焼け残っていたら、持って帰ってくる。どの箱を持ってくればいいの？」

「大切な箱なんて、ひとつしかないわ！」母はひどく辛そうに顔をしかめた。そして、震える手で、結婚指輪をはめていた指に触れた。数年まえ、母はシンプルな金色の指輪を錠剤数個に換えてしまったのだ。そのとき、母はドラッグをやっていて、しらふに戻って、とんでもない過ちを犯したことに気づくと錯乱した。

結局、それが転機となった。悪いほうへの転機に。

「クローゼットにあったの？」

「そうよ！　ううん、そうじゃない。そうじゃなくて……」まるで、あたしに教えたくないかのように口ごもった。「床よ。床に穴があるの。カーペットを持ちあげれば、見つかるから。それを持ってきて。持ってくるだけ……でいいから」

ピンときた。「ドラッグを持ってこさせるつもりなら――」

「ドラッグじゃない！　ちがうわ……書類よ。ほら……あなたの出生証明書とか、そういうやつ」母は唾を飲みこんだ。「どれも、あたしには大切なの。そのまま開けないで持ってくるって約束してくれるわね？」

書類なんかじゃないはずだ。「わかった。燃えてなかったら、持ってくる」

「金属の箱よ。パパのだったの。あれだけは……」呼吸が荒くなっている。もう疲れたのだ。

「わかった。いますぐ行ってくるから」

「ここに戻ってきてくれるわね？　箱を持って」

「ええ」

母は身体を丸め、てのひらで頬の涙をぬぐった。あたしはいまでも昔の母を――あれが本物の母だと思いたい――かすかに覚えている。〝心で泣いても、笑顔を忘れない〟をモットーにして生きていた頃の母を。でも、とりあえずいまは病室をひとり占めできるのだ。

「少し眠って」

「そうね」しばらくしてから、また口を開いた。「ゆうべはどこに泊まったの？」

訊かれるかもしれないと思っていた。「友だちの家。あたしはだいじょうぶだから」

良心に目をつぶって使うことができれば、スポーツバッグいっぱいのお金で、家の問題は片づく。父を罠にはめたと母が信じている女からもらったお金で。

いったい何が真実なのか、あたしにはわからない。あのお金だけが、みんなが言うとおり、父の手は汚れていたという説得力のある筋書きが真実だと示している。でも、その一方でジャッキー・マーシャルがノアに言った言葉もある。父はいいひとだったという言葉が。

昨夜ベッドで横になって、あのお金に対して筋の通った説明を考えだそうとした。ジャッキー・マーシャルが息子を寄こした理由だ。何も訊かないでと言った理由も。ジャッキーはあたしたちのことを、どこまで知っていたのだろう？　ママが何年もまえから棺桶《かんおけ》に足を突っこんでいたことは知っていたのだろうか？　このお金があたしたちの暮らしを変えることになると知っていたのだろうか？

どうして、いまになってあたしたちを助けたいと思ったのだろう？　どうして、死後に謎めいた餞別《せんべつ》を遺していったのだろう？

謎に包まれた疑問があまりにも多すぎる。

ジャッキーはノアにもっと多くのことを話したのではないか、あたしはそう思いはじめていた。あたしに話したくない何かを。

母の声で、疑問にあふれた物思いが破られた。「グレース、ここは最低よ。大嫌い」「ほかには行くところがないんだから。治すことだけ考えて」

母はがっかりした目で、くすんだ緑色の壁を見まわした。「あの管理人。何ていう名前だっけ……」眉をひそめて思い出そうとしている。「スリーピーホローの管理人よ」

「マニー？」

「それ。あのひとに言えば、トレーラーハウスを貸してくれるわ。すぐに入れてくれるから。知ってるでしょ。みんな、気にしないわよ」母の目はまぶたが閉じかけていた。「マニーに会いにいきなさい」

「どうして？　スリーピーホローに戻るつもりなの？」

「あたしが仕事に就くまでよ。ママを信じてくれるわね？　これで、もう終わり。これで最後だから。約束するわ、グレース」

　そんな約束はするまえから破られている。そう怒鳴り返さないように、あたしは歯を食いしばった。同じことを何度もくり返している。まえにもこの病院に入院した。病室の番号が少しちがうだけで、またおなじみのパターンになるだろう。母は隠れることができる、気安い静かな穴倉を求めている。スリーピーホローに戻ることは、いまの母にとっては死刑を宣告されるようなものだ。あのときノアが現れなければ、あたしたちにほかの選択肢はなかった。

　でも、彼は現れ、あたしたちには選択肢ができた。

　あたしはふつふつと湧きあがる怒りを抑えた。「はい、これ——歯ブラシとくしとパジャマを持ってきたから」母のベッドにビニール袋を置いた。「焼け残ったものがなくなるまえに、もう行かなきゃ。わかるでしょ」他人の悲劇を食い物にするハゲタカはいくらでもいる。

　母の顔がゆがんだ。「薬を増やすよう看護師に言ってきて。薬をもらってからもう何時間もたつから。あたしのことなんて忘れてるんだわ」

「わかった」もう一度母の弱々しく痩せ衰えた身体を見てから病室を出て、ノアからメッセージが届いていないかどうか携帯電話を確かめた。何もきていない。ノアと大金の詰まったスポーツバッグは駐車場にある。ノアがなぜスポーツバッグを片時も放さなかったのか、いまならわかる。シムズのようなろくでなしに盗《と》られるのではないかとびくびくしながらあんな大金を持ち歩くのは、不安なのだ。

　あたしはナースステーションの机に向かった。「こんにちは。ダイナ・リチャーズの娘です。母は五三八号室なんですけど、麻薬拮抗剤を欲しがっていて」

　看護師は顔をしかめて記録を読んだ。「まだ処方したばかりね。もう少し待って」

　自分のことなんて忘れているなんて言って。「どのくらい？」

「三時間ね」看護師が同情してほほ笑むと、あたしも笑い返した。三時間後までママの不機嫌に付きあうのは、看護師たちなのだから。

　そのままナースステーションから離れずにいると、看護師が訊いた。「ほかに何か？」

しっかりとした援助がないかぎり、ママはここを出たら一週間もしないうちにヘロインに手を出すだろう。決断しなきゃ。ママとあたし、両方の人生を変える決断を。昨夜のノアの声が頭のなかで響いている。彼の目に浮かんでいた痛烈な後悔を思い出すと、胸が締めつけられる。

このチャンスをつかまなければ——少しでも先延ばしにしてしまったら——手遅れになる。

でも、それより先にママがあんなにも気にしている箱の中身を確かめなければ。

15

エイブラハム・ウィルクス巡査
二〇〇三年四月二十日

「この娘を見てないか？」

「あたしがいれば、こんな子なんていらないでしょ」女は笑い——いかにも慣れた声だ——おれの胸に手を伸ばして、色の付いた長い爪でコットンのTシャツを引っぱった。鉤爪《かぎづめ》の色は唇に——うっかり付いてしまった歯にも——塗られた赤い口紅の色と同じだ。おそらく二十歳くらいだろうが、青白い肌は荒れて目つきは鋭く、十歳は老けて見える。何年も通りに立つことがどれほど過酷なのかは、誰にでも想像がつく。

おれは一歩下がって、写真を掲げた。「この子だ。見たことないか？」

女は肩をすくめ、ちらりとも写真を見ない。

おれはため息をついて、女が協力する気になるように、ポケットから二十ドル札を取りだした。オースティンの安モーテルや通りで相手を〝協力する気〟にさせるため、この四日間で三回も銀行のATMに通っていた。

だが、いまのところ、当たりはない。

娼婦はおれの手から二十ドル札を奪いとると、だるそうに写真を見た。「かわいいわね。若いし」

「それに、彼女に会いたがっている家族もいる。見たことあるか？」

「ないわね。ここらじゃ見ない顔よ。いなくなって、どのくらいたつの？」

「約一年だ」

女は首をふって舌打ちした。「あたしなら、探さない。もう帰ってこないわよ」女はおれから離れていき、次の客を求めて、通りすぎる男に視線を移した。きょうはイースターだ。売春婦には商売あがったりの日なのかもしれないが、そのあたりは詳しくない。

「もし、その子を見かけたら、これを渡してくれないか？」おれは女に名刺を渡した。

娼婦の顔がこわばった。「あんた、サツなの？　あたしは何もしてないわよ！　こんなのは罠よ！　あんたはあの金であたしを買収して――」

「お時間をいただき、ありがとうございました」おれは安心してもらえるように、笑顔で言った。あの二十ドルを賭けてもいい。おれが背中を向けたとたんに、女は名刺をごみ箱に投げ捨てるだろう。

おれはすっかり疲れ果て、車へ向かった。早くおれのグレーシーに会いたい。グレーシーがベッドに入って膝に『かいじゅうたちのいるところ』を置き、無邪気な目で戸口を見つめている姿が見えるようだ。このしわがれ声で本を読んでもらいたくて、おれの帰りが待ち遠しくて仕方ないのだ。

だが、まだ帰れない。

ベッツィーを見つける手がかりをつかむまでは。

16

ノア・マーシャル

帰ればよかったんだ。

ここで帰れ。

ここでグレーシーを降ろして、モーテルに置いてある荷物を取って帰るんだ。

黒焦げになったグレーシーの家の残骸のまえでブレーキを踏むときになっても、まだ自分にそう言い聞かせていた。トレーラーハウスの外側はそれほどひどくなかったが、なかはまったくちがうと知っている。

きのう見かけたみすぼらしい片目の犬がトレーラーハウスの下から出てきて、グレーシーが車から降りると駆けよって、興奮して尻尾をふっている。泥だらけの毛はきのうよりさらに汚くなっていた――あれ以上、汚くなるとは思えなかったが。

「うちにいたのね」グレーシーは犬を叱った。「ほら。これでしばらくは忙しくしてじめた。

いられるでしょ」ハンドバッグに手を入れて、途中のガソリンスタンドで買ったビーフジャーキーをひと切れ放った。犬は飛びあがって受け止め、うずくまってかじりは

じめた。

きのうと同じずる賢そうな目で、こっちを見ながら。

「きみの犬？」

「サイクロプスは飼い犬じゃないわ。ときどき、食べ物をあげているだけ」グレーシーは顔をあげ、ぼくが警戒しているのを見ると、鼻を鳴らした。「何よ？」

「別に」

グレーシーはえらそうに胸のまえで腕組みをした。「何が気に食わないの？　血統書付きの犬じゃないから？　かわいくないから？　当ててみせましょうか。あなたはクーパーという名前のゴールデン・レトリヴァーを育てていたんでしょ」

実際には、ジェイクという名前だ。でも、グレーシーがぼくについて推測していることが正しいと証明することになるので、名前以外は当たっていると認めるつもりはなかった。代わりにTシャツの袖をめくって、肩に残っている白っぽい傷を見せた。

「四歳のときに公園で野良犬に襲われたんだ。噛まれた傷を閉じるのに十五針縫って、念のために狂犬病予防の注射をした。だから、あまり野良犬は得意じゃない」

グレーシーは口を固く閉じ、独善的だった目がやさしくなった。「サイクロプスは誰も嚙んだことがないから」

「きみが知るかぎりはね。きのう、あの犬はネズミをくわえていた。ネズミは病気を運ぶんだ」

「リスもね。サイクロプスはリスも食べるの。トカゲも。一度、ヘビも食べてたけど、頭だけだったわね。あまり好きじゃなかったみたい」

顔色も変えずにこんな話をする女の子は知りあいにひとりもいないが、グレーシーは平気らしい。ぼくは胃がおかしくなっている。

「サイクロプスだって庭付きの大きなお屋敷で、毎日二回ずつボウルに餌を入れてもらうほうがいいに決まってるけど、そういう星の下には生まれなかった。あの子は生きるために必要なことをしているの。そんな目でサイクロプスを見ないで。あなたにとって何でもなくても、野良犬だって、みんな大切なんだから」それを証明するかのように、グレーシーは犬をなでながら、ぼくをじっと見た。嘲笑うなら、笑えばいいとでもいうように。

グレーシーが言っているのは、みすぼらしい犬のことではないのかもしれない。

「エル・ペロ・テ・バ・ア・イサクトラナール！」消防車を呼んでくれたおばあさん

がぼくたちのあいだの沈黙を破り、ジョウロを階段に置いて、あの古ぼけた椅子にすわった。

「何だって？」

「さあ」グレーシーは小声で言って、手をふった。

老女がいら立たしそうに頭をふる。「あんたを恋しがってたよ！」身ぶりで犬を指した。

「ええ《シ》、うん《シ》。あたししか餌をやらないから」グレーシーは唇を指で軽く叩いた。

老女がぼくに目を向けた。「誰《キエン・エス》？」

「友だち」

老女は舌打ちし、渋々という感じで会釈した。

ぼくも会釈を返す。「きのうよりは愛想がいいな」

「きのうはドラッグの売人だと思われていたのよ」

「なるほど、いまわかった」

「お母さん《トゥ・ママ》は？」

「だいじょうぶ。しばらく矯正施設に入るわ」

「リハビリタシオン？」

グレーシーはうなずいた。「911に電話してくれて、ありがとう《グラシアス》」

　老女は焼けたトレーラーハウスに向けて手をふり、次にうしろにある自分のトレーラーハウスに手をふった。「ミ・カサ・カシ・セ・インセンデシィオ」

「そうなっていたら、最悪だったわね」グレーシーは同意し、怪訝《けげん》な顔をしているぼくに気づいて説明した。「火が自分の家に燃え移らないか心配だったって、言ってるんだと思う」

「そうじゃなければ、消防車を呼んでくれなかったのか？」ここの住人たちはどういう人間なんだ？　確かに、きのうはみんなまわりに立って見ているだけで、手を貸そうとはしなかった。

　グレーシーは声をひそめたが、老女にはほとんど理解できないにちがいない。「ビルマは冷たく見えるけど、あれは見せかけだけよ。このあたりじゃ、やわに見えたらだめなの。向こう側の隣を見ればわかるでしょ」反対側のトレーラーハウスをあごで指した。「シムズはたった二十ドルのために自分の妹を売りかねない人間だから」

「おもしろいな。きみとあの男は親友かと思っていた」

　グレーシーは目を剝いた。「シムズはこの世の悪そのものよ。きのう、シムズがママを助けだしてくれたと思う？　ぜったいに、あり得ない。煙を見た瞬間に、逆の方向に逃げていったんだから。もし、あなたがいなかったら……」言葉が途切れ、グレーシーは口もとを引き締めた。

グレーシーはきのう、そして昨夜起こったことについて、ひと言も話していない。そして、あの金についても、ほとんど触れていない。母親を見舞ったときの様子も、詳しいことは話してくれない。ぼくは車でグレーシーを病院へ送り、駐車場で待っていた。二十分後に戻ってくると、グレーシーはここに連れていってほしいとだけ言ったのだ。何も説明せずに。

「ここにいてよかったよ。それに、隣のおばあさんが目を光らせていてくれてよかったと思っている」

グレーシーは得意気に笑った。「ビルマはママが嫌いだけど、あたしは気に入られてるから」

「きみはやさしいからね」うっかり口から滑りでていた。

グレーシーはぼくをにらみつけたが、トレーラーハウスのほうを見たとき、口もとにはうっすらと笑みが浮かんでいた。ユーモアだってある。ときどき、ちらりとのぞくのだ。あの刺々《とげとげ》しい態度の奥に。こんな場所では、刺々しくなければ暮らしていけないのだろう。

「ウン・オンブレ・ビノ・イ・メ・プレグント」ビルマは肩をすくめた。「ペンセ・ケ・エラ・ラ・ポリシア」

「警察官がきたと言ったのかい？」スペイン語の授業で覚えているのはその程度だ。

「〝かもしれない〟と言ってるわ。制服を着てなかったんじゃない？」

「ハビエル・ブロケオ・ラ・プエルタ・パラ・ウステ」ビルマは玄関だった場所に開いた穴をふさいでいる大きなベニヤ板を指さした。

「ありがとう《グラシアス》と伝えておいて」

「誰に〝グラシアス〟と伝えるんだい？」

「ビルマの息子よ。ひとを寄せつけないようにベニヤ板を貼ってくれたの」

ぼくは顔をしかめ、グレーシーのあとについて階段をのぼった。「焼けたトレーラーハウスなんて、どうして入りたがるんだ？」

「盗むものは、いくらでもあるのよ。電線とか……銅のパイプとか……」ベニヤ板は重く、グレーシーの細い腕に力が入った。

「ぼくがやるよ」

「自分でできるってば」グレーシーは手助けを断り、ぼくがうしろに立っても手を放さなかった。ぼくは彼女のほっそりとした腰に胸をこすりつけるようにして、ベニヤ板の両端を持ってわきへ引っぱった。

「いつもこんなに強情なのかい？」

ぶっきらぼうな答えが返ってくるものと思っていたが、グレーシーはぼくの言葉を無視して、穴が開いた玄関から、めちゃくちゃになったなかへ入っていった。

トレーラーハウスのなかは、濡れた煤《すす》の臭いがした。床には焦げた壁、木材、断熱材が散らばり、穴が開いた天井からは光が射《さ》しこんで、わずかに焼け残ったものの姿にスポットライトをあてて晒している――壁に沿って並んでいるくすんだ茶色いパネル、俗っぽい金色の額縁、濡れそぼったソファの欠片《かけら》だ。足もとのカーペットは泥だらけで、火を消すのに使った水で濡れている。まるで、外にいる汚い犬のようだ。

「こんなにひどいなんてね」グレーシーはぽつりと言った。「あのモーテルに泊まって贅沢《ぜいたく》に慣れちゃったのかも……ほらね」古いブラウン管のテレビに付いた指紋を指さした。「もう誰かが入ってきたのよ。きっと、お金かママが隠したドラッグがあると思ったんでしょうよ」鼻を鳴らした。「おあいにくさま」

グレーシーはスニーカーをはいた足で、残骸をより分けた。「いま頃、おばあちゃんがお墓のなかでのたうちまわっているわ。あまりお金はなかったけど、このトレーラーハウスはおばあちゃんのもので、きれいに掃除して使っていたから」

「いつ亡くなったんだい？」

「五年まえ。心臓発作よ。あの頃はここでの暮らしもそれほど悪くなかった。まあ、あたしはソファで寝てたけど。ママもヘロイン中毒がひどくなかったし」グレーシーは物悲しそうにほほ笑んだ。「おばあちゃんは週末になると、いそいそと台所に立って、パンケーキを焼いてくれた。そのにおいで目が覚めたものよ。そのあと一緒に台所のテーブルにすわって、テレビのゲーム番組を見ながら、何時間もトランプやドミノをやるの。おばあちゃんはゲーム番組が大好きだったから」グレーシーはトレーラーハウスの奥——台所からいちばん遠く、被害がそれほど大きくない——に入り腰をかがめて、ダイナのハンドバッグや財布だったと思《おぼ》しきものの中身を見ている。

ぼくはショートパンツをはいたグレーシーの腿の形に思わず見とれた。

どうかしているんじゃないのか？

ぼくは頭をふった。「おじいさんは？」

「ママの父親は最初からいなかった。おばあちゃんは男のひとと——ブライアンっていうんだけど——何年も暮らしていたけど、あたしたちがここに越してくるまえに別れたらしい」

グレーシーは調べていたものを残らずハンドバッグに入れて集め、腕に抱えた。

「寝室を見てくる」

ぼくは天井からぶら下がっているタイルや断熱材をうまく避けながら、グレーシーのあとから廊下を歩いた。「入っていいのかな？」

「誰に止められるって言うのよ」新しいTシャツに煤が付き、グレーシーは小さく毒づいた。

「そうじゃなくて、危険じゃないかな」

「心配なら、外で待っててもいいのよ」

ぼくはため息をついて、気分を害したことを伝えた。「それで、ここから何を持っていきたいんだい？　持って帰れそうなものはなさそうだけど」

グレーシーがひとつ目の寝室に入ると、そこは台所や居間よりわずかにましな状態だった。床じゅうに紙が散らばり、焼けた紙の靴箱がわきに転がっている。泥棒はここも漁ったようだ。

グレーシーはごみの山をまたいでナイトテーブルのほうへ歩き、床から四角い本をひろいあげた。表紙を開こうとしたが、握っただけで崩れ落ちた。「ああ、もう」グレーシーが小声で言っているのが聞こえる。「両親の結婚アルバムよ」うんざりした様子で顔にしわを寄せて、アルバムをベッドに放った。「ママの写真はあれしかないのに。全部なくなっちゃった。一枚残らず」

まもなく、カーペットに散らばっている紙切れが写真だと気がついた。写真だったものだ。

グレーシーはクローゼットに近づいた。そして、少し間を置いてから言った。「車にお金を置きっぱなしにするのはよくないわ」

「ここに持ってこようか――」

「ダッシュボードに矯正施設のリストがあるの。看護師がお勧めの施設に印を付けてくれてる。そこに電話して、いますぐ入院させてくれるところを探して」

ぼくはほっとして息を吐いた。グレーシーはお金を使ってくれるらしい。よかった。

「お母さんも承知したの？」

「それはあたしが心配すればいいことよ。あなたは電話。外から」

正しく意味を受け取ったとすれば、ここから出ていけということだ。「何か用があったら、呼んで」

「乾燥した暑さのほうが過ごしやすいと思っていました」

隣のトレーラーハウスの老女、ビルマが片眉を吊りあげた。

「暑いですね」玉のような汗がうなじに浮かんできて、矯正施設のリストであおいだ。グレーシーには声が聞こえるところにいると言ったが、いまでは後悔していた。彼女はゆうに二十分はなかで金属を叩きつけるような音を響かせ、ぼくはコンクリートの階段で砂漠の熱い太陽に灼《や》かれている。

ビルマは左足だけでロッキングチェアを前後に揺らし、鋭くにらんでくるだけで、返事はない。だから、ぼくはデザート・オークス矯正センターの説明をふたたび読みはじめた。印が付いているなかで、いま空きがある施設はここだけだ。ここは明日にでもダイナを受け入れてくれるという。

ぼくは入所を希望すると伝えた。

つとめを果たしたことにほっとしてため息をつくと、ぼくは携帯電話をポケットに入れて顔をあげた。

ビルマはまだこっちを見ている。

犬も。

「くそっ」ぼくは目をそらした。西部劇の決闘シーンのように、いまにも回転草《タンブルウィード》が転がり、トレーラーハウスが並ぶ道にハーモニカの音色が響きそうだ。このトレーラーパークはすっかり荒れ果てている。殴り書きされた黒い落書き、板が打ち付けられた窓、へこんだごみ箱、枠からはずれかけ、誰でも侵入できる錆びた金網。ときおり自転車や徒歩で通りかかる者がいるが、陰鬱な表情と疑り深い目で、ぼくがよそ者であることを思い出させる。

とりあえず、シムズという男は目に入らない。

携帯電話が鳴り、サイラスの名前が表示された。ぼくは気を紛らすことができたのがうれしくて、何も考えずに電話に出た。「こんにちは」

「ジュディが部屋を用意して待っているぞ」

しまった。きょう、伯父の家に移る予定だった。「今週中に荷物を運びこむことにしたらだめ？」

「まあいいだろう。いつになる？」

「まだはっきりとはわからないけど」

「ノア、いったい何をしているんだ？　気が変わったのか？　ジュディは何時間もかけて――」

「いや、変わってないよ。本当に。ただ、いまオースティンにいないから」

返事はなく、サイラスが顔をしかめているのが目に見えるようだった。「週末に出かけるなんて言ってなかったじゃないか。いま、どこにいるんだ？」

「アリゾナだよ。急にくることになって」

「ほう？　友だちでもいるのか？」

「うん、まあ。そんなところ」誰にも気づかれないうちに、オースティンへ戻りたいと思っていたのだ。「また会ったときに話すから」

書斎の椅子が重々しくきしむ音が聞こえる。「いや、いま聞きたいものだな」

いかにもサイラスらしい、おまえが何か隠していることは知っているんだぞというような口調だ。いつだって、何でも知っているのだ。

ぼくはため息をついた。「エイブの娘に会いにきたんだ」

沈黙が続いた。「どうして？」

これはサイラスなんだ。自分に言い聞かせた。信用できる相手だ。

でも、母は明らかにサイラスに金のことを知られるのをいやがっていた。法に従い、生真面目な兄に、自分が関わっていることを知られたくなかったのだ。

「ノア！」

くそっ。「グレーシーに渡してくれという伝言と住所が書いてあるメモと一緒に、母さんが金を遺していたんだ」

「金を」

「そう、金を」

また沈黙があった。「どのくらいの額なんだ？」

ぼくは口ごもった。「眉が吊りあがるくらい」

「まず、わたしに相談すべきだったな」

「どうして？　そうしたら、ぼくがここにこないよう説得できたから？　おじさん、母さんがそうしてくれと、ぼくに頼んだんだ」ぼくは階段を下りてトレーラーハウスから離れ、グレーシーがそばに立っていないことを確かめるためにふり返った。「それに、ふたりにはその金が必要なんだ。暮らしを見ればわかる」声をひそめて、火事のことと、ダイナがヘロインを過剰摂取したことを伝えた。

「何ということだ。グレーシーはそんな事態にどうやって対処しているんだ？」

「おじさんが想像するより、うまく対処しているよ。強いんだ」

「それで、グレーシーには何と言ったんだ？」

「何も。ただ、母さんがグレーシーのために金を遺したとだけ」

「あの夜、ジャッキーが話したことは伝えていないんだな？」

「うん」少なくとも、全部は話していない。

「ノア、それが最善なんだ」

サイラスはまだ現実を受け入れていない。ぼくもそうできればいいのに。「でも、母さんが罪の意識を感じていなかったのなら、どうしてグレーシーとダイナに金を遺すんだと思う？」

「ジャッキーはダイナたちの人生が変わってしまったことを気の毒に思っていたんだろう」

「それなら、どうして遺言書にそう書かなかったの？」まるで、どこにも記録を残したくないかのように。

「そうだな……」サイラスが眉を寄せて考えている姿が目に浮かんだ。「遺産がダイナの手に渡るには何カ月もかかっただろう。ダイナにはそんな猶予はなかったようだ。最近、お母さんがアリゾナへ行ったことは？」

「わからない」母とは何日も会わず、メールだけでやり取りしたこともあった。BMWに乗って十二時間運転することだって、簡単にできたのだ。

〝きちんと正そうとしたのよ。でも、彼女と顔をあわせられなかった。これだけ時間がたってしまったあとで、自分が彼女にした仕打ちに向きあえなかった〟

母さんが、ここにきてダイナと会ったことを言っていたのだとしたら？

「記憶にあるかぎりでは、エイブの死後、彼の奥さんはジャッキーにしろ誰にしろ、オースティン市警の人間をよく思っていなかった。だから、ジャッキーは遺言書に書いても、奥さんに拒否されると思ったのかもしれない。わからんがね。だが、昔の相棒の家族に金を遺したからといって、お母さんが寛大な心を持っていたこと以外、何の証拠にもならない」

あるいは、罪悪感を抱いていたということ以外。

サイラスの話では、一緒に見つけたホルスターについては何の説明もつかなかった。でも、この話は今度にしよう。ふたつの州をまたいで、電話で話すことじゃない。

サイクロプスが急に頭をあげた。そして胸の奥から低い唸り声をあげ、こっちに突進してくる。歯が見えた瞬間に、ぼくは蹴りあげるつもりで身構えた。だが、サイクロプスは横を通りすぎて、ひっくり返った手押し車の下にもぐりこんだ。すると、側面に〝動物管理局〟と書いてある白いバンが角をまがってきた。

「利口なやつだな」

「何だって？」困惑したサイラスの声を聞いて、ぼくは笑い声をもらした。

「おじさんのことじゃない。野良犬がいるんだ」

「野良犬？」

「片目のね。ひどい不細工で」

「おまえに噛みついた犬を覚えているか？」

ぼくは目を剥いた。「ぼんやりとは」話題が変わったことで、緊張感が薄らいだようだった。

サイラスはため息をついた。「それじゃあ、いつ戻ってくるか、まだわからないんだな？」

「明日、ダイナを矯正施設に入れることになりそうなんだ。グレーシーひとりにさせたくないから」もう少しここにいると言ったとき、グレーシーがほっとしていたように感じたのだ。といっても、彼女の気持ちは読めないけれど。

「それで、グレーシーは？　どこに住むんだ？」

「モーテルに部屋を取った」

「トレーラーパークよりはましな部屋だといいが」

「うん、悪くはない」ここに比べたら、どこだってましだ。「〈カクタス・イン〉とか何とかいうモーテルなんだ。ここは何でもサボテン《カクタス》とか砂漠《デザート》って名前が付いている。それはともかく、グレーシーにはアパートメントを借りるだけのお金はできたから」

「けっこうだ。あの子はどんな感じになった？　大人になったらさぞかしきれいな娘になるだろうと思った覚えがあるが」

「そのとおりになったよ」しかめ面をしていても、グレーシーはひとをふり向かせる。

「ほう……」当てこするような声だ。

「そういうんじゃないよ」はっきり言って、グレーシーから人間としてさえ好意を持たれているのかわからない。

サイラスがくすくす笑った。「わかった。こっちに戻ったら電話をくれ。わたしは今週ずっと法廷に出なければいけないし、秘書の面接もあるが、ジュディは家にいて、いつでもおまえを歓迎するから」

「まだ面接をしているの？　もうとっくに決めていなきゃいけないのに」サイラスは数カ月まえに秘書を解雇して以来、ずっとひとりで奮闘しているのだ。

「えり好みしすぎているのかもしれないな」サイラスは渋々認めた。

「そう思う」

「ノア……おまえはまえに進もうとしているひとに手を貸して、正しいことをしている。お母さんがおまえに望んでいたことだ」

「すぐに帰るよ」

動物保護局のバンは職員が横を歩ける速さで、砂に覆われた道を進んでいく。職員は片手で長い棒を持っており、その先端には首つり用の輪のようなロープが下がっている。

「狂犬がこのあたりをうろついているという通報があったんだけど？」職員がビルマに呼びかけた。

ビルマは肩をすくめた。

「犬《ペロ》かい？」

ビルマがスペイン語で何事かを言い返し、できれば理解したくなかったものの、その鋭い口調から気分のいいことではないとわかった。

職員は首をふってビルマの言葉をはねつけると、ぼくのほうへ近づいてきた。「狂犬を見かけなかったか？　色はベージュで、汚くて、体重は五、六キロ。片目しかない」どういうわけか、職員は口のはしに爪楊枝《つまようじ》をくわえながら話している。

「狂犬？」

職員はにやりとした。「ほら……狂犬病にかかった犬さ」

いやな男だ。「見ましたよ。でも、狂犬ではなかったな」病気は持っていそうだけど。

職員は嫌悪をあらわにした目で、並んでいるトレーラーハウスを眺めた。「あのばばあが電話してくるたびに、このゴミためにこなくちゃいけないことに、うんざりなんだ。きょうこそ、クソ犬を捕まえて、おれに嚙みつこうとしたと報告してやる。そうすれば、あいつもおれもここにこなくてすむからな」脅かすように、腰にぶら下げた麻酔銃を叩いた。「どっちに行った？」

誰が何度も動物管理局に通報しているのか知らないが、ぼくは急にグレーシーの片目の犬を守りたくなった。それで、反対側の道を指さした。「走っていったから、追いつかないと思うけど」

「いや、追いつくさ」職員はトレーラーハウスのほうを向いてあごをしゃくった。「どうしたんだ？」

「焼けたんだ」

「どんなふうに？」

ぼくはにっこり笑った。「ほら……火で」

ぼくをにらみつけると、職員は小声でぶつぶつ言いながら目で影を追い、白いバンと並んで道を進んでいった。

「セ・メティオ・エン・ウナ・ペレア・コン・エル・ガト・デ・ラ・セニョーラ・ハバード・デ・ヌエボ」ビルマが呼びかけた。

ぼくにわかったのは〝ネコ《ガト》〟と、〝ハバード〟という女性の名前だけだ。

ビルマがひっくり返った手押し車のほうをあごでしゃくると、サイクロプスの前足が下から出ているのが見えた。「連れてけ」ビルマはぼくの車を指さした。「連れてけ」

「何ですって？」ぼくは思わず笑いだした。

ビルマは手押し車のほうにしきりに手をふっている。「連れてけ！」

「連れていけません。無理です《ノ・フェド》。ぼくたちはモーテルに泊まっているので」リードを付けたマルチーズを連れて部屋から出る客を見かけたということは、ペットも泊まれるモーテルなのかもしれないが、サイクロプスは〝ペット〟の枠には入らない。それに、ネズミをくわえていた片目の犬をどうやって連れていけというのだ？　かっこいいSUVの新車の後部座席に乗せろって？

「グレーシーの犬《ペロ》だ！」

「あれは誰の犬《ペロ》でもありません」

ビルマは鼻を鳴らした。「この馬鹿《イディオータ》。シ・ノテ・レバス・エル・ペロ・イラ・ヌンカ・テ・ペルドナーラ！」

「すみません。何をおっしゃっているのかわかりません」イディオータは除いて。その言葉だけははっきりわかる。

ビルマは何とか椅子から立ちあがって階段を下りてくると、いまにも倒れそうな様子でフェンスまでよろよろと歩いてきた。「エロス・ロ・マタラン！」喉をかき切る身ぶりをしてささやいた。「エセ・ペロ・エス・トド・ロ・ケ・ティエネ」しわだらけの年老いた手で胸を押さえた。「グレーシー、愛してる」

ぼくは唸った。グレーシーのところに行って注意したほうがいいのかもしれない。ぼくは道路に目をやった。さっきの職員が車を停めて、四軒先で植木鉢に水をやっていた白髪頭の女に話しかけている。女は震える手で、ぼくのほうを指さした。おそらくサイクロプスはさっきまでぼくの車の近くで、何かをかじっていたと話しているのだろう。

グレーシーと争わなくなったと思ったら、また別の問題がふりかかってきた。グレーシーと会ってから、なぜか事あるごとに危険な目にあっている気がする。まあ、腹にナイフを突きつけられたり火事にあったりすることを思えば、体重五キロの犬などたいした問題ではないかもしれないが、そう思っても気持ちは静まらない。

「わかった。わかりましたよ」ぼくは車のうしろにまわって、バックドアを開けた。そして職員が見ていない隙を狙って、小さな気乗りしない声で「こっちだ。ここに乗れ！」と呼び、犬がそのまま動かず、やるだけはやったと言えることを祈った。

サイクロプスは隠れていた場所から飛びだしてきて、何の問題もなく車に飛び乗った。すごいな。

「ここにいろよ」ぼくはそう命令してバックドアを閉めた。

ふり向くと、ビルマが満足そうにほほ笑むのが見えた。彼女はまた椅子に戻り、観察を再開した。

17

グレース

あたしは外の騒ぎを無視して、ねじまわしの溶けた先端をじっと見て、もう百回目じゃないかと思いながら、金槌《かなづち》をふり下ろした。ちゃちな南京錠《なんきんじょう》のくせに、まだ壊れない。「いい加減にしてよ!」金槌とねじまわしをわきに放り、小さなガンメタルグレーの箱をじっとにらみつけた。真っ黒に焦げたびしょ濡れの思い出の品と古いカーペットの下から、ミルクヘビの子どもと一緒に見つかったのだ。まさに、ママが隠してあると話していた場所から。縦二十センチ、横十センチくらいの箱で、小さな南京錠がかかっている。

こんな箱は見たことがない。

まず中身を確かめないことには、ママには渡せない。

幸いにも、祖母の古い金属の工具が焼け残っていた。プラスチックの柄はゆがんでいるけど、問題ない。金槌はちゃんと握れるから。あたしは額に落ちてきた髪を払い、金槌の平らな先を南京錠に向け、今度こそしっかり力を入れてふり下ろした。

南京錠が床に落ちて、鈍い音をたてた。

あたしは達成感に浸りながら、胃が痛むほどの期待を抱き、煤だらけの手で箱を開けた。

18

ノア・マーシャル

「早く、出てこい」ぼくはトレーラーと路地とバックミラーのあいだで視線を走らせながら、猛烈な速さでハンドルを指で叩きつづけた。サイクロプスは後部座席でくつろぎ、足跡で泥だらけにした革のシートをリズミカルに尻尾で叩いている。サイクロプスの熱い息と汚い毛の臭いに、ぼくは鼻にしわが寄るほど顔をしかめた。

爪楊枝の職員が動物管理局のバンの横を叩き、固い決意をあらわにし、空いている手を麻酔銃のすぐ近くに置いて、こっちに近づいてくる。

「グレーシー、今度はどんな厄介事に引きこむつもりなんだよ？」小さな声でぼやきながらエンジンをかけ、グレーシーに聞こえることを願って、拳で叩いて注意を促すクラクションを鳴らした。爪楊枝の男は動物奪還未遂犯を捕まえる権限を持っているのだろうか？

そのとき、ほっとしたことに、トレーラーハウスの戸口にグレーシーが箱を抱えて現れた。煤だらけだ。腕にも、シャツにも、頬にも煤が付いている。

それでも、美しい。

ぼくが車を近づけると、グレーシーは助手席に乗りこんできた。サイクロプスが〝ねえ、ここにいるよ！〟と知らせるかのように、興奮して吠える。グレーシーはサイクロプスを見てからぼくを見たが、何も言わず、その無表情な顔からは何も読み取れなかった。きっとポーカーの名手になれるにちがいない。

ぼくはすばやく方向転換をして、あの職員を吹き飛ばすような土煙だけを残して車を出した。「どこかの女性が動物管理局に通報したらしい」

「ミセス・ハバードね。彼女の猫をサイクロプスが狙っているのよ」少し間が空き、グレーシーが尋ねた。「どうしてサイクロプスを連れてきたの？」

「きみのお隣さんにうるさく言われたのさ。この犬が捕まったら、きみががっかりするって心配していた」

グレーシーは馬鹿にするように鼻を鳴らした。「あの猫はビルマが植えたトマトの苗におしっこをするのよ。だから、サイクロプスに一日でも長く生き延びて、あの猫を仕留めてもらいたいだけ」

「それじゃあ、この犬はここに置いて――」

「やめて」返事の速さで、ビルマの話が正しかったことがわかった。トマトの苗のためだけじゃない。だが、グレーシーはサイクロプスをかわいがっていることを認めないだろう。

グレーシーの膝のうえには、煤をかぶった箱がのっていた。「それは何?」

「箱よ」

ぼくは目を剝いた。愛想のなさは、動物管理局の男といい勝負だ。「何が入っているんだい?」

「矯正施設に電話してくれた?」グレーシーはあっさりと話題を変えた。

「デザート・オークスなら明日から入所できるけど、きみからの確認の電話が必要だそうだ」

グレーシーはまえの通りを指さした。「ここでまがって。病院へ戻るから」

急に右へまがると、サイクロプスが後部座席で転がった。思わず、顔をしかめた。爪で引っかいた傷が付いた革のシートが目に浮かんだのだ。

ちょうど、箱の側面の錠があったあたりに付いている、まだ新しい銀色の線のような傷が。

いまになってやっと、金属がぶつかるような音の正体がわかった。

セントバーツ病院までの数分間はどちらも話さず、グレーシーは何かほかのことで頭がいっぱいのようだった。

とうとう、ぼくはもう一度訊いた。「それ……何か大切なものが入っているの？」

「床下に隠して、あたしにも決して教えなかったほど大切なもの」グレーシーは小さな声で答えた。そして、しばらくたってから尋ねた。「本当に、お母さんからお金の出所を聞いてないの？」

「母が遺したメモを見ただろう」ぼくは眉をひそめた。「どうして、そんなことを訊くんだい？　何が入っていたの？」

「真実、かも。あたしにはさっぱり意味がわからないけど」

真実。

何についての真実？　エイブについて？　母について？

グレーシーの声は何だか妙だった。怒りを抑えるのに苦労していた娘にしてはやけに冷静なのだ。ということは、この件はぼくの母とはあまり関係ない問題なのだろう。

それでも、心臓が激しく打ちはじめた。「ぼくに教えてもらえば、一緒に答えが出せるかもしれない」

「それはどうかしら」

「ぼくは地区検事事務所で働いているんだ。裁判のために物事を分析する仕事をずっと続けている。そういうことが得意なのさ」

「ずいぶん謙虚なのね」

病院の駐車場に車を入れた。「試す価値はあるよ。なあ、グレーシー。一緒に考えよう」

またひどい言葉を吐かれて無視されるだろうと思っていたが、グレーシーはついに箱の金具をはずした。蝶番《ちょうつがい》がきしんで、ふたがうしろに倒れる。「箱はぜったいに開けないって、ママに約束させられた。でも、あのひとはヤク中だから。信用できない」

「ドラッグが入っていると思っていたの？」

「それか、ママがあたしに隠したい何か」グレーシーは唾を飲みこんだ。「ママはもう秘密にできなくなってる。ヤク中が治らなければ、秘密にもできないのよ」

「たぶん、それはお母さんからの合図なんじゃないかな」共感していることが伝わってくれればいいと願ってほほ笑みながら、晩年の母はダイナと何ら変わらなかったのではないかと考えていた。飲んでいたものはちがうし、ストレスに対する対処の仕方もちがっていたけれど、最後は……。もしも母があれほど頑《かたく》なに秘密を守っていなければ、どうなっただろう？　母にも生き長らえる可能性があったのだろうか？「それで、何が入っていたんだい？」

「出生証明書。パパの死亡証明書。写真と新聞の切り抜きのコピー。見たところ、重要なものはなし」

車を駐車スペースにゆっくり入れた。「見せて」

グレーシーはシャツのきれいな部分を探して、煤で汚れた手をぬぐった。そして慎重に紙切れを集めて、ぼくに渡した。そのとき、指先が触れあった。どうしても意識せずにいられない。

三人が写っている写真があった。エイブの両手はふさがっていて——片方の腕で目を皿のように丸くしているグレーシーを抱き、もう一方の腕でダイナの腰を引きよせている。グレーシーとダイナはおそろいのブルーのワンピースとカウボーイ・ブーツを身に着け、にっこり笑っている。

「あの頃のきみは、本当にかわいかった」

「いまだって、かわいいわよ」

「ああ、いまでも」ぼくは笑って同意した。「これはヒューストンのロデオ大会だな」

三人のうしろで大勢の人々がアメリカンドッグやビールを持っているのでわかる。

グレーシーは考えの読めないまなざしで、写真を見つめている。ほつれた髪が顔にかかっていて、ぼくは額からその髪を払ってやりたくて仕方なかった。「覚えてない」

「そりゃあ、そうさ。きみはこんなに小さかったんだから」

グレーシーがこちらを向くと、その目は悲しみに満ちていた。「そうじゃない。あたしは父の記憶がないって言っているの。父については、ママから一生分の思い出を聞かされている。パパがいたっていう記憶はあるけど、もう姿を見られないし、声も聞けない」顔をしかめて言った。「パパと話したことも思い出せない」

母の死という現実に直面したのはひどく辛いが、少なくともぼくにはいいことでも悪いことでも二十五年間の思い出があり、それでまえに進んでいける。それに、エイブとの思い出だって、簡単にいくつも甦ってくる。それなのに、グレーシーはちがうなんて、何とひどい話なのだろう。

「エイブはこんなふうに大きな声でよく笑っていた」ぼくは写真を見ながら言った。写真のエイブはぼくが覚えているエイブそのものだった——高い身長、広い胸、トレーニングのおかげで筋肉が盛りあがっている腕、顔の半分まで届きそうなほど大きく口を開けるので、白い歯が見える笑顔、魅力を増すだけの前歯の隙間。「エイブが笑うと、みんなが立ち止まって見るんだけど、そのひとたちもつられて笑っちゃうんだ。エイブは笑い声だけで、どんなに辛い状況のひとも笑わせることができたのさ」

ぼくは写真をめくりながら、グレーシーの強い視線を感じていた。

そして短パンとTシャツという格好で私道にしゃがんでぼくを抱きよせているエイブの写真が目に入ると、冷静な顔をしているのが難しくなった。ぼくはまだほんの子どもだった――マジックテープの付いた運動靴をはいているということは、まだ六歳か七歳だろう。唇に誇らしげな笑みを浮かべ、初めてバスケットボールでもらったトロフィーを両手で持ち、エイブに寄りかかっている。トロフィーはまだぼくの部屋の棚にある。ひじでうっかりトロフィーを倒して壊してしまった日のことを思い出し、頬がゆるんだ。ちょうどそのときエイブが家にきて、ごみ箱に捨てるためにばらばらになったトロフィーを持って、とぼとぼと階段から下りてくるぼくと鉢あわせした。エイブはぼくからトロフィーを取りあげて直し、もう二度と捨てようとしないと約束させた。これはぼくが初めて手にしたトロフィーで、どんなに年をとっても、特別なものでありつづけるのだからと。

「これ、あなたでしょ?」グレーシーが穏やかに訊いた。

ぼくはうなずいた。いまのぼくはあの頃より髪の色が濃くなっているが、ブルーの目は見間違えようがない。「きみのお父さんはバスケットボールが大好きだった。何年もぼくのコーチだったんだ」

「あたしにも教えようとしたけど、あたしは父を馬にして背中に乗ってばかりいたと、ママが言ってたわ。父はロデオ大会でやるへんてこな羊乗りコンテストにあたしを出そうとしたって」

「マトン・バスティングっていうんだ」ぼくはくすくす笑った。「きみがお父さんに馬乗りになっていたの、覚えているよ」四《よ》つんばいになったエイブの背中に縮れ毛のグレーシーがまたがってしっかりつかまり、目を大きく見開き、大喜びしてきゃっきゃと笑うのだ。

グレーシーはあごをしゃくって写真を示した。「あなたは父と一緒に過ごすことが多かったのね」

毎週、何時間も。何年も。

ぼくは胸にこみあげてきたものを呑みこみ、写真をめくっていった。

エイブと六人の男たちがバスケットボールのコートで一列になっている写真があった。みんな、髪が汗で顔に張りついている。エイブの右隣の男を見て——額が出ていて、目がくぼみ、エイブの肩に腕をだらりとかけている——見覚えがあることに気づいて、背筋に冷たいものが走った。

ドウェイン・マンティスだ。

ほかの男たちに見覚えはないが、もしかしたら会ったことがあるのかもしれない。男は年齢とともにかなり変わる。でも、マンティスは変わっていない。髪が薄くなって十キロ体重が増えたとしても、見間違えることはない。目のぎらつきが威圧的なのだ。マンティスの雰囲気をやわらげているのは、エイブの隣に立っていることで、思いきり笑っているということだけだった。

エイブとドウェイン・マンティスは友人だったのか。あるいは、少なくとも知りあいではあった。同じチームだったことは明らかだ。「おそらく、警察リーグのバスケットボール・チームじゃないかな」

「それなら筋が通る」グレーシーが渡してきたのは、新聞の切り抜きのコピーだ。二〇〇三年四月二十三日の記事だ。「同じ男でしょ?」白い小袋の山をまえにして誇らしげに立っている四人の警察官の写真のなかにいるマンティスを指さした。

「そうみたいだね」写真は不鮮明だが、この顔は見まがえようがない。ぼくはすばやく記事に目を通した。オースティンで有名な麻薬取締班が〈ラッキーナイン〉というモーテルで行った大がかりな手入れについて報じている。

パズルのピースが少しずつはまりだした。

これがジョージ・キャニングが熱心に話していた〝猟犬〟にちがいない。

ドウェイン・マンティスは猟犬の一匹だったのだ。

マンティスは現在オースティン市警の監察部長をつとめているが、サイラスによれば、監察部は最近になって警察官の容疑を晴らすために、証拠を捏造した疑いで調査されたという。

おそらく、ＦＢＩが捜査しているのはマンティスだろう。

もとの新聞記事の四挺の銃とともに押収されたドラッグのリスト——合計三キロのコカインとマリファナとメサドンだ——には誰かが記した丸が付いていた。そして、その下にはきれいな文字の書き込みがある。

〝ハーヴェイ・マクスウェル〟

ぼくは顔をしかめた。地区検事事務所で一緒に働いている〝マクスウェル〟だ。どうして、ここに彼の名前が記されているのだろう？

彼の名前の下には、さらに気になることが書かれていた。

〝九万八千ドル〟

「ちくしょう」思わず、口から滑りでた。

「偶然なんて言わないでよね、ノア。あなたが持ってきたのは九万八千ドルが入ったスポーツバッグ。十万ドルだったら、偶然だと信じたかもしれない。九万八千ドルじゃなければ」グレーシーは手入れが行われた日付がはっきり記されている部分を指で突いた。「父が死んだ十日まえで、父が死んだのと同じモーテルじゃなければ」

グレーシーが疑うのは当然だ。

マンティスのことを話すべきだろうか？

どうして、ダイナはこの記事を床下に隠しておいたのだろうか？

どうやって、母はこの金を手にしたのだろうか？

グレーシーは駐車場に目をやり、ピンクのカーネーションの花束を持った女性が幼い子どもを連れて病院へ向かうのを見つめた。「ママにはあたしに隠していることがあるんじゃないかって、ずっと思っていたの」

ぼくが思っていたことと同じだ。

ぼくは百人の手に渡されたかのようにすり切れ、しわが寄った写真が箱のなかに入っていることに気がついた。潑剌《はつらつ》とした若い頃のダイナで、青い背景のまえでポーズを取っている典型的な学校写真だ。「きみたちは目がよく似ているんだな」ぼくは何気なく言った。

「ええ、そうね。そりゃあ、そうでしょ」グレーシーは馬鹿にして言った。「ネックレスにハートの片割れが付いているのが見える？」

「見えるけど？」

「ママからは父にもらったものだと聞いていたの」

「それで？」

「ママがパパと出会ったのは十七歳のときよ」

「この写真はせいぜい十二、三歳だね」やっとグレーシーが言っている意味がわかった。

「そのとおり」グレーシーは頭をふった。「どうして、そんなくだらないネックレスのことで嘘をついたのかしら？」

「ほかのものと間違えたのかもしれないよ？」

「かもね」まったく納得していない。

「いちばん役に立つ情報を得るには……」写真を裏返し、右上に青いインクで記されている名前を見て、言葉が途切れた。

〝二〇〇二年、ベッツィー〟

「いちばん役に立つ情報を得るには？」グレーシーが先を促した。

「質問をすること」何とか細かい材料を理解しようとして、上の空で答えた。あの夜、母はベッツィーという名前を口にしていた。どうしてダイナの写真にその名前が記されているんだ？　ダイナには別名があったのか？　ベッツィーとは誰かと訊いたとき、母は何と答えた？　母がいちばん後悔しているのは――。

「ちょっと、やだ！」

ぼくの頭は細切れで入ってくる新しい情報でいっぱいになっていたが、グレーシーのあわてた声で現実に引き戻された。彼女は病院の玄関近くの歩道を見つめている。そこにはグレーシーが買った水色のパジャマを着たダイナがいて、痩せ細った自らの身体を抱きしめるようにして腕を巻きつけ、こそこそと周囲に目をやりながら急ぎ足で歩いていた。

どこから見ても脱走者だ。

「ここにいて」グレーシーは服も顔も脚も煤だらけのまま車から降りて、母親に向かって駆けだした。

19

エイブラハム・ウィルクス巡査
二〇〇三年四月二十一日

「ここ何日か、この辺をうろついて話を聞きまわっているだろう」男はタコのできた手で製氷機をなで、へこみに気づいて顔をしかめた。細い腰に工具ベルトが巻いてあるのを見ると、〈ラッキーナイン〉の修繕係か何かだろう。

「ええ、少女を探しています」もう五日間、勤務時間の前後や休みの日に探しているが、まったく手がかりはない。ここでも、ほかのモーテルでも、道ばたでも。ジャッキーの言っていたことが本当で、ベッツィーは見つけてほしくないのかもしれないと思いはじめてきた。「ここに長い時間いるんですか?」

「毎日な」男は頭をふり、製氷機の隣の自動販売機を機械油が染みついた手でこすりながら、どこかの馬鹿者について文句を言った。誰かが黒いスプレーで落書きをしたのだ。「おれがこんなことをしているところを母ちゃんに見つかったら、尻を叩かれたもんだ」

おれはにやりとした。「おれらの母親だって同じでしたよ」男の肌の色はおれより少し濃い。おそらく五十代前半で、薄っぺらな身体つきで、しわくちゃな作業服のたるんだ衿から見える首まわりは骨が突きでている。働き者にちがいない。目覚ましをかけなくても毎日同じ時間に起きて、三食とも変わりばえのしない缶詰や冷凍食品を食べて、もう直せなくなったときだけ新しいズボンや靴を買う人間だ。

「次に不良どもがこの機械をこじ開けようとしたときのために、母親をふたり見張りに立てるべきかもしれねえな」

「よくあるんですか？」

「近頃じゃ、ほぼ毎週だ。自販機の会社はおれに弁償しろと言うんだ」

「それは不公平だな」

「ここらで〝公平〟なんて言葉は使う気にもなれないね。だが、心配するな。ぜったいに捕まえるから。そんなに金が盗みたいなら、おれのポケットから盗ませてやる。いまに見てろ」

「気をつけてくださいよ。ニュースであなたのことを読みたくないから。警察を呼ぶのがいちばんです」

男は大笑いした。「警察がくるときは、自販機泥棒の件じゃないだろう」

そのとおりだ。おれは毎日〈ラッキーナイン〉に立ちよっている。目にする光景はいつも同じだ――人々がうつむいて車から部屋へ行き、また車に戻る。顔を見られたくないのだ。照明が少ない、このモーテルを構成する三棟の長方形の建物の外で長居するひとはほとんどいない。そして長居する人物に、おれは目を付けている。悪いこと、それもジュースや小銭を盗む以上のことを企んでいるやつらだからだ。「今度何かあったら、おれに電話してください。必ず、誰かを寄こすから」おれは男に名刺を渡した。

男は顔をあげて賢そうな茶色の目で、ジーンズとTシャツという格好のおれを眺めた。「で、誰を探してるんだ?」

おれは写真を掲げた。

男はじっくり見て――本当に協力したいかのように、これまで写真を見せた誰よりも真剣に見ていた――うなずいた。「一週間近く見てないな」

心臓がおかしな調子で打った。「知っているんですか?」

「知ってるわけじゃない。見たことがあるだけだ。きれいな子だったよ。A棟に泊まってた」あごで向かい側の建物を指した。

「いつまでいましたか？」

「さっきも言ったとおり、ここ一週間は見てない。ここいらはよく娘たちが出入りする。しょっちゅうな。この子がまた戻ってくるかどうかは知らんよ」

「また見かけたら、電話をしてくれますか？」

男は時間をかけ、まえかがみになって工具箱を取った。「この子はあんたの何なんだ？」

ふり払えない罪悪感に胃がきりきりと痛んだ。「もうずっとまえに、気にかけてやらなければならなかった子です」

20

グレース

「ママ、部屋から抜けだしたりして、何してるのよ！」

「グレース！　ああ、よかった。歩いて家へ帰ろうと思っていたところよ」母は興奮した目であたしを見た。考えも、行動も、要求も、すべてがドラッグを手に入れることに向けられているときに、数えきれないほど見てきた興奮した目じゃない。

この目はちがう。

もっと激しく興奮している。

「ここから家まで歩いたら一時間はかかるし、いまにも倒れそうじゃない！」母は背中を丸め、両腕で胸を抱え、顔は死人のように真っ青だ。「だいたい、帰っても何もないのよ。忘れたの？」

母はあたしの手首をつかんだ。「箱を取ってきてくれた？」

「ええ。でも――」

「よかった。早くここから出ないと」母があたしの腕を引っぱった。身体が弱っている女性にしては、意外と力が強い。それがアドレナリンか、不安のせいなのか、ただの狂気なのかはわからないけど、空いているほうの手で腕をつかまないと母を抑えることができなかった。

「だめよ。病室に戻って。そんなことをしたら、ドクター・コッパがもう助けてくれなくなる！」

「あたしの部屋にきたのよ！」母はそうささやいて、また駐車場を見まわした。

「そりゃあ、くるわよ！　主治医なんだから！」

「ちがう、彼じゃない！　彼よ！」

「誰？」

「警官よ。まえに会ったことはないけど、でも……」母は首をすくめ、頭を激しくふった。「でも、あれは彼よ！」

警官？　あの件と関わりがあるの？　ビルマは誰かが――たぶん、警官が――トレーラーパークにきたと話していた。警告テープは貼られていなかったから、具体的にはどんな目的できたのかはわからない。「逮捕するとか、何か言われたの？」できるだけ穏やかに訊いた。

「あたしを逮捕する……？」母は神経質そうな声で笑った。「そんなことができるなら ね」

「どういう意味？」

「もう何年もたっているのに、あいつらはまだあたしを監視してるのよ」母の顔の横を汗が流れ落ちた。

勘弁して。「薬を飲んだの？」こんなおかしなふるまいをしているのだから、薬を過剰摂取したにちがいない。

「えらそうにしないでよ、グレース。あたしがどんなふうに見えるかはわかっているけど、あなたにはわからないことだってあるんだから」

あの箱に入っているもののこととか？

母はまたこそこそと周囲を見まわした。「ここにはいられない」

「それじゃあ、どこへ行くつもり？　焼けたトレーラーハウス？　パジャマ姿で？」

数分で警察が捕まえにくるだろう。それが最善の策かもしれないけど。

どっしりとした足音がうしろから聞こえてきて、ママが目を丸くした。

「だいじょうぶかい？」ノアが穏やかに尋ねた。

ああ、もう。怒鳴りつけないように、唇を噛みしめた。「平気よ。車にいてと言ったでしょう」母はいまや何をしでかすかわからない。だから、ジャッキー・マーシャルの息子にだけは会わせたくなかったのだ。

「グレース、このひとは誰？」ドラッグをやるためだったら、どんな恥ずかしいことでもするくせに、過剰摂取後のきっとドラッグをやめられると自分に言い聞かせている短い期間は、ドラッグに依存していることが気まずいのだ。誰にも知られたくないのだ。

「友だちよ。マイク」警告するように、ノアをにらみつけた。母はノアが痩せっぽちだった十一歳の頃から会っていない。あの印象的なブルーの目を除けば面影はなく、その目はいまサングラスで隠れている。「車で待っててよ。ママを病室に連れていったら、すぐに行くから」

「病院には戻らないわ。出ていかないと。ここは安全じゃないから」

「手を貸しましょう」ノアが手を伸ばすと、母はたじろいだ。ノアは降参の印に両手をあげた。

　野次馬が集まりはじめている。そのうち誰かがやってきてよけいなことをすれば、母はますます興奮するだろう。「これはあたしの問題だから。あたしが何とかする」

あたしはノアに頼みこんだ。「とにかく、向こうへ行って。お願い、お願いよ」

ノアの口もとがこわばった。「ごめんよ、グレーシー。でも、だめだ。どこへも行かない」

彼はサングラスをはずした。

21

ノア・マーシャル

ぼくが知っていたダイナ・ウィルクスは死んだとグレーシーは言っていたが、ぼくは納得しなかった。

納得できなかったのだ。

ぼくはすでに多くのものを失っていたからだ——初めがエイブで、次が母。この痩せ細って怯《おび》えている女性が幸せだった頃の記憶は何年もぼくの心の奥底に追いやられていたかもしれないが、それでもダイナはまだそこに、懐かしいぼくの思い出のなかに存在している。エイブの好物のパイをつくるために、やさしい声で歌いながら熟したチェリーを選んでいたり、膝のすり傷に息を吹きかけながらぼくの涙をぬぐってくれたり、通りすがりに愛情をこめて髪をくしゃくしゃとしてくれたりした女性として。

母は仕事のことで頭がいっぱいになるときが多く、いろいろな意味で、ぼくにとってダイナは第二の母のような存在だったのだ。

きのう、ダイナはソファで意識を失っており、助けなければならない対象だった。でも、きちんと意識があるグリーンの目で――グレーシーほど鮮やかではないが、それでもきれいだ――見つめられると、子ども時代の記憶が残らず甦ってきた。

だが、その目はいま不安と不信にあふれている。痛みと苦しみに。エイブの身に起きた何かを知りながら、誰にも――娘にさえ――話さなかった十四年間に。なぜなら、いま中身を見たばかりのあの箱に入っていたものが、エイブの死に関するすべてではないからだ。

ぼくは金が入ったスポーツバッグを渡すためだと自分に言い聞かせて、トゥーソンへやってきた。母はすっかり混乱して自殺願望にとらわれてしまっただけなのだと自分を納得させようとして。だが、心の底では、サイラスとキャニングがあの夜に起きたことについてどんなに確信していようとも、エイブの死にまつわる疑問を消せるはずがないと、ずっとわかっていた。

母はその秘密を抱えた結果、自ら死を選んだ。

このままでは、ダイナも母と同じ運命をたどってしまう。ダイナが死んだりしたら、それはぼくの責任でもあるのではないだろうか？

ぼくはダイナがあまりひどい状態ではなく、愛情をたっぷり注いでくれた少年の面影を見つけてくれることを祈りながら、彼女を見つめた。「ダイナ、もうひとりで背負わなくていいから」

「ああ！　何てこと！」ダイナが膝から崩れ落ちた。

ぼくは駆けより、ダイナが歩道に倒れるまえに、腕の下に手を差しこんで痩せ細った身体をつかまえた。

ダイナは動揺した目でぼくの顔を見つめている。「ノア、あなたなの？　あなたなの……」冷たい手がぼくの腕をさする。握りしめる力がないのだ。

「ぼくだよ」胸がつまった。

「きてくれたのね」

「うん」

荒れた唇から小さな喘ぎ声がもれた。「あたしを黙らせるためにきたの？　あたしは何もしゃべってない。本当よ！」

何だって？「ダイナ、ぼくだよ。ノアだ。あなたを助けにきたんだ」

「ノアはきのうきたの」グレーシーは口もとを引き締め、怒りで目をぎらぎらと光らせながら、仕方なく認めた。「ノアがトレーラーハウスからママを運びだしてくれたのよ」

涙が頬を転がり落ちると、ダイナはぼくの頬をなで、指先で無精ひげに触れた。

「お母さんそっくり」辛そうな顔を見ていると、それがよいことなのか、悪いことなのかわからなかった。

母さんはどうしてダイナをこんな目にあわせることができたのだろう？

ぼくはきつく目を閉じて、湧きあがってきた怒りをこらえた。そして目を開けると、ダイナはまだぼくを見つめ、恐れてさえいるようだった。

「ノア、お母さんから何を聞いたの？　エイブのことよ。ジャッキーは何があったのか、知っていたんでしょう？」ダイナはおそらくすでに知っていることを聞こうとして、必死な顔で頼んだ。

ぼくは口ごもった。

十四年間、エイブは思い出だけの存在だった。人生の教訓。とてもよいことを教えてくれたひとであり、やったとされることで、とても悪いことを教えてくれたひとだった。

それがいま、ぼくは十四年まえに誰かに言ってほしくて仕方なかった言葉を言えずにいる。エイブは無実かもしれないと。

「ノア、お願い」

「エイブは罠にはめられた。罪を犯したように仕立てられた、と」ああ、言ってしまった。もう引き返せない。呼吸が荒くなり、息を大きく吐きだした。

「何ですって?」グレーシーの顔が真っ青になった。ぼくに頬を叩かれても、こんなに動揺しないだろう。「あたしには……あたしに嘘をついたの?」

ダイナがぼくの肩をつかんで、自分に注意を戻した。「また、あのひとたちがあたしを追ってきたということは、ジャッキーが何か言ったにちがいないのよ。お母さんは何を話したの?」

「誰が追ってきたの?」

ダイナは唇を噛んで、目をそらした。「あのひとじゃなかった。でも……あのひとだったのよ」小声で言った。

「ダイナ、誰のこと?」

彼女はまた目をそらした。「ノア、彼はどうしてまたあたしを追ってきたの? こんな遠くまで。ビデオなんて持ってないって言ったのに」

「誰も追ってきていませんよ」高まりつつあるダイナの動揺を抑えるためにできるだけやさしく言いながら、とりとめのない言葉を整理しようとした。

どうやら、誰かがビデオを探していて、その人物はダイナが持っている可能性があると考えているらしい。

そのビデオというのは何だ？　誰かにとって見られたくないものが映っているのか？

ダイナの反応を見ていると、まったくの勘でしかないが、ビデオを探している男は、最初にさりげないとは言えない方法でダイナに確かめたのだろう。

そのビデオはエイブが持っていたのだろうか？　殺されなければならないほど、深刻な内容だったのか？

「病院の部屋には戻らないから」ダイナが小さく頭をふると、こしのない髪が揺れた。

「あそこにいたら、いいカモよ。ぜったいに、あのひとだった。あのひとは――」

「わかりました。どこか安全で落ち着いて話せる場所へ連れていきます。一緒に考えましょう」

「いや。あなたには話せない。言われたのよ。もし、また誰かに話したら――」

「ダイナ、誰も何もしないから」ぼくは彼女の手を両手で握った。「もう、ひとりで抱えこまなくていい」

その言葉で、ダイナは少し落ち着いたようだった。

ぼくはできるかぎりそっとダイナを抱きあげて車に運んだ。ダイナはとても小さくて、腕のなかには痩せた手足しかないようだった。

「ノア!」腕に爪が食いこむほど強く握って、グレーシーが小声で言った。「退院なんて無理よ! ママを見て! 薬を与えなきゃ、今夜にはまたヘロインを欲しがるわ」

「それなら医師を探して、必要な薬を処方してもらえばいい」ぼくは歩きつづけた。

「あなた、自分がどういうものに立ち向かっているのか、ぜんぜんわかってないのよ」

「きみの言うとおりだ。確かに、ぼくはわかっていない。でも、きみだってそうだろう」ぼくは車の鍵を開けて、後部座席のドアを開け、ダイナを乗せた。ダイナは隣に片目の犬がすわっているのを見て、たいそう驚いた。「しっかりつかまっていて。モーテルへは五分で着くから」ぼくはドアを閉め、とにかくここを出て、誰もいない自分たちの部屋でグレーシーの癇癪に対処するつもりで、運転席へ向かった。

だが、グレーシーは驚くほどの力で、ぼくを車のうしろに押しつけた。「ママをさらっていくのも、嘘をつくのも、主導権を握るのもやめて!」小さな拳で、ぼくの胸を叩きはじめた。

「グレーシー、ここではやめよう」

「あら、ここでよ、ノア。本当のことを知りたいの！」グレーシーはささやいた。「何が本当なのかなんて、ぼくにもわからない。嘘じゃない」

「知ってるのに、あたしに話してないことが山ほどあるじゃない！」涙をこらえている目がきらきらと光っている。グレーシーは猛烈に腹を立てており、そんな彼女を抱きあげて助手席に放りこむのが得策とは思えない。

「わかった。話すよ」ぼくは声をひそめた。「自殺した夜、母は泥酔していて、エイブは罠にはめられたんだとか、彼はいいひとだったとか、きみにそのことを知らせてほしいとか、意味のわからないことをいろいろとつぶやいていた」

「あたしが訊いたとき、どうしてそう言ってくれなかったの？」

「何が本当なのかわからないし、きみに期待させたくなかった。それに、もうどうしようもないことだから」

「そんなの、誰にわかるのよ」

「伯父に、地区主席検事をつとめる伯父に、そう言われたんだ」

「ちょうどいいじゃない！　おじさんが地区主席検事なら、警察に証拠を調べ直させることができるでしょう？」

「そこが問題なんだ。調べ直すべき証拠がひとつも残っていないんだよ！」証拠が誤って処分されてしまったことを、手短に説明した。

説明が終わると、グレーシーの頬には怒りの涙がこぼれていた。ぼくは涙をぬぐおうとして手を伸ばしたが、ふり払われた。

「悪かった。きみに話したら、もっと辛い思いをさせると思ったんだ」

グレーシーは乱暴に涙をぬぐった。そして、ぼくから後ずさった。「ドクター・コッパに何かいい方法がないか訊いてくるわ」グレーシーの声は冷ややかで、顔には仮面をかぶり、激しい怒りを隠していた。

痛みも。

グレーシーが病院の入口へ歩いていくのを見送りながら、彼女との溝が深くなったのを感じていた。もう一度グレーシーの信頼を取り戻すのは至難の業だろう。でも、いまはそんなことを気に病んではいられない。

ダイナが知っていることを聞きださなければならないのだから。

22

グレース

ノアのＳＵＶ車がスピード防止帯を越えてモーテルの駐車場に入り、あたしは助手席で身体を揺さぶられた。「犬を連れて入ると、追加料金がかかるのか訊いてくる。いずれにしても、部屋までは抱いて入らないといけないだろうな」

「この子がひとに抱かれる犬に見える？」あたしは鋭く言い返した。助手席に乗りこんでから、ひと言も口を利いていなかった。ノアが言った言葉をすべて思い返し、作り話から事実を抜きだすのに忙しかったからだ。ノアはほかに何を隠しているのだろう？　ほかにどんな嘘をついているのだろう？

ノアはため息をついた。「自由に走りまわらせるわけにはいかないよ。サイクロプスを見たら、みんなぎょっとするだろうし、ほかのモーテルを探すはめにはなりたくない」

「この子に犬を押しつけられたの？」母が後部座席から訊いた。母もほとんど口を利いていなかったが、それがノアと再会した動揺のせいなのか、おそらくはひどく苦しんでいる吐き気のせいなのか、それともあたしたちを包んでいる、息がつまるような重苦しい緊張感のせいなのかはわからない。

「いいえ、あなたのお隣さんです。こいつが動物管理局に追われていたので」

「ビルマ？」

「はい。ぼくはお年寄りに弱いので、断れなくて」

「もちろん、あなたはそうよね」珍しく、母の声がうれしそうだ。意外でも何でもない。ノアはいかにもテキサスの男らしい魅力を放っている。そんな彼を見たら、母は動揺するのではないかと思っていたけれど、いま母はほほ笑んでいる。それに、病院の入口で見つけたときより、かなり落ち着いてきた。

サイクロプスが興奮して吠えた。

「ノアはサイクロプスを引き取るって言っていたのよ。野良犬が大好きなんだって」

あわてさせるつもりで言ったのに、ノアは笑うだけだった。

「すぐに部屋に行くから」ノアは黒いスポーツバッグをあごでしゃくった。「持っていこうか？」

「そうして」お金と一緒に、金属の箱もあそこに入れたのだろう。

あたしはモーテルのロビーへ大きな足取りで歩いていく、細いけれど力強い身体を見つめながら、ノアがスポーツバッグを持って逃げだしはしないだろうかと考えた。あり得ない……ノアは逃げるような男じゃない。

あたしもだ。

あたしは二日続けて煤だらけの格好で、薬の入った袋を片手で持って、助手席から降りた。ドクター・コッパは母が薬物中毒の解毒に入って一日も持たなかったことで心配していた。だが〝友人〟の経済的な援助を得られたおかげでデザート・オークスに入所できることになったと告げると、あたしに電話をかけさせて明日の朝からの入所を確認させてから、それまで母が禁断症状を乗り切れるように薬を出してくれた。もちろん、あたしが話したのは嘘だ。出所を知ってしまった以上、あのお金は使えない。

それでも、とりあえず今夜は最悪の禁断症状は抑えられる。

でも、そのあとはどうしよう。あたしは病院を訪ねてきたという警察官について、看護師たちに訊いてみた。きょうの午後、ダイナ・リチャーズを訪ねてきたひとは——とりわけ警察官などは——ひとりもいなかったと、看護師たちは断言した。目のまえで面会記録簿さえ確認してくれたのだ。

ということは、母が嘘をついているか、あるいは妄想を抱いているかだ。

あるいは、病院が嘘をついているか。

それとも誰かがこっそり病室に入って、母が逃げるよう脅したのか。ノアの言うとおりだ——いったい何を相手にしているのか、まったくわからない。


「後悔させせないでよね」あたしは釘《くぎ》を刺してから、モーテルの部屋でサイクロプスを放した。意外なことに、サイクロプスはおとなしく抱かれて二階まであがってきたのだ。サイクロプスはすぐに床に鼻をつけると、部屋の四隅のにおいを嗅ぎはじめた。おしっこまでしないといいのだけれど。

母は眠そうな様子でベッド、テレビ、カーテンと視線を移していき、照明の光をまともに見て目をつぶった。病院のベッドから逃げだすためにふり絞った力が何だったにせよ、もうとっくになくなっている。青白い額にはうっすらと汗をかいていた。

「ゆうべに、ここに泊まったの？」

「そうよ」

母はベッドカバーをなでた。「ノアと？」

「彼は隣の部屋よ」

「少なくとも、ジャッキーがノアを立派に育ててくれたことはうれしいわ」フレームが四十五キロの体重を支えられないかもしれないと心配しているかのように、母はそっとベッドに腰かけた。「ここはいいわね。静かで」

「はい。水を飲んで」

母は震える手でペットボトルを受け取った。「あなたが帰ったあと、同じ病棟に女が入ってきたのよ。すごく興奮していてね」

「きっと、過剰摂取が初めてだったのよ」ドラッグを打てない悪夢のような長時間を初めて過ごすうえに、どんな身体的な禁断症状よりも辛い経験をするのだ。母が初めてヘロインを過剰摂取して入院したとき、一緒に同じことを経験したからわかる。廊下の奥で母が泣き叫ぶ声を聞いていたのだ。

いまになって、あのとき見ていた悪夢のなかで、母が何と叫んでいたのかがわかる。

十四年だ。

あたしが父の広い背中に抱きついてから、父がおやすみのキスをしてくれてから、十四年がたった。

父が銃で撃たれて殺され、犯罪者と呼ばれるようになってから、十四年。

あたしの人生がひっくり返ってから、十四年。

そしていま、あたしの人生はまたこの二十四時間でひっくり返っている。

母に……残らずすべてのことを問いつめたいけれど、すぐに寝かせないと、数分もしないうちに吐いてしまうだろう。あたしはもう自分の全財産はこれしかないのだと思いながら、ハンドバッグをドレッサーに放った。「少し休んで」

「あの箱はどこ？」

「だいじょうぶだから」

母は身体を折りたたむようにしてベッドに入った。「ここに持ってきて。お願い」

母の声の何かに、頼みをはねつけるのを思いとどまった。あたしはお金を母に見られないよう気をつけながら、スポーツバッグから箱を取りだしてナイトテーブルに置いた。

母は長いこと箱を見つめていた。「開けたのね」

「当然でしょ」

母が怒りを爆発させて怒鳴りつけるものだと思っていた。けれども、母の顔に浮かんだのはあきらめと疲れで、あたしは不意を突かれた。

「なかに入っているのは、パパに関係するものなの？」

「全部、パパに関係するものよ。ずっと、そう」母はささやくような声で答えると、箱のふたを開けて、なかを探った。「もう、あたしが持っているものなんて少ししかない。この箱だけ。あと、あなたね」私道でノアと父を写した写真を手にして、ノアの顔を親指でなでた。「あと、ノアも」悲しげにほほ笑んだ。「ノアのこと、覚えてる？」

「ほとんど覚えてない」

「あの子はいい子だった」口もとに切なそうな笑みが浮かんだが、すぐに消えた。「パパを失ったとき、ノアも失ったの」母は写真をゆっくりと箱に戻し、ふたを閉めた。「あの子があたしたちを探しにくるんじゃないかと思ってた」

「ジャッキーが住所を教えたのよ。彼女に言われて、ここにきたの」

「あの子はパパに起きたこととは何も関係ないの」母は目を閉じた。「だから、辛くあたらないで。きっと、とても傷ついているから」

母の態度はジャッキー・マーシャルが死んだと言ったときとは、まったく異なっていた。あのときはドラッグでぼうっとしていて、息子がキッチンで母親の遺体を見つけたというのに、これっぽっちも同情を見せなかった。

「グレース、あなたがあたしをどう思っているのか、わかってるわ。でも、何もかも話したら、あなただってわかってくれるはず……あたしのことを……」母の言葉が途切れがちになってきた。おそらく、モーテルにくる途中で飲んだ吐き気止めの薬のせいだ。ここまで弱っているときに飲むと、いつも眠気に襲われるのだ。「もしかしたら、それほどあたしが憎くなくなるかもしれない」

「憎んでなんかいない」何かが胸にこみあげてきた。「でも、もういや。毎日トレーラーハウスのドアを開けるたびに、きょうこそ、とうとうママが死んでいるんじゃないかって思うのなんて耐えられない。娘にとって、それがどんなことかわかる？」

母は黙って涙を流した。

そして数分後、母は眠りに落ちた。

あたしにはいくつもの疑問が残った。

コネクティングドアを開けると、ノアの部屋のほうのドアはすでに開いていた。ノアは脚を伸ばして椅子にすわり、難しい顔で手にした紙を読んでいたが、隅に置いたバックパックのにおいを嗅いでいるサイクロプスに視線を向けた。「ダイナの具合はどう？」心から心配している声に、怒りをかき立てようとしていた心が引き戻された。

「寝たわ」

「病院にいたときも、あまり調子がよさそうじゃなかった」ノアはあたしの頭のてっぺんから足先までをじろじろと見た。煤だらけで、シャワーを浴びたほうがいいのはわかっている。

でも、まずは答えだ。

「ノア、全部話して。ひとつ残らず」

「ジャッキーが、ベッツィーの名前を出したの？」

ノアは真剣な顔でうなずいた。「母さんが流しで燃やした紙と関係あると思う。少しだけ燃え残っていて、日付が見えたんだ。二〇〇三年の四月だった。正確な日にちは思い出せないけど、エイブが死んだ日とあまり離れていなかった」

〝ジャッキー・マーシャルが隠していた疑わしいこと〟というリストに入れることになるだろう。そのリストは着々と増えつつある。「でも、どうしてママの学校写真の裏に〝二〇〇二年、ベッツィー〟なんて書いてあったのかしら？」

「あれは、きみのお母さんじゃないと思う」

「まさか。この子を見てよ」あたしは強調するために、写真を掲げた。

「学校写真の裏に名前と日付を書くのは、成長を追うためだ。きみのお母さんは二〇〇二年には二十代半ばだった。その少女は若すぎる」

あたしはあどけなさの残る顔をじっくり見て、ドラッグのせいで美しさが損なわれ、急に年をとりはじめるまえの、記憶のなかの母の姿と比べた。同じ目、同じ色の髪、同じあご。写真の少女のほうが鼻が小さく、頬がふっくらしているけれど、この年の女の子にはよくあることだ。「それじゃあ、この子は誰なの？」

「ダイナが教えてくれるといいんだけど」ノアが自分の手に視線を落とした。とてつもない重荷を背負っているかのように、背中を丸めている。ずっとこんな調子だったろうか？　自分の問題で頭がいっぱいで、あたしが気づかなかっただけだろうか？

「トレーラーハウスに住んでいたとき、ダイナは箱について何も言わなかったのかい？　何が入っているとか」

「役に立つことは何も言わなかったけど、すぐに目が覚めると思うから。ドラッグを抜いているときは、長く眠れないのよ」

ノアはため息をつき、新聞記事のコピーを横のベッドに置いた。「オースティンに戻ったら、この手入れについて何かわからないか調べてみるよ。ハーヴィー・マクスウェルは伯父の事務所の検事補なんだ」

「やましいことがあっても、そのひとが本当のことを話すと思う？」

「この件については、きちんと説明がつくはずだ」ノアは不安そうに額にしわを寄せて言った。

どちらかといえば、きちんと説明がついてほしいと祈っているみたいだ。このマクスウェルという男が好きなのだろう。

「きちんと説明がつくっていうのは、あなたのお母さんがパパのホルスターを持っていたことにも、きちんとした理由があるっていうこと？」

ノアはうなだれた。

この件については、ノアが悪いわけじゃない。あたしは自分に言い聞かせた。

「オースティンにはいつ戻るの？」さっきより穏やかな口調で訊いた。

「わからない。だけど近いうちには」

嘘をつかれたり、はぐらかされたりしたにもかかわらず、あたしはがっかりして胸が痛んだ。その気持ちを追い払うために、見覚えがあったにもかかわらず、あたしには教えてくれなかった額が出ている斜視の男の写真をじっと見つめた。

きょうママが病院を抜けださなかったら、ノアはいつまで黙っているつもりだったんだろう。

ノアは手首の革バンドをいじっている。「ぼくたちにはピザ、ダイナにはスープを買ってくるよ」

あたしは鼻を鳴らした。「ママにちゃんと食べさせられるよう幸運を祈ってるわ」

「食べさせないと。あと、あいつの食べ物もいるな」ノアはベッドでくつろぎ、うしろ足で忙《せわ》しなく体をかいているサイクロプスをにらみつけた。ベッドカバーは煤で汚れた足跡だらけだ。

あたしはため息をついた。「ねえ、出かけるまえに手伝ってほしいことがあるの」

「何を？」

「あなたがやりたくないこと……」


半分まで湯がたまった浴槽を見て、ノアは顔をしかめた。「犬用シャンプーを使うほうがいいんじゃない？」

「持ってるの？」

「買えばいい」

「理由をつけてやめようとしても無駄よ。ママが目を覚ましたとき、あなたはここにいないといけないんだから。ママが話す気になるときなんて、ほんの少ししかないのよ」棚にあったタオルを一枚つかんだ。「ちゃんと押さえてて」

ノアは大きくため息をつくと、Tシャツを頭から脱いでカウンターに放った。

あたしは裸の胸をまじまじと見た。「何をしているの？　あたしはサイクロプスを押さえててと言っただけで、一緒に入れなんて言ってないわよ！」

「あいつがおとなしくしていると思うのかい？　シャツはもうあれしか残っていないんだ」

「あ、そう。お好きなように」きのう、まさにこの場所で裸だったノアを思い出し、顔が熱くなるのを感じて、目をそらした。「サイクロプス、おいで！」口笛を吹いた。

みすぼらしい犬が何も知らずにバスルームへ駆けてきた。

「ビルマが狂犬病だと言っていたのが間違っているといいけど」あたしはぶつぶつ言いながら、サイクロプスを浴槽に入れた。

ノアは小声で毒づきながら、あたしの隣に膝をつき、サイクロプスの痩せた体をつかんだ。サイクロプスが低い声で唸りながら体をよじると、ノアの腕が緊張して筋肉が盛りあがった。

「静かにしなさい。スリーピーホローに返されたくないなら」あたしは鋭い声で叱った。

サイクロプスは決しておとなしい犬ではないけれど、言葉を理解したかのように、唸るのをやめた。

湯と石鹸でサイクロプスの体を流すと、煤と、濡れた犬と、知らないほうが幸せなものが混じりあった悪臭が放たれた。「くっさい」

「ああ」ノアもしかめ面で同意した。

あたしは鼻で息をしないようにして、目をそらした。すると隣にいるノアの裸の肩に視線がいき、筋肉の輪郭に沿った細くて白い傷が目に入った。サイクロプスくらいの犬の口が、こんな肩に食いつけるとは思えなかったけれど、子どもの頃のノアが痩せっぽちだったことは、写真で見てわかった。

それでも、ノアはこうして嫌々ながらも、あまり文句を言わずに手伝ってくれている。

「ありがとう」

「こいつがぼくのベッドを使う気でいるなら、こうするしかないだろう?」

「ありがとう。この子をあそこから連れだしてくれて」ここのところ、ノアに何度もこの言葉を言っている気がするけれど、それでもまだ言い足りない。

ノアの目がこちらに向けられた。近くで見るとますます魅力的で、猛烈に暑い日の冷たいプールのように、あたしをどうしようもなく惹きつける青い万華鏡みたいな目だった。「きみのお隣さんも怖かったしね。ほとんど脅されたようなものだ」

「強い風が吹いたら骨が折れそうなほど萎《しな》びた、英語も話せない九十歳のおばあさんに脅されたって言うの？　いったい、どうやって？」

ノアは口もとをゆるめて、茶目っ気たっぷりに笑った。「すごく説得力があった」

「でしょうね」ノアのような体格の男と真っ向から勝負しているビルマを想像して、思わず笑った。「それはともかく……捕まっていたら、サイクロプスは殺されていた。だから、ありがとう」

ノアがあたしの唇を見た。「そうなったら、きみが悲しむだろうと思った」彼の声はやさしくて深く、あたしは心の奥をかき乱された。

「そうね」悲しむどころではない。もしノアが何もせずに放っていたら、子どもの頃に野良犬に嚙まれたことがあったにしても、彼を許せなかったかもしれない。

サイクロプスがもがきはじめた。

「汚い犬だな」ノアはサイクロプスを押さえながら、黒く濁った湯を見て、鼻にしわを寄せた。

「たぶん、お風呂に入ったのは……生まれて初めてでしょうね」笑いながらサイクロプスの首と背中をこすると、どうしてもノアの手に触れずにはいられなかった。そして、ひそかに彼の手の感触を楽しんだ。「さあ、泡を流さないと」浴槽の栓を抜いて、シャワーを手にした。

ノアは何とか体をつかまえていたが、十秒もすると、サイクロプスは唸って体をひねり、ノアの手首に嚙みつこうとした。ノアは毒づき、逃げようとして尻もちをついた。するとサイクロプスは浴槽から飛びだし、あたしを押しのけ、びしょ濡れのまま猛烈な勢いでバスルームから逃げていった。

あたしはよろけて、手足を広げてすわりこんでいたノアのうえに倒れこんだ。

「最高だ」ノアはぽつりと言い、頭をタイルにぶつけた。

「嚙まれた？」ノアは手首の傷を調べているけれど、あたしは両手に触れている彼の素肌の滑らかさと熱さを感じていた。

「切れてはいない。あれは警告だな……」ノアはため息をついた。「グレーシー、時間がかかりすぎだよ」

どういうわけか、あたしは吹きだしてしまった——腹の底から笑いがこみあげてきて、全身を震わせて笑いだした。身体を起こしてノアから離れるべきだとはわかっていたけれど、動けなかった——笑いすぎて。

あたしを見たノアの表情からは考えを読めなかった。

「何よ」心臓が激しく打ちはじめた。

「別に。ただ……」言葉が途切れ、ノアが言おうとしていた言葉を呑みこんだのがわかった。「どっちが汚いか考えていたんだ——きみか、あの野良犬かって」

あたしはノアのわき腹にひじ打ちをくらわせて、彼の身体から転がりおりた。

「ママ、ちゃんと食べないと」あたしはチキンスープの入ったボウルを母の隣にあるナイトテーブルに置いた。

母は鼻にしわを寄せて拒んだ。「何のにおいを嗅いでも吐き気がするのよ。あのピザだって……」とりあえず、顔には血の気が戻っていたが、母が大げさに言っているのではないことはわかっていた。とはいえ、少なくともいまは、最も激しかったヘロインの影響が消えはじめ、その揺り戻しで禁断症状がはじまるまえの幸せな中休みなのだ。

ノアはすぐに立ちあがり、厄介なにおいが染みついた彼の部屋に続くドアを閉めた。「グレーシーの言うとおりですよ。この薬以外にも身体に何か入れないと。そんなことだから力が出ないんです」

ノアが戻ってきてベッドのはしに腰かけると、ダイナは弱々しくほほ笑んだ。「まだグレーシーって呼んでいるのね」

ノアはボウルとスプーンを持った。「その呼び方しか知らないから」

「エイブもそう呼んでたわ。グレーシーとか……グレーシー・メイって……」

ノアはスプーンでスープをすくって、ゆっくりとダイナの口に運んだ。「あなたがこんなふうにグレーシーに食べさせていたのを覚えていますよ」

ダイナはわずかに顔をしかめたが、スープを飲みこんだ。「本当に？」

ノアは口をゆがめて、少年のように笑った。「ぼくが横で変な顔をすると、グレーシーが大喜びしてあなたの手をふり払ったっけ」

「この子の食べ物が壁じゅうに飛んで。あたしがかんかんに怒ったわね」めったに聞くことのない母の笑い声に胸がつまった。「でも、あなたを叱る気にはなれなかった」

ノアはもうひと口、母にスープを飲ませた。そして母親思いの息子のように、もうひと口、もうひと口とスープを飲ませながら、母と一緒に思い出にふけった。裏庭でしたバーベキュー、よくやっていたゲーム。そして、オムツだけをつけたあたしがお尻をふり、頭のうえに伸ばした手もふりながら踊ると、父が決まって笑い転げていたこと。あたしは黙って聞きながら、ふたりをじっと見つめていた。

けれども父の話が出たことで、また部屋のなかに緊張感が漂いはじめ、ヘビに巻きつかれた獲物が少しずつ締めあげられていくように、あたしはほかのことを考えられなくなった。

母も同じように感じているみたいだった。ノアの顔を見つめる、辛そうな目を見ればわかる。そして、ノアは黙ったますわり、下唇を噛んでいた。母に無理強いするのが急に怖くなったかのように、じっと待っている。

でも、あたしは怖くない。母がジャッキーを非難していた証拠を何年も待ってきたのだから。「ママ、あたしたちに隠していることを教えて。いますぐ。まともでいられるうちに」母の注意が散漫になるまでに、ずっと隠してきた筋書きを話すことより吐き気を抑えることに気を取られるまでにどのくらい時間があるだろう？　十分？それとも三十分？

母は膝のうえできつく組みあわせている手をじっと見つめた。「どこから話したらいいのか」

あたしは金属の箱を開けて、ひとつ目の謎を取りだした。母ではないかもしれない、母の写真だ。それを母に渡した。

ダイナは写真を見て、弱々しくほほ笑んだ。「ここからはじめるのがよさそうね」

母は散り散りになっていた考えをまとめているようだった。意識ははっきりしていても、体調がよくないことを肝に銘じておかなければ。

「あなたのおばあちゃんに初めてパパを紹介したとき、あたしはもうあなたを妊娠して六カ月になっていた。そうしたら、おばあちゃんがテキサスからアリゾナにこいって言ったの。あなたが生まれるまえに、ブライアンと一緒にエイブに会いたいって」

あたしも母の義父ブライアンと会ったことがあると言われたけれど、あたしは小さすぎて記憶がない。あたしたちがトゥーソンに引っ越してくる一年まえに、おばあちゃんはブライアンを追いだしたのだ。でも、あたしは祖母のあからさまな話を耳にしていたので、決して仲がいいまま別れたわけではないことは想像できた。

「それで、あたしたちはクリスマスにここにきた。おばあちゃんはあたしたちにトレーラーハウスに泊まるよう言い張った。あたしたちはみんなで泊まったの——エイブとあたしが同じ部屋、おばあちゃんとブライアンがもうひとつの部屋……」母は指で写真をなぞった。「それから、ベッツィーはソファで寝た」

ノアの言うとおりだ。

「ベッツィーはあたしの妹。というか、異父妹ね」母は言い直した。「あたしが十歳のとき、おばあちゃんとブライアンのあいだにベッツィーが生まれたわけ」

あたしは口をぽかんと開けて聞いていた。「どうしてあたしは会ったことがないの？　話を聞いたことだってなかったわ」

「会ったことはあるのよ。あなたが三歳のとき、トゥーソンにきたから」

あたしは黙ったまま、この初めて知った衝撃的な話を何とか理解しようとした。自分が生まれるまえの親を、それぞれの人生を生きてきた——個性を持っている——ひとりの人間として想像することは難しいが、聞いたことのない妹がいるとなると……。

「ベッツィーはどうしたの？　ブライアンと一緒に家を出ていったの？」

母は唾を飲みこみ、頭をふった。

もうひとつの可能性が頭に浮かんだ。「死んだのね」

「わからない。いま頃はもう死んでいるのかも」母はもう一度写真をじっくり見た。「ベッツィーは十四歳のときに家出したの。おばあちゃんが書き置きを手にしたまま、あわてふためいて電話してきたわ。あなたのパパは車に飛び乗って、夜の町を探してくれた。ベッツィーの友だちを問いつめて、あの子が年上の男と会っていたことを突き止めた。ベッツィーに服とかいろいろなものを買ってくれて、もっといい生活をさせてやると約束していたらしいわ。

エイブは何日も探してくれたけど、ベッツィーは見つからなかった。さらわれた日に街の外へ連れていかれたんだろうと、エイブは考えていた。その手のことって、そういうものだったから。まだ若い子を夜中にさらうわけ」

「その手のこと？　どういうこと？」

「人身売買よ。崩壊した家庭から若い女の子たちを連れだして、売春を強要するわけ。ベッツィーはきっとさらわれて売り飛ばされたの」感情が抑えられなくなった母の声はかすれていた。

そんなことがあったなんて。「それっきり、ベッツィーからは連絡がないの？」

母はもう一度重々しく首をふると、目に涙を浮かべた。「エイブはベッツィーの身に起きたことに責任を感じていた。兆候に気づくべきだったって。エイブは初めて会った瞬間から、ブライアンが嫌いだった。あたしが黒人と結婚することについて文句を言ったからだろうと思っていたわ。でも、エイブはそうじゃないと言ったの。ブライアンは愚かで失礼な男だったし、エイブもそんな理由だろうと思っていた。でも、なぜかわからないけど、エイブはブライアンを気に入らなかった。誰に対してもいいところを見つけるひとだったのに。とにかく、それであたしたちはトゥーソンにこなくなった――」

「ちょっと待って。〝兆候に気づくべきだった〟ってどういうこと？」あたしは口をはさんだ。

母が言いよどんだ。「ブライアンはベッツィーを虐待していたの。身体に触ったりして」

胃が腹の底まで落ちた気がした。「あたしたちのトレーラーハウスで？　あたしの部屋で？」あまりの嫌悪に顔をしかめた。「それなのに、おばあちゃんは気づかなかったの？」

「そこが問題で……ベッツィーは話そうとしたんだけど、おばあちゃんが耳を貸さなかったの」

「そんな……」あの祖母が――週末になるとパンケーキを焼いて、苦しくなるほど抱きしめてくれた、あのやさしかったおばあちゃんが――娘の話を無視するなんてあり得るだろうか？

「グレーシー、忘れないで。あたしだって、あのトレーラーハウスで育ったのよ。あたしだったら、そんな目にあっても、おばあちゃんには話さなかったでしょうね。おばあちゃんには理解できなかったから。それに、ベッツィーは不良娘だった。あらゆる問題を起こした――万引きしたり、近所の家にいたずらしたり、そんなようなこと。おばあちゃんはベッツィーと年じゅう角を突きあわせていたから、ベッツィーが嘘をついているにちがいない、手に負えない十代の娘だからと考えていた。

でも、ベッツィーが家出して、初めておばあちゃんはブライアンと向きあった。そうしたら、ブライアンが認めたの。おばあちゃんはブライアンを追いだしたけど、もう遅かった。ベッツィーはいなくなってしまった。おばあちゃんは決して自分を許さなかった。そのあと、あたしがトレーラーハウスに戻ってもいいかと電話で訊いたとき、おばあちゃんはベッツィーのことをすべてあきらめたの」

「それで、ふたりともベッツィーが存在していないかのように暮らしたのね」非難する口調になるのを止められなかった。

母はネックレスからぶら下がっている飾りを指でいじった。「信じて。ママもおばあちゃんも、決してベッツィーを忘れてはいなかった。でも、あなたにベッツィーのことを訊かれたら、おばあちゃんはきっと耐えられなかったはず。本当のことが言えなかったから、嘘をつくしかなかったの」母がもう一度見てからノアに写真を渡すと、ノアはあたしに写真を返してきた。

あたしはベッツィーの顔を――叔母の顔を――じっと見た。「この写真、ママだと思った」

母は悲しそうに笑った。「あたしたちはふたりとも、おばあちゃんの若い頃にそっくりなの。よく十歳離れた双子だって言われたわ」

「ベッツィーがしているネックレス……」

「ベッツィーの十歳の誕生日に片割れを送ったの。残りの半分はあたしがいつも着けているって言って。高いものじゃなくて、ただの安物の金属だけど。でもそうじゃなきゃ、きっとヘロインを手に入れるために売っていただろうから、よかったわ」

ノアは黙ってずっと耳を傾けていたが、考えこむような顔で訊いた。「エイブはオースティンでベッツィーに会ったと言っていませんでしたか?」

「オースティンで?」母は顔をしかめた。「いいえ。どうして?」

ノアはジャッキーが自殺した夜の話をして、ベッツィーの名前が出たことを伝えた。

母はやはり困惑した顔のままだった。

「エイブが死んだ翌朝、机のいちばんうえの引きだしにベッツィーの写真があったの。妙だとは思ったわ。ベッツィーが家出した直後に、トゥーソンで見せてまわれるように、おばあちゃんがエイブに渡した写真でね。クローゼットにしまっておいた写真箱に入れておいたはずだから」

「パパはベッツィーを見つけたって、ママに言わなかった? 仕事をしている最中に見かけたとか。本当に聞かなかった?」声に疑いがにじむのを止められなかった。ここまで聞いたら、思い出せるのではないだろうか?

「パパは仕事の話はしなかったから。家に仕事を持ちこみたくなかったのよ。でも、オースティンでベッツィーに会っていたら、ぜったいに話したはず。そうじゃない？」そう言いながらも、記憶をかき集めていくうちに最初はぼんやりと疑っていたことが、かすかな確信に変わっていく様子が目に見えるようだった。

「ダイナ、何か思い出した？」ノアも同じことに気づいていたらしい。

「最後の二週間、すごく残業が多かったの。少なくとも、エイブは残業だと言っていた。でも、オースティン市警は残業なんてしていなかったって。あたしに嘘をつくために、娼婦やドラッグの売人といる時間をごまかすために、残業だと言ったんだろうと言っていた。でも、あたしはぜったいにちがうと思った。警察が何か隠しているんだろうと思った。だって、どんなに責められても、エイブはドラッグを売ったりしないってわかっていたから。でも、どうしてあたしに嘘をついたのかも、どうしてあんないかがわしいモーテルにいたのかもわからなかった。しばらくして、もしかしたら浮気をしてたんじゃないかと思いはじめた。でも、エイブはそんなひとじゃない。エイブを知っているひとなら、彼にはそんなことできないってわかるはず」

「でも、ベッツィーはオースティンにいると、エイブが信じる理由があったとしたら？　ベッツィーを探していたのだとしたら？」ノアが母の言葉を継いだ。

とつぜん、すべての筋が通ったかのように、母が息を呑んだ。

「だったら、どうしてパパはママにベッツィーに会ったと話さなかったの？」あたしは訊いた。

「エイブが何週間も探しつづけていたのだとしたら、それは見つからなかったということだ。もしかしたら、あなたに期待をさせたくなかったのかも？」ノアは母のほうを見て答えた。

「それなら、わかる。あの年は……ずっと辛かったから」母の声がかすれた。

これまで怒っていたにもかかわらず、あたしは母に同情して胸が痛んだ。どこにでもいる普通の子どもみたいにくすくす笑ったり、父親の背中に乗ったり、関心を引きたがっていたとき、何も言わずに苦しんでいた母の痛みにあたしは気づかなかったのだ。

「エイブがベッツィーを探していたなら、あのモーテルにいた理由もわかる」ノアが言った。

あたしは写真を掲げた。「それなら、どうしてパパはこの写真を持っていかなかったの？」

ノアはベッツィーの顔を見つめながら、あたしの疑問について考えている。やがて、こう言った。「必要ないと考えたのかもしれない」

「ベッツィーがそこにいるのが確かだったから？」

「あの夜、エイブに電話がかかってきたの」母が思い出した。「ふたりでソファにすわってテレビを見ていたとき。遅い時間よ。エイブが電話で話したあと、少し出てくると言った。仕事だと言って。あたしはいやだったけど、あんな時間にあたしを置いていくんだから、大事なことにちがいないと思った。エイブは急いでいるみたいだった」

「それで？」

「それが生きているエイブを見た最後だった」

「警察には話した？」

母はうなずいて、辛そうに唇をゆがめた。「電話はエイブと同じ部屋で死んでたドラッグの売人のそばにあった電話からかけられたものだったと言われたわ。ドラッグの取引をするために、売人が電話をかけてエイブを呼びだしたんだって。でも……そんなのは納得いかなかった。あの夜のことは、何ひとつ納得できなかった。出かけるとき、エイブはコルト45を持っていったの。保管庫から出して、弾丸を確認して、あたしが誕生日にあげたホルスターに、彼の頭文字が入っているホルスターに挿すのを見ていたから知っているのよ。でも、エイブは盗難銃を持っていたと言われた。だから、警察にコルト45の話をしたのよ。そうしたら記録しておくって」

あたしが目を向けると、ノアはかすかに首をふった。〝ホルスターの話はするな〟そう言っているのだ。

母の目では怒りが燃えはじめていた。「ジャッキーはどうして自殺した夜にベッツィーのことを話したの？」

「わからない。本当なんだ、ダイナ。ぼくにはわからない」ノアは話を聞いていることがひどく重荷であるかのように、両手で頭を抱えた。もしかしたら、あたしと同じように、あまりにも多くの新たな疑問が頭のなかをめぐっていて、耐えきれないのかもしれない。すると、ノアが顔をあげた。「さっき話していたビデオというのは？ 誰かが探していたと言っていましたよね？ 誰が探していたんです？」

「探していたわよ」母があたしのほうを向いた。その目は不安とあきらめに満ちていた。「男があたしの喉にナイフを突きつけて、ビデオを渡さなければ、グレーシーを連れていくと脅したの」

23

ノア・マーシャル

目が覚めたらベッドに覆いかぶさるように覆面の男が立っていて、隣の部屋では六歳の娘が穏やかに寝ているというのに、首にナイフを突きつけられた。その夜について、ダイナが詳しく話し終えたとき、グレーシーの顔はすっかり青ざめていた。

「それじゃあ、その男が探していたビデオは持っていなかったんですか？」

ダイナは首をふった。「でも、何のビデオかはわかるわ。殺される数日まえ、仕事部屋に入ったら、エイブがパソコンで何か見ていたの。駐車場が映っていて、ひとりの男を警察が取り囲んでいた」

「オースティン市警？」ぼくは訊いた。

「わからない。警官たちが男に怒鳴って、銃を向けていた。あたしが見たのは、それだけ。エイブがあたしがいることに気づいて消しちゃったから。〈ユーチューブ〉の動画だなんて言ってたけど、嘘よ。顔が……」ダイナは顔をしかめた。「妙に複雑な顔をしていたから。怒っているんだけど、夢中になっているっていうか。でも、そのときはそれ以上気にしなかったんだけど、エイブが死んだ翌朝、仕事部屋で新聞の切り抜きを見つけたの。エイブがメモを書きこんだやつよ」

「これはエイブの字？」ぼくは走り書きされた文字をじっくり見た——すべて大文字で、縦の線が斜めになり、Tの文字の横線が長い。

ダイナはうなずいた。「あたしは妙だと思ったの。エイブが死んだモーテルで、〈ラッキーナイン〉で、どちらも起こったことが。でも、まだビデオとは結びつけられなかった。あそこに車で行くまでは。自分でもよくわからないけど、あそこならエイブを感じられるかどうか知りたかったのね」声がかすれた。「そのとき、ピカピカ光る緑色のネオンサインが見えた。それで思い出したのよ」

「エイブのパソコンでビデオを探してみた？」

「警察が家を調べたときに、パソコンは押収されてたから、警察に話したの。新聞記事も一緒に渡したわ。警察は調べてみると言っていた。そうしたら、その夜、男が現れたの。そして、あたしの首にナイフを突きつけて、ビデオを出せとしつこく迫ってきた」指先で小さな傷をなぞった。

「ビデオを持っているかどうか確かめるために、脅かそうとしたんだな」
「そのとおり。あたしは何と言っていいのかわからなかった。嘘さえ考えつかなかった。そいつはあたしを脅しつづけた。最初はナイフで、次はグレースのことで。この子を連れていって、男に――」ダイナの声は震え、かすれていた。「――ひどいことをさせるって。あたしは何も言えずに、がたがたと震えていた。いまにもグレースが目を覚まして部屋に入ってくるんじゃないかと怖かった。男がどのくらいいたのかはわからない。何時間にも感じたけど。男は、警察の報告書ではエイブがドラッグの取引をしたことになっていて、あたしが何を言っても変わらないけど、もしあたしが男が家にきたことやビデオのことをひと言でももらしたら、必ずここへ戻ってきてグレースを連れていくと言ったわ。生きているグレースとは二度と会えないようにしてやるって。そのとき、やっとすべてあのことと関係しているんだってわかった――モーテルで男を逮捕しているところを映したビデオと。それに、エイブが死んだことも。

だから、あたしは夜のうちに荷造りをして、車に積めるだけ荷物を積んで、持っていけない身のまわりのものは残らずゴミ袋に詰めて車庫に置いた。それからグレースを乗せて、車を走らせた。家はローンの不払いで銀行に取られてもいいと思った。テキサスでの暮らしはもうおしまいだと思ったから。あたしの首にナイフを突きつけて娘を拉致すると脅した男はそれをわからせようとしたのね」

「そのビデオは？」

「あたしは警察がエイブのパソコンを調べて、何かを発見してくれるんじゃないかと期待して待ったけど」ダイナは弱々しく首をふり、見るからに体力が尽きたらしく、視線をテーブルにのった薬の瓶に走らせた。「そのあと、男が言ったとおりに警察の正式な捜査報告が発表されて、エイブはドラッグの取引に失敗して殺された腐敗した警察官という汚名を着せられた」

やはりダイナは娘に話していたことより、はるかに多くのことを知っていたのだ。

「男の正体に心あたりは？」

ダイナはもう一度首をふった。「ただ、警官で、エイブを知っている感じはしたわ。名前の呼び方が……ほら、慣れている感じだったから。それに、何だか妙だった。捜査の結果にやけに自信を持っていたのが。まるで、自分に決定権があるみたいで」

ダイナが警察にビデオの話をした夜に男が現れたという事実で、ぼくはダイナの言うことが正しいのではないかと考えた。

「それで、きょう病室にやってきた警察官が、その男と関係があると考えているんですか？」

　ダイナは涙をこらえた。額には汗がにじみ、肌は血の気が失せている。あとどのくらいの時間、話を聞きだせるかわからない。「オースティンを出てからは、誰とも会っていないし、連絡もこなかった。それなのにとつぜん、きょう目を開けたら、ベッドのわきに男が立っていたのよ。警察のバッジを見せられたわ。最初、あたしは逮捕されるのかと思った」

「どんな男でしたか？」

「髪はブロンドで……ううん、茶色だったかしら？　背は高かった？」ダイナは顔をしかめた。「そう、高かったと思う」

「制服を着ていた？」

「そうね……ううん、着てなかった。そうだったと思うけど」

「わかりました。具体的に、その警察官は何と言ったんですか？」

　もう一度、ダイナが必死に頭のなかを探ろうとしているのがわかった。「最近、エイブについてテキサスの誰かと話したかと訊かれたわ。エイブが死んだときのことを覚えているかって。それから、あなたに、グレースに最後に会ったのはいつかってことも。あと、あなたの居場所も。正確な言葉は思い出せないけど。すごく怖かった。

あたしのことは放っておいてって、そいつに頼んだ。ぜったいに誰にも、何にも話さないからって」眉を寄せて続けた。「そうしたら……消えていた。いまいたかと思ったら、次の瞬間には消えていた。それで、あたしは起きて、病院から逃げだしたの」

この間グレーシーはひと言も口をはさまず、膝のうえで両手を握り、耳を傾けていた。

ダイナはぼんやりとした目を娘に向けた。「ごめんね、グレース。あなたには話せなかった。いつか誰かがやってきて、連れ去られて、ひどく傷つけられるかもしれないって怖がらせるかと思うと、そんなのは耐えられなかった。あたしが怯えているだけでも、こんなにも辛いのに。ずっと怖かったのよ。そのあと、あなたは大人になって、あたしは……」ため息をついた。「でも、どうせ何も変わらなかったし、そのあとはあなたも知ってのとおりだから」

「何もかも変わってた！」グレーシーが叫んだ。「パパは無実だってわかった！　あたしたちの人生をめちゃくちゃにしたって、何年もパパも恨まないですんだ！」

「そうしたら、それを知りながら生きていかなきゃならなかったのよ。ねえ、それって少しも楽じゃないの。パパがどんな人間で、どんなにいいひとだったのかも、誰かがパパにしたことも、そいつらがまんまと逃げおおせていることも知りながら生きていくのは……」

グレーシーの怒りはさらに燃えあがった。「こんなことをしたやつらは、ぜったいに逃がしたりしない！」

「もう逃げおおせてるわ」

「ママが何もしなかったからでしょ！　警察とか、新聞社とか……わからないけど、市長とか、どこかに訴えればよかったのよ！　家に忍びこんできた男のことも、疑わしいドラッグの手入れのことも、みんなに言えばよかったのに。ヘロインを打ったり、長いあいだずっとこんな千五百キロも離れた深くて暗い穴のなかに隠れたりしていないでやることは山ほどあったはずなのに！」グレーシーはまばたきをして涙をこらえた。

「あなたのことが心配だったのよ。あなたを失うなんて耐えられなかった。男に言われたようなことになるなんて。ベッツィーがいなくなっただけでも辛かったのに」ダイナはすすり泣き、声がかすれている。

「あたしはベッツィーじゃない。それに、どこかの卑怯者《ひきょう》に脅されたからって黙らない」

「だから、話さなかったのよ。あなたはパパによく似ている。とても頑固なところが。

だから、そんな性格からあなたを守らなきゃならなかった」

「これで、あたしを守ったっていうの？」グレーシーは責めるように、ダイナのベッドのわきに置いてある薬を指さした。「ママみたいな守り方ならいらない。あたしはもう六歳の女の子じゃない」グレーシーはコネクティングドアから出ていき、こちら側のドアまで閉まりそうになるほど勢いよく向こう側のドアを閉めた。

ぼくは安心させようとしてダイナにほほ笑んだ。「頭が冷えたら、戻ってきますよ」たぶん。秘密を打ち明けたことで、ふたりのあいだの溝が浅くなったのか、深くなったのかはわからなかった。

こんなことを長年抱えて生きてきたなんて……。ドラッグに溺れて混乱していたときでさえ、こんな秘密を隠してきたなんて、とても不可能なことに思えた。だが、もしかしたら、ドラッグに溺れて混乱していたからこそ、秘密が守れたのかもしれない。

「どうして、このことを母に話さなかったんですか？」

「ジャッキーに？」ダイナは少したためらってから答えた。「あなたのお母さんはあたしたちと縁を切りたがっていた。あなたたちの家へ行っても、なかに入れてさえくれなかった。エイブのためにもよくないし、不祥事に巻き込まれたくないとしか言わなくて。自分の評判ばかりを、みんながドブネズミみたいに汚いという男が元相棒——

で友人——だということで、自分がどんな不利益をこうむるかということばかりを気にしているみたいだった」

　ぼくはずっと首をふっていた。きのうグレーシーから聞いた話と同じだが、それでもまだ納得できない。

「ノア、あたしはあの場にいたの」ダイナがやさしく言った。「ジャッキーがそう言ったのよ。その言葉を聞いたとき、あたしはヘロインをやってなかった。それに……エイブが死んだときにはもう、ジャッキーとの仲はうまくいってなかったの」

「どういうこと？　ふたりは喧嘩していたの？」

「というか、エイブのほうからジャッキーと縁を切ったみたいだった。あの事件の少しまえに、ふたりのあいだで何かあったみたい。何かはわからないけど。エイブは話そうとしなかったから」

　ぼくは眉をひそめた。「でも……エイブは死んだ日にも家へきたよ」バスケットボールのサンアントニオ・スパーズの試合のチケットを取るつもりだと話していた。

「エイブはジャッキーとの不仲とあなたとのことを切り離したかったのかも」

「わからない」

「でも、あなただってそうでしょ？」ダイナの目がやさしくなった。

〝わたしは魂を売ってしまって、もう返ってこない〟

ダイナに対する母の仕打ちは自分の評判を心配したからではなく、良心が咎めたせいだろうか？

ダイナはかよわい手で薬瓶を取ったが、なかなかふたが開かなかった。顔色は異常なほど青ざめている。

ぼくは力ない手からそっと薬瓶を取って、ふたを開けた。だが、しばらくダイナの目を見られなかった。「申し訳ありませんでした」

「ノア、あなたのせいじゃない」

そう。でも、ぼくの母親のせいだ。そして、ぼくはその母をずっとかばってきた。

ダイナは薬瓶をナイトテーブルに置いて、ベッドから立ちあがった。「グレースのところへ行ってやって。あの子はあなたを信頼しているから」壁につかまって身体を支えながら、バスルームへよろよろと歩いていった。

「何か、ぼくにできることは……」

バスルームの引き戸が閉まると、まもなくダイナが嘔吐《おうと》する音が聞こえてきた。その音を聞いていると、口のなかに唾がたまってきて、吐いてしまわないうちに部屋へ戻った。

隣の部屋では、グレーシーがぼくが買っておいた首輪をサイクロプスに着けようとしていた。意外なことに、サイクロプスはおとなしくすわっている。だが、グレーシーの手は震えていた。

「サイクロプスは、ぼくが散歩に連れていくよ」ぼくは言った。「もう少ししたら、ダイナにはきみが必要になるだろうから」

「あなたと一緒にオースティンへ行く」グレーシーは返事の代わりに、出し抜けに言った。

「何のために？」ぼくはそう訊いたが、答えはもうわかっていた。

「父の無実を証明するためよ」

「そんなに簡単にできるかな？」

グレーシーは強情そうにあごをあげた。「ええ、できる」

彼女はどんなに無茶なことを言っているのかわからないほど馬鹿じゃない。「何を根拠に言っているんだい？」

「根拠って、どういう意味？」グレーシーが鋭く言い返した。「母は家に誰かが忍びこんできたことを警察に話すべきだったのよ！　話していれば、真犯人が捕まったかもしれないんだから！」

ダイナに娘の辛辣な言葉を聞かれないように、ドアを閉めた。「警察へ行ったって、ヘロイン中毒者から聞いた話を根拠に十四年まえの事件を再捜査してくれるはずがない」

「ママの話を信じてないの？」

「ぼくは信じているけど——」

「殺人事件を隠蔽するためじゃなければ、どうして急にアリゾナの病室に警官が現れて、十四年もまえに死んだ男について質問をするのよ」

ぼくは声をひそめた。「なあ、グレーシー……本当にダイナの病室に警察官がきたと思う？　よく考えてごらん。きみだって、さっき聞いていただろう。ダイナは警察官の外見も覚えていなかったし、制服を着ていたかどうかさえわからなかった。お母さんは薬を注射されて眠っていた。看護師たちは誰も警察官を見ていない……それに、きみの言うとおりだ。どうしていまになって、ぼくの母が死んで急にきたんだ？」

グレーシーは決して認めなかったが、目を見ればわかった。ダイナがまた幻覚を見たのかもしれないと考えているのだ。

「なあ、ぼくはきみの家に男が忍びこんだことは信じている。でも、きっと誰も信じないだろう」

グレーシーはサイクロプスの首輪から手を離して、新聞記事のコピーをつかんだ。

「これがある！　それに九万八千ドルが入っているスポーツバッグ！　それから、パパのホルスターも！」

「あのお金は何の証拠にもならない」

「なるわよ！　指紋が付いているはず！」

「そうだね、ぼくの指紋だ」

だが、グレーシーは揺るがなかった。「時間の流れだって怪しいわ――パパはドラッグの手入れのビデオを見て、その事件を伝える新聞記事を切り抜き、その十日後にドラッグの手入れが行われたモーテルで殺された。そのあと、男がうちに押し入ってビデオのことでママを脅した。これでどうして〝何もない〟って言えるわけ？」

「いいだろう。確かに、どこかおかしい」

「だいたい、男がうちに忍びこんでママを脅せたなら、それが最初だったって誰が言えるの？　警官たちがうちで発見したお金とドラッグは、そいつが忍びこんで置いていったものかもしれないじゃない！」

　可能性はある。だが……。「グレーシー、それでも充分な証拠にはならない」

「それじゃあ、あたしたちが充分な証拠を見つければいい！」グレーシーが声を荒らげると、サイクロプスが警戒するような目つきでベッドから逃げだした。「ベッツィーを見つければいいんだわ。ベッツィーがその頃オースティンにいたなら、ほかの夜のパパのアリバイがあったことになる。もしかしたら、ベッツィーが何か知っているかもしれないし」

「その手の少女がどんな目にあうか、知っているのかい？」口にしたくなかったが、生きているベッツィーが見つかる可能性は——それも十四年もたってから——決して高くない。

「トゥーソンで、何もしないで、おとなしくしているつもりはないわ」

「でも、オースティンへ行って、ナイフをふりまわして、父親は罠にはめられたんだと言って、いろんな人間を非難してまわることもできない」

「ノア、いろんな人間じゃないわ。警察よ。あるいは、ひとりの警察官か」

「それなら、なおさらだ！」

グレーシーは何も言わず、新聞の切り抜きを見つめている。「きっとマンティスという男がこの手入れで押収したお金とドラッグを盗んで、パパはそれに気づいたせいでマンティスに殺されたのよ」

「そんなことは証明できない。もとの事件の証拠さえないんだから」

「そうよね。ずいぶん都合がいいことにね」グレーシーの口調には皮肉がたっぷりこめられていた。「それに、ママはこう言っていたわよね――パパが死んだときにはもう、ジャッキーとパパの仲は〝うまくいってなかった〟って。どうして？　ジャッキーは何をしたの？　パパが殺されたあと、どうしてジャッキーはパパに――それから、ママとあたしに――起こったことを気にしなかったの？　パパを知っているひとたちはぜったいにあり得ないと思っていたのに、どうしてジャッキーはあっさりとパパがドラッグを売買していたって信じたの？　ねえ、どうして？」グレーシーは非難を絡めた質問を次々と放ちながら、目を険しく細めた。「あたしが思いつく理由はひとつだけ。ジャッキーが自分のしたことか、あるいは別の誰かがしたことを知りながら口をつぐんだことに罪の意識を感じていたからよ。最初からパパがはめられたことを知っていたんだわ！」

ぼくはベッドに放ってあった首輪を手にした。驚いたことに、サイクロプスは自分から寄ってきた。ぼくは細い革の首輪をサイクロプスに着け、リードの先を引っかけることに集中しながら、何とかふさわしい返事を考えようとした。「もしかしたら、ぼくの母は何か罪を犯したのかもしれない。もしかしたら、あのお金だけが物事を正せる唯一の方法だと思っていたのかもしれない」

リードを軽く引っぱると、サイクロプスがベッドから飛びおりて、ぼくと同じくらい、この息がつまるモーテルの部屋から出ていきたそうな顔をした。

だが、グレーシーはまだぼくを解放してくれそうにない。「あたしが十一歳のとき、おばあちゃんがいつも煙草を買ってたコンビニが強盗に襲われた。カウンターの向こうにいた親切な店員が三発撃たれて死んだわ。アーメドという名前だった。右目のうえにホクロがあって、おばあちゃんにお釣りを渡すたびに、あたしにウインクをしてキャンディをくれた。事件が起きたのは、コンビニで働きはじめて半年後。それから三年間、あたしはコンビニに行くたびに、警察は殺人犯を捕まえたかと訊いたわ。犯人が逃げおおせて、アーメドにとって当然の正義が行われないなんて許せなかった」

グレーシーは立ったまま腕組みをして、じっとぼくを見ている。

「どうして、ぼくにそんな話をするんだい？」

「そのとき殺されたのは、あたしにとってコンビニの店員でしかなかった――週に二、三回顔をあわせて、キャンディをくれる親切なひとっていうだけ。私道で一緒にバスケットボールをしたり、チームのコーチだったり、ほぼ毎日そのひとの奥さんに面倒を見てもらったりしていたわけじゃない。あたしの人生の一部だったわけじゃない。でも、父はあなたの人生の一部だったはずよ――それも、かなり大きな部分を占めていた。どうして腹が立たないの？　どうして、父の死に責任があるやつらに報いを受けさせるために戦わないでいられるの？」

「なぜなら、自分の母親がそいつらのひとりかもしれないから？」感情がこみあげてきて、声がかすれた。

グレーシーの目に一瞬だけ同情が浮かんだが、すぐにまた消えた。「父は当然の報いとして、汚名をすすがれるべきだわ。それじゃあ、あなたのお母さんにとって、当然の報いは？」

その答えを知りたくてたまらない自分もいる。

その一方で、知りたくないと願う自分もいる。

ぼくはサイクロプスを連れて部屋を出た。

24

エイブラハム・ウィルクス巡査
二〇〇三年四月二十三日

「コーラの機械の調子はどうだい、アイザック？」

「まだ誰にも壊されてないよ。あんたが駐車場をうろうろしてるから、逃げたのかもしれないな」〈ラッキーナイン〉の修繕係はおれの車のボンネットに腕をのせた。「あの娘はまだ見つかってないのか？」

おれは顔をしかめた。「手がかりなしだ」知らない番号から電話がかかってくるたびに、心臓が跳ねあがる。これまで数本の電話があったが、収穫はなかった。おれを誘惑して部屋に引っぱりこめるだろうと考えた、元気のいい娼婦ばかりだった。彼女たちを追いかけて逮捕するつもりはない。結局、二度とかけてくるなと言って電話を切っただけだった。

アイザックが当てのない様子で駐車場を見まわした。「あんたにとって、大切な子なんだな」

「女房の妹なんだ」正直に答えた。調べてまわっているときには決して明かさないが、アイザックは信頼できそうに見える。

「ずっと気にしているんだがな」

「ありがたいと思っているよ。でも、だんだん風上に向かってしゃべっているんじゃないかと思うようになってきた。家には小さな女の子がいて、毎晩留守にしているパパを恋しがって泣き寝入りしているっていうのに」それから、嘘を聞かせている妻もいる。そもそもどうしてベッツィーを見失ったのか説明できないからだ。あまりにもひどいざまで、だからこそ自分が許せない。ダイナがどう思うかと考えると、耐えられなかった。ベッツィーを家に連れてかえるまでは、おれと口論になったことはダイナに知られないほうがいい。連れてかえったら……本当のことを白状して、そのツケを払おう。

もしもベッツィーを見つけられたら。

「娘の名前は何ていうんだ？」

「グレーシー」おれは笑って答えた。「グレーシー・メイだ。六歳だけど、すごく頑固でね。この件を説明しても、まだわからないだろう」

「でも、いつかわかるし、あんたのことをもっと大好きになるさ」アイザックは確信があるようだった。

「あんたの言うとおりだといいんだけど」小声で答えたとき、ブロンズ色のトラックが駐車場に入ってきた。おれの車のほぼ向かい、自動販売機の正面のスペースに駐車した。頭を剃りあげて喉に入れ墨をした、痩せた白人が運転席から降りてきて、こそこそと駐車場の入口に目をやっていると、黒っぽいSUV車がすばやく入ってきた。車が止まって男たちが飛びおりてくるまえから、その車には見覚えがあった。男たちがトラックを取り囲み、銃を抜いて構えると、防弾チョッキに付いている警察のワッペンがヘッドライトを反射して光った。どんな場所でも変わらないドウェイン・マンティスが、やはり無表情のまま指揮を執っている。マンティスは以前からうぬぼれたやつだったが、キャニング本部長がオースティンからドラッグを一掃するためにこの特別チームをつくり、その指揮官に任命されてからというもの、さらにうぬぼれがひどくなった。マンティスとチームのおかげで、地区検事事務所はこの六カ月間で直近の二年間より多い売人を刑務所に送りこんでおり、それもあってマンティスはうぬぼれているのだろう。だが、グレーシーが暮らすオースティンの街や学校からドラッグがなくなるのなら、笑顔と感謝でマンティスの高慢さを受け入れるつもりだ。

マンティスと部下たちが意図的にもう一台の車の運転手を取り囲んだ。これで袋のネズミだ。

「アイザック、あんたは自分の仕事を続けたほうがいい」おれはそっと伝えた。

修繕係にもう一度警告する必要はなかった。アイザックはあっという間に消え、おれは車のなかから、これからはじまるだろう麻薬取締班の逮捕劇を見守ることにした。

運転手は両手をあげてマンティスに抗議し、容疑者の権利は知っているし、警察に文句をつけられる理由はなく、悪いことは何もしていないと訴えている。

「それなら、トラックを調べてもいいな？」マンティスはさりげなさを装って言った。

「何も入ってねえよ。空っぽだ」

「そうじゃないっていうタレコミがあったんだ」

「嘘だ。理由なんてないくせに！」

マンティスがうなずくと、スタップリーがトラックに手を入れて、解錠ボタンを押した。

いかついマンティスの顔が意地悪くにやりとした。

「おれのじゃない！　あんたたちが仕込んだんだろ！」運転手はそう叫ぶと、踵を返して、逃げだそうとした。ふたりの警察官が立ちはだかった。ふたりはボンネットのうえに男を押さえつけると、数秒で手錠をかけた。

「さて、何があるかな……コカインに、メサドンに……お褒めにあずかりそうだな！　おまえが自由を嫌いだといいんだがな。これから長いこと自由になれないんだから」マンティスは愉快そうに言った。頭をふっているが、心から楽しんでいるのだ。「権利を読んでやれ」

　四人目の警察官が眠っていても暗唱できそうな権利の文章を読みあげはじめると、マンティスがトラックに手を伸ばした。そしてトラックからふたたび出てきたとき、その手は札束をつかんでいた。マンティスはスタップリーのほうをちらりと見ると、少しもあわてることなく、黒いスポーツバッグに札束を入れて、ＳＵＶ車の開いている窓から投げ入れた。

25

ノア・マーシャル

「よし、いい子だ」小声でそう言って耳のうしろをかいてやると、サイクロプスは公園のベンチの横で伏せをした。ぼくは大きなため息をついた。いま頭のなかでは、完成図の見本がないパズルのピースが散乱している。

グレーシーの言うことは正しい――あの金は使えない。とりあえず、いまのところは。ぼくには薬物依存症矯正施設の一カ月分の入院費用がまかなえるくらいの蓄えはある。貯金はすっかり消えるだろうが、いずれかなりの遺産が入ってくる。できることなら、ハルが手続きを急いでくれると――。

「たいへんだったようだね」静かな夜気のなかで響いた声に、考えごとをじゃまされ、サイクロプスも落ち着きを失った。

聞き覚えのある声だが、誰だかわからなかった。公園のベンチが傾き、横を向いて、特別捜査官のクラインが隣にすわっているのを見るまでは。

「しーっ」ぼくはリードを引いてサイクロプスを叱ったが、自分も動揺していた。FBIの捜査官がこんなところで何をしているんだ？「テキサスが管轄じゃないんですか？」冷ややかに訊いた。

「事件にとって必要な場所が管轄なのさ」クラインは冷静に言い返した。

ぼくはあたりを見まわして、黒髪の相棒を探した。

「タリーン捜査官はテキサスに残って、手がかりをいくつか追っている」ぼくの考えを読んだかのように、クラインが説明した。

「何の事件の手がかりですか？」

クラインは質問を無視して、サイクロプスに手を伸ばした。

「ぼくなら、やめておきますよ」サイクロプスが胸の奥から唸り声を響かせたので、ぼくは警告した。

クラインは手を引っこめて、顔をしかめた。「片目がないのか」

〝見れば、わかるだろ〟口には出さなかった。FBIを敵にまわすのは得策ではない。

クラインは膝にひじをついて身を乗りだした。「きみの犬？」

「友だちのです」

「それはグレース・ウィルクスのこと？　彼女と友だちなのか？」クラインはさりげなく訊いた。

クラインはトゥーソンにきているぼくを捕まえた。ぼくが誰に会いにきたのかを知っていても不思議じゃない。それでも、クラインが彼女の名前を口にすると、不安で胃が縮みあがった。

ぼくはサイクロプスの頭をなでて、答えるのを避けた。

「二日まえ、きみはエイブラハム・ウィルクスが死んで以来、彼の家族とは会っていないし、話してもいないと言っていた。でも、いまきみはトゥーソンで、エイブラハムの妻と娘と一緒にいる。モーテルの部屋まで取ってやっているんだろう」

どうして、そんなことを知っているのかと訊きたかったが、もう想像はついている。あの元気なブロンドのフロント係にバッジを見せたのだろう。「それで？」

「それで、きみはどうしてここにいるんだい？」

クラインと同じように無頓着な雰囲気を出したくて、ベンチに寄りかかった。「ダイナとグレーシーに会いにきたんです」

クラインはにやりとすると、すぐに表情を取り繕った。「きょうはスリーピーホロー・トレーラーパークへ行って、そのあとすぐに病院のダイナ・ウィルクスを訪ねたんだが――」

「きょう、病院へ行ったんですか？」

「ああ」

「ダイナの部屋へ？」

　クラインは興味をそそられたように、ぼくの顔をじっくり見た。「いくつか尋ねたいことがあったからね。それが、何か？」

　ぼくはほっとして息を吐きだした。バッジを見せた男……ダイナの幻覚なんかじゃなかった。病室に現れた男はダイナの口をふさごうとした十四年まえの亡霊でもなかった。「ダイナがひどく怯えてましたよ」

「わたしと話すだけで、何でそう怯えるんだい？」

「ほかの男と間違えたから」

「彼女は誰を恐れているのかな」

「それはわからないけど、ただ……」少しためらってから続けた。「ダイナはエイブが死んだのは偶然だとは思っていない」

　クラインはまったく驚いていないようだった。「きみはエイブラハム・ウィルクスの死について、何を知っている？」

「あなたはいつも面会記録簿に署名しないで入院患者と話をするんですか?」ぼくは質問に答えずに言った。

「カウンターに誰もいなかったからさ。あそこは警備が甘いと思わないかい?」

「確かに」パジャマ姿でまっすぐに立つこともできないダイナが見とがめられずに逃げだしてこられるくらいなのだから。

また、しばらく沈黙が続いた。おそらく、クラインはチェスの一手のように、次に言うべき言葉を探っているのだろう。「ここへきたのは夫の死についてダイナ・ウィルクスと話がしたかったからだ。燃えるトレーラーハウスからきみがダイナを助けだしてきたとき、どれほど驚いたことか。なかなか、目を引く光景だった……」

「そんなに目を引かれましたか? それじゃあ、どうすればよかったんですか? あのまま放っておいて、死なせればよかった?」

「火事はきのうの午後早くに起こった。オースティンからトゥーソンまでは車だと十二時間、きみは車を運転してやってきた。駐車場にきみのジープ・チェロキーがあったからね。時間についてはあまり覚えていないたちなんだが、わたしたちがオースティンのきみの家を訪ねたのは、確か……木曜日の午後四時頃だったかな? そうなると、トゥーソンへはその夜に出発しなければならないことになる」クラインはわざと顔をしかめた。「きみはわたしたちと少しばかり話したあと急に、州をふたつも越えなければならない場所へ、十四年間も音信不通だったウィルクスの家族に会いにいくことにしたのかい？」

くそっ。ぼくは何とか肩をすくめた。「逃げたかったからです」

「お母さんが亡くなった夜、ダイナとグレーシーに会いにいくよう頼まれた？」

「いいえ」

「本当に？」

〝彼はいいひとだったって、グレーシーに伝えて。伝えてくれるわね？〟

動揺を隠すために、ため息をついた。「クライン捜査官、ぼくは何かの容疑でＦＢＩの捜査対象になっているんですか？　もし容疑をかけられているなら、弁護士を同席させる権利があるはずです」

「いや。少なくとも、いまはまだ捜査対象ではない」クラインはポケットから携帯電話を取りだした。「きみに聞いてほしいものがある。すぐに終わるから。聞いてもらえるかい？」

「いいですよ」好奇心に勝てなかった。

クラインは携帯電話を掲げた。

〝二〇一七年四月五日水曜日、午後十時十四分……〟録音を知らせるかん高い自動音声が静かな夜のなかに響いたが、その日時を聞いて、背中の毛が逆立った。〝クライン捜査官！　誰かを逮捕したいなら、名前を教えてあげる〟テキサスなまりが明らかな女性の声が話しだした。ろれつがまわらず、口調は辛辣だ。

ぼくはまたたく間にあの最悪だった夜に引き戻され、ひどく混乱して視界がぼやけた。

〝エイブラハム・ウィルクスの死について調べなさい。彼の身に起こったことは、すべて嘘。ドラッグの手入れのときにドウェイン・マンティスがお金を盗むのを目撃して、エイブはそれを暴こうとしてはめられた。マンティスがどうやったのか具体的な方法はわからないけど、あいつがエイブを殺したことはわかっている。マンティスを調べて。どうやって、マンティスがあの善良な男を殺したのか調べて〟電話はそこでぷつりと切れた。

「きみのお母さんだね？」

きっと答える必要もなかったろう。まるで幽霊みたいに蒼白《そうはく》になった顔がすべてを物語っているだろうし、クラインはその顔をじっと見ているのだから。

間違いない。ジャッキー・マーシャルの声だ。

「あらかじめ教えてくれればよかったのに」何とか発した声はしゃがれ、耳の奥では脈が激しく打っている。こんな奇襲攻撃を仕掛けてくるなんて、この野郎を殴ってやりたい。

「嘘がつけるように？」

「どうして嘘なんかつくんです？」

「まだ、わからない。事情聴取で警察に嘘をついた理由も」クラインは小指にはめた金属の指輪をひねることに集中しているように見せながら、じつはぼくの細かな動きに鋭く意識を向けているのは明らかだった。

クラインにすべて話したほうがいい。胸のつかえを下ろすのだ。ＦＢＩにまかせればいい。ぼくには何もできないのだから。ますます、そのほうがいい気がしてきた。でも、そのまえにサイラスに話さないと。ぼくにとって、サイラスはいつだって理性的に導いてくれる存在なのだ。それに、今回の件はサイラスの立場にも影響を与えるだろう。

そのとき、ふと気がついた。マンティスを追うよう母がクラインを差し向けたのは、クラインが最初はマンティスを調べていなかったからだ。「あなたは誰を逮捕するつもりなんですか？」

クラインは曖昧に肩をすくめた。「別の事件でね。きみのお母さんが刑務所に放りこむ手助けができたかもしれないのに、そうしなかった別の犯罪者だ。きみのお母さんは正義を貫くことで問題を抱えていたんじゃないか？　警察の本部長にしては、あまり優れた資質とは言えない」

ＦＢＩの捜査官であろうがなかろうが、こんなところにすわって、亡くなった母を侮辱する言葉に耳を貸すつもりはない。「どうやらあなたはマンティスという男を追ったほうがよさそうだ。お引き止めはしませんよ」ぼくは立ちあがり、サイクロプスのリードを引っぱって、モーテルの入口へ歩きかけた。

「グレーシー・ウィルクスに何を渡しにきたんだい？」クラインが背中から呼びかけた。

足が止まった。「いったい何の話ですか？」

「グレーシーの近所の住民が、きみはグレーシーに何かを渡しにきたと言っていた」

シムズか。あの野郎！「家族の昔の写真ですよ」

「昔の家族の写真を渡すために、十二時間も運転してきたと？　本当に？」

その口調に不安になった。まるで、お金のことをもう知っているかのようだ。

「おやすみなさい、クライン捜査官！」

「ということは、モーテルの部屋へ行っても、特別なものは何も見つからないということかな？」

スポーツバッグに入っていた札束が、新聞記事に書かれていたのと同じ金額だったなんて、とても偶然とは思えない。

でも、何よりも重要なのは、クラインがグレーシーを見つけたということは、このあいだFBIがぼくに会いにきたことを話さずにいたことが、グレーシーにばれてしまうということだ。ぼくとしては完全に意図したことで――おそらくは――誤った判断だったのだろうが、グレーシーはナイフを突きつけてクラインの名刺を奪えばいいとわかっていると、ぼくも知っていることだ。グレーシーはぼくの母への疑念も含めて、クラインに残らず打ち明けても何の問題もないのだから。

「具合が悪くて休養が必要な女性がいるだけですよ。この一日で、充分すぎるほど怯えさせたと思いませんか？」

まるできちんと考えているかのように、クラインはしばらく間を置いてから口を開いた。「オースティンにはいつ戻ってくる？」

「ダイナを矯正施設に入れて、グレーシーが新しい住まいを見つけたら、すぐに帰ります」

クラインがベンチから立ちあがって隣に立つと、彼の雰囲気が変わっていることに気がついた。「事情聴取で警察官に嘘をつくと、最大で懲役六カ月の刑に処される。前科がつくんだよ、ノア。でも、きみは地区検事事務所で働いているんだから、そんなことは百も承知だよな。まあでも、そんな罪を負わなくていいように、おじさんが何でもしてくれるんだろうが」

ぼくは唾を飲みこんだ。「気をつけて帰ってください」

「とはいえ、当然ながら、きみが殺人事件の容疑者になってマスコミの関心が集まったら、かなり苦労するだろうが——」

殺人事件？　もう冷静なふりはできなかった。「いったい、何の話です？」

「誰にそそのかされたんだ？　誰がジャッキーを消したがった？」

やっとクラインの言葉の意味がわかり、気がつくと顔をしかめていた。まさか、そんなことを言っているはずは……。

「ジャッキーは泥酔していたから、きみが銃を向けて初めて——」

拳でクラインの口を封じて、忌まわしい言葉を止めさせた。「母を殺してなんかいない！」歯を食いしばって、言葉を絞りだした。

だが、ＦＢＩの捜査官を殴ってしまった以上、これまでは逮捕する口実がなかったとしても、いまはある。ずるい野郎だ。

クラインは手の甲で唇に触れた。手には血が付いている。だが、不思議なことに、クラインはまったく驚いておらず、手錠を出そうともしなかった。「きみのスイッチの入れ方をよくわかっているだろう？」尻のポケットから名刺を出した。「これを……一枚なくしたときの予備だ。ダイナ・ウィルクスと一緒にいろいろなことを整理するのに四十八時間あげよう。きみが連絡をくれて、知っていることをすべて話してくれることを期待している。そのあと、きみの家に行くことになったら、いまよりもっと楽しくない話をすることになるだろう。きみにとっても、わたしに情報を隠そうとしている人間にとっても」

ぼくは上の空で名刺を受け取った。

最後にもう一度鋭い目で見ると、クラインは歩いていき、黒っぽいセダンに乗りこんだ。

ぼくは肺にあった空気を残らずゆっくり吐きだした。ＦＢＩに追いつめられると、ひどい圧力を感じると母が話していたのは、このことなのだろうか？

なぜなら、いまぼくはそう感じているから。

隣の部屋をのぞくと、グレーシーは椅子で丸くなり、ひじ掛けに頭をのせていた。ぐっすり眠っている。

ぼくはほっとして息を吐いた。

ダイナは弱々しくほほ笑むと、手を力なくふって、ぼくを呼んだ。

「何かいりますか？」ぼくは小声で訊いた。

「いいえ。ありがとう、ノア」

スープに付いていたクラッカーの包みが空《から》になってナイトテーブルに置いてあった。

「よかった。ちゃんと食べたんですね」ぼくは包みを片づけた。

「ノア！　その手、どうしたの？」

ぼくは目のまえで手を広げ、赤くなっている関節をじっと見つめた。ひとを殴ったのは高校以来だ。あのときは駐車場で障害のある子どもをいじめていたやつを殴った。クラインには少しだけ悪かったと思っているが、それは警告せずに殴ったからだ。クラインは殴られても仕方ないことを言ったのだから。「ちょっとぶつけただけです。何でもありません」

部屋の隅にあるごみ箱にクラッカーの包みを捨てるあいだも、ずっとダイナの視線を感じていた。

「あたしたちに男の子が生まれなくても、ノアがいるから幸せだって、エイブはよく話してたわ。あなたを心から愛していた」

胸がつまった。ぼくは返すのにふさわしい言葉が見つからず、ただうなずいた。

「テキサスにはいつ戻るの？」

「明日の朝です。伯父と話さないといけないことがあって」十四年まえにマクスウェルが何をしていたのかがわかれば、あの新聞記事にエイブが彼の名前を書いた理由がわかる。

四十八時間以内にすべて終わらせなければ。

「サイラスね……」ダイナの顔に弱々しい笑みが浮かんだ。「いまは地区主席検事になってるのよね。どんな感じ？」

「全体としては、いい調子です。次の地方裁判所の判事に立候補する予定で、ほぼ当選確実です」

「サイラスのところに行こうと思ったのよ。家に忍びこんできた男のことで相談しようと思って。でも、あたしが何をしたって、エイブは帰ってこないんだし、もしかしたらグレースまで失ってしまうかもしれないんだって考えたら行けなかった。あの男……もう十四年もたっているのに、目を閉じると、まだ首を絞めてきた男の手の感触を思い出すの」

ぼくはダイナの腕に残っている注射針の跡に目をやった。グレーシーはダイナは弱いと言っていた。でも、そうだろうか？　娘を守るために長年ずっと口をつぐんできたのは、ある意味では強い女性と言えないだろうか？　口をつぐんできたからこそ、こうなったのかもしれない。

ダイナが手首をひねって注射針の跡を隠した。「あなたにサイラスがいてよかった」

「彼女にあなたがいてよかった」ぼくはグレーシーのほうをあごでしゃくった。

「それはどうかしら」ダイナは大げさなほど、大きく息を吸った。「この感覚はうまく説明できないんだけど……やっとまた日の光を顔に浴びた気がするの。とても久しぶりに」

「あなたはずっとひとりきりで抱えてきたから。でも、もうひとりじゃない」

ダイナの目に涙が浮かんできた。「この子に何かあったらと思うと――」彼女の声がかすれた。ダイナは穏やかに眠っている娘のほうに何とか顔を向けると、長いあいだ見つめていた。眠っているグレーシーの表情はとてもやわらかく、子どものようだった。射抜くような鋭い視線にうっとりしていたせいか、黒いまつ毛がこんなに濃いことに気づかなかった。

「エイブとあたしの結婚はたやすくはなかったの。あたしたちを認めてくれるひともいたけど、反対するひとはその二倍いた。エイブの肌の色のことで、あるいは、あたしの肌の色のことで。ふたりの肌の色のことで。グレースが赤ちゃんのとき、抱っこして揺らしながら、この子はどんな人生を送るんだろうって心配したものよ。まわりのひとたちに、どんなふうに扱われるんだろう。あたしがこの子の父親に恋したせいで、この子はどんな罰を受けるんだろうって。いま考えると、ちっぽけな問題よね？」ダイナが唾を飲みこんだ音が部屋に響いた。「グレースはとてもきれいに育ってくれた。それに、とても強い」

「ええ、本当に」この二日間ずっとグレーシーに抱いてきた想《おも》いを見抜かれるのが怖くて、下を向いて同意した。

ダイナは小さく笑った。「もう何年もまえから、あの子にはあたしなんて必要なかったの」

「必要ですよ。口では何と言おうが、これからもグレーシーにはあなたが必要です。だから明日の朝、あなたを矯正施設に連れていくんです。すばらしい施設ですよ。ドクター・コッパのお墨付きですから」

「そんなお金は――」

「ぼくにはあります。母が遺してくれました」

「出してもらうわけには――」

「だめです、ダイナ。グレーシーのために入所してください。エイブのためにも。いまのあなたを見たら、エイブが何と言うと思います？」

何と言って拒否しようとしていたにしろ、ダイナは口ごもり、とうとう観念してため息をついた。「ねえ、グレースはエイブの件を放っておかないわよね」

「ええ、そうですね。もうぼくと一緒にテキサスに行くと言っています」

「だめだって言ったの？」

ぼくは笑った。「グレーシーに〝だめだ〟なんて言えると思いますか？」

「グレースのことをもうわかっているのね。行くと決めたら、あなたの車だろうが、ごみ収集車のうしろだろうが乗っていく子だから」

「ええ。これまで会ったなかでいちばん頑固な女の子だ」

「パパそっくり。大人になったあの子を見せてあげたかった。きっと誇りに思ったでしょうに」ダイナはまばたきをして涙をこらえた。「あの子がテキサスに行くつもりなら、あなたと一緒に行ってほしい。そのほうがずっと安心だから」

「あなたは回復することだけを考えて。グレーシーには決して馬鹿な真似はさせませんから」言うは易《やす》し、行うは難しだが。グレーシーは玄関からトラックが飛びこんでくるみたいにわかりやすいから。

ダイナはうなずいた。「あの子を守ってくれるわね？　エイブのために」

「誰もグレーシーを襲ったりしませんよ。彼女は何も知らないんですから」

「あたしだって知らなかったわ。本当のところは」

「グレーシーには手出しさせません」ダイナに約束した。十四年まえ、失意の底にいたダイナを怖がらせ、幼い女の子を脅しに使って黙らせるのは、覆面をかぶった男にとって簡単なことだったろう。だが、グレーシーはもう幼い女の子ではなく、ダイナほど簡単に怯えたりしない。

だが、それより深刻なのは、グレーシーが脅される理由を相手に与えてしまうのではないかという問題だった。

26

グレース

あたしたちはキタハシラサボテンが寡黙な見張り番のように両側に立っている、デザート・オークス矯正センターの立派な門を通りぬけた。

あたしは窓ガラスに映る母の硬い表情から、新しい住処《すみか》をどう思っているのか読み取ろうとした。施設はそれほど殺風景でもなければ、それほど都会的でもない。決して監禁されていると感じるような場所ではない。

いま、この目に見えているものは何だろう？　あたしはずっと母の考えは本のように簡単に読めると思っていた。でも、本当はぜんぜん読めていなかった。決して知られたくなかった秘密を心の奥に隠していたのだから。母を抜け殻のような女性に変えたのは、立ちすくむほどの恐怖だったのだろうか、それとも夫が殺されて腐敗した警察官という汚名を着せられたことを知った痛みだったのだろうか？

胸にわだかまる秘密を抱えた十四年間だったのだ。

もしも、あまりにも秘密を抱える時間が長すぎたのだとしたら？　もう回復の見込みがなかったら？

ノアが薄茶色の一階建てのビルのまえで車を止めた。「もう初回の支払いはすませてあるから」声をひそめて言った。

あたしは顔をしかめた。「ええっ？　いつ？」札束が入っているスポーツバッグは――昨夜、使うべきではないけど、ほかにどんな選択肢があるのかと言い争った、汚いお金が入ったスポーツバッグは――手つかずのまま、後部座席に乗せてある。

ノアは質問に答えずに運転席から降りてドアを閉めた。あたしがバックミラーで見ていると、ノアはバックドアを開けて、今朝早くあたしが母のために買いに走った着がえと洗面道具が詰まった小さなスーツケースをつかんだ。「おとなしくしていろよ」サイクロプスの頭を無造作になでると、ドアを閉めて、正面玄関へ向かった。

ノアは何をするつもりなんだろう？　すべてを解明すること以外に、という意味だけど。

今朝、ノアがここに連れていくと話しても、母は抵抗しなかった。ただ、うなずいただけだ。けれども、あたしはふたりが何も言わずに目を見交わしているのに気づいていた。昨夜、あたしが二、三時間眠っていた隙に、ノアが母を説得したにちがいない。母の愛した少年は、彼女を救いにきたのだ。

また、借りができてしまった。

母がため息をついた。「しばらく、ここに入るってことね?」

「きっと気に入るわ。女性だけの施設なの。ほかの五人の女性と同じ部屋。でも、自分だけのスペースがあるから、必要なときは逃げ場になる。男性の警備員はいるけど、顔はほとんどあわせないらしいわ。警備が厳しいみたい」この施設は見たところ平穏だが、援助が必要な人々を施設内にとどめ、そうした人々の人生に害を及ぼす人々を近づかせないために、徹底的な努力をしている。この施設に入ってくるだけの根性を持った売人は探すのに苦労するだろう。

母が回復する見込みがあるとすれば、ここだけだ。

「プールとジムの設備があって、ヨガと瞑想《めいそう》のクラスが豊富らしいわ。毎日、個人セラピーを受けて、健康的な食事をするの。おかげで成功率が高いみたい。もしかしたら、友だちだってできるかも」母が欲しがっているかどうかは別にして。

サイドミラー越しに目があうと、母は玄関の近くで警備員の女性と話すのに夢中になっているノアをちらりと見た。「ノアの顔を見るたびに、ジャッキーの面影を感じるわ」しばらく黙りこんでから続けた。「ノアがあたしのためにしてくれることを見ても。あたしたちのために……」

「ノアは母親がしたことを償おうとしているのよ」あたしはドアを開けて、車から降りた。

母も車から降りて、痩せた尻を隠すためにあたしが買った白いチュニックのまえを手でなでつけた。母は決して健康的には見えなかったが、シャワーを浴びて、新しい服に着がえると、かなり見られるようになった。「テキサスで面倒を起こさないでね」

「平気よ。答えを手にしたいだけだから。できれば、警察の報告書も。ノアは有力なコネがあるし、頭がいいからだいじょうぶ」ノアとは昨夜からほとんど口を利いていないので、あたしをテキサスに連れていくことに同意してくれるのかどうかはわからなかった。「少なくとも、ベッツィーを見つけることはできるかもしれないし」家族が増えたら、きっとうれしいだろう。

「さあ、それはどうかしらね。十四年間、ベッツィーは帰ってこなかったのよ。生きていたとしても、自分が誰なのか覚えていないかもしれない。それとも、これまでされたことを考えれば、思い出したくないのかもしれない……」母の声が途切れた。母は首のうしろに手をまわしてネックレスをはずし、あたしのてのひらに滑りこませた。

「これがベッツィーの記憶を取り戻してくれるかもしれないから」

あたしは黙って受け取った。「入所の手続きをしないと」

「そうね。とにかく……気をつけて」母があたしに向かって手を伸ばした。

あたしは母の手が届かないところまで、反射的に一歩さがった。もうずっと抱きあっていないのだ。

母は理解して小さくうなずくと、正面玄関へ歩いていき、通りすぎるときにノアの腕を叩いた。

母のあとをついていこうとすると、焼けるように熱いノアの手に手首をつかまれた。

「きみがお母さんを信頼していることを伝えないと」ノアが顔を近づけてささやいた。あまりにも近くて、彼が噛んでいるガムのミントの香りを強く感じた。

「母にできるとは思っていないから」

ブルーの目が懇願するようにあたしを見た。「信じないと。お母さんのためでもあるけど、きみ自身のためにも」

「あなたは、あたしが知っている母を知らないのよ」何度も何度も、落胆させられていないから。けれども、あたしはノアのために、信じるふりをしたいと思っていることに気がついた。「あたしを置いてテキサスへ帰らないでよ」あたしはノアの手をふり払い、玄関から入った。

あたしは施設の外に出ると、ほっとして息を吐きだした。

ノアはSUV車の横に寄りかかって脚を交差し、おやつを使って、リードを着けたサイクロプスにおすわりを教えているところだった。

そして、あたしはといえば、ノアはあたしを置き去りにする機会をつかんだ瞬間に、サイクロプスとあたしの荷物を警備員に預けて出発したにちがいないと思っていたのだ。

あたしはゆっくり近づいていって、彼の態度をからかった。「さてと、母が大声で叫びながら出てくるまで、どのくらいかかるかしらね」

ノアは笑った。「ぜったいに出てこない」

「施設の人から、今朝あなたが電話をかけてきて、最初の一週間分の費用をクレジットカードで支払ったって聞いたわ。残りも、銀行が開いたらふりこむって言ったんですって？」

ノアはサングラスをかけたが、何も答えなかった。ノアがそんなことをした理由はわかっている――認めようが認めまいが、あの札束は汚い金だとわかっているのだ。

だから、自分の金で母の入院費用を支払った。あたしは、一方ではそんな援助は断りたかった。でも、その一方ではノアの首に抱きつきたかった。でも、あたしたちには話しあわなければならない大事な問題がある。

「それなら、出発しましょ。ゆうべ、あなたはあまり眠れなかったようだから、最初はあたしが運転する」

ノアは頰の内側を嚙んでおり、あたしは言い争う覚悟をした。

「きみは運転することを許可されているの？」

「誰にも止められないでしょ」

ノアは片方の眉を吊りあげた。

「免許ならあるわよ、そういう意味なら」

またしばらく間が空いたが、ノアは仕方なさそうにため息をつくと、あたしのまえにキーリングをぶら下げた。

「ところで、その手はどうしたの？」今朝、車に荷物を積んでいるときに、手の関節の傷に気づいたのだ。

「たいしたことじゃない」ノアがあたしのてのひらに鍵を置いた。肌に触れた熱い指先はほっとしながらも、わくわくするような感触で、あたしは一瞬だけ傷のついた関節もヘロイン中毒の母親も忘れた。

「用意はいい？」

そうだ。あたしはテキサスへ帰るのだ。

行き止まりばかりで、何にもたどり着かない道しかないのか――父の死の背後にいる人物あるいは人物たちは、どんなに調べても発覚しないように手がかりをうまく隠しているだろうから――それとも、真実が見つかるのか。

あたしにわかっているのは、父を殺した犯人が野放しになっていることだけ。

でも、それももう終わり。

「ええ、いいわ」

27

ノア・マーシャル

くそっ。ぼくはきちんと謝れるように、ラジオの音量を下げた。「ごめん。忘れていた」

「サンアントニオ・スパーズの試合をコートサイドで観《み》られるっていうのに、忘れていたって？」ジェンソンの声にはとても信じられないという気持ちがよく表れていた。無理もない。サンアントニオ・スパーズはぼくが応援するバスケットボールのチームで、きょう行われるヒューストン・ロケッツとの試合のチケットをジェンソンが取ってくれたのだから。

「じつは……ほかのことで頭がいっぱいで」十八輪のトレーラーがほかの車にクラクションを鳴らしながら通りすぎていった。

「それで、いまどこにいるんだ？　木曜日から顔も見てなければ、声も聞いてないぞ」

「いま？　ニューメキシコのガソリンスタンドだ」バックミラーには、サイクロプスをなだめておしっこをさせようとしていら立つグレーシーが映っている。信号の近くに連れていくよう教えればよかった。サイクロプスは信号が好きなのだ。「母さんのことで処理しなきゃいけないことがあって」

「遺言書のことか？」

「いや」

ぼくが詳しく話さないと、ジェンソンが促した。「なあ、何をこそこそしてるんだよ？　おれにも言えないことなのか」

ぼくはため息をついた。ジェンソンは口が堅い。「ぼくの子どもの頃のバスケットボールのコーチを覚えているか？　ドラッグの取引の現場で撃たれた警察官」

「聞いたことがあるな」

「彼の娘がトゥーソンに住んでいるんだ。彼女に母が遺したものがあって、直接渡さなきゃいけなくて。それに、少しいろいろなことから離れたかったから」

「話してくれればよかったのに」

「ごめん。急に決まったんだ」

「わかった。いいさ、クレイグを連れていくよ。今夜じゅうに戻れるのか？」

「じつは、家に帰ろうと思っている」

「ノア……あの家にひとりでいないほうがいい」

「ひとりじゃないんだ。グレーシーがしばらくテキサスに戻ってくることになって、泊まる場所が必要だから、一緒にいることになった」

「へえ？」少し間が空いた。「どんな子だ？」

「癇癪玉、かな」トゥーソンに置いてきたほうが、物事が複雑にならなくてすんだかもしれない。

「刺激的ってことか」

笑いがこみあげてきた。「そういう意味じゃないけど」

「そうか……刺激的なんだな」ジェンソンがにやけているのが声でわかった。「どのくらい刺激的なんだ？　ヒリヒリしそうなほどか」

「尋問するなよ」

「いいから……」

ぼくはにやりとした。「とてつもなく刺激的だ。野性的なカーリーヘアで、目はグリーン。身体は――」

背にしていたバックドアが開いて、不意を突かれた。

「身体はどうなんだよ」ジェンソンがせっついた。

「もう行かないと」

「明日の試合はくるんだろう?」

「たぶん、行けない」ジェンソンに文句を言われるまえに電話を切った。

サイクロプスが後部座席に乗り、尻尾をふりながら片目でぼくを見た。

「リードに慣れたみたい」グレーシーがサイクロプスの頭をなでた。

「まるっきり新しい犬に生まれ変わったみたいだ」かつては泥だらけだった毛はやわらかくふわふわになり、ついなでたくなる。

ぼくはグレーシーがボンネットのまえを通って助手席のほうへ歩いてくる様子を見つめた。ジェンソンとの話は聞こえなかったのかもしれない。

「本当に運転できるの?」助手席に乗りこむと、グレーシーが訊いた。「五時間居眠りしただけじゃ、足りないと思うけど」

グレーシーの皮肉に応えて、ぼくはほほ笑んだ。「最高の気分さ。きみは少し寝たほうがいい」

「この身体には必要ないから」

ぼくはエンジンをかけ、少し時間をかけてサイドミラーを確認し、頬の熱が冷めるのを待った。

ジェンソンとの話は聞こえていたらしい。

ひとりの人間と十二時間も一緒に車に乗っていれば、永遠のように長く感じるだろう。とりわけ人里離れた砂漠を何百キロも走り、話をするか、ラジオで変わりばえのしないカントリーミュージックばかり聴くかしかない場合はなおさらだ。

それなのに、グレーシーと一緒だと何百キロ一緒にいても、まったく苦痛じゃなかった。たいてい、どちらかが眠っていたからだ。

だが、いまはお互いに話をしようとしていた。

「本当に何もないのね」また眠っているような町を通って、ガソリンスタンドだけが並ぶ道を目にすると、グレーシーはぶつぶつ言った。

「決して、わくわくするようなドライブじゃないな」

グレーシーはうめき、脚を伸ばしてダッシュボードにのせた。「ドライブならいいわ。どうして、ここで暮らしていられるのかわからない。寝て、飲む以外は、何をするの？」おんぼろのメキシコ料理屋のほうをあごでしゃくった。「あと、タコスを食べる以外に」

街灯のまえを通りすぎるたびに、グレーシーの形のいい裸の脚が照らしだされた。

「あまりないだろうね」チャンスがあるたびに、脚を盗み見た。

「トゥーソンではメキシコ料理屋で働いていたけど、もうケソとチップスにはうんざりよ。それだけは確か」

「仕事はどうしたんだい？」

「町を出ると言ってきたわ」

「それで？」グレーシーに答えさせるのは、ひどく厄介なことがある。自分のことを話したくないのか、個人的なことを話すほどぼくを信用していないのか、それともほかのことで頭がいっぱいなのかはわからないが。

「トゥーソンに戻ったら、顔を出せって言われたわ。代わりがいなければ、また雇ってやるって」グレーシーは鼻を鳴らした。「評価されている従業員なんて言っても、こんなものよね。〈クイックトリップ〉は先月昇給してくれたっていうのに。時給十五セントもあがったんだから」

ぼくはからかって口笛を吹いた。「きっとすぐに新しい仕事が見つかるさ」

「そうね、心配はしてない。〈アーント・チラーダズ〉なら、どこにでもあるから。ママがオースティンの〈アーント・チラーダズ〉で働いていたの、知ってる？　おもしろいと思わない？　テキサスに残ることにして、同じ店で働いたとしたら？」

　グレーシーはテキサスに残るつもりなのか？　どうしてそんな気になれるんだ？　父親に起きたことを考えれば、なおさらだ。とはいえ、グレーシーがトゥーソンに愛情を抱けない理由もわかるが。

「ところで、ダイナはどうしてテキサスにくることになったんだい？」

「十七歳のときに、友だちと一緒にオースティンに出てきたの。テキサスの石油王と結婚するっていう高大な夢を持っていたらしいわ。貧乏なトレーラーハウス暮らしとおさらばしたかったんでしょ。それはともかく、ある日、ママはスピード違反でパパに車を止められたわけ。ママはまた仕事に遅刻したらクビにされるって泣いたの。それで、ここで見逃してくれたら、二度とスピード違反はしないと誓った。そうしたら、うまくいったのよ。パパは注意しただけで、ママを行かせた。

　その夜、パパは仕事終わりに〈アーント・チラーダズ〉に現れて、ママが担当するテーブルにすわりたいと頼んだの。クビになっていないか、確かめたかったのね。それで、ふたりは話をして……仕事が終わるときには、ママはこのひとだってわかったらしいわ。三カ月後、ママはあたしを妊娠して、ふたりはすぐに結婚した」

「すてきな話だ」

「そうね」グレーシーはシャツのほつれた糸を引っぱった。「小さいとき、夜になるとママはあたしを抱っこして、パパのすてきな話をいろいろ聞かせてくれた。パパは事故で死んだと思いこんでいた、古きよき時代の話よ」

その間、ダイナは暗く恐ろしい真実を心の奥深くに隠しつづけ、ついにはその真実に腐食されてしまった。

オースティンと記されたハイウェイの標識を通りすぎた。

「あとたったの二時間？」グレーシーが訊いたが、その声は震えていた。

見慣れた道を進み、喪失感と安心感という矛盾する気持ちを抱きながら、ぼくたちの家がある静かな袋小路に入った。ぼくの家がある静かな袋小路だ。こんなふうに言うと、とても妙な気持ちになる。

「懐かしのわが家だ」

明かりのついていない家を見て、グレーシーは目を剝いた。彼女の家と比べれば、宮殿に見えるかもしれない。「すてきな家ね」

ぼくはエンジンを切り、両手を膝に置き、しばらく正面の屋根付きポーチを見つめていた。いつか黄色い警察のテープを思い出さずに、このポーチを見ることができるようになるのだろうか。

ずっと腹を出し、愛玩犬のようにいびきをかいて眠っていたサイクロプスが後部座席で起きあがった。「この近所には猫が二匹いるんだけど……」

「あたしの知るかぎり、サイクロプスが猫を殺したことはないわ」グレーシーはぼくの表情を見て腹を立てた。「リードを着ければいいんでしょ」

「フェンスの下さえ掘らなければ、裏庭は自由に走らせていい」ぼくは運転席から降りて、こわばった脚を伸ばした。そして後部座席の荷物を取った。

「自分の荷物くらい持てるわ」グレーシーが手を出した。

ぼくはわざとテキサスなまりを強調して、グレーシーをからかった。「テキサスではそうはいかないんだよ、お嬢さん」グレーシーは目を剝いたが、かすかにほほ笑んでもくれた。そして、それ以上は文句を言わず、靴を引きずりながら、石敷きの道をついてきた。疲れているからなのか、気が進まないからなのかはわからない。

「あたしたちが住んでいたオースティンの家もすてきだったって、ママが言ってたわ」

「奥行のある裏庭があったよ」静かな夜のなか、鍵の音を響かせながら、ぼくは言った。「それから、でっかいテキサス州の旗があって——」

「ポーチに掲げてあったんでしょ。不動産屋から鍵をもらった日に、まだ家に入ってもいないのに、パパが掲げたのよね。テキサス人であることに誇りを持っていたから。テキサスを出たときも、ママが持っていったのよ」グレーシーは小さな声で付け加えた。「いまはもうないけど」

物悲しさが入りこんできた気がして、追い払いたくなった。「エイブは車庫の扉にバスケットボールのゴールを付けていた。そこで、ぼくはバスケットボールを教えてもらったんだ。こんな日もあった。学校から帰ってきてドリブルをしていたら、近所のひとが音がうるさいって警察を呼んだんだ。そうしたら、きみのパパと相棒、うちの母、それから別のパトカーに乗った警察官たちもやってきて、みんなで制服のまま、私道でバスケットボールをはじめた」そのときのことを思い出し、ぼくはほほ笑んだ。「三対三でね。母はドリブルなんてこれっぽっちもできないのに」

「近所のひとはまた苦情を言った？」

「言ったとしても、ぼくは聞いていない。エイブにはバスケットボールを続けろと言われたよ。ぼくが問題に巻き込まれていないという証《あかし》だからって」いまでもときどき、目をあげろ、ドリブルは低く、身体を使ってブロックしろという、轟《とどろ》くようなエイブの声が聞こえてくる。

ぼくはポーチのまえの階段をのぼって、ドアの鍵を開けた。そしてグレーシーがサイクロプスのリードをはずせるように、わきにどいた。警報装置を解除すると、サイクロプスはタイルに鼻をつけ、家じゅうのにおいを嗅ぎはじめた。「さあ、どうぞ。くつろいでくれ」ぼくはふざけて言ったが、家にまた犬がいるのはいいものだった。ぼくがこの家に戻ってきたとき、母とまた犬を飼うことを話しあったが、どちらも必要な時間を割けなかったのだ。

サイクロプスはどんなにおいを嗅いでいるのだろう？　ここ数週間にこの家のなかを歩きまわった四十足以上のブーツや靴のにおいだろうか？　それとも、キッチンに付いた血を落とすために使った漂白剤のにおいだろうか？

いや、もしかしたらプラグに挿しこむ芳香剤の――母が気に入っていた――ライラックのかすかな香りかもしれない。オイルがなくなってしばらくたつのに、まだにおいが残っている。

妙な沈黙が広がり、グレーシーが長い廊下の奥のキッチンに目をやった。まるで寒さを感じているかのように、両腕を身体に巻きつけている。「ここにいると、何だか気味が悪くない？　その……」グレーシーが口ごもった。

「ここにいるのが耐えられないんだ」ぼくは正直に答えた。「キッチンなんて最悪だ。

とくに夜は。母が死んでから、三回しか帰ってきていない」

グレーシーが下唇を嚙んだ。「あたしが一緒にこなかったら、どこに泊まるつもりだったの？」

「週末に伯父のサイラスの家へ移るつもりだった」グレーシーを一緒に連れていったら、きっと何か言われるだろう。話をするのが億劫《おっくう》だった。ただし、クラインのことを話したら、簡単に気を取られるだろうけど。

「つまり、あたしが計画をめちゃくちゃにしちゃったのね」

「そんなことないさ。ついてきて」ぼくはグレーシーを二階の部屋へ案内して、ドアの内側に彼女の荷物を置いた。「お客さま用のバスルームはあっち」それから反対側の寝室をあごで示した。「あれが、ぼくの部屋」

グレーシーはぼくの部屋のドアを見たが、何も言わなかった。

「いまにも眠っちゃいそうなんだ。何かほかに必要なものはある？」

「水をちょうだい」

ぼくは持ってくると言いかけたが、いまキッチンに入るくらいなら、頭から壁に激突するほうがましだった。

「平気よ。自分で持ってくるから。覚えてる？　あたしは自立した女だから」

「そうだったね」ぼくはゆっくりと階段を下りていくグレーシーをじっと見つめた。だが、ついていく勇気はなかった。

母はいつも几帳面に記録を残していた——書類はきちんとファイルされ、出費も詳細につけてある。

でも、どこまで詳細につけていたのだろう。この二時間、ぼくは母の書斎に置かれた背が高いキャビネットを調べていた。

出費を残らず記録していたのだろうか？

このファイルに、グレーシーに遺した九万八千ドルを説明する何かがあるのだろうか？　ドラッグの手入れとは関係ないことを証明する何かが。

あったとしても、見つからなかった。見つかったのは、正当に見える税金の還付金と、警察の報酬に見あった個人的な出費の三年間の記録だけだ。

「あなたも眠れないの？」不気味なほどの静けさをグレーシーの声が破り、ぼくは飛びあがるほど驚いた。「ごめんなさい」グレーシーはドアに寄りかかり、すべすべの脚を交差して、胸のまえで腕を組んでいる。ショートパンツとタンクトップに想像力をかき立てられた。午前三時だというのに、血が全身を駆けめぐりはじめた。

全身をじっと見つめられているのを感じているからなおさらだ。グレーシーが書斎にくるとわかっていたら、ボクサーパンツのうえにズボンをはいていたのに。

ぼくはいちばんうえの引きだしに、クラインの名刺をそっと滑りこませた。先にサイラスに話してから、グレーシーに伝えるつもりだった。「きみのおばさんについて、ネットで簡単に調べてみようと思って。それで、余分な情報は取り除くんだ」仕事で人々について調査するときに踏む初歩的な段階だった。〈グーグル〉、大手ソーシャルメディア、そしていくつかの人名データベースで検索するのだ。ふたりのベッツィー・リチャーズと正式な名前であるエリザベス・リチャーズ二十四人が引っかかったが、まだ有力な情報はない。

グレーシーはぼくが手にしている〝ビザ〟というタイトルのファイルを身ぶりで示し、訳知り顔で口もとに笑みを浮かべた。「お金のこと、まだ望みを捨ててないんでしょ？」

「探していただけだ……何を探しているのか、自分でもわからないけど」ため息をついて、ファイルを開いた。どの月もほとんど変わらなかった——週一度の食品の買い出し、ガソリン代、ＢＭＷの修理費、地元のレストランでの昼食代。母はすべてクレジットカードで支払っていた。いつか大きな旅行に行きたいと話し、ポイントを貯《た》めるのが好きだったのだ。目的地は決められなかったけど。

ぼくはある一行に目を留めた。

エルパソのガソリンスタンドでの支払いだ。

明細を追っていくと——二カ月まえの分だ——トゥーソンのホテル代も見つけた。

「なあに？」グレーシーが部屋に入ってきて訊いた。

「うちの母が会いにきたって、お母さんは言ってなかった？」

グレーシーは顔をしかめて考えこんだ。「ううん」

「確かかい？　お母さんがヘロインをやっているときで、作り話だと思って片づけたとか」

「あ、あたしがヘロインをやっていたわけじゃないから」グレーシーが合点のいった顔をした。「お母さんがトゥーソンへきたのね？」

「二月に、ひと晩だけ」ぼくがジェンソンとコロラド・スプリングスへスノーボードをしにいった週末だ。

「それなら、どうしてそのときにお金をくれなかったの？」

〝きちんと正そうとしたのよ。でも、彼女と顔をあわせられなかった。これだけ時間がたってしまったあとで、自分が彼女にした仕打ちに向きあえなかった〟

「母が臆病者だったからだ」ぼくは小声で言い、請求書をもとの位置に戻して、書棚を閉めた。いまのところ、最後の夜に母が言ったことは、めちゃくちゃなようでいて、すべて事実と結びついている。

クラインへの電話を信じるとすれば、母はマンティスがエイブを殺したことを知っていながら何もしなかった。問題はその理由だ。その理由がわかれば、ぼくが警察に嘘をついた理由から、ＦＢＩの目をそらせるかもしれない。母の名誉を守り――母の罪の告白を――この件から除外できるかもしれない。だが、そのためには情報が必要だ。

明日にしよう……きょうはたくさんの事実を知りすぎた。「ベッドに入ろう」

グレーシーが驚いて眉を吊りあげ、ぼくは言葉の選び方を間違えたことに気づいてたじろいだ。そして、辛辣な拒絶の言葉が返ってくるものと覚悟した。

「おやすみなさい、ノア」グレーシーは廊下に出て、自分の部屋へ戻っていった。

ぼくは首をふり、深刻な雰囲気だったにもかかわらず、頰がゆるんだ。「おやすみ、グレーシー」

28

エイブラハム・ウィルクス巡査
二〇〇三年四月二十四日

「マイク！」おれは机にすわっている巡査と握手した。「夏のあいだ、ずっとどこに行ってたんだ？　コートにもいなかったじゃないか」

「地獄さ」マイクはいら立ちが募った丸い顔で、膝の装具を指さした。

「まだ、はずれないのか」マイク・ローデスは数カ月まえにコンビニエンス・ストアに押し入った強盗を追跡しているときに靭帯《じんたい》を損傷し、それ以来軽い内勤の仕事に就いているのだ。

「地獄っていうのは、ここで電話を取ることとさ。どっちも……腹まわりには最高だけどな」ますます出てきた腹を叩いて、皮肉を強調した。

「それで？　ここはどうなんだ？」おれは机を囲んでいる仕切りを揺らした。それも証拠保管室の安全対策のひとつだ。

マイクは肩をすくめて、弱々しくほほ笑んだ。「ときどきは、太陽を拝ませてくれる」

「おいおい。早く現場に戻れるといいな」

「おまえもな。このコンピュータシステムをバージョンアップするまでには、ぜったいに戻りたい。そんなとんでもない状況に関わりたくないからな」マイクはおれが何も持たずにきたことに気がついた。「それで、何をしにきたんだ？」

おれはふり返り、うしろに誰もいないのを確かめた。「このあいだの夜、〈ラッキーナイン〉で大がかりな手入れがあったのを知っているか？」

「知らないやつがいるか？　キャニングがマンティスを表彰したがってるって話だ」

「ああ、おれも聞いた」少したためらってから続けた。「証拠として何が記録されているか、教えてくれないか？」

マイクのぼさぼさの眉が吊りあがり、おれは長年の友情の限界を踏み越えてしまったことに気がついた。

「それじゃあ、せめてドラッグと一緒に現金がいくら押収されたかだけ、教えてほしい」

「誰からの依頼だ？」

「おれだ」

マイクはしばらくためらっていたが、パソコンのほうを向き、キーボードを叩きはじめた。おれは黙って、マイクの目が画面を追っていくのを見守った。

マイクが頭を小さくふった。「現金はない。ドラッグ六トン、銃四挺……現金が押収された記録はない」グリーンの目をおれに向けた。「どうして、そんなことを訊く?」

「ただの勘さ」

というよりは、キャニングが表彰する猟犬たちのやり口がはっきりわかっただけだった。

29

グレース

サイクロプスが聞き慣れない鳥の鳴き声を聞いて吠えた。

あたしが耳のうしろをかいてやって落ち着かせると、サイクロプスはまた緊張を解いてあたしのわき腹にもたれてきた。「わかるわよ。気味が悪いんでしょ？」あたしはこっそり裏のポーチに出てきてヤナギ細工の椅子で丸くなって、三十分まえには日の出を見つめていた。そのときは十羽の青みがかったカラスが互いに呼びかわし、サイクロプスもちぎられた耳を、あちらこちらの方向にピクピクと動かしていた。

それ以外はとても静かで平穏で、ジャッキー・マーシャルの家の裏庭を眺めながら、頭を整理することができた。大きな木々とキドニー形プールを囲む庭は都会のオアシスであり、その向こうの公園とを隔てるフェンスには門がある。まるで楽園だ。

父が死ななかったら、あたしはどんな人生を送っていたのだろうか？　公園と木々のある静かな郊外で成長したのだろうか？

この十四年間、あたしは何度もそんなふうに考えてきた。

「ジャッキー・マーシャル、あなたは本当はどんなひとなの？」あたしは朝の静けさのなかささやきかけた。

細かいところまですべてが丹念に整えられている。庭はきちんと手入れされ、春を迎えて花が咲きほころび、プールはクリスタルのように透明で、周囲の石もきれいなまま。家のなかはすっきりした家具から小物まで、ベージュ、クリーム、コーラルといった色で流れるように統一されている。棚には料理本がきちんと整頓されて並び、本の背もほとんど破れていない。壁には愛らしい〝家庭だんらん〟という言葉が掲げられ、家族や友人を歓迎している。ここから浮かんでくるのは、外出するときは必ずきちんと化粧をして流行の服に身を包み、客が玄関から入ってこないうちにアイスティーを勧め、服が汚れないようにエプロンを締めて鼻歌を歌いながらキッチンで働くテキサスのブロンドの女性だ。

そのひとがノアを、どんな基準においても、あたしが会ったなかで誰よりも礼儀正しい男性を育てた。

でも、ジャッキー・マーシャルは警察の本部長でもあったし、酒に溺れてもいた。

死んだ相棒の娘に渡すべき大金が入ったバッグを持ちながら、直接渡す勇気がなかったひとでもあった。

そして、このフレンチドアの向こうで、二階に息子がいるのに、頭を吹き飛ばした。自分が知るかぎり、誰かが自殺した家に入ったのは初めてだ。ジャッキーがキッチンで死んだことを知らなければ、昨夜キッチンに入ったとき、うなじの毛が逆立っただろうか？　きのう、あたしは不気味な静けさが落ち着かず、グラスに水を注ぐと、そそくさと部屋へ帰った。

誰かが――ノアだ――キッチンを歩きまわっている音がする。これから彼と顔をあわせると思うだけで、胃がきりきりする。きのう、ノアが電話で友人とあたしの話をしているのが耳に入った。あれはどういう意味で言ったんだろう？　ううん、それより重要なのは、あたしはどういう意味であってほしいと思っているんだろう？

彼はノアだ。ジャッキー・マーシャルの息子なのだ……。

でも、ノアはひとりの人間であり、ジャッキーじゃない。

それでも、ノアはジャッキーを守りたがっている――少なくとも、パパが罠にはめられたことを知りながら、何もしなかった女を。そんなことをあたしが見過ごせるはずがない。

ノアのことは好きだ。一日が過ぎるごとに、ますます好きになっていく。でも、あたしはあまりにもとつぜん、あまりにも早く、あまりにも誰かを愛しすぎる女じゃない。あまりにもとつぜん、あまりにも早く、あまりにも傷ついてしまう女じゃない。

だから、あたしは恋にのぼせたどこかのお馬鹿さんみたいにキッチンへ駆けこむのではなく、椅子にすわったままコーヒーの最後のひと口を飲み、背の高いカエデの木に太陽がかかるのを眺めた。

ベーコンが焼けるにおいがして、やっとあたしはキッチンへ入っていった。

けれども目にした光景に、足を止めた。

ノアはダークウォッシュ・ジーンズをはき、白いTシャツを着て、コンロのまえに立っていた。コットンが広い背中を包み、髪はシャワーを浴びたのか少し濡れている。

「あちっ！」ノアはたじろいで飛びのき、たくましい腕に飛んだ油をふり払った。

「エプロンをしないと」

ノアがふり返り、あたしの身体をすばやく見た。彼はよくそうやって見る。でも、こそこそといやな感じじゃない。あたしの心臓が飛び跳ねるような感じだ。「ああ、おはよう。食べ物があまりないんだけど、ベーコンはあったから。きみも好きだと思って」

「あたしがやる」ノアの手からフォークを取ると、指先が触れあった。ベーコンのにおいより、彼の石鹸の香りに血が沸きたつ。

「何時に起きたの？」

「早すぎる時間。サイクロプスが外に出たがって」

ノアはパンを二枚トースターに入れた。「コーヒーは淹《い》れられた？」

「ええ。それの使い方がわかるまで二十分かかったけど」敵意をこめて、ハイテクな機械をにらみつけた。

ノアが腕時計に目をやった。「さて。金は金庫に入れた。ぼくはすぐに戻ってくるから」

「でも……」顔をしかめて、コンロのほうを身ぶりで示した。

「きみの分をつくっていたんだ」

そうでしょうとも。あたしは唸りたくなるのをこらえた。ママはパパがこんなふうだったと話していた。ベッドまでコーヒーを持ってきてくれて、朝食をつくってくれたと。これはテキサス流なの？　それとも、親切な男のやり方？

あるいは、ノアはこれ以上一秒たりともキッチンにいられないのだろうか？

どちらにしても、ノアがやろうとしていることはわかる。「ハーヴィー・マクスウェルと話しにいくのに、あたしを置いていくんじゃないでしょうね」

「すぐ戻るよ、約束する。帰りに食べ物を買ってくるから」

「一緒に行く」

「ハーヴィーはいいひとだから——」

「〝いいひと〟というラベルを貼りつけるまえに、彼がどんなふうに父と関わっていたのかを訊くのよ。ハーヴィー・マクスウェルが黒幕かもしれないんだから」

ノアは小さく笑った。「信じてくれ。ハーヴィーはそんなひとじゃない。これだけはぼくだけでやらないと」

「父に何かしたかもしれないひとたちをもっと助けるために？」

ノアが視線をそらして床を見ると、あたしは良心が咎めた。ノアに怒りをぶつけるときは、彼が難しい立場にいることを覚えてないと。

「これはあたしの父の問題なの。だから、一緒に調べるんでしょ。最後まで」

「でも……母は何も訊かないほうがいいと言い残したんだ。それに、ぼくはきみを守るとダイナに約束した」

「この十四年間、あたしがどんな場所で生きてきたか見たでしょう？」辛辣な口調になるのを止められなかった。「守ってもらわなくてけっこうよ。自分のことは自分で守れるから」

呼び鈴が鳴り、決着しそうになった言い争いにじゃまが入った。

あたしは眉をひそめてコンロに付いてる時計を見た。「朝の七時半よ。こんなに早く、誰がくるの？」

呼び鈴がまたすばやく三回鳴り、ノアは唸った。

30

ノア・マーシャル

「三……二……」ドアのノブに手をかけて、心のなかでカウントダウンする。「……で、ボールをぶつけられる」

「おまえが約束をすっぽかしたんだろ」ジェンソンはいつもの短パンとTシャツ姿だった。すぐにでも出かけられるようにバスケットボールまで抱えている。

「きょうは無理なんだ。やることがたくさんあって」

「まあ、そうだろうな」ジェンソンが訳知り顔で見た。

「言っておくが、おまえが考えているようなことじゃない」

ジェンソンは両手をあげて降参した。「わかったよ！　おれとキャンディスもあとでヤルから。おまえも出てこいよ。それから、デイナがおまえのことを気にしていたぞ」

「いや、ぼくはいいよ」ひどい言い方だが、キャンディスの友だちのことは何週間も思い出さなかった。

「どうして?」ジェンソンは何も知らないふりをして訊いた。「ぜったいにヤれるんだから、ありがたくいただけばいいのに」

ぼくは唇を嚙みしめて、うしろをふり返った。ジェンソンの声は響くので、廊下の向こうにいるグレーシーにも聞こえそうだった。

ぼくがふり返った隙を突いて、ジェンソンが無理やりなかに入ってぶつぶつ言いだした。「気乗りしない理由はわかっているんだ」廊下を歩いてキッチンへ向かった。そして戸口で立ち止まり、グレーシーを見た。

グレーシーはジェンソンに背を向けて細い腕をまげ、焼きたてのトーストにバターを塗っていた。「おはよう、声が大きなノアのお友だち」グレーシーはふり向かずに言った。

「おはよう。ノアの家のキッチンで料理をしている女の子」ジェンソンは得意気に笑って答えると、視線を下げていき、小さなショートパンツで止めた。ぼくが見たなかでも完璧な部類に入るかもしれない尻に、いま友人が見惚《みほ》れている。

グレーシーはフォークでベーコンの山を皿にのせた。「いつも、そうやってじろじろ見るの？」

「どうかな。ノアにバスケットボールを断らせる女の子と初めて会ったから。現実のひとじゃないのかもしれない」

「信じられないなら、そっちに行って殴ってあげてもいいけど」

ジェンソンは笑った。言葉遊びだと思っているのだ。冗談だと。彼女のハンドバッグにはまだナイフが入っているはずだ。

グレーシーは大げさにため息をつき、やっとふり返って、冷ややかなミントグリーンの目でジェンソンを値踏みした。野性的なカーリーヘアが完璧な顔をセクシーに縁取っている。

ジェンソンがにっこり笑った。「やあ、おれはジェンソンだ」

「こんにちは、ジェンソン。悪いけど、ノアはきょうはバスケットボールはできないの」

「いや、できるさ。五分だけでいいんだ。ノアだって、自分のキッチンにいる、最高にいかす女の子に、恥ずかしい話をいろいろ聞かされたくないだろ。たとえば……」

グレーシーは片手に皿を持ち、フレンチドアまで歩いていって、サイクロプスをなかに入れた。

ジェンソンは当然ながら気をそらされて、顔をしかめた。「何だ、あれは？」

「ノアの新しい飼い犬よ。かわいいでしょ？」

「ぜんぜん。ブサカワでもない。ただの醜い犬だ」

「着がえてくる。ノア、あたしを置いていこうなんて思わないでよ」グレーシーがもう一度最後に警告するようにぼくをにらみつけてから階段をのぼっていくと、ジェンソンはその姿が消えるまで見送っていた。

ジェンソンが小さく口笛を吹いた。「確かに、癇癪玉だ」

ぼくはため息をついた。どうして、彼女を置いていけると思ったのだろう？

「二、三分は空いているみたいだな」ジェンソンは指先にボールをのせて回転させた。

ジェンソンに聞いてもらうか。ぼくはジェンソンの手からボールを奪って玄関へ向かい、喜んでキッチンから出た。「五分だ。でも、騒いで近所のひとを怒らせるなよ」

「それじゃあ、木曜日からおまえを見かけなかったのは彼女が原因だったのか？」

ジェンソンはゆっくりとした一定のリズムでドリブルをしている。そんなにうるさい音ではないが、玄関まえのポーチにすわっていたミスター・スタイルズが新聞を読むために家へ入っていったときに悪意のこもった目でこちらを見られた様子からして、迷惑であることに変わりはないのだ。

ジェンソンは小学一年生からの親友だ。何か欲しいものがあるときは、骨に食らいつく犬のように、手に入れるまでぜったいに放さない。「ああ。だけど、おまえが想像しているようなことじゃないぞ」

「念のために言っておくが、そいつは嘘だな。でも、もし本当なら、おまえは馬鹿だ」ジェンソンが両腕をあげると、ボールはぼくの頭を越えて、ゴールネットに入った。そしてボールがバウンドして戻ってくると、ジェンソンはつかんですぐ、ぼくにパスした。ぼくは反射的に手を伸ばし、ドリブルをしてシュートした。息をするのと同じくらい無意識で身体が動く。

「グレーシーがここにきたのは、ぼくのためじゃない」

「それじゃあ、ここで何をするんだ？」

「長い話なんだ。どこからはじめたらいいものやら」

ドアが音をたてて開き、グレーシーが出てきた。ジーンズのショートパンツと白いTシャツに着がえているが、髪はまだ潑剌とした顔のまわりで爆発している。化粧はしていない。まえから気がついていた。彼女には必要ないのだ。

「ノア、食べて」グレーシーがナプキンでくるんだサンドイッチを掲げた。

「結婚しろよ。しないなら、おれがする」ジェンソンはそううめくと、フェイントをかけて身体を回転させてからシュートを打ち、もう一度ネットを揺らした。「やあ、グレーシー、一緒にやらない?」

「けっこうよ」グレーシーはサンドイッチを食べる合間に答えた。

「そんなこと言わずにさ。心配いらないって。やさしくするから」

グレーシーはチェロキーのうしろのバンパーに腰を下ろした。「バスケットボールは嫌いなの」

ジェンソンがドリブルで通りすぎながら言った。「あきらめろ。バスケ嫌いの子とはぜったいにうまくいかない」

ぼくは頭をふり、グレーシーに詫びるようにほほ笑んだ。グレーシーは関心なさそうに肩をすくめ、さっとぼくの胸を見た。

「それじゃあ、どうしてここにいるんだい?」ジェンソンはこれっぽっちの遠慮もなく尋ね、ボールはまたきれいにネットに吸いこまれた。

グレーシーは眉を吊りあげ、こう伝えてきた。〝このひとに聞かせたいように、あなたが話してよ〟

「さっきも言ったけど、長い話なんだよ」

ジェンソンの困るところはビールを飲んで大騒ぎをする馬鹿者のようなふりをしながら、じつは分速一キロの速さで頭が回転する賢い男だという点なのだ。「ジャッキーがきみに何か遺したって、ノアから聞いたけど」

グレーシーは口を動かしながら、最初にぼくを見ていたような目で、つまりまったく信用していない目で、冷静にジェンソンを観察した。

とうとう、ぼくは言った。「お金だよ。彼女を援助するための」

「嘘だろ……」ジェンソンはドリブルをやめ、声をひそめて近づいてきた。「だから、ふたりとも警戒してるのか」

グレーシーとぼくは目を見交わした。

「おいおい……」ジェンソンは両手をあげた。

「母は死ぬまえに、グレーシーの父親はドラッグを売ってもいないし、盗んでもいないというようなことを言い残したんだ」

ジェンソンがグレーシーの横でバンパーに手をつくと、チェロキーが沈みこんだ。

「何だって？　誰かに罪を着せられたってことか？」

「母がはっきりと言ったわけじゃないけど、そういうことだと思う」ぼくは少しためらってから続けた。「警察が関係しているかもしれない。少なくとも、ひとりの警察官が」ぼくはマンティスについて知っていること、〈ラッキーナイン〉で行われたドラッグの手入れ、ダイナから聞いたことをジェンソンに説明した。母がクラインに電話したことはまだグレーシーに伝えていないが、エイブは手入れのときに警察官たちが金を盗んでいるところを目撃したせいで殺害されたのかもしれず、その警官のひとりがマンティスかもしれないことも伝えた。

この手のことは、ぼくよりジェンソンのほうがよくわかるかもしれないからだ。

ジェンソンは上の空で手のなかのボールを回転させている。「九万八千ドル」

「そうだ」

ジェンソンは口笛を吹いた。「で、そのマクスウェルという男に話しにいくのか？」

「ぼくが行こうとしていたところに、おまえがきた」

「ぼくたちが行こうとしていたところに」グレーシーがぴしゃりと訂正した。

「この件をオースティン市警に話すつもりはないのか？」

ぼくは意味深長な目でジェンソンを見た。「マンティスは監察部長だ」

「だからって、オースティン市警に訴えない法はない。大多数の警察官は志が高くて、毎日まったく知らない市民のために、命を懸けている。ひと握りの腐った警官のせいで、警察への信頼を失わないでくれ」

もしかしたら、その腐った警官というのが母だったのかもしれない。

横顔にグレーシーの視線を感じ、肩に緊張が走った。「マクスウェルが知っていることを訊きだして、そこからはじめるつもりだ」

「とにかく、FBIに話したほうがいい。仕事で知りあったやつがいるんだろう?」

ぼくは視線をそらした。あいつにつけまわされたおかげで、知りあいはいる。クラインが本気だったなら、この腕時計によれば、あと十六時間でまた家にやってくるはずだ。だが、それよりもまだ隠しごとがあったと知ったとき、グレーシーに何を言われるかのほうが心配だった。

ジェンソンは頭を働かせて、ゆっくりうなずいた。「警察はビデオを発見できなかったんだな」淡々と言った。

ぼくは眉をひそめた。「どうして、そんなことが言える?」

「筋道立てて考えればわかる。グレーシーのお母さんが警察にビデオの話をしたとたん、男が――お母さんには警察官に思えた男が――とつぜんビデオを探しにきた。ということは、事件の捜査に携わっていた何者かが、情報をもらしたにちがいない。そして、その男がビデオを探しにきたということは――」

「エイブのパソコンでも見つからなかった」やっとジェンソンの考えに追いついた。

「外部の記憶装置に入っているのかもしれない。ＵＳＢメモリーか何かに。いや、十四年まえにＵＳＢメモリーなんてあったか？」

「いい質問だ。正直に言えば、当時のひとたちはよく仕事をしていたと思うよ。何も——」

「家を捜索したとき、どうしてそのＵＳＢメモリー……だか何だか知らないけど、それが見つからなかったの？」いつも仮説の穴をすばやく見つけるグレーシーが言葉をさえぎった。

「エイブの家にはなかったからだ」ジェンソンがあっさり答えた。「エイブはビデオがどのくらい重要なものなのか、わかっていたはずだ。もしかしたら、すでに脅されていたのかもしれない。とにかく、そのビデオを見つけないと」

「簡単よね。父が十四年まえに隠したビデオを見つければいいんだから」グレーシーが皮肉を言った。

「きっと信頼できる相手に預けたんだ」

「母は預かっていない」グレーシーが言った。「ジャッキーとはうまくいってなかったから、おそらく彼女でもない」

「金庫にも、例の床下収納庫にも、動画ファイルらしきものはなかった。そうなると、あとは誰が残る?」

ジェンソンは肩をすくめ、付けたしのようにして言った。「どちらにしても、金をくすねた警官たちの動画があっても仕方ないけど」

グレーシーがジェンソンをにらみつけた。「どうしてよ?」

「何年もまえに出訴期限を過ぎている。ただ、もっと大きな事件の動機の説明にはなるから」ジェンソンはあわてて付け加え、グレーシーの鋭い視線に備えて、両手をあげて降参した。

「たとえば?」

「殺人事件の動機だ。殺人に出訴期限はない」

例のごとく、ジェンソンは正しい。といっても、あまり慰めにはならなかったが。ビデオよりベッツィーが見つかる可能性のほうが高いかもしれない。

ベッツィーも事件に関係しているのだろうか?

疑問が多すぎる。

だが、ジェンソンに話してよかった。「助かったよ」

ジェンソンの携帯電話が鳴った。「もう行かないと。キャンディスを学校まで送っていくんだ」

「妹？」グレーシーが訊いた。

「恋人。テキサス大学の一年なんだ」

「若い子が好みなのさ」ぼくはにやりとして、サンドイッチにかぶりついた。

「見たところ、おれだけじゃないようだけどな」ジェンソンがすかさず言い返した。

「きみがこの町にいるあいだに、四人で出かけようよ。キャンディスのこと、ぜったいに気に入るから」

「ダブルデートみたいに？　わあ、おもしろそう！」グレーシーは思いきり嘘っぽい笑顔を浮かべて叫んだ。そして立ちあがったときには、陽気な顔は消えていた。「あたしたちも行きましょう。サイクロプスを連れてくるわ」

「地区検事事務所に犬は連れていけない」

「車に置いていけばいいわ。涼しいからだいじょうぶ」

「で、革のシートをめちゃくちゃにさせるのかい？　だめだ。サイクロプスは庭に置いていく」

「わかった」グレーシーは小さく返事をすると、家へ入っていった。

ぼくはジェンソンの手からボールを取り、ゴールへ向かってドリブルした。

ジェンソンも立ちあがって難なくボールを奪ったが、それはぼくが簡単にそうさせたからだ。ジェンソンはフェイントをかけてまわりこみ、ゴールにボールを沈めた。

「それで、いつ癇癪玉を口説くんだ?」

「いまは隠蔽と殺人事件の謎を解くのに忙しい」これこそがジェンソンだ——どんな状況でも、女の子と寝られる方法を探している。

「そうだな……」ジェンソンが両腕を折りまげ、羽をはばたかせるようにして、鶏の鳴き声を真似した。臆病者《チキン》と言っているのだ。

31

エイブラハム・ウィルクス巡査
二〇〇三年四月二十四日

「次はがんばろうぜ！」マンティスは男子更衣室のドアから入りながら、にやりとして叫んだ。「悪い試合じゃなかったよな、ウィルクス」拳をあげ、おれの拳とあわせようとした。

いつもであれば、おれのほうがマンティスの三倍は得点していることを指摘して応じるところだった。だが、きょうは何も言わず、少しためらってからやっと拳をあわせた。

気乗りしていない様子に気づいたのだとしても、顔には出ていない。

おれは時間をつぶし、最後のふたりが更衣室から出ていき、マンティスとふたりきりになるのを待った。「大がかりな手入れをニュースで見たよ」

「すっごい量だろ？」マンティスがジャージを脱いだ。まるで戦車のようだ――ずんぐりした脚に、筋肉がしっかりついた胴体で、体あたりしても倒せそうにない。「タレコミがあったんだ」

「でも、金が見つからなかったなんて変じゃないか？　ドラッグがあるところには、金もあるもんだろう？」

マンティスはしばらくロッカーで何かを探していた。「隠していたブツを運んでいる途中で、ヤリたくなっちゃったんだな。まあ、プレーリードッグ並みの頭しかないやつだから」

「つまり、トランクには金のつまったスポーツバッグは入ってなかった？」

突きでた額がなおさら険悪になり、眉間に深いしわが刻まれた。「ウィルクス、何が言いたい？」

「あの夜〈ラッキーナイン〉とかいうモーテルにおれもいただけだ」

マンティスは鼻を鳴らし、腹立たしそうに小鼻をかいた。噂では何度も鼻の骨を折り、嗅覚が効かないらしい。それが誰もが思いつく、マンティスが毎日とんでもない安物のオーデコロンをつけてくる理由だった。「何だ、ダイナがあまりやらせてくれないのか？」

唇を嚙み、相手が妻の名前を出したことで、罵りたいのをがまんした。「ひとを探していたのさ。だが、そんなことはどうでもいい。とにかく、おれは車にいて、あそこでやってたショーを残らず見た。おまえが気づかなかったなんて驚きだ」

マンティスは腰にタオルを巻いて裸体を隠した。「それなら、あの男がいるべき場所に放りこまれたことを知ってるだろう」

「でも、金は？　あるべき場所に放りこまれたのか？」あんたのベッドの下に。

マンティスは含み笑いをしたが、その声は刺々しかった。「勘ちがいだ。トランクに金はなかった」

「おれが見たのとはちがうな」

「せいぜいがんばって証明してくれ」

つけあがりやがって。おれはバックパックをつかみ、後悔するようなことをしないうちに更衣室をあとにした。たとえば、マンティスを殴るとか。

答えはもう出た。

32

ノア・マーシャル

「栄養を補給してやっていた髪の最後の一本？」ローランズはぴかぴかのはげ頭を指さした。「きみがこなくなったあとに抜けたよ。でも、心配いらない。きみのために、死ぬほど退屈な仕事を山ほど残しておいたから。さあ、誰がいちばん先にきみを使えるか、三番勝負だ」隣に立っているマクスウェルとじゃんけんをするためにかまえた。

ここにきた目的にもかかわらず、ぼくは笑わずにはいられなかった。サイラスから地区検事事務所の求人に応募しないかと勧められたとき、最初は堅苦しい弁護士と人生と仕事を憎んでいる陰気な地方公務員ばかりだろうと思っていた。実際は大ちがいだった。このふたりはもう四十代半ばだろうに、まるで大学生の仲間のようなふるまいをするのだ。

ここにいると、気持ちが慰められる。ぼくの狭苦しい席さえ、いつもとはちがう。

誰かがきちんと片づけ、キーボードの横に〈ツイックス〉のチョコレートバーを置いてくれている。たぶん、部長のコリーだろう。ぼくが〈ツイックス〉が好きなのを知っているから。

自分の席にすわって、以前のように仕事ができたらいいのに。

「きょうは仕事にきたんじゃないんです」

マクスウェルは静かにぼくと握手した。気遣うような表情をしており、そもそもぼくがなぜ仕事にこなかったのか、覚えているようだ。「サイラスとすれちがったな。五分まえに法廷に出たところだから」グレーシーに目をやり、すぐに紹介するよう促した。

「マクスウェル、あなたに話があってきたんです」

「わたしに？」心から驚いているようだ。

ぼくは次第に不安になって唾を飲みこんだ。どうやって話をはじめればいいんだ？

「はい。じつは――」

「忘れ物ですか？」ローランズの声が響き、ぼくは話をやめた。ふり返ると、サイラスがこっちに向かって歩いてくる。いつもよりもわかりやすく足を引きずり、顔はやつれている。

「ファイルだ」サイラスのグレーの目が――濃い隈ができている――ぼくを見た。

「ノア……帰っていたのか」

「うん。ゆうべ遅くに」

サイラスの視線がぼくのうしろに移った瞬間に、胃が引きつった。「おじさん、彼女がグレーシー――いや、グレースだよ」

「やあ……」サイラスが年齢を重ねた手を差しだした。「最後に見たときより、ずいぶん大人になった」

「ずっと昔ですから」グレーシーは用心深くそう答えたが、挨拶を受けながら、サイラスを思い出そうとして記憶をたどっている様子だ。

「甥はちゃんとこの街を案内したかい？」

「地区検事事務所も観光名所のひとつなら」

「ノアのことだから、たぶん入るんだろう」サイラスは笑った。ほかのひとには、何も変わらない笑い声に聞こえただろう。でも、ぼくにはサイラスが緊張しているのがわかった。「ノア、わたしの部屋で少し話せるか？」

「でも、裁判が――」

「マクスウェル、グレースを職員用のラウンジに案内してやってくれないか。コーヒーか冷たい飲み物が欲しいだろうから」

くそっ。グレーシーがいつもの傾向として……グレーシーらしい行動に出ることを考えると、いちばん避けたかったのが、マクスウェルとふたりきりにすることだった。「すぐに行くから」ぼくは視線で警告した――ぼくが行くまで、おとなしくしているようにと伝わっていればいいのだが。

一方、グレーシーも鋭い視線でぼくを見てから――その意味はわからないけど――マクスウェルのあとをついていった。

「それで？」サイラスはぼくを連れて部屋に入り、ドアを閉めた。「トゥーソンはよかったか？」

「見たままだったよ」

「ダイナはどうだった？　施設に入れられたのか？」

「ああ。いいところに」

「よかった」サイラスはコーヒーを飲みながら、机の向こうへまわった。「新しい友だちができたようだな」

「そういうんじゃないんだ」

「わたしはそういうのであってほしいんだよ、ノア。それ以外にエイブの娘を連れてくる理由があるのか？」サイラスは怒鳴らなくても、ぼくが彼の意見に耳を貸さなかったことで落胆していると伝えることができた。だいたい、充分な理由があったところで、ぼくはサイラスをがっかりさせるのがいやなのだ。

どこから説明すればいいのだろう？「おじさん、ダイナは知っていたんだ。本当はエイブの身に何が起きたのか」

「ダイナはドラッグ中毒だ」

「そうだけど――」

「ダイナが十四年まえのことを覚えていると思いこんでいたって、信用はできない。頭が混乱しているのだからね」

「ちがう。いや、確かにそうかもしれないけど。でも、ダイナの身に起きたことを聞けば、おじさんだって、ここでもっと大きなことが起きていることがわかるよ」

「もういい！」サイラスは鼻柱をつまんだ。「いいか？　わたしも十四年まえに同じ道筋を追ったが、手にしたのは痛みと苦しみだけだった。そのせいでキャメル・ウィルクスは死んだ！　日ごとに苦しみで消耗して、ついには身体が音をあげたんだ！

そしてダイナ・ウィルクスは？」話す必要はないだろうというように、手をふった。

「おまえの母さんだって、以前と同じではいられなかった。ノア……おまえがこの件について信じたいのはわかるが、おまえも同じことになってはだめだ。ラウンジにいるあの気の毒な子も。もう充分すぎるほど辛い目にあってきたのだから！」

「でも、もし証拠があったら――」

「証拠はすべてこの目で見た！　何日も眠らず、あらゆる証拠を精査して、ほかの説明がつく何かがあるんじゃないかと探した。だが、どれもがエイブラハム・ウィルクスは有罪、有罪、有罪、有罪！　と言っていた」サイラスは〝有罪〟と言うたびに、指で机を叩いて強調した。

「でも、おじさんが知っているのは、犯人がおじさんに知ってほしいと思っていたことだけかもしれない！」サイラスの口調にあわせて語気が強くなり、母の言葉を真似た。「おじさん、母さんは自殺した夜にＦＢＩに電話をかけていたんだ。すべて嘘で、ドウェイン・マンティスがエイブを殺したんだって！」

「どうして……どうして、おまえがそれを知っているんだ？」サイラスの顔が困惑に包まれた。

「ＦＢＩがダイナから話を聞くために、トゥーソンにきていて、たまたま会った。留守番電話のメッセージも聞いた。母さんの声だったよ、サイラスおじさん」

「ジャッキーは酔って、自殺しようとしていたんだ。おまえの母さんは――」

「エイブは誰かにとって公表されたくないビデオを持っていたんだ」

サイラスは黙りこみ、二段階は顔色が悪くなった。「ビデオ？」

「そう。警察の逮捕劇を撮影したビデオ」

サイラスは腕時計を見た。「よし、話を聞こうじゃないか。手短にな」


サイラスは書棚の隅に置いてあるスコッチウイスキーのデキャンタに目をやった。すぐにでも、グラスに注ぎたそうに見える。「ダイナがあんなふうに夜中に逃げたのは、エイブが罪を犯したことを知っていたからだと、ずっと思っていた」

ぼくはほっとした。ドラッグ中毒の妄想だと、おじに一蹴されなかったからだ。ただし、いまのところはだが。「そいつが誰にしろ、ダイナの人生は台なしにされた。グレーシーの人生も」

「家に押し入ってきた男について、ダイナは何も心あたりがないんだな？」

「そう。とても怖かったというだけで。それに、ビデオのありかも知らないって。でも、ジェンソンに話したら――」

「友だちにこの件を話したのか？」サイラスの顔が恐ろしげにゆがんだ。「どうかしてるんじゃないのか？」

「ジェンソンは誰にも話さない。それより聞いて！　ダイナを脅したのが警察官か、あるいは警察官に知りあいがいる人物だとしたら、そのビデオは家宅捜索で出てこなかったにちがいないと言うんだ。ダイナは警察に話したんだから、警察は家宅捜索をするはずでしょ？」

「家宅捜索で押収された証拠のなかにビデオはなかった」サイラスは推論を裏付けた。

「つまり、まだどこかにあるということだ」

「十四年たったというのに？」サイラスは険しい表情で顔をそむけ、窓の外を物憂げに見つめた。「もう存在しないだろう」

「おじさん、ぼくたちはこれからどうしたらいい？」

「わたしたちに何ができる？　発端となった事件の証拠もない、ビデオもない。あるのはヘロイン中毒の妻の証言と、酔って自殺した女の支離滅裂なつぶやきだけだ。ところで、その金とホルスターはどこで見つけたんだ？　金庫にはなかったぞ」

ぼくはハルと食品貯蔵室の秘密の収納庫について説明した。

「五千ドルの銃器保管庫を買ったうえに、ホリネズミみたいに床板の下を掘っていたのか」サイラスは頭をふって、ため息をついた。「おまえの母さんを責めるつもりはないよ。非難されても、ジャッキーはここにきて弁解できないからな」

「エイブもだ」

サイラスは警告するように指でぼくを差した。「ノア、ジャッキーがエイブをはめたわけじゃない」

「それなら、どうしてドラッグの手入れで押収されたらしい現金がつまったスポーツバッグとエイブのホルスターを母さんが持っていたの？　殺害された夜、エイブはそのホルスターを着けていったとダイナは断言している。母さんはエイブが罠にはめられたのを知っていたのに、何もしなかったんだ！　それなら、母さんもその罠に関わっていたとしか思えない」そろそろ現実を否定するのはやめて、母をかばうのもやめなければ。グレーシーの言うとおりだ——ぼくはもっとエイブを大切にするべきだ。そして母は……真実が明らかになったら、どんな報いを受けても仕方がないのかもしれない。

サイラスも興奮し、大きく息を吸いこんだ。「ジャッキーは最近になって金とホルスターを見つけたのかもしれない。誰かに脅迫されていたか、弱みを握られていたのかもしれない。あるいは、何かを知っていることと証明できることは、まったくの別物だと納得せざるを得なかったのかもしれない。ノア、わたしにはわからないが、無実の死んだ人間に着せられた汚名をすすいで、また別の無実の死んだ人間に着せるという危険は冒したくない。着せられるのが妹ならなおさらだ。それが、いま起こっていることだ。エイブの死に責任のある人物がジャッキーに金の入ったバッグとホルスターを渡したわけじゃないと、なぜ言い切れる？」

「そうだけど——」

「オースティン市警で警察官の腐敗と、殺人事件と、隠蔽が起こった？　それが公になったら、どれだけオースティン市警の名前が傷つくか、わかっているのか？　憶測だけで、こうした非難をまき散らすわけにはいかない」

「憶測じゃない！　母さんは知っていたんだ！」

「だが、証明はできなかった。自分で言っていたんだろう？　どうやってやったかはわからないけど、と。それを根拠にしてマンティスに圧力はかけられない。おまえの母親に不利な証拠があるんだぞ！」馬鹿にするように鼻を鳴らした。「だいたい、銅像が建つ予定になっているキャニングの功績の一部はマンティスがもたらしたものなんだ」

「それじゃあ、エイブは有罪だとみんなに思わせておいたほうがいいの？　そんなくだらない銅像のために」

「ジョージ・キャニングはこの街のために心血を注いできた。働きすぎて死にかけたんだぞ！　おまえが母親の名を泥にまみれさせたくないように、わたしもキャニングが成し遂げたことを嘲笑されたくない」

先週キャニングと話したことを思い出し、ふと考えついた。ぼくは少し躊躇《ちゅうちょ》したものの口に出した。「キャニングがすべてを知っていたとしたら？」

サイラスはぼくをにらみつけた。「ジョージ・キャニングは善良で高潔な男だ。マンティスが金を盗んで大がかりな手入れを台なしにしていたことに気づいていたら、キャニングはマンティスの首根っこをつかんで街の広場に吊るしている。そうじゃないなんてことは、口にさえするな」激しく怒って目をこすった。「この問題については、よく考えてみるから。ノア、少し時間が欲しい。馬鹿みたいに関係ないやつらにぺらぺらしゃべらず、待ってくれ」サイラスの言葉が悪くなっている。おじの口が悪くなるのは動揺したときだけだ。

「クライン捜査官がまた訪ねてくるまで、あと一日しかないんだ」ぼくは殺人容疑をかけられていると脅されたことを話した。

話し終えたとき、サイラスは口がふさがらない様子で、ぼくをじっと見つめていた。

「FBIの捜査官を殴ったのだと？」

「おじさんもあの場にいれば……」もごもご言いながら、恥ずかしさのあまり頬が熱くなっているのがわかった。

サイラスは頭をふった。「FBIはおまえを脅かそうとしたんだ。おまえを逮捕したりしない。とりあえず、殺人容疑ではな。だが、正式に事情聴取のために連行されて、まともな弁護士が付くまではもうひと言も話すんじゃない」

ぼくたちは沈んだ気分で黙りこんだ。今回は考えがすばやく浮かびもしなければ、計画を立てることもできない。サイラスもぼくと同じように途方に暮れているようだった。

「グレーシーには何て言おう」

「何も言うな。そもそも、何も話すなと釘を刺したはずだぞ」

「予定していたわけじゃないんだ。急にいろんなことが動きだして。それに、グレーシーはエイブの汚名がすすがれるまで帰らないと思う」

「グレースはがまんを覚えたほうがいいな。もし、おまえが言っていることが本当で、マンティスが違法行為で逮捕されるのを逃れるためにエイブを殺したのだとしたら……マンティスは殺人容疑で逮捕されるのを逃れるために、今度はどうすると思う？」

背筋が寒くなった。「グレーシーはマンティスについて何も知らないよ」

「だが、マンティスはそうは思わない。噂はあっという間に広がるものだ。だから、街を案内したり、買い物に連れていったり、家のプールでのんびりしたりするんだ……きれいな女の子の頭を、きれいな女の子らしいことでいっぱいにするために、二十五歳の男がやるべきことをしろ」

グレーシーはビキニを着て日光浴をして厄介な問題から逃げるような女の子じゃないと言いたかった。だが、ただうなずいた。

サイラスは眉をひそめた。「ところで、おまえたちは何の用事でここへきたんだ？今朝、わたしが法廷に出ることは知っていただろう」

サイラスにあわててすべてを説明したせいで、マクスウェルの関わりを話すのを忘れていたことに気がついた。だが、何となく、地区検事事務所の半径三百メートル以内に足を踏みこむなと言われそうな気がした。もしマクスウェルと話せなかったら、何も解決しないまま、ぼくの人生に関わる誰かにまた最悪の事態が起きるのではないかと考えつづけることになる。マクスウェルに関しては、おじに許可をもらうのではなく、あとから詫びるほうがいい。「もし許可してもらえたら、ベッツィーの逮捕記録がないか調べさせてもらいたいと思ったんだ」そう答えた。「ベッツィーが見つかったら、ダイナにとってもグレーシーにとってもいいことだと思うから。グレーシーの頭もいっぱいにできるし」

「ああ、いいとも」サイラスは壁の時計に目をやった。「わたしはまと、、、もな証拠がある事件で戦うために、急いで法廷に出ないとならない」ぼくを部屋の外へ出して、ドアを閉めた。

「また、あとで話そう」

「わかった」

ぼくは片手にメッセンジャーバッグ、片手にリンゴを持ち、足を引きずって歩いていくサイラスを見送った。

とんでもない重荷を背負っているかのように、おじの背中はまがっていた。

33

グレース

「それで、きみはどこの出身なの？」マクスウェルがいかにもテキサス男らしい話し方で訊いた。とんでもない固定観念なのかもしれないけど、彼が家へ帰って、あまり身体にあっていないスーツを脱ぎ、埃だらけのカウボーイ・ブーツとつばの広い帽子を身に着ける姿を想像せずにいられなかった。

「もとはここの出身だけど、アリゾナに引っ越したんです」

「ということは、マーシャルはそのときの知りあい？」マクスウェルが淹れたてのコーヒーのポットから自分の分を注ぐと、ぼさぼさの髪がだらしなく額に落ちた。

あたしは自分が何者かを告げて、どうして十四年まえに父が新聞記事の切り抜きにこの男の名前を書いたのか、その答えを訊きだしたかったけれど、必死に耐えた。

「まあ、そんなところです」

「いつから付きあってるの?」

「付きあってなんかないわ」あたしは時間をかけて缶コーラを飲みながら、小さな職員用ラウンジに目を走らせた。決して豪華な場所ではない――建物の西側に沿っている駐車場を見渡せる共同スペースで、小さなカフェスタイルのテーブルと椅子が置いてあり、もう一方の壁沿いにはチェリー色の簡易キッチンがある。

ひょろりと痩せた長身の男がマグカップ片手に入ってきて、マクスウェルに話しかけた。「コーヒーを淹れたと言ってなかったですか? ぼくの分もある?」

「きみがここにきて五年になるけど、一度でも自分でコーヒーを淹れたことがあるのか?」マクスウェルは頭をふったが、あたしのほうを向いたときには笑みを浮かべていた。「お嬢さん、適当にすわってて」

〝お嬢さん〟などと言われて、思わず何か言ってやりたくなったけれど、がまんして空いている席を探してすわり、携帯電話をいじった。母が脱走したという矯正施設からの電話はまだない。よい徴候だ。

「あの証言録取書はもう終わったのか?」マクスウェルが訊いた。

「ぼくがやるって、いつ決まったんですか?」もうひとりの男が泣き言を言った。

「ローランズのために、きのうから監視ビデオを見直しているんですよ。もう目が充血してきた」

「じゃんけんの三番勝負できょうは誰の仕事をするか決めよう」

あたしがふり向くと、ふたりが手を出してじゃんけんをしていた。「冗談でしょ」

このマクスウェルという男は、あたしが思い描いていた犯罪の首謀者とはかけ離れている。

「運が尽きたなってローランズに言っておけよ。すぐに、きみが仕事をしているかどうか見にいくからな」マクスウェルはくすくす笑いながら近づいてくると、向かいの椅子に太った身体を押しこんだ。「グレーシーだったよね？」

「グ、レ、ー、ス」

「きみに訊きたいんだけど……」マクスウェルが声をひそめると、彼を包みこんでいた騒々しいほどの陽気さが、まるで針で突かれたかのように弾《はじ》けとんだ。「本当のところ、ノアの様子はどうなんだい？」

「お母さんが銃で自殺したわけだから……」ノアは驚くほどよく持ちこたえていると思うけど、それ以前の様子と比べることができない。

「そうだね」マクスウェルは額に深いしわを刻んだ。「ジャッキーとは知りあい？」

「昔は」

マクスウェルはコーヒーに砂糖をふた袋入れると、いかにもよくいるタイプのように、スプーンを磁器のカップにうるさくぶつけながら、忙しなくコーヒーをかきまぜた。

「きみたちは近所に住んでいたの？」

「いいえ。昔、父とジャッキーがコンビを組んでいたので」

「きみのお父さんも警察官なのか！　アリゾナで働いているの？」

こういうのを矢継ぎ早の質問というのだ。「父は十四年まえに死にました。父も、ここオースティンでドラッグの売人に銃で撃たれたんです」コーラを飲みながら、マクスウェルのグレーブルーの大きな目があたしの顔を見つめるのを眺めていた。どうやら、ぴんときたらしい。

「お父さんの名前は？」

単純な質問に答えただけなら、ノアも怒れないだろう。「エイブラハム・ウィルクス」

あたしはまた威嚇するように大きく見開いた目で見られた。きっと法廷で使って成功しているにちがいない。マクスウェルは椅子の背もたれに寄りかかり、「嘘だろ」と小声でつぶやくと、コーヒーを飲んだ。

「父と知りあいだったんですか？」

「知りあいだったか？　いや。一度だけ話したことはあるけど」

「どんなことを？」できるだけさりげなく尋ね、マクスウェルがコーヒーに砂糖をもうひと袋加えるのを見て、ひそかにたじろいだ。

「事件のことさ。わたしの役に立つんじゃないかと思った証拠を、お父さんが持っていたんだ」マクスウェルはコーヒーをゆっくり飲んだ。頭のどこかで、マクスウェルはあたしに話をするべきか否か考えているのではないかという気がした。「わたしは最初は公選弁護人をつとめていて、ある男がトランクいっぱいのドラッグを所持していて逮捕された事件を担当した。その男は長期の懲役刑を食らうはずだった」

心臓がどきどきしてきた。「いつの話？」

マクスウェルは顔をしかめた。「あれは……二〇〇三年かな？　そう、二〇〇三年の春だ。妻に渡す婚約指輪を宝石店に受け取りにいったときにウィルクスから電話がかかってきたから覚えている。妻にプロポーズしたのはイースターのお昼だったから。プラスチックの卵を開けたときの妻の顔ときたら――」

「どんな事件だったか覚えてますか？」あたしはマクスウェルの話をさえぎって訊いた。

「残らず覚えているよ。妙な事件だったから」

「父はどんな証拠を渡そうとしたんですか？」

「とんでもない話なんだ。依頼人はもう気にしないだろうから、話してもかまわないよな。事の発端は被告人が車のトランクに大金を入れておいたのに、安モーテルの外で逮捕されたときに警官たちに盗まれたと主張したことだった。わたしは依頼人に誰がそんな話を信じるものかと言ったんだ。だが、なんと数日後、オースティン市警の警察官——つまり、きみのお父さん——から電話があって、その夜現場にいあわせて、事の次第を見ていたし、それを証明するビデオもあると言うんだ。別の警察官を訴える依頼人側の証人として、証言する用意もあると」

わくわくする思いが胸にこみあげてきた。「その警察官というのは？」

「それが重要？」マクスウェルはコーヒーをひと口飲んだ。

とても重要だし、名前を教えてと言いたかったけど、マクスウェルが怪しんで話をやめることだけは避けたかった。「そのビデオは見たんですか？」

「そこが問題なんだ。わたしが直接会うまえに、きみのお父さんは死んでしまった。言うまでもないけど、法廷での証言も実現しなかった」

あたしは冷静さを保って何も知らないふりをするつもりだったのに、怒りを爆発させてしまった。「不正を犯した警察官を暴露したいと話した直後に撃たれたのに、おかしいとまったく思わなかったの？」

「正直に言っていいかい？　ウィルクスが大成功に終わったドラッグの売人の逮捕を台なしにしようとしていることのほうが不思議だった。被告が有罪なのは間違いなかったから。きみのお父さんが証言すれば、オースティン市警での出世は断たれたも同然だし、わたしの依頼人は釈放されてまたドラッグを売りつづけただろう。ウィルクスにもわかっていたことだ。だから、なぜそんなことをするのかわからなかった」

「正直な警察官が正しいことをしようとしただけじゃないって言うつもり？」

「うん、まあ……わたしの想像だけど。この場合はそうじゃなかった」あたしがにらみつけると、マクスウェルはあわてて付け加えた。「きみのお父さんが売人のひとりに親切にしてやっていたのは、かなり明らかだったから。報復かな。ギャングの世界はそういう仕組みだから」

「かなり明らかだった？　あなたが法廷に立った事件について〝かなり明らか〟と言うんですか？」辛辣な口調になりそうになるのを耐えた。マクスウェルが父が嘘をついていたと考えたのは責められない。だって、そう思うしかない。父が犯罪者に見えるよう誰かが画策したのだから。

それで得をする警察官はひとりしかいないように見える。

マクスウェルはテーブルを一度叩いて立ちあがった。「とにかくだ！　この手の犯罪者はなかなか刑務所に放りこめないわけだから」

「その売人はどうなったんですか？」

マクスウェルはうんざりした様子で鼻を鳴らした。「ああ、あのまぬけは刑務所に入ったよ。トランクにドラッグが詰まっていたんじゃどうしようもない。もちろん、わたしはこの話をマスコミに流すと検察官を脅した。すぐに忘れられるだろうが、警察官たちがドラッグの取引で得た十万ドルを持ち逃げしたなんてことを一般市民が聞いたら、オースティン市警の輝かしい名誉に傷がつく」

茶化すように口笛を吹いたとき、目のまえで点と点とがつながった。「十万ドル？」

「わたしの記憶が確かなら、十万ドルに少したりない額だった。とにかく、汚い手だったけど、サイラスは引っかかった」

「ちょっと待って……サイラス？」

「そう。サイラスが担当の検察官だったんだ。それでわたしのはったりに感心して、いまの仕事に誘ってくれた。よかったよ。罪を犯したやつらを自由にするより、刑務所に放りこむほうがいいから。みんなのためになる仕事だからね」

パパ以外のみんなのため、ね。あたしは何とか冷静な口調で話した。「サイラスにはビデオのことを話したの？」

マクスウェルは含み笑いをした。「最初は言わなかった。手の内はすぐに明かすものじゃないからね。わたしは〝反論できない証拠〟を持っていったんだ」指で空中に引用符を書いて説明した。「きみのお父さんが被告人の主張を証明するビデオを持っていると伝えたのは、サイラスが刑期を五年短くすることに同意してからだ」

あたしは廊下の先に、ノアとサイラスが閉ざされたドアの向こうにいるはずの場所に目を向けた。サイラスはドラッグの手入れのこともビデオのことも知っていたと話しているのだろうか？

知っていたのに、サイラスはどうして何もしなかったのだろうか？

「そのドラッグの売人は……まだ刑務所のなか？」その売人と話をしなければ。

「いや、数年の懲役刑を受けているときに、獄中で敵対していたギャングにナイフで刺されて死んだ」マクスウェルは何でもないことのように言った。「縄張り争いか何かだろう。わたしに言わせれば、当然の報いを受けたということかな」

そして、その男から盗まれたお金はトゥーソンの貧しい娘のものとなったらしい。

あたしの頭のなかでは、ジャッキー・マーシャルは間違いなくお金の出所を知っていた。パパがあのお金のせいで死んだのなら、ジャッキーがゆがんだ形の代償として、あたしたち母娘にあのお金を渡したがったことは理解できる。

でも、そもそもなぜジャッキーがあのお金を持っていたのかがわからない。

そのとき、ノアが廊下の角から現れた。ぎりぎりだ。マクスウェルに確かめたかったことは訊けたし、ほかにも収穫があった。「お待たせ」ブルーの目があたしを見て、それからマクスウェルを見た。その目でノアが重苦しい思いを抱えているのがわかった。「グレーシーと一緒にいてくれて助かりました」

「とんでもない。こんなにかわいいお人形さんなら、喜んで」

あたしは目を剝いた。

マクスウェルは歩きかけたが、また足を止めた。「そうだ……何か話があるんじゃなかったのかい？」

「ノアなら、また会いにくるから。あたしたち、これから約束があるので」あたしがノアの代わりに答えると、マクスウェルは警戒するような目をした。ノアがあたしとまったく同じ質問をしたら、マクスウェルはさっきの会話をまったく異なる角度から考え直すだろう。父は売人をかばったのだと、マクスウェルには思わせておいたほうがいい。いまのところは。

「それじゃあ、オースティンの滞在を楽しんで。それから、お願いがあるんだ」マクスウェルはどっしりとした手をノアの肩に置いた。「この男にやさしくしてやってくれ。いいやつだから」あたしにウインクをすると、マクスウェルは口笛を吹きながら廊下を歩いていった。

「グレーシー……」

あたしは荷物を持った。「考えてみてよ。あなたはあたしをサイクロプスと一緒に置いていこうとしたのよ」

「マクスウェルに何を言ったんだ？」いやな予感のする声だった。

「あたしは何も話してない。彼がすべて話しただけ」あたしは静かにノアに伝えた。

ノアはため息をついた。安堵のため息だ。あの騒々しい弁護士があたしの父の死に際してどんな役割を演じていたのか不安だったのだ。母親がどんな役割を演じていたのかについても、不安だったように。

でも、マクスウェルの場合、唯一の罪は父がはめられた罠を信じてしまったことだけだ。

「それで、おじさんは何て言ってたの？」

ノアは首をふった。「すべてを検討して最善の策を取るには時間が必要だと。つまり、何かを知ることと証明することはまったく別物だということさ」

「ということは、知っていたことは認めたの？」

ノアは眉間にしわを寄せた。「知っていたって、何を？」

「あのドラッグの手入れでマンティスがお金を盗んだことを証明するビデオをパパが手に入れていたこと」

「いや、伯父は……何も知らなかった」眉間のしわが深くなった。「どうして、そんなふうに思ったんだい？」

あたしはノアをじっと見て、伯父をかばっている証拠を探した。視線を下に向け、そわそわして、あわてて話題を変える……ノアは嘘をつくのが下手で、こうして彼を知ったいま、嘘をついたり何かを隠しているときはすぐにわかった。何といっても、この数日でいやになるほど経験したから。

でも、この美しいブルーの目にはとまどいしかない。

サイラスはすでに知っていたことをノアに話さなかったのだ。

問題は、その理由だ。

34

ノア・マーシャル

「それって、よかったってことよね？　そのデータベースにベッツィーの名前がなかったのは」

「たぶんね。一度も逮捕されてないということだから」

「ところで、ここでは何がわかるわけ？」グレーシーはグリーンの鋭い目で、順番待ちをしているテキサス州保健局の真っ白な事務所を見まわした。ありがたいことに、きょうは暇な日らしく、ぼくたちよりまえで書類を握りしめて並んでいるのは三人しかいない。

「ベッツィーの名前と生年月日が載った何かの証明書があるかもしれない。結婚証明書とか、出生証明書とか……死亡証明書とか」

最後の言葉を聞いて、グレーシーの口もとがこわばった。動揺が見えたのは、それだけだ。もう、その可能性については覚悟しているのだろう。いや、いまの時点では、可能性というより必然性なのかもしれない。

ぼくも覚悟はしている。だが、グレーシーの叔母を探していると、ほかの差し迫った問題を考えずにいられた。

つまり、サイラスはなぜビデオとドラッグの手入れについて嘘をついたのかということだ。

でも、本当に嘘をついたのだろうか？　頭のなかでサイラスとの会話を再現する。伯父はドラッグの手入れについてもビデオについても知らなかったとは言わなかった。ぼくが勝手に知らなかったのだろうと推測したのだ。きっと、何か理由があるにちがいない。

それでも……サイラスはビデオの存在を知っていたと話したときの顔つきから、グレーシーの頭のなかでは、エイブを罠にはめた人間たち、彼女が信用しない人間たちの長いリストに、サイラスの名前が加えられたのがわかった。

職員が手招きした。

「頼むから出てこないでくれよ」ぼくはグレーシーにささやき、作り笑いを浮かべてカウンターへ向かった。「ぼくの大好きな職員さん、こんにちは」

チェルシーの薄茶色の目は同情にあふれていた。「ノア、だいじょうぶ?」やわらかな南部なまりで訊いた。

ぼくは肩をすくめた。「ああ、うん……」

チェルシーはぼくのTシャツに目を留めた。ここにくるときはいつもボタンダウンのシャツにネクタイを締めているのだ。「仕事に戻るの?」

「徐々にね」

チェルシーはぼくのうしろを見て、わずかに顔をこわばらせた。「何か?」

「このひとと一緒だから」グレーシーはいつもの冷ややかで無頓着な声で答えた。

ぼくは唸りたくなるのをこらえた。チェルシーはぼくに対する関心を隠そうとしない。彼女はぼくの好きなタイプではないが、とてもやさしいし、急ぎで用件を引き受けてくれる職員がいることで、ぼくは同僚たちから崇《あが》められている。ここにほかの女の子を連れてきたのは――しかも、グレーシーのような子を――失敗だった。といっても、グレーシーがほかの選択肢を与えてはくれなかったろうが。

「いとこなんだ」ぼくは嘘をついた。「ほかの街から遊びにきていて」

「まあ、いとこ!」チェルシーは見るからにほっとした表情になり、明るい茶色の髪を耳にかけた。

「正確に言うと、またいとこの子なの。法律上は結婚できるのよ」グレーシーの腕に腰を抱かれ、血が全身を駆けめぐった。

ぼくは何とかグレーシーの腕を無視して、書類を出した。「この名前を調べてもらえるかな」

チェルシーはもう一度すばやくグレーシーを見てから、書類を受け取った。「少し待ってね」

声の届かないところまでチェルシーが離れると、ぼくは言った。「またいとこの子だって？　そんなのいるの？」

「さあ。でも、彼女の顔を見た感じだと、効果はあったみたい」グレーシーの腕が離れ、何だか寂しくなった。

「こういう類の調査は普通はお金もかかるし、数週間とは言わないけど、数日はかかるものなんだ。それに、彼女はぼくが仕事できたわけじゃないのをわかっている。こういう情報は誰でも入手できるわけじゃない。彼女は好意でやってくれているんだ」

「でも、あたしには好意を抱いてないみたい」グレーシーは爪を見ながらぽつりと言った。

それで気がついた。可能性にしかすぎなくても、つい顔がにやける。

グレーシーが顔をあげた。「何よ?」

「別に。ただ、きみのことを知らなかったら、やきもちを焼かれたと思ったかもしれない」殴られるか、蹴られるかするだろうと身がまえた。

だが、グレーシーは馬鹿にするように鼻を鳴らしただけだった。「何とでも言えば。トイレに行ってくる」彼女はそう言って離れていったが、頬が赤くなっているのをぼくは見逃さなかった。


「この生年月日のベッツィーまたはエリザベス・リチャーズは、保険局のコンピュータシステムでは出てこなかった。生まれ年だけにしても見つからなかったわ」

「ネズビットでも調べてくれた?」グレーシーはベッツィーの父親であるブライアンの姓を出して訊いた。

「ええ、全部調べたわ」チェルシーはやけに親切そうな笑みを浮かべて答えた。

グレーシーは落胆のあまり、泣きだしそうな顔になった。

チェルシーはぼくに視線を戻した。「でも、悪いことじゃないのよ。だって、生きているということだから。そうでしょ?」

「あるいは、ほかの州で死亡したか」

「そうね……全米登記所に調査を依頼してもいいわよ。ただ、答えが返ってくるまで少し時間がかかるけど」

ぼくはチェルシーが自分から言ってくれることを、頼まなくてすむことを期待していた。「ありがとう、チェルシー。きみは最高だ」

チェルシーはにっこり笑って、今度は媚《こ》びを売ってきた。「知らなかったの？　また、すぐ会える？」

「もちろん」ぼくはグレーシーのあとを追い、ドアを通りすぎるまでは笑みを貼りつけておいた。「心配いらないよ。まだ調べるところはたくさんあるから。不動産の記録に、投票の記録、陸運局と国税庁の記録……」

「どのくらい時間がかかるの？」

「しばらくかかる」ぼくは仕方なく認めた。数週間、いや数カ月かもしれない。

「あなたが目をぱちぱちさせれば、急いで調べてくれるかわいい子ちゃんはほかにいないの？」グレーシーは不機嫌につぶやき、一歩踏みだすごとに尻を揺らしながら、ぼくのまえを歩いた。

ぼくは頬がゆるみそうになるのを何とかこらえた。「そろそろお腹が空いたろう？　何か食べて、そのあとはどうしようか……オースティンを車で走って――」

「マンティスとかいう野郎を追う?」

ダイナが丸い目でぼくをしっかり見すえ、グレーシーを危ない目にあわせないでほしい、頑固な性格のせいで問題に巻き込まれないようにしてほしいと必死に頼んできた姿が甦る。「彼とは逆方向に行って、距離を置いたほうがいいんじゃないかな」

「いいわ」グレーシーは仕方なさそうに承知して、唇をすぼめた。「あたしの家がどこにあったか覚えてる?」

「ああ。どうして?」

「パパがビデオを隠していて、なぜか見つからなかったのよ」

「グレーシー、もう十四年たっているんだ! ぜったいに——」

「確かめてみる価値はあるわ!」グレーシーは両手を大きく広げた。「それに、いまはほかにやることがある?」

「そうだな……プールのヒーターをつけて——」

「ノア、本気で言ってるの? パパを殺した犯人を見つけるのをやめて、泳ごうって?」

ぼくはため息をついて言った。「ああ、そう思っていた」

35

ジャッキー・マーシャル警視長
二〇〇三年四月二十五日

「もう、いいでしょ、ゲイリー・バード。そろそろ、なかに入って！」わたしは叫び、若いタンポポの根元をつかみ、思いきり引っぱった。来週のいま頃になったら、また正面の庭はタンポポで覆われているだろう。

「セルティックスの選手だったのは、ラリー・バードだよ、母さん」ノアはいら立たしげに訂正した。「それに、きょうは金曜日だ」

「ドリブルするには遅い時間よ。ご近所のことを考えて」

「わかったよ」ノアが長い腕でバスケットボールを抱えて、小道を歩いてくる。十一歳だけれど、あと数センチでわたしの身長に追いつく。

「ジェンソン、今夜は泊まっていくの？」

「もし、よければ」

わたしはショウガ色のジェンソンの髪をくしゃくしゃにした。「いつも大歓迎なのは知っているでしょ。さあ、いらっしゃい」

「はい」子どもたちの声がそろった。

けれども、ノアは眉間にしわを寄せてぐずぐずしている。

「どうしたの？」

「エイブは今夜うちに寄るって言っていた？」

エイブの名前を聞いて、胃が締めつけられた。彼がわたしの首をはねる勢いでこの家にきて以来、話をしていない。「今夜は勤務よ」

「そうなんだ」ノアがしょんぼりとしている様子を見て、胸が痛んだ。「最近、こないね」

「仕事が忙しいだけでしょう」

「どうして急に忙しくなったの？」

「特別な任務に就いたから」とっさに嘘をついた。〝任務〟というのが売春をしている義理の妹を探して、オースティンのあらゆる貧民街に行くことなら、嘘ではないが。

「さあ、入りましょう。友だちが待っているわ」

「はい」

わたしはノアの頰にキスをした。「金曜日の夜だからって、〈ニンテンドー〉のゲームを朝までできるわけじゃないわよ」

ノアはおずおずと笑みを浮かべると——それがまさにふたりの少年がやろうとしていたことで、そのあと半日寝て過ごすつもりなのだ——廊下を歩いていった。

わたしはグラスに残っていたウイスキーを飲みほし、慣れ親しんだかっと熱くなる飲み心地を楽しんだ。この数週間はたいへんな日が続いており、もう一杯グラスに注ぎたくなる。あと一杯飲んでも、問題はないだろう。

なかに入ろうとしたところで、ヘッドライトに気がついた。車が私道に入ってくる。ブレアではない。夫は販売部門の会議でデンヴァーに行っている。一瞬、エイブがこちらの考えを理解し、わたしが難しい立場にいることはわかると言いにきてくれたのではないかと期待した。

だが、その期待はすぐに消えた。運転席から降りたのはマンティスだった。

「最高ね」ウイスキーを注ぐのが早かったら、いまここで飲みほせたのに。この胸くそ悪い男とやりあうには酒が必要だ。あの大きな捕り物のあと——偶然にも、わたしがベッツィーを追いかけていったのと同じモーテルだった——マンティスはキャニングご自慢のクジャクみたいに、いばりくさって歩いている。「何か用？」

「ずいぶんなご挨拶だな」マンティスの重みでポーチの階段がきしんだ。

「招待もしていないのに勝手に現れたお客がマンティスという名前のときはね……」

「話がある」

「あなたがつけている安物のオーデコロンについて？　まじめな話、生産禁止にすべきね」

マンティスは冷ややかに笑った。「ウィルクスがぺらぺらしゃべって、ろくでもない告発をしている」

不安が手足にまで広がったが、動揺を悟られないように表情は変えなかった。「何をぺらぺらとしゃべっているの？」

マンティスは声をひそめた。「先週の〈ラッキーナイン〉の捕り物でウィルクスが見たと思っていることだ」

わたしはほっとして小さく息を吐いた。エイブとわたしのことじゃない。「エイブは何を見たと思っているの？」

「あいつが証拠の記録を探しまわったり、おれによけいなことを訊いたりする必要のないことだ」

エイブがそんなことをしているなら、唯一考えられる理由がある——マンティスたちが証拠として引き渡していないものがあるのだ。それが何かなんて、訊くまでもない。その捕り物はオースティン市警でここ最近の最大の話題だった。ドラッグや銃といった押収物のなかに現金がなかったことに疑問を抱いたのは、わたしひとりではないだろう。こうした手入れでは、常に金も見つかるものだ。

それでも汚れきった売人は有罪で刑務所に放りこむべきであることはみんなが知っているので、疑問を抱いても口には出さなかった。

エイブは例外のようだけれど。彼はいつだって正しいことをするから。

エイブが調べまわってマンティスにも話したのなら、きっと公にするだろうし、監察部に訴えれば、無視するのは難しい。キャニングがスターにした麻薬取締班の猟犬たちが売人から金をくすねていたと報道されたらどうなるのだろう？

オースティン市警の評判は落ち、キャニングの立派なドラッグとの戦いには汚点がつき、麻薬取締班は解体。これまでのすべての逮捕に疑念を抱かれるかもしれない。

結局、得をするのは犯罪者たちということか。

マンティスもわたしもそのことをよくわかっているから、いま彼はうちの玄関でぺらぺらしゃべっているのだ。

「だいたい、ウィルクスはあんな安モーテルで何をしていたんだ？　女房とは仲がいいと思っていたが」

理由が思いあたり、罪悪感に襲われて目を閉じる。「ひと探しよ」あんたの運が最低だったおかげで、エイブが誤った時間に、誤った場所にいてしまった。「ねえ、マンティス、どうしてわたしがあなたの窮地に救いの手を差し伸べるなんて思うわけ？」

「おれの窮地？　あんたの親友が騒いでいるのに、自分に火の粉がかからないと思っているのか？　なあ、マーシャル……」嘲るように鼻を鳴らした。「オースティン市警のためにひとりの警察官さえ黙らせることができないなら、キャニングはそうすぐにあんたを副本部長に任命しないぞ。そう、キャニングは女を副本部長にしたがっている。とっとと女を役職に就けて、すぐに多様性が何だと文句をつけるやつらを追っ払いたいのさ」

わたしは歯を食いしばった。当然ながら、マンティスはキャニングがわたしを副本部長に就けたがっている理由をそう考えている。わたしが副本部長になれるほど――そして、いつかは、もしかしたら本部長になれるほど――優秀だからではないと。

「エイブとわたしはもうあまり仲がよくないのよ」

「どうして？」もともと小さいマンティスの目がさらに細く、険しくなった。「何をしたんだ？」

「わたしが原因だなんて言った？」

「ミスター・ボーイスカウトはぜったいに間違ったことをしないからな」

そのとき、家のなかからノアが呼ぶ声が聞こえた。「帰って。こんな話はしたくない」

「あいつを黙らせろ」

「いやだと言ったら？」

マンティスは殴りあいでもするかのように、顔を近づけてきた。一瞬、本当に殴られるかもしれないと思った。マンティスならやりかねない。「ほかのやつにやらせる」

マンティスが車に戻って走り去り、震える息をやっと吐きだした。

「ああ、エイブ。いったい何をはじめる気なの？」わたしは家のなかに戻り、ウイスキーの瓶に手を伸ばした。

36

ノア・マーシャル

「ごめんなさい、お嬢さん。わたしが知っているかぎり、ビデオとかパソコンのデータに少しでも似ているものは何もなかったわ。それに、見てのとおり、かなりリフォームをしてしまったから」女性は親切にほほ笑んで答えてくれたが、グレーシーがほかの答えを求めて何度も質問をしているので、そろそろ辛抱強さも限界を迎えそうだった。グレーシーが期待している、最高の答えはこれだ。〝ええ、じつはキッチンを壊したとき、壁板の裏にビデオテープが隠してあったの。十四年間、ずっと保管しておいたのよ。いま取ってくるわね！〟

エイブがどこにビデオテープを隠したにしろ、この家ではない。

「ありがとうございました。お時間を割いていただいて感謝します。どうぞ、お昼に戻ってください」ぼくはグレーシーの手をつかんで引っぱり、女性の琥珀色の目で背中を見つめられているのを感じながら、細い小道を歩いた。昔と変わらないのは、この小道だけだ。ぼくは記憶にある白くて小さなバンガローを探して、この道を三回行ったりきたりした。左側に彫刻が施されたポーチのドアがあるのを見つけて、やっとこの現代的な二階建ての家が探している場所だと気がついたのだ。

ぼくは手をふり払われるものとばかり思っていたが、グレーシーは手を引かれたまま、ぼくが車のドアを開け閉めしても反抗的な言葉は何も吐かずにそのまま乗った。

「あのひとたちはまえの住人がどんな人間だったか知っていたと思う？」車が走りはじめると、グレーシーは平和な近隣を見ながら訊いた。ここはぼくの家から十五分。高級住宅街ではないが、とても魅力的な街だ。

「知らなかったとしても、すぐにわかるだろう。この近所の噂話に格好のネタを与えたみたいだから」家のまえに車を停めたとき、カーテンがいくつか揺れたのを目にしたのだ。それに、三軒向こうの家の女性は花壇の土を掘りながら、ぼくたちが小道を歩いていくのを好奇心たっぷりの目で眺めていた。

「噂させておけばいいわ。みんなにエイブラハム・ウィルクスの噂をさせるの。そうすれば、十四年まえに持つべきだった疑問を、やっと抱くかもしれない」グレーシーは苦々しくつぶやいた。「どうして、ここのひとたちはあんなくだらない話を信じたのかしら」

「くだらない話を信じない理由がなかったからね。とくに、エイブをまったく知らなかったひとたちには」

　グレーシーはうんざりした顔でふっくらとした唇をゆがめた。「パパが黒人の警官だったから？」

「肌の色がどうであれ、警察官を信用しないひとは多い」

「それじゃあ、パパが白人でも、マスコミはあんなに早く汚い警官だと書き立てたって言うの？」

「そいつはわからない。だって、肌の色でどんな人間になるかが決まると思いこんでいる馬鹿なやつらがいるのを、きみもぼくも知っているから。そうじゃなければいいと思うけど、現実はそうだ。とくにテキサスでは。それに、女は警察官になるべきじゃないと考えている人間も多い。どういうわけで母があういう仕事に就く気になったのかわからない」ぼくは車をコングレス・アベニューに入れ、オースティンのダウンタウンの中心部へ向かった。とりあえずサイラスの助言どおりに、街を案内してみることにした。「でも、問題なのは証拠が集められて本部長に提示されたせいで、エイブは黒人であれ白人であれ有罪に間違いないと思われたということだ。そこに焦点をあてるべきだ」

「わかった。おじさんに警察の報告書を入手してくれるよう頼んだ？　情報が抜かれていない報告書を見れば、何かわかるんじゃない？」

しまった……。「いろいろとほかに話したせいで、訊けなかった」

「いろんな嘘をついていたことを考えると、急いで手に入れてくれることはなさそうだけど」

「嘘はついてない！」

「ああ、そうよね。ごめんなさい」グレーシーは馬鹿にしたように鼻を鳴らした。「本当のことを話さなかっただけで。つまり、マンティスに対する父の申し立てを知っていたのに何もしなかったという話が広まったら、おじさんには都合が悪かったというわけよね」

ぼくは何とか冷静に答えようとした。「きっと、何か事情があったはずだ」

「あたしにわかるのは、それが父を殺したやつを逃がしている唯一の事情よ」

「伯父はそんな人間じゃない」

「あなたのおじさんは、自分のことしか考えてないんじゃない？　みんな、そうよ。みんなね」グレーシーは腹立ちから両手を握りしめ、窓のほうを向いて、通りすぎる建物を見つめていた。

　グレーシーが疑いを抱くのは当然だ。だが、その〝みんな〟のなかにぼくも含まれているのだろうか？　ぼくも自分のことばかり考えていると思われているのだろうか？　ぼくがずっと守ろうとしてきたのは、母だけだから。

　罪悪感がこみあげてくる。グレーシーに知られ、永遠に拒絶されるまえに、クラインのことを話さなければ。

　そのあと数ブロック走って、やっと勇気が出た。「グレーシー、聞いてくれ。きみに知っておいてもらいたい重要な話が――」

「つけられてる」

　最初、ぼくは聞き間違いだと思った。「何だって？」バックミラーを見た。「どこ？」

「あのグレーの車」

「シビック？」少しほっとした。

「さっきの交差点で右折したとき、グレーの車はまえの車を二台抜かしてついてきた。あの車、地区検事事務所の外にも停まっていたわ」

「グレーのシビックなら、あそこに二十台は停まっているよ。ど、ど、どこにでも、ある、車だ」

「確かにね。でも、あの車はバックミラーに木の香りがする芳香剤が百個もぶら下がってる。うちのおばあちゃんの車みたいに。煙草のにおいを消すためにぶら下げてたのよ」うんざりした顔で鼻にしわを寄せた。

「気にしすぎだよ」

グレーシーはあの生意気な態度で腕組みをした。「いいわ。じゃあ、勘ちがいだって証明して」

そのあと角を三つまがって証明できないとわかると、不安で頭皮がぴりぴりしてきた。

わかるのは、まえの座席にふたりすわっていることと、男のようだということだけ。いったい、誰がぼくたちを尾行なんてしているのだろう？　何のために？「ナンバーが見えたら書き留めておいてくれ」

「このあとどうする？　家まで連れていく？」グレーシーはサイドミラーと携帯電話のあいだで目を行ったりきたりさせながら、眉を寄せて集中している。

ぼくは頭上の標識を見あげた。「いい考えがある」

37

グレース

テキサス大学の構内は、かばんを肩にかけて教室を行き来する学生でいっぱいだった。それ以外でも公園のようなキャンパスで木陰に入ったり芝生で横になったりする学生が大勢いて、外の世界を遮断して、午後の日射しを浴びながら本やイヤホンから聞こえてくる音楽にひたっている。

「ここに通っていたの？」

「ぼくの人生で最高の時間だった」ノアはあたしのうしろで立ち止まり、女子大生の一行に道をゆずりながら、同時にひそかに周囲を見まわした。

あたしたちは駐車場に入り、まえを通りすぎるグレーのシビックを見つめたが、巧みな位置に日よけがあり、運転手の顔は見えなかった。見えたのは色あせたブルーのTシャツと白人の腕だけで、そのまま車は行ってしまった。

「きみは？　大学に進むことは考えなかった？」

あたしは笑いだした。

「何？　考えたこともなかったの？」

「ないわ。ううん、考えたことはあった。でも……」

「でも……？」ノアはまた横に寄って学生たちを通したが、今度はあたしの腰に手を置いて、精巧な噴水のほうへ導いた。

あたしはノアの手に気を取られ、何を話していたのか思い出すまで、間が空いた。

「でも、それだけよ。考えたことはあるってだけ」ノアはわかっていない。

学生指導員のミズ・ブラッケンもわかっていなかった。高校最後の学年のとき、ミズ・ブラッケンの部屋で、向かいあってすわったときのことをよく覚えている。彼女は大学のパンフレットと入学願書をたくさん持って、話をするだけであたしの人生を変えられると思っていた。あたしはアイヴィーリーグの名門大学に入れるような成績ではなかったけど、願書を出せば、地元のコミュニティーカレッジに入学できると、ミズ・ブラッケンは確信していた。

あたしはにっこり笑ってパンフレットを受け取り、バックパックに詰めこんだ。その夜は願書に記入してみることを考えさえした。その後、ある日家に帰ってくると、コーヒーテーブルに注射針が散らばっていたのだ。そのまえは錠剤だけだったのに。

「あたしは大学より毎日の暮らしで学んだと思うわ」

「自分の目標を決めるのはいいことだよ」

「ママを死なせることなく請求書を支払うのが目標よ」

育ちがちがうことを思い知らされたときにいつもするように、ノアは罪の意識を感じているみたいにうつむいた。「いまなら、きみ自身の将来を考えられるんじゃないか」

あたし自身の将来。子どもの頃、そんな言葉はあまり聞かなかった。ママは過去にこだわるのに忙しくて、あたしも巻き込まれたから。

「あっちに行こう」ノアが先に擁壁のほうへ歩いていくと、あたしは彼のゆったりとした歩調や、滑らかな動きに見とれた。そしてノアの隣にすわり、何とか彼ではなく周囲に目を向けようとした。

「わあ、ああいうのが噴水なのよね」隣にあるような精巧な彫刻を目にしたのは初めてだった。水から飛びだす馬に、いわゆる男の人魚がまたがり、兵士たちと女神に守られている。この彫刻の周囲に水がたまって、噴水口へと流れるのだ。

ノアは答えず、まわりの人々の顔を見ている。

「うまくまけたと思う?」

「たぶん。でも、何が狙いなのかわからない」ノアは大きなため息をついて、腕時計の革バンドをいじりはじめた。何か、ちがうことを考えている。

きょう知ったことで悩んでいるのは、あたしひとりじゃないのだ。

「あそこで湖の標識を見たわ」ノアがあまり考えこまないように、気を紛らわせるために、あたしは言った。

「レディ・バード?」

「それ。教えて」

ノアは目をつぶり、空のほうに顔を向けた。「本当は湖じゃなくてコロラド川の貯水池なんだ。カヤックとかボートとかを借りられる。コングレス・アベニュー橋もかかっている。夏になると毎晩、橋の下の巣から何百万というコウモリが飛び立つのが見られるよ」

「それって……かっこいいの?」あたしは想像して顔をしかめた。

「かっこいいよ。もし、きみがまだいたら、見にいこう」

もし、あたしがまだいたら。まだ何カ月も先だ。ノアはオースティンにいたら、という意味で言ったのだろうか? それとも、ノアの家で一緒に暮らしていたら、という意味だったのだろうか?

あたしはいつまでここにいるのだろう? ここにいる理由があるかどうかによる。ママは一カ月は矯正施設に入っている。理想を言えば三カ月だけど、ノアにそんなに払わせるわけにはいかない。

「確かに、コウモリはかっこいい」とつぜん、男の声が聞こえた。ノアの美しい横顔を見つめるのに忙しくて、反対側の隣に男が立ったことに気づかなかった。男は年齢はいっているものの、破れたジーンズにアメリカンフットボールチームのヒューストン・テキサンズのロゴが書かれた色あせたブルーのTシャツを着ており、学生と言っても通りそうだ。

話を立ち聞きされたことに腹が立ち、あからさまに無視しようとして見知らぬ男に背を向けようとしたところで、ノアが小さく「くそっ」ともらしたのが聞こえた。

男は膝にひじをつき、おもしろがるような顔で、冷たい目をノアからあたしへ、そしてまたノアへと動かした。「トゥーソンからのドライブはどうだった?」

ノアは答えないし、少しもうれしそうには見えない。

男は鋭い目で、あたしをじっと見ている。三十代前半というところだろう。しっかりしたあご、鋭い鼻、ウェーブのかかったブロンドの髪――間違いなく魅力的だ。目がきらきらと輝いており、横柄なのか茶目っ気があるのかはわからないけれど、女に関するかぎり、欲しいものを何でも手に入れることに慣れているのだろう。

「あなたは誰？　何で、あたしたちをつけてくるの？」

「見られちゃったか」男が気安くほほ笑むと、下唇に小さな傷と痣があるのが見えた。

「あんな下手くそな尾行じゃ、気づかないでいるほうが難しいわよ。あなた、誰なの？」

「特別捜査官のクリスチャン・クラインだ。ＦＢＩで働いている」男は手を差しだした。

あたしは手をにらみつけた。「嘘ばっかり。色あせたジーンズをはいて、ホンダ・シビックで動くわけないじゃない」

「わたしたちがしていることを聞いたら、きっと驚くだろうな」クラインの手にとつぜん見まごうことのない金色のワシのバッジが現れ、出てきたときと同じようにあっという間に消えた。「信じられないなら、ノアに訊いてみるといい」

「四十八時間と言ったじゃないか」質問するまえに、ノアが言った。

クラインは肩をすくめた。「時間についてはあまり覚えていないたちだとも言った」

「ちょっと待って。あなたたちはいつ話をしたの？」

「タリーン捜査官はどこですか」ノアは大学構内を見まわした。

「茂みの反対側で、誰も話を聞いていないことを確かめながら、この話を聞いている」

「ずいぶん、こそこそ嗅ぎまわっているじゃないか」

「で、どっちが気づいたんだい？」

ノアがあたしのほうにあごをしゃくった。

「グレース・リチャーズさん、お見事だ。それともテキサスに戻ってきたから、もう一度ウィルクスを名乗るのかな？」

「そのへんにして。いったい、どういうこと？」どうしてＦＢＩがあたしの名前を知ってるの？　ノアはどうしてこの男を知ってるの？　四十八時間って？

「いまエイブラハム・ウィルクスに何が起きたのか調べているところなので、ご協力いただきたい。ここにいるノアが知っていることをすべて話してくれるとありがたいのだが」

やっと話がわかって、あたしは眉を寄せた。「ＦＢＩがパパの事件を捜査しているってこと？」

クラインはノアをじっと見た。「何と。話していなかったのか」

「話すって、何を？」クラインがさりげなく責めると、あたしはノアをにらみつけた。

ノアは辛そうな顔でため息をついた。「クラインがきみのお母さんの病室にきた男だったんだ。お母さんを訪ねたのは、母が自殺した夜にクラインに電話をかけて、エイブは罠にはめられたと話したから。土曜日の夜、クラインはトゥーソンでぼくらが泊まったモーテルの外にいた」

「それなのに、あたしに何も言わなかったの？」かっとなって言った。

ノアは両手をあげた。「きみが尾行に気づいたときに言うつもりだった。本当だ」

「あなたなんて、もう信じない」まただ。ノアはまたあたしに隠そうとしていた。あたしはノアに背を向けて、クライン捜査官と向きあった。「何を知ってるの？」

クラインは無頓着に肩をすくめた。「多少は知っていることがある。でも、グレーシー、それよりもきみが知っていることに関心がある」

「グレースよ。全部、話すわ。知っていることはひとつ残らず」

ハンサムな顔に満足そうな笑みが浮かんだ。「それこそ、わたしが望んでいたことだ」

クラインはメモ帳を閉じた。「その証拠をもらいにいこう」

「ベッツィーの写真も？」

「彼女が使っていそうな名前と生年月日をすべて教えてくれれば、こちらで調べるから」クラインは、ときおりうなずいたり、同意して唸ったりするほかはずっと黙っているノアを冷ややかに見た。「ああ、いちおう言っておくと、きみがお母さんの死に関係していたとは思っていない。だから、こうされても仕方ない」自分の唇を指した。「それに、警察で調書を取られたときに、お母さんをかばおうとした理由もわかる。その件で、きみを逮捕するつもりはない。だが、何か嘘をついていることがわかったら――」

「エイブの死について知っていることは、グレーシーがすべて話しました」ノアはクラインの目を見て答えた。

「信じるよ。いや……彼女を信じる」クラインが立ちあがり、とても背が高いことに気づいた。ノアよりも高いが、筋肉がくっきり浮きでている。クラインは急に隣に現れた男を身ぶりで示した。「こちらはタリーン捜査官」

黒っぽい髪のタリーンはあたしに会釈し、黒に近い冷淡な目でノアを見ると、クラインに手紙くらいの封筒を渡した。

「お父さんに関する警察の報告書は読んだ？」

「いいえ。読めるように要求するつもりだけど……」警察の報告書なんて、どこに要求すればいいんだろう。ノアにもサイラスにも頼みたくない。

「無駄だよ。あれは公にされることを前提としているから。読んだって、役に立つことは何も書いてない」クラインは封筒の表に何かを書きつけ、あたしに寄こした。

「本物が入っている」

ノアが口をぽかんと開けた。「どうやって手に入れたんですか?」

「きみのお母さんが死んだ翌朝、うちに宅配便で届いた。お母さんが送ってきたんだ。どうやって入手したのかはわからないが、本部長だったわけだから、そう難しくはなかったはずだ」

手にした封筒はまるで煉瓦のように厚かった。本物なの? ここにパパが聖人君子から犯罪者に転落したという話が書いてあるの?

それとも、嘘で固められた報告書なの?

「どうして、あたしに見せてくれるの?」

「ほかの方法では手に入らないからだ。きみはいろいろな目にあってきた。とくにお母さんのことで――」一瞬、クラインの顔に同情が浮かんだ。「――だから、きみにはこれを読む権利がある。それに、この事件は簡単には解決できない。可能なかぎりの協力を得たい。だから、読んでみてくれ。何か、目を引くことがないかどうか」

封筒から書類を取りだすと、いちばんうえに父の名前が書いてあった。不思議な気分だった。「パパが殺された事件を調べているのね」クラインはまだ認めていない。

「そのとおり。また、すぐに連絡するから」クラインはテキサスなまりを真似て、ゆっくり答えた。ＦＢＩのふたりが去っていくと、これまでの経緯を知ったあたしたちだけが残った。

「グレーシー、ぼくは――」

「いつになったら嘘をつかなくなるの、ノア？」名前を呼んだときに声がかすれ、なおさら腹が立った。

「嘘なんてついてない！　ただ……トゥーソンでクラインに不意打ちを食らわされたんだ。母の声が残った留守番電話を聞かされて……あのおぞましい夜に引き戻された」ノアは唾を飲みこんだ。「そのあと、おまえが母を殺したんだろうと責められた」

思いがけなく、怒りに同情が混ざった。「それで、クラインを殴ったの？」ノアをそんなふうに怒らせるには、母親殺しを責めるしかなかったのだろう。

ノアはうなずいた。「まずマクスウェルと伯父に話したかったんだ。でも、きみが待ってくれないのはわかっていたから。ごめん」あの真剣な目があたしを見つめる。

あたしは怒りが消えてしまわないうちに、目をそらした。ノアの言うことは当たっている。あたしはぜったいに待たなかった。すぐにクラインに話をしにいっただろう。だって、どうして待たなきゃいけないわけ？「当ててみましょうか。あなたのおじさんはＦＢＩには何も話すなと言ったんじゃない？」

ノアは下唇を嚙んでいたが、やっと答えた。あたしには必要な答えだ。「きみがクラインにすべてを話した時点で、もう意味がない」

「そうね。で、あたしは話して満足している。だって、こうして警察の報告書が手に入ったし、ＦＢＩを味方につけて、パパの汚名をすすげるから。どうやら、あなたにはどうでもいいことのようだけど。でも、最後にはすべて明らかになる」あたしは擁壁から飛びおりて、報告書を胸に抱きしめて、駐車場のほうへ歩きだした。

誰もがこの事件は明白だとしか言わない。でも、この報告書に何かがあるはず。事件のすべてを——少なくとも、これまでにわかった父とマンティスとのことを——知っていれば、本当に起こったことが理解できる何かが。父が無実である証拠が。

38

ノア・マーシャル

「グレーシー、本当に――」

「やめて」鋭い口調、警告だ。

ちがう角度から攻めてみる。「報告書、長そうだね。読むのを手伝うよ」

「捜査をじゃまできる方法を見つけるために？」グレーシーは手にしている報告書から目を離さず、手ひどく言い返した。

「ぼくは別に――」

「ノア！　とにかく――」グレーシーは頭をふった。彼女の怒りで車のなかの空気は張りつめている。「とにかく、やめて」

　ぼくは唇をきつく閉じた。グレーシーは誰よりも気が短いし、いまはぼくに腹を立てている。無理もない。気持ちが落ち着くまで、何を言っても無駄だ。

いつか気持ちが落ち着くときがくれば、、、、だが。

グレーシーに許してもらうのにふさわしくない方法で頭をいっぱいにしながら——そんなことを考えている場合じゃないのに——黙ったまま、家まであと数分のわき道を走っていると、うしろからパトカーのサイレンが聞こえた。

「スピード違反？」一瞬だけ怒りを忘れて、グレーシーがスピードメーターを見て顔をしかめた。

ぼくもダッシュボードに目をやった。「いや」警察に止められるとしたら、たいていはスピード違反だが、それも数年で二、三回しかない。それから、スクールゾーンで一時停止しなかったせいで、一度だけ捕まった。こてんぱんに叱られた。それ以来、一時停止の標識がある場所では、二拍余分に停止しているから、それが理由でもないはずだ。

「見逃してもらえそう？　ほら、あなたのお母さんのおかげで」

「たぶんね」ぼくは一度も母のことを口にしたことはない。必要なかったからだ。オースティン市警の警察官たちはいつもどういうわけか、ぼくが本部長の息子だと気づき、注意するだけで放免してくれる。ただし、ひとりだけ詳しい説明もせず、何も気にせずに、違反切符を切った警察官がいた。母はその警察官をすぐに異動させたが、口を出すのはこれが最初で最後だと、ぼくにきつく注意した。バックミラーに明るいブルーの回転灯が映ったときには、必ずその理由がわかった。だが、今回は心あたりがない。わかっているのは、違反切符を帳消しにしてくれるひとはもういないということだけだ。

ぼくはため息をついて、車を止めた。「テールランプが壊れているのかな」ありそうなことを言ってみたものの、何だか不安で背筋に冷たいものが走る。

横顔に穴が開きそうなほど、心配そうな目でグレーシーに見つめられているのを感じながら、覆面パトカーがうしろから近づいてくるのを見つめた。真昼の太陽の下だと、明るい回転灯の光がさらにまぶしく見える。

「何も言わないで……何についても。頼むから」

「心配無用よ」グレーシーは小声で答えた。どうやら警察に対処するのは嫌いなようだ。

ぼくは窓を開け、両手が見えるようにハンドルに置き、警察官が運転席から降りてくるのをサイドミラーで見た。

「くそっ」

「どうしたの?」グレーシーがこちらを向いて、バックミラーをのぞいた。目が大きく見開かれる。「あのひと――」

「そうだ」もう、マンティスを追う必要はない。

向こうから、こっちを探しだしてくれた。

「偶然なんてことはないよな」監察部長がぼくたちの車を止めて何をしようっていうんだ？

「偶然だろうとそうでなかろうと、やっとあのクソ野郎に会えたわ」グレーシーの声を聞いていると、いまにもマンティスに問いただしそうだった。

「グレーシー……」

「あいつがパパを殺したのよ！」鋭く言った。

「お父さんを殺すことができたというだけだ。証拠はない。冷静になるんだ。ぼくたちが知っていることをもらしちゃいけない。マンティスを怒らせないように」ぼくが小声で付け加えると、マンティスがゆっくり近づいてきて、車内をのぞきこもうとして腰をかがめた。だが、窓はスモークドガラスだった。

「こんにちは」マンティスが車のドアから三十センチのところに立つと、ぼくは作り笑いをして挨拶した。

「サングラスをはずしてもらえるかね」母が死んだ夜に聞いた低い耳ざわりな声だが、

いまは何の感情もこめられていない。

「はい」サングラスを頭のうえにずらして、厳しい顔つきのマンティスのほうを見ると、あまりに明るい太陽に目を細めた。警察官に囲まれて育ち、母親が高い地位に就いたことで、ずっと警察に対する健全な敬意を抱きつつも、警察官のまえでも緊張せずにいられた。

だが、マンティスといると、彼について何も知らないにもかかわらず、不安になった。いまは……全身の筋肉がこわばっている。

マンティスが前かがみになって鋭い目でグレーシーを見ると、安物のオーデコロンのにおいが漂ってきた。

「どうして車を止められたんですか？」

「これはきみの車か？」

「はい。書類を見ますか？」

「とりあえず免許証だけでいい」

ぼくは財布から運転免許証を出して、マンティスに渡した。

「ノア・マーシャル、きょうはこれからどこへ？」何も知らないふりをするつもりなのだろうか？ ぼくの名前と死んだ本部長を結びつけないはずがない。だいたい、二週間まえに、両手を血に染めたぼくを家のポーチで見ているのだから。

「用事をすませにいくところです」

薄い唇にかすかな笑みが浮かんだ。「こちらはお友だち?」グレーシーのほうをあごでしゃくった。

「はい」

「お嬢さん、お名前は?」

「グレース」

「年齢は?」

グレーシーは眉をひそめた。「二十歳。どうしてですか?」

「何か、身分証明書を」

グレーシーはぼくのほうを見てから、ハンドバッグに手を伸ばした。

「ゆっくり!」マンティスが怒鳴った。

グレーシーは一瞬動きを止めたが、慎重に動きはじめて財布から運転免許証を取りだすと、マンティスに渡せるように、ぼくに寄こした。グレーシーの歯が鳴っているが、腹を立てているからなのか、怯えているからなのかはわからない。たぶん、両方だろう。

マンティスの小さくて黒い目がコンソールから、グレーシーの膝のうえの報告書が入っている封筒へ、そして後部座席へと移った。「車内を見てもかまわないかね？」マンティスはじつに穏やかに尋ねた。母によれば、根拠なしに車の捜索をする許可を得るときの、よくある教科書どおりのコツらしい。マンティスはいったい何を企んでいるんだ？

マンティスは眉を吊りあげて、返事を待っている。

「いいえ。同意できません」

「何か、隠しているのか？」

「いいえ。ただ、車内の捜索に同意できないだけです」

ぼくを見すえる目つきから、きょうはマンティスから褒められないことだけは確実だ。「武器を所持している？」

「拳銃を座席の下の保管庫に入れて鍵をかけています。許可は取っています」グレーシーのハンドバッグに入っている飛びだしナイフの刃渡りは十センチだろうか、十五センチだろうか？　十五センチならテキサスでは違法だ。くそっ。

マンティスはまわりに目をやって、うしろに下がった。「車から降りなさい。ふたりとも」

ちくしょう。「何のためですか？」

「早くしろ！」

「彼の言うとおりにして。理由を与えないように」ぼくは車から降りるまえに、小声でグレーシーに注意した。それがマンティスの狙いかもしれない。だが、マンティスが疑われていることが事実なら、マンティスはぼくたちを逮捕する証拠などいくらでも捏造できるにちがいない。

「あそこに立て」マンティスが路肩を指さすと、ぼくはすぐに従い、グレーシーの隣に立って、指先でそっと彼女の腿に触れた。ぼくがそばにいる、ぜったいにきみを守ってみせると伝えるために。

マンティスはグレーシーを見てからぼくに視線を移すと、ぼくたちの運転免許証をじっくり見はじめた。その間に、ぼくはボタンダウンのシャツにズボンをはいたマンティスを観察した。銃はホルスターに入れて吊るしている。

「ミス・リチャーズ、テキサスでは何を？」

「友だちのところにきました」

「彼があなたの友だち？」

「はい」

マンティスがグレーシーの身体に視線を走らせ、その目つきを見たぼくは思わず拳を握りしめた。「テキサスにはいつまで？」

「事情によります」グレーシーは歯を食いしばっている。

「どんな事情？」マンティスはグレーシーをじっと見ているが、ぼくに言わせれば、まるでけしかけているようだ。

グレーシー、頼むから、やめてくれ。

数秒後、グレーシーはこれまで一度も見たことのない満面の——すごく嘘くさい——笑みを浮かべた。「ノアがあたしに対する気持ちをいつになったら認められるのかによるわ。つまり、すごくわかりやすくきっかけをあげてるのに、彼ったらぜんぜん行動に出てくれなくて。男ってみんなこんなに鈍いの？　それともあたしが追っかけているひとが特別にまぬけなのかしら？」

ぼくは笑っていいのか、唸っていいのかわからなかった。

マンティスはグレーシーの問いかけには答えず、ぼくの運転免許証に目をやったが、口もとがこわばっているところを見ると、グレーシーにからかわれたのは不本意だったらしい。「ジャッキー・マーシャル本部長とは何か関係が？」

この名前——と肩書き——を聞いて、腹に不意打ちを食らった気分にならないときが、また訪れるのだろうか？「母です」知っているだろうが。

「お母さんの身に起きたことを聞いたとき、とても悲しかった」

「ありがとうございます」オースティン市警の警察官は、たいていここで運転免許証を返して放免してくれるのだが。

「重責に耐えられなくて残念だった」

ぼくは唇を嚙みしめ、母を弁護したくなるのを耐えた。マンティスは挑発しているのだ。

「女には大きな役割は無理なんだ。そんな重責に耐えられる能力がないから」

グレーシーの鼻の孔がふくらんだ。癇癪を起こし、ぼくたちを厄介事に巻き込むことを残らず吐きだすときの顔つきだ——何度も、目にしてきたからわかる。

「もう行ってもいいですか？」グレーシーが口を開くまえに訊いた。

「行ってもいいときには、わたしが行ってもいいと言う」マンティスはグレーシーに目を向けた。「きみはわたしの昔の友人にとてもよく似ている。エイブ・ウィルクスだ。名前を聞いたことがあるかね？」

彼女はちっともエイブに似ていない。

グレーシーは逆らうように、あごをつんとあげた。「父です」

「いやはや……」驚いたふりをするには、眉を吊りあげるのがほんの少し遅すぎた。

「世間は狭いな」

「それじゃあ……父と友だちだったんですか？」グレーシーは苦いものを吐きだすように、その言葉を口にした。

「大昔の話だ。礼儀正しい男だった。バスケットボールがうまくて」

「覚えておきます。父は誰かにはめられて殺されてしまったので、あたしはどんなひとだったのか知らないんです」

「くそっ」つい口を滑らせてしまったが、ふたりともぼくのことなど気にしていない。

マンティスはグレーシーをじっと見すえた。「わたしの記憶とはちがうな」

「あなたも現場にいたんですか？」グレーシーも負けずに見返した。

「いや」

グレーシーはからかうように顔をしかめた。「本当に？」

「グレーシー……」ぼくはささやいたが、遅すぎた。

「きみはわたしのことを責めているのかね？」

「責める理由があるんですか？」

ぼくはグレーシーの手をきつく握った。

「きみは間違いなくエイブ・ウィルクスの娘だ。度胸があるところが、エイブによく似ている」マンティスはしばらく下唇を噛んでいた。「きみのとよく似た車が違法性のあるものを運んでいるという通報があった。車内を捜索しているあいだ、わきにどいていてくれ」

「でたらめだわ。制服も着てないくせに！」グレーシーがわめいた。

「うしろを向け。早く！」マンティスが怒鳴り、ホルスターに手をかけた。

ぼくは反射的にまえに出て、グレーシーを背中に隠した。もう、これ以上はだめだ。

「ミスター・マンティス、あなたは監察部長ですよね。あなたが内報を受けることはない。何をしようとしているのか知りませんが、問題になりますよ」

「きみには信じられないかもしれないが、問題になんてならないんだよ」マンティスはいやらしく笑った。「抵抗するつもりか？」

そのとき、ぼくたちの横で車が止まり、窓が開いた。

「何か、問題でも？」ボイドが呼びかけてきた。知っている声を聞いて、ほっとするとともに、胸が痛んだ。ボイドと最後に会ったのは、母の葬儀だった。

マンティスは銃から手を離した。まだグレーシーを見ているが、苦虫を嚙みつぶしたような顔になっている。「注意して、ちょうど行かせようとしているところだ」ボイドに怒鳴って、運転免許証を返して寄こした。「テキサスの滞在を楽しんでくれ、グレーシー・メイ」マンティスは車に乗り、不快なオーデコロンのにおいを残して去っていった。

ぼくは肺の空気を残らず吐きだした。

「ノア、調子はどうだ？」ボイドは心からの同情で顔を曇らせた。相棒は黙ったまま隣に乗っている。

「だいぶよくなったよ」

「電話をしなくて悪かった。かけようと思っていたんだが、子どもたちがいるし……」

「ああ、わかっている」ボイドは一歳年上なだけなのに、もう結婚して、三人目の子どもが奥さんのお腹にいるなんて、何だか不思議な気分だった。

ボイドはマンティスの車がすばやくUターンして、逆方向に走っていくのを見送った。「いったい、何があったんだ？」

「知らないほうがいい」小声で答えてグレーシーのほうを見ると、顔が真っ青だった。

「だいじょうぶかい？」

「あたしをグレーシー・メイと呼ぶのはパパだけなの。ミドルネームはこれにも載せてない」震える手で運転免許証を掲げた。

「きみを動揺させるのが狙いなんだ」

「効き目がなくておあいにくさま」グレーシーは馬鹿にするように鼻を鳴らし、ボイドのほうにあごをしゃくった。「話したほうがいいかもよ。マンティスがでたらめなことをした証人なんだから」

「マンティスのでたらめを目撃した警察官はどうなった？」ぼくは訳知り顔でグレーシーに言った。

「なあ！」ボイドが眉をひそめた。「まじめな話、何があったんだよ」

ぼくはため息をついた。「ドウェイン・マンティスのことをどのくらい知ってる？」

「バスケットボールを一緒にやるくらいだ。最低な野郎さ」ボイドは険しく目を細めた。「どうして、そんなことを訊く？」キャニングと食事をともにした夜、サイラスが〝沈黙を守る警察の青い壁〟と揶揄《やゆ》したのは間違いではなかった。

あの夜、マンティスと一緒にうちのポーチに立っていたことを考えれば、ボイドも警戒すべきかもしれない。

その一方で、ボイドが警察のバッジと銃を持っていてもらいたいと市民に願われるタイプの人間であることも知っている。母はよくボイドを『きかんしゃトーマス』の〝しっかりもののエドワード〟と呼んだものだった。昇進や脚光を追っているわけではない。命令を下すタイプではなく、ドアを蹴破り、犯人を逮捕したくてうずうずしている。平和を守るのが好きな信頼できる警邏巡査であり、常に平和を守るのが好きな警邏巡査であろうとする男なのだ。

だからこそ、この件に巻き込みたくなかった。あれは間違いなくマンティスからの警告なのだから。

グレーシーがここにいる理由を知っているし、それをよく思っていないという警告だ。

ボイドの無線が符号をがなりはじめた。ボイドが動きを止めて、耳をそばだてる。

「行かないと。また今度聞くから」ボイドは回転灯をつけてサイレンを鳴らして走り去った。

「証人なんてこんなものよ」グレーシーの声は震えていた。

「また、連絡があるさ」

「そうでしょうね」まったく信じていない。「それにしても、マンティスはあたしがきたことをどうやって知ったのかしら」

「ぼくにわかるはずがない」

「FBI以外で知っているのはひとりだけ」

そう、伯父だけだ。「どういう意味?」

グレーシーは首をふった。「ぴりぴりしないで」グレーシーは助手席に乗り、勢いよくドアを閉めた。


自宅がある静かな袋小路に着いたときには、すっかり息があがっていた。情けない。二週間走らなかっただけで、二キロも走っていないのに、いまにも倒れそうだ。走りつづけているのは、ゴールにグレーシーの姿が見えるからだ。

正確に言えば、サイクロプスと一緒に寝室にこもり、ぼくを無視して、クラインからもらった警察の報告書をむさぼり読んでいる姿だが。

いまやクラインは彼女のヒーローだ。

ぼく? ぼくは最初にクラインのことを話さなかったクソ野郎だ。家に着いて以来、グレーシーはまったく口を利かないけど、それは仕方ない。でも、こんなふうに黙られるなら、わめいてナイフをふりまわされるほうがいい。

あまりにも何度も同じ失敗を重ねてしまったという憂鬱な気分でいるくらいなら、

怒鳴られたほうがいい。

グレーシーははっきりとは言わないが――ぼくとは話さないから――サイラスがマンティスと共謀していると思っているのは間違いない。だが、最初に疑うべきはFBIなのではないか。伯父を疑うなんて馬鹿げている。

ぼくは鉛のように重い足を引きずりながら、ポーチの階段をのぼって家に入った。

すると、上階で足音がした。

「グレーシー？」呼びかけた。

また足音が聞こえ、ドアが閉まる音がした。

「グレーシー！」

返事はない。

出かけるとき、警報装置を作動させていかなかった。

恐怖で全身が冷たくなり、階段を一段飛ばしで駆けあがった。

寝室にグレーシーの姿はなかった。

グレーシーは母の書斎で、パソコン用の印刷用紙にものすごい勢いで何かを書きつけていた。「この部屋のなかに、どうして書けるペンが一本もないわけ？」書けないペンをゴミ箱に放ったが、かすりもせずに、絨毯《じゅうたん》が敷かれた床にすでに散らばっているペンのなかに加わった。

「よかった！」安堵のあまり息が切れ、ぼくはドアに寄りかかった。

グレーシーが眉をひそめた。「何かあったの？」

「別に。ただ……いや、何もない」心のなかで、ずっと警報装置を作動させておこうと誓った。いや、それよりもう二度とグレーシーをひとりにしないほうがいい。

グレーシーは雑誌の山の下から、もう一本ペンを見つけた。「出た！」紙にブルーのインクの線が残ると、グレーシーはそう叫んで、蛍光マーカーと一緒に持ってぼくの横を通りすぎていった。サイクロプスも興奮して尻尾をふりながら、あとについて彼女の部屋へ戻っていく。

「何か、見つかった？」

グレーシーは黄色いマーカーのキャップをかじってはずし、ページの半分を四角く囲ってから、ぼくに突きつけた。

ぼくはマーカーで囲まれた段落を読んだ。「モーテルの客たちの証言か」顔をしかめて言った。「誰も、何も見ていない」

「もっと、しっかり読んで！」グレーシーがある名前にマーカーで線を引いた。

くそっ。「目撃者はマンティスが調べていたのか」

「目撃者について調べただけじゃない」グレーシーはベッドに置いてあった、ほかのページを手にして掲げた。捜査にあたったチームの名簿だ。マンティスの名前がほぼいちばんうえにある。グレーシーは唇をゆがめ、満足そうにしたり顔でほほ笑んだ。

「特別につくられた麻薬取締班の一員が、どうして殺人事件の捜査に加わるわけ？」

「いい質問だ。きっと、自主的に参加できたんだろう。あるいは人手不足だったか、あるいは——」

「自分の痕跡を消したかったから、チームに加わったのよ」

「そうだな」そうすれば、マンティスは証人や証拠になりそうなものに接触できる。そのうえ、自分が犯人であることを示す証人や証拠を消す機会も得られる。ぼくは名簿に目を走らせた。「ほかの名前は聞いたことがない。でも、調べることはできる」

あたかもぼくに腹を立てていたことを思い出したかのように、グレーシーはぼくの手から書類をすばやく取りあげて、ベッドに腰を下ろして脚を組んだ。また、無視だ。

「ずいぶん長い報告書だ」

「そうね」

「きみひとりで読んだら、ひと晩かかる」

グレーシーははねつけるようにナイトテーブルのほうへ手をふった。「コーヒーを淹れたから」

「ふたりでやれば早く読める。グレーシー、ぼくらはどちらも真実を求めている」

グレーシーはしばらく考えたあと、やっと鋭いグリーンの目をあげて、ぼくと視線をあわせた。「いいわ」仕方なさそうに言った。

ぼくはここでやめておいて、これ以上こてんぱんにやっつけられないことに感謝すべきだったのに、つい口を滑らせてしまった。「クラインのことを話さなくて悪かった。もう一度やり直せるなら、あの夜に戻って、寝ていたきみを起こして下に連れてきて、クラインと話をさせるよ」

グレーシーは口をぴたりと閉じて、ため息をついた。「あたしに話さなかった理由はわかる。気に入らないけど、わかる」

「頼むから、ぼくを嫌いになったなんて言わないでくれ」最も悔いている顔をしてみせた。

グレーシーは目を剝いた。「やめて」

「やめるって、何を？」

「そんなふうにあたしを見るのをやめて」

ぼくはほほ笑んだ。「無理だ」

グレーシーは目をそらしたが、口角が少しあがったのが見えた。「あたしたちがFBIと話したことは、おじさんに伝えたの？」その声には挑発するような響きがあった。

「いや」走っているとき、サイラスから電話がかかってきたが、出なかったのだ。「でも、きっとすぐに耳に入るだろう」平気そうに言ってはみたものの、伯父と話すのは気が進まない。「重要なのはエイブの汚名をすすぐことと、本当に責めを負うべき人間を見つけることだ。あるいは、人間たちを」母も含まれることを承知のうえで、静かに付け加えた。「もう、きみに秘密はつくらない。何も恐れずに、正しいことだけをする。きみとお互いを信頼しあう。お互いに、すべてをただちに伝えあう。交渉成立？」

グレーシーが大きく息を吐きだした。「成立」

「よし」グレーシーに許された。すべてがすっきりした気分だった。実際は、すっきりなんてこれっぽっちもしていないけど。

「ところで……まずシャワーを浴びるつもりだった？」グレーシーは大げさに顔をしかめたが、すぐに笑いだし、最後まで残っていた緊張が解けた。

「ああ。これから十分間、癇癪を抑えていられそう？　それとも、バスルームの鍵をかけたほうがいいかな」グレーシーをからかって言った。調子に乗りすぎだ。

「どうでもいいけど、開けておけば」グレーシーは関心なさそうに装っていたが、視線はぼくの身体を走り、喉は唾を大きく飲みこんで動き、頬は赤くなっている。

「よし、確認しておこう。きみは特別にまぬけな相手を追いかけて――」ぼくは頭を下げて、グレーシーが投げつけてきた枕を避けた。

39

ジャッキー・マーシャル警視長
二〇〇三年四月二十六日

わたしは運転席の窓から煙草の煙が出ていき、夜空に流れていくのを見つめた。こうしてすわって待ちはじめて一時間たった。

ついに、いつも見慣れている、大股で歩くエイブを見つけた。車のあいだを縫うように歩き、白いセダンに向かっていく。彼の車はいつもと同じ場所に停まっている――南側の三番目の街灯の下だ。時計の時刻をあわせられそうなほど、エイブはいつも同じように行動する。「エイブ!」わたしは車から降りた。

わたしに気づくと、エイブの顔がこわばった。だが、足は止めない。

「ねえ、ちょっと待って!」エイブがドアを開けようとしたところで追いついた。

「ジャッキー、何の用だ」

「どこへ行くつもり?」

「どこへ行くつもりか？」エイブの眉が額の半分まで吊りあがり、わたしはきつい言葉が返ってくることを覚悟した。「どこへ行くと思っているんだ？　あんたのせいで、スラムを車で走りまわり、あちこちのモーテルの駐車場で待ち、情報をもらうために娼婦たちに金をつかませている！　じゃまをしないでくれ」

わたしの知っているエイブはこんな口の利き方はしなかったけれど、自分には何も言えない。何を言われても仕方ないのだから。

「このあいだの夜、マンティスがうちにきたの」周囲を見まわして、誰にも聞かれていないことを確かめた。遅い時間であり、交代勤務の警察官たちの出入りは終わっている。警察の職員用駐車場はいっぱいで、いまの時点でほかの人間はいない。それでも、声をひそめた。「スプーンを突っこんだポットをかきまわすのはやめて」

「信じられない」エイブは笑いだしたが、いつもの温かくて元気な笑い方ではない。ひどく辛そうだ。「あんたもマンティスを守るつもりなのか？」

「わたしはあなたを守っているのよ。マンティスを脅せないのは、わかっているでしょ！」

「どうしてさ。マンティスがキャニングの犬だから？」

「マンティスが踏まれたガラガラヘビみたいな気性だからよ！　あいつを追いつめた

りしたら、あなたに何をしてくるかわからない」マンティスに関してはさまざまな噂があり――スポーツの試合で担架で運びだされるまで敵をやっつけたとか、バーで喧《けん》嘩《か》した相手を病院送りにしたとか、過剰な権力の行使について犯罪者から苦情があったとか――利口な者はあの男を警戒している。

「それなら、あんな金を盗まなきゃよかったんだ」

そのとおり。「たとえマンティスのやり方が正しくないとしても、あのひとたちはドラッグを押収して、悪いやつらを街から追いだしている。ねえ、エイブ、この件は放っておいて。それがみんなのためだし、何よりあなたのためだから」これ以上ないくらい、はっきりと警告した。

「いつからそんなふうに変わったんだ？　あんたはそんな人間じゃなかった。そんなに副本部長になりたいのか？」エイブはチョコレート色の目を怒りでぎらつかせ、頭をふった。「このあいだ一回やったなら、マンティスは百回やっている。間違っているんだ。目はつぶれない。さあ、どいてくれ……」エイブはわたしを押しやってドアを開けた。「今夜もかわいい娘を寝かしつけてやれない――これも、あんたのせいだ」

わたしがまったく動けないうちに、エイブはすばやく去っていった。

40

グレース

　目が覚めて最初に気づいたのは、石鹸の香りだった。

次に気づいたのが頬にあたっている広い胸と、あたしの身体に巻きついている腕の感触。ベッドでノアにくっついて身体を丸めているのだと理解するまでに数秒、その理由を思い出すまでにさらに数秒かかった。

　父に関する報告書を一行ずつていねいに読みこんでいるうちに、どちらも寝入ってしまったにちがいない。書類は寝ているあたしたちの身体の下敷きになっているものもあれば、夜のうちに床に落ちたものもある。

　あたしはしばらく動かず、薄いコットンのTシャツ越しに、ノアの引き締まった力強い身体から発散される熱を堪能した。てのひらから伝わってくるノアの胸の曲線の感触は想像以上にすばらしく、血が全身を駆けめぐり、心臓が高鳴った。

ほんの数日まえまで、ノアのことはまったく知らなかった。ドラッグの売人と間違えられて、あたしの怒りをぶつけられた男だ。それが、あたしが思い出せない男になり、ママが憎んでいる女の息子になった。そして、いまは……あたしが生まれて初めて信頼できる唯一の人間だ。

確かに何度もだまされて嘘をつかれたけど、昨夜は一瞬にして怒りが溶けてしまった。ノアが母親をかばい、伯父の言葉に耳を貸していることで嫌いになりたいのに、なれない。母親が事件に関わっていたのは何か重大な事情があったからにちがいないと信じていることでも、疑っている相手全員を気遣っていることでも、責めることができないのだ。

あたしはゆっくりと顔をあげて、ノアの顔を見つめた。想像したとおりだ——少年のような穏やかな寝顔で、ふさふさとした茶色いまつ毛が目を縁取っている。そして、あごは……ひげがうっすらと生えており、指先でなでてみたくなった。

いつから、こんな気持ちを抱いていたのだろう？　確かにノアは見た目がいいと、ドラッグを売る売人だと勘ちがいしていたときから思っていた。遠くからでも、一度ならず見とれたことがある。でも、こうして隣で寝ていると、ふっくらとやわらかそうな唇にキスをしたらどんな感触だろう、目覚めたときにあたしが唇を重ねていたら、ノアはどんな反応をするだろうと思ってしまう。

何度も信用できないことをされているのに、こんなふうに直感で信じてしまうなんて、いつ以来だろう？

いや、こんなことは一度もなかった。

ノアみたいな男に会ったことがなかったから。

ノアは正真正銘の善人で、愛する人々を守りながら、正しいことをしようとしている。ママから聞いていたパパと同じだ。

不安なのは、パパが正しいことをしようとしてあんな目にあったことだ。

サイクロプスが夜のあいだくつろいでいた場所で――あたしが床に放り投げた派手な枕の山だ――大きく伸びをすると、尻尾をふりながら戸口にすばやく歩いていった。

そして高い声で吠えて訴えた。

あたしが小声でサイクロプスに毒づくと、ノアも目覚めたらしく、胸が大きくふくらんだ。まぶたが動き、大きく唾を飲みこんだ喉が鋭く動く。でも、あたしはノアがまた眠りに戻ってくれることを期待して動かなかった。

サイクロプスがまたかん高い声で吠えた。もう無視はできない。かつては飼い犬だったのかもしれないが、いまは野良犬なのだ。足をあげて家具にオシッコを引っかけないだけでも奇跡なのだから。

あたしはノアの下から抜けだそうとした。その瞬間にノアの腕が絡みつき、あたしを引き戻した。ノアは何も言わないけれど、その必要はなかった——心臓が駆けだしたのがわかったから。とても輝いているけれど、眠そうな目があたしを見た。「眠れた?」かすれた低い声が、あたしの胸に伝わってくる。

いつもの皮肉を返そうと思ったけれど、やめておいた。嘘になってしまうし、お互いに嘘はつかないと約束したから。「久しぶりにね」正直に答えた。「紙のベッドで寝たわりには」

ノアはうめいた。「部屋に戻るまえに集めるつもりだったのに、読みながら寝ちゃったみたいだ」

「平気よ。大事なところにはマーカーで線を引いておいたから」母に対する事情聴取を要約したページで、母は家宅捜索で寝室の家具の裏と下から札束とコカインと大麻が入ったバッグが見つかった理由を説明できていなかった。あの夜、父が出かけたことについても、電話がかかってきて、仕事に行かなければならないと言っていたことしか話していない。

はっきりわかったのは、報告書に記されていたことではなく、記されていないことだ。行方がわからない父のコルト45についても、特別注文のホルスターについても書いていないのだ。母が怪しいビデオについて訴えたことも。父が警察の汚職事件の証人になろうとしていたこともひと言も触れられていない——当時、地区主席検事補だったサイラスは知っていたはずなのに。細かいことまで詳しく記録されているのに——勤務に就いていないにもかかわらず、父が仕事だと嘘をついていた日時まで載っているのに——疑問が浮かんで当然の事実については、何も書いていない。重要ではないと考えて、記録に残さなかっただけだろうか？　それとも、マンティスが報告書に載らないよう画策したのだろうか？

ノアが吐息をもらし、あたしの肩に指で触れた。

とても親しげな仕草だ。離れるべきなのだろうけど、身体が動かない。「あなたは眠れた？」

「ぐっすり。まだ眠いくらいだ」

あたしは顔をしかめた。「どうして、そんなことを言うの？」

ノアの温かい息が額にかかった。「きみがやさしくしてくれるから」

これまで照れたことなど一度もないのに、ノアの目を見られなくなった。「慣れないでよね」言葉と裏腹に、身体はノアの身体にくっつき、その力強さと温《ぬく》もりと頼もしさを存分に味わっている。

「なあ」

ふたりのあいだの空気が変わり、激しい期待が高まる。「何?」

ノアの手があたしのあごをうえに向け、目があった。

彼は何も言わないけれど、言わなくてもわかる。ノアが口にしていないことは、すべてはっきりわかった。大きく唾を飲みこみ、震えながら息を吸い、あたしの髪を指に巻きつけて額から払う様子から。

すごくていねいにゆっくりと顔を近づけてくる様子から。

ノアはあたしの反応を恐れているかのように、おずおずと唇を重ねてきた。そして二度目になってやっと、ほんの少しだけ強く、長く、本物のキスらしく口づけた。

そして三度目はあたしから唇をあわせ、官能的なダンスをゆっくり踊るようにお互いの唇を味わうと、ノアがあたしを抱きよせて身体を絡ませ、お尻に触れてきた。親指で腰骨をなでている。

やめなくちゃ。

ＦＢＩの捜査でノアの母親について、彼女がパパにしたことについて明らかになることを思うと、複雑な状況になるまえにやめなければ。

それなのに、あたしはやめられず、ノアの胸に手を這わせて、その感触を記憶にとどめた。

ノアをあたしの人生に取り戻したこと以上に、正しいことがあるとは思えないから。あたしはノアの手に、肌ざわりに、唇の味わいに夢中になり、液体が床を叩く音がしても、すぐには何の音かわからなかった。そしてやっと気づくと、ノアから離れてベッドで起きあがった。

「こら！　馬鹿犬！」


「どこに置いておくの？」あたしは酢の瓶とゴム手袋を持ちあげた。

「流し台の下でいい」ノアは首のうしろで両手を組み、まだ終わっていない朝のストレッチをしながら上の空で答えた。Tシャツの裾がめくれ、引き締まった腹筋と黒い毛が見える。

ノアは太陽が木々のうえに昇りつつある裏庭を見つめており、あたしが身体に見とれていることに気づいていない。「まったく、困った犬だな」

「あたしたちがいけないのよ。外に出たいって教えていたのに、あたしたちが……聞いてなかったから」頬が赤くなったのが自分でもわかる。

「でも、用をたしながら、あの小さな目でちらっと見やがって。〝いい加減にしろ！〟って言われているみたいだった」

テキサスなまりを強調したノアの言葉にあたしは笑った。「家で飼われることに慣れるまで時間がかかりそうね。トレーラーの下で暮らすのに慣れているから」

「ずっと外にいて、あれをやっていたのに」ノアはきのう帰ってきたときに掘り返されていた花壇とひっくり返っていた植木鉢のほうに手をふった――ひとつはプールの底に置いてある。

「だから、サイクロプスを置いていかないほうがいいって言ったじゃない。閉じこめられるのが好きじゃないのよ」

「すごく楽しそうに見えたけどね」ノアはぶつぶつ言いながら、コーヒーメーカーのスイッチを押した。

キッチンの窓から外を見ると、新しくペットになった犬が興奮して口をパクパクさせながら、騒々しい青みがかった黒い鳥たちを追いかけているのが見えた。鳥たちは文句を言いながら、散り散りに逃げている。「あの鳥は何ていうの？」

「ムクドリだ」

あたしは顔をしかめた。「あの世からきたみたいな鳥ね」

ノアが湯気の立っているコーヒーを渡してくれた――あたしが好きなブラックで。

「ゆうべ、きみの犬がドアマットにあの世の鳥を置いていった。頭のない状態で」

「あなたへの贈り物ね」あたしはからかい、落ち着く香りを吸いこんでから、ひと口目を飲んだ。

ノアが目で素脚を追い、にやりとした。

「何？」

ノアが身体を乗りだし、指先で膝から腿へとゆっくりなでていく。その瞬間に、あたしの肌はあわだった。「大事なところには全部蛍光ペンで線を引いたっていうのは、冗談じゃなかったんだな」

見おろすと、まがりくねった蛍光ペンの黄色い線が脚のいたるところについている。腕にも。買ったばかりのきれいな白いTシャツにも。あたしはうめいた。「ひと晩じゅう、ペンのうえを転がっちゃったんだわ。ああ、もう！」

「ぼくがキャップを閉めておけばよかったんだ」ノアが自分の過ちであるかのように謝った。「きょうはきみの服を買いにいこう」

「そんなお金ない」

「金なら、ぼくが――」

「だめ」いまだってもう、たくさん払ってもらっている。

ノアはここで言いあいをすべきかどうか考えているかのように、あたしをじっと見た。「きみは母と同じくらいの体格だ。二階の部屋に服がたくさんある。好きなものを着て」

ジャッキー・マーシャルの服を?「でも、ちょっと……気にならない?」

「ただの服だ。母にはもう必要ないから」ノアはスプーンに山盛りにした砂糖をコーヒーに入れてため息をついた。それだけで、母親のことを話すのは――たとえ、服のことでも――たやすいことではないのだとわかる。「本当にかまわないから、好きなものを持っていって。きみのお母さんも着られるだろうから。お見舞いにいくとき、ダイナが気に入りそうな服を持っていこう」

お見舞いにいくとき?「ありがとう……あとで、見てみる」死んだ女性のクローゼットを漁るのは落ち着かないけど、ノアの言うとおりだ。ただの服だし、ジャッキーにはもう必要ない。一方、あたしの服は蛍光ペンの黄色い線が入っているのだから。あたしはもうひと口コーヒーを飲んだ。「いま、何時?」

「八時」

あたしは唸った。「あたしたち、何時頃に寝たんだろう？」

「さあ。三時？　四時かな？」ノアの目の下には隈ができている。

「くたびれてて当然ね」

ノアは一歩近づいて、あたしの額にかかった気ままな髪を払うと、唇にやさしくキスをした。

「で、あたしたちはこれから、こういう仲になるわけ？」手の震えを隠したくて、あたしはふざけて目を剥いた。

「ぞっとする？」ノアは唇を重ねたまま、にやりとした。「ベッドに戻らない？　とくに行くところもないわけだし」

その提案には――ノアの隣で寝るという案には――惹かれるけど……。「きょうは〈ラッキーナイン〉に行くんでしょ？　ゆうべ話したじゃない」

ノアは眉を寄せた。「そうだっけ？」

「嘘よ。でも、行くの」

「了解」一瞬、ノアは傷ついた顔をした。「どうしても行きたいなら」

「ええ、行きたい。そのあと、このヒース・ダンという男を探しましょう」父が死んだときの相棒だ。

「どうして、彼に会いにいくんだい？」

「パパに怪しげな電話がかかってきていたって捜査員に話しているから。もっと突っこんだ話を聞かなくちゃ」

「確かに」ノアはうれしくなさそうだ。「母の秘書に、警察署に残っている母の私物を取りにいくと伝えたんだ。そのときにダンを探してくれるよう頼もう」

「最高」

ノアの目があたしの唇をとらえ、動かなくなった。「ああ……最高だ」ぼんやりとつぶやいた。

あたしは下腹部が熱くなり、ノアの手の届かないところまで後ずさった。どこへ向かうのかわかっていたから。「もう行って！　急いで支度してよ。このモーテルまで三十分かかるんだから――」

呼び鈴が鳴った。

ノアがうめいてのけぞり、喉仏がよけいに目立った。男の身体のなかで、あたしはずっとまえから喉仏が好きで、鋭い曲線につい触れたくなる。

「また、ジェンソン？」

「いや、あいつはせっかちな野郎だから必ず三回鳴らす」ノアがドアのほうへ歩いていくと、あたしもたくましい背中と肩の線に見とれながらついていった。

ノアがドアの横のガラスの部分からのぞいた。「野郎と言ったら……」鍵をはずしてドアを開けた。

「さあ、起きた、起きた」クラインは言葉にあわない淡々とした口調で言った。そしてコーヒーをひと口飲み、黄色く染まったTシャツとショートパンツという、きのうと変わらない格好のあたしを頭のてっぺんから足先まですばやく見た。クラインは学生のような服装から、黄褐色のチノパンと白いボタンダウンのシャツに着がえている。それでもまだFBIの捜査員には見えないけど。

それに、FBIの捜査員はコーヒーがのったトレーを持って玄関に現れないだろう。たぶん、ノアとあたしの分だ。

「何をしにきたんですか？」ノアは通りのほうを見て、不快感を隠そうともしない。

「くるって言っただろう」クラインはうしろに立っている、FBIという頭文字が入った紺色のジャンパーを着た、あたしの想像どおりの男のほうをあごでしゃくった。男は私道のはしに停まっている二台の車の片方に寄りかかり、電話で話している。足もとには大きな長方形の箱がある。「証拠保全チームの男だ」

「わかりました。少し待っていてください。グレーシー……」ノアは声をひそめ、あたしの腰に手を置いて横を通りすぎながら言った。「なかに入れないで」すべてをしまっている食品貯蔵室の保管庫へ向かった。

「ところで、グレーシー――」クラインが口を開いた。

「グレース」

「ああ……なるほど」クラインはにやりとした。

「なるほどって、何よ？」

「グレーシーと呼ぶのを許されているのは、彼だけなんだ」クラインは当てこするような調子で言った。

頬がかっと熱くなる。ノアからグレーシーと呼ばれても、もう気にならなくなっていた。「ノアに何と呼ばれるかはあたしが気にするから、あなたはどうしてきたのうドウェイン・マンティスがあたしたちの車を止めて、脅してきたのか考えてよ」恐ろしかった五分間についてかいつまんで話すと、また不安になった。あの男を――あの動き方や、あたしを見おろす目や、殺人犯だと疑っている男に目を付けられているという事実を――思い出すだけで、落ち着かなくなる。

それこそがマンティスの狙いだ。

マンティスのおかしな行動を話し終えたときには、クラインのハンサムな顔からおもしろがっているような表情がすっかり消えていた。「マンティスはきみに疑われているることを、これまでは知らなかったとしても、いまはもう知ったというわけか」

「そのとおり――もしかしたら、馬鹿なことをしてくるかも」

「きみたちの車を停止させるなんて、とんでもないまぬけだ」

「でも、まぬけじゃない面もあるじゃない。父の事件を捜査するチームにもぐりこむんだから」

クラインは同意して大きくうなずいた。「もう報告書を読んだんだね」

「最初から最後まで。でも、それだけじゃない」母の供述について、ビデオと父の銃が見つかっていないことについて、報告書に記されていなかったことを説明した。「詳しく載っていそうなものじゃない？　おかしいと思うはずでしょ？　少なくとも、銃がなくなったことについては」

クラインは興味深そうにあたしを見ているけれど、ドアに寄りかかったまま、何も意見を言わない。

とうとう、あたしのほうが待ちきれなくなった。「ねえ。どう思う？」

探るような目があたしのうしろを見て、また顔に戻ってきた。「きみは賢い女性だと思っている。ジャッキー・マーシャルの息子を信じているの？」廊下の奥に聞こえないような低い声で訊いた。

「ええ」

「本当に？　わたしなら信じない。完全には」

あたしは胸のまえで腕を組んだ。「でも、あなたは信じられるっていうんでしょ？　どうして？　ＦＢＩのバッジを見せて、コーヒーを持って現れた、いいひとそうな捜査官だから？」

「一本取られたな！」クラインが〈スターバックス〉のトレーを差しだした。

あたしは受け取らなかった。「どうしてノアを信じちゃいけないの？」

クラインは玄関わきのテーブルにトレーを置いた。「まず、彼は警察に事情聴取で嘘をついた。ＦＢＩにも」

「お母さんを守るためだわ」

「親友が殺されたことを知りながら、自殺する直前に酔っぱらってわたしに電話をかけてきて、抜かりなく隠していた金をふたつも先の州に息子に届けさせるような母親だ。どうして、そんな女を守る？」

「自分の母親だからよ」あたしも同じ疑問を抱いていたけど。「それに、今回のことはノアには何も関係ない」

クラインは指先でドアの枠をゆっくりとした正確なリズムで叩いた。「彼がおじさんととても親しいことは知っている？」

「お母さん以外に家族がいてよかったわ」いまはもう、あの家族のファンとは言えないけど。「何が言いたいの？」

クラインは次の言葉を考えているかのように、少したってから口を開いた。「仮にドウェイン・マンティスがきみのお父さんを罠にはめて殺したのなら、あるいは誰かに殺させたのなら、助けがいる。普通は上層部からじゃないと得られないような助けが」あたしが理解できるように少し待ってから続けた。「きみのお父さんは常にボーイスカウトのようにまじめだという評判だったから、圧倒的に不利な証拠じゃないと、誰も信じなかったろう。わたしが話しているのは、ちっぽけな疑惑じゃない。報告書だってそうだろう？　ほかの説が成り立つような鍵となる情報が載っていないのだとしたら、誰かが載せないことにしたわけだ」

「だから、マンティスでしょ」

クラインの怪しむような表情は、ちがう人物がやったことをほのめかしている。

「じゃあ、誰？　あの報告書を書いたひと？」少したメらってから言った。「ジャッキー・マーシャルなの？」

「当時の本部長はジョージ・キャニングだ……キャニングとサイラス・レイドが古くからの知りあいだと知っていたかい？　ずっと昔からの知りあいだ。ノアから聞いている？」

いいえ。「どうしてノアが知っていると思うの？」

彼は無頓着に肩をすくめただけだった。

クラインの言うことは正しい。あたしは賢いから、クラインがどんな人間だかわかっている。ひとの弱みにつけこんで取り入り、必ず自分の欲しいものを手に入れるタイプの男だ。クラインはあたしにノアを疑わせたいのだ。ただ、その理由がわからない。

あたしはふり返って、廊下に誰もいないことを確かめた。「謎かけのような言い方はやめて。いったい、何を知ってるの？」

「キャニングはこの街のいたるところに影響力を持っている。そこらの政治家よりも。市長が当選した経緯とか、管理官が選ばれた経緯を調べてみれば、必ずキャニングの名前が出てくる。そういう人間がいると、わたしの頭のなかで警報が鳴るようになっているんだ。とくに、みんなに好かれている人物に対しては。市民はキャニングが大好きだ。この街において史上最高の市警本部長だと思われている。銅像まで建つんだ。

どうしてか、知っているかい?」クラインは眉を吊りあげた。「ギャングとドラッグと戦って成果を挙げたからだ」

「どうして、それがいけないの?」

「マンティスのような男を使って結果を出したからだ——狙ったものを手に入れるためなら、規則を破ろうが気にしない男を使って。倫理の羅針盤が狂っているような男を」

「マンティスがそんな男だって、どうしてわかったの?」

「直感さ」

直感以上のものがありそうな気がしたけれど、決して正直な答えは返ってこないだろう。「で、キャニングもマンティスがどんな男なのか承知していたというのね?」

「そんなことにも気づかないで、あんなに長く本部長でいられるなんて、本気で思っているのかい?」

あたしはえらそうな口調を無視して、頭のなかですばやくパズルのピースを当てはめた。「つまり、キャニングは父が無実だったことを知っていたと考えているのね」

「可能性はある。はっきりと知っているのは、ジャッキー・マーシャルがきみのお父さんは無実だと思っていたということだ。それから、ジャッキーが本部長になったのは、キャニングが評価したおかげだということも知っている。それから、ご自慢の腕利きの刑事がドラッグ密売人の逮捕現場で金を盗んだという話が公になったら、この街に伝わるキャニングの評判もちがっていただろうということも。銅像も建たなかっただろうな」

「つまり、元本部長には父に死んでもらいたい理由があった」

「あるいは少なくとも、エイブ・ウィルクスは不正をするような信頼できない男という印象を与えたかった」

嘘でしょ。クラインの言うことが本当だったらどうしよう。本部長に守られたマンティスが父を殺したのだとしたら？「彼に訊くつもり？」

「誰に？　キャニングかい？」クラインは含み笑いをした。「逮捕するまでは、容疑者には疑われていることを知られないようにするものだ。手持ちのカードは早く見せすぎてはいけない」

あたしがマンティスにしたこととは正反対だ。あたしはかっとなるとがまんできないし、この大きな口を閉じておけない。カードを見られてしまった。見られたどころじゃない。マンティスの目のまえに掲げて、じっくり見せてしまったのだ。

「キャニングにはマンティスを守るために手を貸してくれるコネが、いろんな方面にある。そのひとつがトラヴィス郡の地区主席検事だ」

不安より好奇心が勝った。「ノアのおじさんがマンティスをかばうと考えているの？」

「すでにかばっていると考えている」クラインが顔を近づけて、声をひそめた。「ノアは善良な男かもしれないが、母親と伯父より自分を選んでくれると、きみが千パーセントの確証を持たないかぎり、わたしはきみたちのあいだに起きていることについて聞きたくない。もっと大切なことを目にしたり、耳にしたりすることに時間を使うよ」

「それは警告？」クラインはあたしに話していないことで、ほかに何を知っているんだろう？

「貴重な助言だ。言うとおりにしてくれ」

そのとき、ノアがスポーツバッグを持って廊下を歩いてきた。「ベッツィーが使いそうな名前と、生年月日をすべて書いてきた。逮捕歴と死亡記録はもう調べたから」表に几帳面な文字が書いてある封筒を掲げた。「ホルスターはスポーツバッグに入っています」

「協力ありがとう、ノア……や、や、やっとね。ビルが大切に扱うよ。ホルスターにはきみの指紋がびっしり付いているんだろうね？」

ノアはうなずいた。「お金にも」

「ビルに記録させておく。ビルのほうがすんだら、ふたりともＦＢＩにきて、正式な聴取を受けてほしい。住所は名刺に書いてあるが、なくしたときの予備に……」財布から取りだして、あたしの手にのせた。「ほかのやつに渡さないでくれよ。二百ドルで売らないで。売らない？　若すぎて、この冗談が伝わらないのかな。まあ、いい。とにかく、すぐにきてくれ。これがＦＢＩの迅速な捜査なんだ。この件については誰にも話さないように。地区主席検事にも」クラインは警告するように、ノアの目をじっと見つめた。「もし話したことがわかったら、公務執行妨害で逮捕する。ほかに、何か聞いておいたほうがいいことは？」

「きのう、ドウェイン・マンティスに車を――」ノアが言いかけた。

「グレーシーからもう聞いた。ああ、すまない――グレースから。わたしだったら、マンティスには近づかない」

そんな心配はいらない。「用がすんだら、おばさんの写真を返して。あれしかないから」

クラインの顔に同情がよぎったが、すぐに消えたので、あたしの思いこみかもしれない。「必ず返すようにする」

「それなら、早く取りにいったほうがよさそうだ」ノアはドアに片手をかけ、いまにもクラインの目のまえで閉めそうに見えた。あたしはこういうノアのきつい面に慣れてない。彼にもそういう面があるのは悪くないし、あたしがどんなに気に障る態度を取っても、きつい面を見せなくてもいいと思っていることを知るのはうれしい。

　クラインにとっては仕事なのだろうけど、何だか個人的に親切にしてもらっている気がしてしまう。もっと、やさしくしてもいいのかもしれない。「コーヒー、ごちそうさま」

　ノアは目を険しく細めて、ＦＢＩの捜査官が階段を下りて小道を歩き、ビルのまえで足を止めて話しているのを見守った。

「本当に、あのひとが嫌いなのね」

「神経を逆なでされるんだ」ノアは眉間にしわを寄せて認めた。

「でも、とりあえずこんなに朝早く高いコーヒーを持ってきてくれるくらい気の利く男よ」

「いいひとだと思わせたいのさ」ノアはにやりと笑って、あたしがまえに責めた言葉を持ちだすと、トレーを手にして、あたしの分のコーヒーを渡してくれた。

「いいひとだと思わない？」

「いいやつかもしれない」ノアは渋々認めた。「でも、クラインが追っているのはマンティスの首だけじゃない気がする」

あたしは少しためらってから訊いた。「たとえば、誰？　本部長とか？」

「本部長はいない。ああ、臨時の本部長はいるけど、クラインが追っているのは彼じゃない」

「ちがう。あたしが言っているのは父が死んだときの本部長」できるだけさりげなく言った。

「誰？　キャニングのこと？」ノアはその可能性について考えているようだった。

「かもしれない。どのくらい本気で考えているのかわからないけど。あのひとはみんなに好かれているから」

みんなじゃない。クラインはちがう。「会ったことあるの？」

「先週、伯父の家で食事をしたときに、キャニングもきたんだ」ノアは肩をすくめた。

「いいひとに見えた。ほら、いつでも家を訪ねてきてくれって、本気で言うタイプのひと」

「本当にそう言ったの？　誘われたわけ？」

「ああ……」ノアは顔をしかめた。「どうして？」

キャニングには父を殺す動機があったとクラインから聞いた話を伝えたら、ノアは伯父に報告するだろうか？　そしてクラインが言っていたように、ノアの伯父がキャニングと仲がいいなら、サイラスはクラインから目をつけられていると報告しにいくだろうか？　〝逮捕するまでは、容疑者には疑われていることを知られないようにするものだ〟

それなら、クラインはそもそも何であたしに話したんだろう？　クラインはノアとあたしの仲に気づいているのだから、あたしがノアに話すかもしれないと思うだろう。あたしを試しているのだろうか？

あの男の考えていることがわからない。賭け金が高いのにルールを知らないゲームで、あの男と勝負している気分だ。

「グレーシー？」

「何でもない。そのＦＢＩの事務所というのはどこにあるの？　途中に〈ラッキーナイン〉がある？」いや、いまは〈パラダイス・レーン〉という名前に変わっているんだっけ。

「いや……」

あたしはコーヒーを飲みながら、必死にすがるような目でノアを見た。「行けない？」

ノアはにっこり笑った。「行けるかもしれない。でも、クラインの話を聞いたろう。彼は――」

「無理よね」あたしは肩をすくめた。「やめたほうがいいわ。娼婦のいる安モーテルは通りすぎましょう」

ノアは目を剝いた。「わかった。寄っていこう」ノアは走り去っていくクラインの車を指さした。「いちおう言っておくけど、ぼくは彼を信用して
いない」

「そうね。最近、その言葉をよく聞くけど」あたしがぶつぶつ言うと、ＦＢＩの証拠保全チームのビルが階段をのぼってきた。

〈パラダイス・レーン〉を見おろして、毎日、毎週、毎月モーテルの名前を宣伝しているグリーンのネオンサインが見えたときには、オースティンのダウンタウンのわくわくする雰囲気はとうに消えていた。怪しげなモーテルはオースティンの低級な郊外のかなりはずれにあり、おもしろみのないショッピングモールや、ハイウェイの近くにある簡素なガソリンスタンド・チェーンを通りすぎた。ハイウェイはテキサスのほ

かの町へ行く車が忙しなく通っている。

　駐車場に入ると、でこぼこした舗道と穴のせいで車が上下に揺さぶられた。目のまえには三棟の細長い建物がU字型に並んでいる——看板によると、じつにわかりやすく、一号棟、二号棟、三号棟という名前のようだ。そして、どの建物にも豆スープのような緑色をした汚い各室のドアが並んでいる。

　スリーピーホロー・トレーラーパークと同じような鬱々とした雰囲気だ。

「本当にやるつもり？」ノアがフロントのあるロビーの近くに車を停めて、穏やかに訊いた。

「やらないと。そう思わない？」あたしは部屋番号を目で追った。ここからだと一一六号室は見えない。

　ノアはほとんど車が停まっていない駐車場を見まわした。「不思議だと思わないかい？　ここでエイブが死んだなんて」

「よりにもよって、こんな場所でね」あたしは車から降りた。「部屋に入れてくれると思う？」

「それは、きみたちがどのくらいうまく話せるかによるな」うしろから聞き覚えのある声がして、あたしは飛びあがった。

「ほかに会いにいくひとはいないわけ？」クラインがのんびり近づいてくると、あたしは厳しい口調で言った。どうして、彼のセダンに気づかなかったんだろう？

「まったく同じことを言うつもりだった」クラインは肌を突き刺すほど鋭く、冷ややかな目でノアをにらみつけた。「きみたちふたりはここで何をしているんだ？」

「父が死んだ場所を見たかったのよ。このあと、ＦＢＩへ行って事情聴取を受けるつもりだったから寄ってみただけ」

「それで、何がわかると思っているんだい？」

「結論よ」そんなこと、可能だろうか？　無理だろう――マンティスか、あるいは事件に関係していた人物が罰せられるのを目にするまでは。「あなたはここで何をしているの？」

　クラインは眉を吊りあげた。「殺人事件の捜査さ……忘れたのかい？」

「タリーン捜査官は？」ノアがあたりを見まわして訊いた。

「そのうちくる。さあ、行こう」クラインはロビーの入口へ歩きだし、ふり返って警告した。「話はわたしがする」

「うまくいくことを祈っているよ」ノアはそうつぶやくと、唇をゆがめ、したり顔でほほ笑んだ。

あたしたちはクラインのあとからモーテルに入り、ノアはいつものようにあたしの腰に手をあてて、うしろから歩いてくる。まえはそうされるのがいやだったなんて信じられない。いまは……守られている気がする。〝グレーシーは自分の身も守れない〟というのではなく、〝誰かが傷つこうとも、グレーシーだけは守る〟と言われている気がするのだ。

ロビーは狭くて陰気で、正面の窓にかかっているブラインドは長年の埃で薄汚れ、指先で押さえてのぞくせいで折れまがっている。古いテレビからは小さな声がもれ、隅でずっと音をたてている自動販売機と競っているようだ。どうやらロビーは古いベージュのリノリウムの床のうえに新しいグリーンの大理石風リノリウムを敷いて改装しようと試みたらしい。だが、リノリウムを正確に切らなかったせいで、まだ壁に沿ってベージュが見える。

ロビーには何とも言えない悪臭が漂っていた――焦げたコーヒーと、カビ臭い段ボールと、煙草が混じりあっているような臭いだ。長年、フロント係が煙草をふかしながら客をチェックインさせているせいで染みついたのだろう。

こんなモーテルだと、いまさら法律を守ることなど気にしないのだ。

クラインがフロントで両ひじをついて身体を乗りだすと、カウンター全体が動いた。

だが、クラインは気づいているのか気にしていないのか、カウンターの向こうで両手で犯罪小説を持っている太った女をじっと見つめた。「ミス・グロリア・ルイス！」陽気に声をかけた。

グロリアは本を閉じて、あたしがここにくる客に向けそうな目でクラインを見た――怪しむような目だ。「バッジの名前は読めるみたいね。よかった」

「グロリア、きみはここで何年働いている？」

「九年だけど。それが、何か？」グロリアは挑発するような声で答えた。

「いや、ただの好奇心だ」

「あたしの時間をじゃましにきたの？　それとも部屋が必要？」女はあたしを見て、そのあとうしろに立っているノアを見た。「この子は安くなさそうだけど、おべっかを使ったって値引きはしないわよ」

グロリアはあたしを娼婦だと思っている。高級娼婦だとしても、娼婦には変わらない。

あたしが怒鳴りつけようとすると、ノアが腰に腕を巻きつけてきた。あたしを引きよせ、唇が耳たぶをかすめるほど顔を近づけてささやいた。「ここはクラインにまかせよう」

こんな汚らしい場所にいても、ノアに触れられるとぞくぞくする。あたしは反射的にノアの身体にもたれた。

「グロリア……ここで派手な銃撃戦があったのを覚えているかい？」

グロリアが悪そうな笑みを浮かべると、あちこち抜けている歯が目立った。「どれのことよ？　ここ数年で何件も起きているから」

「二〇〇三年五月三日だ。非番の警察官が撃たれた。大事件だ。そのあとまもなく経営者はモーテルの名前を変えた。ひどい報道ばかりされたからだろう」

「ああ、あれね。その話なら聞いたことがあるかも」

「何を聞いた？」

グロリアは退屈そうな目でクラインを見た。「警官が撃たれたってことよ」

「一一六号室でだな？」

グロリアは肩をすくめた。「そうよ、もちろん」

「聞いてくれ。その部屋を少し見せてほしいんだ」

「空いてればね」グロリアはふり返って、部屋の鍵がぶら下がっているラックを見た。このラックは見るからに新しくなっていない……何ひとつ。「空いてるわ」

「よかった！　すぐに――」

「二時間で四十ドル」

「二時間？」あたしは思わず口を滑らせた。「そういう料金なの？」

「四十ドルっていう料金さ」いまや、グロリアはあたしのことをクラインと同じ目で見ている。

クラインは身を乗りだして、懇願するように両手を組みあわせた。「撃たれた警察官はこの子の父親なんだ。あの事件以来、彼女はオースティンを離れていた。あの部屋に五分だけ入れてもらって近くから見られれば、彼女にとってすごく大きな意味があるんだ」

クラインの言葉は冷ややかな女の心から世を拗ねた面を少しだけ取り除いたようだった。グロリアは鍵を取ってカウンターに叩きつけると、わずかにやさしくなった目であたしを見た。「二号棟のいちばんはしの部屋。五分だけだよ」

「ありがとう、グロリア。それから当時、ここで働いていた従業員はいないかい？　掃除係とか、修繕係とか……警備員とか……」

グロリアは音をたててスツールにすわり、すり切れたペーパーバッグに手を伸ばして、印をつけてあったページから読みはじめた。

あたしたちを無視して。

「時間を取ってくれてありがとう。この鍵を持って戻ってくるから」クラインは自分についてくるようあたしたちに手をふって、ドアから出た。

「どうしてバッジを見せなかったのよ？　そのためのものでしょう？」あたしは訊いた。

「こういう場所の人間はバッジを見せると、よけいに話さなくなる」クラインは先頭に立って、屋根がある通路を歩いて部屋のまえを通りすぎていく。見苦しい豆スープ色のドアのひとつが開き、男が出てきて、ネクタイを直しながらドアを閉めた。だが、ドアが閉まる直前に、部屋のなかで裸にシーツを巻きつけた女が煙草をくわえて紙幣を数えている姿が見えた。

男は頭を下げてあたしの視線を避けて通りすぎ、急ぎ足で黒のセダンへ向かった。駐車場に停まっている十台のうち、五台はぴかぴかの新しいモデルだ。決して高級車ではないが——アウディも、ＢＭＷもない——きちんとした車だ。安い娼婦たちに相手をさせるのでなければ、もっといいホテルを使える人々が乗る車だ。

「行こう、グレーシー」ノアにやさしく建物のいちばんはしへと導かれると、クラインが開いたドアのまえで立っていた。

あたしは金色の表示板の数字を見て、息を呑んだ——一一六。

部屋に足を踏み入れたとたん、気温が下がった。少なくとも、そう感じた。ここが父が死んだ部屋だと知らなかったら、同じことを感じただろうか？　この妙な虚しさと怒りが湧きあがってきただろうか？

「〈リッツ〉とまったくちがうのは間違いないな」クラインは両手を腰にあててそう言うと、部屋を眺めた。クイーンサイズのベッドにドレッサー、簡易キッチン、その隣はバスルームだろう。

あたしは鼻にしわを寄せた。「足みたいな臭いがする」それに、煙草の臭い。ベッドわきの〝禁煙〟という表示の横に灰皿が置いてあるのを見れば、それも当然だろう。

クラインはなかに入り、しゃがみこんで窓の近くの床を見ると、ワイン色の薄い絨毯を指でなぞった。

「何をしているの？」

「この合わせ目、ここだ。見えるかい？」

あたしは顔をしかめた。絨毯の色が濃く、明かりが暗いせいで、最初はその線が見えなかった。「これがどうしたの？」

「経営者には絨毯を張りかえるだけの金がなかったらしい。だから、染みが残った部分だけ切って、絨毯のはぎれを貼りつけたんだ」

そう聞いて絨毯を見ると、胃がおかしくなった。報告書にはヘルナンデスは窓のそばで発見されたとあった。絨毯はヘルナンデスの血で汚れたのだ。「本当に十四年まえの絨毯だと思う？」

「あれ以来、この部屋で事件が起きたという記録はない」クラインは立ちあがり、はっきりと意図を持った足取りでベッドの反対側へまわった。そして、もうひとつの絨毯の合わせ目に指を滑らせた――血に染まった絨毯を切り取って換えた部分だ。

「ここがウィルクスが発見された場所だ」

ウィルクス。あたしの父親。不思議なことに、父が名字で呼ばれても違和感はなかった。あたしにとって、父の記憶はほとんど辛いことばかりだから。

あたしは深呼吸をして、写真とぼんやりとした記憶でだけ知っている男がそこに横たわっている姿を想像しようとした。

「検死官の報告によると、ウィルクスはすぐに死亡したようだ。胸を三発撃たれて」クラインはベッドのヘッドボードのうしろの壁に継ぎ目がある、ストライプが入ったベージュの壁紙をてのひらでなでた。

〝すぐに〟ということは即死じゃない。

ノアがあたしの肩に手を置いて、親指で鎖骨をやさしくなでてくれた。「だいじょうぶかい？」

「平気よ」あたしは喉までこみあげてきたものを呑みこみ、みすぼらしい部屋をもう一度見つめて、ここで死ぬのはどんな気持ちなのだろうかと考えた。血が肺に入ってきて、心臓が止まるまでの最後の数秒はどんな気持ちだろう？　〝すぐに死ぬ〟というのは？　本当に〝すぐ〟だと感じたのだろうか？　それとも、話すことも経験することもできなくなったすべてのことを、すべての後悔を思い起こす、苦しいほど長い時間なのだろうか？

父は最後に何を考えていたのだろう？　ママのこと？　あたしのこと？　ノアのこと？

「いったい、何を探しているんですか？」ノアがいら立ちを隠さずに訊いた。

「気になるものなら、何でも」クラインはいつもの平板な調子で答えた。決して退屈でなくても、すべてが退屈そうに聞こえる、あの話し方で。

「何か、仮説を立てているんじゃないんですか？」ノアはさらに訊いた。

「ひとつだけ」

ノアは口もとを引き締めて、はぐらかそうとするＦＢＩの捜査官が詳しく説明するのを待った。

「いちばん単純で、明快な仮説だ」クラインは少し間を空けてから言った。「この部屋には第三の人物がいて、その人物がウィルクスとヘルナンデスのどちらか、あるいは両方に向けて引き金を引いた」

「すばらしい。で、あなたは証拠もなしに、その仮説を証明しなければならないというわけだ」ノアは胸のまえで腕を組み、静かに説明を待った。

クラインは得意気な笑みを唇に浮かべ、また壁紙に触れた。「グレース、ベッドの向こう側に立ってくれないか。自分がヘルナンデスだと思って」

死んだドラッグの売人の役なんて演じたくないが、クラインの指示に従って、絨毯の合わせ目に立った。

「壁を見て。何が見える？」

あたしは目をすがめた。「アヒル？」

「正確には白鳥だ。でも、もっとよく見て。何が見える？」

汚らしいベージュの壁紙をじっと見ていると、クラインのそばにあるのと同じような繋ぎ目が見えた。「こっちのほうが新しいみたい。そんなに汚れてない」ナイトテーブルのうしろに、幅九十センチほどの壁紙が、床から天井まで貼られている。

「そのとおり。ここも同じだ」クラインは自分のまえで手をふった。「モーテルの経営者が新しい絨毯に換えずに、血で汚れた部分だけを切って換えたのなら、壁紙だってすべて張りかえずに、血が飛び散った部分だけに壁紙を重ねて貼って、時間と費用を節約しようと考えると思わないか？」

「でも……ちょっと待って」あたしは顔をしかめ、持ってきた報告書をめくりながら、犯行現場の記述を思い出そうとした。「血が飛び散ったのは、そっちの壁よ」寝室とバスルームを分けている、クラインの真うしろの壁を指さした。「それから、窓」

「そうだ。報告書にはそう書いてある。それなら、ウィルクスとヘルナンデスがこのベッドをはさんで両側に立って互いを撃ったという話と辻褄があう」

「でも……」ノアが先を促した。

「ヘルナンデスは頭を一発撃たれて、即死。ということは、ヘルナンデスが先に引き金を引いたことになる。そうだろう？」

　あたしがノアを見ると、彼はうなずいた。

「とりあえず、報告書が正確だと仮定しよう。ヘルナンデスはそっちに立っていて、ウィルクスの胸に三発撃ちこんだ。ウィルクスは倒れたが、そのまえに何とか一発撃って、ヘルナンデスは立っていた場所で死んだ」クラインはあたしを指さした。

「銃弾はヘルナンデスの頭を貫通している。検視官の報告書によれば、額から入って、百八十度の角度で後頭部から抜けている」

「つまり、エイブは立っていたことになる」ノアがつぶやいた。

「そうだ。胸を三発撃たれた男が、銃をかまえて真正面から相手を撃てるか？ あり得なくはないが、疑問を抱いて当然だ。だが、さらに気になることが、事件の夜に流れた古いニュースでわかった。窓には何も付いていなかった。わたしが見たところでは血も付いていなかったし、弾丸が貫通した穴はぜったいになかった」

「つまり、報告書に載っていた証拠は偽りだと？」ノアは眉を寄せ、神経を集中して考えている。

「それじゃあ、別の仮説を立ててみよう。ウィルクスとヘルナンデスはベッドに対して同じ側に立っていた。ヘルナンデスはウィルクスに三発撃ちこんだ。ウィルクスはこっちの壁のほうに後ずさった」クラインはうしろに下がり、一部だけ張りかえた壁紙にぶつかった。「そのあと、倒れるまえにヘルナンデスの頭を撃った」

「でも、グレーシーのうしろの壁紙がヘルナンデスの血の跡を隠しているのだとしたら……」ノアが合点のいった顔をした。「エイブがそんなふうにヘルナンデスを撃てるわけがない」ノアはクラインとは反対側に大きく下がった。そして銃のつもりで片手をあげた。「誰かがここに立って、エイブを撃ったはずだ。そのあと、あっちからヘルナンデスを撃った」そう言って、ベッドの反対側にいるあたしの近くに移動した。ぜったいに第三の人物がいたはずだ。

「マンティス」あたしは反射的に言った。

「かもしれない」クラインが同意した。「ルイス・ヘルナンデスはオースティン市警の情報屋だと判明しているから、マンティスとは知りあいだった可能性が高い」

「部屋はヘルナンデスが借りたんですよね？　それなら、ドアを開けてマンティスを入れられた」ノアがつぶやいた。「マンティスはヘルナンデスの口を封じるために撃ったんだろう」

「罪も着せられるしな」クラインが付け加えた。

「ふたりとも、殺人事件の推理では気があうようね」あたしは改めて、切り取られた絨毯と壁紙を見直した。「それじゃあ、報告書に書いてあることなんか、何も信じられないんじゃない？」

クラインの携帯電話からメールの着信音が響いた。クラインは部屋の外へ出ていった。

「あのひとについて、これだけは言える。この報告書をきちんと読んでいた」あたしは言った。

「ああ。本物のヒーローだ」ノアは皮肉めいた調子で言った。そして辛そうな顔で、あたしの父が死んだ場所を見つめつづけた。

「何を考えているの？」

ノアは少したらめってから言った。「伯父は証拠を残らず検討したと話していた。だとしたら、これに気づいたはずなんだ」

あたしは何も言わずに耐えた。いまはサイラスを責める言葉を聞かせる必要はない。みすぼらしいモーテルの部屋に沈黙が流れる。

「外にいる」ノアはドアから出ていった。

あたしは少しだけ長く部屋にとどまった。そして目を閉じて、父について何か思い出そうとした。何でもいいから。ほかの人々もつられて笑ってしまうような大きな声で笑うのだと、ノアが話していた。「ぜったいに、逃がしやしないから」あたしは誰もいない部屋に向かってささやき、ドアを出た。

ノアとクラインは角の向こうにいた。

「……こっちのほうが近道みたいだ」ノアがあたしたちの先に立って、通路を歩いた。

一一六号室は一号棟のはしにあり、垂直に位置している二号棟とのあいだに通路がある。その通路を歩いていくと、ゴミ収集箱しかない裏に出て、その先はハイウェイで通勤してくる従業員用の駐車場になっている。

「マンティスはこっちに逃げてきたのかもしれない。それで駐車場から911に通報した」クラインは人目につかない、敷地を区切っている錆びた金網フェンスのまえで足を止めた。そして、金網をつかんで引っぱった。片側がポールからはずれた。「十四年まえも壊れていたと思わないか？」

「確認もしなかったということ？」

「証拠のファイルがないと、もうわからない」クラインは腰に両手をあて、厳しい顔つきで、ゆっくりと円を描いて歩きまわった。いら立っているのか、考えこんでいるのかわからない。

「証拠が廃棄されたのは〝偶然〟だと信じてる？」あたしは訊いた。

クラインは冷静に答えた。「まさか」

「それは疑っているということ？　それとも、確実な証拠があるということ？」ノアは冷静な目でクラインを見つめた。

ノアにひっきりなしに試されるせいでいら立っていたとしても、クラインは顔には出さなかった。ただし、ノアの言葉については考えているようだった。「エイブラハム・ウィルクスの事件を捜査したチームは、ジョージ・キャニング本部長が直接選んだメンバーで構成されていた。マンティスもそのひとりだ。それから、ショーン・スタップリーも。麻薬取締班からふたりを選んで、臨時にウィルクスの事件にあたらせたんだ。九カ月後、スタップリーは勤務中にけがをして、事務職に変わった。どこの部署だと思う？」少し間を置いて言った。「証拠管理室さ。スタップリーが〝偶然〟証拠を廃棄したんだ」

すべての要素が、うまくはまりはじめた。

「誰もおかしいって言わなかったの？」ほとんど空っぽの駐車場に、あたしの声が響いた。

「どうして、おかしいと思うんだい？　新しいシステムが入って……とんでもない欠陥があっただけだ……」

「疑問に思う理由はなかった」あたしは言った。

「おそらく、モーテルに誰も入ってこないうちに、何者かがきみのお父さんに不利なように事件を仕立てたんだろう」クラインの声はわずかにやわらかくなっていた。

「そうじゃなければ、ウィルクスが撃たれて二十四時間もたたないうちに、自宅が家宅捜索されるはずがない」

「くそっ」ノアが小声で言った。合点がいった顔をしている。

クラインはノアをじっと見た。「説明してくれるかい？」

ノアはため息をついた。「エイブの事件の直前、オースティン市警の警察官がドラッグの取引をしていると情報屋からタレコミがあったと、マンティスから聞いていたとキャニングが言っていたんです。マンティスはエイブが自分を逮捕したがっていると知って、すぐにキャニングと一緒にエイブを罠にはめたんだ」

「きみはキャニングを個人的に知っているのかい？」何も感じていない顔をしながら、クラインは頭を回転させているのだろう。

「いや、それほどでは。伯父の家で一緒に食事をしただけです。エイブの事件について少しは話したけど」

クラインは眉を吊りあげ、意味深長な目であたしを見た。言葉に出さなくても、非難しているのがわかる。〝わかったかい、グレース？　キャニングとサイラスは同じ穴の狢《むじな》なんだ〟

あたしはクラインを無視した。「わかった。それじゃあ、マンティスとこのショーン・スタップリーという男はキャニングが選んで捜査させたというわけね。ほかのメンバーは？」

「マンティスが率いている監察部のふたりのことかい？　最近、証拠の偽造で調べられた男たちか」クラインがおもしろがって唇をゆがめた。「正直だとは言えない男たちだ」

「疑いは晴れなかったんですか？」ノアが訊いた。

「いや、晴れたよ。マーシャル本部長のおかげでね」クラインは歩きはじめた。

「ちょっと！　どこへ行くの？」

「愛《いと》しのグロリアをもう一度訪ねるんだ」クラインは二本の指で名刺をはさんで掲げた。「何か耳にしたら、電話をかけてもらえるように」

あたしは鼻を鳴らした。「とても協力的だったものね」

「バッジを見せて、あの部屋を徹底的に捜索できる令状を渡したら、態度が変わるかもしれない」

だから、ここにきたとき、最初はバッジを……。「本当に、何か見つかると思っているの？」

「きみたちはＦＢＩへ行ってくれ」クラインはあたしの質問を無視して言った。「警備の者に名前を伝えれば、プロビー捜査員が聴取してくれる。うちのチームがここで作業をはじめたら、わたしもすぐに行くから」クラインはちょうど車から降りてきたタリーン捜査官に手をふり、確認するかのように書類を掲げた。すると、タリーンの隣に何も書かれていない白いバンが停まった。

「ほかのことはともかく、仕事ができるのは間違いない」ノアはぽつりと言うと、ポケットから小銭を出しながら自動販売機に向かった。「何か飲む?」

「コーラをお願い」

ノアは硬貨を入れて指でボタンを何度か押すと、自動販売機をにらみつけて叩いた。

「くそっ。金だけ盗られた」

「珍しくも何ともないわ」

携帯電話が鳴り、ノアの気がそれた。ノアは携帯電話の画面を見ると頭をふり、ボタンを押して、留守番電話を聞いた。きょうはもう二度もそうしている。きっと伯父を避けているのだ。

「だいじょうぶ?」

ノアは指で鼻をつまんだ。「ああ。ただ……とにかく、事情聴取を終わらせよう」

また電話が鳴り、ノアは小さく毒づいた。

「誰なの?」

ノアはもう一度画面を見て、驚いた顔をした。「プールの管理会社からだ。ちょっと、ごめん」

彼が電話に出ているあいだ、あたしは三つの建物に目をやった。ここは静かで、誰も歩いていない。こんなところをふらふらしている姿を見られたいひとは多くないのだろう。

各棟に十六室あるとしたら——おそらく、そのくらいだ——全部で四十八室。あの夜、満室でなかったとしても、いくつかの部屋には客がいたはずだ。一一六号室から逃げた第三の人物を目撃した可能性のある人間はどのくらいいたのだろう？

そのうち何人がマンティスに話すなと脅されたのだろうか？

目撃者を追いたくても、あたしたちには接触した人物のリストがない。クラインの言うとおりだ——あたしたちには、方法がほとんどない。

視界の隅で、二〇一号室のカーテンが揺れた。二号棟のはしにある部屋で、一一六号室のはす向かいだ。ダークチョコレート色の肌で、縮れ毛の先が白くなりつつある、痩せているが屈強そうな老人が窓のまえに立っている。茶色いズボンにしわだらけのボタンダウンのシャツを着ているが、まえを開けているせいで汚れた白いタンクトップが見えている。老人はじっと動かず立っているだけだ。

あたしをじっと見つめて、ぴくりとも動かなければ、にこりともしない。マネキンと言っても通りそうだ。

背筋を冷たいものが走った。

「もう行こう」ノアが呼んだ。「プールの清掃員からだった。サイクロプスが番犬になったつもりらしくて、嚙みつこうとしたんだ。サイクロプスを家に入れてくれるなら、午後にまた出直すって」

あたしは二〇一号室の窓に目を戻した。

老人は消えていた。

41

ノア・マーシャル

ぼくはこわばった手を伸ばすと、テーブルと二脚の椅子しかない狭い部屋の壁にかかった時計に目をやった。供述調書を取るのに、二時間もかかった。「もう行っていいですか？」

「はい。ミス・リチャーズがお待ちです」プロビー捜査員が答えた。

「ありがとうございました《サンキュー・マム》」

「ああ、いいえ」中年のブロンドの女性からは引きつった笑みが返ってきた。

グレーシーは廊下でにこやかに待っており、ぼくの足は止まった。彼女は喜び、希望を抱いているのだとわかった。ついに、エイブの汚名をすすいでくれるひとが――それも、ただのひとではなく、ＦＢＩが現れたのだ。

ぼくはほほ笑み返したが、ずっとぬぐうことのできない不安を抱えていた。今回の件を裏返したら、ぼくの家族にとっては決して明るくもなければバラ色でもない結果が出てくるのかもしれない。エイブの身に起きたことに母がどんなふうに関わっていたのかはわからないが、ありがたいことに、母はキャニングが選んだ捜査チームの一員ではなかった。でも、サイラスは……。伯父はいったい何を知っているのだろうか？

グレーシーの笑顔が消えた。「何かあったの？」

「いや、何も。腹が減っただけ。早くここを出よう」グレーシーの腰を引きよせ、廊下を歩きはじめた。

すると、プロビーが出口まで送ってくれた。「何か質問がある場合は、クライン捜査官から連絡がありますので」そう言うと、警備担当者に合図した。

ぼくはグレーシーを先に行かせた。

するとグレーシーが急に足を止め、ぼくは彼女にぶつかった。「いったい――」何があったのかに気づくと、ぼくは口をつぐんだ――ドウェイン・マンティスが警備ゾーンの向こう側に立っていた。

アドレナリンが全身を駆けめぐる。

マンティスは下を向き、警備担当者に銃やその他の持ち物を検査されるのに忙しく、こちらに気づいていない。マンティスの隣にはグレーのスーツを着た年配のあごひげをたくわえた男が立ち、すぐうしろにはほかの男がふたり立っていた。ひとりはどことなく見覚えがあるが、誰かは思い出せない。

グレーシーの身体がこわばった。

ぼくは声をひそめ、グレーシーの腰にそっと手をやった。「こっそりここを出よう――」

「ミスター・マンティス!」うしろからクラインが叫び、マンティスが顔をあげた。あの小さくて丸い目が声の主を探したが、まもなくグレーシーを見つけた。

「早速おいでいただき、ありがとうございます」息がつまるようなロビーの雰囲気にまったく気づいていないかのように、クラインがにっこり笑った。

クラインについてわかったことがあるとすれば、やつが気づかないことなど何もないということだ。あいつは完全にこのタイミングを狙っていた。狙いはマンティスに揺さぶりをかけることで、残念ながら、それでぼくたちがどう影響を受けようが関係ない。

マンティスがやっと厳しい視線をグレーシーからはずした。「FBIのお役に立てるなら、喜んで」穏やかに言った。

クラインはスーツの男に会釈した。「あなたは……」

「弁護士のシド・デハヴリンだ」マンティスが代わりに答えた。

「弁護士？」クラインはわざとらしく顔をしかめた。「昔の事件に関する質問に答えるのに？　どうして弁護士が必要だと考えたのですか？」

小さいがまっすぐに並んでいる歯を見せて、マンティスは笑った。「シドがどうしてもと言うんでな」

「そうですか。まあ、あなたのお金ですが、わたしに言わせれば、無駄じゃないかと。ミスター・スタップリー、彼もあなたのお金を無駄使いになると思いますよ？」クラインはマンティスを見おろすように立っている男に言った。

クラインはショーン・スタップリーにも尋問するのだ。

グレーシーとぼくは目を見交わした。

マンティスたちはどんなふうに主張するのだろうか？

クラインはさりげなく、ぼくらに手をふった。「ああ、ご協力ありがとう。こんなにも年月がたったというのに、きみたちにすごいものを見つけてくれた。また、すぐに連絡するから」

いやなやつ。マンティスたちをからかっているのだ。グレーシーの安全が懸かっていなかったら、拍手してやるところだ。また、あの顔を殴ってやりたくなった。だから、代わりににらみつけた。

クラインはぼくを無視して、マンティスたちに手を差し伸べて招き入れた。

マンティスとスタップリーは弁護士たちを引き連れて、金属探知機を通りぬけた。

クラインはスタップリーを見て、顔をしかめた。「だいじょうぶですか？」

「ああ。どうして、そんなことを訊く？」スタップリーの声はマンティスの隣にいると、とてもやわらかで、まるで音楽のように聞こえた。ただし、とても不安そうだ。

「それ、血じゃないですか？」クラインがあごをしゃくってスタップリーの足を指すと、カーキ色のズボンのふくらはぎに黒っぽい染みができていた。

「ああ、これか」スタップリーはそっけなく手をふって笑った。「納屋で熊手に引っかけて、やっちまったんだ」

クラインは顔をしかめたが、本気で同情しているのか、演技の一部なのかはわからない。

そのあいだも、マンティスは一切隠しごとはなく、まったく案じていることなどないかのように、無頓着にポケットに両手を突っこみ、ゆっくりと気楽そうにふんぞり返って歩いていた。だが、ドアの向こうに消えるまえに、ふり返ってもう一度ぼくたちを見た。

いや、グレーシーを。

そして、挑発するように目を細めた。

「あたしは父親似なのよ、卑怯者」グレーシーはぼくにしか聞こえない、小さな声で唸った。

ぼくはグレーシーの腕を取り、大きな声で毒づかないうちに連れだした。

「これも……これも……必要なかったんじゃない？　レモンを五個？」グレーシーは目のまえに果物をぶら下げては、冷蔵庫の引きだしに詰めていった。「ノア、こんなに食べきれない」

「ぼくがどのくらい食べるか知ったら、きっと驚くよ」ぼくは笑って、腹を叩いた。食欲がすごい勢いで戻ってきて、腹が減って仕方がないのだ。

グレーシーはアボカドの袋を持って唸った。「これは食べないって言ったわよね。それなのに、どうして買ったの？」

「きみが食べたいかと思って」ぼくはゆっくり警戒しながら言った。

「アボカドは嫌いなの！」

　ぼくは笑えばいいのか、怒ればいいのかわからなかった。「きみが遊んでばかりいないで何が欲しいのか言ってくれれば、当てなくてすんだのに」きょうほど食料品店でとまどったことはなかった。地元の〈ＨＥＢ〉で、果物や野菜を手に取って眺めては棚に戻しているグレーシーを見ながら、うしろをついて歩いたのだ。そうなると、果物や野菜を手にしてカートに入れるしかないだろう？

「遊んでいたわけじゃないわ。ただ……」グレーシーの声がいら立たしそうなため息に変わった。

「ただ？」ぼくはサイクロプスに犬用の骨を投げてやり、カウンターに置いた袋のなかから、すぐに食べられるものを探した。グレーシーの言うとおりだ。ふたりでは食べきれない。腹が減っているときに、買い物にいくんじゃなかった。

「馬鹿よね。ただ、あたしは食品を買いにいくと、いつもああするの」グレーシーの頰が真っ赤になった。

　ぼくはリンゴを選んで洗い、グレーシーを見つめて説明を待った。

「うちには生鮮食品を買うお金がなかった。子どもの頃、ほかのひとたちがアボカドを押したり、トマトやピーマンの傷を探したりして、いちばんいいものをカートに入れる様子を見ていたの。それで、同じことをしているふりをしはじめた。

そのあと缶詰売り場へ行って、安くなっているものを買った。ときどき、誰も見ているひとがいないと、おばあちゃんのひじが〝たまたま〟高い缶詰にぶつかって棚から落ちて、缶がへこむことがあった。缶がへこんでいると、値引きしてもらえるから」

「一度も生鮮食品を買ったことがないの?」

「ときどき、特別なごちそうを食べるときはあったわよ。誕生日とか、クリスマスとか。おばあちゃんがクリスマス用のオレンジを買ってくれて――」

「クレメンタイン?」

「そう、それ。あと、冷凍の七面鳥を買って焼いてくれるの。小さいやつだけど。でも、たいていはツナ缶だった。それか、スパム。スパムを食べたこと、ある?」

「ないかもしれない」ぼくはリンゴをかじって、思わずたじろいだのを隠した。母はジェイクに缶詰のドッグフードではなく、スパムをよくやっていたのだ。

グレーシーはほほ笑んだが、痛みが入り混じった笑顔だった。「そうよね。このあたりの食料品店にはあまり置いてないでしょうから。とにかく、言ったとおりよ。馬鹿なことをしてたわけ」

「別に、馬鹿じゃない」ぼくは手を伸ばし、少しでも慰めになるように、グレーシーの細い腕をさすった。彼女の肌はシルクのように滑らかで、手が離せなくなる。ぼくは今朝のことで――腕のなかにいた温かくてやわらかな身体のことで、ぼくを受け入れてくれたしなやかな唇のことで――頭がいっぱいになり、胸が高鳴った。

だが今朝とは、グレーシーとぼくだけのつかの間の濃密な瞬間とは、気分が変わっている。クラインにじゃまをされ、〈ラッキーナイン〉へ行き、そもそもグレーシーがなぜここへきたのかという厳しい現実を突きつけられた。もうグレーシーにキスをする勇気はない。

百回もキスをしたいと思ったけれど。

そしてグレーシーが金に困り、缶詰の肉しか食べられず、あのシムズのような卑劣な男の隣で暮らしていたと思うと、ひどく動揺した。「ずっと考えていたんだけど、きみはテキサスに戻ってきたほうがいい」

グレーシーは眉をひそめて、ぼくから――ぼくの手から――離れて、また食品を片づけはじめた。「どうして？」

「この家はぼくひとりでは広すぎる。ここに住んだら？　家賃はいらない。仕事を見つけて、お金を貯めればいい」

「ノア、ほかのひとがあたしたちにしたことで、あなたが責任を負うことはないのよ」グレーシーは静かに言った。そしてお尻を突きだして、冷蔵庫に肉を入れた。何日だって、ここにすわって眺めていられそうな景色だ。

「別にそういうわけじゃない」

グレーシーは考えているようだった。「ここで暮らすのって、いい考えだと思う？」

「思わない？」

「だって――」グレーシーは途中で言葉を切って、眉を寄せた。「いろいろ複雑になってきているから」

ぼくたちのあいだで起きていることが理由で、複雑になったのだろうか？　どこからともなく起こったことが、まだ続いている？　少なくとも、ぼくのほうでは続いている。

それとも、捜査が複雑になってきたという意味だろうか？　サイラスについて言えば、伯父はどんな嘘をついているのだろうか？

ふっくらとしたグレーシーの唇から、やわらかな震えるような吐息がもれた。「まず、クリスチャンがパパの汚名をすすいでくれるのを見守りたい。いい？」

クリスチャン。クライン捜査官でも、クラインでもなく。グレーシーはＦＢＩの捜査官を名字ではなく、名前で呼んでいる。

ぼくは歯を食いしばって、うなずいた。

「これは、どこに入れる？」グレーシーが重いスイカを持ちあげた。

「食品貯蔵室に。ぼくが持っていくよ」手を伸ばしたが、グレーシーに避けられた。

「あたしが持ったから」グレーシーはアメリカンフットボールのように片方の腕でスイカを抱え、キッチンの横にあるドアを何とか開けて、食品貯蔵室に入っていった。するとまもなく、叫び声がした。「ノア！　家族が一年暮らしていけるほどの食糧があるじゃない！　どうして買い物なんか行ったのよ！」

ぼくはサイクロプスを乱暴になでて外に出してやってから、細長い食品貯蔵室に入り、ぶら下がっている鎖を引っぱって、ほの暗い明かりをつけた。「わかったかい？それがオースティンにいてほしい、もうひとつの理由だ。ぼくの暴走を抑えてほしい」

グレーシーは目を剝いた。「どこに入れたらいいのか、さっぱりわからない」

ぼくはグレーシーの腕からスイカを受け取り、その途中で平らなお腹をなでた。グレーシーが息を鋭く吸いこんで女らしい声をあげると、股間に血が流れこんできて、ぼくはスイカを棚に置いた。「なあ……きみに小言を言われなくなったら、ぼくはどうやって生きていけばいいんだい？」冗談だとわかるように、笑いながら言った。

グレーシーは冷静で無頓着なふうを装った。「これに馬鹿みたいなお金を払ったことで小言なんて言ってないわよ。でも、食べきるまえに腐るから」

「じつを言うと、そいつは全部きみに食べてもらいたいんだ。ぼくはひどいスイカアレルギーだから」

グレーシーは口をぽかんと開けた。「それじゃあ、どうして買ったのよ！」叫びながら、ぼくの腕を叩いた。

ぼくは肩をすくめて、弱々しくほほ笑んだ。「きみが珍しそうに見ていたから」

「ええ、すごく大きかったから」グレーシーは頭をふった。「あなたの言うとおりね。あなたには、あたしの小言が必要みたい」グレーシーが喉を大きく動かして唾を飲みこむと、気楽な雰囲気がすっかり失せた。「そして、あたしにあなたが必要なのは、あなたがあたしをがっかりさせない唯一のひとだから」

「いや、させた。ぼくはきみに黙って――」

「いいえ、ノア」グリーンの目がぼくの顔のうえを動き、唇で止まった。「うちのドアのまえに現れてから、あたしにそれだけの価値があろうとなかろうと、ずっとあたしのそばにいてくれた。あなたはあたしにとって願ってもめぐりあえないほどのひと」それが悪いことであるかのように、グレーシーは顔をゆがめた。

食品貯蔵室は以前は細長く、狭く感じた。それなのに、いまはグレーシーになかなか近づけないように感じる。隣にいるグレーシーはとても小さく、怖がらせてしまうのではないかと不安になる。ぼくが両手で腰を支えると、グレーシーがうえを向いて目をあわせた。「あたしはどこへも行かない。あの卑劣なマンティスも、父の死に責任があるやつらも、このまま逃がしたりしない。ぜったいに」

グレーシーが小さく息を吐くと、ぼくは素肌にかかるその息の感触を味わった。

「でも、ノア、あなたは何も約束できないでしょ。あなたのお母さんのことで何かわかったら――」

「そのときは母が罪を犯したんだから、その事実をみんなに知らせるよ」こうしていま口にすることさえ、辛いけれど。

グレーシーの目に炎が灯《とも》った。「あなたと親しいひとで、この件に関わったのがお母さんだけじゃなかったら？」

グレーシーがサイラスの名前を出す必要はなかった。「そのときは、その人物にも報いを受けるまでさ」そう考えただけで胃がおかしくなったが、そんな弱さに負けないよう覚悟を決め、エイブのことで、きょうあの怪しげなモーテルの部屋に立ち、エイブが最後に息をした場所を見おろしたときの虚しさで、頭をいっぱいにした。

エイブはひとりきりで逝ったのだ。

きっと最期の瞬間は、いまぼくの目のまえにいる娘のことを思い、どんなふうに自分を覚えていてくれるだろうと考えていたにちがいない。「きみのお父さんは……エイブはとても善良で正直なひとだった。みんなにそう知ってもらって当然のひとなんだ」グレーシーの顔にかかる、気ままな髪をかきあげた。「それに、こんなひどい状況でも、きみがぼくの人生に戻ってきてくれて、とてもうれしい」少しためらってから続けた。「きみがただの友だちでいることを望んだとしても。グレーシー、きみに何も押しつけるつもりはない。どんなことがあっても、ぼくはきみのそばにいる」

グレーシーがぼくの口もとを見つめ、唇を開いた。「あなたがただの友だちでいたいなら――」

「ちがうよ、そうじゃない！」あまりにも必死になりすぎて、頬が熱くなるのを感じながら笑った。ぼくはもっと先に進みたい。

珍しく照れくさそうだが、それでもグレーシーは爪先立ちで背伸びをして、ぼくの首筋に冷たい鼻先をつけてたどった。「本当にあたしみたいな女を相手にしたいの？難しい女だって言うひともいるのよ」その声にはどこか、心がさらけだされているようなところがあった。まるで、ぼくが自分の気持ちを後悔し、やはり彼女の相手は荷が重すぎると考え直すと信じているかのように。

ぼくは花の香りがするグレーシーの髪に顔をうずめた。わざとしかめた顔は彼女には見えなかっただろうが、もしかしたら声で感じたかもしれない。「そんなこと、誰が言ったんだい？」

「さあ……頭のおかしなひとたち？」

「そのとおり。ぼくは、おかしくない。きみはおかしいの？」ぼくは最初に会った日のグレーシーの言葉をからかい、ぼくを信じてくれと頼んだことを思い出した。あのとき飛びだしナイフをふりまわしていた手は、いまはぼくの胸の肌ざわりを覚えようとしている。何と変わったことか。

グレーシーが喉の奥でくすくす笑うと、背筋に震えが走った。「シムズに言わせれば、そうみたい」

あの野郎の名前が出て、ぼくは唸った。「ムードをぶち壊す名人だな」

「あら、ムードを壊しちゃった？」

鼻がたどったところを、次は舌が這《は》っていき、思わず身体が震えた。そして耳たぶを軽く噛まれて何も考えられなくなったところで、グレーシーが息を震わせてささやいた。「あなたがその気じゃなくなったなら、あたしは――」

ぼくは唇を重ねて次の言葉を奪い、片手をうなじに滑らせてキスをしながら、もう一方の手を髪に差し入れた。今回はどちらにも迷いはなく、今朝のおずおずとしたやわらかなテンポが、熱く狂おしく変わっている。

「ぼくはもうその気だから」空いているほうの手を腕から背中へと滑らせ、グレーシーの身体を引きよせてくっつけた。ぼくが〝その気〟になっていることを信じてもらうために。

それでも、グレーシーはさらにぼくを煽ってきた。「証明して」唇を重ねたまま、鼻と鼻をつけ、目をじっとあわせたまま甘い声でささやいてくる。挑発だ。誘い。

いや、許しかもしれない。

何であっても、ぼくはむさぼるように受けて立ち、ショートパンツをすばやくずらし、Tシャツの下から手を入れた。最初に背骨に触れてから、引き締まった腹に手を滑らせると、グレーシーの息が荒くなった。

そしてぼくの手が胸の谷間に届き、ちくちくするブラジャーのレースに触れると、グレーシーの手がぼくの背中を引っかき、締めつけた。

そして、その手が背中から離れたと思うと、レースのブラジャーがゆるみ、豊かな胸に触れることができた。「ぐずぐずしてるから……」グレーシーは得意気に笑うと、指先をまたぼくの身体に戻し——今度は胸だ——筋肉にそっと触れた。

　これまで女の子に対して臆病になったことはなかったが、グレーシーに対してはとても臆病になって勇気が出なかったのだ。ぼくはブラジャーをずらし、豊かでずっしりと重みのある胸をてのひらで包んだ。そして親指でその先端をかすめると、重ねている唇の下で、グレーシーが小さく喘いだ。ぼくはグレーシーを裸にして、その曲線を残らず、指と舌でたどりたかった。

　だが、ふいに珍しく不安に襲われ、動けなくなった。

　急にグレーシーの気持ちが変わったらどうしよう、グレーシーがぼくと同じくらいこうなることを望んでいなかったらどうしようと不安になったのだ。結局、グレーシーの求めている男になれないのではないかという不安だ。ぼくはグレーシーの唇をむさぼり、ぼくこそきみが求めている男だと説得するようなキスをして、必死に不安を追いはらおうとした。ぼくこそ、きみがずっと求めつづける相手なのだと。ぼくはグレーシーが恋い焦がれる相手になりたいという思いをこめてキスをした。これが最初で最後だとしても、この瞬間を忘れてほしくないという思いをこめて。

　グレーシーはぼくの身体に溶けこむように重なると、両手を腹に滑らせ、熱い肌と肌をあわせ、両手の親指でからかうようにベルトに触れた。ぼくは下半身がさらに大きくなっているのを感じながら、歯を食いしばって、あのすばしっこい指がベルトをさっさとはずし、ファスナーを下げてほしいという思いに耐えた。

そしてグレーシーの引き締まった尻をつかむと、抱えあげて食品貯蔵室の隅に連れていき、腰を使って壁に押しつけた。このほうがグレーシーの身体に触れやすい。ぼくはTシャツをまくりあげると、胸の先端を口に含み、肌に残っているボディーシャンプーのピーチの香りを深く吸いこんだ。

グレーシーは小さくぼくの名前を呼び、腿を腰に巻きつけてきた。

やりすぎだし、速すぎだ。ここで寝室に連れていったら、抑えの利かない愚か者のように、数分後にはグレーシーのなかに入ってしまっているだろう。だから、この狭い食品貯蔵室にとどまり、壁に寄りかかって床にすわっているのだ。グレーシーはぼくの膝にまたがり、欲望に満ちた目をぎらぎらさせている。

「グレーシー、もう少しゆっくり……」グレーシーがTシャツを頭から脱ぎ、ゆるんだブラジャーをはずすと、ぼくの言葉は途切れた。呼吸をするたびに大きく持ちあがる裸の胸に、口をぽかんと開けたまま見入る。グレーシーの身体はきっと美しいだろうと思っていたが、本当に完璧だった。「きみは……」言葉にすることもできず、裸の上半身を見つめながら、筋肉のついた腿に両手を伸ばしてショートパンツの縁に指をかけた。何とかそのまま手を止めたが、それ以上先に進まずにいるのは、グレーシーも自分と同じくらい辛い状況にあるのか確かめずにいるのは、とても耐えがたいことだった。ぼくはいま、本当に辛い状況にあった——グレーシーを相手に焦りたくはないけれど、いまにも爆発してしまいそうで、あまりにも期待が大きすぎる。

ぼくはグレーシーの膝の裏に手を入れて、彼女をぴったり引きよせた。「まだ、やめておこう」唇を重ねてささやき、グレーシーをきつく抱きしめた。

「本気？」グレーシーは皮肉たっぷりに訊いた。

ぼくがささやくようにして答えると、グレーシーは腰を回転させて押しつけてきた。

「ごめんなさい、何て言ったの？　最後のところが聞き取れなかった」グレーシーは頭をかしげて心配をしているふりをすると、また腰を押しつけてきた。そして、もう一度、官能的なダンスを踊っているかのように腰をまわし、胸のふくらみをぼくの胸に押しつけてくる。

こんなグレーシーが存在するとは思わなかった——魅惑的で、茶目っ気があって、積極的。

いったい、何をやっているんだろう？　ぼくは本当に大馬鹿者だ。

頭を壁につけて目を閉じた。「この性悪女め」

グレーシーは腹の底から楽しそうに笑うと、ぼくの首筋を舌でたどった。

ぼくがうめくと、グレーシーは片手でぼくの脚をなでた。

「これは、何？」

「ええっと……どういう意味？」この状況で、女の子にそんなふうに質問されたのは初めてだ。

乱れていたグレーシーの息が落ち着いてきた。「ちがうの、本気で訊いているの。ノア、これ……血じゃない？」

グレーシーがじっと指先を見つめて何かをこすっていることに、やっと気がついた。そして彼女の視線を追って近くの床板を見てみると、どす黒い染みがついている。間違いなく、血だ。

「どこか切ったの？」グレーシーがけがをしている場所を探しはじめた。

「いや。それに、この血がついてから、数時間はたっていそうだ」最初に血が垂れたところから、赤黒い線が引っぱられているのでわかる。

「サイクロプスがけがをしたのかしら？」

「サイクロプスは一日じゅう外に出ていたし、食品貯蔵室のドアは閉まっていた」

グレーシーはブラジャーとTシャツを着て膝から下りると、キッチンへ向かい、口笛を吹いてサイクロプスを呼んだ。その間、ある疑いがぼくの腹のなかで固まりつつあった。

ぼくは立ちあがって、床をじっくり見た。そして、ふたつ目の血の染みに気がついた。三つ目にも。

どれも、母の銃器保管庫のまわりにある。

ぼくは財布のなかを探し、暗証番号を見つけた。血の染みを踏まないように注意しながら、急いでダイヤルをまわしてドアを開ける。

四挺の銃は定位置のままで、弾丸の箱の数は数えたことがないが、何も変わらないように見える。

すべてが普段どおりだ。

だが、しゃがんでいちばん下の棚をじっくり見ると、茶色いランチ用の紙袋が目に留まった。長年使われているのか、しわが寄り、保管庫の奥にある棚と弾薬の箱の小さな隙間に詰めこまれている。

まえに見たときは見逃していたのだろうか？

サイラスも見逃したのだろうか？

湧きあがる不安を呑みこむと、シャツのはしでつかんで紙袋を引っぱりだした。

なかには拳銃が入っていた。

コルト45。

「嘘だろ」すぐに気がついた。エイブの銃だ。ずっとここにあったのだろうか？ それとも、きょう誰かがここに忍びこんで置いていった？ でも、忍びこんだのだとしたら、ど、う、や、っ、て……。この暗証番号を知っているのは、ぼくだけだ。

どちらにしても、そいつはぼくたちが外出しているあいだに、この家に入ったのだ。ぼくは母のグロックをつかみ、弾丸が装填《そうてん》されているかどうか確認し、裏庭へ急いだ。出かけたときに警報装置を作動させたのは間違いない。ということは、その人間は警報装置さえ出しぬけたということだ。そうできる道具と知識があるということだ。

グレーシーは外で、フェンス越しにミスター・スタイルズと話していた。

「……きょうは、そりゃあうるさく吠えていたんだ」

「すみません。それほど長く出かけるつもりじゃなくて――」

「何時間も犬を外に出しっぱなしにするなんて！」隣人のミスター・スタイルズが両手を腰にあて、ぼさぼさの白髪を逆立て、グレーシーを叱っている。

「ええ、そうですよね。ごめんなさい」グレーシーには珍しく、なだめるような声で謝っている。「いつもは静かな犬なんですけど」

ぼくは銃をズボンのうしろに突っこみ、そっとグレーシーのうしろに立って、両手を肩に置いた。ぼくの肩にあった彼女の手が恋しい。

「うちに誰かが忍びこんだらしくて、それでサイクロプスが吠えていたんです」ぼくは説明した。

グレーシーの身体がこわばった。「何ですって？」

「強盗か！」ミスター・スタイルズの年老いた顔に驚きが走った。この平和な地域でそんなことが起こるなんて、思ってもいないのだ。「でも、きみの家には警報装置がついているだろう？」

「はい」普通のまぬけな泥棒なら、通りぬけられない。だが、夫を亡くした女性の家に忍びこんで脅迫したことがある、経験豊かな警察官なら、話はちがう。それでも、保管庫を開けられるかといえば……。

「それじゃあ、あんなにうるさく吠えたのも責められないな」ミスター・スタイルズはグレーの目でサイクロプスを見ると、顔をしかめた。「あの犬は何を持っているんだ？」

「あまり知りたくないものでしょう」ミスター・スタイルズの視線を追って庭の向こ

うはしに目をやると、サイクロプスが必死に庭を掘っている。「こら！　やめるんだ！」

サイクロプスは口から黄褐色のものをぶら下げて、ぼくを見た。

「サイクロプス、こっちにおいで！」グレーシーが呼んだ。

犬はおとなしく走ってくると、ぼくたちのまえに布きれを落とした。

「何、これ？」グレーシーはみんなが近くで見られるように、布きれを掲げた。

布の片側は縁が縫われているが、片側は明らかにちぎれている。そして、赤い染みがある。「こいつはズボンの切れ端だよ！」ミスター・スタイルズが笑った。「やったな。きみの犬は強盗に嚙みついたんだ！」

「たぶん、ふくらはぎあたりを。いま頃はどこにいるのかわかりませんが、痛がっているでしょうね」

おそらくクラインと同じ部屋にいて、ＦＢＩに尋問されているだろう。

ぼくの言った意味が通じたらしく、グレーシーはすべてを理解した顔になった。

おもしろがっていたミスター・スタイルズがふいに真顔に戻った。「ノア、警察に通報しなさい。このあたりの家を狙っているのだとしたら――」

「はい。すぐに通報します。お騒がせして申し訳ありませんでした」グレーシーを連れて家に戻ると、サイクロプスも床に鼻をつけながら、あとをついてきた。

「あの男、何を盗んでいったんだと思う？」グレーシーがきつい声で訊いた。ひどく腹を立てているのだ。それに、間違いなく怯えている。

「何かを盗んでいったのかどうかはわからない」茶色い袋に入っている銃を見せた。

「コルト45だ」

　グレーシーの顔を見ると、わかったようだった。「パパの？」

「おそらく……そうだ」

「スタップリーがこれを置いていったと言うの？」

「誰かが置いていったことは確かだ」

「でも……」グレーシーは眉を寄せた。「銃器保管庫でしょ。関係ないひとに開けられるとは思えない。家にはどうやって入ったの？」

「わからない」本当に侵入したのだろうか？　それとも、入ろうとしただけなのだろうか？

　グレーシーはぼくの考えを読んだかのように言った。「もしかしたら、あなたのお母さんがずっと隠していたのかもしれない」非難めいた言葉を吐きだすと、まるで缶詰や食糧のなかに答えがあるかのように、貯蔵室の棚のあいだに、あてもなく視線をさまよわせた。

すると、二階からサイクロプスのけたたましい吠え声が聞こえた。

グレーシーとぼくは目を見あわせた。

スタップリーひとりだけがやったのだろうか？　まだこの家のなかに誰かがいるのだろうか？

ぼくは両手でグロックを握り、心臓を激しく鼓動させながら、階段へ向かった。

「ここにいて」そうささやき、階段を静かにのぼっていく。

うしろで階段がきしんだ。やっぱり。グレーシーが言うことを聞くはずがない。

ぼくは一瞬ためらい、自分は馬鹿なんじゃないだろうか、この家を出て警察を呼ぶべきではないだろうかと考えた。

だが、そのまま階段をのぼりつづけた。

文句を言うようなサイクロプスの声は、母の部屋から聞こえてくる。サイクロプスはタンスのまえで、うしろ足で立ち、前足を引きだしについていた。そしてぼくたちを見ると、おすわりをして、尻尾を勢いよくふりはじめた。

「どうしたの、サイクロプス？」グレーシーがぼくのまえを通りすぎて訊いた。

サイクロプスは興奮して返事をした。

グレーシーはふり返り、警戒するような目でぼくを見ると、いちばんうえの引きだしをゆっくり開けて、華奢な手で母の持ち物を探りはじめた。「いったい、何を見てほしいの……きのう見たときとまったく同じ——」グレーシーの声が途切れた。

「どうした？」ぼくはグレーシーの隣に立ち、母のTシャツのうえに置かれた小さな包みに目を留めた。「こいつは何だ？」

「たぶん、コカインよ」

「コカイン？」どうしてスタップリーはわざわざ母のタンスにドラッグなんて入れたんだろう？

グレーシーがぼくを見た。「きのうは、こんなものはなかった。タンスを全部開けて服を探したけど、きのうはこんなものなんてなかった」

ぼくは小声で毒づいて、部屋を見まわした。殺人事件の被害者の銃、ドラッグ……。

「いったい何を企んでいるんだ？」

グレーシーはぼくの視線を追った。「あたしが事情を知らなかったら、パパがやられたことを、あなたのお母さんもやられていると言ったでしょうね——ジャッキーが罪を犯したように見せるために、証拠を隠したんだって」唇をゆがめ苦々しくほほ笑むと、母のベッドのまわりのにおいを忙しく嗅いでいるサイクロプスを指さした。

「まさか、この子と戦うことになるとは思ってもいなかったのね」

ぼくはポケットから携帯電話を取りだした。「警察に連絡しないと」

「だめよ！　待って！」

「グレーシー、通報しないと。記録してもらう必要がある。あの血が証拠になる」

「そうね。でも、スタップリーとマンティスだって警察官なのよ」

「数千人の善良な警察官のうちの汚い警察官ふたりだ」言葉を口にした瞬間に、グレーシーがこの件をどこに報告するつもりかわかった。「だが、マンティスは監察部のトップだ」

「きのう、マンティスが言った言葉を聞いたでしょう。〝きみには信じられないかもしれないが、問題になんてならないんだよ〟って言ったのよ」訳知り顔を続けた。

「スタップリーが逃げおおせるようにマンティスが仕組んだらどうするの？　そんな危険を冒したいの？」グレーシーは携帯電話を取りだして、番号を打ちこんだ。

42

エイブラハム・ウィルクス巡査
二〇〇三年四月二十八日

「いつもの巡回にきただけだ!」開けた窓から叫ぶと、本心より陽気に響いた。おれはダイナとグレーシーを家に残してきている。大きな涙があの丸々とした頬を転がり落ちていた。グレーシーにはパパがこんな遅く出かける理由も、家にいて遊んでくれない理由もわからないのだ。

アイザックが窓ふき用のスクイージーを石鹸水の入ったバケツに放ると、汚い水が歩道にこぼれた。アイザックは尻ポケットからぶら下がっているぼろきれで両手をぬぐいながら、ゆっくり近づいてくる。「きょう、会えればいいなと思っていたんだ」

「何か、目新しいことでも?」

「いや」アイザックの情感あふれる目が空っぽに近い駐車場を見まわした。「このあいだの騒動以来、ここはひっそりしている」

おれはがっかりしてため息をついた。どのくらいたったら、ベッツィーはもう見つからないとあきらめて納得すべきなのだろうか？　そもそも、ベッツィーに出くわしたのがまぐれであり、二度と見つからないのだろうか？

ジャッキーの言うことが正しくて、ベッツィーは見つかりたくないのかもしれない。だが、おれを見たときの様子を思うと、不安と動揺と安堵が混じりあい、大きく見開いていたあの——ダイナとそっくりな——グリーンの目を思うと、どうしても信じられない。

「それじゃあ、行くよ」まだ数カ所、見まわるところがある。

「ちょっと待ってくれ」アイザックが近くまで——肌に染みついている汗のにおいが嗅げるほど近くまで——きて、車のボンネットにひじをついた。「ここに駆けつけてきた警官たちだが……知りあいか？」

「ああ、知っている」

「友だちか？」

「いや。友だちとは呼びたくないな」確かに、一緒にバスケットボールをして、試合のあとビールで勝利を祝う。だが、友だち？　ぜったいにちがう。とくに、いまは。

「それじゃあ、もしあいつらがやっちゃいけないことをやっていたら……」

アイザックが言おうとしていることがわかった。「アイザック、何を見たんだ?」

「問題はおれが見たことじゃない。あんたが見たことだ」アイザックがかがみこんで、視線をあわせた。「それと、あんたがやっていることだ」

アイザックはマンティスが金を盗ったところを見ている。それは明らかだった。そして、マンティスが金を盗ったところを、おれが見ていたことも知っている。おれはため息をついた。「いろいろ複雑なんだ」〝何かをする〟ということは、何かを話すということだ——上司や、監察部や、本部長に。おれだって馬鹿じゃない。正しかろうが間違っていようが、同僚を悪く言えば、必ず代償がある。脅しや、報復や、吊るしあげだ。その代償によっては、警察官としての人生が立ち行かなくなる。

「複雑じゃなくするものを持っているのさ」アイザックはポケットに手を入れた。

43

ノア・マーシャル

「おまえが腕利きの麻薬探知犬になるなんて、誰にもわからなかったよな」ぼくはサイクロプスのちぎれた耳のあいだをかいてやり、リビングルームのソファに腰を下ろした。FBIの証拠保全チームが手袋をはずしながらドアの外へ出ていく。

「あたしはわかってた」グレーシーが目を輝かせた。「去年のある夜、シムズが盗んだ野郎がわかったらぶっ殺してやるって脅しながら、腹ばいになってトレーラーハウスの下を探してたの。一週間後に仕事から帰ってきたら、サイクロプスがマリファナの袋をくわえて、シムズのトレーラーハウスの下から急いで出てきた。長いダクトテープがついてたけど、サイクロプスの歯でちぎられてた。きっとシムズがトレーラーハウスの下にテープで貼りつけておいたのね」くすくす笑って続けた。「追いかけて道路の向かい側に渡ったら、サイクロプスが穴を掘って埋めてた」

「シムズには知らせなかったんだろうな？」

「知らせるもんですか！」グレーシーはにやりと笑った。「あのまぬけが片目の犬にドラッグを盗まれたってひそかに知っているほうがおもしろいでしょ」

　クラインが階段を下りてきて、リビングルームに入ってくると、ぼくたちは笑うのをやめた。「ここまでのところ何も見つかっていないが、まだ探してみる」

「書斎は見た？　ぼくの部屋は？」引きだしがいくつか少しだけ開いており、誰かが侵入した可能性があるのは確かだった。

「ああ。何もなかった」クラインはグレーシーを見ながら、手帳を開いた。「もう一度聞かせてほしい……きみたちは午後二時十五分頃に帰宅した。そして食品貯蔵室へ行って……」

「食品をしまいました」グレーシーの頰が赤くなるのを見て、ぼくが答えた。「そのときグレーシーが床に血がついていることに気がついたんです」その後の数分間についてもう一度説明すると、グレーシーはすぐに落ち着きを取り戻し、あちらこちらで言葉をはさんだ。

「帰ってきたとき、家に誰かがいる気配はなかった？」

　その考えに、思わず身震いした。「いいえ」

玄関を騒々しくノックする音が聞こえた。

「誰か、くる予定が？」クラインが近くを歩きまわっていたタリーンに合図をすると、彼が玄関へ出ていった。

「じつは予定があったんですけど、彼はいつもノックをしないので」ぼくは携帯電話を見た。きょうはサイラスが何度も電話をかけてきて、メッセージを残していた。でも、いまは話ができない。ビデオのことも、エイブがマンティスのことを公にするつもりだったことも知りながら、どうしてエイブが罪を犯したなどと断言できたのか、そのことを考えることで精いっぱいなのだから。しかもきょうは、あの部屋に第三の人物がいたことをはっきり示す証拠を見てきたのだ。

　まもなく、タリーンがボイドと相棒を連れて戻ってきた。ボイドは不安そうな顔をしている。

「やあ、ノア。だいじょうぶか？」

　ぼくは肩をすくめた。「誰かが家に侵入した」

「くそっ。あの野郎」ボイドはぼくとグレーシー、それからクラインと、コカインの入ったビニール袋を持って階段を下りてきた証拠保全チームのビルを見た。その顔を見れば、疑問がいくつも湧いているのがわかる。〝どうしてＦＢＩがここにいるんだ？　どうしてノアはオースティン市警を呼ばなかったんだ？〟

〝いったい、ノアはどんな問題に関わっているんだ？〟

わずか二週間まえにここで大騒ぎがあったばかりなのに、今度はＦＢＩの捜査官がきているなんて、近所のひとたちはどう思うだろうか。まもなく報道陣もやってきて、情報を集めはじめるだろう。

「何か、ご用ですか？」クラインはあの冷静で、慇懃《いんぎん》無礼《ぶれい》にも聞こえる調子で尋ねた。

クラインと向きあうと、ボイドのほうが少し背が高い。ボイドはすぐに長年の友人から勤務中の警察官の態度に変わった。「巡回中に外の騒ぎが見えたものですから。こういうときの慣例は承知していますが、もしオースティン市警に協力できることがあれば――」

「ありがとう。そのときはお知らせします」クラインはボイドの話を急にさえぎると、キッチンへ入って電話をかけた。

「マンティスと揉めたことと関係あるのか？」ボイドが訊いた。

「どうして？」グレーシーが鋭い口調で訊き返した。グレーシーの激しく、持ちまえの疑り深い一面が出ている。

「おれがまぬけじゃないからさ。それに、きのう目にしたことは普通じゃなかった」

ボイドは冷静に答えた。

ぼくはため息をついた。「グレーシー、こいつはボイド。ボイド……」ぼくはふたりを身ぶりで示し、すばやく紹介した。

「それで？」ボイドは胸のまえで腕を組んだ。

「関係あるかもしれない……長い話なんだ」

「ノア、おれの手助けは必要ないか？」ボイドは濃い眉を吊りあげて訊いた。

「きのう見たことをありのまま話して」グレーシーが挑むような口調で、代わりに答えた。

ボイドはじっとグレーシーを見つめた。「もっといい方法がある。あんたたちの車に近づいていったとき、ドライブレコーダーをまわしていたんだ。マンティスとのやり取りを録画してある。とりあえず、おれたちの視点からだが。助けになるかい？」

グレーシーはそんな答えが返ってくるとは思っていなかったのだろう。「ええ」咳ばらいをして言った。「助かる。ありがとう」

「何が助かるって？」入口で大きな声がした。

思わず、身が引き締まった。とうとう、電話はあきらめたのだろう。

「この家に入るのはご遠慮ください」タリーンが外に案内するかのように、片方の腕を伸ばして、サイラスのほうへ近づいていった。

まるで、サイラスを止められるかのように。「遠慮などしないし、わたしはここにいる。わたしはトラヴィス郡の主席検事で、あれはわたしの甥だ」サイラスは足を引きずりながらリビングルームに入ってきた。「何があったのか、教えてもらおうか」

サイラスは携帯電話をキッチンのテーブルに放って、鼻柱を揉んだ。もう何日も寝ていないようだ。それに、顔は見るからにやつれている。「スタップリーは裁判所の命令なしにDNAを提出するのは拒否しているし、判事はこの家に侵入したのがスタップリーだと信じるのに充分な証拠を提出しないかぎり、命令は出さない」

「いやはや……」クラインは冷ややかな目で裏庭を見た。「まあ、いい。血液はどこにも行きませんから」

「破傷風の予防注射をしたほうがいいと言っておいて。ああ、狂犬病も」グレーシーはにやりと笑って、サイクロプスにイチゴを投げてやった。

「予防接種をしてないのか？」サイラスがぼくをにらんだ。まるで、ぼくの落ち度かのように。

舞台裏で何があったのかは知らないが、いかにも伯父らしく、サイラスはこの家に入ってきて十五分後にはクラインの上司に、家宅侵入事件の捜査にオースティン市警も関わることを認めさせ、すんなりと捜査の中心に納まっていた。

いま、ボイドと相棒は近所で念入りに聞きこみをして目撃者を探し、オースティン市警はスタップリーを取調室に呼び、サイラスは臨時の本部長から型どおりの最新情報を得ている。

当然ながら、スタップリーはオースティン市警にもクラインに話したのと同じくだらない言い訳をしている——熊手に脚を引っかけたというやつだ。ＦＢＩに行くまえ、家にいて、庭そうじをしていたと言っている。証人は妻だ。

だが、クラインの言うことは正しい。スタップリーは血管を流れる血液は隠せない。逮捕は時間の問題だ。

サイラスが指でテーブルを叩いている。いらいらしているときの癖だ。クラインがクラインでしかないせいで——心を開かず、謎めいた話し方をして、サイラスが知りたいことを話そうとしないからだ。「つまり、エイブラハム・ウィルクスが殺された事件の捜査で、スタップリー警部補が重要人物として浮上していると思っていいわけだね？　だから、ノアは家に侵入されて、オースティン市警ではなくＦＢＩに連絡したのだろう。きみたちＦＢＩがどうしてオースティン市警に協力を求めなかったのか理解に苦しむが」

グレーシーとぼくは目を見あわせた。サイラスは正式に捜査が行われていることを知っている。ぼくたちがクラインにすべてを打ち明けたことも知っていると思ったほうがいいだろう。

「ええ。そう言っていいと思います」クラインは腕組みをして、〝何も問題はない〟とでも言いたげなのんびりした調子で答えた。

気づまりな沈黙が流れ、サイラスが視線をぼくに戻した。

「ノア、グレースのおばさんについては逮捕記録で何か見つかったのかね？」

「いや、死亡記録でも結婚記録でも何も」

「FBIも探しているのよね？」グレーシーが期待をこめてクラインを見た。

「探す予定だ。いまのところ、情報源が少なくてね」

グレーシーは答えが気に入らなかったらしく、不満そうな声を出した。

「落ち着いて。きみが渡してくれた写真を使えば、顔認識ソフトでまもなくわかるだろう。生きてさえいれば、いずれ見つかるさ」

「写真を持っているのかね？」サイラスが訊いた。

「一枚だけ。ママの荷物にあったの」

サイラスは眉を寄せて考えこんだ。「クライン捜査官、事件に専念できるように、ベッツィーを追うのはオースティン市警にまかせたらどうだろう？　必ず優先させるから。あるいは、きみがつかんだ手がかりを確認するだけでもいい」

クラインは興味深そうにサイラスの顔を見つめている。「ありがとうございます。あとで、ご連絡します」

サイラスが背もたれに寄りかかると、キッチンの椅子がきしんだ。「ダイナ・ウィルクスに妹を返してやれるなら……優先すべきなんだ。そのくらいしか、わたしたちにはできないのだから」サイラスが家に入ってきて、ふたりが少しだけ立場を離れて話をしたのは、これが初めてだった。

といっても、サイラスがぼやいただけだが。

FBIの証拠保全チームのひとりが顔を出し、作業が終了したと告げた。

彼のうしろにはボイドが立っている。

「何か、わかったのか？」サイラスが訊いた。

「はい。公園の反対側に住む女性が、家宅侵入のあった時間に、紺色のピックアップトラックが道に停まっているのを目撃していました」彼らは決して〝窃盗〟と言わない。わかっているかぎり、何も盗まれていないからだ。「その女性は背の高い白人の男が、こちら側から急いで道を渡っていくのも見ています」

「ということは、スタップリーがあっちに車を停めて、公園を突っ切って、裏の門から入ってきたと考えているのかね？」

「はい」ボイドは答えた。

「スタップリーが乗っているのは？」

「紺のフォードF10、ピックアップトラックです」

サイラスは満足げにほほ笑んだ。「馬鹿なやつだ。白昼堂々と車で乗りつけて、元本部長の自宅に侵入するなど、何を考えているんだ？」

「獰猛《どうもう》な番犬が待っているとは思っていなかったんでしょう」クラインは考えながら言った。「でも、問題はどうしてジャッキー・マーシャルの自宅にコカインと銃を置きたがったのかということです」銃はエイブラハム・ウィルクスの名前で登録されていたものだと確認できた。

「ジャッキー・マーシャルにパパを殺した罪をなすりつけて、自分の不利になる証拠を隠そうとしたってことのほかに？　ああ、スタップリーとマンティスの不利になる証拠ね」グレーシーは辛そうに唇をゆがめた。

クラインの顔にかすかな笑みが浮かび、それこそ自分が出した結論だと語っていた。

だが、その笑みはすぐに消えた。「あの銃がもともとなかったのは確かですか？」

「いや、あの棚を隈なく見たとは言えない」サイラスが答えた。「もしかしたら――」

「いえ、あの銃はありませんでした」ぼくはきっぱりと答えた。

サイラスが眉を吊りあげた。「おまえもそれほどていねいに見ていないだろう」

「いや、ちゃんと見たよ。それに、お金が入ったスポーツバッグとホルスターをあの床板の下の穴に隠しておきながら、あの銃は入れないなんてあり得ない」

「その点については同感だ」クラインがぽつりと言った。

だが、そこでまた別の疑問が出てきた。「スタップリーはどうやって保管庫の暗証番号を知ったんだろう？」ぜったいにわからないはずなのだ。

「さあ。わたしにもわからない」サイラスは不安そうに眉を寄せ、サイクロプスがドアの外で立ち、ぼくたちを見つめているのを眺めている。

「とにかく、この小さな番犬が嚙みつかなかったら、誰かがここに侵入したことにも気づかなかったわけだから」クラインが穏やかに言った。

「十四年まえ、スタップリーがうちで馬鹿な真似をしたときに、サイクロプスがいなかったのが残念だわ」グレーシーが言った。

「スタップリーがきみの家に押し入ってお母さんを脅したと思っているのかい？」サ

イラスはグレーシーに訊いたが、すぐにクラインのほうを向いた。「ＦＢＩもそう考えているのか？　スタップリーがエイブラハム・ウィルクスの家に忍びこんで証拠を隠して、エイブラハムが有罪に見えるように仕組んだと」

クラインは肩をすくめた。「ひとつの仮説です」

サイラスは指ですばやくテーブルを叩いて、クラインが詳しく説明するのを待った。そしてボイドは黙ったまま入口でこのやり取りを見ている。きっと、自分はいったいどんな事態に巻き込まれてしまったのだろうかと考えているにちがいない。

サイラスはとうとうクラインから答えを引きだすのをあきらめた。「トラックに血痕が残っているはずだ。ＦＢＩがここで集めた証拠と照合しよう。きみは今夜は当番かね？」

「あと数時間は」ボイドが答えた。

「今夜はひと晩じゅう、この通りを巡回してくれ。いいか？　ひと晩じゅうだ」携帯電話が鳴り、サイラスはすぐに出た。

サイラスが電話で話しているあいだに、クラインは玄関へ向かった。「しばらく、きみたちはこの事件から離れたほうがいい」クラインはぼくたちふたりに話しているが、目はいつものとおりグレーシーだけを見つめ、それを隠そうともしない。ぼくの気持ちが引きつっていく。いけすかない野郎だ。グレーシーより少なくとも十歳は、いやもしかしたら十五歳くらい年上のくせに。

「ところで、きょうのマンティスとスタップリーの事情聴取で何かわかったの？」グレーシーが訊いた。クラインが自分に気があることに気づいているのだろうか？　喜んでいるのだろうか？

「知りたいと思っていたことさ」クラインは謎めいた答えを返し、サイラスをちらりと見た。「また何かあったら、わたしに最初に連絡してほしい。いいね？」

「ええ」グレーシーは約束した。「きょうはきてくれて、ありがとう」

　クラインが得意気に笑うと、ぼくはそのあごを殴りたくてうずうずした。「どういたしまして。いつでも駆けつけるさ」

「何だって？」サイラスが大声を出し、全員の注意を集めた。「だが、記者会見は……いま？」キッチンの壁にかかっている、薄型の小さなテレビを身ぶりで示した。

「ノア……早く！　フォックステレビ、七チャンネルだ！」

　リモコンをつかんですばやくチャンネルを変えると、キャニングの丸い顔が映った。オースティン市警の外階段に立ち、レポーターたちが彼の言葉をひろおうとマイクを向けている。「……二〇〇三年五月三日に射殺されたエイブラハム・ウィルクス巡査は、以前は警察官としての職務を逸脱し、不法行為に関わっていたとされていました。しかしながら本日、ウィルクス巡査はいかなる不法行為にも関わっておらず、それどころか計画殺人の被害者であったことを示す新しい証拠が発見されました」キャニングはゆっくりとわかりやすくマイクに向かって話しており、ここにいる全員が――クラインも含めて――彼の言葉に必死に耳を傾けた。「現在、オースティン市警とFBIが協力して、十四年近くまえの夜にあったことの解明にあたっています。新しい証拠についても、容疑者についてもお話しできませんが、エイブラハム・ウィルクス巡査が恐ろしい事件の被害者であるならば……」キャニングはそこで言葉を切り、ひどく辛いかのように眉を寄せた。「当市はエイブを本当の姿で――善良で立派な警察官として記憶しようではありませんか。これ以上の質問は受け付けません」キャニングはマイクのまえから歩き去った。

「これは本当なんですか？」ぼくはサイラスからクラインへと視線を移し、またサイラスを見て、返事を求めた。

クラインの表情はまったく変わらない。

サイラスは怒って額をさすっている。

一方、グレーシーはひどく動揺していた。「あのひと、みんなのまえで、パパの汚名をすいだの？」

「はっきり言ったわけじゃないけど、でも――」

「あたし……」グレーシーの目に涙があふれてきた。「ママに電話しなきゃ」外に飛びだした。

「おじさん、どういうこと？」どうしてキャニングが――引退した元本部長が――FBIが先頭に立って捜査をはじめたばかりの段階で、決定的な新発見もないまま、昔の殺人事件について記者会見を行うのか？

「どうやら、今度の式典について報道陣に話をしていたら、ある記者がエイブラハムについて質問をしたらしい。誰かがマスコミに情報をもらしたのだろう。おそらく、きょうFBIがあのモーテルの部屋を封鎖したあとだ。この手の話は疑問を持たれるから」サイラスは責めるようにクラインを見た。

「無視できただろうに」

「ああ、できたはずだ。だが……あの事件はジョージが本部長だったときに起きた。責任を負って、間違いを正したかったんだろう」

「つまり明らかに、ぼくたちが聞いたことを知っていたということだ」

「きょう、おまえが電話に出ていれば、ゆうべわたしがジョージのところへ行って、おまえから聞いたことを残らず話したことを伝えたんだがな」

「残らず？」

「ああ、残らず」

「それで？」

「〝それで〟というのはどういう意味だ？」サイラスはテレビのほうに手をふった。「〝それで〟の結果を見ただろうが！　ジョージもわたしも一日じゅう、電話をかけまくったよ。もしこの件にオースティン市警の警察官が関わっているなら、ジョージは自分の手でさらし首にしてやるだろうさ！」

ぼくはとまどい、クラインを見た。「結局、エイブの事件はオースティン市警とＦＢＩの共同捜査になるんですか？」どうやら、引退した元本部長も一緒に。

「ああ、そのようだ」クラインが気分を害しているとしても顔には出さず、もうひとりのＦＢＩ捜査官と小声で話したあと、グレーシーが椅子にすわっている裏庭へ目をやった。グレーシーは空いているほうの手を興奮して動かしながら、誰かと——ダイナだろう——電話で話しているが、見たことのないような明るい顔をしている。クラインはフレンチドアから裏庭へ出ていった。

サイラスの黒い目がクラインを追っていく。「あれがおまえが殴った男か？」

「ああ」

サイラスの顔にかすかに満足気な笑みが浮かんだ。

「上司に話をさせるさ。協力の意味をわからせてやる」庭に目をやると、笑みが消えて不満そうな顔になった。「おまえのお母さんが見たら、怒るだろうな」

ぼくはため息をついた。ときおり、こんなふうにサイラスに庭のことで小言を言われる。「サイクロプスが掘り返しているんだ。心配しないで。直しておくから」プールの底の土の山を見られなくてよかった。

「ああ。なかなかおもしろいペットだな」

ぼくはくすくす笑った。「だんだん、あっちのほうがえらくなっているよ」

「きょう、いい働きをしたのは間違いない」サイラスは頭をふった。「ノア、おまえは二十五年の人生で、わたしにはずっと最大の敬意を払ってくれていた。きょうまではな」

ぼくは視線をそらした。

「わたしは五回も電話をしたのに、おまえは毎回出られなかったのか？　かけ直してこられなかったのか？」

「ごめんなさい」

「なぜだ？　ＦＢＩに関わって忙しかったからか？　あれほどはっきり待てと言っておいたのに」

「そうするしかなかったんだ」クラインに尾行されて。不意打ちされたことを話した。「グレーシーに待ってくれと言う権利はないし」

「ああ、そうだろうな」サイラスは首をふった。「ＦＢＩのやり方は好きじゃない。丸一日かけても、誰からも情報を得られなかった。まあ、ドウェイン・マンティスの地位や、確実な証拠をあまりつかんでいないことを考えれば、口が堅くなることもわかるが」両手で顔をこすった。「だが、おまえに隠しごとをされたら、守ってやれないぞ」

「それじゃあ、おじさんがぼくに隠しごとをしているのはどうなの？」ぼくは勇気をふり絞って、伯父に立ち向かった。「あのビデオのことを知っていたんでしょう？　金を盗んだことで、エイブがマンティスを追っていたことも」

サイラスは口の内側を嚙み、指でテーブルの木目をなぞりながら考えているようだった。伯父の答えを待つあいだ、ぼくの不安は次第に募っていった。「知っていた。きのう、おまえがきて、今回のことをすべて聞いたとき……事務所で朝食をもどしてしまうかと思ったよ。すべて知っていたのに、十四年まえにそれを嘘だと決めつけたのだから。もし信じていたら、エイブの事件の捜査情報のひとつとして公にしたのに」

「もし信じていたらというのはどういうこと？　どうして信じなかったの？」責める口調になるのを止められなかった。

「ハーヴィー・マクスウェルと同じだ！　エイブがついていた複雑な嘘の一部だと、エイブがみんなの目をごまかすためについた嘘のひとつだと思っていたんだ」

「どうしてエイブがそんなことをするのさ」

「居場所について何週間も妻に嘘をついていた理由と同じだ！」

「エイブはダイナの妹を探していんだ！」

サイラスは降参というように両手をあげた。「あのときは知らなかった！　誰もそのベッツィーという少女のことは知らなかったんだ！　ダイナでさえ！　どうして、奥さんにも嘘をついたんだ？　ダイナに本当のことを伝えていたら、アリバイになったのに」

　ぼくは伯父を見つめた。「母さんはベッツィーのことを知っていた」

「ジャッキーは教えてくれなかった」サイラスは苦々しく言った。「それに、わたしはエイブのパソコンと自宅から発見された証拠を見た。だが、そこにも何もなかった。

だから、そもそも何もなかったのだと判断した。ダイナが脅迫した男について相談してくれていたら……」言葉は、そこで途切れた。

「だから、母さんはエイブが殺されたことで自分を責めていたの？　ダイナの妹と関係があるの？　ベッツィーはエイブと母さんの仲がうまくいかなくなったことに関係しているの？」

　母があの夜にすわっていた椅子を見つめ、サイラスは喉を大きく動かして、唾を飲みこんだ。きょう、ぼくはこの椅子にすわろうとする人間がいたら注意するつもりでいた――その椅子はやめて、その椅子にすわらないで――だが、誰も近づきもしなかった。「ノア、わたしも知っていたらよかったと思うが、ジャッキーは話してくれなかった。どうやら、話してくれなかったことがたくさんあるようだ。おまえのお母さんは……ジャッキーはエイブが死んだあと、変わってしまった」

「母さんが酒を飲むようになったのは、あれからだ」

「酒だけじゃない。ジャッキーは心を開かなくなった。わたしも含め、誰にも。まもなくジャッキーは副本部長に昇進して、仕事に集中するようになり、ほかのことは何も気にしなくなった。ジャッキーは変わってしまった。きっとエイブのことが原因だろうと思っていたんだ――彼がジャッキーの思っていた男とちがっていたからだろうと」サイラスはため息をついた。「あまりにも圧倒的な証拠を目のまえにして、みんなが明らかな答えを信じるしかなかったとしか言えない」

そう、証拠だ。「きょう、ぼくたちはあのモーテルへ行ったんだ。あの部屋には第三の人物がいたはずなんだ」

「いたかもしれない。だが、彼がおまえたちに思いこませたような決定的な証拠にはならない」サイラスはさりげなく、火のついた煙草を手にしながら、グレーシーのまわりを歩いているクラインのほうに手をふった。「あの男がまだ父親のビールを盗んで、車のうしろに乗っているガールフレンドに注いでやっているような子どもだった頃、わたしはあのモーテルで、死体とドラッグと何百もの難題に囲まれていた。あの捜査の現場で指紋を消したり、エイブを有罪に見せかけるような真似をする人間がいたとしたら……すべてが疑わしくならないか？」

「でも、クラインの推理を排除することはできない」

「まあ、正しいかどうかはともかく、いまはクラインの推理が捜査の柱になっている。決定的な証拠は何もないが」

「スタップリーのおかげだね」

サイラスは信じられないというように首をふった。「エイブがあのふたりに殺されたのだとしたら、法のもとでしっかり罰せられるだろう」伯父は決然と言ったが、表情はひどく不安そうだった。「だが、妥当な疑いでエイブの汚名を晴らすだけで納得して、まえを向いて生きていかなければいけないかもしれない」

「わかっている」

「あの子にもわからせてくれ。母親と同じ轍《てつ》を踏ませたくないだろう」

「グレーシーは誰よりも強いよ。ダイナみたいにはならない」

「そう祈ろう」

「グレーシーはエイブに似ていると、ダイナが言っていた。といっても……女の子だけど」ぼくを虜《とりこ》にした女の子だ。

「ああ。わたしもそう思っていた」サイラスが鋭い目でぼくを見た。

エイブの娘にまいっていることに気づかれたのだろうか？

ぼくは咳ばらいをした。「ダイナの矯正施設の費用を借りないといけないかもしれない。母さんの生命保険が下りるまで――」

「ジュディに電話をさせる。明日いちばんで施設に送金してくれるはずだ」

ぼくはほっとして息を吐いた。「ありがとう、サイラスおじさん」

「礼なんか言うな。わたしはいつだっておまえの味方だ。忘れるな」

そのとおりだ。伯父はいつだって味方をしてくれた。きょうのぼくは卑怯だった。

「ごめんなさい。ちゃんと電話に出て、きのうのうちにクラインの話をすべきだった。今回のことで……すっかりまいってしまって」

「そうなって当然だと言ったろう。わたしたち、みんながそうなんだ」グレーシーがすわっている場所に目を向けると、サイラスは急に何千もの心配ごとを背負ったかのように、暗い顔になった。「とにかく、あの子がこんな目にあっていいわけがない。こんな目にあってもいい人間なんていないんだ」

「でも、少なくともエイブのために正義は尽くせるかもしれない」

サイラスが立ちあがって、ぼくの肩を叩いた。「ああ、そうだな。正義だ」

44

グレース

電話の保留中の音楽がやっと止まった。「グレース？」

あたしは少し黙って、母の声に耳を澄ます。ドラッグを断ってまだ数日だけれど、それでもはっきりとした力強い声だ。数カ月ドラッグが血管を流れなくなったら、どれだけ変わることだろう？　本当にママを取り戻せるの？　期待していいの？

「もしもし？　グレース？」

「ママ」思いがけず、涙が頬を伝う。すっかり舞いあがっているみたいだ。

「悪いことでもあったの？」母が動揺して訊いた。

「何もないわ。すべて、最高よ。何が起きたのか、信じられないんだから」あたしはキャニングの記者会見について話した。話し終えたときには、母も電話の向こうで泣いていた。

「ふざけてるんでしょ。これは冗談か何か？」

「ちがうってば！　だから、冗談なんかじゃないの」あたしは急いでこの数日間の出来事について説明した。

「FBI？　サイラスがFBIに連絡してくれたの？」

「ううん。じつはジャッキー・マーシャルのおかげなの。あたしたちがこっちに着いたときには、もうFBIが捜査をはじめてたのよ」

キッチンのドアが開き、クリスチャンがいつものくつろいだ、えらそうな態度で近づいてきた。

「ママの病室にきたのはFBIの捜査官だったわけ。クリスチャン・クラインという名前」あたしはクリスチャンが尻のポケットから煙草を出すのを見ていた。煙草を吸うとは思わなかった。犯罪現場の家の裏庭で煙草を吸ってもいいのだろうか。何となく、クリスチャンは許されても許されなくても吸う気がした。

「クライン……」母が名前をくり返した。眉を寄せている顔が目に浮かぶ。「聞いたような気がする」

怪しいものだと思ったけれど、そう思わせておくことにした。「ママ、もう心配しなくていいのよ。誰もママを捕まえにこないから」

「あなたはどうなの？　オースティンで、事件の真っただ中にいるんでしょ」

「あたしはだいじょうぶ」マンティスに車を止められたことは話さなかった。細かいことまで、母が知る必要はない。「それに、ここにはノアがいて守ってくれるから。サイクロプスもいるし」

　クラインは煙草をふかしながら、目的もなく庭をうろついている。あたしの話を残らず聞いているのだ。ふいに驚かせてやりたくなって、クラインの顔から三十センチほどのところをめがけてテニスボールを投げつけてやった。でも、クラインは片方の眉を吊りあげただけだ。

　母が笑った。やわらかくて懐かしい声。「あの犬はいつか誰かに嚙みつくと思ってた。役に立ってよかったわ」

「それで……デザート・オークスはどんな感じ？」

「悪くないわ」母は渋々認めた。「すごく厳しいけど」

「当然でしょ」

「そうね。ねえ、ＦＢＩはそっちであたしが必要なんじゃない？　いつでも行くわよ――」

「だめよ。施設にいなきゃ。ママはまだ薬を抜いている途中なんだから。ヘロイン依存症患者の証言なんて信用されないんだから、まず信用されるようにならなきゃ。パパのためよ」

「そうよね、もちろん。ただ……役に立ちたいのよ」

「そのうち、話を聞きにいくはずだから」

「覚えていることはすべて話すわ」

〝十四年まえに話すべきだったことを、すべてね〟辛辣な声が頭のなかで響いたが、無理やり追いはらった。もう過ぎてしまったことは戻らない。

「ああ！　思い出したことがあったの！　それを伝えたかったのよ。うちに押し入ってきた男のこと。たいしたことじゃないかもしれないけど、知らせたほうがいいと思って。たぶん、何の役にも――」

「何なの？」

「あの男、〈アーント・チラーダズ〉の客がつけていた、ひどいオーデコロンをつけていたの。確か、〈ブラット〉とかいう名前よ。しかも服に瓶ごとぶちまけたみたいにたっぷり」

どこかで聞いたような話だ。

「役に立つかどうかわからないけど――」

「きっと役に立つわ。ほかにも何か思い出したら電話して」

クリスチャンが興味をそそられた目で、あたしを見た。

「ベッツィーのこと、何かわかった？」母が期待して訊いた。

「まだ、何も。でも、探してくれているから。すぐに見つかるわ」感触というより、希望をこめて言った。でも、母には必要なのだ――希望が。

「ところで、ノアはどう？」

「元気よ」たぶん。ガラスの向こうで、膝にひじをつき、伯父と話している。重苦しい表情で。「いま、ＦＢＩが話を聞きにきているの。もう行かなきゃ」

「わかったわ」少し間が空いた。「愛してるわ、グレース」

声がつまった。母がそんなふうに口に出してくれたのは久しぶりだ。もう何年も言われていなかった。その言葉の意味を忘れてしまったのだと思うくらい、ずっと聞いていなかった。

でも、まだどうやって、その言葉を受け止めたらいいのかわからない。

「また何かわかったら電話する」あたしは電話を切り、クリスチャンを見た。彼は敷地の裏側に、この家の真うしろにある木々に囲まれた公園に出る門を見ているふりをしていた。スタッフリーが逃げだしたと考えている門だ。「何か用？　それとも、個人的な電話を立ち聞きしていたの？」心のなかではクリスチャンに厳しくあたることを悪いと思っていた。どんなにいやな男を演じられるとしても、クリスチャンは善人のひとりなのだから。

あたしの言い方が気に障ったとしても顔には出さず、かがみこんで石のうえで煙草を揉み消した。「個人的な電話を聞くのが大好きなんだ。いろいろわかるから」

「で、いまは何がわかったの？」

「すでに知っていることばかりだ」

あたしが目を剝くと、クリスチャンは断りもせずに、あたしがすわっている椅子のはしに腰を下ろした。「お母さんの具合は？」とつぜん思いやりのあるやさしい声になった。

「あなたがこのあいだ見たときより、何千倍もいいわ」

「そうだね。あのときは……よくなかった」クリスチャンはとても男らしいあごをしているが、いまはその口もとを引き締め、思いをどこかにさまよわせている。きっと、母を思い出しているのだろう。骨だけの痩せ細った身体で、ほとんど意識さえはっきりしない状態で病院のベッドに寝ていた母のことを。きっと、完全に常軌を逸していたはずだ。「それで、あの夜について何を思い出したんだい？」

あたしはオーデコロンについて話した。「うちに押し入って母を脅したのはスタップリーじゃないと思う。きっとマンティスよ」

「おそらく。きょう取調室を出たときには、あの臭いで頭が痛くなっていた」さりげなく、何事にも動じない。クリスチャンはキッチンのほうをあごでしゃくった。

「あっちで何か起きていると思わないかい？」

「向こうでふたりの話を聞いていたら、山ほど疑問が湧いたでしょうね」

クリスチャンは何と言おうか考えているかのように、口をすぼめた。「スタップリーとマンティスはきみのお父さんを殺した罪をジャッキーに着せようとした」

「それはもう結論が出たんじゃないの？」

「きょう、ふたりはジャッキーの名前を出した。事情聴取で。ジャッキーとエイブが大喧嘩したという似たような話だ。どうやら、エイブにはジャッキーに対して思うところがあったらしい。それが何なのか、スタップリーもマンティスも知らないが、重大なことだという印象を持っていた。ジャッキーがとんでもない問題に巻き込まれる可能性があることだ」

「ママも似たようなことを話していたわ」とりあえず、大喧嘩をしたということは。

「いったい、何が言いたいわけ？　ジャッキーにはパパを殺す動機があったってこと？」

「ふたりはそう思わせたがっていた」クリスチャンはプールのほうに視線を向け、底に置いてある植木鉢を見つめた。ＦＢＩが家のなかをうろうろしていたら、清掃会社の人間は午後にプールをきれいにすることはできないだろう。

「ふたりとも父の事件の捜査にあたっていたんでしょ？　どうして、そのときジャッキーのことを持ちださなかったの？」

「わたしもまったく同じことを考えたんだ」クリスチャンが如才なくほほ笑んだ。

「ふたりは、きみのお父さんが死んだ夜、ジャッキーも現場に、〈ラッキーナイン〉にいたとも話した」

「いたら、何なの？　あのふたりが犯人なんでしょ。ジャッキーがパパを殺したわけじゃない」あの女をかばうなんて信じられない。

「あのふたりが犯人だと、わたしも思っている」クリスチャンが同意した。「でも、だからといって、ジャッキーがちがうという理屈にはならない」

あたしはこっそりノアの様子を見た。引きつった真剣な顔で、伯父の話を聞いている。きっと説教でもされているのだろう。長年ずっとビデオの存在を黙っていたことについて、納得のいく説明をしてくれればいいんだけど。きょう玄関を入ってきてから、サイラスはずっと協力的だ。クリスチャンのような人間には、頼んでもいない迷惑な協力だとしても。

それでも、サイラスについてどう思えばいいのかわからない。彼といると落ち着かない。きっと地区検事事務所で会った瞬間に、あたしがテキサスにいるのが気に食わないのだと感じたからだろう。そんな顔をされれば、たいていは第一印象が悪くなる。もしかしたら、事件が解決すれば、サイラスの別の面を、ノアが知り、信頼して愛している面を見られるかもしれない。

「あの血痕を見つけていなかったら、スタップリーは逃げおおせたの？」

「おそらく。それにウィルクスの銃が保管庫で発見されたとなれば、ジャッキーに有利には働かなかったはずだ。吸ってもかまわないかい？」クリスチャンはポケットからまた煙草を出して、あたしの返事を待たずに火をつけた。

父の事件について情報をもらえるなら、コカインを吸おうがかまわない。

「モーテルの部屋からは何か見つかった？」あたしはちがう話題をふった。

「予想どおり、壁紙のうしろに乾いた血がついていた。これから検査だ。ＤＮＡが一致するかどうか調べる。ああ、そうだ。ご協力ありがとう」クリスチャンはあたしの腕を身ぶりで示した。さっきＦＢＩの事務所で血を提供したのだ。ＤＮＡを照合するときの家族のサンプルとして。父の血液の次に望ましいサンプルだと言っていた。協力はしたいけれど、それでもＦＢＩに自分のＤＮＡが記録されると思うと、変な気分だった。

「ＤＮＡが合致したら？」

　初めて、クリスチャンの顔に不安や疑念が表れた。「グレース、きみのお父さんの死と誰かを結びつける何かを手に入れるまで、まだ長い道のりがある。もし何かが見つかれば、の話だが」

「わかってるわ」あたしは渋々認めた。「でも、ぜったいにあきらめない」

　クリスチャンの雰囲気がまた変わり、いつもの無頓着な様子に戻った。「でも、誰にも先のことはわからないと思わないか？　きのう、マンティスがきみたちの車を停車させたのはよしとしよう。だが、きょうスタップリーがしでかしたことは愚かだし、とても無謀で、スタップリーがひどく不安だったのだとわかる」クリスチャンは火がついている煙草の先端をしばらく見つめていた。夕暮れのホタルのように光っている。「罪を犯した人間が不安になってくれるとありがたい。とんでもなく馬鹿な失敗を犯すから、それで逮捕できるのさ」

　夕方になって寒くなり、あたしは腕を身体に巻きつけた。「少なくとも、いまはみんなが、父は無実だったと認めている」

「ああ……キャニングがすごいショーをやっていたな」

「あたしには最高だった。父にとっても」

「キャニングにとっても最高だったろう。高慢ちきな野郎だから」

ひとのことは言えないと思うけど。「まだ、キャニングが黒幕だと思っているの?」

もしかしたら、キャニングがテレビで話していた言葉で、父の汚名をすすぐのに貢献してくれたことで、あたしの判断力は曇っているのかもしれない。なぜなら、キャニングが黒幕だとは思えないから。

「もしも、わたしがキャニングでこの件に関わっていたらどうするか。自分にまとわりつかないように、きみのお父さんの汚名をすすぐ方法を探して、自慢の部下以外の人間に罪を着せようとするだろう。もう弁解できない人間にね」

「ジャッキー・マーシャル」

「そう、ジャッキー・マーシャル」クリスチャンは煙草を深く吸いこんで、唇から煙を吐いた。「さっきの華々しいニュースだってそうさ。あれはきみのお父さんのためじゃない。キャニングのためだ。先手を打って、自分を不正を暴いた人間として市民の目に焼きつけた。市民にはその姿を覚えていてほしいから。わたしの上司の上司が今朝からずっと、いちばんうえはテキサス州知事まで、いろんな人間から電話を受けて、オースティン市警を捜査に加えろと要求されて、対応に追われていた。その陰には誰がいたと思う?」

「キャニング?」

「キャニング」

「この件からは離れていたほうがよさそうな気がするけど?」

「スズメバチの巣を蹴って刺されないやつがいるとしたら、キャニングだろうな」

クリスチャンはじつにありありとジョージ・キャニング像を描いている。でも、その姿はどのくらい正確なのだろうか。もしかしたら、このFBI捜査官はあたしが会ったなかで、いちばん疑り深い人間なのではないだろうか。テレビで見たキャニングは——赤ら顔のおじいちゃんという雰囲気で、誰よりもサンタクロースの衣装が似あいそうで——世論を操る名人には見えない。でも、それこそがキャニングの狙いなのかも。このジョージ・キャニングという男は本当はどんな人間なのだろう?

どうしても、知りたい。

そのとき、ふと気がかりになった。「マンティスのことを考えると、オースティン市警と協力するのはよくないんじゃない?」監察部が関わっているからだ。

クラインがにやりとした。「きみが誰を頼るかで、答えようかな」

あたしは唸った。「もう、いらいらするひとね！　それなら、どうしてわざわざ話してくるのよ！」

「きみにまだ話していないことはない？」クリスチャンは庭石で煙草を揉み消した。

「きみはいくつだっけ？」

「あなたには若すぎる年齢よ」あたしは即座に言い返した。あたしだって、そんなに鈍くない——クリスチャンの視線は感じてる。そのせいで、ノアがクリスチャンに送っている視線も。ノアはこのＦＢＩ捜査官に嫉妬しているのだ。だからって、有頂天になったらだめだ。

だめだけど、なっている。

クリスチャンが笑った。「警察で働くことを考えたことは？」

「ええ？　ないわよ！」予想もしない言葉だった。

クリスチャンは立ちあがり、両手を頭上に伸ばした。「きみは鋭い。この仕事にあった考え方をする。ひょっとすると、お父さんと同じ道を歩むのもいいかもしれない」

「それで、罠にはめられて殺されるわけ？　ごめんだわ」あたしは冷ややかに言った。

クリスチャンはまたフェンスのほうに目をやった。

「オースティンはわたしの故郷だ。大学に行くまで、ここで育った。オースティンの〝いい場所〟で。母はそう呼んでいたよ。砂糖を切らしたら、隣から借りられる土地柄だ。子どもたちが歩道を駆けまわれる。行きずりの人間が家に侵入することはないが、それでも鍵はかけておく。

ある晩、食べ物を取りに台所に入った。もう遅い時間だった。わたしはミスター・モンローが――まえの週にわたしたちをバーベキューに招待してくれた隣の男が――裏庭で奥さんをめちゃくちゃに殴っているのを見てしまった。何かに取り憑《つ》かれて、奥さんを殺そうと思っているみたいに。

だから警察に電話したあと、フェンスを飛び越えて、医者へ行っても治せないほど奥さんがやられないうちに助けようとした。だが、ミスター・モンローは百キロはある巨漢で、わたしは痩せっぽちの十六歳だった……。めちゃくちゃにやられた。警察があれほど早く到着していなかったら、最悪の事態になっていたかもしれない」

クリスチャンは冷静な目であたしを見た。

「警察官のひとりが、きみのお父さんだった」

胃がきゅっと絞られた気がした。「嘘でしょ」

「お父さんのことも、あの夜のことも忘れたことはない。本当に……めちゃくちゃな夜だった。数カ月後、わたしが地域で表彰されたとき、きみのお父さんが非番の日で、最前列の真ん中の席にいた。表彰式のあと、お父さんがそばにきてくれて、警察みたいな仕事をするなら、もっと筋肉をつけて本物の警察官になれと言ってくれた。ほかのやつらが何と言おうとも、自分の直感を信じろ、助けを必要としているひとを救うのは、決して間違いじゃないとも教えてくれた」クリスチャンが悲しそうにほほ笑んだ。「それから一年後、お父さんの死が報じられた」しばらく沈黙が続いたあと、クリスチャンは口を開いた。「これっぽっちも納得できなかった」

あたしはクリスチャンの話を信じたかった。「どうして、いまになって話してくれたの？」

彼は肩をすくめただけだった。そして、正面の庭に出る門のほうへ歩きはじめた。

「ねえ！　どうしてオースティン市警じゃなくてＦＢＩに入ったの？」

「こっちのほうがバッジがぴかぴかだからさ。番犬にちゃんと見張らせておくんだよ。とくに、ノアの行動をね」クリスチャンがウインクをした。

あたしは首をふりながら、敏腕捜査官が歩き去るのを見送った。

クリスチャンがまだ話していないことは何だろうと思いながら。

「何を読んでいるんだい？」

あたしがｉＰａｄから顔をあげると、ノアが寝室の戸口に立っていた。両手を頭上に伸ばしてドアにつけているせいで、彫刻のような上腕と細長い胴がなおさら目立っている。

「十六歳のクリスチャン」結局、彼の話は嘘ではなかった。二〇〇二年のオースティンの新聞には痩せっぽちだけれど、ハンサムな十代のクリスチャンがミセス・セイラ・モンローの命を救ったことで市長からメダルを授与されている写真が載っていた。

「クリスチャンはパパを知ってたの」

ノアの顔に驚きが現れた。それから、わずかな嫉妬も。

抑えることのできない、身勝手な興奮が全身を駆けめぐる。

「見て。パパのことも載ってる」あたしは新聞記事を見せ、ノアが下唇を噛んだまま、黙って記事を読む姿を見つめていた。ほんの数時間まえは、あたしの下唇もあそこに重なっていたんだ。

身体の中心がかっと熱くなる。もしもあの床に触れていなかったら、もしも指先が濡れた気がしなかったら……スタップリーの血に触れたのだと思うとぞっとした。いま、一メートル先に立っている男に抱いている不埒《ふらち》な思いをふり払うには効果的な方法だけど。でも、汚らわしい警察官たちの脅威が迫っていたとしても、この熱い思いは無視できない。

あたしはいまもノアと関係を持ちたいと思っているのだろうか？　傷つくとわかっているのに？　あたしたちは父の事件の捜査の真っただ中にいて、ノアの母親が関与していた可能性が高いのに。

ノアがまえに話していたとおりだ。もっと、ゆっくり進めたほうがいい。

あたしは咳ばらいをした。「ボイドは何だって？」

ノアはｉＰａｄをナイトテーブルに置いた。「ひと晩じゅう、車でこの通りを巡回するって。必要なら、非番でも巡回してくれるらしい。でも、スタップリーはまだ拘束されているし、マンティスはここに現れるほど馬鹿じゃない。意味はないと思うけど」

「それでも、あまり安心できない」

「ああ、ぼくもだ」ノアがドアノブを確認し、あたしに背中を見せた。またジーンズにあの銃を挿している。あまり銃のことは詳しくないけれど、ノアは扱いに自信があるようだ。

「このドアは鍵が壊れている」

「ええ、知ってた」

「今夜はぼくの部屋にいたほうがいい。ぼくと一緒に。そのほうが、ぼくも安心だ」

どうしよう。今夜の行く末を想像すると、また心臓が高鳴りはじめた。正直に白状すれば、進んでほしい行く末だ。

〝ゆっくり進める〟なんて、所詮はこんなものね。


「これは何のトロフィー？」あたしはいちばん近くにあった金のトロフィーを叩いた。

「地区大会だ。十歳のとき」

「これは？」その隣の銘板を見た。

「覚えていないな。〝最優秀成長賞〟だっけ？」

あたしは壁につくられた金属の棚に並んでいるメダルやトロフィーを眺めた。どれもうっすらと埃をかぶっている。長年きれいに埃を払っていたひとがいたのだ。ここ数カ月はやっていなかったようだけど。

あたしは一九九九年のトロフィーを慎重に持ちあげて、じっくり見た。「これはあの写真で掲げていたトロフィー？」

ノアが背中から近づいてきたのがわかった。「ああ。人生初のトロフィーだ」

「写真だともっと大きく見えたわ」

「同じ大きささ」ノアは大きくて力強い手を伸ばし、あたしと指を絡めるようにして、小さな金色のトロフィーを包みこんだ。「ぼくが大きくなったんだ」

うしろに立っているせいで、ノアの大きさも、身体が発する熱も感じられる。息が乱れてくる。

あたしは咳ばらいをして、かすれ声を直した。「サイクロプスは?」

ノアはトロフィーを棚に戻して戸口に戻り、くすくす笑った。「番犬になる気満々らしい。階段のまえで寝ている。最高の場所だな。また誰かが警報装置を破ったら、警告してくれるさ」ノアはドアを閉めて鍵をかけた。

どうして、あたしは急にそわそわしてるの? どうして、部屋の空気が急に濃密になるわけ?

「弾丸は入れてあるの?」自分の気持ちを紛らわせようとして、あたしはナイトテーブルに置いてある銃を身ぶりで示した。そのくせ、ノアを――Tシャツと短パンだけの身体を、銃に近づいていくときの滑らかな歩き方を、銃を手にして確認するときの腕の筋肉を盗み見てしまったけれど。

「入っているよ。夜はすぐに手の届くところに置いておくつもりだ」ノアは銃を置いた。「お父さんのコルトを調べ終わったら、警察はきみに返してくれるかもしれない」

あたしに？「銃なんて撃ったことないわ」正直に白状すると、銃のことを考えるだけで、いつも緊張するのだ。

ノアは好奇心をそそられたらしく眉を吊りあげ、あたしの素足をちらりと見た。

「飛びだしナイフから格上げしたくない？」

あたしは澄まして笑った。「使い方を教えてくれるなら」

「ぼくが母から教わった練習所へ連れていくよ」約束してくれた。

「決まりね」あたしは心臓をどきどきさせながら、あたしたちふたりが寝るには小さすぎるダブルベッドに入り、壁際に寝た。

ノアが手首を動かすと電灯が消え、部屋は暗闇に包まれ、ブラインドの向こうで街灯がかすかに光るだけになった。その光だけで、ノアが手を伸ばしてTシャツを頭から抜き、短パンを蹴るようにして脱ぐのが見えた。長時間の鍛錬でつくられたたくましい肉体はいま、危険なほど低い位置にあるボクサーブリーフしかまとっていない。

ノアが隣に入り、その重みでベッドが沈むと、静かな部屋にあたしの震えるような呼吸が響いた。

これまでだって、男と寝たことはあるでしょう。自分に言い聞かせた。それに、ノアの裸だって見ている。わざとじゃないけど、どっちだって変わらない。それに、ゆうべはこの胸のうえで眠った――服は着てたけど。膝にも乗った。ほんの少しまえ、きょうの午後のことだ。

まるで、そんな心をノアに読まれたみたいだった。ノアが腕を伸ばし、何も言わずにあたしを引きよせて、今朝目を覚ましたときと同じ格好になった。あたしは喜んで身体を寄せて、頭の奥で響く警告を無視した。それはあたしの意識のなかで聞こえている声で、これまでのふたりの歴史を考えれば、この先にきっと落とし穴が待っているとささやくのだ。

「今夜はふたりともあまり眠れそうにないな」ノアはそうつぶやきながら、片手であたしの裸の肩にいい加減な円を描き、片手であたしの自由奔放な髪をかきあげて、自分のあごの下にたくしこんだ。「その、侵入恐怖症でさ」

「そうね。それが理由よね」あたしはノアの下着のまえがふくらんでいることに気づいて、小さく笑った。

するとノアも笑いだし、その低い声があたしの胸に響いた。

そのとき、ノアが急にあたしをあおむけにして覆いかぶさってきた。こうして身体が重なっていると、薄暗いなかでも、きれいなブルーの目が見える。ノアの手があたしの顔にかかった髪を払った。

「何が起こっても、何がわかっても……ぼくらはずっと一緒だ。そうだね？」

「何があっても」明日も、来週も、来年も、ノアがそばにいないことを想像すると、あたしの心は耐えがたいほど空っぽになった。

　あたしの人生を変えたのは、ノアだ。

　そう気づくと、これまで抱いていた迷いは、すべて消えてなくなった。

45

エイブラハム・ウィルクス巡査
二〇〇三年四月二十九日

「ウィルクス、ちょっといいか」マンティスがどこからともなく現れ、おれの車に近づいてきた。

「悪いが、時間がないんだ」明日から、駐車する場所を変えなければ。

おれはロックははずしたが、マンティスのずんぐりした身体にじゃまをされて、ドアを開けることはできなかった。

「時間くらいつくれよ」口調の鋭さに、警戒した。「このあいだの夜、おまえが見たつもりになっていたことは勘ちがいだったとはっきりさせてほしいんだ」

「勘ちがいだったのか?」おれの唇から、低く苦々しい笑いがもれた。

マンティスが目を険しく細めた。「馬鹿な真似をするな。おまえが買うほど価値のある喧嘩じゃない」

「喧嘩なんて買うつもりはないさ」

「それならいい。買ったって、どうしようもないからな」

「それなら、どうしてわざわざここまできたんだ、マンティス？　心配だったのか？」マンティスのすべてが――態度も、表情も、声も――ここにきた理由を告げている。最後通牒《つうちょう》を突きつけにきたのだ。

口に出さずに。

マンティスは二歩下がって、駐車場を見まわした。見たところ、声が届くところには誰もいない。「ああ、心配なんだ。くだらないドラッグの売人のために、おまえが警察官としての人生を棒にふるんじゃないかってな」

「おれの人生はおれが心配する。おまえはおまえの人生を心配すればいい。おまえの自由もな」おれは車に乗りこんでエンジンをかけた。そしてゆっくり車を出して、窓を開けて叫んだ。「おい、マンティス！　言うのを忘れていたが……おれには証拠があるんだ」

バックミラーに映ったマンティスの顔を録画できればいいのにと思いながら、おれは車を走らせた。

46

ノア・マーシャル

「ノア……」女の声が誘惑するようにささやいている。

「ノア……」

「ノア」誰かの手に顔をなでられ、夢を見ているのではないと気がついた。グレーシーが呼んでいるのだ。

「何？」寝起きで声がかすれている。

「サイクロプスを外に出してもらえる？　お願い」グレーシーが枕のうえで、もごもご話している。

顔をしかめて何とか横を向くと、サイクロプスはドアの近くでぐっすり眠っている。午前三時頃、トイレに行きたくて起きたときに、部屋に入れたのだ。その場所からまったく動いていない。「サイクロプスは頼んでいないよ」

「外に出して、あの騒々しい鳥を殺させて」

ぼくはベッドが揺れるほど、腹の底から大笑いした。そして、グレーシーの腕をなでた。「そのためにぼくを起こしたのか」

「うるさくて死にそう。すごく疲れてるのに」グレーシーが横向きでシーツを胸に引きよせると、すらりとした裸の背中が丸見えになった。昨夜、グレーシーのうしろにまわり、丸い尻を両手でつかんだときに見とれた、あの背中だ。

グレーシーのなかに入ったらどんな感じだろうかと、想像はめぐらせていた。

でも、まったくちがった。

グレーシーはその千倍もよかった。

いま、こうして思い出すだけで……あっという間に硬くなる。

ぼくは横向きになり、グレーシーの背中にぴったりとくっついた。彼女の肌はシルクのように滑らかで温かく、とてもそそられる。「それなら、あまり遅くまで起きていなければよかったな」彼女のうなじに顔をうずめてキスをすると、野性的だがやわらかなカーリーヘアがあたって、頬がちくちくした。それに、彼女のにおいは刺激的だ。

「あなたが寝るのをじゃましたのよ」

「じゃまだったって言うのかい？」グレーシーがしっかり握っているシーツをすばやく引っぱって落とし、裸をさらした。「いまも、じゃま？」

「すごくね。うるさくてしょうがない」

肩をそっと押してあおむけにすると、朝日のなかで美しい胸を眺めた。「うるさい？」

グレーシーは唇をぴくぴくさせながら、何とか笑うのをこらえている。

だが、胸の先端を口に含むと、小さな喘ぎ声がもれた。グレーシーの肌があわだつのを見て、ぼくはほくそ笑んだ。

そのとき、ぼくの携帯電話が騒々しく鳴った。「出ないよ」

「クリスチャンかもしれない」

「それなら、ぜったいに出ない」きっと何をじゃまするかわかっていて電話をかけてきたのだ。

グレーシーはぼくの身体を乗りこえて、携帯電話の画面を見た。「あなたのおじさんから」

「かけ直すよ」

「パパの事件のことかも」

「十分以内にかけ直す」その半分でもいいかも。

グレーシーが携帯電話をつかみ、応答ボタンを押して、ぼくの耳に突きつけた。

元気いっぱいの伯父の声は、今朝のぼくには大きすぎた。「電話の出方を思い出したようだな」

「うん、まあ」〝はい〟という言葉さえ出てこない。

「昨夜は何も問題はなかったな?」

「何も」

「よかった。きょう、ジョージがおまえとグレーシーに家にきてほしいそうだ」

その瞬間に警戒心が頭をもたげた。「何のために?」

「〝何のために〟というのは、どういう意味だ? エイブの事件について話すためじゃないか」

「でも――」

「グレーシーがマンティスを裁きにかけたいと思っているなら、ジョージは誰よりも力強い味方になる。早めの昼食を一緒にとりたいそうだ。十一時だ」

ぼくは時計に目をやった。「キャニングはどこに住んでいるんだっけ?」

「マクデイドだ。あとでメールで住所を送る。遅れるなよ」

「はい」電話を切って、うめいた。

「どこへ行くの？」グレーシーはまだぼくに乗ったまま、興奮で輝いているグリーンの目で、ぼくを見おろした。

「キャニングに昼食に招待された」招待という言葉は正しくない気がする。「きみのお父さんの事件について話したいそうだ」

その瞬間に、グレーシーの目に疑いが浮かんだ。そして少しためらってから口を開いた。「クリスチャンは、キャニングもこの隠蔽工作に関わっているかもしれないって考えてる」

「クリスチャンは六軒向こうの野良猫だって関わっていると思っているのさ」そうは言ったものの、クラインが疑っていても驚きはしなかった。ぼくも同じことを考えていたからだ。「その話はいつ聞いたんだい？」

「ゆうべよ」グレーシーは指でぼくの胸をなで、筋肉の輪郭をなぞった。「キャニングに会いたい。何を言うつもりか確かめたいの。それで、自分で判断する」

「クラインがキャニングの関与を疑っているなら、行かないほうがいい」

「だめよ。行かなかったら、怪しまれる。クリスチャンが疑っていることを知られないようにしないと」

ぼくはため息をついた。グレーシーの言うとおりなのだ。でも、それを言えば、グレーシーをキャニングに会わせるのは、あまりよい考えではない。「キャニングは五秒できみのことを見抜くよ」

「何が言いたいの？」

ぼくは厳しい目でグレーシーを見たが、もっと激しくにらみ返されただけだった。

「それならクラインに電話して知らせたほうがいい」よくない考えだと言って、グレーシーの恨みを買えばいいんだ。

「行くなと言われるために？」グレーシーが混ぜ返してきた。

正解。

「それじゃあ……何時に出る？」

ぼくはため息をついた。「一時間後」

「シャワーを浴びなきゃ」グレーシーがぼくから離れた。「さあ、立って」

「もう、勃ってる」笑いながら答えた。

グレーシーはふり返り、猫が捕まえたネズミを観察するように、情熱的な目でぼくの全身を見つめた。そして下唇を噛むと、下半身がまた大きくなって反応した。

グレーシーはぼくがこんなに速く動けるなんて思っていなかったのだろう。なぜなら、ぼくがグレーシーを捕まえてベッドに押し倒し、脚のあいだに身体を入れると、茶目っ気たっぷりの悲鳴をあげたのだから。

「ねえ、本部長っていくらくらい稼げるの?」車で通りすぎるとき、堂々とした門を見あげて、グレーシーがつぶやいた。石柱が支える鉄のアーチの看板には〝スリーレイクス・ランチ〟と刻まれている。

「こんなにには稼げない」まがりくねった道を走っていくと、感嘆するほど立派な二階建ての長方形の家が見えてきた。正面の湖を見渡すポーチには、すわり心地がよさそうなブルーのロッキングチェアが並んでいる。家の向こうの左側には、家とあわせて設計された納屋があり、その横で馬たちが草をはんでいる。

「キャニングを信用してる?」

「もう誰を信用していいのかわからない」ぼくは正直に言った。「きみ以外は」

横顔にグレーシーの視線を感じた瞬間に、今朝の記憶が甦ってきた。押しつけられた身体、高鳴る胸、激しく速い息遣い。肌はどこもすべすべしていた。

そんなことを思い出している場合じゃない。

ぼくは車を止めた。「グレーシー、くれぐれも……」

グレーシーは天井をあおいだ。「正直に言って、キャニングはもうＦＢＩに疑われているると知ってると思わない？」

「知っているかもしれない。でも、知らないなら、ぼくたちが教えることはない」ぼくは運転席から降りた。

二匹の牧羊犬が家の周囲を走りまわると、まもなくスクリーンドアが開いて、キャニングが丸い腹を覆っているボタンダウンのシャツをなでながら出てきた。スクリーンドアが大きな音をたてて閉まり、近くにいた数頭の馬がいなないた。

「何だか……無害そうな男ね」車のまえで顔をあわせると、ドロレスへの土産の鉢植えを持ったグレーシーが言った。

キャニングは正面の階段をゆっくり下りて、のんびり近づいてきたが、時間をよけいにかけているのは年齢のせいではなく、ぼくたちを値踏みするためだろう。洞察力のある鋭い目がぼくたちを見すえている。「やあ、いらっしゃい！」手を差しだしてきた。

「ご招待ありがとうございます」

「この美しいお嬢さんがグレース・ウィルクスだね。いや、いまはちがう名前だったか？」

「リチャーズです」

「そうか」キャニングが笑うと、目尻にしわが寄った。「しかし、大きくなったもんだ！　両親から半分ずついいところをもらっているんじゃないか？」

「そうですか？」グレーシーは冷静に答えた。

「ああ、そうだとも！　きみのお母さんとは葬儀で会った。美しい女性だった」キャニングは眉を寄せて続けた。「お母さんの病気のことはサイラスから聞いた。今度こそ、回復することを祈っているよ」

病気。ずいぶん、ていねいな言いまわしだ。

グレーシーは顔を引きつらせてほほ笑んだ。「これまで長い道のりでしたけど、母もよくなっています」

ぼくは安心させようとして、グレーシーの背中に手をまわした。

だが、その身ぶりさえ、キャニングの油断ならない目は逃さなかった。

「オースティンは気に入ったかね、グレース？」

「いろいろと……あったものですから」

キャニングは小さく笑った。「そうだろうな。それから、きみも」ぼくのほうを見た。「ずいぶん長いドライブをしたらしいな」

「はい」

キャニングは訳知り顔でグレーシーを見て、またぼくを見た。「さあ、入って。きょうは朝からずっとドロレスが台所で忙しくしていたんだ」

「ぼくたちのために、あまりご面倒をかけていないといいんですけど」

キャニングは手をふった。「とんでもない！　面倒なんかじゃないさ。ドロレスは腹が破裂するまで食べさせるのが生きがいなんだ。わたしがその証拠さ」キャニングは丸い腹を叩いた。

ぼくたちはキャニングのあとから、家の周囲にめぐらされた石畳の小道を歩いた。グレーシーがあまりにもくっついているせいで、歩くたびに彼女のひじがぼくのわき腹にあたる。「きれいなお宅ですね」グレーシーがやっと話しかけた。あまりにもていねいな口調が他人のようで、ぼくは思わず彼女に笑いかけた。

すると、わき腹をひじで突っつかれた。

キャニングがいかにも彼らしいのんびりした調子で笑った。「ああ、これは妻の家さ。わたしは間借りしているだけだ」

角をまがって裏に出ると、三人の子どもたちが遊具によじのぼっていた。

「騒がしくて申し訳ないが、孫たちの面倒を見ているものでね。息子たちは馬を連れてルイジアナへ行っているんだ。住まいはあそこなんだが」キャニングは彼の敷地らしい方向に手をふった——見渡すかぎり、なだらかな丘と木々が広がり、左と右に一軒ずつ立派な家が建っている。

「ずいぶん広い土地なんですね」グレーシーが言った。

キャニングは屋根があり、豪華なヤナギ細工の家具が置いてあるベランダにぼくたちを案内した。「ああ。ここはドロレスの実家が先祖代々受け継いでいる土地なんだ。わたしたち夫婦は長年オースティンに家があったんだが、結局ここに引っ越してきた。妻の曾祖父《そうそふ》が競走馬に入れこんだらしい。妻の父親はわたしに継がせたかったようだし、わたしもオースティン市に引き止められなければ、継いだかもしれないがね。息子たちは競馬好きな遺伝子を引き継いだらしくて、ここを経営している。わたしはきれいな景色が好きなだけだが」

裏のポーチのドアが音をたてて開いた。「ジョージ！　もういらしたって、どうして教えてくれないの！」ドロレスが銀のトレーを持って、引き戸から出てきた。白いシルクのブラウスとプリーツの入ったクリーム色のパンツのうえにペイズリー柄のエプロンを締めており、どこから見ても育ちのいい南部の女性だ。「ノア！　また会えてうれしいわ。それも、こんなに早く！」

「こんにちは」ぼくは椅子をわきにどけて、ドロレスがトレーを置けるように場所を空けた。トレーにはアイスティーのピッチャーと、すでにアイスティーが注いである三つのグラスと、ナプキンをかぶせてある小さなかごがのっている。「パンジーを持ってきました。窓に飾っていただけるとうれしいんですけど」

「まあ、やさしいこと。あのジャッキーが立派に育てたんですものね」

ぼくはグレーシーのほうを身ぶりで示して紹介した。

「お会いできてうれしいわ。何てきれいなお嬢ちゃんかしら！」

ぼくは〝お嬢ちゃん〟という呼び方に、グレーシーが辛辣に言い返すのを覚悟した。

「わたしもお会いできてうれしいです、奥さま」グレーシーは美しい顔に心からのほほ笑みを貼りつけており、ぼくはほっとして息を吐きだした。

「わたしのことはドロレスと呼んで。わが家へようこそ。ちょうど孫たちのためにビスケットを焼いていたところだから、できたての熱々よ」ドロレスがナプキンを取ると、黄金色の丸いビスケットが現れた。キャニングが手を伸ばすと、ドロレスがすかさず手を叩いた。「ジョージ・アーチボルド・キャニング！　食生活についてお医者さまから注意されたばかりでしょう！」

「注意はされたさ。だが、気にしてはいない」キャニングはいかにも叱られた者らしく、ぶつぶつ言いながら椅子の背にもたれた。

「うちでつくったマーマレードもあるの。お昼は鶏肉のキャセロールで、いま冷ましているところ。ちょっと向こうまで行って、牛乳を取ってくるわね。切らしてしまったんだけど、孫たちはお水を飲まなくて。甘やかしてるわよね。せいぜい十分もあれば戻ってこられるから。悪いけれど、孫たちを見ていてくれるかしら？　食べ物を欲しがったら、キッチンへ連れていってくれればいいから。カウンターに孫たちの食べ物を置いてあるの。必ず、手を洗ってからね！」

「わかったよ。書斎の机に本を戻しておいてくれるかい？　明日、返さないといけないんだ。遅れるのはよくないからね」

「わかりました」ドロレスは笑って、夫の肩を叩いた。「二年まえ、図書館で働いているミス・オリヴィア・ケインに、本の返却期限に遅れたことで手ひどく叱られたものだから、それ以来遅れることを怖がっているの！」

「まあ、あれはわたしも悪かったんだ」キャニングは愛情のあふれた目で、妻が家のなかへ消えていくまで見送った。

「ミス・オリヴィア・ケインは、あなたが誰だか知っているんですか？」ぼくは半ば冗談で訊いた。

「ああ、もちろん。わたしの年と同じくらい長く、図書館で働いているからね。彼女はブランコで遊んでいる孫と同じ年頃だったわたしを覚えているのさ。警察のバッジがあろうがなかろうが、彼女は気にしない。ミス・ケインにとって、正しいことは正しいのさ」キャニングは笑った。「立派な信条だ。わたしもできるかぎり、そう生きている。ああ、そのビスケットにはバターがいるな。すぐに取ってこよう」椅子から立ちあがってドアへ向かい、こう付け加えた。「孫たちを見ていてくれるか？　殺しあいをしないように気をつけてくれ」ぼくたちの返事を待たずになかへ入ると、スクリーンドアが閉まった。

グレーシーは眉をひそめた。

「どうした？」グラスを渡しながら訊いた。

「あのひと、思っていたのとぜんぜんちがう」

「どんなふうに想像していたんだい？」

「いかにもパパをはめたような男よ」そうでなかったことが不満かのように、グレーシーはささやいた。かなりの疑いを持ってこの屋敷に乗りこんだのに、ドロレスとジョージのキャニング夫妻の田舎らしい魅力にやられ、それを信じることしかできないようだった。「わからない。クリスチャンは誰でも疑うっていう、あなたの意見が正しいのかも」

「本部長という立場はいつも警察で起こっていることで非難されるものなんだ」ぼくはビスケットをグレーシーの皿に置きながら、先週サイラスに言われた言葉をそのまま伝えた。「自家製のビスケットなんて初めてだろう」自分にも二枚取り、スプーンでマーマレードをのせた。

グレーシーは首をふった。「そんなに食べるのに、どうして……」ぼくの胸を見て、口をつぐんだ。

「こんなにハンサムなのか？　それとも、たくましいのか？　それともかっこいいのか？」ぼくは笑いながら、親指についたべとべとするマーマレードをなめた。

「〝ガリガリ〟なのかって言おうとしたのよ」グレーシーはほほ笑み、けらけら笑っている子どもたちに目をやった。

「やあ、お待たせ！　こいつは少し時間を置いてやわらかくしたほうがいい」キャニングは分厚いバターが真ん中にのった小さな皿を持って戻ってきた。「ドロレスに訊かれたら、わたしはほんの少ししか食べてないと言ってくれよ」キャニングの重みで、ヤナギ細工の椅子がきしんだ。「ノア、おじさんはどうしている？　ゆうべは疲れさせてしまったからな。だが、サイラスはたいへんなときも平気な顔をしているから。

混乱を食って生きているんだ」

「今朝は機嫌がいいみたいでした」

「サイラスとは四十年の仲だ」キャニングは自分のビスケット用にバターを厚く切った。「わたしが警邏巡査で、サイラスが公選弁護人だったときに知りあって、最初から馬があった。サイラスはわたしが泥酔で逮捕した若いちんぴらの刑期を短くしようとしていた。結局、最後には同じ側の人間だとわかった。ときには一緒に戦争に駆りだされたような気分になったこともあったな。何年もかかる戦争に」キャニングはバターを塗ったビスケットにマーマレードをたっぷりのせた。「さて、ゆうべ、わたしがオースティン市に落とした爆弾の話だったな？」

「思ってもいなかったことでした」ぼくはグレーシーのほうをこっそり見ながら、ゆっくり話しだした。

「でも、最高の方法でした」グレーシーが付け加えた。「まさか、あんな言葉を聞けるとは思っていなかったから」

「わたしにできるのは、あれくらいしかないからな。サイラスから話を聞いて……」キャニングは眉間にしわを寄せた。「ときには善人が悪魔に魅入られて、道を踏みはずしてしまうことがある。それが、きみのお父さんに起こったことだと思ったんだ。

すべての証拠がそれを裏付けていた。だが、わたしもほかのみんなと同じように、目をくらまされていたのだとわかった。真犯人を逃がしてたまるものか！」

キャニングはアイスティーをゆっくり飲むと、音をたててグラスを置いた。「わたしはエイブラハムをよく知らなかった。ジャッキーのことを知っていたほどには。だが、エイブラハムの記録を読んで五分もしないうちに、愕然《がくぜん》とした。書類に記されていた人物は、まるで聖人君子のようだった。長年、本部長をつとめていたあいだには、警察官にふさわしくない人物を数人排除したことはある。だが、わたしはある種の……性質を見抜く目はあると自負している。つまり、不正をするような輩だ。だが、エイブラハムにはそんな傾向が微塵《みじん》もなかった。とても、彼があんなことをするような人物には思えなかった」

「それで、なおさら父がやっていないと信じたんですね」グレーシーが慎重に言った。

「ああ、そのとおりだよ、ミス・ウィルクス――いや失礼、リチャーズだったね」キャニングはため息をついた。「わたしは最も優秀で、信頼していた警察官を捜査にあたらせた。それがまさか……」声が途切れた。「わたしについてどう言われるのかわからないが、ひどく呑気だったと言われるかもしれない。きっと口さがない連中が大騒ぎするだろう」手をふって続けた。「だが、そんなことはどうでもいい。重要なのは真相が明らかになること。そして、きみとお母さんがきちんと賠償金をもらうことだ」

グレーシーがとまどって顔をしかめた。「賠償金？」

「信じてくれ。わたしにまかせてもらえれば、きみとお母さんはしばらく金の心配はいらなくなる。ああ、何という顔をしているんだ」キャニングは笑いながら、驚いているグレーシーの顔を見た。「最近の人間はすぐに弁護士に頼んで、できるだけ金をふんだくろうとする。だが、きみは訴えることなんて、考えてもいなかったようだな。気に入ったよ」

正直に言えば、ぼくも考えていなかった。だが、キャニングの言うとおりだ。グレーシーとダイナがオースティン市警を訴えれば、きっと勝てる。それでエイブが帰ってくるわけではないが、少なくともふたりはやっとまえに進める。

だが、まずは本当は何があったのか見つけだして、証明しないと。「それでは、マンティスとスタップリーがエイブを罠にはめたと思っているのですか？」ぼくは訊いた。

「それがとても気になっている説であることは認めよう。だが、こうなると、自分の目で反論できない証拠を見ないかぎりは、何も信じられないのだよ」

「ビデオですか」

「ああ。ビデオがあれば、この説におけるマンティスの動機に信憑性《しんぴょうせい》が生まれる。だが、それがどこにあるかわからない。きみのおじさんは技術者たちにエイブラハムのパソコンを調べさせたが、何も見つからなかったと断言している。もちろん、技術者たちがこの件に関わっていなければ、の話だが」キャニングは鼻を鳴らしたが、少しも楽しそうではなかった。

「やつらも見つけてないわ。マンティスがうちに押し入って、母を脅したときもまだ探していたんだから、きっと見つけていないはず」グレーシーが言った。

「そのとおり」キャニングは言った。「FBIはそう考えているのかい？　それがマンティスだと？」

ぼくはキャニングに見られないように、できるだけすばやくグレーシーに目配せして警告した。

「ああ、あ、あたしがそう思っているんです」グレーシーはすらすらと言った。

「どうして、そう思うんだね？」

「あえて言えば、ただの勘ですけど」グレーシーは顔には何も出さず、ビスケットをほおばってゆっくり噛んだ。想像していたよりうまく、曖昧な態度を取れるのだ。

「次に採るべき最善の策は、できるだけ最後の数日間のエイブラハムの足取りを追うことだろう。もしビデオが自宅にないなら、安全だと考えた場所に隠したはずだ。ノア、ここで鍵になるのはきみだ。ちゃんと記憶できる年齢で、頭がしっかりしていたのはきみしかいなかったのだから」キャニングの眉間のしわが深くなった。「サイラスの話では、きみはエイブラハムが死んだ日に会っていたそうだな。何か、おかしなことは言っていなかったか？　何でもいいから」

「いいえ……」ぼくは首をふり、頭のなかを隈なく探した。だが、すべてぼんやりとした記憶でしかない。まだ十一歳だったのだから。「エイブは家にきて、母と奥で話していましたが、内容は聞こえませんでした。そのあと、エイブに週末にサンアントニオ・スパーズの試合に行きたいかと訊かれました。それだけです」

「ふむ。十四年もたっていれば、ビデオはもうないと思うしかないな」キャニングは頭をふった。「だが、いまは九万八千ドルの件がある。きょう、ここにきてもらったのは、個人的にお詫びがしたかったからだ。それに、犯人は必ず処罰する」

「ありがとうございます」グレーシーはキャニングにほほ笑んだ。

子どものひとりが滑り台から落ちて泣きだした。

「ちょっと失礼」キャニングは椅子から立ちあがって、ベランダから離れた。孫の様子を見にいく、愛すべきおじいさんだ。

グレーシーは期待のこもった目で、キャニングの動きを残らず追っている。

一分もしないうちに、三人の子どもすべてが滑り台にのぼり、暖かい風に乗って、子どもたちの笑い声が運ばれてきた。


「ああ、ノア、ちょっと」キャニングは、ドロレスからもらったビスケットやキャセロールの残りをたくさん抱えて少し先を歩いていたグレーシーに小さく手をふった。

「悪いが、少しノアを貸してくれないか。すぐに追いつくから。いいかい?」

グレーシーはにっこり笑ってうなずくと、私道のわきの湖へ向かった。午後早くの太陽が照らし、大きな牧羊犬がのんびり過ごしている。

「ノア、あの子に親切にしてやりなさい。あの子は苦労してきたはずだから」

「はい。そうですね」

「この事件の真相が明らかになるかどうかについては、それほど期待はしていないが、せめてエイブラハムの汚名だけでもすすげれば、ダイナとグレースは幸せになれると思わないか?」

「これははじまりにすぎません。ダイナの協力さえあれば」サイラスが話していたとおり、デザート・オークスからはダイナの残り二カ月分の費用もすでに受け取ったと連絡がきていた。ジュディとサイラスが金に不自由していないのは知っているが、それでも今回はかなり負担が大きかったにちがいない。

「彼女がまえに進めるように手を貸してやってくれ。この件が傷にならないように」

「はい。がんばります」

「よし。きみがそばにいてくれてよかった」キャニングはぼくの肩にがっしりとした手を置いた。「彼女が過去ではなく、未来を見つめられるよう助けてやってくれ」

ぼくはうなずいた。

「眠っている犬は起こすな。そのほうが嚙まれる心配がない」

うなじの毛が逆立った。「はい?」

キャニングはとまどって顔をしかめた。

「いま、何て……」

「〝眠っている犬は起こすな〟か?」キャニングは笑った。「ああ、ただの格言だ。聞いたことがないか?」

「いえ、あります。ただ……久しぶりに耳にしたので」ぼくは何とか最後まで話したが、口がからからに乾いていた。

「若者はあまり使わない表現かもしれないな」

「ええ、あまり」〝あのひとはいつもそう言っていたわ。わたしがせっついて、あいつらがよからぬことを企んでいると言うたびに〟

キャニングの顔に詮索するような表情が浮かび、ぼくは無理して笑った。「グレーシーを連れて帰ります。少し気分転換をさせてみます」

キャニングが眉を吊りあげた。「それがいい。ふたりとも、いつでも連絡してきなさい。エイブラハムについて、彼がきみの家にきたときの様子について、何か思い出したら、真っ先にわたしに教えてくれ。どんなことでも」

「ええ、必ず」歩いているあいだ、背中にずっとキャニングの視線を感じていたので、ぼくは決して急がなかった。その間、頭は回転しつづけた。

ぼくが近づいていくのに気づくと、グレーシーは最後にもう一度牧羊犬たちの頭をなでて、車へ向かった。「食べ物は充分あるけど、こうして包んでくれるのは、ドロレスの気持ちだから」グレーシーは紙袋を開けて、においを深く吸いこんだ。

ぼくはエンジンをかけ、車を出すときにはクラクションを鳴らして手までふって、できるだけにこやかにほほ笑んだ。

グレーシーも真似をした。「クリスチャンのせいで疑ったりして――」

「キャニングは知っていた」ぼくの声は震えていた。

「はあ？　彼がそう言ったの？」

「本人はわかっていなかったけど」

〝眠っている犬は起こすな〟

母さんはマンティスが不正をしていたことを知っていた。そしてキャニングに伝えたが、キャニングは放っておけ、黙っていろと命じたにちがいない。自分の〝猟犬〟たちに手を出すなと。たとえ、ドラッグの手入れのときに金を着服していようが、街のためにドラッグの売人たちを逮捕させておけばいいと言って。

放っておけ、さもないと仕返しをされるぞ。

エイブのように。

ぼくは歯を食いしばった。「あいつはマンティスが不正をしていたことを、ずっと知っていたんだ」

47

ジャッキー・マーシャル警視長
二〇〇三年四月三十日

キャニングが受話器を耳にあてたまま、風雨にさらされてきた手をふって、椅子を指した。

彼はまだワイアット・キャニングが警察学校を卒業したときの写真を銀のフレームに入れて机に飾っている。あの誠実な水色の目を見ると、悲しみで胸が痛くなる。ワイアットは気立てのいい青年だった。彼の身に起きたことは正真正銘の悲劇だ。さらに悪いことに、事件はまだ解決していない。これほど年月がたったあとでも、キャニングの自慢の猟犬たちがさまざまな噂をひろってこられるというのに。

「何で、あの野郎を釈放するんだ。あいつはヤクの売人だぞ！」キャニングは誰かを怒鳴りつけながら、顔を真っ赤にしている。いら立ちを抑える方法を学ばないと、いつか心臓発作を起こすだろう。「ロス、この件を立件できなかったからって、こっちに責任をなすりつけるなよ。あの女の子？　あの子が死んだのはきみのせいだろう。有権者にもそう知らせる。あんたを見送る日が楽しみだ。レイドは肝っ玉がすわっているから、やるべきことはやるからな」

断片をつなぎあわせれば、この部屋で起こっていることを推測するのは簡単だ。キャニングは現在の地区主席検事ディラン・ロスをこきおろしている。キャニングはロスにがまんがならず、わたしの兄がオースティン市警にとっても、この街にとってもふさわしい地区主席検事だと考えているのだ。

選挙でそのとおりになればいいのだけれど。

キャニングが受話器を叩きつけた。「くそっ！」

「MLKで車から射殺した件ですか？」

「あの女の子はまだ五歳だったんだぞ！　台所にすわってコーンフレークを食べていただけなのに――」キャニングは勢いよく息を吸いこんだ。「あの野郎が車を乗りまわして、近所の家を撃って、母親の目のまえで子どもたちを殺さないように、刑務所にぶちこむべきなんだ」キャニングは息とともに、怒りを吐きだした。「ジャッキー、何の用だ？」

わたしはためらった。

ら。

「このあいだの夜のあの件か？　きみは正しいことを――」

「いいえ。あの件ではありません」あの夜のことは、起きたことさえ忘れたいのだか

キャニングは眉をひそめた。「それじゃあ、何だ？　きみの息子のことか？」

「いいえ。ノアはきちんとやっています」

「いったい何なんだ？　アシュリーから急ぎの用件だと聞いたが」

どうやって持ちだせばいいのだろうか？　とにかく言ってみるしかない。「あの〈ラッキーナイン〉というモーテルで売人を逮捕した際、マンティスが現金の入ったバッグを盗んだところを目撃されています」

「何だと？」

「マンティスが――」

「聞こえている」キャニングは頭のなかを整理しているらしく、しばらく表情が変わらなかった。「誰に見られた？」

「エイブ・ウィルクスです。あのモーテルで義理の妹を探していたんです」わたしはキャニングを見つめて、口に出さないことを伝えた。

キャニングは椅子の背にもたれて、ドアをにらみつけた。ドアのまえを影が通りす

ぎた。キャニングの補佐にちがいない。「きっと勘ちがいだろう」

「勘ちがいではありません」わたしは声をひそめて、キャニングに詳しく説明した。

説明が終わったときには、いまにも心臓発作を起こしそうな顔になっていた。

「すぐに監察部に調査させるのが全員のためです。エイブが訴えでたりしたら――」

「監察部？」キャニングの眉間にしわが寄った。「この件は監察部には伝えない」

「でも――」

「ジャッキー、こういうときは全体のことを考えろ。この話が公になったら、どうなる？」

「はい。それはわたしも危惧しています」わたしたちが懸命に築いてきたこの街の善意は？　ひとりの腐敗した警察官のせいで、市民の不信感に埋もれ、すべて失われてしまうだろう。

「この話が外にもれたら、あのドラッグの売人も釈放され、小さな子どもたちがいる家を撃ってまわるギャングたちのいいようにされてしまうだろう。どうして、そんな危険を冒さなきゃならない？　たかが金のことで」

「はい、ですが――」

「ときには、より大きな善のために、良心にそぐわないこともしなければいけない」

「よくわかっているつもりです」わたしは鋭い目でキャニングを見た。

「それが本物のリーダーというものだ。いつかわたしの跡を継ぎたいなら、ウィルクスにもわからせることだ」

「ウィルクスが主張を変えるとは思えません。とくに、わたしの説得では。ウィルクスにとって、わたしは悪魔の化身ですから」

キャニングはフレームのなかの息子を見てから、またわたしと目をあわせた。「主張を変えない者なんていやしないさ」

48

エイブラハム・ウィルクス巡査
二〇〇三年五月二日

「ただいま、ベイビー」おれはソファにかがみこんで、ダイナの唇にキスをした。

「今夜は一緒にサッカーを観られなくて悪かった」

「悪いやつらを捕まえた？」ダイナが娘にも授けてくれた、美しいグリーンの目でおれを見あげた。ダイナは最近になって時間外勤務が増えていることをよく思っていないが、あからさまに文句を言ったりはしない。

だから、おれが何をしているのか嘘をつくのが、よけいに辛い。それでも、本当のことを洗いざらい打ち明けるよりはましだった。少なくとも、いまはまだ。

「いや、まだだ。グレーシーはおとなしく寝たか？」

ダイナは肩をすくめた。「あなたの娘なのよ。すっごく頑固なんだから」

おれは笑った。

「まだあの本にしがみついてるわ」

「しわがれ声でやったかい？」

「〝パパとちがうー〟だって」ダイナはグレーシーの子どもらしい声を真似た。「今夜はもう出かけない？」

おれは眉をひそめた。「ああ。どうして？」

ダイナの顔を不安がよぎった。「何となく感じるだけなんだけど。誰かがこの家に入ってきた気がするの」

「鍵はかけていた？」

「ええ」

「何か、なくなったものは？」

「見たところ、ないわ。よくわからないんだけど……妙な気配がしたの。たぶん、ひとりで家にいる時間が長いせいね。犬を飼ったほうがいいかも」ダイナは渋々認めて、おれがにっこり笑っているのを見ると、目を剥いた。何年もまえから犬を飼うべきだと説得していたのに、うまくいかなかったのだ。「グレーシーが公園で汚らしいチビを見つけて、連れて帰ろうとしたの」まるで責めているように聞こえる。「だから、野良犬なんか飼ったら、ノアがもうきてくれないわよって言い聞かせたのよ」

「ノアだって、すぐに平気になるさ」グレーシーがすごく犬を飼いたがっていることを知れば。

ダイナがおれをにらみつけた。「野良犬なんて飼、い、ま、せ、ん」

「野良犬にだって愛情が必要なんだ」おれはもう一度キスをした。「シャワーを浴びてくるよ。また、ベッドで」

恥ずかしそうな笑顔が返ってくるだけで、おれは急ぐ気になった。

だが、裸のダイナが隣で寝ていても、まだ彼女の言葉が頭に残っていた。夜中に家のなかを歩きまわり、鍵や引きだしを見て、何かおかしなことがないかどうか点検するくらいには。

何もおかしなところはなかった。

それでも、不安は消えなかった。

二〇〇三年五月三日

「ロメインレタスをひとつでいいんだな?」おれは車に向かいながら、ふり返って叫んだ。

で走ってきた。

「パパ、待って！　あたしもお店に行く！」グレーシーは階段を駆けおりてくると、いったん止まって明るいピンク色のスニーカーのマジックテープを直してから、車まで走ってきた。

ダイナとおれは目配せしあった。グレーシーが朝からずっとおれのそばを離れないのだ。「十五分で帰ってくる」おれはブタの尻尾のようなグレーシーの縮れ毛を軽く引っぱってから車のドアを開けた。

だが、後部座席に黒のスポーツバッグが置いてあるのを見つけて凍りついた。開けなくても、何が入っているのかはわかっている。

「なあ、グレーシー・メイ。いま思い出したんだけど、きょうは警察署に寄らないといけないんだ。だから——」

「いや！」グレーシーが口をとがらせた。「あたしも行く！」

「きょうは無理なんだ。次は必ず連れていく。約束だ」

「やだ、パパ！　あたしも——」

「だめだ、グレーシー」珍しく厳しい声で言うと、グレーシーは歩道の真ん中で子どもらしい癇癪を起こした。おれはあとでアイスクリームを買ってあげると約束して娘をなだめた。

グレーシーは目に涙をためて怒り、階段をとぼとぼと戻っていって、ダイナの脚に顔をうずめた。

「ごめん」おれはダイナの不機嫌そうな顔にたじろぎながら、声を出さずに口を動かした。「一時間くらいかかるかもしれない」

49

グレース

あたしがボウルにコショウを入れていると、ノアがうしろから近づいてきて、肩からのぞきこんだ。彼の肌は汗をかいて濡れているけれど、気にならない。それどころか、ぞくぞくした。

「ジェンソンはまだいるの？」あたしは私道でバスケットボールをやっているふたりを残して、家に入ってきたのだ。

「もう帰った」熱い手でお尻を触られ、首の横にキスをされると、思わず震えた。

「ぼくの分もある？」

「たっぷりね。あたしの知りあいのお馬鹿さんが、何でも買いすぎるから」

ノアの唇の動きで、笑ったのがわかった。「よかった。腹ぺこなんだ」

「一時間まえに、牛を一頭食べてなかった？」オーブンの時計を見て、ジェンソンがハンバーガーの袋を持ってやってきた時間を確かめた。ノアは自分の分に加えて、あたしの分もほとんど食べたのだ。

「何が言いたい？」

「あなたの身体のどこに入るのかわからないってこと」

「燃やすんだ。バスケットボールをしたり、走ったり……ほかの運動をしたりして」

顔をあげると、あたしのタンクトップのなかをのぞいているノアと目があった。ノアがにっこり笑った瞬間に、熱い血が全身を駆けめぐる。ノアのベッドでシーツを巻きつけて目を覚ましてから三日が過ぎたが、あたしたちはほとんどの時間を寝室で過ごして気を紛らわせ、ＦＢＩとオースティン市警がマンティスとスタップリーを逮捕するのを待っている。

ノアがいるから、じりじりしながら待つことに耐えられるのだ。

あたしは鼻をくんくんさせてからかった。「シャワーを浴びて」

「確かにシャワーを浴びないと」力強い手に引っぱられた。

「だーめ。きょうはもう髪を乾かしたくないから」

「乾かさなきゃいい」

「ねえ……乾かさなかったとき、どうなったか忘れたの？」

低い声で笑っているところを見ると、ゆうべ一緒にシャワーを浴びたあと、爆発したピエロのかつらみたいな髪で起きたのを忘れていないらしい。

「本当にいやなひとね」

「なあ……髪が濡れないやつをかぶればいいじゃないか」

「シャ、シャ、シャ、シャワーキャップを？」美しい裸のノアと、ピンクのビニールの帽子をかぶったあたしが抱きあっている姿を想像してたじろいだ。そしてふざけてノアを押しやったが、彼はもうあたしから注意をそらし、テレビに引きつけられていた。

また、キャニングがニュースに出ているのだ。

あたしはリモコンに飛びついて、音量をあげた。

「いわゆる〝重要参考人〟です」キャニングが言った。「ですが、そのうちの二名によってすべての不正行為の疑惑が明るみに出ると自信を持っています」

あたしは顔をしかめた。「いったい、誰の話をしているの？　マンティスとスタップリー？」

「わからない。でも、キャニングは何も知らなかったふりをしている」ノアは歯を食いしばり、口もとを引き締めている。「キャニングが出てくるなんておかしいよ。タウルが本部長なんだから。何で、キャニングがしゃしゃりでてくるんだ！」

「どうしようもないわ。クリスチャンの言ったことを聞いたでしょ」きのう、キャニングの家を出るとすぐに、クリスチャンに電話したのだ。クリスチャンは〝だから言ったじゃないか〟とは言わず、その件は地区主席検事も含めて誰にも話さないよう厳しく警告すると、あたしたちがすでにわかっていることを確認した——〝眠っている犬は起こすな〟という言葉だけでは、誰も逮捕できないということだ。

「ある匿名の情報源によって、その重要参考人がオースティン市警の警察官であることが確認されています。何かコメントは？」人混みのなかから声が出た。

「ありません。次の質問」

「ジャッキー・マーシャル本部長の自殺と、エイブラハム・ウィルクス殺害の陰にあった新しい証拠の発見は、何か関係がありますか？」

ノアの背中がこわばった。

「マーシャル本部長の死によって、警察が新たな証拠を発見したのは確かです」

「マーシャル本部長がエイブラハム・ウィルクスの死について何かを知りながら、公にしていなかったということですか？」

「はい」

「くそっ」ノアがつぶやいた。

「マーシャル本部長はエイブラハム・ウィルクスの死に関与していたのですか？」

「関与？」キャニングは考えをめぐらせているように見えた。「疑問が持ちあがったというのは確かでしょうな」

「ちくしょう！」ノアは叫び、いまにも壁かけテレビをはがしそうに見えた。「母さんを裏切りやがって！」

あたしは無神経な言葉を言わないよう口をつぐんだ。キャニングが話していることは嘘ではないなんて言わないように。厳密に言えば、すべて事実だ。でも、ノアが言っていることも本当だ――キャニングはジャッキーに注目を集めようとしている。ジャッキーに父を殺害した罪を着せたいのだ。クリスチャンが警告したとおり。

「クリスチャンに電話したほうが――」

「あいつに何ができる？」ノアは鋭い口調で言い返し、鼻柱を揉んだ。「ごめん。怒鳴るつもりはなかった」

あたしはノアの背中をなでた。シャツは湿り、緊張しているのがわかる。

「こんなことは起きちゃいけなかった。マンティスとスタップリーを逮捕して裁判にかけて終わりにすれば、みんながまえに進めるのに」

「事件から、あまりにも時間がたってしまったから」そして、この先も期待できそうにない。オースティン市警は令状を取ってスタップリーのトラックを捜索し、採取した血液のサンプルは食品貯蔵室で見つかった血痕と一致した。スタップリーは家宅侵入罪で逮捕されたが、罠にはめられたと主張している。だが、その反証となる指紋はどこからも——銃器保管庫からも銃からも——発見されていない。

間違いなくスタップリーとこの家を結びつけているのは、三滴の血液だけ。

「ビデオを見つけないと」ノアが断固たる調子で言った。

言うは易し、行うは難し。「パパはジャッキーにもママにも渡さなかったし、あたしたちにも渡さなかった。それなら、誰が持ってるの？　誰を信頼していたの？」

「誰も信頼していなかったんだ」ノアは壁に寄りかかって頭上の電灯を見つめ、見るからに過去のことを思い出しているようだった。

「あの日、パパがお母さんに渡さなかったのは確か？　もしかしたら、お母さんが処分してしまったのかも」

「ビデオを処分したのに、どうしてホルスターと金は取っておくんだい？」

「そうね」あたしは息を吐きだした。「パパはあたしにも渡さなかった。おもちゃのなかに入れていれば別だけど、そんなの馬鹿らしいわよね。あたしは六歳だったんだから。六歳の子は年じゅうおもちゃを壊したりなくしたりするんだから」

「そうだな……」長い沈黙のあと、ノアの口から「そうか」というささやき声がもれた。ノアは何か思いついたようで、目を見開いてあたしを見た。「わかったかもしれない」

50

エイブラハム・ウィルクス巡査
二〇〇三年五月三日

スポーツバッグがジャッキーの足もとに音をたてて落ちた。

ジャッキーは両手についた土を払った。「これは何?」

「マンティスが盗んだ九万八千ドルだ。昨夜おれの車に忍びこんで、うしろの座席に置いていった。あの野郎がおれを買収するためにどのくらいの額をあきらめたのか知りたくて、離れた駐車場で数えた。あいつは自分でこんなことを思いついたのか?それとも、あんたの入れ知恵か?」

ジャッキーは中身を知ったあとで改めてバッグを見おろし、ため息をついた。「そんなこと、わざわざあいつに言わないわよ、エイブ。あなたのことをよく知っているから。でも、どうしてここへ持ってきたの?」

「こんなことに巻き込まれるほど馬鹿じゃない。あんたが正しいことができるチャンスだ」おれは背中を向けて立ち去ろうとした。

「待って！」ジャッキーがスポーツバッグをまたいで、近づいてきた。「あなたが持っているというのは悪い考えじゃないかも。これで何ができるか、よく考えて」

「正気か？」

「わたしが言いたいのはね、こうすればマンティスがこれ以上私腹を肥やすことはないし、あの売人は刑務所に入る。みんなが得をする。あなたは福祉施設にでも寄付すればいい。警察がドラッグの取引で押収したお金を寄付できればいいのにって、いつも言っているじゃない」

「マンティスは不正を働いているんだから、止めなくちゃならない」

「エイブ……今回は見逃して。お願いよ」ジャッキーは少したspringめらってから付け加えた。「キャニングはこの件で動くつもりがないの」

「どうして、そんなことがわかるんだ？」警戒するようなジャッキーの顔が答えだった。「もう話しにいったのか」

「あなたが警察で働けなくなるのよ。すべてを投げ捨てないで」

ちくしょう！「キャニングには止められない。おれにはビデオがあるんだ」

ジャッキーの顔が真っ青になった。「何ですって？　どうやって？」

「どうやって録画したかは問題じゃない。問題はマンティスが手入れの現場から札束の入ったバッグを盗んだところが映っているビデオを持っていて、それを有効に使うことだけだ」

口を開けたまま、おれの背中を見つめているジャッキーを残して、おれは家へ入った。

不機嫌そうな顔をしたノアが両手にトロフィーのかけらを持って、階段を下りてきた。「棚から落としちゃったんだ」そう言うと、おれを押しのけるようにして通りすぎた。

おれはノアのために、ジャッキーに対する怒りを抑えた。「ちょっと待て。何をするつもりだ？」

「捨てるんだよ。もうゴミだもん」

「これはおまえが初めてもらったトロフィーじゃないか！」おれはノアの手からトロフィーのかけらを取った。「捨てるなんてもってのほかだ。直せばいい。さあ、接着剤を持ってきて。お母さんのがらくた入れにあるはずだから」

ノアが接着剤を取りにいくと、おれは壊れたトロフィーをじっと見た。

そして四角い土台に、直径七センチほどの空洞があることに気がついた。

51

ノア・マーシャル

ぼくは汗をかいた手でマイナスドライバーの先端をトロフィーの土台に挿しこんだ。そして金槌で握りを叩いて、乾いた接着剤がまだ残っている部分を開こうとした。グレーシーは背後に立ち、何も言わずに見守っている。

四回叩いたところで、土台がはずれた。

四角い土台を掲げると、なかに丸いディスクが入っているのが見えて、心臓が跳ねあがった。

ずっとここにあったなんて信じられない。

「小型のDVDみたいなもの?」直径七センチくらいだ。ぼくは携帯電話を手にして、ディスクの正面に印刷されているコードを入力し〈グーグル〉の答えを待った。「カムコーダー、カメラ一体型ビデオだ」

「パパはビデオカメラでドラッグの手入れを撮影していたの？」

「たぶん、そうなんだろう」ぼくは少しためらってから言った。「クラインに連絡しよう」

ぼくたちは手のなかのディスクを見て、それからお互いを見た。

「動かない。ああ、もう——」

「落ち着いて。いま、ディスクを読みこんでいるところだから」パソコン販売店の店員はこの特別な機械が動くことを請けあい、きちんと仕組みをわかっているようだった。

グレーシーは机の椅子にすわってマウスの横でいらいらと指で机を叩き、ぼくはそのうしろに立っている。

画面がやっと立ちあがった。そして数回クリックすると、〈ラッキーナイン〉が現れた。

「わあ、これよ！」グレーシーが叫んだ。

日が沈んだばかりで、暗い夜空が広がっていくなかに、まだピンクや紫色の名残がわずかに残っている。ダイナが話していた緑色のネオンサインの半分が画面の右上で明滅しており、行ったことがなくても、ここがどこなのかがわかる。

カメラの位置は低く固定されており、とつぜん車が入ってきては停まっていく。十秒もしないうちにSUV車が入ってきて、ぼくたちの疑念が高まった。それから数分間、ぼくたちはひと言も発さず、目は画面のなかで命令を怒鳴ったり銃を向けたりする混乱に釘づけになっていた。キャニングが組織したドラッグ狩りの猟犬たちが――マンティスの指揮のもと――痩せた男を逮捕したのだ。

そして黒いスポーツバッグが警察車両の助手席の窓から何事もなく放りこまれると、ぼくたちは大きく息を呑んだ。

グレーシーはぼくを見て、にっこり笑った。辛いけれど、勝利を確信した笑顔だ。きっと、ダイナが書斎に入ってビデオを見ている夫を見かけたときも、エイブは同じ笑みを浮かべていたのだろう。

「もう一度再生しよう。ほかに何か見つけられないか、確認するんだ」ビデオをリセットして最初からもう一度見た。「くそっ。あそこを見て」逮捕劇が展開されている向かいに停まっている白いキャバリエを指で叩いた。画面に映っているのは正面の半分だけだが、それで充分だった。その車には見覚えがあった。運転席にいるひとりの人物にも。

胸が締めつけられる。「これがきみのお父さんだ」

グレーシーは少し顔色が悪くなったが、黙って父親を見つめている。エイブは動かずにすわったまま、マンティスたちを見つめている。グレーシーは最後までエイブから目を離さず、ビデオが終わると、もう一度最初から見直した。

「パパが話しているのは誰？　誰なの？」グレーシーがパソコンの画面を叩いた。最初、痩せた黒人の男はエイブの車の開いた窓の隣に立っていたが、すぐにフレームから消えた。グレーシーはそれから三度ビデオを見直し、もっと情報を探ろうとした。だが、黒人の男は顔を見せなかった。

「パパはビデオに映っていた」グレーシーがとつぜん言いだした。「つまり、マンティスを撮っていたのはパパじゃない。ほかの誰か。ここに立っていた人物」画面の下側を叩きながら、眉を吊りあげて考えこんでいる。

「いや、立っていたんじゃなくて、すわっていたんだろう」ぼくは付け加えた。「この角度だと、誰かが立っていたにしては低すぎる」それに、誰かがカメラを持っていたにしては、やけにしっかりと固定されている。

「マンティスは撮られていたことに気づかなかったのかしら」

「エイブがいたことにも気づかなかったんだ」そう言い返したが、グレーシーの言うことにも一理ある。あの開けた場所で誰かがカメラを向けていたら、刑事たちが気づかないとは思えない。

「このビデオは外で撮ったんじゃない」グレーシーはビデオを停めて、画面の左側を指さした。「これは一一六号室よ」何かに気づいた顔をした。「どこから撮ったのかわかった。さあ、行ってみないと」グレーシーはぼくを倒しそうなほど、急いで椅子から立ちあがった。

「ちょっと待って」ぼくは携帯電話をつかみ、ビデオをもう一度リセットして、コピーした。

52

グレース

「ここは夜になると活気づくんだろうな……」ノアはそうつぶやきながら、駐車場の両側に並ぶ車を眺めた。外にいるのは数人で、窓枠に寄りかかって煙草を吸ったり、携帯電話を耳にあてて陰になっている通路を歩いたりしている。モーテルのどこかのテレビからはニュースや耳ざわりな笑い声がもれ、薄い壁では防ぎきれない嬌声《きようせい》を隠してくれた。

「あなたがいいなら、あたしは準備オーケーよ」あたしはクリスチャンにここで落ちあいたいという内容と理由をeメールに書いて、いま送信ボタンを押した。ノアが先に送った映像を見れば、すぐに飛んでくるだろう。

「ちょっと待って」ノアはたくましい腕をあたしの脚のあいだに伸ばして、座席の下の銃器保管庫を見つけた。そして黙って見ているあたしのまえで、足首のホルスターに銃を挿して、ジーンズの裾をかぶせた。「最近あったことを考えると——」

「娼婦たちが怯えるのも当然ね」あたしはにっこり笑って助手席から降りたが、装っているほどの勇気はなかった。ノアが言っているのは、露出度の高い黒のドレスを着て真っ赤な口紅を引いている、向こうにいるブロンドの女のことではない。それに二号棟と三号棟の角で、あからさまに週末のお楽しみ用のドラッグを金と換えているふたりの男たちのこともそれほど心配していない。

家を出るたびに銃を身に着けているのは、十四年間も不正行為と殺人の罪を逃れてきた腐敗した警察官たちのせいだ。

あたしたちがいなかったら、きっとこれから死ぬまで、罪から逃れられたはずの警察官たち。

あたしとノアは車のまえに立った。「クリスチャンはどのくらいでくると思う？」

「すぐにくるだろう」ノアがあたしの腰に腕をまわして引きよせると、あたしたちは一号棟の通路を歩きはじめた。どちらもドラッグの売人が逮捕された場所を見つめている。

父が見つめていた場所だ。

ビデオの父はぼんやりとしか映っていなかったけれど、それでもあたしの胸は恋しさでいっぱいになった。十四年も父が奪われたのは、父が善良で、正しい行いをせずにはいられなかったからなのだ。

あたしは胸の痛みを追いやった。「ビデオはこっち側から撮ったはず」携帯電話を掲げ、録画機能を開いてかまえ、歩きつづける――明かりがついていない一一六号室を通りすぎた。ＦＢＩが壁紙や絨毯をはがしたせいで、部屋を貸せる状態ではないのだろう。そして、ついに角度がぴったりあう場所を見つけた。二〇一号室の窓だ。

「ここから撮影したんだわ」

ノアがあたしの隣に立って、角度を確かめた。「もう少し低いな……」あたしの携帯電話を持って、窓枠の高さまでしゃがんだ。「ここだ」カメラは窓枠に置いてあったにちがいない。たぶん、窓の内側に。だから、固定されていたのだ。だから、マンティスも気づかなかった。

「つまり、あの夜、この部屋を借りたひとが、たまたまビデオカメラを持っていて、たまたま逮捕の現場を撮影したってこと？」

「こういう場所にビデオカメラがあるのは意外じゃない」ノアは知ったふうな顔であたしを見た。「でも、きみの言うとおり、わからないことはある。きみのお父さんはどうやってビデオを手に入れたんだろう？」

あたしは立ちあがった。「もしかしたら、この部屋を借りていたひとは、パパが――」顔をあげると、このあいだ窓辺に立っていたのと同じ人物がガラスのそばにいて、あたしはびっくりして声をあげた。

こっちをじっと見ている。

ノアも立ちあがり、警告するように男をにらみつけた。

だが、男は――たぶん、六十代後半だろう――少しもあわてていないようだった。

「このひと、最初にクリスチャンと一緒にきた日もここにいたわ」あたしは痩せている年配の黒人を見ながら、小声で言った。このあいだと同じ茶色のズボンとしわだらけのシャツを着ている。

それに……。

「そうよ！」あたしは携帯電話にコピーしたビデオを再生した。

この男は父が話していた謎の男と、ほとんど同じ格好をしているのだ。

「ノア……このひとはあの夜もここにいたのよ」あたしは男からはっきり見えるところに携帯電話を掲げた。

チョコレート色の目が画面を見て……二、三、四秒たってから、あたしを見た。それからかすかに、まるで自分に対するかのようにうなずくと、暗い部屋のなかへ消えていった。

そして、あたしがノックしようとしたところで、ドアが開いた。

「あなたは、誰？」

男は鼻から大きく息を吸った。「アイザックだ。あんたはグレーシー・メイ・ウィルクスだな」

この――まったく知らない――男が自分のフルネームを発したのを聞いて、胃がひっくり返りそうになった。「どうして知ってるの？」

「あんたの親父《おやじ》さんから聞いたからさ」男はついてこいと言うように、頭を動かした。

あたしはノアと一緒に、男のあとから室内に入った。部屋には生活用品が散らばっており、どうやらここが住まいのようだ。モーテルの標準的な家具はなく、隅にはツインベッド、すり切れた茶色いリクライニングチェアのまえには、それとは対照的に新しい小さな薄型テレビ、小さなテーブルと椅子二脚、そして山になった古新聞があった。サイドテーブルには雑誌が置かれ、流し台の近くには汚れた皿がきちんと積みあがっている。空気はカビ臭く、かすかに身体も臭う。

「いつになったら、きてくれるんだろうと待っていたんだ」アイザックはゆっくり動きながら、あたしたちがすわれるように、新聞を片づけた。

「エイブラハム・ウィルクスを知っていたんですか？」あたしはまったく言葉が出ず、ノアが代わりに訊いてくれた。

「ときどき、話をした。毎日ここにきていたんだ。誰かを探して――」

「ベッツィー」やっと言葉が出た。「父は彼女を探していたの」

「探していた。だが、見つからなかった。確か、その子が何日かまえにここにきていたんだ」

「ここに泊まっていたの？」

「ああ。ここにいた。そのあと、行ってしまった。それからも気をつけて見ていたが、二度と見かけなかった」

「ドラッグの売人が逮捕されたとき、ビデオを撮った？」

「ああ。あそこから。だが、もうわかってたようだな」アイザックはため息をつくと、リクライニングチェアに腰を下ろした。「おれはあの自販機を壊すやつらに手を焼いていたんだ。だから、その現場を押さえるのに、ああいうのが必要だった。何と言うんだったかな？　あれは……」答えが空中にあるかのように、目のまえで漠然と手をふった。

「カムコーダー？」

「そう、カムコーダーだ。その手の技術にはついていけなくてね」アイザックが笑うと、あたしはもう一度部屋を眺めて、薄型テレビや隅の机のうえのノートパソコンに目を留めた。「あれは息子のだ。ときどき持ってくるのさ。どのトラックの荷台から落ちてくるのか知らないが、もう訊かないことにした。とにかく、息子が新品の高そうなカムコーダーを持ってきて、窓のあそこにつけていった。きちんと高さがあうように、本を積みあげてな。で、寝るまえにスイッチを入れる方法だけ教えてくれた。それだけだ。

ある日、おれは夕食を食べながら、カムコーダーをいじってた。それで、いつもより早く録画がはじまったんだろうな。あの日、おれは最後の仕事をするために外に出た。そのとき、あんたの親父さんに出くわしたんだ。駐車場で。それからあの男がきて、警察がきた。そのあと寝るときにカムコーダーのスイッチを入れようとして、もう撮影がはじまっていることに気づいて、すべてが録画されていたことを知った。で、再生して初めて、何が映っていたのかわかったわけだ」アイザックは眉を動かした。

「だから、おれは正しいと思うことをした。次にあんたの親父さんがきたときに、ビデオを渡したのさ」

「それはいつですか？」ノアが訊いた。

「あの男が死ぬ二、三日まえだ」

あたしはノアと目を見交わした。「最近、ニュースを見た？」

アイザックは骨ばったひじを膝について身を乗りだし、賢そうな目であたしを見た。

「あんたの親父さんが死んだ夜からずっと、おれは無実だと知っていた」

アイザックの口調の何かに、心臓が反応して跳ねた。「どうして？」

「親父さんははめられたからだ」アイザックは淡々と言った。

「どうして知ってるの？」ささやくような声で訊いた。「何か、見たの？」マンティスにしゃべるなと脅されたのだろうか？

アイザックは何も言わず、ロッキングチェアから立ちあがって、部屋の隅へぶらぶらと歩いた。そして工具ベルトからドライバーを取りだして片膝をつくと、壁の空調パネルをはずした。そして手を伸ばして、USBメモリーを取りだした。

「おれはもっといいことをしたんだ。誰かがやったことを録画した」

53

エイブラハム・ウィルクス巡査
二〇〇三年五月三日

「あの娘を探してるっていう警官？」女が耳ざわりな声で言った。

「そうです。何か、情報でも？」

「今夜〈ラッキーナイン〉の一一六号室に入ってくのを見たよ。一時間くらいまえかね。捕まえたいなら、急ぎな」

とたんに、心臓の鼓動が速くなった。

「エイブ？　もう遅い時間よ。誰から？」ダイナがリビングルームから呼んでいる。

とうとうダイナに話せると思うと、うれしくてたまらない。だが、電話をかけてきた女の勘ちがいだったら？　ベッツィーがもうモーテルを出ていたら？　また、ベッツィーを見失ってしまったら？　ダイナはとても感情的な女で、とりわけこの件では辛い思いをしている。収穫なしに帰ってきたら、ひどく落胆するだろう。

「仕事だ。少し出てくる。すぐに戻るから」〈ラッキーナイン〉はここから車で二十分だ。ベッツィーがたんに客と会っているだけなら、もう一時間はいることになるから……急がないと。

おれが保管庫からコルト45を出していると、ダイナが両腕を身体に巻きつけ、美しい顔に落胆の表情を浮かべて、書斎に入ってきた。「警察で支給されている銃を持っていかなくていいの？」

「かわいい奥さんがつくってくれた最高のホルスターを着けるときはいいんだ」ホルスターを締めながら、必死にほほ笑んだ。「ちょっとした確認だから。すぐに終わる」だが、しかめ面は消えなかった。「時間外のときはどうして制服を着ないの？」

「着ないほうがいいんだ」

「おとり捜査だから？」

「そんなものだ」日ごとに嘘が重なっていく。幸いなことに、ダイナはまだおれが戯言を言っていることに気づいていないが。

ベッツィーを連れて帰ってきたら、すべて話そう。

おれはダイナにキスをした。「すぐに帰ってくるから」

今夜、モーテルの駐車場はいつにも増して静かだった。おれはドアの番号を見ながら通路を歩き、この棟のはしに着いた。

部屋の明かりはついている。

アドレナリンが全身を駆けめぐった。頭の奥で、電話して警察の援護を求めたほうがいいかもしれないと小さな声がささやきつづけているが、その声を払いのけた。おれはベッツィーにきっぱりと足を洗わせてやりたいだけなのだから。

バッジと銃を取りだして、ドアをノックする。

誰かが開けた。

おれはいつもの決まりを無視して、なかに入った。「ベッツィーを探している。どこだ?」

ずり下がったズボンをはき、ギャングのタトゥーで肌を飾った痩せぎすのちんぴらが数歩下がった。「そんなやつ、知らねえな」

ベッドに目をやると、小さな紺色のスポーツバッグが開いたまま置いてあり、コカインと大麻のパッケージが入っているのが見えた。派手なベッドカバーには札束がいくつか積まれている。

くそっ。おれはどこに踏みこんじまったんだ?

バスルームでトイレの水が流れる音がした。

「おれから見えるところで手をあげろ！」目のまえの男に警告する。男が何も言わずに従うと、おれはバスルームからひとが出てくるのを待った。

マンティスが出てきて、足を止めた。「ウィルクス！　ここで何をしてるんだ！」

「義理の妹がここにいるっていうタレコミがあったんだ。おまえは何をしている？」おれはベッドに鋭く目をやった。

マンティスは息を吐いた。「ウィルクス、こいつはヘルナンデスだ。情報屋だよ」身ぶりで痩せた男を指した。「おとりを仕掛けていて、こいつは協力者だ」あごを動かして言った。「そいつを突きつけるのをやめてくれないか」

おれは銃をしまった。「一時間くらいまえ、ここにブロンドの娘はいなかったか？」

「ブロンドの娘？　今夜はずっと、この不細工な野郎しかいなかったよ」ヘルナンデスは同意すると、くすくす笑いながら窓から外をのぞいた。「なあ、いつまでかかるんだよ。おとりってだけでヤバいのに、こいつまで現れちゃあ。誰が見てるかわからねえのに」

おれは落胆し、重くなった足で帰りかけた。

「で、あの金は何に使った？」マンティスが耳ざわりな声でからかうように訊いた。

「きれいな奥さんに宝石でも買ってやったか？」

「何の金だ？」おれは吐きだすように言った。「昨夜おれの車に置いていったバッグのことを言ってるのか？　おれを買収しようとしたバッグか？」苦々しい笑いがもれた。「あれなら、きょうマーシャルに渡してきたよ。返してほしければ、マーシャルのところへ行くんだな」

マンティスが小さな歯をむき出して笑った。「やっぱりな……だから、時間の無駄だと言ったんだよ。おまえを黙らせるのは簡単じゃないって」

「誰に言ったんだ」

「誰だと思う？　おまえの泣き言なんてぶっつぶしてくれる男さ」

すべて、わかった。もっと早く気づくべきだったのだ。この得意気な麻薬取締班をつくったのは本部長なのだから。本部長がマンティスにおれを買収しろと命じたのだ。

「どうして、やつがおれをかばうのかわかるか？」マンティスがコカインの袋を持ちあげた。「おれがオースティンの街からこいつを取り除いてるからさ。キャニングが気にしているのはそれだけだ。だから、おまえもそれだけ気にしろ。腐った野郎の人権なんか気にしないで。ドラッグを子どもに売りはじめたら、もう権利なんてねえんだよ！」

ヘルナンデスのほうに目をやると、好奇心と警戒心の入り混じった顔で見ている。この街で生きていく知恵を持ちあわせているなら、マンティスに頼まれたこと以上の何かが起きていることはすでにわかっているはずだ。

「かわいいグレーシーはいくつになった？　六歳か？」マンティスが訊いた。

「娘の名前を二度と口にするな。ぜったいに」おれは唸るように言うと、マンティスに突進した。

マンティスは両手をあげて降参のポーズを取り、ドアのほうへ数歩下がった。「まあ、落ち着け。わかりやすく話をしようとしただけだ。おれはおまえの娘のために、街からドラッグを排除しようとしているんだ」

「そいつはありがたいさ。だが、だからといって、こいつを――」マンティスの横にまわり、札束に手を伸ばして持ちあげた。「――ポケットに入れていいはずがない」

マンティスはのんびり肩をすくめた。「一度きりだ」

「嘘つけ」あのときの金の扱い方を見れば――何の迷いもなく、気楽にやっていた――何度もやっているのがわかる。「ベッドの下には、ずらりと札束が並んでいるんだろうさ」

「おもしれえ。おまえも同じことを言われるかもしれねえな」

「まさか、あり得ない」

「本当に？」小さな丸い目が邪悪に光った。

警戒心が湧きあがってくる。「何をした？」

「おまえが手に入れた証拠はどこだ？」マンティスはおれの質問を無視して、静かに訊いた。

「おまえにはぜったいに見つからないところだ。何をした、マンティス？」おれは歯を食いしばってくり返した。

「おれがやらなきゃならないのは、おまえの言うことなんて誰も信じないようにすることだ」

電話……ドラッグ……金……ちくしょう！　罠だったのか。マンティスに罠を仕掛けられたのだ。ここから出ないと。ここから――。

耐えがたい痛みが胸を貫き、身体がうしろに倒れて、壁に叩きつけられる。次の瞬間、おれは膝をついていた。何とか顔をあげると、驚いているヘルナンデスにマンティスが銃を向けていた。引き金を引くところさえ見えなかった。マンティスはいつ引き金を引いたんだ？

ヘルナンデスが何か叫んだが、痛みのせいで何を言っているのかわからない。

もう一発銃声が響き、薄っぺらで汚い絨毯に顔がぶつかる。ヘルナンデスのブーツが見えた。

そのあと、全身が見えた。ヘルナンデスが床に倒れたのだ。

すべてがぼんやりしはじめ、肺が決して入ってこない空気を求め、焼けるような胸の痛みが鈍くなる。

まぶたが下りてくる。

その奥に、グレーシー・メイのきれいなグリーンの目が見える。

首にまわされた小さな腕。

かわいい笑い声が聞こえる。

54

ノア・マーシャル

グレーシーとぼくがアイザックのノートパソコンの画面を見ていると、四発の銃声がした二十秒後、ひとりの男が一一六号室から飛びだしてきた。男はドアに鍵をかけると、建物のあいだの細い道を迷うことなく歩いて駐車場へ向かった。

そして一瞬、一一六号室のはす向かいにある部屋をちらりと見た。

部屋の窓の内側にあるカメラには気づかない。

だが、カメラは一瞬だけ野球帽の下の顔をとらえていた。

誰だかはわかるくらいに。

「ちくしょう」思わず、声がもれた。

隣で、グレーシーの身体がこわばった。

「いつもは深夜のニュースを少しだけ見るんだ」アイザックが椅子にすわったまま話

しだした。ビデオは見ていない。もう何度も見たのだろう。「だが、あの夜は銃声がしたときにはもう寝ていたし、そんなに速くベッドから出られるほど身軽でもない。それが、おれには幸運だった。そうじゃなきゃ、窓の近くに立っていた。あいつと目があって、顔を見ていたことも知られただろう」

「どうして、このビデオを警察に持っていかなかったのよ！」いら立ちのあまり、グレーシーの声はかすれていた。

「ビデオには、まだ続きがある」アイザックは駐車場が見えるようにカーテンを開けた。

グレーシーはいらいらと頭をふったが、またパソコンに視線を戻して待った。一分もしないうちに、答えがわかった。〈ラッキーナイン〉で売人を逮捕したときと同じSUV車が——あるいは、似た車が——ライトを光らせながら、勢いよく駐車場に入ってきたのだ。

マンティスとスタップリーが車から飛びだしてまっすぐ一一六号室へ向かい、ドアを蹴り破った。

二分後、今度はパトカーが入ってきた。スタップリーがドアのところで警察官たちを迎え、片手をあげ、何事かを話して押しとどめている。

「こういうことだろう。スタップリーはキャニングから誰もなかに入れるなと命じられたと話しているんだ」マンティスにとっては、完璧な隠蔽工作だ。

二台目と三台目のパトカーが到着する。

そこで、ビデオは唐突に切れた。

「この小さなカメラが映したものを見たかったから、おれはビデオを少し巻き戻した。あんたの親父さんがあの部屋に入っていって、出てこなかったのを見て……おれは撮ったものをどうしたらいいか考えついた」

エイブが一一六号室へ向かい、バッジと銃を片手に入っていったときから、グレーシーの身体はもうこわばっていた。アイザックのビデオはその二十五分まえから、マンティスがやってきたときからはじまっていたからだ。マンティスはモーテルの部屋から出てきて車に向かって歩いていた娼婦に金と携帯電話を渡した。

娼婦が電話をかけた。

おそらく、携帯電話はヘルナンデスの死体のうえで発見されたもので、かけた相手はエイブだろう。

エイブの自宅から〈ラッキーナイン〉まで約二十分。エイブがダイナに声をかけて、保管庫からコルト45を取りだす時間もあわせると、二十五分。

マンティスは娼婦を追いはらった。怯えた顔をして急ぎ足で帰ったところを見ると、激しい言葉で警告されたのだろう。そのあとマンティスは紺色のスポーツバッグを持って、一一六号室のドアを叩いた。誰かがドアを開けた。マンティスはなかに入り、出てきたのは銃声のあとだ。

部屋から出てきたのはマンティスだけだった。

「あの警官には見覚えがあった。売人が捕まった夜、かばんを車の窓に放ったのと同じ男だ。おれがあんたの親父さんにビデオを渡して、親父さんは何とかしようとした。おれだって馬鹿じゃない。何が起こったのかはわかった」アイザックは小声で言った。「しばらくして、その警官が書類を持って部屋にきた。目撃者を探している？」嘲るように言った。「目撃者を黙らせるためだろうが。あのビデオを渡すつもりはなかった。だから首をふって〝何も見ていません。おやすみなさい〟とだけ答えたさ。おれはほかの誰かが、信頼できる誰かがきたら、ビデオを渡そうと考えていた」少し間が空いてから言った。「だが、誰もこなかった」

「でも、パパが無実だと知っていたのに、ここで十四年もじっとしていたの？」グレーシーは目に涙を浮かべて叫んだ。

「親父さんが死んで、もう戻ってこないことも知っていたんだよ。それに、銃で撃たれて穴だらけにはなりたくなかった」アイザックは自信たっぷりに言ったが、目はそらして床を見ている。平気なふりをしているが、恥じているのだ。「さっきも言ったが、おれはちゃんとした人間がくるのを待っていた。そうしたら、とうとうあんたたちがきた」

グレーシーの電話が鳴った。話がはじまって二秒後には、クラインからだとわかった。このモーテルに着いて、ぼくたちを探しているのだ。

「これを持っていってもいいですか？」ぼくはUSBメモリーを掲げた。

「ああ、持っていっていい。カムコーダーのオリジナルも持っていってくれ。銀行の貸金庫にコピーがあるから。注意しすぎることはないからな。とくに、このあたりでは」

ぼくはもう一度部屋を見まわした。「あなたは、ここに……」

「もう二十年だ。どう言ったらいいかね。おれは単純な生活を送っているんだ。自分のことだけやって。ひとに煩わされないし、煩わすこともない。それが気に入っている」そのとき、ドアが力強く叩かれ、アイザックがカーテンを持ちあげてのぞいた。うれしくなさそうに顔をゆがめる。「また、あいつか」

グレーシーがドアを開けると、クラインが入ってきて、そのすぐあとにタリーンが続いた。

「このすばらしいモーテルの経営者に会ったんだな」クラインはアイザックをちらりと見た。

ぼくは口をぽかんと開けた。経営者？

クラインがアイザックを見て、頭をふった。「何も知らないんじゃなかったんですか？」

「急に思い出したんだ」

クラインがアイザックを指さした。超然とした仮面にひびが入って、いら立ちが透けている。「今度やったら、公務執行妨害で――」

「クリスチャン！　そんなことはいいから！」グレーシーはクラインの腕を叩いて、注意を引いた。「彼はパパが死んだ夜のビデオを持っているの。証拠があるのよ。マンティスを逮捕できる！」

クラインは脅しの言葉を引っこめて、唇をゆがめて横柄にほほ笑んだ。だが、そこには満足感が隠れていた。安堵も。

「何をぐずぐずしているんだ？　早く見てみようじゃないか」

　サイラスが電源スイッチを押して最新ニュースを映しだしていたテレビを消すと、キッチンが静まりかえった。「もう、うんざりだ」サイラスはまだ半分残っている朝食の卵とベーコンを押しやり、疲れきった顔をさすった。この二週間で五歳は老けた気がする。もう何日も寝ていないように見えるし、実際に寝ていないのだろう。FBIが殺人や殺人のための共同謀議など、十数の罪名でマンティスとスタップリーを逮捕してからというもの、マスコミの報道は過熱しており、それも当然だ。エイブの話はテキサス州じゅうの注目を集めた。ぼくたちはジャッキー・マーシャル本部長の息子の話を聞きたがって、外で張っているしつこい記者たちを避けるために、家に引きこもらなければならなかった。

　そして、エイブラハム・ウィルクスの娘がぼくと一緒にいることを知られた。

「この件でいいことがあるとすれば、あのビデオにおまえのお母さんが映っていなかったことだ」サイラスが言った。

「でも、どうして母さんが金の入ったバッグとホルスターを持っていたのかはまだわからない」マンティスとスタップリーが逮捕されたら、もっとほっとすると思っていた。だが、不安はまだ残っていた。

「FBIからは何も聞いてないのか？」

「何も」クラインはぼくたちを完全に締めだしており、聞いたところによれば、FBIはもうオースティン市警とは協力関係にないらしい。そもそも協力していたのかどうかも疑わしいが。

「もしかしたら、マンティスかスタップリーが何か話すかもしれないな」

グレーシーがサイクロプスにおやつを放った。「あたしは、あのふたりの言うことなんて信用しない」

サイラスが指でテーブルを叩いた。「グレーシーのおばさん探しはどうなった?」

「このあいだ手がかりを見つけたけど、間違ってたって」希望を抱いたグレーシーの顔が落胆に沈むのを見るのは辛かった。

サイラスはぼくの手を軽く叩くと、大きなため息をついて立ちあがった。「わたしは事務所へ行くよ。しばらく近づかないほうがいい。あそこはいま動物園だから。あらゆる角度から狙われている。すべてが落ち着いたら、おまえが仕事に戻ることについて話しあおう」

「はい」いまは仕事に戻ることなんて想像できない。頭はまだ答えの出ていない問題でいっぱいなのだから。

グレーシーに会釈をすると、サイラスは足を引きずって廊下を歩いていき、玄関へ向かった。

「マンティスたちが罪を逃れたらどうしよう？」グレーシーが顔を向けると、グリーンの目には不安が映しだされていた。「何か抜け道とか、ミスとか、あのビデオが証拠として認められない方法があったら？」

ぼくはグレーシーのうなじに手を置いた。ぼくと同じように、緊張してこわばっている。

「そんなことは考えちゃだめだ」

「それしか考えられない」グレーシーは正直に言った。

そのとおりなんだろう。この二日間、グレーシーは十四年まえのことしか考えていない。ぼくが目を覚ますと、グレーシーは身体を小さく丸めて携帯電話を持ち、エイブが一一六号室まで歩き、ドアを叩くまでの短い場面を、何度も何度もくり返し再生していた。

アイザックの部屋でクラインと一緒にオリジナルのビデオを再生したときに、携帯電話で録画したのだ。そのあとクラインに見つかって録画をやめるよう言われたので、その部分しか撮れなかった。だが、クラインは消去するよう命じなかった。どうして、その数秒を欲しがったのかわかっていたからだ。どうして、必要なのかも。

ぼくたちだってそれぞれ不安は抱えているが、グレーシーには安心しなければならないことがありすぎる。確かなものなど、何もないのだ。

「それで？」ぼくは何とかこの指先でその不安をほぐしたかった。「きょうは何をしたい？　プールがやっときれいになった。もし、よかったら――」

「――パパの元相棒を探したい。あのヒース・ダンというひと」

思ってもいない答えだったが、グレーシーの目を見ると、もう気持ちは固まっているようだった。

「パパがベッツィーに会っていたとすると、仕事中だった気がするの。ほら、彼女は娼婦だったわけでしょ。パパがベッツィーにばったり会う機会がほかにある？」

「もしかしたら、きみの言うことが正しいのかも」ベッツィーを見つければ、エイブが死ぬまえに母と仲たがいしていた理由もわかるかもしれない。

グレーシーはわずかに間を置いてから、少しだけ得意気にほほ笑んだ。「当然でしょ。正しいに決まってる」

ぼくはにやりとした。それでこそ、ぼくが知っている女の子だ。「でも、外のレポーターたちはどうする？」

「なぎ倒していけばいい」

ぼくは目を剝いた。

「いいじゃない……」グレーシーは片手でぼくの腿をなでた。「きっと、楽しいから。どちらにしても、警察に行かなきゃいけないと言ってたでしょ？」

「ああ。母の私物を取りにね。別に楽しくはないけど」

「まあね……でも、ここに帰ってきたら、楽しいことが待っているかも」グレーシーは指をぼくのベルトにかけた。

この二日間、こんなふうにふざけて戯れるグレーシーを見ていなかった。血がすべて下半身に集まってくる。「ぼくを操るつもりかい？」

「効き目はありそう？」

「ハンドバッグを取ってきて。サングラスも」奔放なカーリーヘアを見た。「それから、そいつを抑えられるものも」

グレーシーは上品とは言えない言葉を叫んだが、その顔は笑っていた。

55

グレース

「あれがお母さんの秘書？」真っ黒な髪の美人がすわっている机に向かって歩きながら、あたしは訊いた。

「アシュリー・シェリダン。あらかじめ言っておくけど、アシュリーはぼくに言いよるのが好きだけど、無害だから」

「どの女もあなたに言いよるのが好きみたいだけど？」

ノアは少年のように笑ったけれど、ブルーの目はちゃんと見抜いている。ほかの女がノアに媚びているのを見ると、あたしがすごくいらいらすることを。「いい子でね」アシュリーの耳に届かないところで、ノアがからかうように言った。

「ちょっと待ってて」アシュリー・シェリダンは甘ったるいミシシッピなまりでそう言って、電話を終わらせるまで待っていてほしいと、指をあげて合図した。

「わかりました」ノアが千ワットの笑顔を見せると、あたしは顔をそむけて目をぐるりとまわした。

アシュリー・シェリダンは電話を切るとすぐに立ちあがり、何時間もウエイトトレーニングをして鍛えたような腕をノアの首に巻きつけた。「ノア！　会えてうれしいわ！」目尻にしわを寄せて、にっこり笑って叫んだ。だが、その見せかけには、ここにくるまで見知った人々がノアに見せたのと同じ思いやりが隠れている。「ちょうどいま、外で何か食べてこようと思っていたところなの」肩からバッグがぶら下がり、まさにいま出かけようとしていたところなのだとわかる。

「ずっと長いあいだ、申し訳あり――」

「堅苦しい言葉はやめてって言ったでしょ？　南部の人間はそうなんだって知っているけど、わたしはいやなの。すごく年寄りになった気がして」アシュリーは両手でノアの腕をなでているが、これは無邪気な親愛の情だと言えなくもないかもしれない。でも、たくましい上腕にかかると手がゆっくりになり、かすかに指先に力が入っているのを見ると、あたしはこのひとのことを〝無害〟とは呼べない。

あたしは何も言わず、このひとはノアの母親くらいの年齢なんだと自分に言い聞かせた。

「ミス・シェリダン、本当にすみませんでした。ずっと忙しくて」

「ええ、聞いているわよ。ドウェイン・マンティスのこと！　信じられる？　レポーターやら何やらが集まってきて、大騒ぎよ」

ノアが身ぶりであたしを示した。「ところで、こちらはグレーシー・リチャーズです」

「いえ、ウィルクスです」あたしは手を差しだした。

あたしの手を握ると、ミス・シェリダンは薄茶色の目にかすかな同情を浮かべた。「お気の毒に。お父さんのこと、さぞかし辛かったでしょう。これからはお母さんと一緒に平穏な生活が送れるといいわね」

「そう願っています」報道のせいで、みんなが父の事件だけでなく、その後の影響も知っている。あたしはデザート・オークスに電話をかけて、マスコミが情報を求めて押しかけるかもしれないと警告しておいた。だが、いまのところ、凄腕《すごうで》の記者たちもそこまでは追ってきていないようだった。

ミス・アシュリーがノアに目を戻した。「ジャッキーの持ち物はここにまとめてあるから」彼女はふっと息を吐いて自分の机の下から書類箱を引っぱりだすと、重みで腕を緊張させせながら机のうえに置いた。「ほとんどが机の引きだしの中身で、あとは本部長室の金庫にあったものも少し入っているわ。たぶん個人的なものだと思うけど」

「ありがとうございます」

「いいえ。ノア、何か手伝えることがあったら、いつでも言ってちょうだい。わたしはあなたのお母さんをとても尊敬していたの。こんなことになって残念だわ」

「もう新しい本部長は発表されたんですか？」

「まだだけど、ジム・タウルになると聞いているし、きっとすばらしい本部長になると思う。そもそも彼が自動的に昇格するはずだったのに、キャニングが横槍《よこやり》を入れたものだから。危うく、殺人犯を本部長にするところだったのよ！」

ノアが眉をひそめた。「どういう意味ですか？」

「キャニングがマンティスを本部長に推していたのよ！　ジョージ・キャニングの後押しがあれば、もう決まったも同じでしょ？」ミス・シェリダンはバッグのなかを漁りはじめた。

「冗談でしょ」

「本当よ。ならなくてよかったわ」ミス・シェリダンは秘密を打ち明けるかのように、顔を近づけた。「あの男が後任になったら、お母さんはおちおちお墓で寝ていられなかったと思うわ」

ノアは何も言わずにいたが、その目が好奇心で輝いているのがわかった。「どうしてですか？　母はマンティスについて何か話していたんですか？」

「ああ、ノア」ミス・シェリダンはくすくす笑った。「わたしはお母さんのスケジュールやeメールを管理していたのよ。もちろん、本部長が自分でやっていたもの以外だけど」悲しそうな目で続けた。「お母さんはあの男にがまんならなかったのね。陰では、よく野蛮人と呼んでいたものよ。亡くなる少しまえには、本人の目のまえで嘘つきの犯罪者だと言って、本部長室から叩きだしていた」

「理由はわかりますか？」

ミス・シェリダンは首をふった。「たぶん、キャニングがマンティスを副本部長に昇格させようとしたのに、お母さんがぜったいにあり得ないって、キャニングに断ったからじゃないかしら」

「断られて、キャニングはどうしたんですか？」

「まあ、喜びはしなかったでしょうね。でも、お母さんはあまり黙っていられるほうじゃなかったから。それに、キャニングに対してもがまんならなかったみたいで、なおさら関係が悪化したみたい」

ノアはミス・シェルダンに頰を叩かれたような顔をしていた。「母とキャニングは仲がよかったんじゃないんですか?」

「最初はうまくいってたわよ。でも、キャニングが何でもかんでも口を出してきて、あれをやれとか、これはよせとか言うようになってからはよくなかったわね。キャニングはお母さんのことを、まるであやつり人形みたいに扱っていたから。男は辞めてからも、陰からここを支配しようとするのよ!」ミス・シェリダンはハンドバッグから口紅を出した。「キャニングとお母さんは水と油だった。ジャッキーはキャニングからの電話に出るのをやめたから、よけいにキャニングは激怒したの。お母さんが亡くなった日も、キャニングがここにきて揉めていたのよ」

ノアの顔は困惑から警戒へと変わっていた。「揉めていた原因は?」

「わからない。でも、女の子のことみたいだったわ。ジャッキーがあの子のことではとても後悔している、今度こそは正しいことをすると言っていたから」

ノアの顔が真っ青になった。「その子の名前はベッツィーじゃありませんか?」

「名前は聞き取れなかったの。ごめんなさいね。それじゃあ、急かしたくはないんだけど、これから予定があって、お化粧を直さないといけないから」

「ああ、ちょっと待って! 探してもらいたいひとがいるんです」あたしはつい口走り、ノアの腿を突っついた。

「ああ、そうだ。じつは、できればなんだけど、もうひとつちょっとしたお願いがあって」おずおずと頼みごとをするノアは、よけいにひとを惹きつける。「ヒース・ダン巡査のことを調べたいんです」

「部署は？」

「十四年まえは警邏を担当していました。エイブラハムの相棒です」

「十四年まえ？」ミス・シェリダンはノアをじっと見つめ――その目は、これは大きな貸しだから、ちゃんと覚えておきなさいと語っている――受話器を持ちあげ、完璧な長い爪でボタンを押して、誰かに電話をかけた。二分後〝年寄になった気がするから、堅苦しい言葉はやめて〟と目が語っているアシュリー・シェリダンは、あたしたちへの答えをつかんでいた。

「ヒース・ダンは十年まえに辞めているわ。彼がいちばんいそうなのは〈ダンズ〉という――」

「ああ、レッド・リバーにある店だ。知ってる。バーベキューがうまいんだ」

「そうよね。わたしも二、三度行ったことがあるわ。嘘でしょ――あそこがここにいたひとのお店だったなんて。とにかく、そこに行けばダンが見つかるらしいわ」

「ミス・シェリダン、恩に着ます」

ノアは彼女の机をそっと叩くと、片方の腕で重い箱を抱え、空いているほうの手をあたしの腰にあてて出口のほうへ導いた。

「何を考えているの？」ノアが口を固く結んでいるのに気づいて、あたしは訊いた。

「ひとつは、母が死んだ夜、ジョージ・キャニングがイタリア行きの飛行機に乗っていたことだ。ヨーロッパまで行こうという日に、母のところまできて喧嘩をするなんて妙だけど、考え方はひとそれぞれだから」ノアはうしろをふり返った。「でも、伯父の家で夕食をとった夜、キャニングは母とは最後まで仲がよかったような口ぶりだった」

「もう、キャニングが嘘つきなのは百も承知じゃない」

「ああ。ふたりはベッツィーのことで揉めていたんじゃないかと思っている」ノアは二歩先に行ってノブを握り、ドアを開けてくれた。「つまり、キャニングはベッツィーについて知っていたということだ」

「お母さんはベッツィーについて正しいことをするつもりだと言っていたのよね。どういう意味？」

困惑したノアの顔は、自分もよくわからないと告げていた。

56

ノア・マーシャル

グレーシーは眉間にしわを寄せながら、フォークでソーセージを突っついた。

「何か、問題でも？」

「心臓発作を起こすのが怖いわけじゃないけど、あとで食べてもいい？」

「ベーコンで生きているようなきみが、そんなことを言うとはね」

「まだお昼にもなっていないのに、あたしの皿には肉が三種類ものってるのよ」

ぼくは小さな白いラムカンを指した。「緑の豆も、ポテトサラダものっている」

「白状して。あなたたちテキサス人は一回の食事でどのくらいの肉を食べるの？」

ぼくはにやりとした。「言葉には気をつけて。きみもテキサス人だから」

グレーシーはぐるりと目をまわしたが、その目は笑っていた。グレーシーはおもしろがるために、おもしろいことをするのだ。「それと、料理がのっているこれは何？」

銀のトレーを指した。

「おかしいかい？　このほうが食欲が出る」

「飼い葉桶だって同じよ」グレーシーは店内を見まわした。汚れが簡単にふきとれる赤と白のチェックのテーブルクロスがかかった古い木のテーブルが並んでいる。「静かね」

「まだお昼には早いから」それに、反対側にふたり連れの客がひと組いるだけで、すいている。でも、すぐに混んでくるだろう。〈ダンズ・バーベキュー〉は気軽で居心地のいい店で、たいていのバーベキュー店と同じく、木の壁に囲まれていて、たっぷり入ったナプキン入れと、香辛料のトレーが置いてある。

「テキサスでは、みんなこうするの？」トレーに顔を近づけて、動物の肉をたっぷり食べて、自分の肉に汗をかかせるわけ？」

ぼくは噴き出した。「いいから、黙って食べて」ぼくはグレーシーの皿の牛の胸肉にフォークを刺して、手を叩かれるのを半ば覚悟しながら、彼女の口もとに持っていった。すると、グレーシーはからかうような目でぼくを見つめ、口を小さく開いて、歯で肉をはさんでフォークから引きぬいた。

そして、ゆっくり噛みはじめた。

「どう？」

グレーシーは関心なさそうに肩をすくめただけで――自分が間違っていたとは決して認めない――すぐに自分のフォークをほかの肉に突き刺した。「これがテキサス人の大きな夢なわけ？　バーベキューのお店を開くことが？　あなたもいつかこういう店をやりたいと言いだすのかしら？」

「ヒース・ダンにとっては大きな夢だったんだろう」きっと、オースティンの街をパトロールしてまわるよりずっといいはずだ。

「きょう、彼に会えると思う？」

「できれば会いたいけど。とりあえず、どんなひとを探せばいいのかはわかった」ドアの近くの壁には掲示板があり、店に入った客が真っ先に目にする。〈ダンズ・バーベキュー〉が応援しているバンドやチャリティー募金やスポーツチームなどのイベントを宣伝するスペースだ。複数のお知らせの写真で目立っている、背が高い白髪の男がヒース・ダンにちがいない。

ぼくがダンの姿を探して忙しない通りやレストランを見ているあいだ、グレーシーはひと言も発せずにソーセージと牛の胸肉とリブを片づけていた。息もつかずに。

ぼくはがまんできなくなって言った。「野菜も食べれば？」

「黙って」

ぼくはにやりとした。「何だかんだいって、悪くないだろう?」

グレーシーは唇をゆがめて、携帯電話に手を伸ばした。「思い出した。電話するって、ママと約束したんだったわ」

「じゃあ、どうぞ」ぼくはそう言うと、黙ってグレーシーを見つめた。ダイナはグレーシーに辛い思いをさせたが、ふたりのあいだの溝はきっと埋まっていくだろう。ぼくはそれがうれしかった。もう二度と、ぼくの人生からどちらも失いたくないから。ふたりは家族なのだ。たとえ、いつかグレーシーに見放されても。

グレーシーが携帯電話の連絡先のリストを見ているとき、ぼくはつば広のカウボーイ・ハットをかぶった背の高い男が新聞を抱えて、ドアへ向かって歩道を歩いてくるのを見つけた。

「その電話、ちょっと待って」

グレーシーがぼくの視線を追うと、ヒース・ダンはカウボーイ・ハットに触れ、にこやかに女主人に挨拶していた。

「ぜったいに、ダンだ」どうやらダンはオースティンで流行の最先端を走っているというわけではなく、糊の効いた〈ラングラー〉のジーンズに、シルバーのバックルが付いたベルト、それに爪先の丸いカウボーイ・ブーツという、いかにもテキサスのロデオ大会に出てきそうな格好をしていた。

ダンと女主人がしばらく話をしていると、男が——たぶん、店長だろう——クリップボードを掲げて、話に割って入った。

「五分くれ。たった五分でいいから」ダンは手をふって男を退けると、店内を歩いて、ぼくたちのほうへ、奥の通路のほうへ向かってきた。

ぼくはナプキンで手を拭いて立ちあがった。「ミスター・ダンですか?」

ダンは足取りをゆるめると、グレーの目ですばやくぼくを値踏みした。知らない人間が近づいてくると、母がそうしていたように。

「初めまして、ノア・マーシャルといいます。オースティン市警本部長だったジャッキー・マーシャルの息子です」手を差しだした。

ダンはぼくが誰かわかったらしく、握手を受けた。「ああ。お母さんのことはお悔み申し上げます。本当に残念だ。きょうの料理はいかがですか?」

「とてもおいしいです」

「そちらのお友だちと一緒に、何でも好きなものを食べてください。店のサービスです。それじゃあ——」

「じつは、少しお時間をいただけないかと思って」

ダンはすでにテーブルから離れ、ドアへ向かいかけていた。「申し訳ない。じつは、片づけなきゃいけない書類がたまっていて。また、別の日に――」

「あたしの父、エイブラハム・ウィルクスのことです」ダンがすわったままの彼女を見おろしているというのに、どういうわけかグレーシーはきちんと目をあわせ、ダンを引き止めた。

ダンは何とか平静な表情を保とうとしていた。そして、わずかに息を吐き、一瞬だけ店内を見まわすと、グレーシーの隣の空いている椅子に腰を下ろした。「きみがグレーシー？」

今度はグレーシーが驚く番だった。「あたしの名前を覚えてるの？」

ダンは小さく笑った。「明けても暮れても車のなかでずっと娘の話を聞かされていたら、いやでも名前を覚えるよ」いったん言葉を切って、ぼくを見た。「きみのこともだ。エイブはきみたちふたりの話ばかりしていた」

「父とはどのくらい組んでたんですか？」グレーシーが訊いた。

「三年だ」ダンは顔をしかめた。「ところで、どうやってわたしを見つけたんだい？」

「〈ダンズ・バーベキュー〉でしょう？　去年、オースティンでいちばんうまいバーベキューの店に選ばれていた」ぼくはダンに笑いかけた。「あなたを探すのはそれほど難しくなかった」

ダンも笑った。「なるほど」

「グレーシーは息もつかずに、あなたのお店の料理にむしゃぶりついてます」グレーシーが目を剝くのを無視して言った。

「聞いてくれ……」ダンは大きく息を吐いて話しはじめた。「わたしは事情聴取に応じたことを後悔している。あの供述のせいで、エイブが罪を犯したように思われたんじゃないかという気がして仕方ないんだ。いまでもエイブに頻繁にかかってきた電話がどんな用件だったのかはわからないが、決して道にはずれたものでないことは理解しておくべきだった。何といっても、エイブなんだから」

「ぼくたちは、その電話はこの少女に関するものだったんじゃないかと考えています」ぼくは携帯電話を取りだした。「この女の子に見覚えはありませんか？」ベッツィーの写真を写した画面を見せた。

暗いグレーの目が、たんに考えているだけにしてはあまりにも長くベッツィーの顔を見つめている。ダンは慎重に言うべき言葉を考えている。「この子は誰なんだい？」

「彼女の名前はベッツィー。母の妹です」グレーシーはダンをじっと見つめながら答えた。彼が話すのをためらっていることに気づいたのだ。「ベッツィーは家出をして、人身売買組織に売春を強要されていたと、あたしたちは考えています。父はオースティンでベッツィーを見かけたはずなんです。というのは、殺される数週間まえからずっと彼女を探していたから。だから、殺された夜に〈ラッキーナイン〉へ行ったんじゃないかと」

「何てこった……」ダンは唇を嚙み、ぼくの向こうの窓の外へ視線をさまよわせた。

「彼女を覚えているのね？　ベッツィーに会ったの？　いったい、何があったの？」

「グレーシー」ぼくは目配せして注意した。グレーシーは責めるような口調になっており、これでは話してもらおうとしても――相手が元警察官ならなおさら――うまくいかない。

「もしかしたら、そっとしておくのがいちばんかもしれない」

グレーシーは信じられないという顔でダンを見た。そして、怒りを爆発させた。

「もう、けっこう！」食事を終えたかのように、トレーをまえに押しやった。「FBIに連絡して、話を聞きにきてもらうから。もしかしたら、ここで、お客のまえで話を聞くかもね。ああ、新聞社にも電話しようかしら」あたかも、いま思いついたかのように付け加えた。「さぞかし、オースティンでいちばんのバーベキュー店にふさわしい宣伝ができるでしょうね」

「そんな真似はよせ」ダンが口もとを引き締めて言った。

「それなら、さっさと話して」

ダンはもう一度店内を見まわした。そして怖い顔でグレーシーにすわるよう促した。

「ある晩、わたしたちはあるホテルに急行した。名前は覚えていない。まあまあ、標準的なホテルだった。未成年と思われる少女が売春をしているという匿名の通報があったんだ。それで、わたしたちが駆けつけた」少し言いよどんでから続けた。「部屋のドアまで出てきた男はデートをしているだけだと言って、相手の身分証明書を出してきた。すると、きみのお父さんが身分証明書と合致しているかどうか確認するから、ドアまで相手を出すよう要求した。そして、とうとう女の子が出てくると、エイブは急にかっとなった。男を逮捕して、女の子を引っぱりだそうとしたんだ」

ぼくとグレーシーは驚いて、目を見あわせた。「エイブは少女に見覚えがあったんですね？」

「そう見えた」

「それがこの少女ですか？」

「ああ」

「そのあと、どうしたの？」グレーシーが促した。

ダンは大きく息を吸って、ぼくをちらりと見た。「そのあとジャッキー・マーシャルがきて、わたしたちに帰れと命じた。この先は自分が処理すると言って。たぶん、わたしたちがノックすると同時に、男が彼女に連絡したんだろう。最初に出てくるまで、すごく時間がかかったんだ。シャワーを浴びていたから遅くなったと言い訳をしていたが。それに、男は誰かを待っているみたいに、廊下をちらちら見ていた。とにかく、エイブは怒っていた。でも、きみのお母さんは手帳のメモを破って、わたしを追いはらった。エイブは五分後にかんかんになってホテルから出てきた。そして無線ですべて異常なしと報告して、強盗の通報があった現場に向かった」

とんでもない大失態を犯したときのように、気持ちが沈みこんだ。ただし、大失態をしたのは自分ではなかったが。どうやら、母が大失態を犯したらしい。「人身売買組織にとらわれていた十五歳の少女を見捨てたんですか？」

「ちがう。わたしたちは上司の指示に従ったんだ。あの少女が見捨てられたと言うなら、それはジャッキー・マーシャルの責任だ」ダンは慎重にそう答えたが、その目には罪の意識が感じられた。

グレーシーの眉間にはしわが寄っていた。すでにダイナから聞いていた話の穴を埋め、ダンの話がすべて辻褄があうことを確認しているにちがいない。ただし、ぼくたちが知っているエイブとはちがっていたが——エイブはたとえ上司の命令でも、ホテルの部屋にベッツィーを残していったりしない。

母がエイブを帰らせる手段を見つけたにちがいない。

だが、それよりもわからないのが、そもそもどうして母がそんな口出しをしたのかということだ。

くそっ。「母は部屋にいた男をかばったんですね」

「たぶん、そうだろう。だが、本当のところはジャッキーに訊かないとわからない」

その言葉はダンの意図したとおり、ぼくの胸に深く突き刺さった。

「その男って、誰なの?」グレーシーが促した。

ダンはうつむき、テーブルにこぼれていた塩を手で払った。「どうしても身分証明書を出さなかったんだ。なくしたなんて、お粗末な作り話をしていたよ」

グレーシーはいら立って唇を噛んだ。「見た目はどんな感じ?」

「白人だ。それしか覚えていない」ダンは少し考えてから付け加えた。「赤毛だったと思う。すまない。それしかわからない」ダンは椅子から立ちあがった。「最後まで食べていってくれ」

グレーシーは目を険しく細めた。「警官だったの？」

ダンの背中がこわばった。多少なりとも協力する気持ちがあったとしても、いまはもう窓の向こうに消えていた。「いいかね……」グレーシーがすわっている木の椅子の背もたれをつかんで、グレーシーに顔を近づけた。怒りは隠せていないが、必死に声を低く抑えて言った。「オースティン市警の悪口を聞くのは、もううんざりだ。一日じゅう聞かされている。やれ、だらけているだの、腐敗しているだの。だが、この街にはきみたちが平和に外を歩けるよう、くる日もくる日も命を懸けている立派な警察官が大勢いるんだ。ドウェイン・マンティスみたいな腐ったリンゴが大きなかごのなかにひとつだけ混じっていたからって、わたしたちの尊厳を笑い話にしていいはずがない」

ぼくたちを包む息がつまるような緊張感にまったく気づかず、ウエイターが現れた。

「アイスティーのお代わりをお持ちしましょうか？」

ダンは急に身体を起こし、大きく息を吸って、怒りをふり払った。「ジュリアン、こちらのお客さまには店のサービスで何でも出してあげてくれ。ふたりの親御さんはどちらも立派な警察官だったんだ」そう言うと、ダンは事務室に入っていった。

「ひどい話ね、ノア！」ウエイターが離れたとたん、グレーシーがささやいた。

ぼくは喉がつまり、ソーセージをフォークで突っついていた。何と答えていいかわからない。

　母さんはエイブに対して、どうしてそんなことができたのだろう？　ダイナに対して。グレーシーに対して。十五歳だったベッツィーに対して。エイブたちは家族だったのに、その友人を――〝白人で、赤毛の〟友人を――優先させたのだ。

　ぼくにできることは、その人物を特定するために記憶を探りながら、頭をふることだけだ。ぼくが知っている赤毛の白人はジェンソンだけだが、当時は十一歳だ。「これで、ぼくらの親がどうして仲たがいしていたのかはわかった」

「これがどういう意味なのか、わかる？」グレーシーはゆっくり話した。いまも聞いたことを整理しているのだろう。「パパはベッツィーを探しているときに〈ラッキーナイン〉でドラッグの売人を逮捕する現場を目撃し、マンティスとのごたごたに巻き込まれた。そして、そのせいで死んだ」

　そして、そもそもベッツィーを探すことになったのは、母がホテルにベッツィーを残してエイブを追いはらったからだ。

〝わたしのせい……わたしが引き金を引いたようなものなのよ〟

　つまり、あの夜エイブが死んだのは、母のせいなのだ。

そして母がすべてを〝正す〟ために採れた唯一の方法は、自分の頭に銃を向けることだった。


「ピザを注文しない？」開いた窓から裏庭に声が届くと思い、ぼくは叫んだ。

「冗談よね？」

「もちろん、本気さ……」ぼくは冷蔵庫を開けて正面に立ち、ぐうぐう鳴っている腹を叩きながら、まだいっぱい詰まっている棚を眺めた。どれも食べる気にならない。ため息をついてリンゴを見つけ、ビーフジャーキーも持って、フレンチドアから庭に出た。グレーシーは軽やかに水のなかを進み、いつもは大きく広がっているカーリーヘアが水に濡れて、背中のなかほどまで届いている。

サイクロプスがビーフジャーキーを見つけて、駆けよってきた。「リスか何かを捕まえてこいよ」サイクロプスを無視してビーフジャーキーを食いちぎり、グレーシーが反対側まで泳いで、細い腕でプールサイドにつかまって休んでいる姿を眺めた。

「それはサイクロプス用なのよ」

「別に〝サイクロプス用〟と決めたわけじゃない」

哀れな鳴き声が聞こえて見おろすと、サイクロプスが口のまわりをなめた。「物乞いなんて、おまえらしくないぞ」本当は片目の犬にはぴったりだ。いかにも哀れに見えるから。

「週に一度、職場から持って帰ってあげてたのよ。サイクロプスはそれが大好きだから」

「ぼくだって大好き――あ、おいっ！」下ろしていた手から、サイクロプスにジャーキーを奪われた。サイクロプスはジャーキーをくわえて逃げていく。「あいつ……」

グレーシーの低い笑い声が春の暖かい風に運ばれてきて、いら立ちはすぐに消えた。最後にここで誰かがあんなふうに笑ったのは、いつだったろう？　少なくとも、十四年はたった。

美しい笑い声がゆっくりと消えた。「どうして、そんなふうにあたしを見るの？」

「きみの笑い方がお父さんによく似ているからだ」

グレーシーの口もとがかすかにこわばった。「ときどき、腹が立つの。あなたはそんなによくパパを覚えているのに、あたしは顔さえ思い出せないなんて」

ぼくはプールのはしまで歩いていった。「ぼくが覚えていることをすべて教える」

しばらくしてから、グレーシーはうなずいた。そしてぼくのTシャツと短パンを見た。「泳がないの？」

「ああ。そんな気分になれなくて」

「水は温かいわよ」グレーシーが馬鹿にするように言った。

「嘘つき。唇が紫色になっているぞ」ここ数日、肌寒い日が続いていた。プールのヒーターはつけたが、快適な温度にあがるまでは何時間もかかる。

「ふん」

さあ、はじまるぞ。「ふんって……何？」

グレーシーは肩をすくめた。「別に。こんなに大きいくせに赤ん坊みたいなことを言うんだなと思って」グレーシーは足でプールの壁を蹴って進んだ。「リビングルームに毛布があったから。ちゃんとくるまったほうが――」グレーシーの悲鳴が聞こえ、服を着たまま冷たい水に飛びこんで彼女のほうへ近づいた。あまりにも水が冷たいせいで、妙に力が湧いてきた。

思わず毒づいて水面に出たとたん、腕に鳥肌が立った。

「もうちょっとだから」グレーシーはそう言うと、静かに付け加えた。「弱虫」

ぼくは浅いほうまで泳ぎ、すばやくTシャツを脱いでプールサイドに放ると、また水のなかへ戻った。

グレーシーは手足を伸ばして水面に浮き、空のどこかを眺めている。ぼくは身体を温めるために黙って水を蹴りながら、グレーシーの平らな腹と、胸のふくらみと、尻を思う存分じっくり眺めた。こんな曲線を持った女性は見たことがない。出るところは出ているのに、引き締まっていて、まるでアニメみたいだ。

グレーシーの咳ばらいで、じっくり品定めしていたところを見られていたことに気がついた。

「もしもパパが死んでなくて、あなたのお母さんが……その……何もしてなかったら……あたしたちは友だちになってたと思う？」

「いまみたいじゃなくてってこと？」

グレーシーはわざとらしくため息をついた。「わかってるくせに」

そうだろうか？　というか、いまのぼくたちは何なんだろう？「たぶん、きみの兄みたいな感じだったんじゃないかな」やっと、そう答えた。

グレーシーがあまりにもぞっとした顔をするので、思わず笑った。だが、同時に心臓がどきどきしてきた。

ぼくはグレーシーの下まで潜っていき、背中と背中をぶつけ、バランスを崩して水中に引っぱりこんだ。

グレーシーは水面にあがってくると、水をパシャパシャとはねさせた。「まったく、あなたってひとは……いらいらさせて……本当の兄貴みたい！」ぼくの顔に水をかけてくる。

ぼくはグレーシーの腰に腕をまわして、プールのはしまで連れていった。「ごめん。そのまま沈むとは思っていなくて」ぼくはグレーシーが静かになるまで、うっとりするほど美しい顔を見つめながら、シルクのような肌の手ざわりを楽しんだ。すると、アドレナリンが全身を駆けめぐった。

グリーンの目に見つめられ、ぼくは激しい口調で責められるのを覚悟した。だが、グレーシーは顔を近づけてくると、すばやくキスをしてきた。「どんなことも、あなたのせいだなんて思ってないから」

その言葉で、ぼくは必死に避けようとしていたことを思い出した。

ベッツィーと赤毛の白人の男がいたホテルの部屋のまえで、エイブと母が言い争った夜、何が起きたのだろう？

全身に緊張が走った。「あのことを考えるたびに……」ぼくたちはサイラスとクラインにダンから聞いたことを話した。クラインは関心がなさそうだった。彼が気にしているのはエイブラハムが殺害された事件についてであり、ほろ苦い家族の再会なんて興味がないのだ。だが、サイラスはひどく顔色が悪くなり、小声で三度も毒づくと、酒のキャビネットから、母が伯父のためだけに用意しておいたバーボンを取ってきて注いでいた。

サイラスはエイブの事件が起きた当時、主席検事補をつとめていたせいで、厳しい批判を受けている。このうえ、母がやったことが――人身売買組織の被害者である十五歳の少女が客とホテルの部屋にいることを知りながら見捨てたことが――マスコミにばれたら、どんな状況になるのかは簡単に想像がつく。

母さんは誰をかばったんだろう？　母さんにエイブとの友情を捨てさせたのは誰なんだ？

この二日間、ぼくは母のアルバムをすべてめくり、赤毛の白人男性を探した。アシュリー・シェリダンに電話して、警察で母が知っていそうな赤毛の白人男性をリストにしてもらいさえした。挙がった名前は少なく、目当ての男は見つかりそうにない。結局、ぼくはダンが勘ちがいしているか……嘘をついているのだろうと結論づけた。

でも、もし嘘だとしたら、どうして？

グレーシーが腕のなかで身体を動かし、ぼくのほうを向いた。そして脚をぼくの腰に巻きつけ、腕を首に巻きつけてささやいた。「もう、考えないで。少なくとも、いまは。あたしのことを考えて。たとえば……」グレーシーは唇を重ね、ゆっくりとからかうようなキスをしてきた。

ぼくは反射的に手を腰まで滑らせ、ふざけてビキニのショーツのひもを引っぱった。裏庭なら誰にも見られない。それに、少しまえに隣の家から車が出ていく音が聞こえた。家のなかに入らなくても――。

サイクロプスが激しく吠えながら、プールを通りすぎて表の門へ向かって勢いよく駆けだした。

クラインが顔を出した。そして反対側の安全な場所で眉をひそめた。「あの狂犬をおとなしくさせてくれないか」

「やだね」グレーシーの身体が離れると、ぼくは自分のズボンを整えた。グレーシーは階段を使ってプールからあがると、椅子にかけてあるタオルを取りにいった。そのあいだ、クラインもぼくも彼女の身体をじっくり眺めた。

そして、あの野郎はしっかり見ていることを隠そうともしない。

グレーシーが口笛を吹くと、サイクロプスがすぐに走ってきて、門から入ってきたクラインを警戒して見つめた。きょうのクラインはいつもほどくだけすぎていないボタンダウンのシャツと黒のチノパンをはいている。

「電話じゃだめだったんですか?」

「それじゃあ、楽しくないだろう」クラインは得意気に笑った。ぼくたちが何をするつもりだったのか承知しているのだ。だが、急にクラインの顔からおもしろがるような表情が消えた。「ふたりとも着がえて、一緒にきてほしい。わたしの車で」

急に、不安になった。「どうして?」

「ベッツィーが見つかった」

57

グレース

「ちょっと、待って」ノアはそう言って、クリスチャンとタリーン捜査官が車のドアに手をかけるのを止めた。あたしたちはＦＢＩの車の暗い後部座席で静かにすわり、正面の庭で女性がほころびはじめている蕾《つぼみ》をじっと見ている姿を見つめた。つばの広い帽子で顔が見えないけれど、ぴったりしたショートパンツとＴシャツを着て、若くて健康的な肢体を見せつけている。「彼女は庭師？　それとも子守をしてるの？」

クラインが得意気に笑った。「いや、彼女はここで夫と暮らしている」

「本当に百パーセント、彼女がベッツィーなの？」

「九十五パーセントくらいかな。でも、あそこに行って彼女に訊けば、その差はすぐに埋められる」

ノアは不安そうに頭をふった。不規則に広がっている家と広い敷地とよく手入れされた芝生があるこの地域に車が入ってからというもの、ノアはずっと怪しむような顔をしている。彼によれば、ここはオースティンでも有数の高級住宅地らしい。「グレーシー、どう思う？」

いまあたしが思うのは、ママのネックレスをきつく握りしめつづけていたら、そのうちてのひらに食いこんで切れてしまうだろうということだ。「確かめる方法はひとつしかない」もし本当だったら、すごくない？——トレーラーパークで性的虐待を受けて、人身売買組織に連れていかれた女の子が、こんなお屋敷に住んで、静かに草取りをしていたら。見ているかぎり、とても平穏そうに。

ノアはため息をついた。「もし、あなたたちの勘ちがいなら、そうとう気まずい会話になるでしょうね」

「〝あなたは娼婦でしたか？〟とは訊けないかもしれないな」

車を降り、敷石を組みあわせた小道を歩いていく、ふたりのＦＢＩ捜査官のあとを、ノアと並んでついていくと、鼓動が速くなってきた。

「ミセス・マンディ・ウィラーですか？」クリスチャンが呼びかけた。

マンディ・ウィラー？

女性がふり向いた。帽子のつばの下から、ボブにしたプラチナブロンドがのぞいている。「訪問販売ならお断りよ」厳しい声が返ってきた。冷ややかなグリーンの目がこっちを向いて、あたしを見て止まった。あたしより少し明るいグリーンだ。

そして、間違いなく見覚えがある。

「何かを売りにきたわけではありません」クリスチャンがＦＢＩのバッジを取りだした。

女性が警戒するような顔になった。左右の家を見る。「何のご用ですか？」

「あなたはアリゾナ州トゥーソンのエリザベス・リチャーズさんですか？」

「いいえ」彼女の顔から血の気が引いた。

嘘だ。

「あなたの母親の名前は、ペギー・リチャーズですね」あたしの声は震えていた。「父親はブライアン。ダイナという姉がいて、エイブラハム・ウィルクスと結婚しました。ふたりには娘がいて、名前はグレース。それがあたし。あたしはグレースです」

「どうして……」彼女はそうささやくと、大きく見開いた目に涙を浮かべて、あたしたちを見た。

クリスチャンは腕で抱えていたファイルを開き、オレンジ色のジャンプスーツを着て、長くてぼさぼさなブロンドの髪をした女性の上半身の写真を掲げた。「あなたはマンディ・ホーキンスという偽名を名乗っていた。二〇〇七年、売春で逮捕されてボーモントで九十日間服役し――」

「もう、けっこう」彼女は顔をしかめ、片手をあげてクリスチャンを止めた。

あたしは彼女がもう帰れ、二度とくるなと言うのではないかと不安になって、息をつめた。あたしのことも、ママのことも、パパに起きたこともどうでもいいと言って。

「いつか、こんな日がくるんじゃないかと思っていたのよ」彼女は少しもうれしくなさそうに言った。

あたしには山ほど訊きたいことがあった。彼女の身に起きたこと。パパについて知っていること。そして、パパに起きたこと。でも、いまは、何よりも訊きたいことがある。

「どうして、家に帰ってこなかったの？」

「〝ベッツィー〟っていう名前を聞いたの、すごく久しぶり」ベッツィーはアイランド式のカウンターで、あたしたちのまえに水の入ったグラスを置いた。

あたしには、ベッツィーを見ていることしかできなかった。

ママの妹を見つけたなんて、信じられない。あたしの叔母。家出して、パパが必死に探していた女の子。

パパが見つけようとして命を落とした、女の子。

彼女は間違いなくリチャーズ家の目をしている。ママとは顔の形もあごも同じ――広くて、とがっている。顔の目鼻立ちはママより上品だ。

それに、おばあちゃんの面影もある。外見もだけど、ふるまいも。ベッツィーは数秒は相手を見つめるけど、まるでそれ以上は一秒たりとも見ていられないかのように、目をそらす。

それに、おばあちゃんと同じで、あまり笑わない。少なくとも笑顔が引きつっていて控えめだし、相手に見られるときは、小さくふっと息を吐く。それも、おばあちゃんと同じ。

そして、ベッツィーはもう何分もカウンターの同じ場所をふきんで拭いている。おばあちゃんと同じように。

ベッツィーが口を開いた。「ニュースを見たわ。ダイナはどう?」

「矯正施設にいるわ。今回は続いてくれるといいんだけど」

ベッツィーはうなずいた。「何か、あたしに用があったの? それとも……」

あたしは説明しようと思って口を開いたけれど、どこから話したらいいのかわからなかった。そして、クリスチャンもタリーン捜査官も珍しく、これまでのところ黙っている。

「かなり複雑な話なんです」ノアがあたしの膝に手を置いた。安心させようとしているのだ。こんなに動揺しているあたしに慣れていないから。

「時間ならあるわ」ベッツィーはかすかに震える手で、水をゆっくり飲んだ。「ところで、あなたは誰？」

「ノア・マーシャルです。母はオースティン市警本部長だったジャッキー・マーシャルです」

ベッツィーの目に驚きが浮かび、そのあとやわらいだ。「お母さんに起きたこと、お気の毒に」

ノアはただうなずいた。

ベッツィーはクリスチャンのほうを向き、険しい目で見た。何といっても服役したときの写真を出した男で、ベッツィーがその過去を消したいと思っているのは明らかだった。「あなた方ふたりがエイブラハムが殺された事件の捜査をしているＦＢＩの捜査官ってこと？」

「はい。そして、我々からもあなたに質問があります」クリスチャンは気楽そうにほほ笑んだ。

少し間を置いてから、ベッツィーは――マンディは――うなずいた。「どうぞ」

「二〇〇三年四月、エイブラハム・ウィルクスと相棒は売春が行われているという通報を受け、オースティンのホテルに急行しました。エイブラハムは部屋にいた少女を知っていました。その少女はあなたですか？」

「ええ」ベッツィーは顔をわずかにゆがめた。「エイブがあたしを最後に見てから何年もたっていた。でも、会った瞬間に彼の目を見て、あたしだと気づいたのがわかった」

「あなたは、そのとき一緒にいた男性を知っていますか？」

ベッツィーは首をふった。「あたしは……マネージャーにその静かなホテルに車で連れていかれたの。いつも使うホテルよりはきれいだった。マネージャーに部屋の番号を教えられて、なかへ入った」

「名前は覚えていますか？」

「いいえ。でも、たぶんジョンとか、ドンとか、ビルとか」ベッツィーはくすくす笑った。「本名を名乗るひとなんていないわ」

クリスチャンが質問し、タリーンがメモ帳に記録している。「あの夜について覚えていることは？」

「たくさんあるわよ」ベッツィーは静かに答えた。「あたしが部屋に入った二十分後くらいに、ドアがノックされたの。相手の男はのぞき穴から見ると、ひどくあわてて、すぐにシャワーを浴びはじめた。それで、あたしにバスルームに入っていろと言ったから、そのとおりにしたの」

「そのあと、男がドアを開けた？」

ベッツィーは首をふった。「いいえ。バスルームのドアが少し開いたとき、男が電話で話していて、相手のひとにドアの外に警察官がきているから、すぐにやめさせてくれと話してたの。ドアを開けたのは、そのあとよ」

ノアとあたしは顔を見あわせた。男はジャッキーに電話をかけたのだ。「男は電話で誰かの名前を言っていませんでしたか？」

ベッツィーは首をふった。「あたしたちは十分まえにコカインをやってたの。だから、あたしはコカインを片づけようとしていたし、逮捕されるのが怖かったから細かいことは覚えていない。警官たちが、ホテルの人間が未成年が部屋で売春をしている可能性があると通報してきたと話していたのは聞こえたけど。男は否定していた。片方の警官は〃おじゃまして申し訳ありませんでした。ひどい間違いのようです〃なんて言ってたけど、もうひとりがあたしの身分証明書を見せて、ドアまで出てくるようしつこく言ってた。そうしたら男はあたしがバスルームにいるから、服を着られるようにドアを閉めて、数分待ってほしいと話したの。

それから男がきて、あたしを捕まえた。頭をはっきりさせるために、水をうんと飲まされたわ。で、何と言うか教えられたの——あたしたちはデートをしていることにして、何を言われても否定しろって」

「時間稼ぎをしているように見えましたか？」

「ええ、間違いない。ずっと時計ばかり気にしていたから。とうとう警官たちがドアを叩いて、開けろと言いはじめたの。男はあたしの身分証明書を持たせた。いくつかと訊かれたわ」

「いくつだったんですか？」

ベッツィーは唾を飲みこんだ。「十五歳になったばかりだった」

「あなたが若かったことを、男は知っていたと思いますか？」

ベッツィーは唇をゆがめた。「若い娘を好きなやつらは……わかるものよ。それに、相手が誰だか知らないけど、男は電話で未成年だって言ってたから」

薄汚い男はわかっててやったんだ。

「男の身分証明書は？」

「メッセンジャーバッグの内ポケットに隠してた」ベッツィーは眉をひそめた。「でも、警察は男に身分証明書を出せとは言ってなかったわよ。もう、相手が誰だか知ってるみたいだった」

あたしはノアを見て、自分と同じことに気づいていることを確かめた――ダンは嘘をついていた。

「男は自分が警官たちと話しているあいだ、うしろに下がっていろってあたしに言ったの。でも、ひとりの警官があたしがドアまで出てこなかったら、ふたりとも逮捕するって言って。だから、出ていったの。最初はエイブだって気づかなかったけど、どっちにしても怖くて仕方なかった。ダミアンと揉めたくなかったから。ダミアンていうのは、あたしの……。まあ、あたしの持ち主みたいなものよ」ベッツィーは静かに付け加えた。

「それから、何が起きましたか？」

「警察官がもうひとりきて――今度は女だったけど――あとは自分が引き受けるって、最初のふたりに言ったの。ひとりはドアから百キロ以内には近づきたくないみたいに、すぐに帰っていった。でも、エイブは彼女と言い争いをはじめたわ。あたしが客に言われて部屋に入っているあいだに、客が彼女と話しあって、彼女も帰っていった。男はテーブルにお金を置いて、あたしに帰れと言った。だから、あたしは裏口のまえで運転手と待ちあわせたの。リッキーよ。運転手の名前。彼は駐車場で待ってるの。警察の車が入ってくるのを見てたから、いろいろ訊かれたけど」

「それで終わりですか？」

ベッツィーは首をふった。「ひとりの警官が駐車場からつけてきたの。女の警官よ。あたしが泊まっていたモーテルまで。どういうわけか、リッキーは気づかなかったみたい」

「どんな外見だったか、覚えていますか？」ノアがやけに冷静に訊いた。

「きれいだった。短いブロンドの髪で、ブルーの鋭い目をしていた」ベッツィーはノアの目を見ていたが、しばらくして視線をそらした。ふたりのつながりに気づいたのかどうかはわからない。「彼女はあたしたちが泊まっている部屋まできて、ダミアンに街からすぐに出ていかなければ、ふたりとも逮捕すると言ったわ。そして、出ていった」

あたしの膝にのっているノアの手がこわばった。

「ダミアンは激怒したわ。あたしが警察と組んだと思ったみたいで。そんなこと筋が通らないけど、被害妄想が激しかったから。その晩、あたしはひどく殴られて、車のうしろに放りこまれて、ヒューストンへ連れていかれた」

「その後、エイブラハム・ウィルクスに再会しましたか?」クラインが訊いた。

ベッツィーは首をふった。「ちょっと待っててもらえる?」

彼女はキッチンの反対側のドアの向こうへ入っていった。どっしりとした木の机が見えるので、書斎だろう。ベッツィーはすぐに戻ってくると、はしがすり切れた名刺をカウンターに置いた。何度も折れたり、丸められたりしたのだろう。

「あの夜、エイブにホテルに置いていかれて、あたしはほかのみんなと同じで、エイブもあたしの身に何が起きようとどうでもいいんだと自分に言い聞かせたの。でも、数カ月後のある日、あたしは知りあいの女の子とばったり会って、これを渡されたの。警官があたしの写真を見せて、自分の名刺を配って歩いてるって。その子はあたしを知っていることをその警官に話さなかったけど、いつかまたあたしに会えるかもしれないから、この名刺を取っていたそうよ。あの世界じゃ、誰かにまた会えるかどうかなんてわからないのに」ベッツィーは悲しそうにほほ笑んだ。「あたしは何年もこの名刺を持って、最悪だったときも、あたしを気にしてくれたひとがいたって言い聞かせてきた」

いまこそ、いちばんいいタイミングにちがいない。あたしは名刺の隣にネックレスを置いた。「ママはこのネックレスをぜったいに手放さなかった」

ベッツィーは何も着けていない首元に触れて、涙ぐんだ。「あたしのはダミアンに取られたの。あたしの身元がわかるものは一切いやがって」

「ベッツィー、みんな、あなたを気にしていたわ」

ベッツィーは唾を飲みこんだ。「その名刺の番号に電話したけど、つながらなかった。ずっとあとになるまで、死んだことを知らなかったから。あの頃は、まわりで何が起こっているのかもまったくわからなかった。街から街へと連れていかれたのよ。誰かが必ずそばにいて監視されてた。命令どおりにしているか見張られていたし、命令に従わないとどうなるか、いつも思い知らされていた。あいつらはあたしたちにコカインをやらせて、ホテルに連れていって働かせた。たいていホテルの部屋でチラシを見て、自分がどこにいるのかわかるの。あの頃、あたしにわかっていたのは、ダミアンに言われたことをすれば、またコカインがもらえるし、叩かれないってことだけだった」

「そのダミアンという男は、いまはどこにいるの？」あたしは歯を食いしばりながら訊いた。なぜなら、その男を殺したかったから。

「刑務所。まだ入っているかもしれないし、もう死んでるかもしれない」ベッツィーはそれを願っているようだった。

「その客について、ほかに覚えていることは？」クラインが会話を問題の夜に戻した。

ベッツィーはピッチャーをじっと見ながら、あたしたちのグラスに水を注ぎたした。

「どこも変わったところはなかったわ。中年で、結婚していて、子どもがいて」

「外見は？」

「四十代……でも、白髪が多かった。身体はきちんと鍛えていたわ」

「もとの髪の色は赤毛？」

ベッツィーは顔をしかめて考えこんだ。「いいえ。赤毛だった記憶はないわ」

「職業は何かわかりますか？」クラインが訊いた。

「あまり話さなかったから」ベッツィーの頬が赤くなった。

「なるほど。とにかく……何でもいいんです。ほら、男って聞いているふりをしてくれる女性に、愚痴を言ったり、本当は話しちゃいけないことを話したりするものでしょう」

ベッツィーは頬の内側を噛んで考えている。「ないわ。ごめんなさい。役に立たないかもしれないけど、彼はいいひとだった。なかには……いいひとじゃないお客がいたから」ベッツィーは蛇口をひねってグラスを洗い、またピッチャーの水を注ぎたした。「あたしの……ペギーは元気?」

「おばあちゃんは五年まえに心臓発作で亡くなったわ」

ベッツィーは唇を固く閉じて、黙ってうなずいた。

あたしは尋ねずにいられなかった。「どうして帰ってこなかったの? あたしたちはまだトゥーソンにいたのよ。まだスリーピーホローにいたの」

ベッツィーは水を飲んで、時間を稼いでいる。「あなたのママはあたしの父親のことを話した?」

「最近、知ったの。おばあちゃんはあなたが家を出てすぐ、彼を追いだした。知ってた?」

ベッツィーは首をふった。「家を出たあとは、一度も過去をふり返らなかった。母親が遅くなる夜に、父親に何をされているのか、勇気をふり絞って母親に打ち明けるのは、とても難しいことだった。それなのに、母親から作り話だろうって言われたのよ……」目に涙が浮かんできた。「だから、あたしは母を憎んだ。父も、母も。逃げたくて仕方なかった。そのとき、ダミアンに会ったの。彼は年上で、すてきで、あたしをかわいがってくれた。いろいろなものを買ってくれて、車でどこへでも連れていってくれて、とてもきれいだ、すごく愛してるって言ってくれた。それで、町を出ていこうと誘われたの。もちろん、自分でも何度も考えたけど、まだ十四歳になったばかりだったから。あてもなかったし。だから、ダミアンに面倒を見てやると言われたとき、簡単に決めてしまった。それでバックパックに荷物を詰めて、手紙を書いて、家を出た。数ブロック先でダミアンと待ちあわせて」

「パパはあなたを探すために、トゥーソンまで車で行ったわ」

「そうでしょうね」ベッツィーの下唇は震えていた。「あたしたちはしばらくカリフォルニアにいて、それからロサンゼルスの近くへ行った。わくわくしたわ。門限もなければ、規則もなくて、学校もない。毎晩、いろんな家でパーティーをするだけ。そのうち、ダミアンからお酒とドラッグをやらされるようになった。ここではマリファナ、あっちでは覚醒剤って感じで」少し言いよどんでから続けた。「ある日、ダミアンの友だちがきてあたしに、すごくかわいいから寝たいって言ったの。そうしたら、ダミアンがいいよ、かまわないって。あたしにも、彼と寝ればもっと愛してやると言ったわ。あたしは十四歳だった。馬鹿だったの。それに、とにかく愛されたかった」

言った。

「きみだけじゃない。たいていの女の子はそうやって、この仕事に引っぱりこまれる。この世界の男たちは誰を狙えばいいかわかっているんだ」クリスチャンがやさしく言った。

ベッツィーは感謝してほほ笑んだ。「そのあと、また友だちがきて、また次も、次も別の友だちがきて、やっとあたしは本当にダミアンの友だちなのだろうかと疑いはじめた。それで、とうとうダミアンにあなた以外とは寝たくないって言ったの。そうしたら、すごく怒って。何発か叩かれた。あたしはダミアンに捨てられるんじゃないかと怖くなった。信じられる？　あたしはそんなことを心配していたのよ」何もかもが辛かったと認めるように、ベッツィーは顔をゆがめた。「ダミアンがあたしを売っていることに本当に気づいたのは、いつだったのかわからない」

「どうして、そのとき逃げなかったの？　家に帰ってくればよかったのに」

「帰るって、どこへ？　あの……父親のところ？」ベッツィーはそれしか言わなかった。

「それでも……こんなに何年も。そのあと何があったの？」

「ダミアンが逮捕されて、あたしには少しだけ自由ができたの」

ベッツィーは苦々しく笑った。

「それが一年くらい続いて、今度は別の男があたしとふたりの女の子を引き継いだ。ネイサーという名前で、ダミアンはどれだけ扱いがよかったのかを思い知らされた。あいつはあたしに安物のヘロインをやらせて、部屋に十二時間閉じこめて、何人もの男にやらせるの。それに、叩かれた。そりゃあ、ダミアンにも叩かれたけど、ネイサーみたいに毎日じゃなかった。

ネイサーは、おまえがどこの生まれか知ってるし、おまえはむかつく女だから、家族ももう家には入れないだろうって言ったわ。逃げようとしたら、ぜったいに見つけて痛めつけてやるって。あたしはあいつの言うことを信じた。怖かった。だから、身体を売りつづけていたら、ある日、サンアントニオでおとりの警官に逮捕されて、刑務所に入れられた。それが人生であたしに起こった最高の出来事。あたしはネイサーからも、人生からも逃げて、刑務所の薬物矯正プログラムでドラッグをやめた」

「ご主人はすべてご存じなんですか?」ノアがやさしく訊いた。

ベッツィーは壁に飾ってある結婚写真に目をやって、口もとにかすかな笑みを浮かべた。「あたしの弁護士だったの。彼の事務所は無料の弁護を引き受けていて、彼があたしを担当してくれた。刑務所に入っているときから、あたしのことを調べてくれて、必要な援助はすべて受けられると請けあってくれた。そして出所したあとも、職場や住むところを見つけるのを手伝ってくれた。次から次へと、いろんなことがつながっていったわ。そして、いまでも信じられないけど、彼があたしと結婚したいと言ってくれたの」

結婚写真の男性はベッツィーより十歳はうえで、頭頂部の髪が薄く、あごはだらしなく皮膚が垂れさがっている。優雅な白いレースのドレスを着て、ゴールドブロンドの髪を背中に垂らしている、美しく輝いているベッツィーの隣に立っていると、誰もが犯罪者は夫のほうだと思うだろう。

「あたしの過去はゲイルしか知らないの。あたしたちはゲイルの家族にも、友人たちにも、出会ったきっかけについて嘘をついている。ゲイルは心が広いけど、ほかのひとはちがうから。とくに、こういう地域では」

「それで、例の客についてですが……本当に、ほかに何も思い出せませんか？」クリスチャンはもう一度ベッツィーにおしゃべりする時間を与えてから、やさしく本題に引き戻した。

ベッツィーは首をふった。「ごめんなさい。もうこれ以上、役に立てないわ」少し間が空いてから尋ねた。「でも、あの夜のこととエイブの事件がどう関係するの？」

「我々にもまだはっきりとはわからないんです」クリスチャンはパパの名刺の隣に自

分の名刺を置いた。「何か思い出したら、電話をください」冷ややかな目で、あたしを見た。「もういいかい?」

「え……ああ……」こうして叔母が見つかった以上、あたしはまだ帰りたくなかった。でも、帰るべきなのだろう。ベッツィーには今回のことを整理する時間が必要だ。彼女のことは責められない。ベッツィーは庭の雑草を抜いていたのに、あたしたちが現れて、彼女が埋めてしまいたかった過去を引きずりだしたのだ。

ベッツィーはメモ帳を取りだして、電話番号を書きつけた。「あたしの住んでいるところは知っているわけだから。これが電話番号よ」そのページを破いて、あたしに渡してくれた。「電話をして。そして、あなたのママによろしく伝えて」そして、少しためらってから付け加えた。「ダイナが回復したら、連絡できるかも」

「ママが喜ぶわ」

「あなたがオースティンにいるなら、またきてちょうだい。きっと、いいものよね……自分の家族をまた持つのは」ベッツィーはあの唇を引きつらせたような笑みを見せてくれた。

「ええ、きっとくるわ。あたしはもうどこへも行かないから」あたしはぼんやりとノアに手を伸ばし、腕に触れた。いまは、ノアが必ずそばにいてくれる。

二階までの吹き抜けになっている立派な玄関ホールに着いたところで、ベッツィーが叫んだ。「待って！　そうよ……ひとつだけ思い出した」頭のなかで飛びまわっている記憶をつかもうとしているかのように、難しい顔をしている。「あのひと……足を引きずって歩いていたわ」

58

ジャッキー・マーシャル警視長
二〇〇三年五月四日

警察が張ったテープをまたぎ、わたしはきらめく照明と人々が集まるサーカスのなかへと足を踏み入れた。

前回このいかがわしいモーテルへきたのは、オースティンからベッツィーを追いだしたときだった。

そして、いまは……いったい何があったのか知らないが、通信司令係に起こされ、巡査がひとり撃たれ、わたしの出動が必要だと伝えられた。

サイラスがあたしのまえに立った。

この男ときたら……もう何も言うことはない。避けて通ろうとしたが、腕をつかまれた。「待て、ジャッキー」サイラスが周囲に目を光らせ、見ている者がいないかどうか確認した。「なかに入るな」

「何で入れないのよ！」兄の腕をふりほどこうとしたが、さらに強くつかまれた。

「キャニングの命令だ。いまは特別捜査チームだけが入室を許可されている。わたしも外で待たされている。地区主席検事だというのに！」

「まだ、ちがうでしょ」歯を食いしばって続けた。「それに、あなたの本性を知られたら、ぜったいになれない」この場で吐かずにいるには、モーテルの部屋に入るしかない。

生真面目で、立派で、法律を順守する兄が娼婦を買っていた。それも、ただの娼婦じゃない。十五歳の少女だ。

しかも、その十五歳の少女はダイナの異父妹だった。

「くそっ、ジャッキー！　わたしは過ちを犯したさ！　だが、おまえだって、過ちはあるだろう！」サイラスは詮索する者たちに聞こえないよう、わたしを物陰に引っぱりこんだ。「彼女は二十一歳だと言ったんだ！　本当の年齢はわからなかったし、彼女が誰なのかなんて知らなかった」

「よしてよ！　ひと目見て、ダイナとつながりがある子だってわかったわ」

「ああ、確かに、彼女はとてもきれいな子だし――」

わたしはうんざりして言った。「とにかく、兄さんは娼婦と関係してジュディを裏切ったのよ！　あのやさしいひとが聞いたら、どんなに苦しむことか」

サイラスは降参するように両手をあげた。「おまえの言うとおりだ。だから、ジュディにはぜったいに言えない。子どもたちにも。あれは過ちだったんだ。わたしはひどい間違いを犯した」

「ねえ、何度〝過ち〟を犯したの？」わたしはサイラスをにらみつけて、決して嘘は認めないと迫った。

サイラスは口ごもった。「二度だ。十八歳にならない子とは一度だけ」

「どうして言いきれるの！　ベッツィーを二十一歳だと思っていたくせに！」

「もう二度としない。誓うよ、ジャッキー。ここのところ家でも、仕事でも、辛いことが多くて……。ほんの少し――」

「ええ、ほんの少し、何が必要だったのかわかっているわ」吐き捨てるように言った。「そして、あの夜、わたしは……サイラス、あなたのせいで誰よりも大切な親友を失ったのよ！　そのうえ最悪なことに、わたしはあなたの大切な仕事と評判を守るために、あの子を追いはらってしまった」

「いやいや手伝ったみたいな顔をするのはやめろ」こんなに独りよがりなことを言えるほど、図々《ずうずう》しい男だったのだ。

「それは認める」わたしはサイラスの胸を指で突いた。「あなたの〝過ち〟のおかげで、わたしは将来を、わたしが必死に勝ち取ってきたものを失いかけた。でも、正直に言ってもいい？　わたしは兄さんの家族への影響を心配したのよ。わたしの息子への影響を」息子はサイラスを買いかぶっている。

　そして、息子が憧れているもうひとりの男を、わたしは裏切った。

「生きているかぎり、わたしは兄さんをかばったことを後悔しつづける」

　サイラスはたじろいだ。「わたしはそんなつもりでは――」

「聞きたくない。もし、また若い女の子と一緒にいるところを見たら、もう決して助けない」

「約束する。ぜったいに――」

「それに、もう安心だなんて思わないことね。エイブが何も言わないのはダイナを守るためよ。でも、ベッツィーを見つけたら、いつかきっと発覚する。そうなったら、わたしたちはふたりとも破滅よ」わたしはサイラスに背中を向けた。

　サイラスはまたわたしの腕をつかんだ。「エイブはもうベッツィーを探せない」兄は小さな声で言った。

59

ノア・マーシャル

クラインは車を駐車場に入れた。「行こう」

ぼくは唇を嚙みしめ、クラインにこう言いたくなるのをこらえていた。〝いいから早く家に連れていけ、ぼくの携帯電話を返せ〟サイラスに電話して、どうしてクラインがベッツィーにあんたの写真を見せたら、あの夜、ホテルの部屋で一緒にいた男と似ていると答えたのかと問いつめてやるのだ。

足を引きずっていたことと、あの夜、母が誰かを――エイブより優先して――かばったという事実を考えれば、サイラスに尋ねるまでもなく、ぼくは心の底ではもう答えを知っていた。

ただ、信じられないだけで。

それで呆然としたまま、ＦＢＩの車から降りた。まるで胃のなかのものを歩道にぶちまけてしまったような気分で、グレーシーとは目をあわせられなかった。

どんどん悪くなっていく、決して目覚めない悪夢にはまってしまったらしい。

「ここはどこ？」クラインのあとについて、コンドミニアムらしい建物の細道を歩いていると、グレーシーが尋ねた。両側には二メートルほどの高さの煉瓦の壁があり、天井はすっかり成長した緑豊かな木で覆われている。そして、壁の向こうには小さな裏庭がある。

小さな黒い門とドアを抜けると、うしろを歩いてきたタリーンがそのドアを閉めた。「ここはＦＢＩが借りている部屋だ」クラインがやっと説明した。「ときどき、セーフハウスとして使っている。いまは、事件のために使用している」

「マンティスとスタップリーの事件？」グレーシーはハチミツ色の木と紫がかった灰色の壁を見まわした。家具の類はあまりない――黒革のソファ、薄型テレビ、本が少し置かれている造りつけの棚。黒っぽい木とステンレスの器具でできた男っぽいキッチンにはティーポットののったコンロがある。そして、ぼくの頭の真上には抽象画が飾られている。

ぼくはクラインの視線を感じた。「いや。サイラス・レイドの事件だ」

肺から空気が絞りだされた気がした。

「我々は五カ月まえからサイラスを調べていたんだ」タリーンがぼくたちのまえを通りすぎて、部屋に入りながら説明した。

それで、やっと合点がいった。「あなたたちは、ちがう人間を追っていたんだ」ぼくはつぶやいた。「母が留守番電話で言っていた。〝誰かを逮捕したいなら〟とか何とかって」

クラインは炭酸飲料や水が入っている冷蔵庫のほうを見た。そして缶コーラを掲げてグレーシーがうなずくと、投げて寄こした。それからソファを身ぶりで示し、自分は向かいの椅子に腰を下ろした。静かなコンドミニアムの部屋にコーラの缶が開く音が響き、ぼくたちは説明を待った。

「去年の十一月、我々はエイミー・バイヴンズと会った」

ぼくは顔をしかめた。「伯父の秘書の?」

「元秘書だ。そのまえの週にバイヴンズは解雇されている。とにかく、バイヴンズはサイラス・レイドの恐ろしい私用電話を聞いてしまったと話した。サイラスが自分のために娼婦を、しかも未成年の子を探していると思われる内容だったというんだ」

「伯父はそんなことを電話で話すほど馬鹿じゃない」ぼくは反論した。

グレーシーの顔がうんざりした様子でゆがんだが、それは伯父のことかどうかわからない。もしかしたら、伯父をかばっているぼくにうんざりしたのかもしれない。

クラインはぼくの反論を無視して続けた。「バイヴンズがオースティン市警に訴えなかった理由は明らかだ。我々はバイヴンズが雇用主に対する不満を抱いているだけという可能性も考えたが、彼女はサイラスが娼婦と会う日にちもヒューストンのホテルの名前もつかんでいた。だから、調べてみることにした」永遠にも思える間が空いてから、クラインが口を開いた。「防犯カメラに、サイラスの部屋に入っていく少女が映っていた」

ぼくはぎゅっと目を閉じた。こんなのは現実じゃない。こんなのは……。

「少女はジーンズとTシャツという、決して怪しまれないような服装をしていた。だが、一時間部屋にいて、偽造のナンバープレートをつけた車が迎えにきた。少女の顔はよく見えなかった。少女の手がかりはなかったが、事件が起こっていることはつかんだ。そこで、サイラスの携帯電話と自宅の電話の盗聴を開始した」

グレーシーが声を発した。「他人の会話を聞くのが好きなのよね」いかにもクラインが言いそうなことを言った。ふたりは話が通じるらしく笑いあっている。ぼくには理解できず、気に入らない、ふたりだけの秘密のやり取りだ。

クラインは膝にひじをついた。「六週間たっても何も起こらず、わたしはちょっとした罠を仕掛けることにした。それで、ジャッキー・マーシャルを訪ねた」

　タリーンがパソコンを持ってきた。

「ジャッキーとは過去に何度か仕事をしたことがあって、関係は悪くなかった。サイラスが未成年の娼婦と関係を持ったことをジャッキーは知っているかどうか確かめるつもりだった」

「でも、うまくいかなかったのね」グレーシーが小声で言った。

「本部長室から追いだされたよ」クラインは笑い声をあげたが、目は笑っていなかった。「結局、その試みは失敗に終わった。その夜、ジャッキーが兄に電話して、どうしてFBIが自分を訪ねてきて、サイラスの性癖について尋ねたのかと問いつめたからだ」眉を動かして続けた。「ジャッキーは知っていたんだ。少なくとも、過去にそういうことがあったのは知っていた。彼女はひどく怒っていた。自分との約束を守るつもりがあるのかと問いただしていた。ベッツィーのことがあったのに、と」

　グレーシーが目を見開いた。「ベッツィーの名前が出たの？　あなたはベッツィーを知ってたの？」グレーシーの口調が非難するものに変わった。

「ベッツィーという名前の少女がいることは知っていた。でも、誰なのかはわからなかった」

「ちょっと待って。それはいつの話ですか？」ぼくが口をはさんだ。

「そのときは一月だ」

ぼくはすばやく計算した。母の深酒がまたはじまった頃だ。

〝あの子の年を知らなかったんだって彼は誓ったのよ。もう二度としないともね〟

「ああ」母がぶつぶつ言っていたことは、すべて真実だった。〝彼〟というのはひとりを指していたわけじゃない。マンティスであり、キャニングであり、サイラスだったのだ。「母はベッツィーとのことを、嘘偽りのない過ちだと思っていたんだ」娼婦と関係を持ったサイラスは下衆《げす》な男だが、母はそうして欲望を満たそうとする男を許す女だった。

でも、その相手が十五歳の少女だったとなると？

あの夜の母の行動は、サイラスを犯罪者にしないためだった。だが、サイラスは母に嘘をついて、また同じことをした。母がサイラスを守ったせいで。

母はそのことに苛《さいな》まれたのだ。

「その夜、我々が得た情報はそれだけではない。サイラスはオースティン市警の監察部に、マンティスとその部下たちは〝監視を解く必要がある〟と告げていた。これは明らかにほかの誰かからサイラスが得た情報だが、その第三者の名前は言及されていない」

「キャニングね」グレーシーは言った。「わたしも最初はそう思った。捜査対象をジャッキー・マーシャルにまで広げたときだったから」

ちくしょう。「母も知っていたんですか?」

「最後には……庭にプラスチック・バッグに入ったエイブラハム・ウィルクスのホルスターが埋めてあったのをジャッキーが見つけて、キャニングと激しく言い争っている電話を盗聴した。ジャッキーはドウェイン・マンティスが埋めたにちがいないと責めていた。ジャッキーを脅して、何とか不正行為を行っていた罪を逃れようとしたんだろう」

ぼくはクラインをにらみつけたが、彼は弱々しく〝なかなか話せなくて申し訳ない〟という意味らしく肩をすくめただけだった。

「ジャッキーは、マンティスが不正を行っているのは間違いなく、必ず罰するときっぱり言っていた。だが、二日後、ジャッキーはマンティスの嫌疑を晴らした」

胃が締めつけられた。母さん、いったいどんな問題に巻き込まれていたの?

「それで、わたしはまたジャッキーに圧力をかけはじめた」クラインは頭をふった。

「何週間も説得しつづけた。マンティスに関してはジャッキーの協力の有無にかかわらず、事件にできただろうし、おそらく逮捕できるだけの証拠を掘り起こせただろう。だが、わたしはレイドを逮捕したかった。そのためにはジャッキーの協力が必要だった」合図をすると、タリーンがパソコンのキーを押した。

酔っぱらった母の声が部屋じゅうに響いた。トゥーソンの夜、クラインが再生した留守番電話のメッセージと同じ声だ。ぼくは目を閉じた。苦悩の波が押しよせてくるが、最初に聞いたときほどの衝撃はない。それでも、辛かった。

〝マンティスがどうやったのか具体的な方法はわからないけど、あいつがエイブを殺したことはわかっている。マンティスを調べて。どうやって、マンティスがあの善良な男を殺したのか調べて。あなたが調べてくれたら、わたしは兄の首を銀の皿にのせて差しだすわ。それくらいはベッツィーのためにしたいから〟

ぼくは目を開けた。

「このあいだはメッセージのすべてを再生しなかった」クラインは悔いている様子は微塵も見せずに認めた。「事件の解決を危うくするわけにはいかなかった。でも、きみにおじさんと話し、ダイナとグレーシーの情報と、ふたりが知っていることを伝えてもらう必要があった」

タリーンの手首が動き、また異なる音声が再生された。
〝金を〞
〝そう、金を〞
〝どのくらいの額なんだ？〞
〝眉が吊りあがるくらい〞
何か悪事を働いて逮捕されたみたいに、録音されたぼくの声が部屋に流れると、顔がかっと熱くなった。「それでバッグに入った金のことを知っていたんですね」
「きみがトゥーソンにいたことも、どのモーテルにいたかということも」
「信じられない」ぼくは両手で額を押さえた。頭がいまにも破裂しそうだ。「でも、サイラスはＦＢＩに盗聴されることを心配していなかったのかな」クラインはサイラスが心配症になるほど母を問いつめなかったのだろうか？
クラインは得意そうに笑った。「サイラスは尊大すぎて、心配なんてしていなかった。ＦＢＩは何もつかんでないし、判事は何も証拠がないものに逮捕状は出さないと、きみのお母さんに話していたよ」
あり得そうだ。「ほかに何か耳にしたことは？」
「エイブラハム・ウィルクスを罠にはめたことや、ほかにもいくつかの犯罪についてやり取りしたキャニングとレイドの会話だ。だが、おそらくベッツィーやほかの少女たちにしたことについては、レイドを逮捕できるほどの情報はない」

「でも、いまならベッツィーの証言があるわ」グレーシーは苦々しく付け加えた。「それから、ヒース・ダンの証言も。嘘をつくのはやめて、未来の地区主席検事だとわかったって認めれば」

「協力したいと考えても、ベッツィーは証言は拒否するだろう。彼女には新しい人生があり、周囲のひとに自分の過去を知られたくないだろうから」タリーンが言った。

「それに、ベッツィーの話には突っつかれる穴が多すぎる。十四年もまえの話で、ベッツィーはドラッグをやっていたし、レイドの身元もわからなかった……。確実な証拠が必要なんだ」クラインがぼくを見た。「もし、やってくれる気持ちがあるなら、きみならできる」一見無神経だが、じつは良心を持ちあわせているかのように、クラインが言いよどんだ。それとも、ぼくの良心を利用しているのか。「エイブのために」

「もちろん、ノアならやってくれるわ」グレーシーがぼくの代わりに答えた。ぼくのほうを見たグリーンの目のなかに、ぼくに与えられた選択肢が見える――ＦＢＩに協力して伯父を刑務所に入れて、ぼくに残された唯一の家族を壊すか。

一生、グレーシーを失うか。

60

グレース

ノアは起きている。

呼吸のリズムと、触れている身体の緊張からわかる。

あたしがまだ起きているのと同じように、ノアも起きている。決断してほしいとあたしが願っている、宙ぶらりんの状態で。選択をするために。

正しい選択を、ノアの伯父に自らが犯した罪に対して罰を与える選択をするために。

千パーセントの確率でノアが母親や伯父より自分を選んでくれる自信がないなら慎重になって、彼には深入りしないほうがいいと、クリスチャンに忠告された意味がようやくわかった。

クリスチャンはわかっていたのだ。いつか隣で寝ているノアが、誰を守るべきか決断するときがくることを。

誰を落胆させるか。
誰を裏切るか。
あたしたちは全員、ジャッキーが選んだひとを知っている。兄と……自分自身だ。
ジャッキーは選択を間違えた。
ノアは同じ過ちをくり返すだろうか？

61

ジャッキー・マーシャル警視長
二〇〇三年五月六日

キャニングがプールの横を通って、ライラックの木の下にあるリクライニングチェアにすわっている、わたしのところへ歩いてくるのが見えた。一歩ごとに身体を揺らして。

それとも、揺れているのはわたしかしら。

わたしはウイスキーの瓶を取って、グラスに注ぎたした。

「ジャッキー」キャニングが椅子をわたしの隣に引きよせた。

「エイブの自宅からブツが発見されたそうですね」知らないふりをするつもりはない。

「ああ。きみには残念としか言いようがない。仲がいい友人だったからな」

「エイブがドラッグの取引をするなんてあり得ません」でも、マンティスとスタッフリーをこの異例な〝特別〟捜査チームに入れるのには理由があるし、犯行現場が封鎖された、銀行の金庫室のように誰も出入りできなかったことにも理由がある。

「エイブには不利な状況だ」

「それは、あなたがマンティスに事件を捜査させたからでしょう！　マ、ン、ティ、スだなんて！　金を盗んだことで、エイブが葬ろうとしていた男なのに！」

「マンティスは誰よりも今回のことに動揺している」

「ええ、そうでしょうとも」嘲笑って鼻を鳴らした。「エイブが車のなかに置かれていた札束入りのバッグを拒んだときも動揺していたでしょう？　エイブを黙らせるための、マンティスからの賄賂ですか？」

キャニングは眉を寄せて考えこんだ。「マンティスから金を渡されたと、ウィルクスが話したのか？」

「いいえ。マンティスがエイブに見つけさせるように、車に置いていったんです」

「つまり、エイブは誰がバッグを置いたか見ていないということだ」

「ええ。でも……」わたしは息を吐きだした。ちくしょう。

「ジャッキー、何か告発したいことがあるのかね？　妥当な疑いだけでなく、実際に証明できることで。確実な証拠を積みあげているエイブの不正と並べても、もっともだと思われることなのかね？」キャニングが鋭い目でわたしを見た。「慎重に考えることだよ。何が、自分の経歴のためになるのか。家族の幸せのためになるのか」丸い腹がじゃましない程度に顔を近づけ、わたしにしか聞こえないように、声をひそめて続けた。「見たところ、エイブラハム・ウィルクスのために剣をふりおろしたところで、何ひとつきみのためにならない」今度はなだめるような口調に変わった。「エイブには警告したんだろう？　より大きな目標について、ときには多くの人々を救うために少数が犠牲になる選択もしなければならないことを話したんだろう？　だが、エイブラハムは少数を選んでしまったらしい。いや、自分自身を救うことを選んだのだ」

　でも、わたしも自分自身を救ったのではないだろうか？　ベッツィーへの仕打ちは、自分の家族のため――兄のため、兄のやさしい妻と子どもたちのため、兄を尊敬している大切なノアのため――にしたことだが、自分のためでもある。なぜなら、あのドアのまえに立っていた数分間や、〈ラッキーナイン〉へ行くまでの車のなかで考えついた唯一の解決策は、わたしの家族、わたしの人生、わたしの野心にとって安全な策だったから。

「男の庭で遊びたいなら、ルールには従わないとな」キャニングはポケットに手を入れて、銀色の星の記章を取りだした。

わたしを副本部長にするという意味だ。

「この捜査が終わるまで、これを持っていたらどうだ。そのうちきみの衿につけて、正式なものにするから」キャニングはわたしの手に記章を落として、椅子から立ちあがった。「酒はほどほどにしなさい。さもないと、いま話したことを忘れてしまうぞ」

キャニングがどんな弱みにつけこんだのか、そっくりそのままくり返してやろうか。

「ああ、ところで……。エイブがマンティスが車に置いていったと主張していたバッグは、どうなったか知っているかね？」キャニングはあとから思いついたかのように、さりげなく言っている。だが、本当はそうじゃない。あれは、キャニングが表に出したくない証拠なのだ。

わたしはキャニングの問いつめるような目を見返した。「燃やしました」

キャニングはうなずいた。「ほう？　きみやわたしのような人間が……この街には必要なのさ」キャニングは帰り、わたしはライラックの下にすわり、手には銀色の星がのっている。

銀色の星の先端が、てのひらに刺さった。

62

ノア・マーシャル

「ノア！」伯母のジュディは小柄なわりに、とても力強く抱きしめてくる。いつもなら、ぼくはそれが大好きだった。

でも、今夜は……。ジュディの手をぎゅっと握りしめ、この硬い身体で自分から抱きつきたいという衝動が収まるのを待った。

「調子はどう？」ジュディはぼくの顔をのぞきこんで顔をしかめた。「具合が悪そうね」

確かに、あと三秒もすれば、ジュディのピンク色のスリッパに胃のなかのものをすべて吐いてしまいそうだ。「風邪でも引いたかな」

「はやっているのね。サイラスもきょうはぐったりした様子で、早く帰ってきたのよ」

ぼくは不安を呑みこんだ。「どこにいるの？」

「いつもの場所よ。隠れているの」ジュディは書斎のほうに手をふった。「一日も休みを取ってくれないのよ。お茶でもどう？」

「ううん、だいじょうぶ」

「そう。何か欲しくなったら言ってね。ここで、秋に行くイタリア旅行の計画を立てているから」ジュディはわくわくした顔をして、ノートパソコンを広げているアイランド式のカウンターに戻った。

腹に銛《もり》を打ちこむときは、きっとこんな気分にちがいない。

〝ごめんなさい〟ぼくは声を出さずに口だけ動かし、廊下を歩いた。

サイラスは机にすわり、庭が見えるように椅子を反対に向けてすわっていた。ぼくが入ってきたことには気づいていないようだ。

ぼくは耳ざわりな音をたてて咳ばらいをした。

「ああ、ノア。きていたことに気づかなかったよ」サイラスの声は平板で疲れていた。

「たまたま寄っただけだから」サイラスにいちばん近い椅子まで歩いて腰を下ろし、できるだけ長く視線を避けた。

サイラスは酒に手を伸ばした。「飲むか？」

「いいえ《ノー・サンキュー》」〝サー〟という言葉はつけなかった。それは敬意のしるしであり、礼儀作法だから。サイラスにはどちらも必要ない。

サイラスがそのことに気づいていたとしても、顔には出ていない。「おまえの仕事への復帰について、話しあうべきだと考えていたんだ。あと一週間もすれば事態は落ち着くだろうから、おまえも事務所に戻ったほうがいい。もう、すべて忘れなさい」

どうして、そんなことが言えるんだ？　どうして、こんなところにすわって、バーボンを飲みながら、自分とはちがう男のふりができるんだ？　この十四年間、どうしてそんなふりを続けてこられたんだ？

「ＦＢＩがベッツィーを見つけたよ」唐突に言った。

「ほう？　本当にベッツィーなのか？　間違い――」

「ベッツィーだった。会いにいってきた」

「そうか」サイラスは時間をかけて、バーボンをゆっくり飲んでいる。伯父が隠していることを知らなければ、この黙りこむ戦法に気づけただろうか？「とりあえず、グレーシーには家族ができたということか。ダイナは――」

「あの夜のホテルで、エイブとのあいだに起きたことを聞いた。母さんが言っていたことだよ。おじさんがやったことだ」

ぼくは否定される覚悟をしていた。すぐに話をそらすとか、すらすらと嘘をつくといった方法で——母さんが死んだ夜にポーチに立っていたときから、何度も何度も、伯父がだます名人であることを証明してきた方法で。

だが、サイラスはバーボンをゆっくり飲んだだけだった。

「だから、ぼくにグレーシーやダイナやＦＢＩと話をさせたくなかったの？　ぼくたちが真実に気づくことを恐れていたから。サイラスおじさん、どうしてあんなことができたのさ！」

「わたしたちは、おまえにはぜったいに知られたくなかった。わたしは……おまえを守ろうとしたんだ」サイラスは椅子の背もたれに身体を預けた。その目に浮かんでいるのは安堵だろうか？　身体から力が抜けているのは、ほっとしたからだろうか？　秘密がついにばれて、ほっとしている？

　要するに、伯父は小児性愛者なのだとクラインに言われるのは、まだ耐えられた。だが、本人の口から聞くのは……。「ぼくが知る、知らないは問題じゃない。おじさんがやったという事実が問題なんだ！」ああ、目が熱い。「ベッツィーは十五歳だったのに！」

「彼女は……自分は充分に大人だと言ったんだ」サイラスは弱々しく言った。説得力のかけらもなく。

「それじゃあ、もう二度とやらなかった？　二度とやらないという母さんとの約束を破らなかった？　母さんに嘘をついてない？」

サイラスは目をそらして机を見た。「ときどき、どうしても欲望が……」いったん声が途切れたが、小さな声で続けた。「どうしても欲望が抑えられなくなる」悪いことだとわかっているんじゃないか。

怒りがぼくのなかで燃えあがった。「だから？　のぞき穴からエイブとダンがいるのを見て、母さんに電話したんだろう？　どたんばで救われるために、母さんを厄介な状況に引きずりこんだの？」

「あの件が公になったら、わたしだけじゃなくて、ジャッキーも厄介な立場になった」サイラスは小声で言った。「だが、ちがう。わたしはキャニングに電話したんだ。おまえのお母さんに電話して、ホテルに寄こしたのはキャニングだ」

意味がわかるまで、少し時間がかかった。「ジョージ・キャニングはおじさんが未成年の娼婦と一緒にいることを知って、母さんに現場へ行ってエイブとダンを追いはらえと命令したということ？」

サイラスはもう一杯バーボンを注いだ。「キャニングはわたしをどうしても地区主席検事にしたがっていた。キャニングが告発を取りさげさせたい事件とか、告発したい事件について、わたしが反対するたびに、あの件を持ちだしてくるとわかっていたら、主席検事なんかに立候補しなかったかもしれない。もしかしたら、落選したほうがよかったのかもしれない。

妹に電話をするのはやめてくれと言ったんだが、キャニングがジャッキーならみんなのためにこの災難を終わらせたいといちばん思うはずだと言って。エイブが唯一言うことを聞く相手だと。だが、それもあの女の子が誰だかわかるまでだった。とにかく……ほかの警察官だったら、こんなことにはならなかったはずだ」

「エイブが死ぬことはなかったと言うんだね」

サイラスはきつく目を閉じた。「エイブに死んでほしいなんて思っていなかった。だが、エイブはマンティスと激しく対立するようになった。おまえのお母さんはエイブを説得しようとした。マンティスから脅されると警告したんだ」サイラスは首をふった。「キャニングはわたしを主席検事にして、マンティスにはドラッグの売人たちを追わせたいと考えていた。彼はとても決意が固い男だから。エイブはまったく点数稼ぎをしない男だった」

心臓がすばやく打ちはじめた。「いったい、何の話？　エイブを殺害した事件の黒幕はキャニングなの？」

サイラスはまたバーボンを注いだ。できるだけ早く意識を失うことを義務づけられている男のようだ。「キャニングがどのくらい具体的にマンティスに指示したのかはわからない。だが、キャニングがマンティスに金の入ったバッグをエイブの車に置かせて、エイブがこっそり盗む愚か者かどうか確かめさせたのは知っている」含み笑いをして続けた。「キャニングがバッグを探しにいったとき、ジャッキーは金は燃やしたと話したらしい。じつは、こっそり隠していたことがわかったときは激怒していたよ」ため息をついた。「それに、エイブがベッツィーを探していることをマンティスに教えたのもキャニングだ。それで、マンティスはエイブを〈ラッキーナイン〉におびきよせた」サイラスはまたたっぷりバーボンを口にした。「そしていまキャニングはすべてを銀紙とかわいいリボンで包んで、醜い底に隠そうとしている」

沈黙が流れた。「おじさん、何人くらいの女の子と寝たの？」

サイラスが唇を固く結ぶと、ぼくはもう話してくれないのではないかと、心臓がどきどきした。

「三人だ。三回だけ弱さに負けた」

ぼくは頭のなかに浮かんだ姿にたじろいだ。「ベッツィーも入れて？」

「四人だ」サイラスは小さな声で訂正した。

ぼくはもう一秒たりとも耐えられず、よろけながら立ちあがってドアへ向かった。

「もう終わりにしよう」

「あのFBIの捜査官」サイラスの声は苦々しかったが、舌は酒のせいで滑らかだった。「あいつはジャッキーを脅したのか？　ぜったいにそうだ。だから、あの夜、ジャッキーは電話をかけてきたんだ。ジャッキーがマンティスに対する調査を監察部にやめさせたことを、FBIに知られたと言っていた」

くそっ。サイラスはその件を知っていたのか。母が死んだ夜にポーチに立っていたときから、サイラスの口から出た言葉はすべて真っ赤な嘘だったのだ。

「ジャッキーは混乱して、ベッツィーについて馬鹿なことばかり言っていた。すべて、あのFBIのせいだ。あいつがひどく不安にさせたせいで、おまえの母さんは酔っぱらってキッチンのテーブルで、頭の横に銃なんかを置いて眠ってしまった。本当にあいつは馬鹿野郎だ……」

ぼくは伯父の声を聞きながら、いまサイラスが話したことを整理した。「待って。どうして、母さんがキッチンのテーブルで眠ったことを知っているの？」

「何だって？」サイラスは自分の言葉を頭のなかで再生しているかのように黙りこん

だが、目のなかで何かがきらめいた。

「〝頭の横に銃なんかを置いて〟キッチンのテーブルで眠ってしまったって、いま言ったよね」

「ああ、いや……そうだったんだろうという推測だ」サイラスは手をふって話を終わらせようとしたが、珍しく言葉につまっていた。息を呑んでいる様子に、動揺が見える。

ずっと見つからなかったパズルの最後のピースが、カチリとはまった——けばけばしく目立っていたピースだったのに、ぜったいに思いもよらない真実だったせいで、ぼくには見えなかったのだ。

「母さんは自殺じゃなかったんだね？」

その言葉を口にしたことで、真実を知ったことで、すごくほっとして膝から力が抜けた。

そのあとに襲ってきたのが、身体が麻痺《まひ》したような衝撃だ。母が自殺じゃないなら、ぼくがシャワーを浴びているあいだに、誰かがキッチンに忍びこんで、母がテーブルで寝入っているのを見つけて銃を持たせ、引き金を引いたことになる。

警報装置の暗証番号を暗記している誰かが。

混乱した母が知っていることをすべてＦＢＩに話したら、失うものが多い誰かが。あの夜、母はクラインに電話をかけて約束をしていた。死ぬつもりなどなかったのだ。自分が死んでも〝あなたなら、だいじょうぶ〟と、ぼくに言い残したわけではなかった。ずっと隠されていたおぞましい事実を山ほど知っても、ぼくなら対処できると言いたかったのだ。母さんがあの金をみんなから——とくにサイラスから——隠していたのは、それが何の証になるのかわかっていたからであり、ダイナとグレーシーに渡したかったからだ。疑問に答える危険を冒して、自分で渡す勇気はなかったけれど。

「サイラスおじさん……」熱い涙が頬を滑り落ち、ほとんど声にならなかった。

「愚かな真似はしないよう話をしたかっただけなんだ。だから、あの夜、おまえたちの家へ行った。話をするために。どうして、あんなことを思いついたのか、自分でもわからない。銃がそばにあって、ジャッキーは電話で話したとき、決心が固いように聞こえた。だから……」サイラスは首をふり、言葉が途切れた。

ぼくは後ずさった。まさか、こんなことになるなんて信じられない。耳にしていることが信じられなかった。

「ジャッキーのせいで、大勢の人生が台なしになるところだった。おまえの人生もだ。

あの瞬間、何を思ったのかは自分でもわからないが、そんなことをさせるわけにはいかなかった。すべてを失うことなんてできない。刑務所に入るなんてできない。だが、こんなふうに……くる日もくる日も罪悪感に襲われるのが、こんなにも苦しいものだと知っていたら……」

ここのところサイラスは眠れない夜が続いている様子で、ろれつがまわらなくなり、目の下に隈ができていたが……それは母が自殺したからじゃなかった。

母を殺したからだ。

「でも……ぼくがシャワーから飛びだしたとき……」サイラスはどうやって逃げたのだろう？

「おまえが駆けつけてくる音が聞こえた。おまえが母親を呼び、階段を駆けおりてくる音が聞こえたとき、わたしはドアを閉めたんだ。おまえが警報装置が作動した音を聞いたかもしれないと思った。わたしが自分の車で走っていくのを誰かに見られたかもしれないと思った。そして警察の車がうちの私道へ入ってきたとき、わたしは手錠をかけられるのだと思った」

「もうすぐ、手錠をかけられるよ」

「まだかけられていないのか？」サイラスは目に涙を浮かべて黙りこんだ──感情が

高ぶっているのか、バーボンのせいなのかはわからない。「ＦＢＩはおまえに盗聴器を着けたんだろう？」

「うん、ここに」頭にのせたサングラスを叩いた。柄の部分に小さな機械がついている。

サイラスはぼくにというより、自らに向かってうなずいた。「ノア、わたしは刑務所には入らない」

「避けるのは無理だよ。何を言っても、逃れられない」自分の声が虚しく聞こえ、ぼくはドアへ向かった。

「ジャッキーの言ったとおりだ。そんなことをしたら、わたしたちみんなの人生が台なしになると言ったんだ」サイラスは悲しそうにほほ笑んだ。「わたしのために、おばさんと、いとこたちの面倒を見てやってくれ」

ぼくは唇を嚙みしめた。「面倒は見るよ。でも、おじさんのためじゃない。おじさんがいなくても、ぼくたちはみんな立派にやっていく」書斎のドアを閉め、ぼんやりとした頭で、ぎこちなく玄関ホールへ向かった。

ジュディがふいに目のまえに現れた。彼女の口は動いているのに、ぼくには意味がわからなかった。「ノア、だいじょうぶ？」たぶん、そう言っているんだと思う。

今回はぼくが両腕でジュディの華奢な身体を包んで抱きしめ、これから起こることから、伯母を守れるようにと願った。

「きっと、うまくいくわよ。わたしが保証するわ」ジュディはそうささやいて、ぼくを強く抱きしめ返してくれた。きっと、母のことだと思っているのだろう。ある意味では、そのとおりだけど。

でも、ぼくたちはだいじょうぶ。ぼくがきっと守るから。

うしろで銃声が響いた。

63

グレース

「本当にくるの？」

ママは切って整えたばかりの髪を耳にかけた。ブロンドの髪のおかげで若く見える。あたしは息を吐きだして、デザート・オークスのサボテン園を縫うように貫いている小道を見つめた。「くるわよ。もう三回目よ」ベッツィーを見つけてからの二カ月でわかったことがあるとすれば、彼女もあたしたちと同じように家族を求めているということだ。姉妹はどちらも再会を心待ちにしていたが、母の回復が最優先だということで一致した。

ママはすれちがった友だちに——確か、コーラルという名前だったはず——手をふると、カーディガンの袖を引っぱって、まだ腕じゅうに残っている注射針の跡を隠そうとした。たとえ日陰にいたとしても、トゥーソンの六月には暑すぎる格好だ。「本当に、おかしくない？」

「すてきよ、ママ」

母は体重が五キロは増えた。もう歯茎は腫れていないし、目も落ち窪んでいない。昔の母に戻りつつある。

最初に角をまがってきたのはサイクロプスで、賞を獲《と》ったプードルのように、リードを着け、頭を高くあげて歩いている。隣にいるのがベッツィーで、一九五〇年代を思わせるレモンイエローのワンピースを着ている――ちょっと澄ましていて上品で、ベッツィーの過去とはまったくちがう。ベッツィーの服はすべて控えめで、女性らしい服ばかりだということに、あたしは気づいていた。

十五年ぶりに妹の姿を目にすると、ママの頬を涙が転がり落ちた。長年、もう死んだものと自分に言い聞かせてきた妹だ。ベッツィーも自分の感情を必死に抑えているようだった。ふたりには話すことがたくさんあり、そのための時間は何年もある。

でも、あたしの目はベッツィーの隣を歩く、長身でたくましい男に引きつけられていた。うれしそうな顔をしているけれど、その笑顔の下に、どれほどの悲しみが隠れているのか、あたしは知っている。

この二カ月は、まさに父の事件の勝利のために費やされた。アイザックが撮影したあの夜のビデオと、録音されたサイラスの自白と、どこから持ってきたのかはわからないけれど、電話を盗聴した証拠があれば、キャニングが反省せずに否認をしても、マンティスとスタップリーのみならず、キャニングも刑務所に放りこめると、クリスチャンは自信を持っている。キャニングの銅像？　オースティンはそんなものを飾る場所はないと結論を下したようだ。きっと、いま頃はどこかの倉庫ですわって、壊されるのを待っていることだろう。

だが、その一方で、醜い事実が明らかになった。母と伯父について辛い痛ましい真実が暴露されたことで、ノアは眠れない日が続いている。この先、一生背負っていかなければならないのだろう。

それがどんな気持ちなのか、あたしは知っているけれど、知らないとも言える。父を亡くしたとき、あたしはまだ幼かったから。失ったものを知らないほうが、先に進むのは簡単だ。ママとおばあちゃんが何年も嘘をついてくれていたとき、ふたりは盾になってあたしを辛い真実から守ってくれたのだ。

でも、ノアには盾になってくれるひとがいない。このスキャンダルと結びついた痛みから守ってくれるひとはいない。伯父がどんなふうに母親を殺したのかという話をさせようとして追いかけてくるレポーターたちを避けて、あたしたちは数週間ベッツィーの家に隠れていた。時がくればいずれその話は公になるだろうし、ジャッキー・マーシャルが本部長に昇進するために行ったことも詳しく知られるだろう。

その事実がノアをひどく苦しめていた。それはノアの目に浮かぶ辛さや、広い肩に背負っている重荷を見ればわかる。

それでも、ノアはあたしや、ママや、ベッツィーのために、ここにいてくれる。にっこり笑って。あたしたちのために心から喜んでくれて。もしかしたら、ノアがここにいるのは、母親の過ちを正すためかもしれないし、ほかに行く場所がないからかもしれない。でも、あたしにわかるのは、家で銃声が響いた瞬間から、ノアにはたくさんの選択肢があったということだ。何も尋ねないこともできた。暗いかもしれない秘密をそのまま埋めておくという決断もできた。あたしを見つけず、ママを助けないこともできた。母を〝自殺〟で失った悲しみを時間をかけて癒し、サイラスをいちばん親しい家族として慕い、それまでどおりの人生を続けていくこともできた。でも、ノアはちがう選択をした。だから、あたしがノアの盾になる。これからの辛い何週間、何カ月、何年を、ノアに寄りそって生きていく。ノアが善良で正直な男じゃないなどと言うひとがいたら、誰だってとっちめてやる。

あたしはママがすわっている公園のベンチから立って、ノアのそばへ行き、腰に腕を巻きつけて、胸にもたれた。

彼が大きく息を吸うたびに、胸が上下する。

ノアの腕が、あたしを強く抱きしめた。

謝辞

わたしは激しいサスペンスと正真正銘の深いロマンスを組みあわせた小説を書きはじめました。『あなたを守れるなら』はこれまでわたしが書いてきた作品と異なりますが、きっと同じように楽しんでいただけるものと自負しています。でも、当初の予定より、だいぶ暗い作品になりました。ほろ苦い結末となり、いまは温もりや心地よさは感じないかもしれません。でも、そのための処方箋があります。"*Until It Fades*"を(もう一度)読んでください。

本書を執筆するにあたり、たくさんの調査を行いましたが、創作したものも多くあります。ですから、コングレス・アベニューは実在するのに、トラヴィス郡検事事務所にはチェリー色のキッチンがないとか、トゥーソンにセントバーーツ病院はないといったことにとまどわないで。わたしがテキサス州オースティンを舞台に選んだのは、この街を愛していて、いつもこの街で物語を書きたいと思っているからです。本書に出てくる不正行為はニュースで知った実話を参考にして、必要に応じて変えていますが、オースティンやオースティン市警とはまったく関係ありません。また、本書はオースティン市警に対するわたしの考えを反映しているものでもありません。それどころか、毎日、街を守るために働いているたくさんのエイブラハム・ウィルクスが存在すると信じています。本書はほんのわずかな腐ったリンゴに焦点をあてただけなのです。

本書は難産の末に生まれました。ここで名前を挙げてお礼を申しあげたい方は大勢いるのですが、書くスペースがたりません（すでに文字数オーバーなので）。本当にありがとうございました。

ビルマ・ゴンザレス、クリスタ・ケリー・アイヴァーソン、クレメンシア・サリナス・ラミレス、ヘザー・セルフ……全般的な情報を得たいときに連絡し、助けていただいた読者のみなさまです。

サンドラ・コルテスには、スペイン語の会話と、テキサス特有の事柄についてご教示いただきました。

ジェニファー・ワーズ・スベリノには、この無謀なストーリーのアイデアや作戦を練る手助けをしていただきました。

アメリー、セイラ、テイミ、もう一度言います……。あなたたちは最高の読者であり、フェイスブックの管理者です。いつも最新刊を読むのを楽しみにしてくれて、ありがとう。

ドナヒー読書グループのステイシー・ドナヒー、おしゃべりしたいときも、暴言を吐きたいときも、大笑いしたいときも、わたしが必要とするときに、いつもそばにいてくれることに感謝します。

セイラ・カンティンには、この作品がまだまとまらないとき、ひどい草稿だったにもかかわらず、辛抱強く、進んで読んでくれたことに感謝します。

ジュディス・カーとアトリア・ブックスのチームのメンバーである、スザンヌ・ドナヒュー、アルバート・タン、ジョナサン・ブッシュ、ジャッキー・ジョウ、ライザ・ウルフ、アリーシャ・ブロック、アリエール・フレッドマン、レイチェル・ブレナー、ライザ・ケイン、ヘイリー・ウィーヴァー、わたしの言葉をまとめ、読者に届けてくれることに感謝します。

そして夫と娘たちへ。この本は執筆に一年半かかり、深夜まで書いたり、海へ行けなかったり、頻繁にいら立ったりしました。そんなときもずっと応援してくれて、本当にありがとう。

訳者あとがき

本邦初訳の作家、K・A・タッカーの『あなたを守れるなら』（原題*Keep Her Safe*）をお届けします。

本書の舞台はテキサス州オースティン。過去と現在に分かれた四人の語りでストーリーが展開します。過去の語り手はオースティン市警の警察官ジャッキー・マーシャルと元相棒のエイブラハム（愛称エイブ）・ウィルクス、現在の語り手はジャッキーの息子ノアと、エイブの娘グレーシー（グレース）です。

はじまりは一九九七年。ジャッキーとエイブは公私ともに親しく、互いに信頼しあう相棒であり親友でした。誰からも善良で誠実な男と認められるエイブは若くて美しい妻ダイアナと生まれたばかりの娘グレーシーと幸せに暮らしながら、まだ幼いジャッキーの息子ノアをかわいがり、優秀で出世を望む野心家ジャッキーを応援しています。

それから二十年後の現在、二〇一七年。エイブはすでにこの世になく、ジャッキーはオースティン市警本部長にまで出世しながら、何かから逃れるように酒に溺れる毎日を送っています。そしてある夜、二十五歳になったノアがシャワーを浴びているときに銃声が聞こえて駆けつけると、片手に拳銃を握ったジャッキーがテーブルの血だまりでうつ伏せていました。その後、ノアは「グレーシーに渡して」という母が書いたメモとともに、床下に隠されていた十万ドル近い大金を見つけます。

十四年まえの二〇〇三年、エイブはモーテルでドラッグの売人とともに死体で発見され、ドラッグの取引で揉めて殺された腐敗した警察官というレッテルを貼られました。ジャッキーはその結論に異を唱えず、ダイナとグレーシーは追われるようにしてオースティンをあとにしたのです。

死亡した夜、ジャッキーは懺悔するかのように「エイブはまじめで正直なひと」で、「悪いのはわたしたち」だったとつぶやいていました。

エイブは腐敗した警察官ではなかったのだろうか？　母は何か「悪い」ことをしたのだろうか？　母がグレーシーに遺した金の出所は？　ノアは金を持ってアリゾナ州に住むダイナとグレーシーを訪ねますが、ふたりの生活はとても貧しく、ダイナはヘロイン中毒になっていました。グレーシーはとつぜん訪ねてきたノアを警戒しますが、ジャッキーが遺した金は父の事件に関係しているのではないかと考えます。

市警本部長の母親を持って不自由のない暮らしを送ってきたノアと、ドラッグの取引で射殺されたとされる警察官の娘として生きてきたグレーシー。ふたりは境遇や立場のちがいを感じながら、ともに十四年まえの事件を追い、次第に惹かれあっていきますが……。

さて、著者K・A・タッカーについて少しご紹介しましょう。

タッカーはカナダ人で、現在は夫とふたりの娘とともにトロントの近くで暮らしています。手がけているジャンルはサスペンス、コンテンポラリー・ロマンス、パラノーマル、ファンタジーなど。Ten Tiny Breathsシリーズなど多くの作品を著している人気作家ですが、本書は「これまで書いてきた作品とはちがう」と謝辞に記しています。

ところで、一九六〇年代後半に公開された映画『卒業』をご存じでしょうか？

今回、本書を訳し終えたとき、頭に浮かんだのがこの映画のラストシーンでした。ダスティン・ホフマン演じる主人公の青年が教会から花嫁を奪って逃げるシーンが有名ですが、そのあとバスに乗った青年と花嫁の顔からは笑みが消えます。これはふたりを待ち受けている困難に対する不安を暗示しているのだとか。

本書には教会から花嫁を奪って逃げる場面などないのに、なぜ『卒業』を思い出したのか。訳者の的はずれな連想かもしれませんが、深く心に残る最終章でご確認いただければ幸いです。

二〇一八年十月

ザ・ミステリ・コレクション

あなたを守《まも》れるなら

著者　K・A・タッカー

訳者　寺尾《てらお》まち子

発行所　株式会社 二見書房
東京都千代田区神田三崎町2-18-11
電話 03(3515)2311［営業］
03(3515)2313［編集］
振替 00170-4-2639

印刷　株式会社 堀内印刷所
製本　株式会社 村上製本所

落丁・乱丁本はお取り替えいたします。
定価は、カバーに表示してあります。

ISBN978-4-576-18161-5
http://www.futami.co.jp/

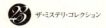

二見文庫 ロマンス・コレクション

あやうい恋への誘い
エル・ケネディ
高橋佳奈子［訳］

里親を転々とし、愛を知らぬまま成長したアビーは殺し屋組織の一員となった。誘拐された少女救出のため囚われたアビーは、傭兵チームのケインと激しい恋に落ち…

危ない恋は一夜だけ
アレクサンドラ・アイヴィー
小林さゆり［訳］

アニーは父が連続殺人の容疑で逮捕され、故郷の町を離れた。十五年後、町に戻ると再び不可解な事件が起き始め、疑いはかつての殺人鬼の娘アニーに向けられるが…

恋の予感に身を焦がして
クリスティン・アシュリー
高里ひろ［訳］
〔ドリームマン シリーズ〕

グエンが出会った〝運命の男〟は謎に満ちていて…。読み出したら止まらないジェットコースターロマンス！超人気作家による〈ドリームマン〉シリーズ第１弾

愛の夜明けを二人で
クリスティン・アシュリー
高里ひろ［訳］
〔ドリームマン シリーズ〕

マーラは隣人のローソン刑事に片思いしている。でもマーラの自己評価が2.5なのに対して、彼は10点満点で…。〝アルファメールの女王〟によるシリーズ第２弾

夜の彼方でこの愛を
ヘレンケイ・ダイモン
相野みちる［訳］

行方不明のいとこを捜しつづけるエメリーは、レンという男が関係しているらしいと知る…。ホットでセクシーな男性とのとろけるような恋を描く新シリーズ第一弾！

この愛の炎は熱くて
ローラ・ケイ
米山裕子［訳］
〔ハード・インク シリーズ〕

ベッカは行方不明の弟の消息を知るニックを訪ねるが拒絶される。実はベッカの父はかつてニックを裏切った男だった。〈ハード・インク・シリーズ〉開幕！

ゆらめく思いは今夜だけ
ローラ・ケイ
久賀美緒［訳］
〔ハード・インク シリーズ〕

父の残した借金のためにストリップクラブのウエイトレスをしているクリスタル。病気の妹をかかえ、生活の面倒を見てくれる暴力的な恋人にも耐えてきたが……。

二見文庫 ロマンス・コレクション

危険な夜の果てに
リサ・マリー・ライス
鈴木美朋［訳］〔ゴースト・オプス・シリーズ〕

医師のキャサリンは、治療の鍵を握るのがマックという国からも追われる危険な男だと知る。ついに彼を見つけ、会ったとたん……。新シリーズ一作目！

夢見る夜の危険な香り
リサ・マリー・ライス
鈴木美朋［訳］〔ゴースト・オプス・シリーズ〕

久々に再会したニックとエル。エルの参加しているプロジェクトのメンバーが次々と誘拐され、ニックは〈ゴースト・オプス〉のメンバーとともに救おうとするが――

明けない夜の危険な抱擁
リサ・マリー・ライス
鈴木美朋［訳］〔ゴースト・オプス・シリーズ〕

ソフィは研究所からあるウィルスのサンプルとワクチンを持ち出し、親友のエルに助けを求めた。〈ゴースト・オプス〉からジョンが助けに駆けつけるが…シリーズ完結！

愛は弾丸のように
リサ・マリー・ライス
林啓恵［訳］〔プロテクター・シリーズ〕

セキュリティ会社を経営する元シール隊員のサム。そんな彼の事務所の向かいに、絶世の美女ニコールが新たに越してきて……待望の新シリーズ第一弾！

運命は炎のように
リサ・マリー・ライス
林啓恵［訳］〔プロテクター・シリーズ〕

ハリーが兄弟と共同経営するセキュリティ会社に、ある日、質素な身なりの美女が訪れる。元勤務先の上司の不正を知り、命を狙われ助けを求めに来たというが……

情熱は嵐のように
リサ・マリー・ライス
林啓恵［訳］〔プロテクター・シリーズ〕

元海兵隊員で、現在はセキュリティ会社を営むマイク。ある過去の出来事のせいで常に孤独感を抱える彼の前にひとりの美女が現れる。一目で心を奪われるマイクだったが…

いつわりは華やかに
J・T・エリソン
水川玲［訳］

失踪した夫そっくりの男性と出会ったオーブリー。いったい彼は何者なのか？ RITA賞ノミネート作家が描くハラハラドキドキのジェットコースター・サスペンス！

二見文庫 ロマンス・コレクション

略奪
キャサリン・コールター&J・T・エリソン 〔新FBIシリーズ〕
水川玲［訳］

元スパイのロンドン警視庁警部とFBIの女性捜査官。謎の殺人事件と〝呪われた宝石〟がふたりの運命を結びつけて――夫婦捜査官S&Sも活躍する新シリーズ第一弾！

激情
キャサリン・コールター&J・T・エリソン 〔新FBIシリーズ〕
水川玲［訳］

平凡な古書店店主が殺害され、彼がある秘密結社のメンバーだと発覚する。その陰にうごめく世にも恐ろしい企みに英国貴族の捜査官が挑む新FBIシリーズ第二弾！

迷走
キャサリン・コールター&J・T・エリソン 〔新FBIシリーズ〕
水川玲［訳］

テロ組織による爆破事件が起こり、大統領も命を狙われる。人を殺さないのがモットーの組織に何が？ 英国貴族のFBI捜査官が伝説の暗殺者に挑む！ 第三弾！

鼓動
キャサリン・コールター&J・T・エリソン 〔新FBIシリーズ〕
水川玲［訳］

「聖櫃」に執着する一族の双子と、強力な破壊装置を操るその祖父――邪悪な一族の陰謀に対抗するため、FBIと天才的泥棒がタッグを組んで立ち向かう！

ひびわれた心を抱いて
シェリー・コレール
藤井喜美枝［訳］

女性TVリポーターを狙った連続殺人事件が発生。連邦捜査官ヘイデンは唯一の生存者ケイトに接触するが…？ 若き才能が贈る衝撃のデビュー作〈使徒〉シリーズ降臨！

秘められた恋をもう一度
シェリー・コレール
水川玲［訳］

検事のグレイスは、生き埋めにされた女性からの電話を受ける。FBI捜査官の元夫とともに真相を探ることになるが…。好評〈使徒〉シリーズ第2弾！

奪われたキスの記憶
メアリ・バートン
高橋佳奈子［訳］

連続殺人事件の最後の被害者だったララ。ショックで記憶をなくし、ただ一人生き残った彼女に再び魔の手が忍びよるとき、世にも恐ろしい事実が――